Brent Weeks, né dans le Montana, passa quelque temps à parcourir le monde comme Caine, le héros de *Kung Fu*, à s'occuper d'un bar et à corrompre la jeunesse (mais pas en même temps), avant de commencer à écrire sur des serviettes en papier de restaurants. Enfin, un jour, quelqu'un décida de le payer pour ça. Cette première trilogie, entre Robin Hobb, Scott Lynch et David Gemmell, est à couper le souffle.

Du même auteur, chez Milady :

L'Ange de la Nuit :
1. *La Voie des ombres*
2. *Le Choix des ombres*
3. *Au-delà des ombres*

Aux éditions Bragelonne :

L'Ange de la Nuit :
1. *La Voie des ombres*
2. *Le Choix des ombres*
3. *Au-delà des ombres*

www.milady.fr

Brent Weeks

La Voie des ombres

L'Ange de la Nuit – 1

Traduit de l'anglais (États-Unis) par Olivier Debernard

Bragelonne

Milady est un label des éditions Bragelonne

Cet ouvrage a été originellement publié en France par Bragelonne.

Titre original : *The Way of Shadows – The Night Angel Trilogy, Book 1*
Copyright © Brent Weeks 2008

Suivi d'un extrait de : *Shadow's Edge – The Night Angel Trilogy, Book 2*
Copyright © Brent Weeks 2008

Carte :
Cédric Liano d'après la carte de l'édition originale

Illustration de couverture : Calvin Chu
Design de couverture : Peter Cotton – LBBG

ISBN : 978-2-8112-0519-5

Bragelonne – Milady
60-62, rue d'Hauteville – 75010 Paris

E-mail : info@milady.fr
Site Internet : www.milady.fr

Ce roman est dédié à Kristi,
ma confidente, ma compagne,
ma meilleure amie et ma femme.
Tout ce que tu es pour moi.

N
RÉGION DES GLACES
Ruines de la porte fantôme
LODRICAR
Jodan
Baie des Naufrages
Mont de la Fascination
Khaliras
La Brouette Noire
KHALIDOR
Vents Hurlants
OSSEIN
LE CHANTRY
Vestacchi
La Plith
Cénaria
CÉNARIA
Havermere
Archipel des Contrebandiers
Village de Torras Bend
Col de Forglin
Bosquet de Pavvil
Territoires sous contrôle lae'knaughtien
Colline de l'Ours d'Argent
Fleuve Rouge
Skylla
CALLAE
Fleuve des Ronces
Maelstrom de Tlaxini
La Wy
Lac Verbane
Aenu
Caernarvon
Mont Tenji
Mont Phoenix
CEURA
MODAI
PLANGA
SHO'CENDI
Llandarin
Hokkai
Cap Dagon
Gan
Les Falaises rouges
Borami (capitale occidentale)
Baie de Borami
EMPIRE ÎLIEN DE SETH
GANDU
Horachi
Landington
Marais de Miigal
Soie
LADESH
Baie de la Soie

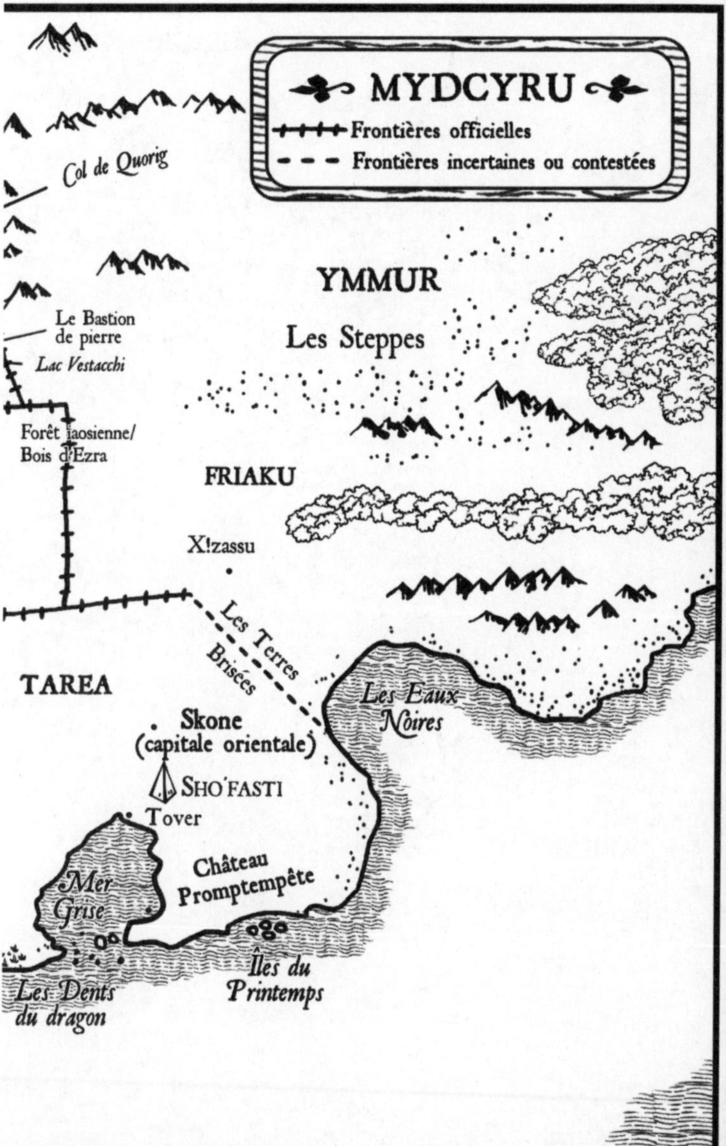

MYDCYRU
Frontières officielles
Frontières incertaines ou contestées
Col de Quorig
YMMUR
Les Steppes
Le Bastion
de pierre
Lac Vestacchi
Forêt iaosienne/
Bois d'Ezra
FRIAKU
X!zassu
Les Terres
Brisées
TAREA
Les Eaux
Noires
Skone
(capitale orientale)
SHO'FASTI
Tover
Château
Promptempête
Mer
Grise
Les Dents
du dragon
Îles du
Printemps

Chapitre premier

Accroupi dans la ruelle, Azoth sentait la boue froide s'infiltrer entre ses orteils nus. Il fixa son regard sur l'espace étroit au bas du mur et rassembla son courage. Le soleil ne se coucherait pas avant plusieurs heures et la taverne était déserte. Dans la plupart des débits de boissons de la ville, le sol était en terre battue, mais cette partie du Dédale avait été bâtie sur un marais et même les ivrognes n'aimaient pas boire avec de la boue jusqu'aux genoux. L'établissement avait donc été construit sur des pilotis hauts de quelques centimètres et parqueté de solides tiges de bambou.

Des pièces tombaient parfois dans les fentes, mais l'espace entre le sol et le plancher était si bas que la plupart des gens étaient incapables de se glisser sous la taverne pour aller les chercher. Les grands de la guilde étaient trop massifs et les petits trop craintifs pour se faufiler dans cette obscurité étouffante habitée par les araignées, les cafards, les rats et le chat vicieux à demi sauvage du propriétaire. Mais le plus difficile à supporter, c'était la pression des tiges de bambou contre votre dos : elles vous écrasaient chaque fois qu'un client marchait dessus. C'était l'endroit de prédilection d'Azoth depuis un an, mais le garçon grandissait. Lors de sa dernière visite, il s'était retrouvé coincé. Il avait paniqué pendant des heures avant qu'une pluie providentielle ramollisse le sol et lui permette de se dégager tant bien que mal.

La terre était boueuse maintenant, il n'y avait plus de clients et Azoth avait vu le chat s'éloigner. En théorie, il ne devait pas y avoir de problème. De toute façon, le Rat encaissait les taxes de la guilde le lendemain et Azoth n'avait pas quatre pièces de cuivre à lui donner. Ni même une seule, d'ailleurs. Il n'avait pas le choix. Le Rat n'était pas très compréhensif et il ne connaissait pas sa force. Plusieurs petits avaient déjà succombé à ses volées de coups.

Allongé sur le ventre, Azoth écarta des monticules de boue. La terre humide détrempa sa tunique mince et crasseuse en un instant. Il devait agir vite. Il était malingre et, s'il attrapait un coup de froid, il avait peu de chance de s'en remettre.

Il avança rapidement dans les ténèbres et s'efforça de repérer les reflets métalliques des pièces. Dans la taverne, deux lampes étaient restées allumées et un peu de lumière filtrait à travers les tiges de bambou. D'étranges rectangles jaunâtres se dessinaient sur la boue et les flaques d'eau. Un épais brouillard typique des marais montait à l'assaut des rayons pour retomber, encore et encore. Des toiles d'araignées se collaient sur le visage d'Azoth avant de se déchirer. Il sentit soudain un picotement sur la nuque.

Il se figea. Non, ce n'était que son imagination. Il expira avec lenteur. Quelque chose brilla dans l'obscurité, et il récupéra sa première pièce de cuivre. Il rampa jusqu'à la poutre en pin mal dégrossie sous laquelle il était resté coincé la dernière fois. Il creusa la boue, et l'eau envahit le trou. Le passage était encore si étroit qu'il devrait tourner la tête pour se faufiler de l'autre côté. Il retint son souffle, plongea le visage dans la flaque poisseuse et reprit sa lente progression.

Il parvint à passer la tête et les épaules, mais un moignon de poutre accrocha sa tunique, déchira le tissu et s'enfonça dans son dos. Il faillit lâcher un cri et se félicita aussitôt d'avoir résisté à la tentation. À travers une large fente entre deux tiges de bambou, il aperçut un homme assis au bar qui buvait encore. Dans le Dédale, il fallait être capable de juger une personne sur-le-champ. Quand le vol était votre activité quotidienne, vous finissiez un jour ou l'autre par vous faire attraper, même avec des mains aussi lestes que celles d'Azoth. Les marchands corrigeaient sévèrement les rats de guilde qui les dépouillaient. Ils n'avaient pas le choix s'ils voulaient conserver quelque chose à vendre. L'astuce consistait à jeter son dévolu sur ceux qui se contenteraient d'une taloche pour vous dissuader de revenir, car d'autres vous battaient si fort qu'il n'y avait plus jamais de prochaine fois. Azoth crut déceler de la gentillesse, de la tristesse et de la solitude dans cette silhouette dégingandée. L'homme devait avoir une trentaine d'années ; il arborait une barbe blonde et hirsute ; une grande épée était accrochée à sa ceinture.

— Pourquoi m'as-tu abandonné ? murmura l'inconnu, si bas qu'Azoth l'entendit à peine.

Il tenait une cruche de la main gauche. Dans la droite, il berçait quelque chose qu'Azoth ne distingua pas.

— Je t'ai servi pendant tant d'années… Pourquoi m'as-tu abandonné ? Est-ce que c'est à cause de Vonda ?

Azoth sentit une démangeaison sur le mollet. Il l'ignora. C'était encore son imagination. Il glissa la main dans son dos pour libérer sa tunique. Il devait récolter assez de pièces et déguerpir au plus vite.

Quelque chose de lourd s'abattit sur le plancher, juste au-dessus du garçon. Les tiges de bambou ployèrent et lui enfoncèrent le visage dans une flaque en chassant l'air de ses poumons. Il hoqueta et faillit inspirer avec le nez dans l'eau.

— Ah ! Durzo Blint ! Tu ne manques jamais de me surprendre ! déclara le poids au-dessus d'Azoth.

Le garçon ne vit pas le nouveau venu à travers les interstices, mais il distingua la lame d'une dague. Le nouveau venu avait dû se laisser tomber des chevrons.

— Hé ! je n'ai rien contre les types qui ne cèdent pas aux menaces, mais tu aurais dû voir la gueule de Vonda quand elle a compris que tu ne viendrais pas la sauver. Pour un peu, j'en aurais chialé.

L'homme dégingandé se retourna et parla d'une voix lente, brisée :

— J'ai tué six hommes ce soir. Tu tiens vraiment à être le septième ?

Azoth comprit peu à peu ce qui se passait. Le grand était Durzo Blint, un pisse-culotte. Les pisse-culottes étaient aux assassins ce que les tigres étaient aux chatons et Durzo Blint était sans conteste le meilleur. Comme le disait le chef de la guilde d'Azoth, c'était une personne avec qui on ne se disputait pas longtemps.

Et j'ai cru que ce type était gentil *?*

Le mollet d'Azoth le démangea de nouveau. Ce n'était pas son imagination. Quelque chose s'était glissé dans son pantalon et remontait le long de sa jambe. Quelque chose de gros, mais pas autant qu'un cafard. La peur d'Azoth estima le poids de la créature : une araignée-loup blanche. Son venin liquéfiait la chair en un cercle qui s'étendait peu à peu. Lorsqu'elle mordait, un homme adulte s'en tirait au mieux avec une amputation, même avec un guérisseur sous la main. Un rat de guilde n'aurait pas autant de chance.

— Blint, tu auras du bol de ne pas te trancher la tête en dégainant ton arme. Avec tout ce que tu as biberonné ! Pendant que je t'observais, tu as bu…

— Huit cruches. Et j'en ai vidé quatre avant ton arrivée.

Azoth resta immobile. Il avait les jambes dans une flaque : s'il les rapprochait brusquement pour écraser l'araignée, cela provoquerait des éclaboussures, et les deux hommes comprendraient que quelqu'un était sous le plancher. Il avait peut-être pensé que Durzo Blint avait l'air gentil, mais son épée était gigantesque. En outre, il avait appris à ne pas faire confiance aux adultes.

— Tu bluffes, lâcha l'inconnu.

Mais on sentait la peur dans sa voix.

— Je ne bluffe pas, dit Durzo Blint. Pourquoi tu n'invites pas ton copain à nous rejoindre ?

L'araignée remonta à l'intérieur de la cuisse d'Azoth. Tremblant, le garçon remonta sa tunique et glissa un pouce dans son pantalon pour l'élargir à la taille. Il espéra que la bestiole profiterait de cette issue.

Au-dessus de lui, l'inconnu porta deux doigts à ses lèvres et siffla. Azoth ne vit pas le pisse-culotte bouger, mais le sifflement mourut dans un gargouillis étranglé. L'instant suivant, un corps s'effondra. Des cris éclatèrent et les portes de devant et de derrière s'ouvrirent à toute volée. Les tiges de bambou fléchirent et tressautèrent. Azoth resta immobile pour ne pas secouer l'araignée, même lorsqu'un autre corps s'abattit sur le plancher et lui enfonça la tête dans l'eau pendant quelques secondes.

L'araignée passa sur ses fesses, puis grimpa sur son pouce. Avec des gestes très lents, le garçon ramena le bras devant lui pour la regarder. Il ne s'était pas trompé : c'était bel et bien une araignée-loup blanche, avec des pattes aussi longues que son index. Il la jeta d'un mouvement convulsif et se frotta les doigts en s'assurant qu'il n'avait pas été mordu.

Il tendit le bras et brisa la tige de bambou accrochée à sa tunique. Le craquement fut amplifié par le brusque silence qui était retombé dans la taverne. Azoth ne voyait plus rien à travers les interstices. À un mètre de lui, des gouttes tombaient du plancher pour former une flaque sur le sol. Dans l'obscurité, il était impossible de distinguer de quoi il s'agissait, mais il ne fallait pas une imagination débordante pour le deviner.

Un silence sinistre planait au-dessus de lui. Si quelqu'un s'était déplacé, Azoth aurait entendu des grincements et les tiges de bambou auraient ployé. L'affrontement n'avait pas duré plus de vingt secondes et le garçon était sûr que personne n'était sorti de la taverne. Est-ce que tout le monde s'était entre-tué ?

Il frissonna – et pas seulement à cause de l'eau glacée. La Mort était une habituée du Dédale, mais Azoth n'avait jamais vu autant de gens mourir si vite et si facilement.

Le garçon avança en vérifiant avec soin qu'il n'y avait pas d'araignées, et il ne lui fallut que quelques minutes pour récupérer six pièces de cuivre. S'il avait été plus courageux, il serait allé fouiller les cadavres à l'intérieur de la taverne, mais il était sûr que Durzo Blint était toujours en vie. Cet homme n'était-il pas un démon, comme l'affirmaient les autres rats de la guilde ? Et s'il l'attendait dehors pour lui apprendre à l'espionner ? pour le tuer ?

La peur comprima la poitrine du garçon. Il fit demi-tour et rampa aussi vite que possible vers le trou par lequel il s'était glissé sous la taverne. Six pièces de cuivre, c'était un butin appréciable. Demain, il faudrait en verser quatre au Rat. Il lui resterait assez pour acheter du pain et le partager avec Jarl et Poupée.

Il n'était plus qu'à trente centimètres de la sortie quand quelque chose de brillant se planta soudain devant son nez. C'était si près qu'il fallut un moment à ses yeux pour faire le point. La grande épée de Durzo Blint. La lame avait traversé le plancher pour se ficher dans la boue, lui barrant ainsi le chemin.

Au-dessus d'Azoth, de l'autre côté des tiges de bambou, Durzo Blint murmura :

— Ne parle jamais de ce que tu as vu ce soir. Compris ? Tuer un enfant ne me pose pas de problème. J'ai fait bien pis.

La lame disparut. Azoth se précipita vers le trou et s'élança dans la nuit. Quand il s'arrêta enfin de courir, il avait parcouru plusieurs kilomètres.

Chapitre 2

— Quatre pièces de cuivre ! Quatre ! Ça fait pas quatre, ça !

La rage empourpra le visage du Rat au point que ses furoncles ressemblèrent à une constellation de points blancs. Il saisit Jarl par le col de sa tunique usée et le souleva. Azoth baissa la tête. Il ne voulait pas voir ce qui allait suivre.

— Je vais te montrer ce que c'est que quatre ! cria le Rat en postillonnant.

Il commença de gifler Jarl, mais Azoth comprit que ce n'était qu'un numéro destiné à les impressionner. Ce n'était pas une véritable dérouillée. Le Rat ne retenait pas ses coups, mais il frappait la main ouverte. Une taloche était plus bruyante qu'un coup de poing. L'adolescent ne prêtait même pas attention à sa victime. Il observait les autres membres de la guilde en savourant leur peur.

— Qui est le suivant ? demanda-t-il en lâchant Jarl.

Azoth s'avança aussitôt pour que le Rat n'ait pas le temps d'assener un coup de pied à son ami. À seize ans, le Rat était aussi grand qu'un adulte. Il était gras, ce qui le rendait unique parmi ceux qui étaient nés esclaves.

Azoth tendit ses quatre pièces de cuivre.

— Il en faut huit, connard ! dit le Rat en prenant les quatre qu'on lui présentait.

— Huit ?

— Tu dois aussi payer pour Poupée.

Azoth regarda autour de lui en quête de soutien. Des grands se dandinèrent et échangèrent des regards, mais personne ne dit un mot.

— Elle est trop jeune, s'indigna Azoth. Les petits n'ont pas à payer la taxe avant huit ans.

L'attention générale se porta sur Poupée qui était assise dans la ruelle sale. Elle remarqua que tout le monde la regardait et sembla se ratatiner, comme si elle se repliait sur elle-même. Elle était minuscule et avait des yeux immenses ; sous la couche de crasse, ses traits étaient aussi parfaits et magnifiques que son nom le laissait deviner.

— Et moi, je dis qu'elle a huit ans tant qu'elle ne dit pas le contraire, grogna le Rat, l'œil mauvais. Dis-le, Poupée. Dis-le ou je ratatine ton petit copain !

Les yeux de Poupée s'écarquillèrent, et le Rat éclata de rire. Azoth ne protesta pas, il ne fit pas remarquer que la fillette était muette. Le Rat le savait. Tout le monde le savait. Mais le Rat était le Poing de la guilde. Il n'obéissait qu'à Ja'laliel et Ja'laliel était absent.

L'adolescent tira Azoth contre lui.

— Azo, murmura-t-il, pourquoi tu ne rejoins pas mes jolis garçons ? Tu n'aurais plus à payer la taxe.

Azoth essaya de répondre, mais sa gorge était si serrée qu'il parvint juste à lâcher un couinement. Le Rat éclata de rire une nouvelle fois et tout le monde l'imita. Certains parce que l'humiliation d'Azoth les amusait, d'autres parce qu'ils espéraient s'attirer les bonnes grâces du Poing avant que leur tour arrive. Une haine farouche submergea le garçon. Il détestait le Rat, il détestait la guilde, il se détestait.

Il s'éclaircit la voix et essaya de parler. Le Rat croisa son regard et sourit. L'adolescent était imposant, mais pas idiot. Il savait jusqu'où il pouvait aller avec Azoth. Il savait que la peur finirait par le faire céder, comme les autres.

Le crachat glaireux d'Azoth s'écrasa sur son visage.

— Va te faire enculer, raton gros bidon !

Un silence abasourdi plana pendant une éternité dans la ruelle. Le moment béni entre tous où on savoure la victoire. Azoth crut entendre les mâchoires des membres de la guilde s'affaisser sous le coup de la stupéfaction. La raison reprenait le contrôle de son cerveau lorsque le poing du Rat le cueillit à l'oreille. Le monde disparut sous une pluie de taches noires quand il heurta le sol. Il leva les yeux en clignant des paupières. La tête de l'adolescent cachait le soleil de midi et ses cheveux noirs brillaient comme un halo. Azoth comprit qu'il allait mourir.

— Le Rat ! Le Rat ! J'ai besoin de toi !

Azoth se tourna et vit Ja'laliel sortir du repaire de la guilde. Il ne faisait pas très chaud, mais sa peau pâle était constellée de gouttes de sueur. Une méchante quinte de toux le secoua.

— Le Rat ! Maintenant !

Le Rat se passa la main sur le visage. Sa rage glacée s'était évanouie d'un seul coup et ce spectacle était encore plus terrifiant que ses brusques accès de colère. Il acheva de s'essuyer, puis esquissa un sourire à l'intention d'Azoth. Juste un sourire.

— Salut, Jay-o ! lança Azoth.

— Salut, Azo ! répliqua Jarl en rejoignant son ami et Poupée. Tu sais que t'es à peu près aussi futé qu'un manche à balai ? Maintenant, tout le monde va l'appeler raton gros bidon dès qu'il aura le dos tourné. Ça va lui coller aux fesses pendant des années.

— Il voulait que je fasse partie de ses filles.

Adossés à un mur, à plusieurs pâtés de maisons de la ruelle où avait eu lieu l'altercation, ils partagèrent la miche de pain rassis achetée par Azoth. À cette heure avancée, les effluves des boulangeries étaient plus discrets, mais ils parvenaient néanmoins à couvrir une partie des miasmes des égouts, des relents d'ordures pourrissant sur les berges du fleuve, de la morsure acide de l'urine et des cervelles utilisées pour traiter le cuir dans les tanneries.

Les architectes ceurans construisaient la plupart des murs et des parois en bambou ou en fibre de riz, mais leurs homologues cénariens étaient plus frustes, moins subtils. Il manquait à leurs ouvrages la simplicité aboutie des réalisations ceuranes. Les architectes alitaerans employaient uniquement le granit et le pin, mais leurs homologues cénariens étaient moins entreprenants : leurs bâtiments n'avaient pas la résistance étudiée des structures alitaerannes. Les architectes osseiniens adoraient les flèches vertigineuses et les arches élancées, mais leurs homologues cénariens étaient moins audacieux : seuls quelques manoirs de nobles, sur la rive est, s'élevaient au-delà d'un étage. Les constructions cénariennes étaient trapues, basses, humides et de mauvaise qualité – surtout dans le Dédale. Les architectes cénariens n'utilisaient jamais un matériau deux fois plus cher que celui de base, même s'il était quatre fois plus résistant. Les Cénariens ne pensaient pas à long terme, leur espérance de vie ne leur permettait pas un tel luxe. En règle générale, leurs maisons comprenaient des éléments en bambou ou en fibre de riz parce que ces végétaux poussaient dans la région, mais aussi en granit et en pin parce qu'on en trouvait autour de la cité. Cependant, il n'y avait pas de véritable style cénarien. Au cours des derniers siècles, le pays avait été conquis si souvent que la seule fierté de ses habitants, c'était leur capacité à survivre. Dans le Dédale, la notion même de fierté n'existait pas.

Azoth coupa la miche en trois d'un air absent, puis se renfrogna : deux parts étaient à peu près de taille égale, mais la troisième était plus petite. Il posa une des plus grosses sur ses genoux et tendit la seconde à Poupée qui le suivait comme son ombre. Il s'apprêtait à tendre la dernière à Jarl lorsqu'il aperçut une grimace désapprobatrice sur le visage de la fillette.

Azoth soupira et garda le petit morceau. Jarl ne le remarqua même pas.

— Il vaut mieux faire partie de ses filles que crever, dit ce dernier.

— Je ne veux pas finir comme Bim.

— Azo, quand Ja'laliel aura acheté son affranchissement, c'est le Rat qui va devenir le chef de la guilde. Tu as onze ans ! Tu as encore cinq ans avant de pouvoir acheter le tien. Tu ne tiendras jamais jusque-là ! Le Rat va te rendre la vie infernale et tu regretteras le sort de Bim.

— Alors, qu'est-ce que je dois faire, Jarl ?

En règle générale, ce moment de la journée était le préféré d'Azoth. Il était en compagnie de deux personnes dont il n'avait pas à avoir peur et il faisait taire les grondements insistants et affamés de son ventre. Mais, aujourd'hui, le pain avait un goût de poussière. Il observa le marché d'un regard vide et ne remarqua même pas la poissonnière qui battait son mari.

Jarl sourit. Ses dents brillèrent sur sa peau sombre de Ladéshien.

— Si je te dis un secret, tu le garderas ?

Azoth tourna la tête à gauche, puis à droite, avant de se pencher en avant. Les mâchonnements de pain et les claquements de lèvres bruyants de son ami l'arrêtèrent à distance respectueuse.

— *Je* ne le répéterai pas ! Mais je ne garantis rien en ce qui concerne Poupée.

Les deux garçons se tournèrent vers elle. Elle était assise et grignotait son bout de pain. Une grimace outragée se peignit sur son visage constellé de miettes et le spectacle fit hurler ses compagnons de rire.

Azoth passa la main dans les cheveux blonds de la petite fille et la tira vers lui. Elle se débattit sans se départir de son expression renfrognée, mais quand il ôta son bras, elle resta près de lui. Elle regarda Jarl avec impatience.

Jarl souleva sa tunique et ôta une bande de tissu qu'il avait nouée autour de sa taille comme une ceinture.

— Je ne ferai pas comme les autres, Azo ! Je ne vais pas accepter mon destin les bras croisés ! Je vais m'en tirer !

Il déplia l'étoffe. Dans les replis, il y avait une dizaine de pièces de cuivre, quatre en argent et – si incroyable que cela puisse paraître – deux gunders d'or.

— Quatre ans ! Ça fait quatre ans que j'économise !

Il fit tomber deux autres pièces de cuivre sur la bande de tissu.

— Tu veux dire que, chaque fois que le Rat t'a collé une raclée parce que tu ne payais pas la taxe, tu avais cette fortune sur toi ?

Jarl sourit et Azoth comprit peu à peu. Les volées de coups n'étaient pas cher payer quand il s'agissait de garder espoir. Au bout d'un certain temps, la plupart des rats de guilde s'étiolaient et se laissaient piétiner par la vie. Ils devenaient des animaux. Ou bien ils sombraient dans la folie, comme Azoth aujourd'hui, et se faisaient tuer.

En regardant ce trésor, une partie d'Azoth eut envie de frapper Jarl, de s'emparer du bout de tissu et de s'enfuir. Avec cet argent, il pourrait s'en sortir. Il pourrait acheter de nouveaux vêtements pour remplacer ses haillons. Il pourrait payer les frais d'apprentissage de n'importe quel maître – peut-être même devenir l'élève de Durzo Blint, comme il en avait souvent parlé à Jarl et Poupée.

Il aperçut alors le visage de la petite fille. Il savait ce qu'elle penserait de lui s'il volait cette bande de tissu remplie d'espoir.

— S'il y en a un parmi nous qui réussit à se sortir du Dédale, ce sera toi, Jarl. Tu le mérites. Tu as un plan ?

— J'en ai toujours un !

Jarl leva la tête. Ses yeux bruns étincelaient.

— Je veux que tu prennes cet argent, Azo ! Dès que nous saurons où Durzo Blint habite, nous irons le voir et tu commenceras une nouvelle vie !

Azoth fixa les yeux sur les pièces. Quatre ans ! Des dizaines et des dizaines de raclées ! Est-ce qu'il aurait été capable de faire tout cela pour Jarl ? Quelques instants plus tôt, il songeait encore à lui voler son argent. Il ne put retenir ses larmes. Il avait tellement honte. Il avait tellement peur. Peur du Rat. Peur de Durzo Blint. Il avait toujours peur. Mais s'il s'en sortait, il pourrait aider Jarl à son tour. Et Blint lui apprendrait à tuer.

Azoth leva la tête vers son ami. Il n'osa pas regarder Poupée de peur de lire les pensées de la fillette dans ses grands yeux bruns.

— D'accord !

Il savait déjà qui serait sa première victime.

Chapitre 3

Durzo Blint se hissa sur le mur d'enceinte du petit domaine et observa le garde passer. *Un garde idéal!* songea-t-il. Un peu lent, sans imagination et consciencieux. L'homme accomplit ses trente-neuf pas, s'arrêta au coin et fit claquer la hampe de sa hallebarde sur le sol. Il se gratta le ventre sous son gambison, regarda autour de lui, puis repartit.

Trente-cinq, trente-six.

Durzo sortit de l'ombre du garde, traversa le chemin de ronde et se suspendit par le bout des doigts de l'autre côté du mur.

Maintenant! Il se laissa tomber et atterrit dans l'herbe au moment où la hampe de la hallebarde frappait le sol avec un bruit sourd. Il songea que le garde ne l'avait sans doute pas entendu, mais la paranoïa était synonyme de perfection chez les pisse-culottes. La cour était petite et la maison n'était guère plus grande. C'était une bâtisse de conception ceurane, avec des murs translucides en papier de riz; les portes et les arches étaient en cyprès chauve et en cèdre blanc, la charpente et les planchers en pin de la région – un matériau bon marché. C'était une construction austère, comme toutes les maisons ceuranes. Elle illustrait à merveille la carrière militaire du général Agon et son caractère spartiate, mais, surtout, elle trahissait l'état de sa fortune. Le roi Davin avait bien mal récompensé son serviteur. C'était d'ailleurs une des raisons de la présence du pisse-culotte en ces lieux.

Durzo découvrit une fenêtre qui n'était pas verrouillée au premier étage. La femme du général dormait dans son lit – le couple n'appréciait pas assez la civilisation ceurane pour coucher sur des nattes tressées. Il était cependant assez pauvre pour se satisfaire d'un matelas garni de paille plutôt que de plumes. L'épouse d'Agon était quelconque. Elle était étendue presque au milieu du lit et ronflait tout bas, bras et jambes écartés. Sa tête était tournée sur le côté, vers l'endroit où quelqu'un avait repoussé les couvertures avant de se lever.

Le pisse-culotte se glissa dans la pièce en utilisant le Don pour atténuer le bruit de ses pas sur le plancher en bois dur.

Étrange!

Un coup d'œil rapide confirma que le général n'était pas venu pour une simple visite conjugale. Les époux partageaient la même chambre. Ils étaient peut-être encore plus pauvres que la rumeur l'affirmait.

Les sourcils de Durzo se froncèrent sous son masque. Il n'avait pas besoin de connaître ce genre de détails. Il tira un petit poignard d'empoisonneur et s'approcha du lit. La femme n'entendit rien.

Il s'immobilisa. Elle était tournée *vers* l'endroit où les couvertures avaient été déplacées. Elle avait dormi contre son mari avant que celui-ci se lève. Pas le plus loin possible, ainsi que l'aurait fait une femme qui se contente d'accomplir son devoir conjugal.

Ils s'aimaient. Après le meurtre, Aléine Gunder avait l'intention de proposer au général de se remarier aussitôt avec une riche noble. Mais Agon avait épousé une femme d'origine modeste par amour : il ne réagirait pas à son assassinat comme un homme qui s'est marié par intérêt.

Quel idiot!

Le prince était dévoré par l'ambition au point de penser que tout le monde lui ressemblait. Le pisse-culotte rengaina son arme et se dirigea vers le couloir. Il devait encore trouver où était le général. Au plus vite!

— Enfin, mon ami! Le roi Davin est mourant. Je serai étonné qu'il survive plus d'une semaine.

Durzo ne savait pas qui avait parlé, mais il partageait son point de vue. Le pisse-culotte avait administré la dernière dose de poison au roi le soir même. À l'aube, le monarque ne serait plus. Il laisserait son trône en proie à deux prétendants : un homme qui était fort et juste, un autre qui était faible et corrompu. Le Sa'kagué – la pègre de la cité – s'intéressait de près à la succession.

La voix était montée du salon, au pied de l'escalier. Le pisse-culotte se dépêcha de gagner l'extrémité du couloir. La maison était si petite que la pièce faisait aussi office de bureau. De l'endroit où il se tenait, Durzo avait une vue imprenable sur le maître de maison et son invité.

Le général Brant Agon avait une barbe grisonnante et des cheveux courts qu'il ne peignait pas ; il se déplaçait de manière brusque et surveillait toujours ce qui se passait autour de lui ; il était maigre et nerveux ; il avait les jambes un peu arquées, séquelle de toute une vie passée à cheval.

En face de lui, le duc Régnus Gyre était assis dans une bergère. Le siège grinça tandis qu'il changeait de position. C'était un homme imposant, à la fois grand, large d'épaules et sans une once de graisse en trop. Il croisa ses doigts chargés de bagues sur son ventre.

Par les Anges de la Nuit! Je pourrais les tuer tous les deux et mettre un terme aux inquiétudes des Neuf.

— Est-ce que nous nous faisons des illusions, Brant? demanda le duc Gyre.

Le général attendit un peu avant de répondre.

— Seigneur...

— Non, Brant! J'ai besoin de votre opinion en tant qu'ami, pas en tant que vassal.

Durzo s'approcha sans bruit et tira ses couteaux de lancer avec lenteur, en prenant soin de ne pas toucher les lames empoisonnées.

— Si nous restons sans rien faire, dit le général, Aléine Gunder sera couronné roi. Il est faible, ignoble et sans foi. Le Sa'kagué est déjà maître du Dédale. Les patrouilles royales n'osent même pas s'aventurer en dehors des artères principales et vous savez très bien que la situation ne va faire qu'empirer. Les jeux de la Mort ont renforcé la position du Sa'kagué. Aléine n'a ni la volonté ni l'envie de s'opposer à lui, alors que nous sommes encore en mesure de nous en débarrasser. Nous faisons-nous des illusions en pensant que vous feriez un meilleur roi ? Absolument pas ! Et le trône vous appartient de droit.

Blint faillit sourire. Les seigneurs de la pègre, les Neuf du Sa'kagué, partageaient entièrement cet avis. Blint venait donc s'assurer que le duc Gyre ne deviendrait pas roi.

— Et d'un point de vue tactique ? En serions-nous capables ?

— Avec un minimum d'effusions de sang. Le duc Wesseros est à l'étranger. Mon régiment est stationné dans la cité. Les hommes croient en vous, seigneur. Nous avons besoin d'un souverain fort et bon. Nous avons besoin de vous, Régnus.

Le duc Gyre regarda ses mains.

— Et la famille d'Aléine ? Est-ce qu'elle fera partie de ce « minimum d'effusions de sang » ?

Le général poursuivit à voix basse :

— Vous voulez la vérité ? Oui, elle en fera partie. Même si nous n'en donnons pas l'ordre, un de nos hommes les tuera pour vous protéger. Y compris s'il doit être pendu pour ses actes. Ils ont placé trop d'espoirs en vous.

Le duc Gyre inspira.

— La question se résume donc à : est-ce que le bien à venir du plus grand nombre justifie l'assassinat de quelques-uns aujourd'hui ?

Depuis combien de temps n'ai-je pas ressenti de tels scrupules ?

Durzo fut soudain saisi par le désir impérieux de lancer ses couteaux. Il résista à cette tentation au prix d'un effort considérable.

Ce brusque accès de rage l'ébranla.

Mais qu'est-ce qui me prend ?

C'était à cause de Régnus. Cet homme lui rappelait un roi pour lequel il avait jadis travaillé. Un roi digne de ses services.

— C'est à vous d'y répondre, seigneur, déclara le général Agon. Mais, si je puis me permettre, s'agit-il vraiment d'une question si philosophique ?

— Que voulez-vous dire ?

— Vous êtes toujours amoureux de Nalia, n'est-ce pas ?

Nalia était la femme d'Aléine Gunder.

Une expression désespérée se peignit sur les traits de Régnus.

— Je lui ai été promis pendant dix ans, Brant. Nous avons été le premier amour l'un de l'autre.

— Seigneur, je suis désolé. Ce n'est pas de mon…

— Non, Brant ! Je n'aborde jamais ce sujet. Quant à savoir si mon destin est celui d'un roi ou d'un homme, laissez-moi en décider. (Il inspira un grand coup.) Voilà quinze ans que le père de Nalia a rompu nos fiançailles et l'a mariée à ce chien d'Aléine. Je ne devrais plus y penser. Et je n'y pense d'ailleurs plus – sauf quand je la vois avec ses enfants et que je l'imagine en train de partager la couche d'Aléine Gunder. La seule joie que m'a procurée mon mariage, c'est Logan, mon fils. Et je ne pense pas que celui de Nalia lui ait apporté davantage.

— Seigneur, étant donné la nature forcée de vos mariages respectifs, ne pourriez-vous pas divorcer de Catrinna pour épouser…

— Non ! (Régnus secoua la tête.) Si les enfants de la reine survivent, ils représenteront toujours un danger pour mon fils, que je les exile ou que je les adopte. L'aîné de Nalia a quatorze ans. Il est trop vieux pour oublier qu'il était destiné à devenir roi.

— Vous avez le droit de votre côté, seigneur. Et qui sait quels événements imprévus résoudront peut-être ces problèmes lorsque vous serez sur le trône ?

Régnus hocha la tête d'un air malheureux. Il savait que la vie de centaines, de milliers de personnes, dépendait de sa décision, mais il ignorait que la sienne aussi.

S'il décide de fomenter une rébellion, je le tue tout de suite, je le jure sur les Anges de la Nuit ! Je ne travaille plus que pour le Sa'kagué maintenant. Et pour moi. Toujours pour moi.

— Que les générations à venir me pardonnent, dit Régnus Gyre tandis que des larmes brillaient dans ses yeux. Mais je ne pourrais jamais commettre un meurtre, quels que soient les enjeux. J'en suis incapable, Brant. Je jurerai fidélité.

Le pisse-culotte rengaina ses couteaux dans leurs fourreaux en ignorant le sentiment paradoxal de soulagement et de désespoir qu'il ressentait.

C'est cette maudite femme ! Elle m'a foutu en l'air. Elle a tout foutu en l'air.

Blint repéra l'embuscade à cinquante pas et avança droit dans la gueule du loup. Le soleil ne se lèverait pas avant une heure. Dans les rues tortueuses du Dédale, on ne trouvait encore que des marchands qui s'étaient endormis là où ils n'auraient pas dû et qui se dépêchaient maintenant de rejoindre leur femme.

Les brigands – des membres de la guilde du Dragon Noir s'il en jugeait par les glyphes devant lesquels il venait de passer – étaient embusqués près d'un étranglement de la ruelle. À cet endroit, les rats pouvaient bondir à chaque extrémité du passage pour couper toute retraite et attaquer en se laissant tomber des toits bas.

Durzo fit semblant d'avoir mal au genou droit et serra sa cape autour de ses épaules. Le capuchon était rabattu et dissimulait son visage. Tandis qu'il clopinait vers le guet-apens, un adolescent – un « grand », comme on les appelait – bondit devant lui et siffla en brandissant un sabre rouillé. Les rats de la guilde cernèrent aussitôt le pisse-culotte.

— C'est futé, déclara Durzo. Vous restez en embuscade jusqu'à l'aube, pendant que la plupart des autres guildes dorment encore. Ça vous permet de rançonner quelques gros sacs qui ont passé la nuit avec des putes. Ils n'ont pas envie d'expliquer à leur femme pourquoi ils sont couverts de bleus, alors ils vous donnent leur argent sans faire d'histoires. C'est bien pensé. Qui a eu cette idée ?

— C'est Azoth, répondit un grand.

Il pointa le doigt en l'air.

— La ferme, Roth ! aboya le chef de la guilde.

Le pisse-culotte regarda le petit garçon sur le toit. Celui-ci tenait une grosse pierre au-dessus de sa tête, prêt à la jeter. Ses yeux bleu pâle exprimaient une détermination farouche. Durzo eut l'impression de l'avoir déjà vu.

— Oh ! tu as trahi sa position, remarqua-t-il.

— La ferme, toi aussi ! lança le chef de la guilde en agitant son sabre vers Durzo. Donne-nous ta bourse ou on te tue !

— Ja'laliel, dit un petit garçon à la peau sombre. Il a dit « gros sacs ». Un marchand ne pourrait pas savoir qu'on les appelle comme ça. Il fait partie du Sa'kagué.

— La ferme, Jarl ! On a besoin d'argent. (Le dénommé Ja'laliel fut secoué par une quinte de toux et cracha du sang.) Donne-nous ta...

— Je n'ai pas le temps de jouer à ces petits jeux. Dégage ! dit Durzo.

— Donne-nous...

Le pisse-culotte bondit en avant. Il tordit le poignet de Ja'laliel de la main gauche, lui arracha son sabre et pivota.

Son coude droit heurta la tempe du chef de la guilde avec un craquement inquiétant, mais il retint son coup pour ne pas le tuer.

Le combat se termina avant que les rats aient le temps de tressaillir.

— J'ai dit que je n'avais pas le temps de jouer à vos petits jeux, lâcha Durzo.

Il rejeta son capuchon en arrière.

Il savait pourtant qu'il n'y avait pas grand-chose d'intéressant à voir en dessous : c'était un homme grand et maigre, avec des traits taillés à la serpe, des cheveux blond foncé et une maigre barbe plus claire qui couvrait ses joues grêlées. Pourtant, les enfants reculèrent comme si un monstre à trois têtes venait d'apparaître.

— Durzo Blint, murmura Roth.

Les enfants laissèrent tomber leurs pierres.

— Durzo Blint !

Le nom passa d'un rat à l'autre comme un frisson. Le pisse-culotte vit une crainte respectueuse briller dans leurs yeux. Ils avaient essayé de détrousser une légende.

Durzo esquissa un sourire narquois.

— Aiguise ton coupe-choux ! Seul un amateur laisse son arme rouiller.

Il lança le sabre dans un caniveau où stagnaient des eaux usées, puis traversa le groupe de rats. Ceux-ci se dispersèrent comme s'il allait tous les tuer.

Azoth le regarda s'éloigner à grands pas dans les brumes du petit matin et disparaître comme tant d'autres espoirs dans la cuvette du Dédale. Durzo Blint représentait tout ce qu'Azoth n'était pas. Il était puissant, dangereux, sûr de lui et courageux. C'était un dieu. En observant toute la guilde déployée devant lui – y compris les grands comme Roth, Ja'laliel et le Rat –, il n'avait éprouvé que de l'amusement. De l'amusement ! *Un jour viendra*, se jura Azoth. Il n'osa pas formuler le reste de sa pensée de crainte que Blint sente son arrogance, mais tout son corps frémit à son souhait. *Un jour viendra.*

Quand le pisse-culotte fut assez loin pour ne pas le remarquer, Azoth le suivit.

Chapitre 4

Les cogneurs qui gardaient la chambre souterraine des Neuf observèrent Durzo avec aigreur. Ils étaient jumeaux et faisaient partie des hommes les plus massifs du Sa'kagué. Chacun avait un éclair tatoué sur le front.

— T'es armé ? demanda l'un d'eux.

— Gaucher, dit Durzo en guise de salutation.

Il se débarrassa de son épée, de trois dagues, des fléchettes fixées à son poignet et d'une quantité impressionnante de petites sphères en verre accrochées à son bras.

— Gaucher, c'est moi ! dit l'autre en le fouillant sans douceur.

— Vous êtes vraiment obligés de faire ça ? demanda Durzo. Nous savons tous qu'une fois à l'intérieur je pourrais tuer qui je veux, avec ou sans arme.

Gaucher devint écarlate.

— Et pourquoi est-ce que je te foutrais pas cette jolie épée dans…

— Ce que Gaucher veut dire, le coupa Bernerd, c'est que ça irait bien mieux si tu faisais semblant d'être gentil. Et nous, on ferait semblant de croire qu'on t'impressionne. C'est juste une formalité, Blint. C'est comme demander à quelqu'un comment il va alors que t'en as rien à faire.

— Je ne demande jamais aux autres comment ils vont.

— J'ai été désolé d'apprendre ce qui est arrivé à Vonda, poursuivit Bernerd. (Durzo s'immobilisa net avec l'impression qu'une lance venait de lui transpercer le ventre.) Vraiment.

Il tint la porte ouverte et jeta un coup d'œil en direction de son frère.

Durzo songea vaguement qu'il devait lancer une réplique mordante, menaçante ou drôle, mais sa langue était aussi lourde qu'une enclume.

— Heu… maître Blint ? demanda Bernerd.

Durzo se ressaisit et entra dans la salle de réunion des Neuf sans lever les yeux.

L'endroit était conçu pour inspirer la peur. Une estrade taillée dans une masse de verre trempé noir dominait la pièce. Neuf chaises étaient disposées dessus et une dixième était surélevée comme un trône. Devant, il n'y avait que le sol nu. On restait debout devant les Neuf.

La pièce était un rectangle étroit, mais profond : le plafond était si haut qu'il disparaissait dans l'obscurité. Les personnes qui venaient ici avaient le sentiment de subir un interrogatoire au fond des enfers. Les chaises, les murs et le sol gravés de petites gargouilles, de dragons et de personnages – tous hurlants – n'arrangeaient guère cette impression.

Mais Durzo entra avec la désinvolture d'un habitué. Les ténèbres ne lui faisaient pas peur. Les ombres accueillirent ses yeux et ne leur cachèrent rien.

Il me reste au moins ça.

Les Neuf avaient rabattu leur capuchon, à l'exception de Mamma K. Pourtant, la plupart d'entre eux savaient qu'il était impossible de cacher leur identité à Durzo, même s'ils le voulaient. Au-dessus des neuf maîtres du Sa'kagué, le Shinga, Pon Dradin, était assis sur son trône, immobile et silencieux comme à son habitude.

— Ezz que la femme est morte ? demanda Corbin Fishill.

C'était un homme avenant toujours vêtu à la mode. Il avait la réputation d'être cruel, surtout avec les enfants des guildes qu'il dirigeait. Son défaut de prononciation aurait pu prêter à rire, mais la méchanceté immuable de ses traits refroidissait les moqueurs.

— La situation n'est pas celle à laquelle vous vous attendiez, dit Durzo.

Il fit un bref rapport. Le roi allait mourir sous peu. Les successeurs dont les Neuf se méfiaient ne revendiqueraient pas le trône. La couronne reviendrait donc à Aléine Gunder, un homme trop faible pour oser se mêler des affaires du Sa'kagué.

— Je suggère d'amener le prince à promouvoir le général Agon au rang de seigneur général. Agon l'empêcherait de consolider son pouvoir et si Khalidor était tentée d'intervenir…

Un homme minuscule – l'ancien Maître des Esclaves – l'interrompit.

— Nous prenons bonne note de vos… griefs contre Khalidor, maître Blint, mais nous n'allons pas gaspiller notre influence politique en misant sur un vague général.

— Nous n'avons pas à le faire, intervint Mamma K.

La Maîtresse des Plaisirs était la courtisane la plus célèbre de la cité depuis des années, mais elle n'avait rien perdu de sa beauté.

— Nous pouvons atteindre notre but en nous arrangeant pour que cette demande semble émaner de quelqu'un d'autre. (Tout le monde s'immobilisa et écouta la suite.) Le prince était prêt à acheter le soutien du général avec un mariage politique. Il nous suffit de lui dire que le général est plus intéressé par un poste d'influence. Celui-ci n'en saura jamais rien et le prince ne cherchera sûrement pas à en apprendre davantage.

— Cela nous donnerait un certain poids pour revenir sur l'interdiction de l'esclavage, dit l'ancien Maître des Esclaves.

— Il est hors de question que nous nous remettions à ce genre de commerce ! s'exclama un homme.

Jadis, il avait dû être imposant, mais il s'était empâté. Il avait maintenant de lourdes bajoues et de petits yeux. Ses poings constellés de cicatrices seyaient à merveille au Maître des Cogneurs du Sa'kagué.

— Cccette dissscussssion peut attendre. Blint n'a pas bezzzoin d'y aziszter, déclara Corbin Fishill. (Ses yeux aux lourdes paupières se tournèrent vers le pisse-culotte.) Vous n'avez tué perzonne, ce soir.

Il laissa sa remarque planer sans rien y ajouter.

Durzo le regarda et refusa de répondre à la provocation.

— Ezz que vous zzzêtes encore capable de le faire ?

Il était inutile de discuter avec un homme tel que Corbin Fishill. Il ne connaissait que le langage de la violence. Durzo s'avança vers lui. Corbin ne tressaillit pas et ne tourna pas la tête vers le pisse-culotte lorsque celui-ci s'approcha de l'estrade. Plusieurs membres des Neuf n'affichaient pas son assurance et une certaine inquiétude se peignit sur leurs traits. Blint vit les muscles se contracter sous le pantalon en velours de Corbin.

Celui-ci décocha soudain un coup de pied en direction du visage de Durzo, mais le pisse-culotte avait déjà fait un pas de côté. Il enfonça une aiguille dans le mollet de Corbin et recula aussitôt.

Une cloche tinta, et, quelques instants plus tard, Bernerd et Gaucher firent irruption dans la salle. Blint croisa les bras et ne fit rien pour se préparer à l'affrontement.

Il était grand, mais tout en muscles fins et en nerfs. Gaucher chargea comme un taureau furieux. Durzo se contenta de tendre ses mains ouvertes. Le colosse le percuta et l'impossible se produisit : au lieu de renverser le mince pisse-culotte, Gaucher fut bloqué net.

Son visage heurta une paume et son nez éclata. Emporté par son élan, son corps se souleva à l'horizontale avant de retomber lourdement sur le sol en pierre.

— Ztop ! cria Corbin Fishill.

Bernerd s'arrêta en dérapant juste devant Durzo, puis s'agenouilla près de son frère qui gémissait. Le sang qui s'échappait de son nez cassé remplissait la gueule d'un rat gravé dans la roche.

Corbin retira l'aiguille de son mollet en grimaçant.

— Qu'ez que z'est que za, Blint ?

— Vous voulez savoir si je suis encore capable de tuer ? (Durzo posa un petit flacon devant le cogneur.) Si cette aiguille est empoisonnée, voici l'antidote. Mais si elle ne l'est pas, le contenu de la fiole vous tuera. À vous de choisir si vous buvez ou non.

— Bois-le, Corbin ! dit Pon Dradin. (C'étaient les premières paroles du Shinga depuis l'arrivée de Blint.) Tu vois, Blint, aucun pisse-culotte de Cénaria ne t'arrive à la cheville, mais tu serais bien meilleur si tu l'ignorais. Je reconnais que tu n'as pas de rival, mais c'est encore moi qui te donne des ordres. La prochaine fois que tu touches un de mes Neuf, cela aura des conséquences regrettables. Et maintenant, dégage !

Ce n'était pas la première fois qu'Azoth pénétrait dans un souterrain et s'il n'aimait pas beaucoup se déplacer à tâtons dans une obscurité sirupeuse, il en était néanmoins capable. Pourtant, ce boyau était curieux. Au départ, il ressemblait à tous les autres : un couloir rudimentaire taillé dans la roche, sinueux et, bien entendu, noir comme un four. Mais tandis qu'il s'enfonçait dans les profondeurs de la terre, les parois devinrent plus droites ; le sol, plus lisse. Ce tunnel menait à un endroit important.

Il n'était pas bizarre, juste différent. Ce qui était bizarre, c'était ce qui se trouvait trente centimètres devant Azoth.

Le garçon s'accroupit et se reposa en réfléchissant. Il ne s'assit pas : on s'asseyait lorsqu'on était sûr qu'il n'y avait pas de danger et qu'il ne faudrait pas s'enfuir à toutes jambes.

Il ne sentit pas d'odeurs inhabituelles, bien que l'air soit lourd et aussi épais que du gruau. En plissant les yeux, il distinguait quelque chose, mais, selon toute probabilité, c'était justement parce qu'il plissait les yeux. Il tendit la main devant lui. Est-ce qu'il ne faisait pas plus frais par là ?

Il était certain de sentir un vague courant d'air. Une peur soudaine le traversa comme une décharge électrique. Blint était passé à cet endroit vingt minutes plus tôt sans porter de torche. Azoth n'avait pas réfléchi à ce détail, mais il se rappela alors certaines histoires.

Un petit souffle aigrelet caressa sa joue. Azoth faillit s'enfuir en courant, mais il ne savait pas quel côté était dangereux, quel côté ne l'était pas. Il n'avait aucun moyen de défense : le Poing gardait toutes les armes. Une nouvelle bouffée effleura son autre joue.

Ça sent bizarre. L'ail ?

— Il y a des secrets en ce bas monde, mon garçon, dit une voix. Comme les systèmes d'alarme magiques et l'identité des Neuf. Si tu fais un pas de plus, tu apprendras un de ces secrets. Ensuite, les deux gentils cogneurs qui ont ordre de s'occuper des intrus te tueront.

— Maître Blint ?

Azoth scruta les ténèbres.

— La prochaine fois que tu suis quelqu'un, ne sois pas si discret. Ça met la puce à l'oreille.

Azoth ne comprit pas ce que cela signifiait, mais ce n'était pas de bon augure.

— Maître Blint ?

Il entendit quelqu'un s'esclaffer en s'éloignant, plus haut dans le tunnel.

Le garçon se releva d'un bond en sentant ses espoirs s'évanouir comme les échos du rire. Il remonta le boyau à toute allure dans le noir.

—Attendez!

Personne ne lui répondit. Azoth accéléra et trébucha contre une pierre. Il s'affala et s'écorcha les genoux et les paumes sur le sol rocailleux.

—Maître Blint! Attendez! Il faut que je devienne votre apprenti! Maître Blint! Je vous en prie!

Une voix parla juste au-dessus de lui, mais il ne distingua rien en dépit de ses efforts.

—Je ne prends pas d'apprentis. Rentre chez toi, mon garçon.

—Mais je ne suis pas comme les autres! Je ferai tout ce que vous me demanderez! J'ai de l'argent!

Personne ne lui répondit. Maître Blint était parti.

Un silence douloureux palpitait en harmonie avec les élancements de ses plaies aux genoux et aux mains, mais il n'y avait rien à faire. Azoth eut envie de pleurer, mais seuls les bébés pleuraient.

Il regagna le territoire des Dragons Noirs tandis que le ciel s'éclaircissait. Certaines parties du Dédale émergeaient de leur sommeil éthylique ; les boulangers étaient levés et les apprentis forgerons allumaient le feu sous les forges ; mais les rats de guilde, les catins, les cogneurs et les monte-en-l'air étaient allés se coucher. De leur côté, les vide-goussets, les escrocs, les malins et le reste des travailleurs diurnes dormaient encore.

D'habitude, les odeurs du Dédale lui étaient plutôt agréables : les effluves omniprésents des enclos à bétail couvrant les relents plus proches des excréments humains qui s'entassaient en pâtes visqueuses dans les larges caniveaux des rues avant d'aller souiller la Plith ; les exhalaisons des végétaux en décomposition provenant des eaux peu profondes et des bras morts du fleuve paresseux ; les émanations moins âcres de l'océan quand une brise bienvenue soufflait ; la puanteur des clochards endormis qui ne se lavaient jamais et attaquaient parfois un rat de guilde sans autre motif que leur haine du monde. Azoth réalisa que, pour la première fois, ces odeurs ne le faisaient pas penser à son territoire, mais à la saleté. Le rejet et le désespoir, voilà ce qu'exhalait chaque ruine pourrie, chaque tas de merde du Dédale.

Le moulin abandonné servait jadis à décortiquer le riz. Ce n'était pas un simple bâtiment vide dans lequel les membres de la guilde pouvaient dormir, c'était aussi un avertissement. Sur la rive ouest, les moulins étaient attaqués par les gens assez désespérés pour se frotter aux cogneurs engagés par les meuniers. Cet endroit n'était que pourriture et rejet – et Azoth en faisait partie.

Quand il arriva au repaire de la guilde, le garçon adressa un signe de tête à la sentinelle et pénétra dans le bâtiment en ruine sans chercher à se cacher. Il était courant que des enfants se lèvent au cours de la nuit pour aller pisser, personne ne remarquerait son excursion nocturne. S'il tentait d'entrer sans se faire voir, il ne ferait qu'attirer l'attention.

C'était peut-être ça, la discrétion.

Il s'allongea à sa place habituelle, près de la fenêtre, et se glissa entre Poupée et Jarl. Il faisait froid ici, mais le sol était plat et il n'y avait pas trop d'échardes. Il donna un coup de coude à son ami.

— Jay-o, tu sais ce que c'est, la discrétion ?

Mais Jarl roula sur le côté en grognant. Azoth lui assena un autre coup, mais son camarade refusa de bouger.

La nuit a été longue, je suppose.

Comme tous les rats de guilde, Azoth, Jarl et Poupée dormaient blottis les uns contre les autres pour se réchauffer. En général, la fillette avait droit à la place du milieu parce qu'elle était menue et attrapait froid facilement. Mais, ce matin-là, Jarl et Poupée étaient allongés à bonne distance l'un de l'autre.

La petite fille se rapprocha d'Azoth, passa les bras autour de lui et le serra contre elle avec force. Le garçon fut heureux de sentir sa chaleur. Une crainte indéfinissable le harcela comme un moustique affamé, mais il était trop fatigué. Il s'endormit.

Chapitre 5

Le cauchemar commença dès le réveil d'Azoth.

— Bonjour, dit le Rat. Comment va ma petite merde préférée, aujourd'hui ?

La jubilation qu'on lisait sur le visage de l'adolescent mit Azoth en garde : il se passait quelque chose de très étrange. Roth et Bec de Lièvre se tenaient de part et d'autre du Poing de la guilde et semblaient bouillir d'impatience.

Poupée n'était plus là. Jarl n'était plus là. Il n'y avait pas trace de Ja'laliel non plus. La lumière du soleil pénétrait à flots dans le moulin par le toit éventré et Azoth cligna des yeux. Il se leva et essaya de s'orienter. Les autres membres de la guilde avaient disparu, ils travaillaient, faisaient les poubelles ou avaient juste décidé que c'était le moment idéal pour faire un tour dehors. Ils avaient donc vu le Rat arriver.

Roth s'était posté près de la porte de derrière, Bec de Lièvre se tenait dans le dos du Rat, au cas où Azoth se précipiterait vers l'entrée principale ou une fenêtre.

— T'étais où la nuit dernière ? demanda le Rat.

— Il fallait que j'aille pisser.

— C'était une sacrée envie ! Tu as raté le spectacle.

Quand le Rat parlait de cette voix monocorde et froide, Azoth ressentait une peur trop intense pour frissonner. La violence ne lui était pas étrangère, il avait vu des marins assassinés, des prostituées avec des cicatrices récentes et un de ses amis avait été battu à mort par un marchand. La Cruauté écumait les rues du Dédale en compagnie de la Misère et de la Rage. Pourtant, le regard inexpressif du Rat le rendait bien plus inquiétant qu'un phénomène de foire comme Bec de Lièvre. Celui-ci était né avec une lèvre incomplète. Le Rat, lui, était né avec une absence totale de conscience.

— Qu'est-ce que vous avez fait ? demanda Azoth.

— Roth ?

Le Rat leva la tête vers le grand.

Roth ouvrit la porte.

— Allez viens. Viens ici, dit-il comme s'il s'adressait à un chien.

Il attrapa quelque chose et le tira à l'intérieur de la pièce. Azoth vit qu'il s'agissait de Jarl. Ses lèvres étaient boursouflées ; ses yeux, tuméfiés et tellement gonflés que le malheureux parvenait à peine à les entrouvrir ; il lui manquait plusieurs dents et on lui avait tiré les cheveux avec une telle violence que des filets de sang avaient coulé sur son visage avant de sécher.

Il portait une robe.

Azoth sentit des picotements glacés et brûlants sur sa peau. La rage monta en lui, mais il ne devait pas montrer sa faiblesse au Rat. Il était incapable de bouger. Il se tourna pour ne pas vomir.

Derrière lui, Jarl laissa échapper un faible gémissement.

— Azo, s'il te plaît. Azo, ne te détourne pas de moi. Je ne voulais pas…

Le Rat le frappa au visage. Jarl tomba et ne bougea plus.

— Jarl est à moi maintenant. Il croit qu'il pourra se rebeller chaque nuit – et je suis certain qu'il le fera. Pendant un moment. (L'adolescent sourit.) Mais je le briserai. Je ne suis pas pressé.

— Je te tuerai ! Je te jure que je te tuerai ! lança Azoth.

— Oh ? Tu es l'apprenti de maître Blint maintenant ?

Le Rat sourit de nouveau tandis qu'Azoth lançait un coup d'œil en direction de Jarl avec le sentiment d'avoir été trahi.

Jarl tourna la tête vers le sol, ses épaules tressaillirent comme s'il pleurait en silence.

— Jarl nous a tout raconté, entre le tour de Roth et celui de Davi, il me semble. Mais quelque chose m'échappe. Si maître Blint prend des apprentis, comment se fait-il que tu sois ici, Azo ? Tu es revenu pour me tuer ?

Les larmes d'Azoth se figèrent et il se tourna en se raccrochant à un dernier semblant d'espoir.

Il n'y avait rien à dire.

— Il n'a pas voulu de moi, avoua-t-il.

Jarl s'effondra.

— Tout le monde sait qu'il ne prend pas d'apprentis, abruti ! lança le Rat. Alors, voici ce que je te propose, Azo : je ne sais pas ce que tu as fait pour que Ja'laliel se soucie autant de toi, mais il m'a ordonné de ne pas te toucher. Et je vais obéir. Mais, tôt ou tard, ce sera moi le chef de cette guilde.

— Je pense que ça sera plus tôt que tard, dit Roth.

Il regarda Azoth et haussa les sourcils plusieurs fois de suite pour se moquer de lui.

— J'ai de grands projets pour le Dragon Noir, Azo, et je ne te laisserai pas me mettre des bâtons dans les roues, poursuivit le Rat.

— Qu'est-ce que tu veux de moi ? demanda l'enfant d'une voix fluette.

— Je veux que tu deviennes un héros. Je veux que tous ceux qui n'osent pas me défier en face t'admirent et se remettent à espérer. Ensuite, je détruirai tout ce que tu auras accompli. Je détruirai tout ce que tu aimes. Je te détruirai au point que plus personne n'aura le courage de s'opposer à moi. Alors, que tu réussisses, que tu échoues ou que tu ne fasses rien du tout, je gagnerai de toute façon. Je gagne toujours.

Azoth ne paya pas la taxe le jour suivant. Il espéra que le Rat le frapperait, juste une fois, pour ne plus être sur ce piédestal, pour redevenir un simple rat de guilde. Mais l'adolescent ne le toucha pas. Il se mit en colère, il lança des jurons, mais ses yeux souriaient. Il demanda à Azoth d'apporter le double la fois suivante.

La fois suivante, le garçon n'apporta rien, bien sûr. Il se contenta de tendre une main vide, comme s'il avait déjà été roué de coups. Cela n'avait plus d'importance. Le Rat se mit en colère et l'accusa de vouloir le défier, mais il ne le frappa pas. La même scène se répéta lors de chaque règlement de la taxe.

Peu à peu, Azoth se mit au travail et accumula des pièces de cuivre qui rejoignirent le trésor de Jarl. Les journées étaient terribles. Le Rat refusait que Jarl parle avec son ami et, au bout d'un moment, Azoth songea que Jarl ne devait même plus avoir envie de lui adresser la parole. Le garçon qu'il connaissait disparut petit à petit. Il n'y eut pas d'amélioration notable lorsqu'on cessa de lui faire porter une robe.

Les nuits étaient encore pires. Le Rat gardait Jarl avec lui tous les soirs tandis que le reste de la guilde faisait semblant de ne rien entendre. Azoth et Poupée se blottissaient l'un contre l'autre et, dans le silence ponctué de sanglots, le garçon restait allongé sur le dos et imaginait une vengeance machiavélique – en sachant pertinemment qu'il ne l'assouvirait jamais.

Azoth devint imprudent et n'hésita plus à injurier le Rat en face, à critiquer tous ses ordres et à défendre ses victimes. Le Rat répliquait avec colère, mais ses yeux ne se départaient jamais de cette petite lueur d'amusement. Les petits et les malchanceux de la guilde en vinrent à respecter Azoth et à le regarder avec vénération.

Le garçon sentit que la guilde atteignait un point critique le jour où deux grands lui apportèrent son repas et s'assirent avec lui sous le porche. Ce fut une révélation. Il n'avait jamais pensé que des grands le suivraient. Pourquoi l'auraient-ils fait ? Il ne représentait rien du tout. Il comprit alors son erreur. Il n'avait pas prévu ce qu'il ferait si des grands se joignaient à lui. De l'autre côté de la cour, Ja'laliel était assis et toussait en crachant du sang. Il était dans un état lamentable et semblait déjà avoir un pied dans la tombe.

Je suis un véritable crétin!

Le Rat attendait ce moment. Il s'était arrangé pour qu'Azoth devienne un héros. Il lui avait même fait part de son plan. Ce n'était pas un coup d'État qui se préparait, c'était une purge.

— Père, je vous en prie, ne partez pas!

Logan Gyre tenait la monture de son père. Il ne sentait pas le froid précédant l'aube et s'efforçait de retenir ses larmes.

— Non, laissez cela, dit le duc Gyre à Wendel North. (Le régisseur donnait des ordres aux domestiques qui portaient les malles contenant les vêtements de son maître.) Mais je veux qu'on envoie mille capes en laine dans la semaine. Utilisez nos fonds et ne demandez pas de remboursement. Je ne veux pas offrir au roi une excuse pour refuser. (Il croisa dans le dos ses mains couvertes par des gantelets.) Je n'ai pas d'informations sur les écuries de la garnison, mais j'aimerais que Havermere me fasse savoir combien de chevaux il peut envoyer avant l'hiver.

— Je m'en suis déjà occupé, seigneur. Je vous le ferai savoir dès que possible.

Des domestiques allaient et venaient de tous les côtés pour charger les chariots qui se mettraient en route vers le nord avec leurs cargaisons de vivres et de matériel. Cent chevaliers de la maison Gyre faisaient les préparatifs de dernière minute et vérifiaient leur selle, leur monture et leurs armes. Les serviteurs qui allaient quitter leur famille faisaient des adieux précipités.

Le duc Gyre se tourna vers Logan. Le garçon sentit des larmes de peur et de fierté lui monter aux yeux en voyant son père en cotte de mailles.

— Mon fils, tu as douze ans.

— Je sais me battre ! Même maître Vorden reconnaît que je manie l'épée presque aussi bien qu'un soldat.

— Logan, je ne te demande pas de rester à Cénaria parce que je doute de ton talent d'escrimeur. C'est tout le contraire. La vérité, c'est que ta mère a davantage besoin de toi ici que moi dans les montagnes.

— Mais je veux venir avec vous.

— Et moi, je n'ai aucune envie de partir. Ce que nous voulons n'a aucune importance.

— Jasin a dit que le Neuvième essaie de vous humilier. Il a dit que c'était une insulte que de confier un commandement si insignifiant à un duc.

Il ne répéta pas les autres paroles dudit Jasin. Logan s'estimait plutôt calme, mais il avait été impliqué dans une demi-douzaine de bagarres au cours des trois mois qui avaient suivi la mort du roi Davin et le couronnement d'Aléinc Gunder sous le nom d'Aléine IX – surnommé avec mépris le Neuvant.

— Qu'est-ce que tu en penses, mon fils ?

— Je pense que vous n'avez peur de personne !

— Jasin a donc dit que j'avais peur, hein ? C'est pour cette raison que les articulations de tes mains sont écorchées ?

Logan esquissa un sourire. Il était aussi grand que son père, mais n'avait pas encore acquis la carrure de Régnus Gyre. Ren Vorden, le maître d'armes de la maison Gyre, affirmait que cela ne tarderait pas. Lorsque Logan se battait contre les autres garçons, il ne perdait jamais.

— Ne te méprends pas, mon fils. Ma nomination au poste de commandant de la garnison de Vents Hurlants est un affront, mais c'est un sort préférable à l'exil ou à la mort. Si je reste à Cénaria, le roi finira par me condamner à l'un ou à l'autre. Tu viendras t'entraîner avec mes hommes chaque été, mais j'ai aussi besoin de toi ici. Pendant les six mois à venir, tu seras mes yeux et mes oreilles à Cénaria. Ta mère…

Il s'interrompit et son regard se posa au-delà de Logan.

— Ta mère pense que ton père est un idiot ! dit Catrinna Gyre en surgissant derrière eux.

Elle était née au sein d'une autre famille ducale, les Graesin, et elle avait hérité des yeux verts, des traits délicats et du caractère de ses ancêtres. Malgré l'heure matinale, elle était vêtue d'une magnifique robe en soie verte bordée d'hermine et ses cheveux brillants étaient peignés avec soin.

— Régnus, si vous montez sur ce cheval, je ne veux plus jamais vous voir ici !

— Catrinna, nous n'allons pas revenir sur ce sujet.

— Ce chacal vous ordonnera d'attaquer ma famille, vous le savez pertinemment. Il va vous détruire, la détruire... Il sera gagnant quel que soit le résultat.

— Votre famille est *ici*, Catrinna. Et j'ai pris ma décision.

La voix du duc Gyre claqua comme un coup de fouet, un ordre péremptoire. Le ton était si sec que Logan eut envie de se transformer en souris.

— Laquelle de vos catins emmenez-vous ?

— Je n'emmène aucune servante, Catrinna, même si certaines d'entre elles me manqueront cruellement. Je les laisse ici, par respect envers votre...

— Vous pensez que je suis idiote à ce point ? Vous parviendrez bien à trouver des traînées là-bas !

— Catrinna, je vous prie de rentrer. Maintenant !

Elle obéit et le duc la regarda s'éloigner. Il reprit la parole sans se tourner vers son fils :

— Ta mère... Je te raconterai certaines choses lorsque tu seras plus grand. Pour le moment, je veux que tu la respectes, mais c'est toi qui seras le seigneur Gyre en mon absence.

Les yeux de Logan s'écarquillèrent.

Le duc posa les mains sur les épaules de son fils.

— Cela ne te donne pas le droit de manquer les cours. Wendel t'enseignera tout ce que tu dois savoir. Je t'assure que cet homme est plus doué que moi quand il s'agit de gérer nos terres. Je ne suis qu'à quatre jours de cheval. Tu possèdes un esprit remarquable, mon fils, et c'est la raison pour laquelle je souhaite que tu restes ici. Cette ville est un nid de vipères. Il y a des gens qui veulent notre perte. Ta mère l'a senti et cela explique une partie de ses craintes. Je me sers de toi, Logan. Je regrette de devoir faire une telle chose, mais tu es la seule pièce qu'il me reste à jouer. Surprends-les. Montre-toi plus intelligent, plus brave, plus rapide, meilleur qu'ils le pensent. Je suis injuste en plaçant un tel fardeau sur tes épaules, mais je n'ai pas d'autre choix. Je compte sur toi. La maison Gyre compte sur toi. Tous nos serviteurs et tous nos vassaux comptent sur toi. Peut-être même que le royaume entier compte sur toi. (Le duc Gyre se hissa sur son grand destrier blanc.) Je t'aime, mon fils. Ne me déçois pas.

Chapitre 6

Les ténèbres étaient aussi oppressantes et aussi froides que l'étreinte de la Mort. Azoth s'accroupit contre le mur de la ruelle et espéra que le sifflement du vent nocturne couvrirait le martèlement de son cœur. Un cinquième grand avait rejoint son groupe et dérobé un couteau dans la cache d'armes du Rat. Azoth serra le petit objet en métal avec tant de force que cela lui fit mal.

C'était toujours le calme plat dans la ruelle. Le garçon planta la lame dans la terre et glissa ses mains sous ses aisselles pour se réchauffer. Il ne se passerait peut-être rien avant des heures. C'était sans importance. Il n'avait plus beaucoup de choix et il avait déjà perdu trop de temps.

Le Rat n'était pas idiot. Il était cruel, mais il avait un plan. Ce n'était pas le cas d'Azoth. Depuis trois mois, celui-ci s'était débattu au milieu de ses peurs au lieu de se préparer. Le Poing avait annoncé ses intentions et cela facilitait les choses. Azoth connaissait certains buts de l'adolescent, il ne lui restait plus qu'à rassembler les différentes pièces du puzzle. Tandis qu'il réfléchissait, il se sentit glisser dans la peau de son ennemi et les pensées du Rat s'imposèrent à lui un peu trop facilement.

Une purge ne suffit pas. Une purge m'assurera une certaine tranquillité pendant deux ans. D'autres chefs de guilde ont tué pour préserver leur pouvoir. Tuer ne changera pas ce que je suis.

Azoth approfondit cette idée. Le Rat avait de grandes ambitions. Il avait contenu sa haine pendant trois mois. Pourquoi s'était-il retenu de frapper Azoth si longtemps ?

Pour mieux le détruire. Tout se rapportait à cela. Le Rat le détruirait de manière spectaculaire. Il assouvirait sa cruauté et accroîtrait son pouvoir. Il lui réservait un sort si terrible que les membres des guildes se raconteraient l'histoire d'Azoth pendant des lustres. Peut-être même qu'il ne le tuerait pas, qu'il se contenterait de le mutiler de manière atroce. Les gens qui croiseraient le chemin de l'enfant comprendraient qu'il fallait craindre le Rat.

Un bruit traînant monta dans la ruelle, et Azoth se contracta. Il sortit lentement – très lentement – le couteau de la terre. Le passage était étroit : les murs étaient très inclinés et un adulte pouvait les toucher en écartant les bras. Azoth n'avait pas choisi cet endroit au hasard. Il ne laisserait pas échapper sa proie. Pourtant, les bâtiments dégageaient maintenant une aura malveillante ; des doigts affamés et impatients de saisir l'enfant semblaient jaillir des murs et se tendre en travers de la ruelle, cachant ainsi la lueur des étoiles. Au-dessus des toits, le vent murmurait des histoires de meurtres.

Azoth entendit le bruit de nouveau et se détendit. Un vieux rat effrayé surgit de sous une pile de planches pourrissantes et huma l'air de la nuit. Azoth resta immobile lorsque le rongeur s'approcha en se dandinant. L'animal renifla les pieds nus du garçon et les toucha de son museau humide. Estimant qu'il n'y avait pas de danger, il s'apprêta à en faire son repas.

Au moment où le rat allait mordre, Azoth lui planta le couteau derrière les oreilles et le cloua au sol. Le rongeur tressauta, mais ne couina pas. Le garçon libéra la fine lame en fer, fier de ne pas avoir fait le moindre bruit. Il observa la ruelle. Toujours rien.

Quels sont mes points faibles ? Qu'est-ce que je *ferais pour me détruire si j'étais à la place du Rat ?*

Quelque chose le chatouilla dans le cou et il chassa l'insecte d'un geste.

Saloperies !

Une minute ! Un insecte ? Mais il gèle à pierre fendre ici !

Il écarta la main de son cou. Elle était chaude et poisseuse.

Azoth se retourna en un éclair et frappa, mais il reçut un coup au poignet, et le couteau lui échappa avant de s'envoler en virevoltant.

Durzo Blint était accroupi, trente centimètres devant lui. Le pisse-culotte resta silencieux et se contenta de fixer son regard sur l'enfant. Ses yeux étaient plus froids que la nuit.

Pendant un long moment, l'homme et l'enfant s'observèrent sans dire un mot.

— Vous avez vu le rat ? demanda enfin Azoth. (Durzo haussa un sourcil.) Vous m'avez planté à l'endroit où je l'ai planté. Vous vouliez me montrer que la différence entre vous et moi est la même qu'entre moi et cette bestiole.

Une esquisse de sourire se dessina sur les lèvres de Durzo.

— Tu es un petit rat de guilde bien étonnant. Si intelligent et si idiot.

Azoth regarda le couteau qui avait atterri dans la main de Durzo comme par magie. Il se sentit honteux. En effet, il *était* idiot. Qu'avait-il eu l'intention de faire ? Menacer un pisse-culotte ?

— Je vais devenir votre apprenti, dit-il néanmoins.

La paume de Blint claqua sur la joue du garçon et l'envoya s'aplatir contre un mur. Son visage râpa contre la pierre et il s'effondra.

Quand il roula sur lui-même pour se retourner, Blint s'était relevé et se tenait devant lui.

— Donne-moi une bonne raison de ne pas te tuer.

Poupée. Mais la fillette n'était pas seulement la réponse à la question du pisse-culotte. Elle était aussi son point faible.

C'était elle que le Rat frapperait pour l'atteindre. Une vague de nausée le submergea. D'abord Jarl et maintenant Poupée.

— Vous devriez me tuer, dit-il. (Blint haussa de nouveau un sourcil.) Vous êtes le meilleur pisse-culotte de la cité, mais vous n'êtes pas le seul. Si vous ne voulez pas de moi comme apprenti et si vous me laissez en vie, j'apprendrai le métier avec Hu Gibbet, ou Caleu le Balafré. Je m'entraînerai sans relâche et je deviendrai assez fort pour vous faire la peau. J'attendrai le moment où vous penserez que j'ai oublié cette nuit. J'attendrai le moment où vous penserez que ce n'était qu'une menace lancée par un rat de guilde pas très futé. Quand je serai devenu un maître, vous apercevrez des ombres suspectes pendant un certain temps. Mais lorsque vous aurez bondi sur elles une dizaine de fois sans rien trouver d'autre que le vide, vous cesserez de vous inquiéter, et, à ce moment-là, je frapperai. Ça m'est égal si vous me tuez en même temps. J'échangerai ma vie contre la vôtre.

Les yeux de Durzo bougèrent à peine, mais son regard – jusque-là menaçant, mais aussi moqueur – perdit toute trace d'amusement. Pourtant, Azoth ne distinguait plus le visage du pisse-culotte à travers les larmes qui perlaient à ses paupières. Il ne voyait plus que la lueur inexpressive qui s'était installée dans le regard de Jarl. Il la transposa dans les yeux de Poupée. Il imagina les pleurs de la fillette si le Rat venait la violer chaque nuit. Elle pousserait sans doute des hurlements inarticulés pendant les premières semaines, peut-être même qu'elle se débattrait… Elle mordrait et grifferait pendant un certain temps… puis les cris et la résistance cesseraient. Il n'y aurait plus que des gémissements, les frottements de la chair et les grognements de plaisir du Rat. Comme avec Jarl.

— Est-ce que ta vie est vaine à ce point, mon garçon ?

Elle le sera si vous refusez de me prendre comme apprenti.

— Je veux devenir comme vous.

— Personne ne veut devenir comme moi.

Blint tira une grosse épée noire et posa la pointe contre la gorge d'Azoth. À cet instant, le garçon se fichait que la lame boive son sang. Il préférait mourir plutôt que de voir Poupée se désagréger sous ses yeux.

— Tu aimes faire du mal aux gens ? demanda Blint.

— Non, monsieur.

— Tu as déjà tué quelqu'un ?

— Non.

— Dans ce cas, pourquoi tu me fais perdre mon temps ?

Mais qu'est-ce qui lui prenait ? Est-ce qu'il pensait vraiment ce qu'il venait de dire ? Impossible.

— On m'a raconté que vous n'aimiez pas ça non plus. Que ce n'est pas nécessaire pour devenir bon.

— Qui t'a dit ça ?

— Mamma K. Elle dit que c'est la différence entre vous et certains autres.

Blint fronça les sourcils. Il tira une gousse d'ail d'un petit sac et la lança dans sa bouche. Il rengaina son épée en mâchant.

— D'accord, fiston. Tu veux devenir riche ? (Azoth hocha la tête.) Tu es intelligent, mais es-tu capable de deviner ce que pense une bonne poire et de retenir cinquante choses du premier coup ? Es-tu habile de tes mains ?

Hochement de tête. Hochement de tête. Hochement de tête.

— Alors, deviens joueur professionnel !

Durzo éclata de rire. Pas Azoth. L'enfant fixa les yeux sur ses pieds.

— Je ne veux plus avoir peur.

— Ja'laliel te file des raclées ?

— Ja'laliel n'est plus rien.

— Qui dirige la guilde ?

— Notre Poing, le Rat.

Pourquoi avait-il tant de mal à prononcer son nom ?

— Il cogne ?

— Quand vous… Quand vous ne voulez pas faire des trucs avec lui. (Ce n'était pas très convaincant, mais Durzo resta silencieux et Azoth poursuivit.) Je ne laisserai plus personne me frapper. Plus jamais.

Blint regarda derrière le garçon pour lui accorder le temps de cligner des yeux et de refouler ses larmes. La lune était pleine et baignait la ville dans une lueur mordorée.

— Cette vieille pute sait encore se montrer magnifique, dit le pisse-culotte. Et pourtant…

Azoth suivit son regard, mais il n'y avait personne en vue. Dans les enclos à bestiaux, une brume argentée montait du fumier tiède et allait se lover autour des anciens aqueducs en ruine. Dans l'obscurité, Azoth ne distinguait pas le glyphe de l'Homme Ensanglanté gravé depuis peu par-dessus celui du Dragon Noir, mais il savait qu'il était là. Le territoire de sa guilde rapetissait avec régularité depuis que Ja'laliel était malade.

— Monsieur ?

— Cette cité ne possède aucune autre culture que celle des rues. Les bâtiments sont en brique dans une rue, en torchis dans une autre et en bambou dans la suivante. Les titres sont alitaerans, les vêtements viennent de Callae et la musique se joue sur des harpes séthies et des lyres lodricariennes… Même ces putains de rizières ont été inventées à Ceura. Mais tant que tu ne la touches pas et que tu ne la regardes pas de trop près, il lui arrive d'être magnifique.

Azoth crut comprendre. Dans le Dédale, il fallait faire attention à ce qu'on touchait et aux endroits qu'on traversait. Les rues étaient parsemées de flaques de vomissures et d'autres liquides corporels ; les feux alimentés par les excréments animaux et la vapeur épaisse s'échappant des cuves de suif sans cesse en ébullition couvraient tout d'un voile graisseux, noir et luisant. Le garçon ne trouva rien à dire. Il ne savait même pas si Blint s'était adressé à lui.

— Tu es presque assez bon, fiston, mais je ne prends jamais d'apprentis et je ne te prendrai pas toi. (Blint s'interrompit et fit tourner le couteau entre ses doigts d'un air absent.) Sauf si tu parviens à faire quelque chose qui t'est impossible.

Une vague d'espoir envahit la poitrine de l'enfant pour la première fois depuis des mois.

— Je ferai n'importe quoi ! lança-t-il.

— Il faudra que tu agisses seul. Personne d'autre ne doit savoir. Tu devras imaginer comment, quand et où. Tout seul.

— Qu'est-ce que je dois faire ?

Azoth sentit les doigts des Anges de la Nuit se refermer sur son estomac. Pourquoi savait-il ce que Blint allait lui demander ?

Le pisse-culotte ramassa le cadavre du rongeur et le lança à l'enfant.

— La même chose. Tue le Rat et rapporte-m'en la preuve. Tu as une semaine.

Chapitre 7

Solon Tofusin remonta la rue Sidlin avec sa monture et passa entre les manoirs des grandes familles de Cénaria. La plupart de ces bâtisses aux couleurs criardes étaient entassées les unes contre les autres et n'étaient pas vieilles de dix ans. Certaines étaient plus anciennes, mais avaient été remaniées au cours des dernières années. D'un point de vue esthétique, les édifices de cette rue ne répondaient pas aux critères de l'architecture cénarienne : ils avaient été érigés par des gens espérant que l'argent pouvait acheter la culture, des prétentieux qui rivalisaient avec leurs voisins à coups d'enjolivements exotiques. Ils puisaient leur inspiration dans diverses réalisations fantasques d'architectes comme les aiguilles ladéshiennes ou les dômes de plaisir friakiens ; mais ils copiaient aussi les bâtiments mieux structurés, comme les châteaux alitaerans, ou reproduisaient grandeur nature les célèbres palais d'été ceurans. Solon Tofusin crut même reconnaître un temple ymmurien – avec les étendards de prière – qu'il avait vu un jour sur un tableau. L'argent des esclaves, songea-t-il.

Ce n'était pourtant pas l'esclavage qui le consternait. Le travail forcé était courant sur son île, mais il était sans commune mesure avec ce qui se passait ici. Ces manoirs avaient été construits grâce aux profits générés par les combats de gladiateurs et les fermes à bébés. Solon Tofusin avait fait un détour et s'était promené dans le Dédale pour voir à quoi ressemblait la moitié silencieuse de sa nouvelle cité d'adoption. La misère de ces quartiers ne rendait le déploiement de richesses de la rue Sidlin que plus obscène.

Il était fatigué. Il n'était pas grand, mais massif – massif du ventre et, dieu merci ! encore plus massif des épaules et de la poitrine. Son cheval était une bonne monture, mais ce n'était pas un fougueux destrier : Solon passait autant de temps à le mener par la bride qu'à le chevaucher.

Les grands domaines se dressaient devant lui. Ils se différenciaient davantage par la superficie de leur terrain que par la taille des bâtiments. Les manoirs se pressaient les uns contre les autres alors que les domaines étaient vastes. Des hommes montaient la garde devant des grilles d'entrée en bois-de-fer ou, plus rarement, en métal – des grilles fabriquées une éternité plus tôt pour servir de protection et non pas de décoration.

Celle du premier domaine arborait la truite des Jadwin damasquinée à la feuille d'or. Solon jeta un coup d'œil par le couloir de la barbacane. Il aperçut un jardin somptueux parsemé de statues. Certaines étaient en marbre ; d'autres, recouvertes d'or brut.

Pas étonnant qu'ils postent une dizaine de gardes devant.

Les gardes étaient loin d'être des adonis et si la duchesse entretenait bel et bien des relations coupables avec eux – ainsi que certaines rumeurs l'affirmaient –, l'appétit sexuel de Trudana Jadwin était vraiment insatiable. Solon fut ravi de passer son chemin. Il était bel homme avec sa peau olivâtre, ses yeux sombres et ses cheveux aussi noirs qu'une nuit encore épargnée par les ombres grisonnantes de l'aube. Partager une demeure avec une duchesse vorace dont le mari faisait de nombreux et longs séjours dans des ambassades lointaines était un embarras dont il se passerait volontiers.

Non pas que je trouverai mieux là où je vais. Dorian, mon ami, j'espère que tu as eu une idée de génie.

Il n'avait aucune envie d'envisager le contraire.

— Je suis Solon Tofusin. Je viens voir le seigneur Gyre, déclara-t-il en arrivant devant les portes du domaine des Gyre.

— Le duc ? demanda le garde.

Il poussa son casque en arrière et se gratta le front.

Quel nigaud !

— Oui, le duc Gyre.

Solon parla avec lenteur et insista sur chaque mot, mais il était tellement fatigué…

— C'est bien malheureux, dit le garde.

Solon attendit la suite, mais l'homme ne donna pas davantage de détails.

Ce n'est pas un nigaud, c'est un con !

— Le seigneur Gyre est parti ?

— Nan.

Ah ! c'est comme ça que ça se passe ! Le rouquin aurait pu me prévenir.

— Je n'ignore pas que votre peuple a été victime de pillages pendant des millénaires et que les Ceurans les plus intelligents se sont installés dans les terres en abandonnant vos ancêtres sur la côte. Je sais que, au cours de l'attaque de votre village, les pirates séthis ont fait subir les derniers outrages à toutes les femmes présentables – en délaissant une fois de plus vos malheureux ancêtres. Ce n'est donc pas votre faute si vous êtes aussi laid qu'obtus, mais auriez-vous l'obligeance de faire un effort et de m'expliquer comment le seigneur Gyre peut être à la fois absent et présent ? N'hésitez pas à employer des mots simples.

Contre toute attente, l'homme afficha une expression ravie :

— Vous n'avez pas de marques sur la peau, pas d'anneaux sur le visage, vous ne parlez même pas comme un poisson. De toute façon, vous êtes trop gros pour être un poisson. Laissez-moi deviner : quelqu'un vous a offert en sacrifice aux dieux marins, mais ces derniers n'ont pas voulu de vous et, quand les flots vous ont rejeté sur le rivage, vous avez été élevé par un troll femelle qui vous a pris pour un de ses rejetons ?

— Elle avait une excuse : elle était aveugle.

Le garde éclata de rire, et Solon décida qu'en fin de compte cet homme était sympathique.

— Le duc Gyre est parti ce matin. Il ne reviendra pas.

— Il ne reviendra pas ? Jamais, vous voulez dire ?

— Ce n'est pas à moi de parler de ça. Mais en effet, il ne reviendra jamais – à moins que je me trompe. Il est allé prendre le commandement de la garnison de Vents Hurlants.

— Mais vous avez dit que le seigneur Gyre n'était pas parti.

— Le duc a confié la responsabilité de la maison Gyre à son fils jusqu'à son retour.

— Et il ne reviendra jamais.

— Vous comprenez vite pour un poisson. Son fils Logan est maintenant le Gyre.

Voilà qui ne m'arrange pas.

Sa vie en eût-elle dépendu, Solon aurait été incapable de se souvenir si Dorian avait parlé du duc Gyre ou du seigneur Gyre. Il n'avait jamais imaginé que la maison Gyre pouvait être dirigée par deux personnes. Si la prophétie concernait le duc, il devait remonter sur son cheval tout de suite. Mais si elle concernait son fils ? En partant pour Vents Hurlants il abandonnerait le garçon au moment où celui-ci avait grand besoin de lui.

— Pourrais-je m'entretenir avec le seigneur Gyre ?

— Vous êtes capable d'utiliser votre épée ? demanda le garde. Si ce n'est pas le cas, je vous suggère de la cacher.

— Pardon ?

— Vous ne viendrez pas vous plaindre que je ne vous ai pas averti. Suivez-moi.

Le garde appela un de ses camarades en faction en haut du mur. L'homme descendit et se posta devant la porte d'entrée tandis que le Ceuran conduisait Solon à l'intérieur du domaine. Un valet d'écurie se chargea du cheval du visiteur, mais Solon conserva son arme.

Il ne put s'empêcher d'être impressionné : le domaine des Gyre dégageait une aura de pérennité, de gravité circonspecte propre à une famille vénérable. Des acanthes, plantées à l'intérieur et à l'extérieur des murailles, poussaient sur une terre rouge qui, Solon le savait, avait dû être apportée à cette seule intention. Ces plantes épineuses n'avaient pas seulement été choisies afin de garder les mendiants et les voleurs à l'écart des murs d'enceinte, elles partageaient aussi un lien ancien avec la noblesse alitaeranne. Le manoir était aussi intimidant : tout en pierre massive, en larges voûtes et en portes épaisses capables de résister à des coups de bélier. Le seul compromis de la force à l'esthétique se limitait aux roses grimpantes rouge sang qui encadraient chaque porte et chaque fenêtre du rez-de-chaussée. Sur ce décor de pierre noire et de croisées protégées par des grilles en fer, l'incarnat sublime des fleurs offrait un spectacle frappant.

Solon ne prêta pas attention au tintement de l'acier avant que le Ceuran passe devant l'entrée du manoir et contourne le bâtiment. Depuis le jardin, on apercevait jusqu'à Château Cénaria au-delà de la Plith. Sur la pelouse, plusieurs gardes regardaient deux hommes qui s'affrontaient engoncés dans des armures d'entraînement. Le plus petit reculait en cercle tandis que son bouclier était martelé sans merci. Il trébucha, et son adversaire se précipita sur lui comme un taureau furieux avant de lui administrer un puissant coup de bouclier. L'homme tomba à terre et leva son épée, mais l'attaque suivante envoya l'arme virevolter au loin. Le plus grand frappa de nouveau et sa lame fit résonner le casque de son adversaire comme une cloche.

Le seigneur Gyre ôta son casque d'un geste vif et éclata de rire en aidant le garde à se relever. Le cœur de Solon bascula.

Était-ce donc là le seigneur Gyre ? C'était un enfant dans un corps de géant ! Ses traits étaient encore vaguement poupins. Il ne pouvait pas avoir plus de quatorze ans – et était sûrement plus jeune. Solon imagina le visage hilare de Dorian. Dorian savait qu'il détestait les enfants.

Le garde ceuran s'avança et s'adressa au seigneur Gyre à voix basse.

— Bonjour ! lança le garçon en se tournant vers Solon. Marcus dit que vous affirmez être un redoutable escrimeur. Est-ce exact ?

Solon regarda le garde qui lui adressa un petit sourire narquois.

Il s'appelle Marcus ?

Dans ce pays, la pagaille n'épargnait même pas les prénoms. On ne se préoccupait guère de l'origine des gens, et des noms alitaerans, comme Marcus ou Lucienne, côtoyaient sans vergogne des noms lodricariens, comme Rodo ou Daydra, et des noms ceurans, comme Hideo ou Shizumi – sans compter des noms cénariens classiques, comme Aléine ou Félène. Les seuls que personne ne donnait à ses enfants, c'étaient les noms d'esclaves si courants dans le Dédale : Balafre ou Bec de Lièvre.

— Je suis capable de tenir une arme, seigneur Gyre, mais ce sont des mots et non des coups que je souhaiterais échanger avec vous.

Si je pars maintenant, ma vieille jument et moi atteindrons Vents Hurlants dans six ou sept jours.

— Nous parlerons donc, mais après quelques passes d'armes. Marcus, va lui chercher une armure d'entraînement.

Les gardes paraissaient heureux et Solon s'aperçut qu'ils aimaient ce jeune seigneur comme leur fils. Ils riaient trop facilement et satisfaisaient le moindre de ses désirs. Ils étaient encore ravis de sa soudaine accession au titre de Gyre.

— Je n'en ai pas besoin, dit Solon.

Les gloussements s'interrompirent et les gardes fixèrent leur regard sur le Séthi.

— Vous voulez m'affronter sans armure ? demanda Logan.

— Je ne souhaite pas vous affronter du tout, mais si c'est là votre désir, je m'y plie. En revanche, je refuse de me battre avec une arme d'entraînement.

Les gardes s'esclaffèrent en imaginant le petit Séthi se mesurer – sans protection – à leur géant. Pourtant, un certain malaise se lut sur le visage de Marcus et de quelques-uns de ses camarades. Dans son épaisse armure, Logan ne craignait guère de recevoir une blessure grave, même si le coup était porté par une épée affûtée. Néanmoins, il y avait toujours un risque. Solon croisa les yeux de Logan et vit que celui-ci en était conscient. Le jeune seigneur se demandait soudain s'il ne s'était pas montré trop présomptueux en défiant quelqu'un dont il ne savait rien, quelqu'un qui lui voulait peut-être du mal. Logan examina une fois de plus la solide carrure du visiteur.

— Seigneur, dit Marcus, il serait peut-être préférable de…

— C'est d'accord ! lança Logan à Solon. (Il enfila son casque, ferma la visière et agita son épée.) Quand vous voulez.

Il n'eut pas le temps de réagir : Solon se fendit, glissa les doigts à travers la fente du casque et saisit le nez du garçon. Il le tira en avant, tourna le poignet et le jeune homme s'effondra avec un grognement. Le petit Séthi s'agenouilla en lui coinçant la tête entre ses cuisses et s'empara du poignard accroché à la ceinture de son adversaire. Il approcha la lame des yeux de Logan.

— Reconnaissez-vous votre défaite ? demanda Solon.

Le garçon haletait.

— Je la reconnais.

Solon le lâcha et se releva en brossant la poussière de son pantalon. Il ne proposa pas au seigneur Gyre de l'aider.

Les gardes étaient silencieux. Plusieurs avaient dégainé leur épée, mais personne n'avançait. Si le Séthi avait eu l'intention de tuer Logan, il l'aurait déjà fait. Ils imaginaient sans doute le sort que leur aurait réservé le duc si son fils avait été assassiné.

— Vous êtes un jeune imbécile, seigneur Gyre, déclara Solon. Un bouffon qui s'exhibe devant des hommes à qui il demandera peut-être un jour de mourir pour lui.

Il a parlé du duc Gyre ! Oui, Dorian a sûrement parlé du duc *Gyre. Pourtant, il m'a demandé de venir ici. Il m'aurait certainement envoyé à la garnison s'il avait parlé du duc. Mais la prophétie ne parlait pas de moi. Dorian ne pouvait pas deviner que mon voyage durerait plus longtemps que prévu, que j'arriverais dans cette ville avec du retard. Il ne pouvait pas le deviner, n'est-ce pas ?*

Logan ôta son casque. Son visage était écarlate, mais il ne laissa pas son embarras se transformer en colère.

— Je… J'ai mérité cette leçon, dit-il. Et j'ai mérité la correction que vous m'avez infligée. Je méritais peut-être même pis. Je suis désolé. Je suis un hôte bien misérable pour défier mes invités en duel.

— Vous savez que vos hommes se laissent battre, n'est-ce pas ?

Une stupéfaction affligée se peignit sur les traits du garçon. Il jeta un coup d'œil au garde avec qui il s'entraînait à l'arrivée de Solon, puis baissa la tête. Enfin, comme si cela exigeait un énorme effort de volonté, il leva les yeux pour regarder le petit Séthi.

— Je vois que vous dites la vérité. Je vous remercie, même si j'ai honte de l'apprendre.

Ses hommes prirent l'air penaud à leur tour. Ils le laissaient gagner parce qu'ils l'aimaient, mais leur comportement avait humilié leur seigneur. Ils n'étaient pas simplement malheureux, ils étaient au supplice.

Comment ce garçon peut-il s'attirer une telle loyauté ? Est-ce qu'il bénéficie seulement de celle portée à son père ?

Solon vit Logan dévisager chaque garde l'un après l'autre. Le jeune homme les dévisagea jusqu'à ce que leurs yeux se croisent et qu'ils détournent la tête. Non, Solon ne pensait pas que ce soit à cause de la loyauté due à Régnus Gyre. Le garçon laissa un silence douloureux s'installer et s'éterniser.

— Dans six mois, dit-il enfin à ses hommes, je servirai dans la garnison de mon père. Je ne resterai pas au chaud dans le château. Je me battrai, tout comme bon nombre d'entre vous. Mais puisque vous semblez considérer l'entraînement comme une distraction, très bien ! Vous allez vous distraire jusqu'à minuit. Tous ! Demain, nous commencerons à travailler sérieusement. Je vous attends tous ici une heure avant l'aube. C'est compris ?

— Oui, seigneur !

Logan se tourna vers Solon.

— Je suis désolé de ce qui vient d'arriver, maître Tofusin. De tout ce qui est arrivé. S'il vous plaît, appelez-moi Logan. Vous resterez dîner, bien entendu. Je peux aussi demander aux domestiques de vous préparer une chambre.

— Oui, répondit Solon. Ce sera parfait.

Chapitre 8

Le vürdmeister Neph Dada et le Rat se rencontraient toujours dans des endroits différents : des chambres d'auberge, des cales de bateau-échoppe, des boulangeries, des parcs du quartier est et des culs-de-sac du Dédale. Et depuis que Neph avait compris que le Rat avait peur de l'obscurité, il lui donnait rendez-vous la nuit.

Ce soir-là, Neph regarda le Rat et ses gardes du corps pénétrer dans le minuscule cimetière aux tombes trop nombreuses. Il ne faisait pas encore aussi sombre qu'il l'avait espéré. Les tavernes, les salles de jeu et les bordels s'entassaient à moins de trente pas. Le Rat ne congédia pas ses hommes tout de suite. Comme un peu partout dans le Dédale, le cimetière n'était qu'une trentaine de centimètres au-dessus du niveau du fleuve. Les Lapins – c'était ainsi qu'on surnommait les habitants du Dédale – enterraient leurs cadavres dans la boue. S'ils avaient assez d'argent, ils érigeaient des sarcophages en surface. Plusieurs années auparavant, après des émeutes, des immigrants ignorants avaient porté leurs morts en terre dans des cercueils. Ceux-ci avaient fait éclater le sol en remontant à la surface. Plusieurs d'entre eux s'étaient éventrés et les chiens sauvages avaient dévoré leur contenu.

Le Rat et ses gardes du corps étaient blêmes de peur.

— Laissez-nous, dit enfin l'adolescent à ses grands.

Il ramassa un crâne d'un air désinvolte et le lança en direction de l'un d'entre eux. Le garçon visé recula aussitôt et la boîte osseuse, fragilisée par le temps ou la maladie, vola en éclats contre une pierre.

— Salut, gamin, murmura Neph d'une voix rauque, juste à l'oreille du Rat.

Celui-ci sursauta et Neph esquissa un sourire auquel manquaient de nombreuses dents. Ses rares cheveux longs et blancs tombaient sur ses épaules en un filet graisseux. Il se tenait si près que l'adolescent recula.

— Qu'est-ce que tu veux ? Pourquoi je suis ici ?

— Ah ! l'alliance de la pétulance et de la philosophie !

Neph se rapprocha d'un pas traînant. Il avait passé sa jeunesse à Lodricar, à l'est de Khalidor. Selon les Lodricariens, un homme qui se tenait assez loin pour qu'on ne puisse pas sentir son haleine était un homme qui cachait quelque chose. Les marchands de Cénaria qui faisaient affaire avec eux se plaignaient avec véhémence de cette coutume, mais n'hésitaient pas à s'y soumettre quand une bourse remplie de pièces lodricariennes était en jeu. Pourtant, Neph ne restait pas près du Rat pour des raisons culturelles. Il avait quitté Lodricar depuis un demi-siècle. Il se tenait contre son interlocuteur parce qu'il aimait le mettre mal à l'aise.

— Ha ! s'exclama Neph en soufflant son haleine fétide au visage de l'adolescent.

— Quoi ? demanda le Rat en s'efforçant de ne pas reculer.

— Je n'ai pas encore perdu tout espoir en ce qui te concerne, grand benêt ! Parfois, tu parviens à apprendre malgré toi. Mais ce n'est pas pour ça que je suis ici. Et toi non plus. Il est temps de passer à l'action. Tes ennemis se sont ligués contre toi, mais ils ne sont pas encore organisés.

— Comment le sais-tu ?

— J'en sais davantage que tu crois, raton gros bidon.

Neph rit de nouveau et le visage du Rat se couvrit de postillons. Le garçon fut à deux doigts de le frapper – le vieillard le sentit. Ce n'était pas sans raison que l'adolescent était devenu le Poing de sa guilde. Mais, bien entendu, il ne lèverait jamais la main contre Neph. Celui-ci était frêle, mais un vürdmeister ne manquait pas de moyens de défense.

— Sais-tu combien de garçons ton père a enfantés ? demanda Neph.

Le Rat scruta le cimetière bien que Neph ait déjà vérifié que personne ne les écoutait. L'adolescent était d'une bêtise désespérante. Bête, mais rusé et impitoyable. En outre, Neph n'avait pas vraiment le choix. Quand il était arrivé à Cénaria, on lui avait confié quatre garçons. Le plus prometteur avait mangé de la viande avariée au cours de la première année et était mort avant que Neph se rende compte qu'il était malade. Cette semaine, le deuxième avait été tué dans un affrontement entre guildes pour la possession d'un territoire. Il ne lui en restait plus que deux.

— Sa Sainteté avait engendré cent trente-deux fils la dernière fois que j'ai fait le compte. La plupart d'entre eux n'avaient pas le Don et ont été éliminés. Tu fais partie des quarante-trois survivants. Je te l'ai déjà dit. Ce que je t'ai caché, c'est que chacun de vous a reçu une tâche à accomplir, une épreuve afin de prouver que vous pouvez être utiles à votre père. Si vous la réussissez, vous avez une chance de devenir Roi-dieu un jour. Est-ce que tu es capable de deviner en quoi consiste la tienne ?

Les yeux de fouine de l'adolescent brillèrent tandis que des visions de splendeur et d'opulence les traversaient.

Neph lui administra une gifle.

— Ta tâche, fiston !

Le Rat se frotta la joue en tremblant de rage.

— Je dois devenir le Shinga, dit-il à voix basse.

Eh bien ! ce garçon visait plus haut que Neph l'aurait imaginé. Parfait.

— Sa Sainteté a déclaré que Cénaria tomberait, comme toutes les terres du Sud. Le Sa'kagué est le seul pouvoir véritable dans la cité et, par conséquent, tu dois en effet devenir le Shinga. Ensuite, tu livreras Cénaria et tout ce qui s'y trouve à ton père. Ou, c'est plus probable, tu échoueras, tu mourras et un de tes frères se chargera de cette tâche.

— Certains de mes frères sont dans cette cité ?

— Ton père est un dieu, mais ses outils sont des hommes qui, par nature, sont faillibles. Sa Sainteté agit donc en conséquence. Maintenant, mon cher petit échec en puissance, quel est ton plan génial en ce qui concerne Azoth ?

La rage étincela de nouveau dans les yeux du Rat, mais il la maîtrisa. Neph n'avait qu'un mot à dire et il rejoindrait les cadavres flottant dans la Plith avant l'aube. Ils le savaient tous les deux. En vérité, Neph le mettait à l'épreuve. La cruauté était le principal atout du Rat – le vieillard avait vu sa soif de sang faire reculer des garçons plus âgés et capables de le tuer. Mais cette rage était inutile s'il ne parvenait pas à la dominer.

— Je le tuerai, dit le Rat. Je lui ferai pisser le sang comme…

— Tu ne peux pas le tuer, l'interrompit Neph. Si tu le tues, on l'oubliera et un autre prendra sa place. Il doit vivre, brisé, pour servir d'avertissement au monde.

— Je lui collerai une raclée en public ! Je lui briserai les mains et…

— Que se passera-t-il si ses *lézards* se précipitent à son secours ?

— Ils… Ils n'oseront pas ! Ils ont trop peur !

— Contrairement à d'autres garçons de ma connaissance, Azoth n'est pas un imbécile. Il a compris ce qui se passait quand ces grands sont venus à lui. Peut-être même qu'il avait prévu tout ça depuis le début. Il sait à quoi s'attendre de ta part. Il sait que, selon toute probabilité, tu vas prendre peur et essayer de lui administrer une raclée. Il aura imaginé un plan pour contrecarrer cette éventualité.

Le Rat comprit peu à peu ce que cela impliquait, Neph le lut dans ses yeux. Il risquait de perdre le commandement de la guilde et, si cela arrivait, la vie.

— Mais tu as un plan, dit l'adolescent. Tu sais comment je pourrais le détruire, pas vrai ?

— Il est même possible que je te le fasse partager, répondit Neph.

C'était imminent. Azoth le sentait. L'enfant était allongé sur le sol entouré de ses lézards, de sa guilde. *Sa* guilde. Quinze petits et cinq grands. Respectivement, la moitié et le quart des effectifs du Dragon Noir. Ils dormaient paisiblement autour de lui – y compris Blaireau, sans doute, bien qu'il soit juste censé faire semblant.

Azoth n'avait pas fermé l'œil depuis quatre jours. Depuis sa discussion avec Blint et son retour au moulin, il s'allongeait chaque nuit et imaginait des plans, doutait ou tremblait d'excitation à la perspective de vivre débarrassé du Rat. Et chaque matin, à l'aube, la lumière réduisait ses projets en poussière. Par plaisanterie, il avait baptisé ses suivants « lézards » – ce n'étaient certes pas des dragons –, mais les enfants n'avaient pas compris la connotation désespérée de ce surnom et se l'étaient approprié avec fierté.

Pendant la journée, Azoth jouait son rôle : il donnait des ordres, organisait ses pathétiques lézards et s'efforçait par tous les moyens de ne pas penser à ce qu'il devait faire : tuer le Rat. Combien de temps celui-ci patienterait-il ? C'était le moment idéal pour procéder à une purge. Tout le monde attendait de voir comment l'adolescent allait réagir. Tout le monde était encore persuadé qu'Azoth allait faire quelque chose. S'il ne répondait pas très vite à cette attente, on commencerait à douter de lui et il perdrait sa guilde en un clin d'œil.

Azoth avait ordonné aux trois petits en qui il avait le plus confiance de protéger Poupée à tout moment. Puis le doute s'était emparé de lui. Il gaspillait le peu de forces dont il disposait. Il avait besoin que ces enfants lui rapportent des informations, qu'ils écoutent ce que disaient les autres membres du Dragon Noir, qu'ils cherchent des guildes voisines susceptibles d'accueillir les lézards. Et puis, qu'est-ce que trois petits auraient pu faire contre tous les grands du Rat ? Ils avaient respectivement huit, dix et onze ans, comment auraient-ils pu arrêter des garçons de quinze ou seize ans ? En fin de compte, il avait assigné deux de ses grands à la protection de Poupée – qu'il gardait toujours près de lui au cours de la journée.

La fatigue se faisait sentir et lui embrumait l'esprit. Les nuits sans sommeil le rattrapaient. Ce n'était qu'une question de temps avant qu'il commette une erreur stupide. Tout cela parce qu'il n'avait pas eu le cran de tuer le Rat.

Il pouvait encore le faire ce soir. Ce serait facile – très facile. L'adolescent était parti avant minuit en compagnie de deux grands, mais, à son retour, il s'endormirait comme une masse. Ce fils de pute n'avait jamais de problèmes d'insomnie. Azoth avait toujours le couteau et même un véritable poignard qu'un grand avait volé. Il lui suffisait de s'approcher du Rat et de le planter – n'importe quelle partie du ventre ferait l'affaire. Même si ses dragons étaient assez loyaux pour l'emmener chez un guérisseur, ils le délesteraient sans doute de son argent au préalable. Qui accepterait de soigner un rat de guilde à titre gracieux ? Tout ce qu'Azoth avait à faire, c'était patienter cinq minutes après le retour du Rat. Ensuite, il se lèverait pour aller pisser et, en revenant, il le tuerait.

C'était le seul moyen de protéger Poupée.

Il savait ce qui l'attendait s'il devenait un pisse-culotte. Tout serait différent. Les pisse-culottes étaient des poignards dans l'obscurité. Azoth apprendrait à se battre, à tuer. Et il ne se contenterait pas d'apprendre, il passerait aussi à la pratique. Blint lui demanderait d'exécuter des contrats. Cette perspective le tourmentait comme les yeux de Poupée : c'était sans grande importance tant qu'il ne croisait pas son regard. Pourtant, il n'imaginait pas ces meurtres en détail. Il se raccrochait à l'image de Durzo Blint riant face à tous les membres de la guilde. Durzo Blint qui riait face au Rat et à sa petite armée. Durzo Blint, l'incarnation du courage. Durzo Blint, l'homme qu'Azoth pouvait *devenir*.

Blint l'emmènerait loin d'ici. Azoth ne prendrait pas le commandement de la guilde. Il ne resterait même pas le chef de ses lézards. Il n'en avait aucune envie. Il ne voulait plus voir ces petits qui le considéraient comme un père, ces grands qui le dominaient de leur taille, ces enfants persuadés que leur chef savait ce qu'il faisait et qu'il les protégerait. Azoth n'était même pas capable de se protéger lui-même. C'était une imposture. Il était un imposteur. On lui avait tendu un piège et ils ne s'en apercevaient pas.

Le grincement caractéristique de la porte d'entrée qu'on tirait sur le côté annonça le retour du Rat. Azoth était terrifié. Il aurait éclaté en larmes s'il n'avait pas demandé à Blaireau de rester éveillé. Il ne pouvait pas pleurer devant ses grands. Il était certain que le Rat allait venir le chercher, qu'il allait ordonner à ses gardes du corps de le soulever, de l'emmener et de lui infliger un châtiment horrible – si horrible que celui de Jarl paraîtrait enviable en comparaison. Mais, fidèle à ses habitudes, le Rat s'enfonça dans son harem, s'allongea et s'endormit en quelques secondes.

Un pisse-culotte ne pleurait pas. Azoth s'efforça de calmer sa respiration et tendit l'oreille pour savoir si les gardes du corps du Rat s'étaient endormis, eux aussi.

Les pisse-culottes ne ressentaient pas la peur. C'étaient des assassins. C'étaient les autres qui avaient peur d'eux. Tous les membres du Sa'kagué les craignaient.

Si je reste allongé et que j'essaie de dormir, on me laissera peut-être en paix pendant une nuit ou une semaine, mais le Rat finira par m'avoir. Il détruira tout.

Azoth avait vu la lueur qui brillait dans les yeux de l'adolescent. Il était persuadé que le Rat le détruirait et il était persuadé qu'il n'attendrait pas une autre semaine pour passer à l'acte.

C'est lui ou moi.

Azoth s'imagina comme un héros, comme un personnage tiré d'un récit de barde : il rendait son argent à Jarl ; il donnait à Ja'laliel de quoi payer son affranchissement ; tous les membres de la guilde chantaient ses louanges parce qu'il avait tué le Rat ; Poupée parlait pour la première fois et, dans ses yeux, une lueur d'approbation récompensait son courage.

C'était idiot et il ne pouvait pas s'offrir le luxe d'être idiot.

Il fallait qu'il aille pisser. Il se leva avec colère et sortit par la porte de derrière. Il passa près des gardes et ceux-ci ne remuèrent même pas dans leur sommeil.

L'air de la nuit était frais et nauséabond. Azoth avait dépensé la plus grande partie de son argent pour nourrir ses lézards. Aujourd'hui, il avait acheté du poisson. Les petits, toujours affamés, avaient dévoré jusqu'aux entrailles et étaient tombés malades. Tandis que le jet d'urine décrivait un arc de cercle sur le chemin, Azoth songea qu'il aurait dû demander à quelqu'un de les surveiller pendant le repas. Cela non plus, il ne l'avait pas prévu.

Il entendit un raclement dans le bâtiment. Il leva les yeux et scruta les ténèbres, mais ne vit rien. Il perdait la tête. Il sursautait au moindre bruit alors qu'il y avait soixante rats de guilde qui dormaient les uns contre les autres dans le moulin, grognant sur leur ventre vide et roulant contre leur voisin.

Il sourit soudain et toucha son couteau. Il y avait peut-être cent choses qu'il ignorait et mille qu'il ne maîtrisait pas, mais il savait ce qu'il avait à faire maintenant.

Le Rat devait mourir. C'était aussi simple que cela. Ce qui arriverait ensuite à Azoth était sans importance. Qu'on le remercie ou qu'on le tue, il devait supprimer le Rat. Il devait le supprimer avant qu'il s'en prenne à Poupée. Il devait le supprimer tout de suite.

Azoth prit sa décision. Il rentra en tenant le couteau dans le prolongement du poignet. Le Rat devait dormir au milieu de son harem. Le garçon n'aurait que deux pas à faire en passant à côté. Il ferait semblant de tituber de sommeil, au cas où les grands le surveilleraient, et il plongerait sa lame dans le ventre de ce salaud. Il continuerait à frapper jusqu'à la mort du Rat – ou la sienne.

Azoth était à quatre pas de sa cible lorsqu'il aperçut l'endroit où son groupe dormait. Blaireau était allongé sur le dos. Une fine ligne se dessinait en travers de son cou, noire sur la peau blanche. Ses yeux étaient grands ouverts, mais il ne bougeait pas.

La place de Poupée était vide. Elle avait disparu. Le Rat aussi.

Chapitre 9

Azoth resta allongé dans les ténèbres, trop abasourdi pour pleurer. Malgré le terrible choc qu'il venait d'éprouver, il savait que les gardes du corps du Rat ne dormaient pas. C'était le moment qu'ils avaient attendu. Le garçon ne s'était absenté qu'une petite minute et ils en avaient profité pour s'emparer de Poupée. Il était inutile de réveiller les autres lézards : dans l'obscurité et la confusion, comment identifier les grands du Rat qui avaient quitté le moulin ? À quoi bon ? Cela ne lui apprendrait pas où ils étaient partis. Et même s'il l'apprenait, que pourrait-il faire ?

Il resta allongé dans les ténèbres, incapable de réfléchir, les yeux fixés sur le plafond croulant. Il les avait entendus. Qu'il soit maudit à jamais ! Il avait entendu un bruit et il n'était même pas allé voir.

Il resta allongé dans les ténèbres, détruit. Les sentinelles furent relevées. Le soleil se leva. Les rats de guilde remuèrent, encore endormis. Azoth fixa les yeux sur le plafond croulant et attendit qu'il s'effondre sur lui comme le reste du monde. Il aurait été incapable de bouger si sa vie en avait dépendu.

Il resta allongé dans la lumière. Des enfants hurlaient. Des petits tiraient sur ses vêtements et criaient quelque chose, quelque chose à propos de Blaireau. Des questions. Ce n'étaient que des mots. Les mots n'étaient que du vent. On le secoua, mais il était si loin.

Il ne se réveilla que beaucoup plus tard. Un seul bruit était capable de le tirer de sa transe : le rire du Rat.

Sa peau fut parcourue d'une vague de picotements, et il se redressa. Il n'avait pas lâché le couteau. Il y avait du sang séché sur le sol, mais Azoth le remarqua à peine. Il se leva et se dirigea vers la sortie.

Le terrible rire résonna une fois de plus, et Azoth se mit à courir.

À l'instant où il franchissait la porte, il entraperçut l'ombre du chambranle s'allonger et se précipiter en avant. Un jour, il avait vu une araignée-trappe à l'œuvre. Son attaquant se montra tout aussi rapide et efficace. Azoth percuta la silhouette sombre et son crâne sonna comme s'il avait heurté un mur de briques. On le traîna entre le grand bâtiment et la ruine adjacente, un endroit plongé dans une ombre épaisse.

— Tu es tellement pressé de mourir, petit ?

Azoth fut incapable de secouer la tête, incapable de se libérer. La silhouette noire avait posé une main de fer sur son visage. Il comprit peu à peu que l'inconnu était maître Blint.

— Cinq jours, fiston. Voilà cinq jours que je t'ai demandé de le tuer.

Il murmurait à l'oreille d'Azoth. Une légère odeur d'ail et d'oignon se mêlait à son haleine. Devant eux, le Rat s'adressait aux membres de la guilde. Il riait et les faisait rire. Il y avait quelques lézards d'Azoth parmi eux. Ils riaient aussi, espérant sans doute se faire oublier.

Ça a donc commencé.

Tout ce qu'Azoth était parvenu à accomplir, même si ce n'était pas grand-chose, tombait en poussière. Le reste des lézards étaient partis. Ils reviendraient sans doute un peu plus tard, en catimini, pour voir ce qui s'était passé. Azoth ne pouvait même pas leur en vouloir. Dans le Dédale, il fallait faire le nécessaire pour survivre. Ce n'étaient pas eux qui avaient échoué, c'était lui. Blint avait raison : de chaque côté du Rat, les grands étaient sur leurs gardes. Leur chef aussi était sur ses gardes. Si Azoth s'était précipité vers eux, il serait mort – ou pis encore. Il avait eu tout le temps de se préparer et il n'avait rien fait. Il aurait mérité qu'ils le tuent.

— Tu t'es calmé, fiston ? demanda Blint. Tant mieux, parce que je vais te montrer le prix de ton hésitation.

Un vieil homme voûté conduisit Solon jusqu'à la salle à manger. Le domestique était vêtu d'un uniforme repassé impeccablement et orné de galons dorés ainsi que du blason des Gyre : un faucon blanc qui s'élançait vers le ciel sur un fond couleur sable – au fil des siècles, il était devenu difficile de voir que l'animal était en fait un gyrefaucon, un rapace du Nord. Il était très différent de ses cousins khalidoriens et lodricariens : les gyrefaucons ne vivaient que dans la région des Glaces.

Les Gyre ne sont donc pas plus cénariens que moi, songea Solon.

Le dîner était servi dans le grand hall – un choix curieux, estima le visiteur. Le grand hall était certes impressionnant, un peu trop, même. Il devait être presque aussi large que celui de Château Cénaria. Il était décoré de tapisseries, de bannières, de boucliers appartenant à des ennemis occis depuis des lustres, de gigantesques toiles et de statues en marbre ou recouvertes d'or ; au plafond, une fresque représentait une scène tirée de l'Alkestia. Au milieu d'un tel apparat, la table – qui mesurait plus de vingt mètres de long – semblait ridiculement petite.

— Le seigneur Solon Tofusin, de la maison Tofusin, Cherchevents de la maison royale Bra'aden de l'Empire îlien de Seth, déclara le vieil homme.

De nos jours, Seth n'avait plus grand-chose d'un empire, mais le domestique connaissait les titres appropriés pour le présenter, ou bien il s'était renseigné sur l'étiquette séthie. Solon fut satisfait. Il s'avança pour saluer Dame Gyre.

Son hôtesse était une femme séduisante et très digne ; elle avait des yeux vert sombre, la peau mate et la fine ossature des membres de la maison Graesin ; pourtant, malgré sa silhouette admirable, elle était vêtue avec modestie selon les critères cénariens : sa robe grise était à sa taille, mais ne moulait pas son corps, le col était serré autour du cou et l'ourlet couvrait presque ses chevilles délicates.

— Mes salutations, ma Dame, dit Solon. (Il s'inclina, paumes ouvertes, ainsi que le voulait la coutume séthie.) Puisse le soleil vous sourire et les tempêtes vous surprendre au port.

C'était un peu exagéré, mais pas plus que de dîner à trois dans une salle susceptible d'abriter un microclimat.

Dame Gyre laissa échapper un petit grognement dubitatif et ne se donna pas la peine de répondre. Tout le monde s'assit et les domestiques apportèrent le premier plat, une soupe de canard mandarin assaisonnée au fenouil.

— Mon fils m'a informée de votre identité, mais vous vous exprimez fort bien et vous avez estimé judicieux de ne pas vous accrocher des bouts de métal sur le visage. En outre, vous portez des vêtements. Vous m'en voyez ravie.

La bonne duchesse avait appris ce qui s'était passé entre Logan et Solon au cours de leur bref affrontement, bien entendu, et elle n'aimait guère qu'on ridiculise son fils.

— C'est donc vrai ? demanda Logan.

Il était assis à une extrémité de la table ; sa mère, à l'autre et, malheureusement pour lui, Solon était au milieu.

— Les Séthis se promènent nus sur leurs navires ?

— Logan ! lâcha Catrinna Gyre d'un ton sec.

— Non. Si je puis me permettre, Dame Gyre, c'est une idée reçue. Notre île coupe en deux le courant le plus chaud de la Grande Mer et il est donc rare qu'il y fasse froid, même en hiver. L'été, les températures deviennent presque insupportables. Par conséquent, nous ne portons pas autant de vêtements et de manteaux que les habitants de votre pays, mais nous ne sommes pas dépourvus d'une certaine pudeur.

— La pudeur ? Selon vous, les femmes se promenant à moitié nues sur les ponts des navires sont pudiques ? demanda Dame Gyre.

Cette évocation sembla laisser Logan songeur – et très intéressé.

— Tout le monde n'est pas pudique, bien sûr. Mais, pour nous, les seins ne sont pas plus érotiques que le cou. Il peut être agréable de les embrasser, mais il n'y a aucune raison de…

— Vous allez trop loin !

— D'un autre côté, une femme qui dévoile ses chevilles affirme clairement ses intentions de ne pas regagner sa cabine sans un peu de compagnie. Je vous assure, Dame Gyre. (Il haussa un sourcil et fit semblant de regarder les pieds de son hôtesse – bien qu'ils soient trop loin et cachés par la table.) Les femmes séthies vous jugeraient fort provocante.

Catrinna Gyre devint livide.

Logan éclata de rire avant qu'elle ait le temps de prendre la parole.

— Les chevilles ? Les chevilles ? C'est si… ridicule ! (Il lança un sifflement admiratif.) Vous avez de ravissantes chevilles, mère.

Il s'esclaffa de nouveau.

Un serviteur arriva avec le deuxième plat, mais Solon ne le vit même pas le déposer sur la table.

Mais pourquoi est-ce que je me comporte ainsi ?

Ce ne serait pas la première fois que sa langue trop bien pendue causerait sa perte.

— Je constate que votre insolence ne se limite pas à frapper le seigneur Gyre, lâcha la duchesse.

Tiens donc ! Le jeune homme est *soudain* devenu seigneur Gyre. Les gardes n'étaient pas idiots, ils ne cajolaient pas

Logan : c'était Catrinna Gyre qui leur avait sans doute ordonné de ne pas faire de mal à son fils pendant les entraînements.

— Mère, il ne m'a jamais manqué de respect. Et il n'avait pas l'intention de vous offenser non plus. (Ses yeux passèrent de Catrinna Gyre à Solon, mais ils ne croisèrent que deux regards glacés.) N'est-ce pas, seigneur Tofusin ?

— Ma Dame, dit Solon, mon père m'a dit un jour qu'il n'y avait pas plus de seigneurs sur un terrain d'entraînement que sur un champ de bataille.

— C'est ridicule ! Un véritable seigneur reste un seigneur en toutes circonstances. Nous le savons, à Cénaria.

— Mère, le seigneur Tofusin voulait dire que les lames ennemies tranchent aussi bien la chair d'un roturier que celle d'un noble.

Dame Gyre ignora la remarque de son fils.

— Que voulez-vous de nous, maître Tofusin ?

Il était impoli de poser une telle question à un invité, et tout autant de s'adresser à lui comme s'il était un homme du commun. Solon avait compté sur la courtoisie des Gyre pour s'accorder le temps de réfléchir au problème. Il avait cru qu'il pourrait attendre et observer ses hôtes, manger en leur compagnie à chaque repas et disposer de trois ou quatre semaines avant de faire part de ses intentions. Il parviendrait peut-être à apprécier ce garçon, mais cette femme ! Dieux ! Il aurait mieux fait de tenter sa chance avec la nymphomane de la maison Jadwin.

— Mère ! Ne pensez-vous pas que vous êtes un peu...

Elle ne daigna même pas adresser un regard à son fils. Elle se contenta de tendre une main ouverte vers lui et fixa ses yeux sur Solon sans ciller.

C'est donc ainsi.

Logan n'était pas seulement son fils. C'était le seigneur de Catrinna Gyre, mais il n'en demeurait pas moins un enfant. Solon devina l'histoire de la famille dans le geste de la mère.

Elle levait la main, et Logan, trop jeune, trop inexpérimenté, se taisait comme un petit garçon bien élevé au lieu de la punir comme un seigneur digne de ce nom. En songeant à ce mépris et au mépris avec lequel elle l'avait accueilli, le Séthi comprit pourquoi le duc Gyre avait élevé son fils à la dignité de seigneur en son absence. Il estimait sa propre femme incapable de gérer les affaires de la maison.

— J'attends ! dit Dame Gyre.

La froideur de sa voix décida Solon.

Il n'aimait pas les enfants, mais il détestait les tyrans.

Maudit sois-tu, Dorian !

— Je suis venu pour servir de conseiller au seigneur Gyre, répondit-il avec un grand sourire.

— Ah ! certainement pas !

— Mère ! s'exclama Logan avec une pointe glacée et résolue dans la voix.

— Non ! Jamais ! En fait, maître Tofusin, je souhaiterais que vous preniez congé.

— Mère !

— Sur-le-champ !

Solon resta assis, tenant sa fourchette à deux piques et son couteau au-dessus de son assiette – il était soulagé de constater qu'il se souvenait du maniement de ces ustensiles. Il s'obligea à demeurer immobile.

— Quand allez-vous laisser le seigneur Gyre agir comme le seigneur Gyre ? lui demanda-t-il.

— Quand il sera prêt à le faire. Quand il sera plus vieux. Et je ne répondrai pas aux questions d'un sauvage séthi qui…

— Sont-ce là les ordres que le duc Gyre vous a laissés lorsqu'il a nommé son fils seigneur suppléant ? D'attendre qu'il soit prêt à remplir sa fonction ? Mon père m'a dit un jour qu'il n'y avait pas de différence entre l'obéissance différée et la désobéissance.

— Gardes ! cria Dame Gyre.

— Malédiction ! Mère ! Arrêtez !

Logan se leva d'une manière si brusque que sa chaise tomba avec fracas derrière lui.

Les gardes avaient parcouru la moitié de la distance les séparant de Solon. Ils prirent soudain l'air coupable. Ils échangèrent des regards et ralentirent pour essayer – en vain – d'approcher sans bruit. Leur cotte de mailles tintait à chacun de leurs pas.

— Logan, nous parlerons de tout cela plus tard, dit Catrinna Gyre. Tallan, Bran, escortez cet homme jusqu'à l'entrée du domaine. Maintenant !

— Je suis le Gyre ! Que personne ne le touche ! cria Logan.

Les gardes s'arrêtèrent. Les yeux de Catrinna brillèrent de rage.

— Comment oses-tu remettre mon autorité en cause ? Tu t'opposes à ta mère devant un étranger ? Ton attitude est scandaleuse, Logan ! Tu fais honte à ta famille ! Ton père a commis une terrible erreur en te faisant confiance.

Solon sentit la nausée monter en lui – et c'était peu de chose comparé à ce qu'éprouvait Logan. Bouleversé, le garçon ne savait plus quoi faire et était sur le point de céder.

La sale vipère ! Elle détruit ce qu'elle devrait protéger. Elle brise la confiance de son fils.

Logan regarda Tallan et Bran. Les deux gardes ne pouvaient pas faire semblant de ne rien avoir remarqué. Ils avaient assisté à son humiliation aux premières loges. Le désespoir se lisait sur leurs traits. Le garçon sembla se recroqueviller sur lui-même, se dessécher.

Il faut que j'intervienne.

— Seigneur Gyre, dit Solon en se levant. (Tout le monde tourna les yeux vers lui.) Je suis terriblement désolé. Je ne veux pas abuser de votre hospitalité et je n'ai pas la moindre intention de provoquer une querelle familiale. Il est vrai que je me suis laissé aller et que j'ai parlé avec trop de franchise à votre mère. Je n'ai pas vraiment l'habitude de… tempérer la vérité pour qu'elle convienne à votre sensibilité de Cénariens. Dame Gyre, je vous présente mes excuses si mes paroles vous ont offensés, vous ou le seigneur Gyre. Seigneur Gyre, je vous présente mes excuses si vous avez pensé que je me montrais insolent à votre égard. Je vais bien entendu prendre congé, avec votre permission.

Solon insista sur le « avec votre permission ».

Logan se redressa.

— C'est hors de question !

— Seigneur ?

Solon feignit la surprise.

— Je pense qu'il y a trop de sensibilité et pas assez de vérité dans cette maison, seigneur Tofusin. Vous ne vous êtes nullement montré insolent envers moi et j'aimerais que vous restiez. Je suis certain que ma mère fera tout son possible pour que votre séjour ici soit le plus agréable possible.

— Logan Gyre, tu n'oseras pas…, commença Catrinna Gyre.

Le garçon interrompit sa mère d'une voix forte :

— Gardes ! Dame Gyre est fatiguée et un peu fébrile. Escortez-la jusqu'à ses appartements. Je souhaiterais que l'un de vous reste devant sa porte pendant la nuit au cas où elle aurait besoin de quelque chose. Demain matin, nous prendrons le petit déjeuner dans la pièce habituelle.

Solon jubila. Logan consignait sa mère dans ses appartements et postait un garde à la porte pour qu'elle y reste jusqu'au lendemain – sans même lui laisser l'occasion de protester.

Ce garçon sera formidable.

Qu'est-ce que tu racontes ? Il l'est déjà. Je viens de lier mon destin au sien.

Cette idée n'était guère réjouissante. En arrivant dans le grand hall, Solon ne savait pas encore s'il allait rester ou non. D'ailleurs, une demi-heure plus tôt, il avait pris la décision de ne rien décider avant quelques semaines. Mais il avait changé d'avis : il servait Logan.

Est-ce que tu savais que cela se passerait ainsi, Dorian ?

Dorian ne croyait pas aux coïncidences, mais Solon n'avait jamais eu la foi de son ami. Mais foi ou incrédulité, le petit Séthi avait choisi son maître. Il eut soudain l'impression que quelque chose comprimait son cou comme un collier d'esclave trop serré.

Le reste de l'excellent repas se déroula en silence. Solon demanda à son seigneur l'autorisation de se retirer et s'en alla en quête de la première auberge servant du vin séthi.

Chapitre 10

Ses traits délicats n'étaient plus qu'une vision de cauchemar. Un jour, Azoth avait vu un cheval ruer au visage d'un homme. Le malheureux avait agonisé, la respiration sifflante, tandis qu'un peu d'air se frayait un chemin entre les dents cassées et les flots de sang. Le visage de Poupée était plus horrible encore.

Azoth détourna les yeux, mais Durzo l'attrapa par les cheveux et l'obligea à contempler le terrible spectacle.

— Regarde, putain ! Regarde ! C'est ton œuvre ! C'est le prix de l'hésitation, fiston ! Quand je te dis « tue ! », tu obéis tout de suite. Tu n'attends pas le lendemain, tu n'attends pas cinq jours, tu tues sur-le-champ ! Sans une seconde d'hésitation, sans tergiversations, sans arrière-pensée ! L'obéissance ! Tu sais ce que ça veut dire ? Je sais de quoi je parle ! Toi, tu ne sais rien ! Tu n'es rien ! Rien du tout ! Tu es la faiblesse incarnée ! Tu es une merde ! Tu es le sang qui pisse du nez de cette gamine !

Des sanglots jaillirent de la gorge d'Azoth. Il se débattit et essaya de se libérer, mais Durzo le maintenait d'une poigne de fer.

— Non ! Regarde ! C'est ton œuvre ! C'est ta faute ! C'est ton échec ! C'est ton cadavreux qui a fait ça ! Un cadavreux ne devrait plus bouger. Un cadavreux est mort. On n'attend pas cinq jours ! Un cadavreux est mort dès que tu acceptes le contrat. Tu comprends ?

Azoth vomit, mais Durzo ne le lâcha pas. Il se contenta de lui tourner la tête pour que Poupée ne soit pas souillée. Quand le garçon eut terminé, Durzo le fit pivoter et le libéra. Mais Azoth se retourna sans prendre le temps de s'essuyer la bouche et regarda la petite fille. Elle ne survivrait pas longtemps. Chacune de ses respirations était laborieuse. Le sang s'écoulait, gouttait, dégoulinait et se répandait sur les draps avant de se répandre sur le sol.

Il fixa les yeux sur le visage de Poupée jusqu'à ce qu'il disparaisse, jusqu'à ce qu'il ne voie plus que les angles et les courbes pourpres qui avaient autrefois formé les traits ravissants de la fillette. Les lacérations se transformèrent en fer rouge et apposèrent une marque indélébile dans sa mémoire. Azoth resta immobile et attendit que la brûlure restitue à la perfection l'image de son abomination, afin qu'elle reproduise dans les moindres détails les blessures du petit visage.

Durzo ne dit pas un mot. C'était sans importance. Il était sans importance. Azoth n'avait aucune importance. La seule chose qui importait, c'était la minuscule fillette étendue sur des draps ensanglantés. Azoth sentit quelque chose s'effondrer en lui, quelque chose qui l'écrasait et qui chassait l'air de ses poumons. Une partie de lui fut heureuse et se réjouit tandis que cette force le broyait, le comprimait et le réduisait à néant. Il le méritait.

Puis tout s'arrêta. Il cligna des paupières et s'aperçut que ses yeux étaient secs. Il ne voulait pas disparaître. Quelque chose en lui refusait de disparaître. Il se tourna vers Durzo.

— Si vous la sauvez, je ferai tout ce que vous me demanderez, à jamais.

— Tu ne comprends pas, fiston. Tu as déjà échoué. En plus, elle est mourante. Tu ne peux rien faire. Elle n'est plus bonne à rien maintenant. La valeur d'une fille des rues se mesure à ce qu'elle peut gagner en se prostituant. Tu ne lui rendras pas service en lui sauvant la vie. Elle ne t'en sera pas reconnaissante.

— Je vous rejoindrai quand il sera mort.

— Tu as déjà échoué.

— Vous m'avez donné une semaine. Il ne s'est écoulé que cinq jours depuis que nous avons fait ce marché.

Durzo secoua la tête.

— Par les Anges de la Nuit ! Qu'il en soit ainsi ! Mais si tu viens sans preuve, je te trancherai le cou.

Azoth ne répondit pas. Il marchait déjà vers la porte.

Elle agonisait lentement, mais elle agonisait. Malgré lui, Durzo ressentit une rage détachée et professionnelle. C'était du travail bâclé et cruel. À en juger par les horribles blessures de son visage, on avait voulu qu'elle survive avec ces monstrueuses cicatrices dont elle aurait toujours honte. Pourtant, elle était mourante. La vie s'épanchait dans la respiration sifflante qui s'échappait de son nez ensanglanté.

Il ne pouvait rien faire pour elle, lui non plus. Il s'en aperçut très vite. Il avait tué les deux grands qui surveillaient la fillette après la séance de torture, mais il ne pensait pas que l'un d'entre eux ait été le bourreau. Ils étaient un peu trop horrifiés par cette boucherie à laquelle ils n'étaient pas tout à fait étrangers. Un reste de décence avait poussé Durzo à se mettre en quête du taré qui avait fait cela et à lui régler son compte, mais il s'était d'abord occupé de la fillette.

Elle était étendue sur un petit lit bas dans un des repaires les plus modestes qu'il possédait dans le Dédale. Il avait soigné l'enfant de son mieux. Ses connaissances en médecine n'étaient pas négligeables : il les avait acquises en apprenant à tuer. La différence entre la vie et la mort n'était qu'une question d'approche : on pouvait l'aborder dans un sens comme dans l'autre. Il avait vite compris que la gravité des blessures dépassait ses compétences. On avait frappé la fillette à coups de pied. Elle souffrait d'hémorragies internes qui la tueraient si elle ne se vidait pas d'abord de son sang par les plaies de son visage.

— La vie est vaine, avait-il déclaré à la petite silhouette immobile. La vie est dénuée de sens. La vie n'est que souffrance et douleur. Je t'épargnerai bien des tourments si je te laisse mourir. Tu seras repoussante. Tout le monde se moquera de toi, te dévisagera et te montrera du doigt. On frissonnera de dégoût en te voyant. Tu entendras les questions qu'ils se posent à voix basse. Tu connaîtras leur pitié égoïste. Tu deviendras une curiosité, un monstre. Ta vie ne vaut plus rien maintenant.

Il n'avait pas le choix. Il devait la laisser mourir. C'était la décision la plus miséricordieuse. Elle était sans doute injuste, mais elle était miséricordieuse. *Injuste.* Cette idée le rongea. La laideur de cette fillette, son sang et sa respiration sifflante le rongèrent.

Est-ce qu'il devait la sauver ? pour le garçon ? Et si cette enfant était l'aiguillon qui permettrait de le stimuler ? Mamma K pensait qu'Azoth était trop gentil. Ce drame lui apprendrait peut-être à agir le premier, à agir vite, à tuer tous ceux qui le menaceraient. Cet enfant avait déjà perdu trop de temps. Il y avait un risque de toute manière. Azoth avait juré fidélité à Durzo si celui-ci sauvait la fillette, mais quelle influence la petite mutilée aurait-elle sur son ami ? Elle lui rappellerait sans cesse son échec.

Durzo ne voulait pas qu'Azoth se détruise à cause d'une fille. Il ne le permettrait pas.

La respiration sifflante l'amena à prendre une décision. Le pisse-culotte ne la tuerait pas, mais il n'était pas assez lâche pour l'abandonner et la laisser mourir seule. Très bien ! Il ferait son possible pour la sauver. Si elle succombait, ce ne serait pas sa faute. Si elle survivait, il s'occuperait d'Azoth.

Mais qui diable serait capable de la sauver ?

Solon fixa le regard sur la lie au fond de son sixième verre de vin rouge – un cru séthi infâme, et il était généreux. Un honorable viticulteur de l'île aurait eu honte de servir une telle piquette au rite d'initiation de son neveu le plus détestable. Et la lie ? Elle devait remplir la moitié du verre. Quelqu'un devait informer le tavernier que ce vin n'était pas fait pour vieillir. Il fallait le boire dans l'année – et encore. Kaede n'aurait pas supporté une telle hérésie.

Il signala donc le fait au propriétaire de l'établissement et comprit à son regard que ce n'était pas la première fois. C'était au moins la troisième.

Eh bien, tant pis ! Il payait du mauvais vin avec du bon argent et continuait à espérer qu'après quelques verres il ne sentirait plus le goût infect. Mais il se trompait. Chaque nouvelle gorgée aggravait sa colère envers ce maudit picrate. Pourquoi chargeait-on cette saloperie sur un bateau pour l'envoyer à l'autre bout de la Grande Mer ? Comment un tel commerce pouvait-il rapporter de l'argent ?

Il déposa une nouvelle pièce sur la table et comprit pourquoi l'exportation de cette horreur était profitable : parce que les idiots nostalgiques du pays, comme lui, étaient prêts à l'acheter. Cette pensée le rendit malade – mais peut-être était-ce le vin ? Un jour, il lui faudrait convaincre le seigneur Gyre d'investir dans les produits vinicoles séthis.

Il s'affaissa un peu plus et fit signe qu'on lui apporte un nouveau verre. Il ne prêta pas attention au tavernier apathique ni aux rares clients. Cette séance d'autoapitoiement était inexcusable et Solon aurait corrigé Logan à coups de fouet si le garçon s'était abaissé à un comportement si puéril. Mais il avait voyagé si loin, et pour quoi ? Il se souvint du sourire de Dorian, ce petit rictus espiègle qui ne manquait jamais de faire roucouler les femmes.

— Tu as le sort d'un royaume entre les mains, Solon.

— Pourquoi le sort de Cénaria m'intéresserait-il ? C'est à l'autre bout du monde !

— Je n'ai pas parlé du royaume de Cénaria, il me semble. (Il avait encore esquissé ce maudit sourire, mais celui-ci s'était effacé presque aussitôt.) Solon, tu sais que je ne te demanderais pas de faire cela s'il existait une autre solution...

— Tu ne devines pas tout. Il doit exister une autre solution. Dis-moi au moins ce que je suis censé faire. Dorian, tu sais ce que je laisserais derrière moi si je partais. Tu sais ce que ce voyage me coûterait.

— Oui. (Les traits aristocratiques de Dorian avaient exprimé la douleur qu'un grand seigneur peut ressentir en envoyant des hommes à la mort pour accomplir une tâche indispensable.) Il a besoin de toi, Solon.

Solon fut brusquement arraché à ses pensées quand la pointe d'une dague se pressa contre sa colonne vertébrale. Il se redressa d'un coup et répandit la lie de son septième verre sur la table.

— Ça suffit, mon ami, murmura une voix à son oreille. Je sais ce que vous êtes et je voudrais que vous veniez avec moi.

— Ou sinon ? demanda Solon, un peu étourdi.

Qui pouvait savoir qu'il était ici ?

— C'est ça. Ou sinon..., dit la voix, amusée.

— Ou sinon quoi ? Vous allez me tuer devant cinq témoins ?

Il était rare que Solon boive plus de deux verres de vin dans la journée, il était devenu trop faible pour cela. Qui diable était cet homme ?

— Et on vous dit intelligent ! répondit l'inconnu. Je sais ce que vous êtes et je vous menace quand même, croyez-vous que je n'aurai pas le courage de vous tuer ?

Solon ne trouva rien à redire à cet argument.

— Et qu'est-ce qui m'empêche...

La pointe de la dague lui piqua une nouvelle fois le bas du dos.

— Assez parlé. La lame est empoisonnée. Faites ce que je vous dis, et je vous donnerai l'antidote. Est-ce que cela répond au reste de vos questions ?

— En fait…

— Vous allez avoir la preuve que vous êtes empoisonné : d'un instant à l'autre, votre cou et vos aisselles vont commencer de vous démanger.

— Ah ! oui ! racine d'ariamu ? demanda Solon en essayant de réfléchir.

Cet homme mentait-il ? Mais pourquoi mentirait-il ?

— Oui, assaisonnée de quelques ingrédients supplémentaires. C'est le dernier avertissement que je vous donne.

L'épaule de Solon commença de le gratter. Malédiction ! Il aurait été capable de neutraliser les effets de la racine d'ariamu, mais s'il s'agissait d'un mélange…

— Que voulez-vous ?

— Dirigez-vous vers la sortie. Ne vous retournez pas. Ne dites pas un mot.

Solon marcha vers la porte. Il tremblait presque. L'homme avait dit : « Je sais ce que vous êtes » et non pas : « Je sais qui vous êtes. » Cette tournure de phrase aurait pu trahir du mépris envers les Séthis, mais pas la suite de ses paroles. Les Séthis étaient célèbres ou redoutés dans de nombreux domaines, mais, à tort ou à raison, l'espionnage n'en faisait pas partie.

Solon avait à peine posé le pied dans la rue qu'il sentit de nouveau la pointe de la dague contre son épine dorsale. Une main tira l'épée du Séthi de son fourreau.

— Ce ne sera pas nécessaire, dit Solon. (Était-ce son imagination ou son cou le démangeait-il ?) Montrez-moi ce que vous voulez me montrer.

L'inconnu le conduisit de l'autre côté du bâtiment où deux chevaux attendaient. Les deux hommes chevauchèrent vers le sud, traversèrent le pont Vanden, puis furent avalés par le Dédale. Solon ne pensait pas que son ravisseur faisait des détours dans la seule intention de l'égarer, mais il fut bientôt incapable de se repérer. Maudit vin !

Ils s'arrêtèrent enfin devant une masure parmi tant d'autres. Solon descendit tant bien que mal de cheval et suivit l'inconnu à l'intérieur. L'empoisonneur portait des vêtements sombres et une large cape gris-noir dont le capuchon dissimulait son visage. Solon vit juste qu'il était grand, musclé et sans doute assez fin. Son ravisseur désigna une porte du menton. Solon entra.

L'odeur du sang le prit aussitôt à la gorge. Une petite fille était étendue sur un lit bas. Elle respirait à peine, elle ne saignait presque plus et son visage était un cauchemar de chairs à vif. Solon se tourna vers l'inconnu.

— Elle est mourante. Je ne peux rien faire pour elle.

— J'ai fait mon possible, répliqua l'homme. Maintenant, c'est à votre tour. J'ai laissé tous les outils dont vous pourriez avoir besoin.

— Je ne sais pour qui vous me prenez, mais vous vous trompez. Je ne suis pas un guérisseur !

— Si elle meurt, vous la suivrez dans la tombe.

Solon sentit le regard de l'inconnu peser sur lui. Puis l'homme se retourna et sortit.

Solon fixa les yeux sur la porte fermée et eut l'impression d'être pris en tenaille par deux vagues jumelles aussi noires que la nuit, des vagues de désespoir. Il se ressaisit. Assez ! Il était fatigué, encore ivre et empoisonné. Sa peau le démangeait et, de toute façon, il n'avait jamais été très doué pour la médecine. Dorian avait dit qu'on avait besoin de lui à Cénaria, n'est-ce pas ? Solon ne pouvait pas mourir ce soir.

Sauf s'il avait déjà accompli sa tâche en poussant Logan à se rebeller contre sa mère…

Ah ! c'est le problème des prophéties, non ? On ne les comprend jamais très bien.

Solon s'agenouilla près de la petite fille et se mit au travail.

Chapitre 11

Mamma K croisa les jambes avec cette désinvolture provocante dont seule une courtisane aguerrie était capable. D'habitude, les gens se dandinaient en sa présence. D'habitude, Mamma K séduisait. Avec une silhouette que la plupart de ses filles enviaient, on pouvait croire qu'elle n'avait que trente ans, mais Mamma K n'avait pas honte de son âge. Elle avait organisé une gigantesque fête pour son quarantième anniversaire. De nombreuses personnes lui avaient affirmé qu'elle éclipsait ses propres courtisanes et bien peu avaient menti. Gwinvere Kirena avait été une hétaïre comme on n'en voit qu'une seule par génération. Durzo savait qu'une vingtaine d'hommes s'étaient battus en duel à cause d'elle et qu'une dizaine de seigneurs au moins lui avaient proposé le mariage. Mais Gwinvere Kirena ne voulait être enchaînée à aucun homme. Elle ne les connaissait que trop bien.

— Tu t'inquiètes pour cet Azoth, n'est-ce pas ? demanda-t-elle.

— Non.

— Menteur !

Ses lèvres rouges et pleines esquissèrent un sourire qui révéla une dentition parfaite.

— Qu'est-ce qui m'a trahi ? demanda Durzo.

La réponse ne l'intéressait pas, mais il était bel et bien inquiet. La situation avait soudain échappé à tout contrôle.

— Tu fixais les yeux sur mes seins. Tu me regardes seulement comme une femme quand tu es trop distrait pour maintenir ta garde. (Elle sourit de nouveau.) Ne t'inquiète pas : je trouve cela charmant.

— Tu n'arrêtes jamais ?

— Tu es un homme plus simple que tu veux le croire, Durzo Blint. Tu n'as que trois refuges lorsque le monde pèse trop lourd sur tes épaules. Tu veux que je les énumère, mon grand et puissant pisse-culotte ?

— Ce sont ces conneries que tu sers à tes clients ?

La réplique manquait de mordant et c'était le genre de réflexion qu'une prostituée avait entendue si souvent qu'elle n'y prêtait plus attention.

Mamma K ne cilla même pas.

— Non, répondit-elle. Mais j'ai connu un baron très mal équipé qui aimait que je fasse semblant d'être sa nounou et quand il n'était pas sage, je...

— Épargne-moi tes histoires.

C'était dommage de l'interrompre, mais elle aurait continué pendant dix minutes sans négliger le moindre détail.

— Alors, qu'est-ce que tu veux, Durzo ? Voilà que tu te remets à scruter tes mains.

Il fixait *en effet* les yeux sur ses mains. Gwinvere était parfois pénible, mais elle était toujours de bon conseil. Il n'avait jamais rencontré une personne si perspicace. En outre, elle possédait un Don rudimentaire de prophétesse. Celui-ci ne lui aurait pas permis d'entrer à l'oratoire d'Ossein et encore moins de devenir une véritable sœur, mais combiné à son intelligence naturelle, il se révélait parfois très utile.

— Je veux savoir ce que je dois faire, Gwinvere.

Après un long silence, il leva les yeux de ses mains.

— À propos du garçon ?

— Je ne crois pas qu'il ait la carrure nécessaire.

Quand Azoth tourna au coin du bâtiment, le Rat était assis sous le porche, derrière le moulin en ruine où la guilde avait élu domicile. Le cœur du garçon se serra lorsqu'il aperçut l'adolescent aux traits répugnants. Il était seul et l'attendait en faisant tourner une épée courte sur la pointe. Des taches de rouille ternissaient l'éclat du croissant de métal en rotation.

Pendant ce moment de relâchement, le visage du Rat était aussi changeant que les reflets de la lame tourbillonnante. Pendant une fraction de seconde, Azoth distinguait le monstre qu'il avait toujours connu. La suivante, il ne voyait plus qu'un enfant apeuré qui avait grandi trop vite. Il avança d'un pas traînant. Loin de l'apaiser, cet éclat d'humanité le déconcertait et lui donnait la chair de poule. Il en avait trop vu.

Il approcha en affrontant la puanteur de la ruelle que toute la guilde utilisait comme toilettes. Il ne prêta pas attention aux endroits où il posait les pieds. Il n'était plus qu'une coquille vide.

Quand il releva la tête, Roth était à côté de lui. Le grand affichait son éternel sourire cruel et pointait son épée rouillée sur la gorge du garçon.

— Tu es allé assez loin comme ça, dit le Rat.

Azoth tressaillit.

— Le Rat, dit-il avant de déglutir.

— Ne t'approche pas davantage ! Tu as un couteau. Donne-le-moi.

Azoth était prêt à éclater en sanglots. Il tira l'arme de sa ceinture et la tendit, le manche en avant.

— S'il te plaît… Je ne veux pas mourir… Je suis désolé. Je ferai tout ce que tu veux. Ne me fais pas de mal !

Le Rat prit le couteau.

— Je dois reconnaître qu'il n'est pas bête, dit Durzo. Mais l'intelligence ne suffit pas. Tu l'as vu, ici, avec les autres rats de guilde. Est-ce qu'il possède cet…

Il claqua des doigts, incapable de trouver le mot juste.

— La plupart d'entre eux, je ne les vois que l'hiver. Ils dorment dans les rues le reste du temps. Je leur offre un toit, Durzo, pas une famille.

— Mais tu l'as vu.

— Je l'ai vu.

Elle ne l'oublierait jamais.

— Gwinvere, est-ce qu'il est assez rusé ?

Le Rat glissa le couteau à sa ceinture et fouilla Azoth sans trouver d'autres armes. Sa peur s'évanouit et il ne ressentit plus qu'un sentiment de jubilation.

— Ne pas te faire de mal ? demanda-t-il.

Il frappa le garçon d'un revers de la main.

Le résultat frôla le grotesque : Azoth faillit s'envoler sous la violence du coup. Il s'étala par terre, puis se releva avec lenteur. Ses mains et ses genoux étaient en sang.

Il est si chétif !

Comment ai-je pu avoir peur de lui ?

Les yeux de l'enfant exsudaient la terreur. Il pleurait et laissait échapper de petits gémissements dans l'obscurité.

— Il va pourtant falloir que je te fasse du mal, Azoth, dit le Rat. Tu m'y as forcé. Je ne voulais pas que ça se passe comme ça. Je te voulais de mon côté.

C'était trop facile. Azoth était revenu à la guilde, mais il était déjà brisé. Cela agaça le Rat. Il voulait faire quelque chose pour achever l'humiliation du garçon.

Il avança, attrapa Azoth par les cheveux et tira pour l'obliger à s'agenouiller. Il se délecta de ses petits cris de douleur.

Ce qui allait suivre, il le devrait à Neph. Le Rat ne préférait pas les garçons aux filles, il ne voyait pas beaucoup de différence entre les deux. Pourtant, il n'aurait jamais imaginé employer le sexe comme une arme si Neph ne lui avait pas raconté à quel point le viol broyait l'esprit de ceux-là.

C'était devenu une de ses méthodes préférées. Tout le monde était capable d'effrayer une fille, mais les garçons de la guilde le craignaient davantage que quiconque. Ils se liquéfiaient en apercevant Bim, Weese, Cosse ou Jarl. Et plus le Rat le faisait, plus cela l'excitait. Maintenant, le simple spectacle d'Azoth à genoux, les yeux écarquillés par la peur, lui embrasait le bas-ventre. Regarder la flamme de la rébellion se propager en rugissant, s'éteindre au bout de quelques instants ou de quelques nuits, se ranimer et, enfin, mourir une fois pour toutes. Existait-il quelque chose de plus exaltant ?

— Un pisse-culotte doit savoir oublier sa vraie nature, déclara Durzo. Non, l'abandonner. Pour devenir un tueur parfait, il doit enfiler la personnalité adaptée à chaque contrat. Gwinvere, tu comprends, n'est-ce pas ?

Mamma K croisa de nouveau ses longues jambes.

— La faculté de comprendre, c'est ce qui différencie les courtisanes des putains. Je me glisse dans la peau de tous les hommes qui franchissent ma porte. Si je les comprends, je sais comment leur procurer du plaisir. Je sais comment les manipuler, comment les amener à vouloir acheter mon amour et à se montrer plus généreux que leurs rivaux – sans devenir jaloux pour autant.

— C'est ainsi qu'un pisse-culotte se doit de connaître ses cadavreux, approuva Durzo.

— Et tu penses qu'Azoth en est incapable ?

— Oh ! non ! je crois qu'il peut le faire. Mais quand on en arrive à connaître un homme ou une femme à ce point, quand on enfile leur personnalité et qu'on se promène un peu avec, on ne peut pas s'empêcher de ressentir un certain amour pour eux…

— Ce n'est pas du véritable amour, remarqua Gwinvere à voix basse.

— … et c'est à ce moment qu'il faut frapper.

— Quel rapport avec Azoth ?

— Il est trop gentil.

— Même maintenant ? Même après ce qui est arrivé à sa petite camarade ?

— Même maintenant.

— Tu avais raison, bredouilla Azoth entre ses larmes.

Il leva les yeux. Le Rat était debout devant lui et la lune projetait son ombre sur le garçon.

— Je savais ce dont tu avais envie et j'en avais envie, moi aussi. Mais j'ai… Je ne pouvais pas. Mais je suis prêt à le faire maintenant.

Le Rat baissa la tête pour le regarder. Une petite lueur de soupçon apparut dans ses yeux.

— J'ai trouvé un endroit rien que pour nous deux… (Azoth s'interrompit.) Mais c'est sans importance. On peut le faire ici. On devrait le faire ici.

Les yeux du Rat étaient durs et impassibles. Azoth se leva avec lenteur en se tenant aux hanches de l'adolescent.

— Faisons-le ici. Toute la guilde nous entendra. Il faut que tout le monde nous entende.

Il tremblait de tout son corps et ne parvenait pas à le cacher. Des frissons de dégoût le traversaient comme des décharges électriques, mais il affichait toujours un visage plein d'espoir. Il faisait croire que ses tremblements n'étaient que le symptôme d'une hésitation naïve.

Je ne peux pas ! Je ne peux pas ! Laisse-le te tuer ! Tout, mais pas ça !

S'il réfléchissait, si son esprit s'attardait sur quoi que ce soit pendant une fraction de seconde, il était perdu.

Azoth tendit une main tremblante vers la joue du Rat, se leva, puis se mit sur la pointe des pieds et l'embrassa.

— Non ! s'exclama le Rat en le giflant. On va faire ça à ma manière.

— Pour faire ce métier, un homme ne doit accorder aucune importance à quoi que ce soit. Il doit sacrifier…

La voix de Durzo mourut.

— Tout ce à quoi il tient ? demanda Gwinvere. Comme tu l'as si bien fait ? Ma sœur aurait peut-être quelque chose à dire sur ce point.

— Vonda est morte parce que je ne l'ai pas fait.

Il évita le regard de la courtisane et tourna la tête vers la fenêtre. À l'extérieur, la nuit perdait peu à peu son emprise sur la cité.

Gwinvere observa Durzo. La lampe éclairait son visage dur et grêlé d'un reflet triste et jaunâtre. La courtisane s'adoucit.

— Tu es tombé amoureux, Durzo. Même les pisse-culottes ne sont pas immunisés contre cela. L'amour est une folie qui s'empare des esprits.

— L'amour mène à l'échec. J'ai tout perdu parce que j'ai échoué.

— Et que feras-tu si Azoth échoue ?

— Je le laisserai mourir. Ou je le tuerai.

— Tu as besoin de lui, dit-elle avec douceur. Tu m'as dit toi-même qu'il te permettrait de trouver un ka'kari.

On frappa à la porte avant que Durzo ait le temps de répondre.

— Entrez ! dit Mamma K.

Une servante de Gwinvere passa la tête par l'entrebâillement. Il s'agissait sans nul doute d'une ancienne courtisane maintenant trop âgée pour exercer ses talents au lupanar.

— Un garçon demande à vous voir, ma dame. Il s'appelle Azoth.

— Faites-le entrer.

Durzo la regarda.

— Qu'est-ce qu'il fout ici ?

— Je ne sais pas. (Gwinvere était amusée.) Si c'est le genre de garçon dont on peut faire un pisse-culotte, je suppose qu'il n'est pas sans quelque talent.

— Merde ! Je l'ai quitté il n'y a pas trois heures.

— Et ?

— Et je lui ai dit que je le tuerais s'il revenait me voir sans preuve. Tu sais que je ne peux pas me permettre de lancer des menaces en l'air. (Durzo soupira.) Tu avais peut-être raison, mais je ne peux plus rien faire maintenant.

— Ce n'est pas toi qu'il est venu voir, Durzo, c'est moi. Alors, fais-nous ton petit numéro d'ombre et disparais.

— Mon petit numéro d'ombre ?

— Disparais, Durzo.

La porte s'ouvrit, et un enfant entra. On l'avait battu, il saignait et était dans un état pitoyable, mais Gwinvere l'aurait reconnu parmi mille rats de guilde. Des flammes brillaient dans son regard. Il se tenait droit malgré son visage écorché, sa bouche et son nez ensanglantés. Il observa la courtisane sans rougir, mais il était assez jeune – ou assez intelligent – pour regarder ses yeux plutôt que son corsage.

— Tu vois plus loin que la plupart des gens, n'est-ce pas.

Il ne s'agissait pas d'une question.

Il ne daigna même pas hocher la tête. La courtisane formulait souvent des phrases interrogatives sur un ton affirmatif, mais il était trop jeune pour se moquer de cette habitude. Il y avait quelque chose d'autre dans le regard vide qu'il posait sur elle.

Bien sûr.

— Tu viens de voir quelque chose de terrible, n'est-ce pas ?

Azoth se contenta de fixer sur elle ses grands yeux tandis que son corps tremblait. Il était la parfaite image de l'innocence naïve qu'on assassinait chaque jour dans le Dédale. Un élan de compassion traversa le cœur de la courtisane, un sentiment qu'elle croyait mort depuis longtemps. Sans prononcer une parole, elle sut qu'elle pouvait lui offrir les bras et la tendresse d'une mère, un abri à cet enfant du Dédale qui n'avait sans doute jamais connu l'étreinte de personne. Un regard affectueux, une caresse sur la joue, un simple mot, et il éclaterait en larmes avant de se blottir contre elle.

Comment Durzo réagirait-il ?

Vonda était morte depuis trois mois à peine. Il avait perdu davantage qu'une amante et Gwinvere se demandait s'il parviendrait un jour à s'en remettre.

Peut-il comprendre que les larmes de ce garçon ne l'affaiblissent pas ?

En vérité, Gwinvere savait qu'elle ne prendrait pas Azoth dans ses bras pour le seul salut de l'enfant. Depuis quand n'avait-elle pas enlacé quelqu'un sans recevoir d'argent en échange ? Elle aurait été incapable de le dire.

Que ferait Durzo en assistant à un véritable geste d'amour ? Est-ce que cela le rendrait plus humain ? Penserait-il qu'Azoth est trop faible et le tuerait-il plutôt que d'admettre qu'il a besoin de lui ?

Il ne fallut qu'un instant à la courtisane pour se glisser dans la peau de l'enfant et examiner les différents choix qui s'offraient à elle. Les enjeux étaient trop importants. Elle ne pouvait pas prendre ce risque.

— Alors, Azoth ? demanda-t-elle en croisant les bras sous sa poitrine. Qui as-tu tué ?

Le sang se retira du visage de l'enfant. Il cligna des paupières tandis que la peur chassait soudain les larmes de ses yeux.

— Et c'était ta première fois, en plus. C'est bien.

— Je ne sais pas de quoi vous parlez, lâcha Azoth, un peu trop vite.

— Je sais reconnaître un tueur lorsque j'en vois un, dit Mamma K d'une voix sévère. Qui as-tu tué ?

— Je dois parler à Durzo Blint. S'il vous plaît. Est-ce qu'il est ici ?

— Tout près de toi, dit Blint dans son dos. (Azoth tressaillit.) Et puisque tu m'as trouvé, j'espère pour toi que le Dédale compte un cadavre de plus.

— Il… (Azoth regarda Mamma K en se demandant s'il pouvait parler devant elle.) Il est mort.

— Où est le corps ? l'interrogea Blint.

— Il est… Il est dans le fleuve.

— Tu n'as donc aucune preuve à me fournir. Comme c'est pratique.

— La voici, votre preuve ! cria Azoth, furieux.

Il lança quelque chose vers Blint. Celui-ci l'attrapa au vol.

— Tu appelles ça une preuve ? (Il ouvrit la main, et Mamma K vit une oreille ensanglantée.) Moi, j'appelle ça une oreille. Tu as déjà entendu parler d'un type qui serait mort parce qu'on lui a tranché l'oreille, Gwin ?

— Ne me mêle pas à ces histoires, Durzo Blint.

— Je peux vous montrer le corps, dit Azoth.

— Tu viens de dire qu'il était dans le fleuve.

— C'est le cas.

Durzo hésita.

— Merde, Durzo ! Vas-y ! s'exclama Mamma K. Tu lui dois bien ça !

Le soleil était suspendu au-dessus de l'horizon quand ils arrivèrent à un atelier de réparation de bateaux. Durzo entra seul dans le bâtiment. Il en ressortit dix minutes plus tard en remontant la manche mouillée de sa tunique.

— Fiston, dit-il sans regarder le garçon. Il est tout nu. Est-ce qu'il a…

— J'ai fait passer le nœud coulant autour de sa cheville avant qu'il… Je l'ai tué avant.

Azoth lui raconta tout ce qui s'était passé d'une voix froide et distante. Les dernières traces de la nuit s'évanouissaient comme un mauvais rêve. Le garçon ne parvenait pas à croire qu'il avait vraiment fait ce dont il se souvenait. Il devait s'agir de quelqu'un d'autre. Il décrivit la scène et Blint le regarda comme personne ne l'avait jamais regardé. Était-ce de la pitié qu'il lisait dans ses yeux ? Comment le savoir ? Azoth n'avait jamais rencontré la pitié dans le Dédale.

— Est-ce que Poupée s'en est sortie ? demanda-t-il.

Durzo posa les mains sur les épaules du garçon et le regarda droit dans les yeux.

— Je ne sais pas. Elle était dans un triste état. Je suis allé chercher la personne la plus compétente pour la sauver. (Blint détourna le regard en clignant des yeux.) Fiston, je vais te donner une nouvelle chance.

— Une autre épreuve ?

Les épaules d'Azoth s'affaissèrent. Il poursuivit d'une voix atone et découragée. Il n'avait plus assez de force pour se mettre en colère.

— Ce n'est pas juste. J'ai fait tout ce que vous m'aviez demandé de faire.

— Je ne parle pas d'épreuves. Tu en as terminé avec elles. Je vais te redonner une chance de changer d'avis. Tu as fait tout ce que je t'ai demandé, mais la vie de pisse-culotte n'est pas celle que tu cherches. Tu veux échapper à la rue ? Je te donnerai une bourse remplie de pièces d'argent et tu pourras devenir l'apprenti d'un fabricant de flèches ou d'un herboriste des quartiers est. Mais si tu viens avec moi, tu devras tout abandonner. Si tu choisis ce métier, tu ne seras plus jamais le même. Tu seras seul. Tu seras différent. Pour toujours.

» Et ça, ce n'est pas le pire. Je n'essaie pas de te faire peur – enfin si, peut-être, un peu. Mais je n'exagère pas. Je ne te mens pas. Tu veux savoir ce qui est le plus difficile, fiston ? Les relations avec les autres sont des cordes qui t'entravent et l'amour est un nœud coulant. Si tu viens avec moi, abandonne l'idée de tomber amoureux. Tu comprends ce que je veux dire ?

Azoth secoua la tête.

— Je veux dire que tu pourras baiser autant de femmes que tu veux, mais que tu ne pourras jamais en aimer une. Je ne permettrai pas qu'une *fille* cause ta perte ! (La voix de Durzo trembla de rage, ses mains s'étaient contractées sur les épaules d'Azoth comme les serres d'un rapace, ses yeux brillaient comme ceux d'un tigre à l'affût.) Tu comprends ?

— Et Poupée ? demanda le garçon.

Il devait être épuisé : il comprit qu'il avait commis une erreur avant même de terminer sa question.

— Tu as dix ou onze ans, n'est-ce pas ? Tu crois que tu es amoureux d'elle ?

— Non !

Trop tard.

— Je te dirai si elle survit, mais si tu viens avec moi, Azoth, tu ne lui parleras plus jamais. Tu comprends ? Si tu deviens l'apprenti d'un fabricant de flèches ou d'un herboriste, tu la verras autant que tu veux. Je t'en prie, fiston, prends cette bourse. C'est peut-être ta dernière chance de trouver le bonheur.

Le bonheur ? Je veux juste cesser d'avoir peur de tout le monde.

Blint n'avait pas peur. C'étaient les autres qui avaient peur de lui. On murmurait son nom avec une crainte mêlée de respect.

— Si tu décides de me suivre maintenant, par les Anges de la Nuit ! tu m'*appartiendras*. Une fois que tu as commencé, tu deviens un pisse-culotte ou tu meurs. Le Sa'kagué ne peut pas se permettre qu'il en aille autrement. Si tu as changé d'avis, je viendrai te trouver dans quelques jours et je te conduirai à ton maître d'apprentissage.

Blint se redressa et frotta ses mains encore humides comme pour signifier qu'il se désintéressait maintenant de la question. Il se retourna tout d'un coup et s'éloigna à grands pas dans une ruelle obscure.

Azoth sortit du renfoncement dans lequel il se tenait et regarda le long de la rue, en direction du repaire de la guilde qui se dressait à cent cinquante mètres de là. Avait-il encore besoin de suivre Blint maintenant ? Il avait tué le Rat. Il pouvait retourner au moulin et peut-être que tout se passerait bien.

Retourner vers quoi ? Je suis encore trop petit pour prendre la tête de la guilde et Ja'laliel est mourant.

Jarl et Poupée étaient toujours mutilés. Azoth ne serait pas reçu en héros. Roth ou un autre grand prendrait les rênes du pouvoir et il connaîtrait de nouveau la peur, comme si rien ne s'était passé.

Mais il a promis de payer mon apprentissage !

Oui, il l'avait promis, mais tout le monde savait qu'il ne fallait pas faire confiance aux adultes.

Blint était un personnage déconcertant. Azoth n'avait pas aimé la manière dont il avait parlé de Poupée, mais, juste à l'instant, il avait senti quelque chose d'étrange chez le pisse-culotte. Il y avait encore une trace de compassion en lui. Cet homme, cet assassin légendaire, voulait qu'Azoth choisisse le destin qui lui convenait le mieux.

Poupée avait perdu sa beauté, mais le garçon ne pensait pas pour autant qu'elle était devenue inutile. Il ignorait s'il serait encore capable de tuer, il ne savait pas ce que Blint allait lui faire subir, ni pourquoi, mais il avait senti en lui quelque chose de mille fois plus important que ses doutes.

Au bout de la rue, Jarl sortit du repaire de la guilde et aperçut Azoth. Malgré la distance, Azoth vit son sourire, ses dents blanches qui brillaient sur sa peau sombre de Ladéshien. En remarquant l'absence du Rat et les taches de sang sous le porche de derrière, tout le monde avait dû comprendre que l'adolescent était mort. Jarl agita la main en direction d'Azoth et courut vers lui.

Azoth tourna le dos à son meilleur ami et s'enfonça dans les ténèbres qui l'enveloppèrent.

Chapitre 12

— Bienvenue dans ta nouvelle maison !

La voix de maître Blint était teintée de sarcasme, mais Azoth ne le remarqua pas. Le mot « maison » avait des connotations magiques. Azoth n'avait jamais eu de « maison ».

Le repaire de Durzo Blint était tapi au fond du Dédale, sous un vieux temple délabré. L'enfant regarda autour de lui sans cacher son émerveillement. De l'extérieur, il était impossible de deviner que plusieurs pièces de dimensions respectables s'étendaient sous les ruines.

— C'est ici que tu vas apprendre à te battre, déclara Blint.

Une fois qu'ils furent entrés, le pisse-culotte verrouilla, déverrouilla et reverrouilla chacune des trois serrures de la porte. La première salle, grande et profonde, regorgeait de matériel : un large assortiment de cibles, de protections rembourrées de paille, de toutes les armes d'entraînement imaginables, de poutres suspendues au-dessus du sol, de curieux trépieds munis d'accessoires en bois, de câbles, de cordes, de crochets et d'échelles.

— Tu apprendras à te servir de tout ça.

Blint pointa le doigt vers les armes pendues le long des murs. Elles se dessinaient avec netteté sur la peinture blanche. Il y en avait de toutes tailles et de toutes formes, de la dague à tranchant unique à l'énorme fendoir. L'enfant aperçut des armes qu'on maniait à une ou à deux mains, de couleurs et d'aciers différents, avec des lames droites ou courbes, à double ou simple tranchant ; des épées munies de crochets, d'encoches ou de barbillons ; des masses, des fléaux, des haches, des armes d'hast, des marteaux d'armes, des gourdins, des bâtons, des faucilles, des lances, des frondes, des fléchettes, des cordelettes d'étranglement, des arcs courts, des arcs longs, des arbalètes.

La salle suivante se révéla tout aussi surprenante : des déguisements et divers accessoires étaient suspendus le long des murs. Quelqu'un avait pris la peine de tracer leur contour afin de les ranger plus facilement. Plusieurs tables étaient couvertes de flacons ou de livres hérissés de marque-pages. Une autre, gigantesque, était encombrée de fioles remplies de graines, de fleurs, de feuilles, de champignons, de liquides et de poudres.

— Ce sont les ingrédients de base pour la fabrication de la plupart des poisons existants. Dès que Mamma K t'aura appris à lire, tu mémoriseras la plupart des recettes de ces livres. L'empoisonnement est un art parmi les arts. Tu apprendras à le maîtriser.

— Bien, monsieur.

— Dans deux ans, quand ton Don s'aiguisera, je t'enseignerai la magie.

— La magie ?

Azoth sentait l'épuisement le gagner un peu plus chaque seconde.

— Tu crois que j'ai accepté de te former à cause de tes beaux yeux ? La magie est essentielle dans notre profession. Sans Don, pas de pisse-culotte.

Azoth chancela, mais maître Blint l'attrapa par le col de sa tunique en loques avant qu'il s'effondre et l'emmena dans la pièce suivante. À l'intérieur, il n'y avait qu'une paillasse, mais Blint ne l'allongea pas dessus. Il conduisit le garçon près d'un petit âtre.

— Les premiers assassinats sont durs. (Il parlait comme s'il était ailleurs.) Au cours de la semaine, il est probable que tu éclates en larmes à un moment ou à un autre. Fais-le quand je serai absent.

— Je ne pleurerai pas, jura Azoth.

— Bien sûr. Maintenant, dors.

— La vie est vaine, déclara Blint. En prenant une vie, on ne prend rien de précieux. Les pisse-culottes sont des tueurs. Nous ne faisons que tuer. Nous ne sommes rien de plus. Il n'y a pas de place pour les poètes dans ce cruel métier.

Il avait dû sortir pendant qu'Azoth dormait, car une épée était maintenant posée à côté du garçon, une épée assez petite pour qu'un enfant de onze ans s'en serve. Azoth se sentit mal à l'aise.

— Maintenant, attaque-moi, lâcha le pisse-culotte.

— Hein ?

Le plat de l'épée de Blint s'écrasa sur la tête du garçon.

— J'ordonne, tu obéis. Sans hésitation. C'est compris ?

— Oui, monsieur.

Azoth se leva, ramassa l'arme et se frotta le crâne.

— Attaque !

Azoth frappa avec frénésie. Blint para ou esquiva en faisant un pas de côté pour que le garçon, emporté par la force de ses coups, perde l'équilibre et s'affale. Il ne cessa pas un instant de parler.

— Ton travail, ce n'est pas de verser dans l'art, c'est de fabriquer des cadavres. Tuer c'est tuer. (Il para rapidement une attaque et l'épée d'Azoth glissa à travers la pièce en rebondissant.) Ramasse-la. (Il suivit le garçon et reprit le combat.) Ne joue pas avec ta proie. Ne cherche pas à terminer le contrat par un coup de toute beauté. Inflige vingt blessures à ta cible et, quand elle s'effondrera parce qu'elle a perdu trop de sang, achève-la. Ne cherche pas à enjoliver les choses. Ton travail, ce n'est pas de verser dans l'art, c'est de fabriquer des cadavres.

Les leçons s'enchaînaient et un monologue accompagnait toujours les travaux pratiques. Chaque point était résumé, démontré et résumé de nouveau.

Dans la salle d'étude :

— Ne goûte jamais à la mort. Elle est dans chaque fiole, dans chaque pot que tu vois ici. Quand tu travailles avec elle, tu te retrouves parfois avec de la poudre, de la pâte ou du baume sur les mains. Ne lèche jamais la mort qui te macule les doigts. Ne porte jamais la mort à tes yeux. Tu te laveras les mains avec cet alcool, puis avec de l'eau, et toujours dans la bassine réservée à cet usage. Il faudra la vider où je te montrerai et nulle part ailleurs. Ne goûte jamais la mort.

Dans la rue :

— Épouse les ombres… respire le silence… deviens banal… deviens invisible… marque ta proie… repère tous les chemins de fuite…

Quand Azoth commettait une erreur, Blint ne criait pas. Si le garçon parait mal un coup, il en payait le prix lorsque l'épée en bois venait s'écraser sur son tibia. S'il ne parvenait pas à réciter les leçons de la journée et à répondre aux questions de Blint, il recevait une taloche pour chaque point oublié.

C'était équitable, c'était juste, mais Azoth était toujours sur le qui-vive. S'il commettait trop d'erreurs, maître Blint le tuerait peut-être. Il le ferait avec détachement, comme lorsqu'il lui donnait une gifle. Il lui suffirait de ne pas retenir un coup. Azoth apprendrait qu'il avait échoué en agonisant sur le sol.

Il avait souvent eu envie d'abandonner, mais c'était impossible. Il avait souvent eu envie de tuer Blint, mais c'était aller au-devant d'une mort certaine. Il avait souvent eu envie de pleurer, mais il avait juré de ne pas le faire. Il tint parole.

— Mamma K, qui est Vonda ? demanda Azoth.

À la fin de la leçon de lecture, elle buvait une tasse d'ootai avant d'aborder les cours de politique, d'histoire et d'étiquette.

Azoth s'entraînait avec Blint pendant toute la matinée ; l'après-midi, il étudiait avec la courtisane. Il était épuisé et ses muscles le faisaient souffrir sans relâche, mais il dormait d'un bout à l'autre de la nuit et se réveillait dans une douce tiédeur. Il ne connaissait plus le froid. Les tiraillements insistants et la faiblesse dus à la faim n'étaient plus que des souvenirs.

Il ne se plaignait jamais. Il craignait trop qu'on le renvoie dans la rue.

Mamma K ne répondit pas tout de suite.

— C'est une question très indiscrète.

— Ça veut dire que vous n'allez pas me répondre ?

— Ça veut dire que je n'en ai pas envie. Mais je le ferai quand même, car cette information te sera peut-être utile et l'homme qui devrait te la donner ne le fera pas.

Elle ferma les yeux et, au bout d'un moment, reprit la parole d'une voix atone :

— Vonda était l'amante de Durzo. Durzo possédait un trésor et le Roi-dieu de Khalidor voulait s'en emparer. Te rappelles-tu ce que je t'ai appris à propos de Khalidor ?

Azoth hocha la tête.

Mamma K ouvrit les yeux et haussa les sourcils.

Le garçon fit une grimace et récita :

— Khalidor est l'État voisin qui est au nord. Les Khalidoriens affirment que Cénaria et la plus grande partie de Midcyru leur appartiennent, mais ils ne peuvent pas s'en emparer parce que le père de Logan est à Vents Hurlants.

— Le col de Vents Hurlants est une excellente position défensive, l'aida Mamma K. Et qu'est-ce qui les retient de nous attaquer ? (Azoth posa un regard vide sur la courtisane.) Les troupes de Khalidor pourraient contourner les montagnes, mais elles ne le font pas parce que…

— Parce que nous n'en valons pas la peine, et parce que le Sa'kagué dirige tout.

— Cénaria est corrompue, les caisses sont vides, les Ceurans se livrent à des pillages dans le sud du pays. En outre, les Lae'knaughtiens occupent l'Est et ils détestent les Khalidoriens encore plus que les autres mages. Alors, oui. Nous ne valons pas la peine d'être attaqués.

— Ce n'est pas ce que j'ai dit ?

— Tu as bien répondu, mais pas pour les bonnes raisons.

Elle but une nouvelle gorgée d'ootai et Azoth songea qu'elle avait dû oublier la question qu'il avait posée – ou elle espérait qu'*il* l'avait oubliée.

Elle reprit alors la parole :

— Pour s'emparer du trésor de Durzo, le Roi-dieu a fait enlever Vonda et a proposé un marché : le trésor contre la vie de la femme. Durzo a décidé que son trésor était plus important et il l'a laissé mourir. Mais quelque chose s'est passé et il a aussi perdu son trésor. Vonda est donc morte pour rien.

— Vous êtes en colère contre lui, dit Azoth.

Les yeux de Mamma K étaient vides et la courtisane poursuivit de sa voix atone :

— C'était un grand trésor, Azoth. À la place de Durzo, j'aurais peut-être fait comme lui, sauf que… (Elle détourna le regard.) Vonda était ma petite sœur.

Chapitre 13

Solon bloqua le tranchant de la hallebarde avec sa longue épée et détourna l'arme sur le côté. Il s'avança et assena un coup de pied au ventre à un des hommes de Logan. Quelques années plus tôt, il était encore assez souple pour frapper à la tête. Enfin… il était encore capable de battre les gardes des Gyre, alors, de quoi se plaignait-il ? D'un autre côté, ce n'était guère surprenant quand on avait pour meilleurs amis un prophète et un maître-lame du deuxième rang.

Feir me ferait remarquer que je suis devenu bien gras. Et bien lent.

— Seigneur, dit Wendel North en s'approchant des combattants.

Logan interrompit un duel mal engagé et Solon le suivit. L'intendant posa un regard morne sur le Séthi, mais ne fit aucun commentaire sur sa présence.

— Monseigneur, votre mère vient de rentrer.

— Oh ? Et où était-elle, Wendel… euh… je veux dire, maître North ? demanda Logan.

Le garçon s'en tirait bien avec les gardes, mais se conduire en seigneur avec l'homme qui était sans doute chargé de lui administrer des fessées quelques semaines plus tôt… c'était au-dessus de ses forces. Mais cela ne fit pas sourire Solon. Que Dame Gyre continue de miner l'autorité de son fils, il ne voulait pas y être mêlé.

— Elle est allée parler à la reine.

— Pour quelle raison ?

— Elle a présenté une requête de tutelle.

— Quoi ? s'exclama Solon.

— Elle demande à la Couronne de la nommer duchesse en attendant le retour du duc, ou tant que monseigneur n'a pas atteint l'âge de la majorité. Dans ce pays, maître Tofusin, il est de vingt et un ans.

— Mais les lettres de mon père attestent ma nomination à ce titre, dit Logan. Le roi ne peut pas intervenir dans les investitures d'une maison à moins qu'elle soit coupable de trahison.

Wendel North remonta les lunettes sur son nez d'un geste nerveux.

— Ce n'est pas tout à fait exact, monseigneur.

Solon se tourna vers les gardes. Ils arrêtaient peu à peu de s'entraîner pour se rapprocher des trois hommes.

— Reprenez les combats, chiens !

Ils sursautèrent et obtempérèrent sur-le-champ.

— Le roi est en droit d'imposer un tuteur à un seigneur mineur si le seigneur précédent n'a pas pris les dispositions nécessaires. Le problème se résume ainsi : votre père a laissé deux copies de la lettre vous nommant seigneur en son absence. Il a confié la première à votre mère et la seconde à moi. Dès que j'ai appris la destination de Dame Catrinna, je suis allé vérifier que la mienne était à sa place. Je la gardais dans un coffre, mais elle a disparu. Veuillez me pardonner, seigneur Gyre. (L'intendant rougit.) Je vous jure que je n'ai pris aucune part à cette affaire. Je pensais être le seul à posséder la clef.

— Qu'a dit la reine ? demanda Solon.

Wendel cligna des yeux. Le Séthi avait deviné juste : l'intendant savait, mais ne voulait pas que Solon connaisse l'étendue de son réseau d'informateurs. Wendel reprit la parole au bout d'un moment :

— La question aurait pu être réglée avec impartialité sans aucune difficulté, mais le roi ne laisse pas la reine prendre de décisions en son absence. Il les a interrompues tandis qu'elles parlaient. Il a dit qu'il allait demander conseil. Je suis désolé. Je ne sais pas ce que cela signifie.

— Pour ma part, je crains de le savoir, dit Solon.

— Alors ? demanda Logan.

— Qui est l'avocat de votre famille ?

— J'ai posé ma question le premier, dit Logan.

— Mon garçon !

— C'est le comte Rimbold Drake, lâcha Logan avec une petite moue renfrognée.

— Cela signifie que nous devons parler au comte Drake. Au plus vite.

— Je dois vraiment porter des chaussures ? demanda Azoth.

Il détestait les chaussures : elles vous empêchaient de savoir si le sol était glissant et elles vous comprimaient les pieds.

— Nan, tu vas aller rendre visite au comte Drake avec ta tunique de noble et les pieds nus, répondit Durzo.

— C'est vrai ?

— Non.

Azoth avait maintes fois envié la vie des fils de seigneurs et de marchands qu'il croisait sur les marchés, mais il n'avait jamais imaginé à quel point leurs habits étaient inconfortables. Aujourd'hui, il était au service de Durzo et celui-ci, estimant que les préparations du garçon duraient un peu trop longtemps, devenait impatient. Azoth jugea plus prudent de se taire. Il était son apprenti depuis peu et il craignait encore que le pisse-culotte le chasse.

Ils franchirent le pont Vanden pour gagner les quartiers est. Pour Azoth, ce fut une révélation. Il n'avait jamais essayé d'aller de l'autre côté de la Plith et n'avait jamais cru les rats de guilde qui se vantaient d'y être parvenus en trompant la vigilance des gardes. À l'est du fleuve, il n'y avait aucune ruine, aucun bâtiment abandonné. Il n'y avait pas de mendiants dans les rues. L'odeur avait changé. Elle était bizarre, étrangère. Il n'y avait plus le moindre relent du fumier des enclos à bestiaux. Même les caniveaux étaient différents : il n'y en avait qu'un toutes les trois rues et aucun dans les artères principales. Ici, les gens ne jetaient pas leurs déchets solides ou liquides par la fenêtre et ne les laissaient pas s'accumuler en attendant qu'ils soient emportés peu à peu ; ils les transportaient jusqu'au caniveau le plus proche pour que le courant les entraîne le long d'une rigole en pierre creusée dans le sol pavé. Quelle que soit la rue, on pouvait donc marcher sans crainte de poser le pied dans quelque chose de désagréable. Mais le plus inquiétant, c'était l'odeur inhabituelle des passants. Les hommes ne sentaient pas la sueur ni les effluves caractéristiques de leur profession. Les femmes savaient utiliser le parfum avec parcimonie et celui-ci n'était pas dénaturé par des relents de transpiration et de sexe. Azoth interrogea Blint.

— Tu sais, je crois que ton éducation ne va pas être une partie de plaisir, répondit le pisse-culotte.

Ils passèrent devant un grand bâtiment d'où montaient des volutes de buée. Des hommes et des femmes en sortaient, peignés à la perfection, scintillants. Le garçon ne posa pas de questions.

— C'est une maison de bains, dit Blint. Encore un emprunt à la culture ceurane. La seule différence, c'est que les hommes et les femmes se lavent séparément ici. Sauf dans celle de Mamma K, bien sûr.

La propriétaire de *La Putain Pompette* salua Blint comme étant maître Tulii. Le pisse-culotte se comporta comme un homme apathique et répondit avec un accent. Il ordonna qu'on fasse venir un chariot.

Une fois en chemin, Azoth demanda :

— Où allons-nous ? Qui est le comte Drake ?

— C'est un vieil ami, un noble qui doit travailler pour vivre. Il est avocat.

Le garçon eut l'air perplexe et Blint poursuivit :

— Un avocat, c'est un homme qui, tout en respectant la loi, commet des crimes bien pires que la plupart des escrocs en la violant. Mais c'est quelqu'un de bien. Il va m'aider à faire quelque chose de toi.

— Maître ? Comment va Poupée ?

— Tu n'as plus à t'en soucier. Tu ne dois plus poser de questions sur elle. (Les rues défilèrent par la fenêtre du chariot et une minute s'écoula.) Elle est dans un sale état, mais elle s'en tirera.

Le pisse-culotte resta silencieux jusqu'à leur arrivée au minuscule domaine du comte.

Le comte Drake était un homme qui respirait la bonté. Il avait une quarantaine d'années et portait un pince-nez accroché à la poche de son gilet. Il alla refermer la porte de son bureau en boitillant, puis retourna s'asseoir derrière une table surchargée de documents.

— Je n'aurais jamais cru que tu prendrais un apprenti, Durzo. En fait, il me semble même me rappeler que tu avais juré de ne pas le faire – à maintes reprises, dit-il.

— Et je maintiens tout ce que j'ai dit, répliqua le pisse-culotte d'un ton bourru.

— Ah ! voilà des paroles d'une subtilité redoutable ou d'une incohérence totale, mon ami.

Le comte Drake esquissa une petite grimace amusée. Azoth remarqua qu'il ne s'agissait ni d'une moquerie ni d'une manœuvre. C'était un véritable sourire

Un sourire que Durzo rendit malgré lui.

— Tu m'as manqué, Rimbold.

— Vraiment ? Je n'avais pas remarqué que je te tirais dessus.

Durzo s'esclaffa et Azoth faillit tomber de sa chaise. Il n'aurait jamais imaginé que le pisse-culotte était capable de rire.

— J'ai besoin de ton aide, dit Durzo.

— Tout ce que j'ai t'appartient, Durzo.

— Je veux une nouvelle identité pour ce garçon.

— Qu'est-ce que tu as en tête ? demanda le comte en examinant l'enfant d'un air interrogateur.

— Un noble quelconque, plutôt pauvre. Le genre de personne invitée aux réceptions mondaines, mais qui n'attire pas l'attention.

— Hm. Le troisième fils d'un baron, alors. Il fera partie de la haute noblesse, mais ne sera pas important pour autant. Attends ! Mon second cousin habite à deux jours de cheval de Havermere. Là-bas, la plupart des terres ont été annexées par le Lae'knaught. Si tu veux une fausse identité inattaquable, nous pourrions en faire un Stern.

— Ça conviendra très bien.

— Prénom ? demanda le comte à Azoth.

— Azoth, répondit Azoth.

— Non, pas ton véritable prénom, mon garçon. Le nouveau.

— Kylar, dit Durzo.

Le comte sortit une feuille vierge et chaussa son pince-nez.

— Comment épelles-tu cela ? K-Y-L-A-R ? K-I-L-L-A-R[1] ?

Durzo épela et l'avocat écrivit avec un petit sourire.

— Un jeu de mots à la mode jaeranne ?

— Je vois que tu me connais.

— Non, Durzo. Je ne crois pas que quelqu'un te connaisse. Enfin bref, c'est un peu sinistre, tu ne trouves pas ?

— Ça correspond très bien au boulot.

---

1. Jeu de mots sur la signification de « killer », *tueur* en anglais. (*NdT*)

Pour la centième fois, Azoth eut l'impression d'être un simple enfant, mais aussi un étranger. Le monde semblait rempli de secrets qu'il ne pourrait jamais apprendre, de mystères qu'il ne pourrait jamais percer. Aujourd'hui, il n'écoutait pas Mamma K parler à voix basse d'une chose étrange nommée ka'kari, de la politique du Sa'kagué, des intrigues de cour, de magie, des créatures des Glaces – dont Durzo soutenait mordicus l'existence alors que tout le monde affirmait que c'étaient des mythes, des références aux dieux et aux anges que le pisse-culotte refusait de lui expliquer malgré ses questions. Non, il écoutait des gens parler de son nom! Azoth s'apprêta à demander des explications, mais les deux hommes étaient déjà passés au point suivant.

—Tu en as besoin dans combien de temps? Il faut que l'identité soit solide?

—Comme du roc. Et j'en ai besoin au plus vite.

—Je m'en doutais. Je vais m'appliquer. À moins que de véritables Stern viennent ici, personne ne s'apercevra de la supercherie. Il te reste bien sûr à régler un problème de taille: tu dois apprendre à cet enfant à se comporter en noble.

—Oh! que non!

—Mais tu dois… (La voix du comte s'éteignit et le noble fit claquer sa langue.) Je vois. (Il ajusta son pince-nez et observa Azoth.) Quand dois-je le prendre en charge?

—Dans quelques mois – s'il survit jusque-là. Je dois d'abord lui enseigner certaines choses. (Durzo regarda par la fenêtre.) Qui est-ce?

—Ah! dit le comte. C'est le jeune seigneur Logan Gyre. Ce garçon deviendra un duc remarquable.

—Non. Je parle du Séthi.

—Je ne le connais pas. C'est la première fois que je le vois. On dirait un conseiller.

Durzo lâcha un juron, saisit Azoth par la main et le tira sans ménagement vers la porte.

— Tu es prêt à obéir ? demanda le pisse-culotte.

Azoth hocha aussitôt la tête.

— Tu vois ce garçon ?

— Vous appelez ça un garçon ?

L'adolescent – Logan Gyre, avait dit le comte – portait une cape verte avec un passepoil sombre, de belles bottes en cuir noires et lustrées, une tunique en coton et une épée. Il était à trente mètres de la porte du manoir et suivait un domestique. Il avait encore un visage d'enfant, mais sa carrure le faisait paraître beaucoup plus vieux que l'apprenti de Durzo. Il était gigantesque, déjà plus grand qu'Azoth le serait jamais. Celui-ci n'avait jamais vu une personne si large et si imposante – et il n'avait pas une once de graisse. Azoth était gauche et mal à l'aise dans ses vêtements chic. Logan, lui, semblait être né pour les porter. Il se déplaçait avec grâce, avec assurance, avec noblesse. Azoth se sentit ridicule devant tant d'élégance.

— Bats-toi avec lui. Distrais l'attention du Séthi jusqu'à ce que je puisse sortir.

— Logan ! s'écria une jeune fille au premier étage.

— Sérah ! lança Logan en levant les yeux vers une fenêtre.

Azoth tourna la tête vers maître Blint, mais celui-ci avait disparu. Ce n'était pas le moment de discuter. Peu importait que le garçon comprenne le sens des ordres reçus. Il existait des mystères qu'il n'avait pas encore le droit de découvrir. Il avait juste le choix entre agir ou attendre, entre obéir et désobéir.

Le domestique ouvrit la porte et Azoth recula dans un recoin, hors de vue. Logan entra et leva les yeux vers le sommet de l'escalier, un sourire aux lèvres. Azoth sortit de sa cachette et s'avança vers lui.

Les deux garçons se percutèrent. Azoth s'affala sur le dos et roula sur le côté. Logan faillit trébucher sur lui et son pied s'écrasa sur le ventre de l'apprenti pisse-culotte.

— Ouille !

Logan recouvra son équilibre en s'accrochant à la rampe de l'escalier.

— Oh ! je suis désolé…

— Espèce de gros singe ! (Azoth se releva tant bien que mal en se tenant le ventre.) Sale merde de caniveau !

Il s'interrompit en réalisant que les injures du Dédale risquaient de trahir ses origines.

— Je n'ai pas fait exprès…, commença Logan.

— Que se passe-t-il ? demanda la jeune fille du haut de l'escalier.

Logan leva les yeux et une expression coupable passa sur ses traits.

Azoth en profita pour lui décocher un coup de poing dans le nez, et la tête de Logan partit en arrière.

— Logan ! cria le Séthi.

Le visage affable du jeune colosse disparut sous un masque dur, mais dépourvu de colère. Ses mains se refermèrent sur la cape d'Azoth et soulevèrent le garçon.

L'ancien rat de guilde s'affola. Il frappa à l'aveuglette en poussant des cris. Ses coups de poing écorchèrent les joues et le menton de Logan.

— Logan !

— Ça suffit ! cria le jeune seigneur au visage d'Azoth. Ça suffit !

La panique submergea Azoth et le masque glacé de Logan explosa sous la poussée de la colère. Le jeune colosse continua à soulever Azoth d'une seule main tandis que l'autre lâchait le col pour aller s'enfoncer dans son estomac. Il frappa une fois. Deux fois. Les poumons d'Azoth se vidèrent, puis un poing de la taille d'une enclume vint s'écraser sur son nez. Une vague de douleur et de larmes aveugla le garçon.

Il entendit des cris lointains tout autour de lui, puis se sentit décrire un bref arc de cercle et, l'espace d'un instant, eut l'impression de voler.

Sa tête s'écrasa contre du bois dur et le monde disparut dans un éclair aveuglant.

Chapitre 14

Logan avait insisté pour accompagner la comtesse à l'étage et l'aider à prendre soin du jeune Kylar Stern. L'adolescent était mortifié et, selon toute apparence, ce n'était pas uniquement parce qu'il avait perdu son sang-froid devant la ravissante fille des Drake. Pour Solon, ces dix secondes avaient été riches d'enseignement.

Le comte Drake et le Séthi restèrent seuls et le noble conduisit son invité jusqu'à son bureau.

— Asseyez-vous donc, dit le comte en s'installant derrière sa table de travail. D'où êtes-vous originaire, maître Tofusin ?

S'agissait-il d'une marque de courtoisie ou d'un piège ? Solon gloussa.

— C'est bien la première fois que l'on me pose cette question.

Il désigna sa peau d'un geste comme pour dire : *regardez donc.*

— Je ne vois pas d'anneaux claniques, remarqua le comte. Pas plus que de cicatrices aux endroits où ils auraient été ôtés.

— Eh bien ! il se trouve que les Séthis n'en portent pas tous.

— J'avais pourtant la nette impression du contraire.

— Pourquoi ces questions ? Que voulez-vous savoir ?

— Je suis curieux quant à votre véritable identité, maître Tofusin. Logan Gyre n'est pas seulement un remarquable jeune homme que je considère presque comme mon fils, il est brusquement devenu le seigneur d'une des maisons les plus puissantes du pays. Je ne vous ai jamais vu, je n'ai jamais entendu parler de vous et vous voilà soudain son conseiller ? Je trouve cela des plus curieux. Peu me chaut que vous soyez séthi. J'ai passé un certain temps sur les îles d'Hokkai et de Tawgathu. Je sais que les seules personnes qui n'ont pas les joues percées sont les exilés mis au ban de leur famille ou de leur clan. Mais si vous étiez un exilé, vous auriez quand même des cicatrices aux endroits d'où les anneaux auraient été arrachés. Or vous n'en avez aucune.

— Votre connaissance de notre culture est admirable, mais incomplète. J'appartiens à la maison Tofusin, Cherchevents de la maison royale. Mon père était en poste au Sho'cendi.

— Un ambassadeur auprès des mages rouges ?

— En effet. Les Sho'cendiens acceptent des étudiants du monde entier. Dans la mesure où je n'avais aucun talent pour la magie, j'ai été éduqué avec les marchands et les nobles – qui n'étaient pas aussi tolérants. Le fait de ne pas porter d'anneaux m'a facilité un peu la vie. Cela a eu d'autres répercussions, mais je ne pense pas que le reste de mon histoire vous regarde.

— Soit.

— Pourquoi êtes-vous allé à Seth ? demanda Solon.

— L'esclavage, répondit le comte. Avant de devenir membre à part entière du mouvement qui a mis un terme à cette pratique dans mon pays, il y a sept ans, j'étais adepte d'une solution plus modérée. Je me suis rendu à Hokkai pour voir si je pouvais apprendre à soulager un peu la vie de ces malheureux.

Solon songea au petit manoir des Drake – qui était minuscule, même pour un noble aussi modeste qu'un comte. Il comprit alors que son interlocuteur n'était pas un de ces esclavagistes qui avaient aujourd'hui honte de leur fortune récente. Il était fort probable qu'il avait toujours été un fervent défenseur de la bonne cause.

— Le contexte est très différent à Seth, dit Solon. L'année de la Joie change radicalement la situation.

— En effet. J'avais proposé ce concept et même réussi à faire voter une loi en ce sens, mais le Sa'kagué l'a aussitôt corrompue. Au lieu d'être affranchis chaque septième année, les esclaves ne devaient l'être que sept ans après leur asservissement. Le Sa'kagué a affirmé que ce serait plus simple ainsi, qu'il serait ridicule d'acheter un esclave lors de la sixième année pour le conserver seulement quelques semaines ou quelques mois. En pratique, bien sûr, c'est le Sa'kagué qui tenait les registres. Dans votre pays, la septième année est une grande fête au cours de laquelle les esclaves sont affranchis. Ici, les années passaient et les esclaves n'étaient jamais libérés. Ils étaient asservis à vie. Ils étaient battus, fouettés et livrés aux jeux de la Mort. Leurs enfants étaient envoyés dans des fermes à bébés.

— J'ai entendu dire que ces établissements étaient horribles.

— Le Sa'kagué les a mis en place en prétendant que les enfants des prostituées pourraient y être rédimés. Ils deviendraient esclaves, certes, mais ils seraient lavés de tout péché. L'idée était bonne, mais elle a abouti à la création d'endroits comme la Maison de la Pitié. Excusez-moi, je me laisse emporter. Mais c'était une époque bien sombre. Est-ce que ce garçon va enfin se décider à descendre ?

— Nous devrions peut-être commencer sans lui, dit Solon. Je pense que l'affaire est urgente. Et si j'en juge par la manière dont Logan regarde votre fille, nous risquons de l'attendre un certain temps.

Le comte gloussa.

— Vous me testez à votre tour ?

— Est-ce que le duc est au courant ?

— Oui. Lui et moi sommes amis. Régnus répugne à se mêler des amourettes de son fils étant donné les circonstances de son propre mariage.

— Je ne les connais pas. Auriez-vous l'amabilité de m'éclairer ?

— Ce n'est pas à moi de le faire. Enfin, bref ! Logan et Sérah se lasseront de cette relation. Quelle affaire vous amène ici ?

— Catrinna Gyre.

— C'est donc un problème délicat, dit le comte.

— Le duc vous a-t-il confié des lettres attestant que son fils devenait le seigneur Gyre en son absence ?

— Il en a parlé, mais il a dû partir de manière précipitée. Il a dit que son intendant les apporterait.

— Dame Gyre a dérobé et détruit ces documents. Puis elle a demandé audience à la reine.

— Quoi ?

Le comte était sidéré.

— Ce genre de comportement est inhabituel ?

— Ces deux femmes ne s'aiment guère. Que s'est-il passé ?

— Dame Logan a demandé à être nommée tutrice de Logan. Le roi a entendu la discussion. Il est intervenu et a dit qu'il allait prendre conseil pour régler cette affaire. Qu'est-ce que cela signifie ?

Le comte ôta son lorgnon et se frotta l'arête du nez.

— Cela signifie qu'en faisant vite il peut placer Logan sous tutelle.

— Pourquoi Catrinna Gyre voudrait-elle d'une tâche si peu gratifiante ?

Le comte soupira.

— D'un point de vue légal, le roi peut remplacer Logan par la personne de son choix, tant qu'il ne s'agit pas d'un membre de sa famille – c'est-à-dire par n'importe quel noble ou presque. Une fois le tuteur nommé, même Régnus serait incapable de le révoquer. Catrinna vient d'offrir la maison Gyre au roi.

— Mais vous êtes l'avocat du duc et il vous a fait part de ses souhaits. Cela n'a donc aucune valeur ? demanda Solon.

— Si le roi cherchait la vérité, cela en aurait, oui. Dans la situation où nous sommes, nous aurions besoin du parchemin de la maison Gyre, du grand sceau ducal et d'une témérité assez folle pour décider de fabriquer un faux document officiel. Le roi tient audience dans une demi-heure. Je pense que cette affaire sera la première à être traitée. Nous n'avons pas le temps d'agir.

Solon s'éclaircit la voix et sortit un lourd rouleau de parchemin ainsi qu'un sceau imposant.

Le comte grimaça un sourire et lui arracha le document des mains.

— Je crois que je commence à vous apprécier, maître Tofusin.

— Wendel North m'a aidé pour la formulation, dit Solon. Je pensais vous laisser le soin de signer et d'apposer le sceau.

Le comte fourragea à travers le capharnaüm qui régnait sur son bureau et trouva une lettre du duc. Il la déplia et la posa sur l'assignation de tutelle. Il imita la signature de Régnus Gyre à la perfection, puis leva des yeux coupables vers son invité.

— Disons qu'il s'agit des restes d'une jeunesse tumultueuse.

Solon fit couler un peu de cire sur le document.

— Dans ce cas, à la santé des jeunesses tumultueuses !

— La prochaine fois, pense à bouger, dit Blint tandis qu'Azoth sortait des brumes de l'inconscience en gémissant.

— Je crois que je ne bougerai plus jamais. J'ai l'impression qu'on m'a lancé contre un mur la tête la première.

Blint s'esclaffa ; c'était la deuxième fois que le garçon l'entendait rire – et dans un laps de temps très bref. Le pisse-culotte était assis sur le bord du lit où reposait le garçon.

— Tu t'en es bien tiré, dit-il. Ils ont cru que tu étais en colère parce que tu t'étais étalé devant la fille de Drake. Ils ont pensé que c'était une histoire de gamins sans importance. Le jeune seigneur Gyre était mortifié de t'avoir frappé. Il semblerait que ce soit un bon et gentil géant qui ne s'énerve jamais. Comme tu fais à peine le quart de sa taille, Sérah était furieuse après lui. Ça a aidé. Tout le monde a été très impressionné par ta prestation.

— Impressionné ?

C'était idiot.

— Les nobles se battent en respectant des règles. Quand ils s'affrontent, ils prennent le risque de perdre la face, de recevoir un coup douloureux et, au pis-aller, de voir leur joli minois ruiné par un nez cassé ou une cicatrice malheureuse. L'enjeu n'est pas de tuer ou de se faire tuer. Dans leur monde, tu peux te battre contre un homme, puis devenir son ami. D'ailleurs, tu vas faire le nécessaire pour que Logan devienne le tien. Après une altercation avec un garçon pareil, tu ne peux être que son meilleur ami ou son pire ennemi. Tu comprends ça, *Kylar* ?

— Oui, monsieur. Monsieur ? Pourquoi vous n'avez pas voulu que maître Tofusin vous voie ? C'est pour ça que vous m'avez demandé de me battre contre Logan, hein ? pour faire diversion ?

— Solon Tofusin est un magus. La majorité des mages – je parle des hommes – ne peut pas deviner d'un simple regard si tu as le Don. Les femmes, elles, en sont capables. Il existe des moyens pour se protéger de leur perspicacité et je te les enseignerai plus tard. Je ne voulais pas prendre de risques, mais je n'avais pas le temps de me préparer et je n'avais pas envie de monter à l'étage pour sortir par une fenêtre.

Azoth était un peu décontenancé.

— Mais il ne ressemble pas à un mage.

— Comment le saurais-tu ?

— Euh...

Le garçon estima qu'une réponse comme : « Il ne ressemble pas aux mages des histoires » avait peu de chance de plaire à son maître.

— La vérité, c'est que Solon n'a pas révélé à Logan ni à quiconque qu'il est un mage. Et toi, tu ne le diras à personne non plus. Quand tu connais les secrets d'un homme, tu disposes d'un certain pouvoir sur lui. Ces secrets, ce sont aussi des points faibles. Tout le monde en a un, tout le monde...

La voix de Blint mourut. Ses yeux perdirent soudain leur éclat et scrutèrent le vide. Le pisse-culotte se leva et quitta la pièce sans un mot.

Azoth ferma les yeux, décontenancé. Il songea à son nouveau maître. Il songea à la guilde. Il se demanda si Ja'laliel avait trouvé assez d'argent pour acheter son affranchissement. Il se demanda comment Jarl s'en tirait. Mais, surtout, il se demanda comment allait Poupée.

— Salut, Azo !

— Salut, Jay-o !

La réplique et son intonation étaient les mêmes, mais Azoth sentit une partie de lui se désagréger et disparaître. En théorie, cette sortie était une des dernières qu'il faisait en tant qu'Azoth. Bientôt, il deviendrait Kylar. Il parlerait différemment, il marcherait différemment, il ne remettrait plus jamais les pieds dans les quartiers du Dédale où il avait passé son enfance. Pourtant, il comprit à cet instant que le monde d'Azoth disparaissait déjà : il ne retrouverait plus le lien privilégié qu'il avait partagé avec Jarl. Ce n'était pas à cause des mensonges que Kylar allait raconter, c'était à cause du Rat. Tout était différent maintenant et plus rien ne serait jamais pareil.

Azoth et Jarl se regardèrent pendant un long moment. Ils étaient dans la salle commune de la maison de Mamma K. Il était presque minuit et on n'allait pas tarder à en chasser les rats de guilde. La journée, ils étaient les bienvenus dans cette pièce, mais ils n'avaient la permission d'y dormir que pendant l'hiver – à condition de respecter les règles : interdiction de se battre, interdiction de voler, interdiction d'aller ailleurs que dans la salle commune et la cuisine et interdiction d'ennuyer les adultes qui venaient là. Si un rat violait ces commandements, Mamma K le bannissait avec toute sa guilde jusqu'au printemps. En général, le coupable était tué par ses compagnons furieux à la perspective de dormir dans les égouts pour ne pas mourir de froid.

Cet endroit était toujours bondé. Il y avait un âtre et le sol était couvert de tapis moelleux sur lesquels il faisait bon se reposer. Naguère, ils avaient été propres, mais ils étaient maintenant tachés par la crasse des enfants qui s'y allongeaient. Pourtant, Mamma K ne s'emportait jamais et les tapis étaient remplacés au bout de quelques mois. Il y avait de robustes chaises que les rats de guilde avaient la permission d'utiliser, mais aussi des jouets, des poupées et des piles de jeux à leur disposition. Parfois, Mamma K leur achetait même des friandises. Dans cette salle, ils jouaient, se vantaient et bavardaient sans se soucier des gens présents – y compris les membres d'un groupe rival. C'était le seul endroit où les rats de guilde pouvaient se comporter comme des enfants. C'était le seul endroit sûr qu'ils connaissaient.

Azoth n'était pas venu depuis un certain temps, et la salle lui parut différente. Quelques mois plus tôt, elle incarnait encore le summum du luxe. Aujourd'hui, ce n'était plus qu'une pièce ordinaire garnie de meubles banals et de jouets rudimentaires – entre les mains des rats de guilde, des objets plus soignés n'auraient pas résisté longtemps. Les enfants des rues salissaient tout et brisaient ce qui était fragile, pas par malveillance, non, juste par ignorance. L'endroit était toujours le même, c'était Azoth qui avait changé. Azoth – ou Kylar, il ne savait plus vraiment qui il était – fut stupéfait par la puanteur des rats de guilde. Il ne leur venait donc jamais à l'idée de se renifler ? Est-ce qu'ils n'avaient pas honte de sentir si mauvais ? Mais n'était-ce pas lui qui avait honte ? Honte de contempler ce qu'il avait été ?

Azoth était parti à la recherche de Jarl comme il le faisait toujours après la leçon de lecture de Mamma K. Mais maintenant qu'ils étaient l'un en face de l'autre, ils ne trouvaient rien à se dire.

— J'ai besoin de ton aide, dit enfin Azoth.

Il n'y avait aucun moyen de présenter la demande autrement. Il n'était pas venu rendre visite à un ami, il était venu pour accomplir une tâche.

— Mon aide ?

— Je dois savoir ce qui est arrivé à Poupée. Où est-elle ? J'ai aussi besoin de savoir ce qui se passe avec les guildes.

— Tu ne dois plus être au courant.

— En effet.

Les guildes ne faisaient plus partie de sa vie. Plus rien n'était comme avant.

— Ton maître te cogne dessus ? demanda Jarl en fixant son regard sur les yeux tuméfiés d'Azoth.

— Je me suis battu. Il lui arrive de me frapper, mais pas comme…

Azoth s'interrompit.

— Pas comme le Rat ?

— Comment va-t-il ? demanda Azoth pour détourner d'éventuels soupçons.

— Pourquoi tu me poses cette question à moi ? C'est toi qui l'as tué. (Azoth ouvrit la bouche pour nier, mais la ferma en apercevant deux petits dans la salle.) Blint t'a obligé à le tuer pour voir si tu étais capable de devenir son apprenti, pas vrai ? poursuivit Jarl à voix basse.

— Non ! T'es fou ?

Dans sa tête, il entendit les paroles que maître Blint avait prononcées pendant un entraînement : *« Tout finit par se savoir. Tout finit par se savoir. »*

Les yeux de Jarl se remplirent de douleur, mais il resta silencieux pendant un long moment.

— Je ne devrais pas insister là-dessus, Azoth. Je suis désolé. Je devrais plutôt te remercier. Le Rat... il m'en a fait sacrément baver. Je ne sais plus quoi penser. Je le détestais, mais parfois... Quand il a disparu, je t'ai vu t'éloigner avec Blint... (Il cligna très vite des yeux et détourna le regard.) Parfois, je te déteste. Tu m'as laissé sans personne. Mais ce n'est pas juste. Tu n'as rien fait de mal. C'est juste une histoire... entre le Rat et moi.

Azoth ne sut quoi répondre.

Jarl cligna de nouveau des yeux avec énergie :

— Ferme donc ta gueule, Jarl ! Ferme donc ta gueule ! (Il se dépêcha d'essuyer ses larmes avec ses poings.) De quoi tu as besoin ?

Azoth aurait dû dire quelque chose et il le savait. Il aurait dû offrir un peu de réconfort, mais il ignorait ce que c'était. Jarl avait été son meilleur ami – c'était *toujours* son meilleur ami, non ? Pourtant, il avait changé et Azoth aussi. N'était-il pas devenu Kylar ? En fait, il n'était qu'un imposteur qui essayait de rester à cheval sur deux mondes qui s'éloignaient l'un de l'autre. Il ignorait encore à quelle branche de salut il s'était raccroché après le cataclysme nommé Rat, mais une chose était certaine : une faille s'était ouverte entre Jarl et lui. Il n'en connaissait pas l'origine et n'osait même pas s'en approcher. Il savait juste que ce vide l'effrayait et que, confronté à lui, il se sentait méprisable. Jarl lui permettait de reprendre ses distances en lui posant une question simple, une question simple qui demanderait une réponse simple, un problème que les deux garçons étaient capables de résoudre.

— Poupée, dit Azoth.

La fin de ce moment d'intimité avec son ancien ami le soulagea. Il en eut honte.

— Oh ! dit Jarl. Tu sais qu'elle a été...

— Est-ce qu'elle va bien ?

— Elle a survécu, mais je ne sais pas si elle va tenir le coup. Tout le monde se moque d'elle. Maintenant que tu n'es plus là, elle a changé. Je partage ma nourriture avec elle depuis que la guilde part en morceaux. La situation n'est pas facile. Il n'y a pas assez à manger.

Il a dit la guilde, pas notre guilde.

Azoth refusa de montrer à quel point ce détail lui faisait mal. Il garda un visage impassible. Il n'aurait pas dû se sentir blessé. C'était lui qui avait voulu partir, c'était lui qui était parti. Pourtant, cette exclusion lui donnait un sentiment de vide.

« Tu seras seul. Tu seras différent. Pour toujours. »

— Ja'laliel ne va pas tarder à mourir. On s'est aperçus que le Rat avait volé l'argent de son affranchissement. L'Homme de Feu a pris le contrôle des quais et les autres guildes sont prêtes à s'emparer d'une partie de leur territoire, elles aussi.

— De *leur* territoire ?

Jarl grimaça.

— Si tu veux le savoir, on m'a chassé du Dragon Noir. On s'est tous fait foutre dehors. Ils ont dit qu'il n'y avait pas de place pour les enculés et les petits copains du Rat.

— Tu ne fais plus partie d'une guilde ? demanda Azoth.

C'était un désastre. Un rat de guilde sans guilde, c'était une proie rêvée. Que Jarl ait survécu depuis son expulsion, c'était étonnant ; qu'il soit parvenu à trouver assez de nourriture pour Poupée et lui, c'était incroyable ; qu'il ait accepté de la partager avec la fillette, c'était de la sainteté.

— Certains d'entre nous sont restés ensemble pendant un petit moment. On nous appelait les Enculés. Je vais essayer de rejoindre les Deux Poings, une guilde du Nord. D'après les rumeurs, il est possible qu'on leur accorde bientôt le Marché de Durdun.

C'était Jarl tout craché : il avait toujours un plan.

— Ils sont prêts à accepter Poupée ?

Un silence coupable répondit à sa question.

— Je le leur ai demandé ! Je te jure, Azoth ! Mais ils ne veulent pas en entendre parler. Peut-être que si tu pouvais…

La bouche de Jarl s'ouvrit pour ajouter quelque chose, puis se ferma.

— Je ne vais pas t'obliger à le demander, Jarl. Je te cherche depuis un certain temps pour te le rendre.

Azoth souleva sa tunique et ôta la bande de tissu remplie de pièces avant de la tendre à Jarl.

— Azoth, elle est… Elle est deux fois plus lourde que quand je te l'ai donnée…

— Je vais me charger de Poupée. Laisse-moi deux semaines. Tu pourras t'occuper d'elle si longtemps ?

Les yeux de Jarl se remplirent de larmes et Azoth craignit que les siens fassent de même. Ils en étaient arrivés à s'appeler Jarl et Azoth au lieu de Jay-o et Azo.

— Je vais dire à Mamma K que tu es quelqu'un de futé et voir si elle peut te trouver un travail. Tu sais, au cas où ça ne se passerait pas bien avec les Deux Poings.

— Tu ferais ça pour moi ?

— Bien sûr, Jay-o.

— Azo ?

— Ouais ?

— Je voudrais tellement…

— Moi aussi, Jarl. Moi aussi.

Chapitre 15

« La mort est le prix de la désobéissance. »

Ces mots tournaient chaque jour dans la tête d'Azoth tandis qu'il envisageait de désobéir.

L'entraînement était implacable, mais dépourvu de violence gratuite. Dans une guilde, un Poing pouvait vous battre pour faire valoir son avis et commettre une erreur qui vous laissait handicapé à vie. Maître Blint ne commettait jamais d'erreurs. Il infligeait avec soin une douleur mesurée – et, en règle générale, intense.

Et alors ?

Azoth mangeait deux fois par jour et autant qu'il le voulait. Blint massait ses muscles endoloris avant chaque entraînement.

Au début, ces séances d'apprentissage furent ponctuées de jurons et de coups. Azoth ne pouvait pas tout réussir. Pourtant, les premiers servaient juste à se donner un air sévère et les seconds m'infligeaient qu'une douleur passagère. Blint n'aurait jamais estropié son élève et, s'il décidait un jour de le tuer, Azoth ne pourrait rien faire pour l'en empêcher.

Le jeune garçon n'avait jamais connu une vie si tranquille.

En l'espace de quelques semaines, il s'aperçut qu'il aimait s'entraîner. Le travail à deux, les armes d'exercice à la pointe émoussée, les courses d'obstacles et jusqu'aux cours d'herboristerie. L'apprentissage de la lecture sous la tutelle de Mamma K était difficile. *Et alors ?* Deux heures de frustration par jour, ce n'était rien. Azoth n'avait pas à se plaindre de cette vie.

Au bout d'un mois, le garçon comprit qu'il était doué. Son talent n'était pas flagrant et s'il n'avait pas été si attentif aux réactions et aux humeurs de maître Blint, il ne l'aurait jamais remarqué. Mais, parfois, lorsqu'il maîtrisait une nouvelle technique plus vite que son maître l'avait espéré, une brève expression de surprise passait sur les traits du pisse-culotte.

Cet étonnement le poussa à travailler encore plus dur. Azoth ne se satisfaisait pas de l'apercevoir une fois par semaine, il voulait le voir chaque jour. De son côté, Mamma K parvint à le faire déchiffrer des gribouillis plus longtemps qu'il l'aurait imaginé. Son sourire et ses encouragements permettaient au garçon d'endurer les longues heures de travail en sa compagnie. Elle affirmait que les mots étaient une arme, une seconde épée pour l'homme qui savait les manier. En outre, Azoth aurait besoin de ce talent pour convaincre le monde qu'il était Kylar Stern et Mamma K le fit travailler sa seconde identité : elle lui posait des questions que lui poseraient les autres nobles, l'aidait à imaginer des anecdotes à propos de son enfance dans l'est de Cénaria, lui enseignait les rudiments de l'étiquette. Elle lui déclara que le comte Drake se chargerait de lui apprendre le reste quand Azoth irait vivre sous son toit. En franchissant la porte de la demeure des Drake, le garçon prendrait à tout jamais l'identité de Kylar Stern. Blint continuerait de l'entraîner dans un de ses repaires et Mamma K le recevrait dans une de ses maisons, mais toujours dans les quartiers est. Il ne retournerait plus dans le Dédale avant de pouvoir accompagner son maître en mission.

Azoth travailla d'arrache-pied pour Mamma K et ne se plaignit qu'une fois : écœuré par sa propre bêtise, il jeta un livre à travers la pièce. Sa répétitrice n'apprécia guère cette saute d'humeur et le garçon connut une semaine d'étude infernale. Au bout du compte, il vola un bouquet de fleurs pour le lui offrir et elle lui pardonna.

Il avait donné beaucoup d'argent à Jarl pour prendre soin de Poupée, mais son ami ne pouvait confier de telles sommes à la petite fille : on les lui aurait volées. Le pire, c'était de savoir qu'elle était seule. Muette et défigurée, elle aurait le plus grand mal à se faire des amis.

« La mort est le prix de la désobéissance », avait dit maître Blint. Et il lui avait interdit de revoir Poupée – à jamais.

Mamma K avait déclaré que le pisse-culotte finirait par l'apprécier et par lui faire confiance. En attendant, Azoth devait considérer que ses paroles avaient force de loi. Cette confidence redonna espoir au garçon, mais sa préceptrice se dépêcha de préciser qu'elle parlait des lois de la rue, immuables et absolues, et non pas des lois pathétiques du roi. C'était fort dommage parce qu'Azoth devait revoir Poupée une dernière fois.

Le garçon n'eut pas besoin de comploter pour arriver à ses fins : l'occasion tant attendue se présenta d'elle-même. Maître Blint avait un contrat à exécuter et laissa donc son apprenti se débrouiller tout seul. Il lui confia une liste de corvées à accomplir, mais Azoth savait qu'en se dépêchant il terminerait plusieurs heures avant le début de sa leçon de lecture avec Mamma K.

Il se mit au travail avec frénésie. Il épousseta l'armurerie et grimpa même sur une échelle pour atteindre les rangées d'épées et de matériel les plus hautes ; il vérifia et nettoya les lames d'entraînement en bois ; il frotta et graissa les armes que maître Blint avait utilisées peu de temps auparavant ; il passa un autre type de graisse sur les cibles en cuir et les mannequins que maître Blint le faisait attaquer toutes les heures ; il vérifia les coutures de ceux sur lesquels le pisse-culotte avait frappé à coups de pied et découvrit plusieurs accrocs qu'il raccommoda. Il n'était pas très doué pour les travaux d'aiguille, mais, dans cette salle comme ailleurs, maître Blint ne tolérait rien de moins que la perfection. Il balaya le sol et, comme d'habitude, ne jeta pas la poussière dans la rue, mais la vida dans une petite poubelle. Maître Blint ne voulait pas qu'il quitte le repaire, pas sans un ordre direct.

Il s'aperçut qu'il frottait une dague pour la seconde fois. L'arme était munie d'une lame longue et mince avec un minuscule filigrane en or. À cause de l'usure du temps ou de divers aléas, le métal précieux avait presque disparu des fines rainures où il avait été coulé et du sang s'y était accumulé – Blint s'était servi de cette arme récemment et il devait être pressé lorsqu'il l'avait rengainée. Azoth utilisa la pointe d'une autre dague pour les récurer.

Il aurait dû tremper la lame dans l'eau avant de la brosser avec énergie, mais c'était sa dernière corvée. Il restait trois heures avant le début de sa leçon avec Mamma K. S'il continuait à frotter jusque-là, il avait une excuse pour ne pas partir à la recherche de Poupée.

« Que se passe-t-il si tu ne fais rien ? lui avait demandé Blint. Il ne se passe rien. Cette décision a un prix et fait peser une terrible liberté sur tes épaules, fiston. Ne l'oublie pas. » Il parlait alors de la manière d'approcher un cadavreux dans une situation risquée, mais Azoth comprenait maintenant l'importance de ces mots.

Si je le fais, que peut-il m'arriver de pire ? Maître Blint me tuera. La perspective n'était guère encourageante, mais le risque de se faire prendre était faible. À la différence des autres pisse-culottes qui pouvaient passer leur vie dans le Dédale, maître Blint n'acceptait que les contrats des personnes capables de s'offrir ses services. Cela impliquait qu'une majorité de ses clients étaient des nobles, des habitants des quartiers est. Il était donc probable qu'il soit de l'autre côté de la ville en ce moment, bien loin de son apprenti.

Que peut-il m'arriver de pire si je ne fais rien ? Poupée mourra.

Il reposa la dague avec une grimace.

Encore fallait-il trouver Poupée, ce qui était plus facile à dire qu'à faire. La guilde du Dragon Noir avait disparu. Elle n'existait plus. Kylar se rendit sur son ancien territoire et constata qu'il avait été annexé par la Main Rouge, l'Homme de Feu et la Lame Rouillée. Les glyphes du Dragon Noir parsemant les bâtiments et l'aqueduc s'effaçaient déjà. Azoth avait emporté une paire de dagues, mais il n'eut pas besoin de s'en servir. Des membres de l'Homme de Feu l'arrêtèrent avec, sans doute, l'intention de le détrousser. Mais l'un d'entre eux – un grand – avait fait partie de sa petite guilde. Il parla à ses compagnons et le petit groupe s'éloigna. L'ancien lézard n'adressa pas un mot à celui qu'il avait jadis choisi pour chef.

Azoth sillonna l'ancien territoire des Dragons Noirs pendant un certain temps, mais ne trouva pas Poupée. À un moment, il crut apercevoir Corbin Fishill. Il s'était toujours douté que cet homme était important, mais maître Blint lui avait révélé qui il était vraiment : un membre des Neuf. Tous les rats de guilde qu'il croisa gardèrent leurs distances.

Il était presque l'heure de la leçon de Mamma K quand Azoth pensa à la vieille boulangerie. Poupée était là, seule. Elle lui tournait le dos et, pendant un moment, il resta immobile de peur qu'elle remarque sa présence. Puis la fillette se tourna.

Le sadisme du Rat ne faisait aucun doute. Un mois n'avait pas suffi à cicatriser les blessures. Il s'était tout juste écoulé assez de temps pour montrer à quoi le petit visage avait ressemblé au cours des dernières semaines et à quoi il ressemblerait désormais. Le Rat avait commencé par la battre pour la soumettre ou l'assommer. Puis il avait approché le couteau de son visage.

Une profonde entaille formait un arc de cercle entre le bord de l'œil gauche et la commissure des lèvres. Elle avait été recousue avec des dizaines de points de suture minuscules, mais la cicatrice inévitable relèverait toujours le coin de sa bouche en un sourire artificiel. Le Rat avait tracé un X sur la joue droite, puis un autre, plus petit, en travers des lèvres, juste sous le nez. La fillette avait dû souffrir le martyre en mangeant, en souriant, en fronçant les sourcils et, en règle générale, dès qu'elle avait dû se servir de sa bouche. Un œil était encore tuméfié et Azoth se demanda s'il parviendrait un jour à distinguer quelque chose. Le reste de ses blessures disparaîtraient probablement sans laisser de traces, une escarre sur le front, un léger hématome qui virait du noir au jaune autour de l'autre œil… Quelqu'un avait redressé le nez, car Azoth était certain que le Rat l'avait cassé.

Le visage de la fillette était, ainsi que cela avait été prévu, un hommage à la cruauté. Le Rat voulait que les gens sachent que Poupée n'avait pas été victime d'un accident. Il voulait que tout le monde comprenne que ces blessures avaient été infligées de manière délibérée. Pendant un instant, Azoth regretta que la mort du Rat n'ait pas été plus horrible.

Puis le temps se remit à couler. Le garçon dévisageait Poupée. Il fixait son regard sur les traits de son amie sans cacher son horreur. Les yeux de la fillette, jadis si pleins de surprise et d'espoir impromptus, étaient maintenant pleins de larmes. Elle se cacha le visage derrière les mains et se retourna en pleurant sans bruit tandis que des spasmes agitaient ses petites épaules.

Azoth s'assit près d'elle.

— Je suis venu dès que j'ai pu. J'ai un maître et je lui ai désobéi pour te voir, mais je ne pouvais pas te laisser ici. Ça n'a pas été facile, hein ?

La fillette sanglota.

Azoth imagina sans peine les quolibets qu'on lui avait lancés. Parfois, il avait envie de tuer tous les habitants du Dédale. Comment avaient-ils pu se moquer de Poupée ? Comment avaient-ils pu lui faire du mal ? Il avait fallu un miracle pour qu'elle survive. Un miracle, mais aussi Jarl.

Jarl avait sans doute risqué sa vie des dizaines de fois pour la protéger.

Azoth tendit soudain le bras et rapprocha la fillette de lui. Elle se tourna et s'accrocha au garçon comme si elle craignait que ses larmes l'emportent loin de lui. Il la serra et elle pleura.

Les minutes passèrent. Azoth crut qu'il allait la broyer contre lui. Il ignorait depuis combien de temps il la tenait dans ses bras, mais il savait que leur étreinte avait trop duré.

— J'ai de bonnes nouvelles, dit-il. (La fillette leva ses grands yeux marron vers lui.) Viens avec moi.

Poupée le suivit et ils quittèrent le Dédale, traversèrent le pont Vanden et arrivèrent devant le domaine des Drake. Les yeux de la fillette s'écarquillèrent tandis qu'ils se dirigeaient vers la maison du comte, et bien plus encore quand un domestique ouvrit la porte et les fit entrer.

Le comte Drake était dans son bureau. Il se leva et les accueillit. Il n'exprima pas la moindre surprise en découvrant le visage ravagé de Poupée. Il était plus charitable qu'Azoth.

— Azoth vous a-t-il dit pourquoi vous étiez ici, jeune fille ? demanda le comte.

Le garçon comprit que le noble avait employé son véritable prénom à dessein. Poupée faisait partie de la vie d'Azoth, mais elle ne ferait jamais partie de celle de Kylar. Elle ne connaîtrait jamais celui qu'il allait devenir.

Poupée secoua la tête avec timidité en se cramponnant au garçon.

— Nous t'avons trouvé une famille, Poupée ! déclara le comte. Des gens qui veulent que tu viennes habiter chez eux et que tu deviennes leur fille. Ils prendront soin de toi. Tu ne dormiras plus dans la rue. Ils travaillent ici, dans une maison des quartiers est. Si tu le désires, tu ne retourneras plus jamais dans le Dédale.

Les choses s'étaient avérées un peu plus compliquées que cela, bien entendu. Le comte connaissait ladite famille depuis longtemps. Pendant plusieurs années, elle avait recueilli de nombreux orphelins nés esclaves, mais n'avait plus les moyens d'en nourrir un autre. Azoth avait juré de subvenir aux besoins de Poupée en puisant sur son salaire. Celui-ci était déjà généreux et maître Blint avait déclaré qu'il augmenterait quand le garçon deviendrait plus utile. Le comte Drake n'avait pas manifesté un enthousiasme débordant à l'idée de cacher quelque chose à maître Blint, mais Azoth lui avait expliqué la situation et le vieil homme lui avait accordé son aide de bon cœur.

Poupée se cramponnait toujours à Azoth. Elle ne comprenait pas ou ne parvenait pas à croire les paroles du noble.

Le comte se leva.

— Bien. Je suis certain que tu as des choses à dire à cette jeune fille et je dois vérifier que l'attelage est prêt. Si vous voulez bien m'excuser.

Il sortit en les laissant seuls. Poupée posa un regard accusateur sur Azoth.

— Tu n'as jamais été idiote, remarqua celui-ci. (Elle lui serra la main, très fort.) Mon maître m'a ordonné de ne plus te revoir. (Elle lui tira le bras, le visage rouge de colère.) Oui, plus jamais. Je ne veux pas que ça se passe ainsi, mais il me tuera s'il apprend que je ne respecte pas le moindre de ses ordres. Je suis désolé. Je t'en prie, ne m'en veux pas.

Elle pleura de nouveau et il ne pouvait rien faire pour la consoler.

— Je dois partir maintenant. Mon maître peut rentrer d'un moment à l'autre. Je suis désolé.

Il fit un effort surhumain pour détourner la tête et se diriger vers la porte.

— Ne me laisse pas toute seule !

En entendant cette voix, il sentit une pointe glacée remonter le long de sa colonne vertébrale. Il se tourna, incrédule. C'était une voix de petite fille, la voix à laquelle on était en droit de s'attendre quand on ignorait que Poupée était muette.

— S'il te plaît ? implora la fillette.

C'était une jolie voix, tellement incongrue de la part de cette enfant au visage balafré par le Rat.

Les yeux d'Azoth se remplirent de larmes et il se précipita vers la porte...

Il percuta une silhouette grande et maigre et le choc fut si dur qu'il crut qu'il s'agissait d'une statue de pierre. Azoth tomba sur les fesses et leva des yeux terrifiés.

La rage empourprait le visage de maître Blint.

— Tu oses ? hurla le pisse-culotte. Après tout ce que j'ai fait pour toi ? Tu oses me défier ? Je viens de tuer un membre des Neuf et toi, qu'est-ce que tu fais ? Tu te balades tranquillement sur les lieux du crime pendant deux heures pour que tout le monde sache bien que l'apprenti de Blint était là ! Tu viens peut-être de provoquer ma perte !

Il ramassa Azoth comme s'il ne pesait pas plus lourd qu'un chaton et le gifla. La tunique du garçon se déchira et resta dans la main de Blint quand la force du coup projeta Azoth en arrière. Mais le pisse-culotte n'en avait pas terminé. Il s'avança vers son apprenti et, cette fois-ci, ce furent ses poings qui s'écrasèrent sur la mâchoire du garçon.

Tandis que son visage rebondissait sur le plancher du bureau, Azoth aperçut Poupée se jeter sur maître Blint alors que celui-ci dégainait sa gigantesque épée noire.

— Ne lui faites pas de mal ! hurla-t-il.

Sans réfléchir, il se releva d'un bond, se rua sur le pisse-culotte et saisit la lame de Châtiment à mains nues. Mais Blint était une force de la nature. L'attaque du garçon ne le ralentit même pas lorsqu'il attrapa Poupée et la déposa dans le couloir. Il verrouilla, déverrouilla et reverrouilla la porte très vite. Il se tourna alors vers Azoth, mais ce qu'il avait l'intention de dire ne sortit jamais de sa bouche. Le garçon agrippait toujours la lame qui lui avait entaillé les mains jusqu'à l'os. La lame avait perdu sa couleur d'encre pour virer au bleu vif.

Les mains du garçon étaient enveloppées d'une aura azurée, incandescente et glacée qui brûlait l'intérieur de ses doigts blessés et descendait le long de la lame.

— Non ! s'écria Blint. Pas ça ! C'est à moi !

Il jeta l'arme sur le côté comme s'il avait tenu une vipère, loin de lui et d'Azoth. Ses yeux étaient remplis de fureur quelques instants auparavant, mais ils brillaient désormais d'une rage démente. Azoth ne vit pas le coup arriver. Il ne comprit même pas pourquoi il était de nouveau par terre. Un voile humide et poisseux couvrit ses yeux.

Le garçon crut entendre des cris et des martèlements contre une porte, des bruits lointains, de plus en plus lointains. Puis le monde s'évanouit dans une volée de coups violents, dans un jaillissement de lumière et de douleur et dans les relents aillés et puissants de l'haleine de maître Blint.

Chapitre 16

Durzo fixa son regard sur la bière brune et mousseuse comme si elle contenait la réponse à ses questions. Ce n'était pas le cas et il devait pourtant prendre une décision. Autour de lui, il entendait le bourdonnement de la jovialité factice du bordel, mais personne – homme ou femme – ne vint le déranger. C'était peut-être à cause de Châtiment qui était posée sur la table, juste devant lui. C'était peut-être à cause de l'expression qui se lisait sur son visage.

« Ne lui faites pas de mal ! » avait hurlé Azoth.

Comme si Durzo allait massacrer une fillette de sept ans ! Pour quel genre de monstre ce garçon le prenait-il ? Il se rappela alors qu'il l'avait battu comme plâtre. Il l'avait frappé sans raffinement, se contentant de cogner l'enfant inconscient. Il l'avait assommé avant que le comte défonce la porte et l'empoigne. Durzo avait été à deux doigts de tuer son vieil ami. Il avait perdu la tête. Rimbold lui avait lancé un tel regard… Qu'ils aillent au diable, lui et ses maudits yeux de saint !

Cette lueur incandescente et bleutée… Merde ! Putain de magie ! Tous ses espoirs avaient disparu dans la brève aura qui avait enveloppé Châtiment. L'espoir disparaissait peu à peu depuis la mort de Vonda, mais cet éclat azuré était une porte qui se refermait pour toujours. Elle annonçait qu'Azoth était digne de faire partie des élus et que Durzo ne l'était plus, comme si toutes ces années de service ne comptaient pas. Le garçon prenait tout ce qui le rendait spécial et que resterait-il à Durzo Blint ?

Des cendres. Des cendres et du sang. Rien de plus.

Il regarda Châtiment devant lui et eut soudain l'impression que l'épée ne représentait qu'une vaste plaisanterie.

Châtiment ? Punir les gens comme ils le méritent ? Si c'était vraiment ce que je faisais, je me foutrais cette putain de lame dans la bouche et je l'enfoncerais jusqu'à la garde !

La dernière fois qu'il avait approché la folie de si près, c'était à la mort de Vonda, quatre mois et six jours plus tôt. Durzo soupira. Il fit tourner la bière dans le verre, mais ne but pas. Il aurait tout le temps du monde plus tard. Plus tard, quand il aurait pris sa décision, il aurait besoin d'un remontant – voire d'une bonne dizaine, quel que soit le choix qu'il ferait.

Il buvait beaucoup avec Vonda et cela agaçait sa sœur. En fait, c'était le principe même de leur relation qui agaçait Mamma K. Elle avait interdit à Durzo de voir sa chaste petite sœur. Elle avait interdit à Vonda de voir le pisse-culotte. Mamma K, d'habitude si perspicace, avait sans doute été le principal artisan de cette relation. Entouré par tant de chair à disposition, rétribuée ou offerte, Durzo avait remarqué la petite sœur de Gwinvere. Il avait voulu savoir si elle était aussi innocente qu'elle le paraissait.

Elle ne l'était pas. Il avait été déçu, mais ne l'avait pas montré. De toute façon, ce n'était qu'hypocrisie de sa part et la demoiselle cachait bien d'autres mystères. Vonda ne le traitait pas toujours très bien, mais, au moins, elle n'avait pas peur de lui – sans doute parce qu'elle ne comprenait pas vraiment qui il était, pensait-il. Elle semblait glisser sur la surface de la vie alors que d'autres plongeaient dans les eaux usées des égouts. Durzo ne la comprenait pas non plus et cela le ravissait.

Une fois leur relation entamée, il aurait pu la tenir secrète. Il aurait pu… Il connaissait assez bien l'emploi du temps de Gwinvere pour que rien ne filtre pendant des années.

Mamma K était perspicace, mais Durzo savait se montrer impénétrable. Pourtant, les choses ne s'étaient pas déroulées ainsi. Vonda avait tout raconté à sa sœur – sûrement tout de suite après leur première rencontre, telle que Durzo la connaissait. Ce n'était pas gentil de sa part, mais elle ignorait ce qu'elle faisait.

— Tu vas mettre un terme à cette histoire sur-le-champ, Durzo Blint ! avait déclaré Gwinvere d'un ton plutôt calme. Elle va te détruire. J'adore ma sœur, mais elle causera ta perte.

Elle avait parlé et parlé encore, pour arriver à ses fins, comme toujours. Malgré son immense pouvoir, Gwinvere était incapable de diriger la vie des personnes qui lui étaient chères et cela la rendait furieuse.

Elle avait eu raison, bien sûr. Peut-être pas dans le sens où elle le pensait, mais elle avait eu raison. Elle avait toujours compris Blint mieux que quiconque et lui aussi la comprenait. Ils étaient des miroirs l'un pour l'autre. Gwinvere Kirena aurait été la compagne idéale pour lui, mais encore aurait-il fallu qu'il aime le reflet qu'elle lui renvoyait.

Pourquoi est-ce que je pense à tout ça ? C'est de l'histoire ancienne. C'est terminé.

Il devait prendre une décision. Fallait-il élever le garçon et espérer ou le tuer tout de suite ?

L'espoir ! Ben voyons ! L'espoir, ce sont les mensonges qu'on se raconte sur notre avenir.

Il avait connu l'espoir, jadis. Il avait osé rêver d'une vie différente, mais le moment venu…

— Tu m'as l'air bien pensif, Gaelan Feu du Ciel ! déclara le barde ladéshien.

L'homme s'assit en face de Durzo sans attendre d'y être invité.

— Je suis en train de décider qui je vais tuer. Appelle-moi encore ainsi, et ton nom va bondir en tête de liste, Aristarchos.

Le barde sourit avec l'assurance d'un homme qui sait que son sourire éclatant ne fait que rehausser la beauté de son visage. *Par les Anges de la Nuit!*

—Nous sommes avides d'informations à propos de ce qui s'est passé au cours de ces derniers mois.

—Vous pouvez aller au diable, toi et la confrérie!

—Moi, je crois que tu apprécies nos sollicitations, *Durzo Blint*. Si tu avais voulu nous tuer, tu l'aurais fait depuis longtemps. Ou serais-tu vraiment lié par le code du châtiment? On débat du problème avec le plus grand intérêt au sein de la confrérie.

—Vous en êtes encore à vous chicaner sur les mêmes questions, hein? Vous n'avez rien de mieux à faire? Et que je cause et que je cause! Pourquoi vous ne feriez pas quelque chose de productif pour changer?

—Nous essayons, Durzo. En fait, c'est la raison de ma présence ici. Je veux t'aider.

—Comme c'est gentil!

—Tu l'as perdu, n'est-ce pas? Tu l'as perdu ou il t'a abandonné? Est-ce que ces pierres choisissent vraiment leurs maîtres?

Durzo s'aperçut qu'il faisait tourner un couteau entre ses doigts. Ce n'était pas pour intimider le Ladéshien – qui, de manière louable, ne daigna même pas le remarquer –, mais juste pour s'occuper les mains. C'était sans importance. Il arrêta.

—Voici pourquoi je n'ai jamais eu d'amis parmi vous, Aristarchos: j'ignore si ton petit cercle s'intéresse à moi ou juste à mon pouvoir. Une fois, on m'a presque convaincu de partager quelques-uns de mes secrets, mais j'ai compris que ce que je racontais à l'un de vous, je le racontais à toute la confrérie. Alors, dis-moi, quelle raison pourrait bien me pousser à faire un tel cadeau à mes ennemis?

— C'est la conclusion à laquelle tu es arrivé ? demanda Aristarchos. Que nous sommes tes ennemis ? Dans ce cas, pourquoi ne nous balaies-tu pas de la surface de la Terre ? Tu es la personne idéale pour accomplir cette tâche.

— Je ne tue pas sans raison et la peur ne suffit pas à me motiver. Ça dépasse peut-être ton entendement, mais je peux disposer d'un grand pouvoir et ne pas m'en servir.

Le barde se caressa le menton.

— Alors, tu n'es pas aussi mauvais que la plupart des gens le pensent. Je comprends maintenant pourquoi tu as été choisi à l'origine. (Aristarchos se leva.) Apprends une chose, Durzo Blint. Je suis loin de chez moi et je ne dispose pas des moyens que je souhaiterais, mais si tu me le demandes, je t'apporterai toute l'aide dont je suis capable. Le simple fait de savoir que tu as jugé la cause me suffira. Bonne journée.

Le barde sortit du lupanar en souriant et en adressant des clins d'œil aux prostituées déçues de perdre sa clientèle. Durzo vit qu'il portait son charme comme un masque.

On peut changer de masque, mais celui qui est caché derrière reste toujours le même, pas vrai ?

Durzo avait côtoyé la lie de l'humanité pendant trop longtemps, il apercevait désormais la crasse au fond de chaque cœur. Il savait qu'elle était là et il ne se trompait pas. La crasse et les ténèbres étaient présentes jusque dans le cœur de Rimbold Drake… et pourtant, ce n'étaient pas elles qui poussaient le comte à agir, n'est-ce pas ? Non, ce porteur de masque avait vraiment changé, lui.

Durzo avait dit que la peur ne suffisait pas à le motiver alors qu'il envisageait de tuer un enfant.

Quel genre de monstre es-tu donc ?

Il était coincé. Désespérément et totalement coincé. Il avait exécuté Corbin Fishill et cet assassinat avait été décidé par le Shinga et le reste des Neuf. Corbin avait géré les guildes comme s'il avait été encore à Khalidor : il n'avait rien fait pour réguler la violence qui y régnait, il les avait poussées les unes contre les autres et il les avait encouragées à se faire la guerre. Les Khalidoriens agissaient ainsi en partant du principe que seuls les meilleurs survivaient. Mais le Sa'kagué avait besoin d'hommes, pas de monstres.

Pis encore : certaines informations attestaient que Corbin avait travaillé pour Khalidor. Une pareille attitude était inexcusable : on pouvait accepter d'espionner pour le compte de l'étranger, mais pas de le cacher aux autres membres des Neuf. La loyauté devait avant tout aller au Sa'kagué.

Le meurtre avait été condamné, ce qui était normal. Cela ne signifiait pas pour autant que les amis de Corbin resteraient les bras croisés. Ce n'était pas la première fois que Durzo tuait un membre des Neuf, mais il avait toujours pris le plus grand soin à dissimuler sa patte. Par malheur, Azoth était resté sur les lieux du crime pendant plusieurs heures – un peu avant le meurtre et beaucoup après. Bon nombre de personnes savaient ou se doutaient que Durzo avait pris le garçon comme apprenti et elles ne manqueraient pas de faire le rapprochement. On murmurerait que le travail avait été bâclé. On se demanderait si Durzo Blint ne perdait pas la main.

Il était le meilleur et cela faisait de lui une cible. Son apparente faiblesse laissait espérer une accession rapide à la célébrité aux pisse-culottes de seconde zone. Azoth ne pouvait pas se douter des conséquences de ses actes, bien sûr. Il y avait encore tant de choses qu'il ignorait. Mais Durzo avait contemplé sa propre fin dans l'aura bleutée de la lame de Châtiment. S'il laissait le garçon en vie, il mourrait. Tôt ou tard.

On en revenait au même point : les lois de l'économie divine. Pour qu'une personne vive, une autre devait mourir.

Durzo prit sa décision, puis commença de boire.

— Maître Blint n'est pas venu me voir.

— Non, confirma Mamma K.

— Ça fait quatre jours. Vous aviez dit qu'il n'était plus en colère contre moi.

Azoth serra les poings. Il avait cru s'être tailladé les mains, mais elles étaient indemnes. De nombreuses parties de son corps le faisaient souffrir : la correction de maître Blint n'était donc pas le fruit de son imagination. Mais ses mains étaient indemnes.

— Cela ne fait que trois jours et il n'est plus en colère. Bois ceci.

— Non ! Je ne veux plus de ce truc ! Je me sens encore plus mal quand je l'ai avalé.

Il regretta aussitôt ses paroles. Mamma K haussa les sourcils et ses yeux devinrent aussi froids que la glace. Azoth était blotti sous de chaudes couvertures dans une chambre d'invité, chez la courtisane, mais quand Mamma K posait ce regard sur vous, rien ne pouvait vous empêcher de frissonner.

— Petit, laisse-moi te raconter une histoire. As-tu déjà entendu parler du serpent de Harani ?

Azoth secoua la tête.

— Cette créature avait sept têtes, mais chaque fois qu'on en tranchait une, deux autres poussaient à sa place.

— C'est vrai ? Ça existe vraiment ?

— Non. À Harani, on l'appelle l'hydre de Ladesh. Elle est imaginaire.

— Alors pourquoi vous m'en parlez ?

— Est-ce que tu fais exprès de faire l'imbécile ? (Azoth se garda bien de répondre et Mamma K poursuivit.) Si tu me laisses terminer, tu comprendras que cette histoire est une analogie. Une analogie, c'est un mensonge que racontent les adultes.

— Pourquoi ?

Azoth ne pouvait pas se lever de son lit et cela le rendait irritable.

— Pourquoi on raconte des mensonges ? Parce qu'ils sont utiles. Maintenant, bois ton médicament et tais-toi un peu !

Azoth comprit qu'il était allé un peu loin et ne posa plus de questions. Il avala la tisane épaisse aromatisée à l'anis et à la menthe.

— En ce moment, le Sa'kagué affronte sa propre hydre de Harani, Azoth… *Kylar.* As-tu entendu parler de Corbin Fishill ?

Azoth hocha la tête. Corbin était un beau jeune homme imposant qui était parfois venu discuter avec Ja'laliel.

— Corbin faisait partie des Neuf. Il dirigeait les guildes d'enfants.

— Il *faisait* partie ?

Azoth retint un couinement. Il n'était pas censé savoir que Corbin était un personnage important – et surtout pas *si* important.

— Durzo l'a tué il y a trois jours. Quand les fermes à bébés ont fermé, on a laissé au Sa'kagué l'occasion de lever – je devrais dire d'élever – sa propre armée. Mais Corbin tolérait, voire encourageait, les guerres entre guildes qui décimaient les enfants nés esclaves. En outre, c'était un espion. Le Sa'kagué croyait qu'il travaillait pour Ceura, mais il pense maintenant qu'il était à la solde de Khalidor. Les Khalidoriens le payaient avec de l'or ceuran, sans doute au cas où il aurait été découvert, mais aussi pour empêcher qu'il dépense cet argent tout de suite et attire l'attention sur lui.

» On a fouillé ses affaires après sa mort, mais, par malheur, on n'a rien trouvé de concluant. S'il travaillait pour les Khalidoriens, il était bien plus dangereux que nous le pensions. Le Sa'kagué aurait dû l'arrêter et le torturer pour en être sûr. Mais, à ce moment, on a estimé plus important de faire un exemple pour montrer ce qui arrive à ceux qui ne comprennent pas les objectifs du Sa'kagué. Nous n'avons fait qu'aggraver le problème.

» Nous estimons que Corbin n'est pas resté en poste assez longtemps pour amener les guildes à développer un sentiment de loyauté envers Khalidor. Les rats de rue se fichent de savoir d'où vient leur repas. Mais si les Khalidoriens ont entrepris de les corrompre, cela démontre qu'ils pensent à long terme.

— Comment savez-vous qu'il n'était pas simplement le membre du Sa'kagué le plus facile à soudoyer ?

Mamma K sourit.

— Nous l'ignorons. Khalidor est occupée à mater des rébellions en ce moment et la situation n'est pas à son avantage. Mais le Roi-dieu a la réputation d'être un homme qui vise la victoire. À mon avis, il sait qu'il s'écoulera peut-être plusieurs années avant que ses armées soient prêtes à marcher au sud, mais, le moment venu, il veut que Cénaria tombe au premier coup d'épée. Si le Sa'kagué est sous sa coupe, il n'aura aucun mal à s'emparer de la ville. Notre problème, c'est que s'il a pu soudoyer un homme aussi haut placé que Corbin, il n'est pas impossible que des dizaines d'autres personnes soient à sa solde. Les nouvelles têtes de l'hydre peuvent surgir à tout moment. Les gens en qui nous avons confiance sont peut-être des agents de Khalidor.

— En quoi cela vous concerne-t-il ? demanda Azoth.

— Cela me concerne parce que je fais aussi partie des Neuf, Kylar. Je suis la Maîtresse des Plaisirs.

La bouche d'Azoth dessina un petit o. Le Sa'kagué avait toujours représenté pour lui une entité dangereuse, gigantesque et lointaine. Il songea que tout cela était logique – tout le monde savait que Mamma K avait été une putain et qu'elle était maintenant très riche –, mais il n'avait jamais imaginé qu'elle puisse faire partie des Neuf. Si elle était la Maîtresse des Plaisirs, elle dirigeait l'ensemble de la prostitution à Cénaria. D'une manière ou d'une autre, toutes les personnes impliquées dans le commerce de la chair finissaient par lui rendre des comptes.

La courtisane sourit.

— En plus de leurs activités… les plus épuisantes, mes filles tendent l'oreille. Tu serais sidéré d'apprendre à quel point les hommes peuvent se montrer bavards devant ce qu'ils croient être une putain sans cervelle. Je suis à la tête des espions du Sa'kagué et j'ai besoin de savoir ce que Khalidor prépare. Si je ne l'apprends pas, le Sa'kagué ne le saura pas. Si nous ignorons ce que trame le Roi-dieu, il est possible que le pays tombe entre ses mains. Et crois-moi, nous n'avons aucune envie de Garoth Ursuul pour roi.

— Pourquoi me dites-vous tout ça ? Je ne suis pas quelqu'un d'important.

— Azoth n'était pas important. Toi, tu es sur le point de devenir Kylar Stern. Je crois que tu es plus intelligent que Durzo le pense. Je te raconte tout cela parce que nous avons besoin de toi à nos côtés. Azoth a agi comme un idiot en se promenant en ville l'autre jour, tu pourrais le payer de ta vie et Durzo de la sienne. Mais si tu avais su ce qui se préparait, tu n'y serais pas allé. Tu as commis une erreur, mais Durzo n'aurait pas dû te battre parce que tu as fait preuve d'initiative. D'ailleurs, je suis certaine qu'il regrette ce qu'il a fait – même s'il ne s'excusera jamais. Ce n'est pas le genre d'homme à reconnaître ses torts. Nous avons besoin que tu sois davantage qu'un apprenti, Kylar. Nous avons besoin de toi comme allié. Est-ce que tu es prêt à le devenir ?

Azoth – Kylar – hocha la tête avec lenteur.

— Que voulez-vous que je fasse ?

Chapitre 17

Kylar essaya de rester bouche bée aux moments opportuns tandis qu'on lui faisait traverser le domaine des Gyre. Mamma K avait dit qu'Azoth aurait pu s'émerveiller devant ce qui était en or ou imposant, mais le baronnet Kylar Stern devait seulement se décrocher la mâchoire devant ce qui était en or *et* imposant – ainsi que devant les objets d'art. Logan avait invité le garçon pour s'excuser de l'avoir frappé, et la première mission de Kylar pour le Sa'kagué consistait à devenir son ami.

Le portier le conduisit à un autre domestique – si bien habillé que Kylar crut un instant qu'il s'agissait du duc Gyre et faillit le saluer comme tel. Il comprit au dernier moment que c'était sans doute le chambellan. Celui-ci le mena à travers un hall immense où un double escalier montait jusqu'au deuxième étage de part et d'autre d'une gigantesque statue en marbre. Celle-ci représentait deux hommes – des jumeaux – qui s'affrontaient à l'épée ; chacun voyait la même ouverture dans la garde de l'autre et se fendait pour frapper. Mamma K avait dit à Kylar que cette œuvre était une des plus célèbres sculptures du monde : *Le Funeste Destin des Jumeaux Grasq*. Elle avait raconté que les frères Grasq se battaient dans des armées ennemies et avaient l'habitude d'aller au combat vêtus d'une lourde armure. À l'époque, les guerriers arboraient divers signes de reconnaissance – dont un mince tabard porté sur leur cotte de mailles – pour qu'on puisse les identifier s'ils étaient séparés de leur porte-oriflamme. Mais au cours d'une longue bataille, les deux frères l'avaient perdu et étaient devenus des guerriers anonymes. Ils s'étaient entretués alors qu'ils avaient toujours pris soin de s'éviter lors des affrontements précédents. L'artiste avait représenté les deux hommes nus, l'épée à la main. Ils tenaient leur bouclier de manière que chacun ne reconnaisse le visage de l'autre qu'au moment où il portait le coup mortel.

Le chambellan conduisit Kylar en haut de l'escalier, puis lui fit traverser une aile interminable du manoir. Le couloir était plus large que la plupart des ruelles du Dédale et chaque côté était parsemé de bustes en marbre, de tableaux montrant des hommes qui parlaient, se battaient ou enlevaient des jeunes filles ; des familles qui abandonnaient leur maison ; des femmes qui pleuraient leurs morts ; des scènes d'après bataille et d'horribles créatures qui surgissaient du sol au milieu de bouillonnements. Chaque toile était entourée par un cadre couvert d'épaisses feuilles d'or et la plupart étaient de taille impressionnante. Kylar suivait le chambellan et pouvait donc béer autant qu'il le souhaitait – ce qu'il ne manqua pas de faire. Puis le domestique s'arrêta devant une énorme porte, frappa à l'aide du bâton qu'il portait et entra dans une bibliothèque. La pièce contenait des dizaines de rayonnages disposés en lignes et les murs étaient couverts de livres et de parchemins sur une hauteur de deux étages.

— Mon seigneur, le baronnet Kylar Stern.

Logan Gyre était assis derrière une table et examinait un parchemin déroulé. Il se leva pour accueillir son invité.

— Kylar ! Je terminais juste. J'ai emprunté ce document à… Oh ! c'est sans importance ! Bienvenue.

— Je vous remercie de votre invitation, duc Gyre. Votre domaine est magnifique. La statue des Grasq est stupéfiante.

Il récitait la tirade que Mamma K lui avait apprise, mais il n'eut guère à se forcer.

— Je t'en prie, Kylar. Tu es trop aimable. Tu la trouves vraiment jolie ? demanda Logan.

Le « trop aimable » le trahit : Logan essayait de devenir un adulte avec la même énergie que Kylar. Celui-ci sentit l'inquiétude monter en lui. Il n'était qu'un imposteur, mais le « duc » n'était pas plus crédible que lui. Le titre était trop écrasant et trop récent pour que Logan le porte avec une assurance convaincante. Kylar répondit donc avec honnêteté :

— Je la trouve en effet stupéfiante. Je regrette juste que les personnages soient nus.

Logan éclata de rire.

— Je sais ! En général, je ne le remarque plus, mais il m'arrive de rentrer et… de découvrir deux géants tout nus dans ma demeure. Du fait de mes nouveaux devoirs, je dois revoir tous les serviteurs et tous les amis de mon père. Pour les dames de la bonne société, c'est l'occasion de me présenter leur fille en espérant que je vais en tomber follement amoureux. J'ai reçu il y a peu une de ces dames et sa fille – je ne citerai pas leurs noms, mais ce sont des personnes ravissantes et très convenables, très humbles. Moi, je suis plutôt grand, non ? Elles lèvent la tête bien haut pour me regarder et je me mets à parler. Au milieu de mon histoire, la mère glousse et la fille semble hypnotisée. Je commence de me demander si je n'ai pas quelque chose accroché dans les cheveux ou à l'oreille parce qu'elles ne cessent de lancer des coups d'œil sur ma gauche.

— Oh ! non ! s'exclama Kylar en éclatant de rire à son tour.

— Je regarde par-dessus mon épaule et je vois… eh bien ! une paire de parties génitales… en marbre d'une taille trois fois la normale ! Elles s'aperçoivent que j'ai remarqué qu'elles regardent derrière moi depuis le début et moi, je comprends que c'est la première fois que la demoiselle voit un homme nu – et j'en oublie la suite de mon histoire.

Les deux garçons rirent de conserve. Kylar adressa un remerciement silencieux et fervent à Logan : si le jeune seigneur n'avait pas donné autant de détails, l'ancien rat de guilde n'aurait jamais deviné la signification de « parties génitales ». Est-ce que tous les nobles parlaient ainsi ? Que se passerait-il si Logan racontait une nouvelle histoire amusante sans en préciser le contexte ? Le jeune seigneur Gyre pointa le doigt vers le portrait d'un homme à la mâchoire carrée, au crâne chauve et aux vêtements curieux.

— C'est lui que je dois remercier pour cette statue. Mon arrière-arrière-arrière-grand-père. L'amateur d'art de la famille.

Kylar esquissa un petit sourire, mais eut l'impression de recevoir une gifle. Logan connaissait des choses à propos de son arrière-arrière-arrière-grand-père, lui ne savait même pas qui était son père. Le silence s'installa et Kylar comprit que c'était son tour de prendre la parole.

— Je… euh, j'ai entendu dire que les armées des frères Grasq se sont affrontés au cours de six batailles.

— Tu sais qui ils étaient ? Peu de personnes de notre âge les connaissent.

Kylar réalisa, mais un peu tard, qu'il était risqué de se présenter comme un amateur d'histoires à un garçon qui aimait les livres – et qui était capable de les lire, lui.

— J'adore les récits anciens, dit-il. Mais mes parents estiment que je perds mon temps en me « farcissant la tête avec ces bêtises ».

— Tu aimes vraiment les histoires ? Aléine fait toujours semblant de ronfler quand je commence d'en raconter une.

Aléine ? Oh ! le prince Aléine Gunder le Dixième !

Le monde de Logan était vraiment très différent du sien. L'adolescent lui fit signe d'approcher.

— Regarde ceci. Ici, lis ce passage.

J'en serais ravi, mais faudrait-il encore que j'en sois capable.

Kylar sentit l'angoisse comprimer sa poitrine. Son déguisement était loin d'être parfait.

Il refusa la proposition d'un geste.

— Surtout pas ! J'aurais l'impression d'être un de mes précepteurs. Je n'ai pas l'intention de lire pendant des heures pendant que vous vous tournez les pouces. Pourquoi ne me raconteriez-vous pas les meilleurs passages ?

— Il n'y a que moi qui parle, dit Logan, mal à l'aise. Je me comporte comme un rustre.

Kylar haussa les épaules.

— Je ne trouve pas. Et cette histoire ? C'est une nouvelle ?

Les yeux de Logan se mirent à briller et Kylar comprit qu'il ne courait plus de danger.

— Non. C'est la fin du cycle d'Alkestia, juste avant la chute des Sept Royaumes. Mon père me fait étudier la vie des grands chefs du passé. Ezra le Fou – qui n'était pas fou d'ailleurs. À mon avis, il n'est pas retourné se cacher dans le bois d'Ezra pendant cinquante ans. Enfin, bref ! Ezra le Fou a sans doute été le plus grand mage de tous les temps – à l'exception de l'empereur Jorsin Alkestes en personne. À ce moment du récit, ils sont assiégés à l'endroit qu'on nomme aujourd'hui la Brouette Noire. Ezra commence de fabriquer des choses extraordinaires : les marteaux d'armes d'Oren Razin ; des pièges à feu et à éclairs que même les soldats sans le Don peuvent utiliser ; Curoch, l'Épée de Puissance ; Iures, le bâton de la loi ; et puis ces six objets magiques, les ka'karis. Ils ressemblent à des sphères brillantes, mais si les six champions les pressent, ils fondent pour recouvrir tout leur corps comme une seconde peau et leur confèrent un pouvoir sur leur élément. Arikus Daadrul reçoit celui de la peau d'argent liquide qui le rend invulnérable aux coups d'épée. Corvaer Noirepuits se transforme en Corvaer le Rouge, le maître du feu ; Trace Arvagulania, qui était très laide, devient la plus belle femme de l'époque ; Oren Razin obtient le pouvoir sur la terre ; sa peau se transmute en roc et il pèse désormais cinq cents kilos ; Irenaea Blochwei reçoit le pouvoir sur les plantes ; Shrad Marden, celui de l'eau

– il devient capable d'absorber celle contenue dans le sang d'un homme.

» Ce qui m'a toujours intrigué, c'est que Jorsin Alkestes était un grand chef. Il a rassemblé quantité de personnes exceptionnelles, dont beaucoup étaient revêches et égoïstes. Il est parvenu à les faire travailler ensemble et cela a fonctionné. Mais, à la fin, il a offensé un de ses amis, Akhilleus Ghassant, en préférant donner un ka'kari à Shrad Marden – qu'il n'appréciait pourtant pas. Tu as entendu parler d'Akhilleus Ghassant ?

— Son nom ne m'est pas inconnu, avança Kylar.

Ce n'était pas un mensonge. Parfois, les rats de guilde se rassemblaient près de la fenêtre d'une taverne quand un barde chantait une ballade, mais ils n'entendaient que des bribes de son récit.

— Akhilleus était un guerrier extraordinaire. Il ne donnait pas dans la subtilité, il détestait les mensonges, la politique et la magie. Mais avec une épée à la main, il n'hésitait pas à charger seul contre une armée entière s'il y était obligé. Il était si fou et si fort que ses soldats l'auraient suivi jusqu'au bout du monde. Mais il attachait beaucoup d'importance à l'honneur et il ne supporta pas de voir des hommes moins vertueux récompensés avant lui. Il considéra que c'était une insulte impardonnable. C'est cet affront qui l'amena à trahir Jorsin. Comment Jorsin a-t-il pu commettre une telle erreur ? Il aurait dû s'apercevoir qu'il faisait offense à son ami.

— À votre avis, qu'est-ce qui s'est passé ? demanda Kylar.

Logan se gratta la tête.

— Il y a sans doute une raison futile à cette maladresse, le fait qu'ils aient été en guerre, par exemple. L'épuisement et le manque de nourriture ont peut-être faussé le jugement de Jorsin. Cela pourrait expliquer son erreur.

— Et qu'est-ce que cela vous apprend sur le rôle d'un chef ?

Logan eut l'air perplexe.

— Qu'il faut manger des légumes et ne pas rogner sur son sommeil ?

— Et que pensez-vous de : « Il faut se montrer aimable avec ses subalternes si vous ne voulez pas qu'ils vous bottent un jour le cul » ?

— Est-ce que vous chercheriez à croiser le fer, baronnet Stern ?

— Je vais vous massacrer avec plaisir, ô grand-duc !

Chapitre 18

Kylar entra dans le repaire encore ivre de bonheur après sa victoire. Il avait marqué trois touches contre deux seulement pour Logan. L'adolescent était meilleur escrimeur que lui, mais ainsi que Mamma K l'avait fait remarquer, il avait beaucoup grandi au cours de l'année et il ne s'était pas encore habitué à sa nouvelle morphologie.

— Je ne me suis pas contenté de sympathiser avec Logan Gyre, je l'ai également battu à l'épée, annonça Kylar.

Durzo ne daigna pas lever les yeux de l'incinérateur. Il augmenta la flamme sous le plat en cuivre.

— Bien ! Ne t'entraîne plus jamais avec lui. Passe-moi ça.

Blessé dans son orgueil, Kylar attrapa une flasque sous les serpentins de l'alambic et la tendit à Durzo. Le pisse-culotte versa l'épaisse mixture bleue dans l'incinérateur, et de petites bulles apparurent. En quelques instants, la préparation se mit à bouillir.

— Pourquoi ? demanda Kylar.

— Apporte-moi cette gamelle, fiston. (Le garçon prit l'auge du cochon et l'apporta à la table.) Nous ne nous battons pas comme l'enseignent les maîtres d'armes de la cité. Si tu croises une nouvelle fois le fer avec Logan, tu adopteras son style académique et tu ne vaudras plus tripette comme combattant. Ou bien tu te trahiras et on découvrira qu'on t'a appris à te battre de manière très différente. Ou les deux.

Kylar se renfrogna en regardant l'incinérateur. Son maître avait raison, bien sûr, et même si cela n'avait pas été le cas, ses paroles avaient force de loi. La mixture s'était transformée en poudre bleu sombre. Durzo attrapa l'écuelle en cuivre avec un morceau de laine épaisse et l'écarta de la flamme. Puis il gratta le fond et fit tomber le contenu dans l'auge. Il prit un autre plat et y versa une nouvelle dose de mixture bleue avant de le glisser sur le feu. Il attrapa la première écuelle avec le bout de tissu et la mit sur le côté pour la laisser refroidir.

— Maître, savez-vous pourquoi Jorsin Alkestes a insulté son meilleur ami en ne lui donnant pas le ka'kari ?

— Peut-être qu'il posait trop de questions ?

— Logan affirme qu'Akhilleus Ghassant était le plus honorable des amis de Jorsin, mais il l'a pourtant trahi et a causé la chute des Sept Royaumes.

— La plupart des gens ne sont pas assez forts pour suivre la ligne de conduite que nous nous imposons, Kylar. Ils trouvent donc une consolation dans des illusions rassurantes, comme les dieux, la justice ou la bonté naturelle. Mais ces illusions ne résistent pas aux guerres. Les guerres brisent les hommes et Akhilleus n'y a sans doute pas résisté.

— Vous en êtes sûr ?

L'interprétation de Logan était très différente.

— Sûr ? demanda Durzo avec mépris. Je ne suis même pas sûr de ce que les nobles de la cité ont fait quand ils ont aboli l'esclavage, il y a sept ans. Comment pourrait-on être sûr de ce qui s'est passé il y a des centaines d'années ? Donne ça au cochon.

Kylar porta l'auge à l'animal qu'ils venaient d'acheter pour les expériences de maître Blint.

En revenant, il vit que le pisse-culotte le regardait comme s'il voulait dire quelque chose. À ce moment, un petit sifflement monta et des flammes jaillirent de l'écuelle en cuivre derrière Blint. Kylar n'eut même pas le temps de tressaillir. Son maître se retourna à la vitesse de l'éclair. Une main translucide surgit au bout de ses doigts et saisit le plat à même le feu avant de le déposer sur la table. Puis elle s'évanouit comme elle était apparue. La scène se déroula si vite que Kylar se demanda s'il n'avait pas rêvé.

Le plat fumait et au lieu d'une poudre bleutée il n'y avait plus qu'une croûte carbonisée. Une croûte noire que Kylar Stern n'allait pas tarder à gratter jusqu'à ce que le cuivre recouvre son éclat.

Blint lâcha un juron.

— Tu vois ? Quand on se laisse entraîner par le passé, on devient inutile dans le présent. Viens ! Allons voir si ce putain de cochon a survécu. Ensuite, il faudra s'occuper de tes cheveux.

Le cochon n'avait pas survécu et, compte tenu de la quantité de poison qu'il avait absorbée, il n'était pas prudent de le manger. Kylar passa la moitié de la journée à le découper en morceaux qu'il alla ensuite enterrer. Une fois ce travail accompli, maître Blint lui ordonna de se déshabiller jusqu'à la taille et frotta ses cheveux avec une pâte caustique. Celle-ci lui brûla le cuir chevelu, mais Blint l'obligea à la garder pendant une heure. Quand le garçon se rinça enfin la tête, le pisse-culotte l'amena devant un miroir pour qu'il observe son reflet. Azoth faillit ne pas se reconnaître : ses cheveux étaient devenus blonds, presque blancs.

— Heureusement que tu es jeune, dit Blint, sinon, j'aurais dû te passer de la pâte sur les sourcils également. Maintenant, rhabille-toi. Prends les vêtements d'Azoth. Redeviens Azoth.

— Je sors avec vous ? Pour exécuter un contrat ?

— Habille-toi !

— Je comprends pourquoi l'Affaiblissement Apparent vaut neuf cents gunders, déclara le noble. Je suis certain que vous devez empoisonner une personne à plusieurs reprises afin de reproduire les symptômes de la maladie. Mais mille cinq cents gunders pour faire croire à un suicide ? C'est ridicule. Il suffit de poignarder l'individu et de glisser le couteau dans sa main.

— Nous allons reprendre depuis le début, dit maître Blint à voix basse. Vous allez partir du principe que je suis le meilleur pisse-culotte de la cité et je vais partir du principe qu'il existe une chance infime pour que j'accepte ce contrat.

L'atmosphère était tendue dans la pièce du premier étage de l'auberge. Le seigneur général Brant Agon n'était pas content, mais il inspira profondément et passa la main dans ses cheveux gris avant de reprendre la parole :

— Expliquez-moi pourquoi un faux suicide coûte mille cinq cents pièces d'or.

— Une opération de ce genre demande des mois, répondit maître Blint. La manière de procéder dépend de l'histoire personnelle du cadavreux. Si je dois me charger d'une personne qui a la réputation d'avoir un tempérament mélancolique, je peux ramener le délai à six semaines. Si elle a déjà fait une tentative de suicide, il arrive que ça ne prenne que six ou sept jours. Je trouve le moyen de l'approcher et je lui administre des mixtures spéciales.

Le garçon essaya de se concentrer sur les explications de Blint, mais ses anciens vêtements le mettaient mal à l'aise et faisaient voler en éclats les illusions des dernières semaines. Kylar avait disparu – et pas seulement parce qu'Azoth avait obéi à son maître et était redevenu Azoth. Kylar avait été un masque qui lui avait donné confiance, un masque qui avait trompé Logan, mais aussi Azoth lui-même pendant un moment. Maintenant, le masque était tombé et il ne restait plus qu'Azoth. Le garçon se sentit faible. Il ne savait pas pourquoi il était dans cette pièce. Il ne savait pas ce qu'il devait faire. Il avait peur.

Blint poursuivit sans lui adresser le moindre regard :

— Le cadavreux devient déprimé, renfermé, méfiant. Les symptômes empirent petit à petit. Puis, par exemple, son chien préféré vient à mourir. La cible a déjà sombré dans la mauvaise humeur et la paranoïa. Elle ne tarde pas à s'en prendre à ses amis. Ceux qui viennent lui rendre visite – enfin, ceux qui acceptent de boire un rafraîchissement – deviennent irritables en compagnie du cadavreux. Ils se querellent avec lui et cessent de venir le voir. Parfois, la cible écrit elle-même la lettre qui explique son geste. Parfois, elle se suicide même toute seule – mais je la surveille toujours pour m'assurer qu'elle choisit un moyen approprié pour obtenir le résultat recherché. Quand on prend le temps d'agir, personne ne soupçonne un meurtre déguisé. En général, la famille se charge de dissimuler les détails de l'affaire et fait disparaître les rares preuves qui pourraient subsister.

— Par la barbe du Haut Roi ! Il est possible d'arriver à cela ? demanda le seigneur général.

— Possible ? Oui. Difficile ? Très. Cela nécessite un grand nombre de poisons à mélanger avec soin – savez-vous que tout le monde ne réagit pas de la même manière aux poisons ? Cela me demande aussi beaucoup de temps. Si le suicidé doit écrire une lettre, je dois étudier la correspondance et le journal intime de la cible. Il ne suffit pas d'imiter l'écriture, il faut aussi qu'on retrouve son style et, parfois, certains de ses choix de mots. (Durzo esquissa un sourire carnassier.) L'assassinat est un art, monseigneur, et je suis l'artiste le plus accompli de la ville.

— Combien de personnes avez-vous tuées ?

— Je vous répondrai seulement que je n'ai pas le temps de m'ennuyer.

Le vieil homme joua avec sa barbe, les yeux toujours fixés sur la note que maître Blint lui avait donnée. Il était mal à l'aise.

— Puis-je vous poser des questions à propos des personnes que vous avez tuées, maître Blint ? demanda-t-il soudain avec respect.

— Je préférerais qu'on en reste aux personnes que vous voudriez que je tue.

— Et pourquoi ?

— Je tiens beaucoup à mes secrets – c'est un impératif dans mon métier. Par conséquent, je n'aime guère parler de ma manière de procéder. Et, pour être honnête, mes employeurs ont tendance à hésiter quand ils en savent trop. Il y a quelque temps, j'ai eu un client qui était très fier de son système de sécurité. Il a demandé comment je procéderais si on me payait pour le tuer. Il m'a un peu agacé, alors je lui ai répondu.

» Par la suite, il a essayé d'engager un autre pisse-culotte pour me faire disparaître. Tous les professionnels de Cénaria ont refusé et il a fini par louer les services d'un amateur.

— On dirait que vous vous prenez pour une légende, dit le seigneur général tandis que son visage fin se pinçait.

Bien sûr que Durzo Blint était une légende ! Qui viendrait louer ses services s'il n'en était pas persuadé ? Azoth frissonnait en entendant maître Blint parler de son travail à un noble – à une personne qui appartenait au monde du comte Drake. Cela avait quelque chose d'inquiétant. Azoth eut l'impression que ses deux univers se rapprochaient dangereusement l'un de l'autre et il sentit le respect intimidé du seigneur général.

Les membres de la guilde estimaient que Durzo Blint était une légende parce qu'il était puissant, parce qu'on avait peur de lui et parce qu'il n'avait peur de personne. C'était pour cela qu'Azoth avait été attiré par cet homme. Mais ce noble le considérait avec respect pour d'autres raisons. Il voyait en Durzo Blint une créature de la nuit, un être capable de détruire tout ce qui lui était cher. Le seigneur général avait toujours cru que certaines choses étaient à l'abri du danger, mais cet homme réduisait sa confiance à néant. Pourtant, le vieux militaire n'avait pas peur, il était juste écœuré.

— Je ne voulais pas laisser entendre que je terrifiais tous les pisse-culottes de la ville, dit maître Blint avec un sourire. Il se trouve que nous autres, professionnels, ne formons pas un groupe très lié, mais nous sommes peu nombreux. Nous sommes collègues et parfois même amis. Le deuxième pisse-culotte que cette personne est allée voir était Caleu le Balafré...

— J'ai entendu parler de lui, l'interrompit Brant Agon. Il semblerait que ce soit le deuxième meilleur assassin de la cité.

— Pisse-culotte, rectifia Blint. C'est aussi un ami et il m'a raconté ce que le client manigançait. Ensuite... Eh bien ! si une métaphore militaire vous convient mieux, c'était comme lancer un petit raid contre une ville qui vous attend de pied ferme au lieu d'une ville qui ne soupçonne rien. Dans le second cas, vous avez une chance de réussir. Dans le premier, c'est du suicide.

— Je vois, dit le seigneur général.

Il resta un moment silencieux. Apparemment, il était surpris que maître Blint connaisse son identité. Il grimaça soudain un sourire.

— Vous êtes vous aussi un tacticien.

— Comment cela ?

— Peu de gens ont cherché à vous éliminer depuis que vous racontez cette histoire, n'est-ce pas ?

Un large sourire se dessina sur les lèvres de maître Blint. Azoth s'aperçut que ces deux hommes se comprenaient.

— Personne, en effet. Après tout, la diplomatie est le prolongement de la guerre.

— En général, les militaires estiment plutôt que la guerre est le prolongement de la diplomatie, dit Brant Agon. Mais je pense que je suis d'accord avec vous. Un jour, je me suis retrouvé en infériorité numérique et obligé de tenir ma position contre les Lae'knaughtiens pendant deux jours en attendant l'arrivée des renforts. J'avais quelques prisonniers. Je les ai postés à un endroit exposé et j'ai dit aux gardes que les troupes supplémentaires arriveraient à l'aube. Pendant les combats, on a laissé les prisonniers s'échapper et ils se sont dépêchés d'aller rapporter l'information à leurs supérieurs. La nouvelle démoralisa tant leur armée que nous réussîmes à tenir notre position jusqu'à ce que les renforts arrivent *vraiment*. C'est ce genre de diplomatie qui nous a sauvé la vie. Ce qui nous ramène à notre affaire. Les prestations dont j'ai besoin ne figurent pas sur votre liste.

— Je suis certain que nous allons trouver un point d'entente.

— Je crains de ne pas avoir été très franc avec vous, maître Blint. Je suis ici à la demande du roi. (Le visage de maître Blint se vida soudain de toute émotion.) Je sais qu'en vous disant ceci nous mettons en danger la vie de l'homme qui m'a donné votre nom, mais Sa Majesté estime que l'affaire vaut le risque de perdre un agent et un ministre – moi-même, en l'occurrence.

— Vous n'avez pas essayé de jouer au plus malin, j'espère ? demanda Blint. Vous n'avez pas fait cerner le bâtiment, par exemple ?

— Rien de tout cela. Je suis venu seul.

— Vous aurez au moins pris une bonne décision aujourd'hui.

— J'en ai pris plusieurs. Nous vous avons choisi, maître Blint. Et j'ai choisi de me montrer honnête avec vous – j'espère que vous m'en serez reconnaissant.

» Comme vous le savez, le roi est riche, mais sur un plan politique et militaire, il est insignifiant. C'est difficile à admettre, mais ce n'est pas nouveau. Le pouvoir de nos souverains est faible depuis un siècle. Aléine Gunder souhaite changer cet état de fait. Cependant, en dehors des querelles internes – je suis persuadé que vous en connaissez davantage que moi sur ce sujet, car ce genre d'affaires m'indiffère au plus haut point –, le roi a récemment eu vent de complots visant à dérober des sommes énormes au trésor de l'État, mais aussi – à travers une multitude de machinations – à la plupart des nobles du pays. Nous pensons que le but de cette machination est d'appauvrir Cénaria au point de ne plus pouvoir entretenir une armée.

— On dirait que ça représente beaucoup d'argent à voler sans que personne remarque rien, dit maître Blint.

— Le ministre des Finances l'a remarqué : c'est lui qui est derrière tout cela. Mais personne d'autre ne s'est encore aperçu de rien. Le complot est un véritable chef-d'œuvre. Il n'arrivera pas à son terme avant six, voire dix ans. On place des hommes à des positions clés, mais ils n'ont encore rien à se reprocher. Et ce n'est pas tout ! Il y a pis, mais vous n'avez pas besoin d'en savoir plus.

— Et qu'ai-je besoin de savoir ? demanda Blint en plissant les yeux.

— J'ai enquêté sur vous, maître Blint. Il est difficile de trouver des informations vous concernant. Tout le monde sait que le Sa'kagué détient un pouvoir énorme dans ce pays. Les étrangers le savent. Les Khalidoriens le savent.

» Le roi a besoin de vous pour exécuter plus d'une dizaine de contrats étalés sur plusieurs années. Certains consisteront en de simples assassinats, d'autres à propager de fausses informations. Parfois, vous n'aurez pas à tuer, mais juste à vous montrer. Il faut persuader le Roi-dieu Ursuul que le Sa'kagué et ses sbires ont passé une alliance avec nous.

— Vous voulez que je devienne un agent du gouvernement ?

— Pas… tout à fait.

— Et je suppose que vous m'accorderez un pardon en échange de mes services ?

— J'en ai reçu le pouvoir.

Maître Blint se leva et éclata de rire.

— Je refuse, seigneur général. Je vous souhaite une bonne journée.

— Je crains de ne pouvoir accepter votre refus. Le roi l'a interdit.

— J'ose espérer que vous n'allez pas menacer de me faire assassiner.

Le seigneur général tourna la tête vers Azoth pour la première fois depuis le début de la discussion.

— Nous commencerons par tuer ce garçon.

Chapitre 19

Maître Blint haussa les épaules.

— Et alors ?

— Nous tuerons aussi votre amante. Il me semble qu'elle se nomme Vonda.

— Vous pouvez tuer cette salope si ça vous chante, mais vous risquez d'avoir quelques difficultés étant donné qu'elle est morte depuis quatre mois.

La remarque ne brisa pas l'élan du seigneur général.

— Nous tuerons cette Mamma Kirena qui semble être votre seule amie. Puis nous nous occuperons de vous. Je ne souhaite pas que les choses se passent ainsi, mais c'est la proposition du roi.

— Vous commettez deux erreurs, dit maître Blint. D'abord, vous partez du principe que je tiens davantage à la vie des autres qu'à la mienne. Comment pouvez-vous penser cela alors que vous connaissez mon métier ? Ensuite, vous partez du principe que je tiens à ma propre vie.

— Comprenez-moi, je vous en prie, dit le seigneur général. J'ai reçu des ordres. À titre personnel, je préférerais ne pas avoir affaire à vous. J'estime qu'un roi ne doit pas s'abaisser à engager des criminels. Je trouve immoral et ridicule qu'il remplisse votre bourse au lieu de vous passer des fers aux poignets. Vous m'êtes odieux. Vous êtes un déchet humain qui ressemble à peine à ce qui a dû, jadis, être un homme. Mais le roi a décidé que nous avions besoin d'un mercenaire tel que vous. Je suis un soldat. On m'a envoyé vous chercher et je remplirai ma mission.

— En outre, vous commettez une erreur tactique, dit maître Blint. Le roi tuera peut-être mon apprenti, mon amie et même moi, mais j'aurai au moins le temps de m'occuper de son seigneur général. Il ne sortira pas gagnant de cet échange.

— Je ne pense pas que ma mort le bouleverserait outre mesure.

— Ah ! vous l'aviez remarqué ? C'est la première fois que vous me voyez, Brant Agon, mais ce n'est pas la première fois que je vous vois.

Le seigneur général eut l'air surpris.

— Vous m'avez déjà vu, et alors ? C'est le cas de la moitié des habitants de cette cité.

— Est-ce que votre femme a toujours l'habitude de se blottir de votre côté du lit ? C'est si mignon. Est-ce qu'elle porte encore cette malheureuse chemise de nuit avec des marguerites brodées sur l'ourlet ? Vous l'aimez beaucoup, n'est-ce pas ? (Le seigneur général se figea.) Vous me trouvez odieux ? Vous me devez la vie !

— Comment ?

— Vous ne vous êtes jamais demandé pourquoi vous avez reçu une promotion plutôt qu'un coup de poignard dans le dos ? (Azoth vit dans les yeux du militaire qu'il s'était posé la question.) J'étais chez vous la nuit où le roi Davin est mort et j'ai assisté à votre discussion avec Régnus Gyre. Je devais tuer votre femme en guise d'avertissement. Ensuite, le prince vous aurait offert un remariage plus prestigieux avec une jeune noble qui aurait pu vous donner des enfants. J'avais aussi reçu l'autorisation de vous tuer vous et Régnus si vous complotiez. Je vous ai épargnés – et je ne suis pas payé si je ne laisse pas de cadavres derrière moi. Je ne m'attends pas à de la gratitude de votre part, seigneur général, mais j'exige le respect.

Le visage du seigneur général Agon vira au gris.

— Vous… Vous avez dit à Aléine que je voulais un poste plus important en échange de ma neutralité. Il a pensé qu'il m'achetait avec une promotion au lieu d'une nouvelle épouse.

Azoth vit le militaire se rappeler les commentaires qu'il avait dû entendre au cours des quatre derniers mois. Il vit le dégoût l'envahir.

— Pourquoi avez-vous fait ça ?

— Vous êtes l'illustre général de Cénaria, le vieux héros de guerre. À vous de me le dire, ricana Durzo.

— Ma nomination à la tête de l'armée divisait les ennemis du Sa'kagué. Elle empêchait le roi de placer une personne de confiance à ce poste. Bâtards ! Vous avez des agents partout, n'est-ce pas ? (Son visage était encore grisâtre, mais le vieux soldat resta droit comme un I.) Vous… Vous m'avez donné de quoi réfléchir, maître Blint. Je suis toujours convaincu que vous devriez être pendu pour les meurtres que vous avez commis, mais mes paroles inconsidérées ont souillé votre honneur et le mien. Je vous prie de bien vouloir me pardonner. Cependant, mes excuses n'ont aucun effet sur la volonté du roi. Il a exigé vos services et…

— Sortez ! lâcha maître Blint. Sortez ! Si vous reconsidérez vos menaces, revenez me voir dans quelques minutes.

Le général se leva et observa maître Blint avec attention. Il se dirigea vers la porte, l'ouvrit et la referma derrière lui sans quitter le pisse-culotte des yeux. Azoth entendit le bruit de ses pas résonner dans le couloir.

Maître Blint fixa ses yeux sur le sol et se recula soudain de la table. Au lieu de se détendre maintenant que le général était parti, il se contracta. Il émanait de lui tous les signes avant-coureurs du passage à l'action. Il ressemblait à une mangouste attendant la frappe du cobra.

— Ne reste pas devant la porte, Azoth, dit-il. Tiens-toi près de la fenêtre.

Le garçon n'hésita pas un instant. Il avait appris la leçon : il n'avait pas à comprendre, il devait juste obéir.

Il entendit un choc sourd suivi d'un juron dans l'escalier. Il resta près de la fenêtre et regarda maître Blint, mais le visage grêlé du pisse-culotte était impassible.

Quelques instants plus tard, la porte s'ouvrit à toute volée. Le seigneur général entra en titubant, l'épée tirée.

— Qu'avez-vous fait ? rugit-il.

Ses genoux fléchirent et il s'appuya de tout son poids contre le chambranle pour ne pas tomber.

Maître Blint demeura silencieux.

Le général cligna des yeux et essaya de se redresser, mais il fut traversé par un spasme comme s'il était saisi par une crampe d'estomac. La douleur parut s'évanouir.

— Comment ?

— J'ai déposé du poison sur la poignée de la porte, dit maître Blint. Il s'insinue à travers la peau.

— Mais… si nous étions parvenus à un accord…

— J'aurais ouvert à votre place. J'avais d'autres plans au cas où vous auriez porté des gants. Maintenant, je veux que vous m'écoutiez très attentivement. Aléine Gunder n'est qu'un sale gamin incompétent, perfide et impertinent. Que les choses soient claires : je suis un pisse-culotte de premier ordre, c'est un roi de seconde zone. Je ne travaillerai pas pour lui. Vous pouvez m'engager pour le supprimer, mais je ne tuerai pas pour lui. Et ni vous ni lui n'êtes en mesure de m'y obliger.

» Je sais qu'il ne le croira pas, parce que Aléine Gunder est le genre d'homme persuadé de pouvoir obtenir tout ce qu'il souhaite. Alors, je vais lui donner des raisons de me prendre au sérieux. (Maître Blint se leva.) Premièrement, je vais lui laisser un message au château, ce soir. Deuxièmement, vous allez vous renseigner sur ce qui est arrivé au comte Yosar Glin. Il s'agit du client qui a voulu me trahir. Troisièmement, il y a la petite mésaventure dont vous venez d'être victime.

Enfin… Asseyez-vous, Agon, et rangez donc cette arme. C'est inconvenant.

Le seigneur général s'effondra sur une chaise et lâcha la longue épée qui tomba par terre. Il n'eut pas la force de la ramasser. Pourtant, ses yeux étaient toujours vifs et il entendait chaque mot de maître Blint.

— Seigneur général, je me fiche de qui il va tuer. Je sais que vous avez fait cerner l'auberge et que des arbalétriers couvrent les fenêtres de cette pièce. Je m'en fiche. Ce qui est important, c'est que je me fiche des menaces du roi. Je ne deviendrai jamais le chien de quiconque. Je sers qui me plaît, quand je le veux, et je ne travaillerai jamais pour Aléine Gunder. Azoth, viens par ici.

Azoth s'approcha de son maître en se demandant pourquoi il employait son véritable prénom. Il se tint devant Blint qui posa les mains sur ses épaules et le fit pivoter vers le seigneur général Agon.

— Voici Azoth, mon meilleur apprenti. Il est agile. Il est intelligent. Il est inutile de lui répéter quelque chose pour qu'il le retienne. Il travaille des heures durant. Azoth, raconte au général ce que tu as appris sur la vie.

Azoth prit la parole sans un instant d'hésitation.

— La vie est vaine. La vie est dénuée de sens. En prenant une vie, on ne prend rien de précieux. Les pisse-culottes sont des tueurs. Nous ne faisons que tuer. Nous ne sommes rien de plus. Il n'y a pas de place pour les poètes dans ce cruel métier.

— Seigneur général ? demanda Blint. Vous êtes toujours avec moi ?

— Je suis toujours avec vous, lâcha le général, les yeux brillants de rage.

La voix de maître Blint se fit glaciale.

— Alors, retenez ceci : je tuerai mon apprenti avant de vous laisser l'utiliser contre moi.

Le général sursauta violemment sur sa chaise, comme si cette déclaration l'avait choqué au plus haut point. Il avait les yeux fixés sur Azoth et Azoth suivit son regard.

Une pointe longue de plusieurs centimètres d'acier ensanglanté émergeait de sa poitrine. Azoth la vit et sentit une poussée désagréable qui partait du dos et lui traversait le corps. C'était froid, puis chaud, puis douloureux. Il cligna des yeux avec lenteur et regarda le général qui fixait ses yeux sur lui d'un air horrifié. Puis il observa la pointe d'acier.

Il reconnut la lame. Il l'avait eu du mal à la nettoyer le jour où il était parti à la recherche de Poupée. Il espéra que maître Blint prendrait au moins la peine de l'essuyer avant de lui demander de la fourbir. Il distingua le filigrane où le sang s'incrustait si on le laissait sécher. Azoth avait dû se servir de la pointe d'un stylet pour l'enlever. Ce travail prenait des heures.

Puis Azoth remarqua la position et l'angle de la dague. Étant donné qu'elle traversait la poitrine d'un enfant, la lame avait tranché le gros vaisseau sanguin au-dessus du cœur. Le cadavreux s'effondrerait dès qu'on la retirerait. Il y aurait beaucoup de sang. La mort surviendrait en quelques secondes.

Le corps d'Azoth tressaillit quand l'arme disparut. Le garçon sentit vaguement ses genoux plier. Il vacilla sur le côté et quelque chose de chaud se répandit sur sa poitrine.

Les lattes du plancher l'accueillirent avec rudesse quand il s'effondra. Il resta étendu sur le dos. Maître Blint tenait une dague ensanglantée dans la main et disait quelque chose.

Maître Blint vient de me poignarder ?

Azoth ne parvenait pas à y croire. Qu'avait-il fait de mal ? Le pisse-culotte semblait satisfait de lui. Ce devait être à cause de Poupée. Il devait encore être en colère. Tout se passait pourtant si bien. Une lumière dorée très pâle envahit toute la pièce. Il sentit une douce chaleur monter en lui. Si douce.

Chapitre 20

— Votre Majesté, je vous en prie !

Le roi Aléine Gunder neuvième du nom se laissa tomber sur son trône.

— Brant, ce n'est qu'un homme. *Un* homme ! (Il lança un chapelet de jurons.) Vous voudriez que j'envoie ma famille à la campagne à cause d'un seul homme ?

— Votre Majesté, dit le seigneur général Agon, je pense que le mot « homme » ne s'applique pas très bien à Durzo Blint. Je comprends les implications de…

— En effet ! Imaginez-vous les rumeurs qui vont circuler si je demande soudain à ma famille de quitter la ville ? (Le roi jura de nouveau sans s'en rendre compte.) Je sais ce qu'on dit de moi. Je le sais ! Je ne leur fournirai pas un autre prétexte pour me brocarder, Brant !

— Votre Majesté, cet assassin ne lance pas des menaces en l'air. Par tout ce qui est sacré ! Il a assassiné son apprenti juste pour montrer qu'il était sérieux !

— Ce n'était que de la comédie. Allons, général. Vous étiez sous l'emprise d'une drogue. Vous n'étiez pas en état d'apprécier ce qui se passait autour de vous.

— Le poison a agi sur mon corps, pas sur mon esprit. Je sais ce que j'ai vu.

Le roi renifla, puis grimaça tandis qu'une vague odeur de soufre traversait la salle.

— Malédiction ! Ces idiots sont donc incapables de faire fonctionner quoi que ce soit ?

Un conduit amenant l'air chaud de la faille de l'île de Vos s'était brisé une fois de plus.

Il ne se rend pas compte à quel point les ingénieurs nous sauvent la vie chaque année en chauffant tout le château grâce à des tuyaux insérés dans les murs de pierre. Il se fiche de savoir que les turbines mues par les émanations de la faille lui fournissent l'énergie de deux cents moulins à vent. Mais qu'une odeur de soufre lui parvienne aux narines une fois toutes les deux semaines, et il entre dans une colère noire.

Agon se demanda quel dieu Cénaria avait offensé pour mériter un tel roi.

Il aurait dû pousser Régnus Gyre à s'emparer du trône. Il aurait dû lui présenter la situation plus clairement. Il aurait dû mentir quant à ce qui arriverait aux enfants de Nalia et d'Aléine. Il aurait servi Régnus avec fierté, avec fierté et honneur.

— Vous l'avez peut-être vu tuer un garçon, dit le roi. Qui s'en soucie ?

Vous devriez vous en soucier. Régnus n'aurait pas négligé un tel avertissement.

— C'était sans doute un rat des rues qu'il avait ramassé dans le seul dessein de vous impressionner.

— Avec tout le respect que je vous dois, Majesté, vous vous trompez. J'ai déjà eu affaire à des hommes hors du commun. J'ai affronté Dorgan Dunwall en combat singulier. Je me suis battu contre les lanciers lae'knaughtiens d'Underlord Graeblan. J'ai…

— Oui, oui. Mille fichues batailles qui remontent à l'époque de mon fichu père. Je suis très impressionné. Mais vous n'avez rien appris sur l'art de gouverner, n'est-ce pas ?

Le général Agon se raidit.

— Pas à votre manière, Votre Majesté.

— Eh bien ! si c'était le cas, *général*, vous sauriez qu'on ne doit pas porter atteinte à sa propre réputation. (Il jura pendant un long moment comme s'il répétait un texte mal appris.) M'enfuir de mon château au milieu de la nuit !

Il était impossible de lui faire entendre raison. Cet homme faisait honte à Agon et aurait dû se faire honte à lui-même. Pourtant, le seigneur général lui avait juré fidélité et il avait décrété bien des années auparavant qu'on jugeait une personne à ses serments. Sa relation envers Aléine était à l'image de son mariage : il ne reprendrait pas sa parole sous prétexte que sa femme ne pouvait pas lui donner d'enfants.

Mais est-ce qu'un homme est tenu par ses serments lorsque son roi a comploté sa mort ? Et non pas au cours d'une bataille honorable, non : par l'entremise d'une lame d'assassin, la nuit !

Mais c'était arrivé avant qu'Agon prête serment. Maintenant, à quoi bon se demander si, connaissant la vérité, il aurait préféré la mort à la soumission à Aléine Gunder le Neuvième ?

— Votre Majesté, puis-je au moins obtenir la permission d'organiser un exercice pour mes gardes, ce soir, et d'y inclure votre mage ? Le capitaine a l'habitude de le faire de manière impromptue afin de garder ses hommes sur le qui-vive.

Je me demande pourquoi je fais autant d'efforts pour protéger votre petite cervelle !

— Oh ! allez au diable, général ! Vous et votre satanée paranoïa ! Très bien ! Faites à votre guise !

Le seigneur général Agon se tourna pour quitter la salle du trône. Le roi précédent, Davin, n'était pas plus futé que son successeur, mais il en était conscient et s'en remettait à ses conseillers.

Aléine le Dixième, le fils du monarque en titre, n'avait que quatorze ans, mais c'était un garçon prometteur. Il avait hérité d'une partie de l'intelligence de sa mère.

Si le Dixième était assez âgé pour monter sur le trône, je défierais peut-être cet assassin. Dieu ! peut-être même que je l'engagerais !

Brant Agon secoua la tête : ces réflexions relevaient de la trahison et n'étaient pas dignes d'un général.

Si Fergund Sa'fasti avait été nommé pour servir à Cénaria, c'était davantage du fait de son habileté politique que de son Don. En vérité, il avait eu le plus grand mal à obtenir sa robe bleue, mais ses dons – à défaut de Don – lui avaient été fort utiles dans la cité. Le roi était un parfait idiot, mais on pouvait travailler avec lui – à condition de supporter ses colères et ses litanies de jurons.

Pourtant, ce soir, Fergund arpentait le château comme un vulgaire garde. Il s'était plaint à Aléine – on l'appelait le Neuvant au lieu du Neuvième pour sous-entendre qu'il avait neuf ans d'âge mental, mais seulement lors d'une soirée arrosée entre amis. Le roi l'avait injurié et lui avait ordonné de se plier aux ordres du seigneur général.

De l'avis de Fergund, le seigneur général Agon était une relique. Il était regrettable qu'il ne soit pas parvenu à s'habituer au Neuvant, car il aurait pu rendre de grands services. D'un autre côté, moins le roi avait de conseillers, plus Fergund était puissant.

Écœuré par cette mission nocturne – et d'ailleurs, que devait-il chercher ? –, Fergund continua sa patrouille solitaire dans la cour du château. Il avait envisagé de demander une escorte, mais les mages avaient la réputation d'être plus dangereux que cent hommes. Ce n'était pas tout à fait exact en ce qui le concernait, mais il était inutile de le crier sur les toits.

La cour était un losange irrégulier large de quatre cent cinquante mètres et long de six cents. Au nord-ouest et au sud-est, elle était bordée par le fleuve – l'île de Vos scindait la

Plith en deux bras longs de huit cents mètres qui se rejoignaient avec impétuosité au sud du château.

Dans la cour, on entendait les bruits des hommes, des chevaux et des chiens qui s'installaient pour la nuit. Il était tôt et les soldats jouaient encore aux dés et aux cartes dans leurs baraquements. Les accords d'une lyre et des jurons joviaux flottaient dans le brouillard épais sans porter très loin.

Fergund serra sa cape autour de ses épaules. Les éclats argentés de la lune ne faisaient guère d'effort pour traverser la brume froide qui montait des bras du fleuve et s'infiltrait par la porte du domaine. L'air humide caressa le cou de Fergund et celui-ci regretta sa récente visite chez le coiffeur. Le souverain s'était moqué de ses cheveux longs, mais Stéphanie les adorait.

Sans compter que ce sacrifice avait été inutile, car le roi se moquait maintenant de ses cheveux courts.

Le brouillard tourbillonna de manière étrange près des grandes portes en fer et Fergund se figea. Il étreignit le pouvoir – *étreindre?* Il avait toujours songé que cette opération relevait davantage d'un match de lutte – et scruta la brume. Une fois maîtrisé, l'afflux d'énergie le calma. Il ne décela rien d'inquiétant – son ouïe et sa vue étaient plus aiguisées que la moyenne.

Il inspira un grand coup et se força à avancer pour passer devant les portes. Il ignorait s'il s'agissait du fruit de son imagination, mais il avait l'impression que le brouillard se pressait contre la muraille du château comme une armée ennemie et s'engouffrait par la brèche des portes en fer. La brume montait presque à la hauteur de ses épaules et les torches fixées au-dessus de la tête des deux sentinelles ne servaient pas à grand-chose.

Fergund adressa un geste aux deux hommes, se tourna et repartit en direction du château. Il sentit une démangeaison entre ses omoplates, comme si des yeux lui vrillaient le dos. Il réprima le besoin pressant de regarder par-dessus son épaule, mais la sensation ne fit que croître tandis qu'il se dirigeait vers les écuries. L'air était lourd et si épais qu'il eut l'impression de se déplacer dans de la soupe. Les langues de brume semblaient s'enrouler autour de son corps pour venir lécher sa nuque dégagée en se moquant de lui.

Le brouillard monta et enveloppa tout. La lune et les étoiles disparurent.

Fergund trébucha en passant au coin de l'écurie et tendit la main pour se rattraper à la paroi en bois. Pendant un instant, il sentit quelque chose de mou contre sa paume, puis plus rien. Avait-il touché le visage d'un homme ?

Fergund recula en chancelant, terrifié, et appela le pouvoir de toutes ses forces. Il ne distingua rien ni personne. Son Don daigna enfin lui obéir, et il crut voir quelque chose bouger à l'intérieur de l'écurie. Avait-il rêvé ?

Avait-il senti une odeur d'ail ? Non, c'était sûrement son imagination. Mais pourquoi aurait-il imaginé cela ? Il hésita pendant un long moment, mais, si ses pouvoirs magiques étaient faibles, lui ne l'était pas. Il prépara une boule de feu et tira son couteau. Il contourna le coin à bonne distance, tous les sens – magiques et profanes – aux aguets.

Il bondit à l'intérieur des écuries et regarda autour de lui avec frénésie. Rien. Les chevaux étaient dans leurs stalles et leur odeur se mêlait à celle du brouillard épais. Il n'entendit que les raclements de sabots et la respiration lourde des animaux endormis. Il scruta l'obscurité en quête d'un mouvement, mais ne décela rien.

Plus il regardait et plus il se sentait idiot. Une partie de lui estimait qu'il devait s'enfoncer plus loin dans le bâtiment, une autre voulait partir sur-le-champ. Personne n'en saurait jamais rien. Il pouvait se rendre de l'autre côté du château et patrouiller là-bas. Mais s'il capturait un intrus tout seul, le roi le récompenserait grassement. Le Neuvant était un bon à rien, mais il savait se montrer généreux avec ses amis.

Sans hâte, Fergund matérialisa la flamme qu'il avait préparée. Elle chancela un peu au creux de sa paume, puis se redressa. Dans la première stalle, un cheval s'ébroua et recula soudain. Fergund s'approcha pour le calmer, mais avec du feu dans une main et un poignard luisant dans l'autre, la partie n'était pas gagnée d'avance.

L'animal laissa échapper un hennissement plaintif et martela le sol de ses sabots en réveillant ses voisins.

— Chut! murmura Fergund. Là, là, ce n'est que moi.

Mais les animaux étaient effrayés par cet inconnu avec du magefeu dans la main. Ils hennirent avec énergie et l'étalon de la deuxième stalle commença de ruer.

— Ça v'ferait rien d'pas fout' la trouill' à mes p'tains ch'vaux? lança une voix forte derrière Fergund.

Celui-ci eut si peur qu'il lâcha son poignard et faillit laisser le magefeu s'éteindre. Il virevolta et s'aperçut qu'il s'agissait seulement du maître d'écurie. Dorg Gamet était un homme trapu et barbu originaire de l'île de Planga. Il entra avec sa lanterne et lança un regard plein de mépris au mage tandis que celui-ci ramassait avec précaution son arme tombée dans une pile de crottin.

Dorg gagna l'autre bout du bâtiment d'un pas vif. Au son de sa voix et à ses caresses, les chevaux se calmèrent aussitôt. Fergund observa la scène d'un air gêné, puis le maître d'écurie revint vers lui.

— Je patrouillais et…

— Prends donc un' lantern', pauv' con! lâcha Dorg en lui fourrant la sienne entre les mains. (Il s'éloigna en marmonnant.) Fout' la trouill' à mes ch'vaux avec c'p'tain d'feu-sorcier!

— Pas du feu-sorcier, du magefeu! Ça n'a rien à voir! dit Fergund en s'adressant au dos de l'homme.

Dorg sortit comme un taureau furieux. Fergund s'était à peine retourné qu'il entendit un choc sourd à l'extérieur.

Il se précipita dehors et découvrit Dorg allongé par terre, inconscient. Il voulut crier, mais quelque chose de chaud lui piqua la nuque. Il leva une main vers son cou et sentit quelqu'un le délester en douceur de la lanterne. Puis ses muscles se figèrent.

La lumière s'éteignit.

Chapitre 21

Mamma K leva les yeux vers Durzo qui entra en faisant claquer la porte à toute volée.

— Qu'est-ce que tu as fait ? s'écria-t-elle.

— Du bon boulot ! répondit le pisse-culotte. Et assez vite pour qu'il me reste encore le temps de m'offrir une virée nocturne.

Un vague rictus se dessina sur ses lèvres. Il empestait l'ail et l'alcool.

— Je me fiche de tes beuveries. Qu'est-ce que tu as fait à Azoth ?

Elle regarda la silhouette immobile étendue sur le lit de la chambre d'hôte.

— Rien du tout, répondit Durzo en souriant comme un idiot. T'as qu'à vérifier ! Y va très bien.

— Qu'est-ce que tu veux dire ? Il est inconscient ! Je suis rentrée chez moi et j'ai découvert les servantes complètement affolées parce que tu étais venu ici avec… Elles ont dit que c'était un cadavre. Je suis montée et Azoth était là. Je ne peux pas le réveiller. On le croirait mort.

Pour une raison ou une autre, cette remarque fit éclater Durzo de rire.

Mamma K le gifla. Avec violence.

— Dis-moi ce que tu as fait. Tu l'as empoisonné ?

Le coup avait dégrisé le pisse-culotte. Il secoua la tête pour essayer de s'éclaircir les idées.

— Il est mort. Il devait mourir.

— Qu'est-ce que cela signifie ?

— Ma belle Gwinvere, je ne peux pas te le dire. Quelqu'un a voulu m'intimider. Quelqu'un qui a les moyens de mettre ses menaces à exécution. Il a dit qu'il s'en prendrait d'abord à Azoth, puis à toi. Et il avait entendu parler de Vonda !

Mamma K recula. Qui donc avait le pouvoir de menacer Durzo ? De qui ou de quoi le pisse-culotte pouvait-il avoir peur ?

Durzo se laissa tomber sur une chaise et se cacha le visage dans les mains.

— Il fallait qu'il le croie mort. Surtout après c'qui s'est passé c'soir.

— Tu as fait semblant de tuer Azoth ?

Durzo hocha la tête.

— Pour montrer que j'en avais rien à faire de lui. Pour montrer qu'y pouvaient pas faire pression sur moi.

Mais ce garçon compte pour toi, songea Mamma K. *Et ils peuvent faire pression sur toi.*

Durzo pensait la même chose. Le pisse-culotte n'avait jamais été aussi invulnérable qu'il le paraissait. Quand il perdait le contrôle, il le perdait totalement. Lorsque cela arrivait, Mamma K ne pouvait pas faire grand-chose. Elle s'arrangeait pour que Durzo aille dans un de ses bordels et demandait à quelqu'un de garder un œil sur lui. Il y restait parfois deux ou trois jours d'affilée, mais elle pouvait s'assurer qu'il était en sécurité. Enfin, à peu près.

— Je vais m'occuper du garçon, s'entendit dire la courtisane. Tu as une idée de ce que tu vas faire de lui à son réveil ?

— Il restera chez les Drake comme on l'avait prévu. On doit le croire mort.

— Qu'est-ce que tu as utilisé ? (Durzo la regarda sans comprendre.) Quel poison… ? C'est sans importance. Dis-moi juste combien de temps il va rester inconscient.

— J'sais pas.

Les yeux de Mamma K se plissèrent et elle eut envie de le gifler de nouveau. Cet homme était fou. Même pour un empoisonneur aussi doué que Durzo, il était facile de commettre une erreur de dosage quand il s'agissait d'un enfant. Un enfant n'était pas un adulte en miniature. Durzo aurait pu le tuer. Durzo l'avait peut-être tué. Il était possible qu'Azoth ne s'en remette jamais, qu'il se réveille idiot ou paralysé.

— Tu savais qu'il aurait pu y laisser la vie.

— Il faut parfois prendre des risques.

Durzo tâta ses poches à la recherche d'une gousse d'ail.

— Tu commences à aimer ce garçon et cela te fiche une trouille de tous les diables. Quelque part, au fond de toi, tu voudrais qu'il meure, pas vrai, Durzo ?

— Si je dois supporter tes bavardages, est-ce que tu pourrais au moins m'offrir à boire ?

— Réponds !

— La vie est vaine. L'amour mène à l'échec. Je préfère qu'il meure maintenant plutôt qu'il nous fasse tuer tous les deux plus tard.

Blint termina sa phrase et sembla se ratatiner. Mamma K comprit qu'il n'en dirait pas davantage.

— Combien de temps vas-tu traîner chez les prostituées ?

— J'sais pas, répondit Blint en bougeant à peine.

— Merde ! Plus longtemps ou moins longtemps que d'habitude ?

Durzo réfléchit une minute.

— Plus longtemps, dit-il. Beaucoup plus longtemps.

Le chapelet de jurons précéda l'arrivée du roi dans la salle du trône de dix bonnes secondes. Le seigneur général Agon entendit les serviteurs s'éloigner à la hâte ; il vit les gardes à l'entrée de la pièce se dandiner, mal à l'aise ; il remarqua que les personnes dont la présence n'était pas impérative se dépêchaient de partir.

Le roi Aléine le Neuvième fit irruption dans la salle.

— Brant ! Espèce de sale…

Le seigneur général effaça de sa mémoire l'interminable liste de choses répugnantes auxquelles il ressemblait et se reconcentra quand le Neuvant se décida enfin à aborder le cœur du problème.

— Que s'est-il passé la nuit dernière ?

— Votre Majesté, répondit le seigneur général, nous l'ignorons.

Un nouveau chapelet de jurons fusa – dont certains plus créatifs que d'habitude. Mais la créativité n'était pas le point fort du Neuvant et, comme personne n'osait jurer en sa présence, son arsenal de grossièretés se limitait à des déclinaisons du mot « merde ».

— Nous savons une chose, dit Brant Agon. Quelqu'un s'est introduit dans le château. Je pense que nous pouvons partir du principe qu'il s'agit de l'homme dont nous avons parlé.

Inutile que les espions apprennent la vérité.

— Durzo Blint, dit le roi en hochant la tête.

Le seigneur général soupira.

— En effet, Votre Majesté. Il semblerait qu'il ait neutralisé un garde à l'intérieur même du château, ainsi que Fergund Sa'fasti et Dorg Gamet dans les écuries.

Nouveaux jurons, puis :

— Qu'est-ce que vous voulez dire par « neutralisé » ?

Le roi se mit à marcher de long en large.

— Ils n'ont pas de blessures apparentes et ils ne se souviennent de rien. On a cependant trouvé une trace de piqûre sur la nuque du garde, sans doute provoquée par une aiguille.

Le roi vociféra une fois de plus avant de déverser des torrents d'injures sur le mage penaud. Comme d'habitude, la diatribe ennuya Agon plus qu'elle le choqua. Le seul message que véhiculaient les grossièretés du souverain, c'était : « Regardez-moi. Je suis un enfant gâté. » Le Neuvant finit par se calmer.

— Il s'est passé autre chose ?

— Nous n'avons encore rien découvert, Votre Majesté. Aucun des gardes postés devant vos appartements, ceux de votre femme, ceux de vos filles et ceux de votre fils n'a signalé quoi que ce soit d'anormal.

— C'est injuste ! s'exclama le roi en se dirigeant vers le trône d'un pas rageur. Qu'est-ce que j'ai fait pour mériter ça ?

Il se laissa tomber sur le siège royal et poussa soudain un couinement.

Il se releva d'un bond et s'agrippa au général Agon.

— Oh ! Sainte Lumière ! Je me sens mal ! Je meurs ! Soyez tous maudits ! Je meurs ! Gardes ! À l'aide ! Gardes !

La voix du roi monta dans les aigus et il éclata en larmes. Les gardes lancèrent des coups de sifflet, firent sonner des cloches et la salle du trône sombra dans un chaos indescriptible.

Le général Agon se libéra des mains royales et laissa le souverain aux genoux tremblants dans les bras de son flagorneur, Fergund Sa'fasti. Le mage n'eut pas la présence d'esprit de le retenir, et Aléine s'effondra. Il resta par terre et continua à pleurer comme un enfant. Le général Agon l'ignora et se dirigea vers le trône à grands pas.

Il se pencha et trouva ce qu'il cherchait au bout de quelques instants : la pointe d'une grosse et longue aiguille sortait d'un coussin usé. Il essaya de tirer dessus, mais la fine tige d'acier avait été fixée de manière à rester droite si le roi s'asseyait en biais.

Le général dégaina son poignard et éventra le coussin. Il saisit l'aiguille sans prêter attention aux tintements des cloches. Il n'accorda même pas un regard aux innombrables gardes qui entraient en courant, entouraient le roi et rassemblaient les gens présents dans un coin de la pièce afin de les surveiller et de les questionner plus tard.

Le général Agon retira l'aiguille ainsi que la note qui y était attachée.

« Et si j'avais été empoisonnée ? »

— Hors de mon chemin ! cria un petit homme en écartant les soldats qui se trouvaient devant lui.

Le médecin du roi.

— Laissez-le passer ! ordonna le général.

Les soldats s'écartèrent du roi qui gémissait par terre.

Brant fit signe au médecin d'approcher et lui montra la note.

— Le roi aura besoin d'un peu de vin de pavot, murmura-t-il, mais il n'a pas été empoisonné.

— Merci, répondit le praticien. (Derrière eux, Aléine avait baissé son pantalon et se contorsionnait pour apercevoir la trace de la piqûre sur ses fesses.) Croyez-moi, je sais comment il faut s'occuper de lui.

Le général retint un sourire.

— Escortez Sa Majesté jusqu'à ses appartements, dit-il aux gardes. Faites surveiller la porte et placez deux capitaines à l'intérieur de la chambre. Que le reste d'entre vous retournent à leur poste !

— Brant ! beugla le roi tandis que deux hommes le relevaient. Brant ! Je veux sa tête ! Putain de merde, je veux sa tête !

Brant Agon resta immobile jusqu'à ce que la salle du trône soit vide. Le roi voulait faire la guerre à une ombre, une ombre intangible à l'exception de l'acier de ses lames. Oui, pour assassiner un pisse-culotte, il fallait être capable de frapper une ombre – et cela ne suffirait peut-être pas. Combien d'hommes mourraient avant que l'honneur du roi soit lavé ?

— Monseigneur ? demanda une femme d'une voix hésitante. (Elle portait un paquet enveloppé.) J'ai… j'ai été choisie pour présenter le rapport des chambrières, monsieur. Mais le roi est parti et… Est-ce que je pourrais…

Le général l'observa. Elle avait une soixantaine d'années et craignait visiblement pour sa vie. Il aurait parié qu'elle avait été « choisie » en tirant la courte paille.

— Qu'y a-t-il ?

— Les chambrières ont découvert ceci. Quelqu'un les a laissées dans chacune des chambres royales.

Elle lui tendit le paquet. Il contenait six dagues noires.

— Où ça ? demanda Brant en s'étranglant.

— Sous… sous les oreillers des membres de la famille royale, seigneur.

Chapitre 22

Un bruit effleura la conscience d'Azoth, un trottinement de pieds minuscules. Comment pouvait-on entendre une telle chose quand on était mort ? Non, non, il ne se trompait pas : des petits pieds nus se déplaçaient sur une surface en pierre. Il devait être à l'extérieur, car les pas ne se répercutaient pas contre des murs. Il essaya de soulever ses paupières, en vain. Était-ce cela, la mort ? On ne quittait jamais son corps et on était *condamné* à sentir sa chair se décomposer peu à peu. Il espéra que les chiens – ou les loups – le laisseraient en paix. Il avait déjà fait des cauchemars terrifiants dans lesquels un loup aux yeux jaunes et étincelants lui souriait d'un air mauvais. En supposant qu'il soit prisonnier de son corps sans vie, que se passerait-il si des charognards se mettaient en tête de le dévorer ? Trouverait-il l'oubli comme s'il s'endormait enfin ? Serait-il réduit en lambeaux de conscience qui se répandraient peu à peu dans le sol après avoir été digérés par une meute de chiens ?

Quelque chose toucha son visage, et ses yeux s'ouvrirent tout d'un coup. Il entendit un hoquet de surprise avant que ses pupilles parviennent à faire le point et à distinguer la personne qui l'avait poussé. Une petite fille. Elle devait avoir cinq ans et ses yeux étaient tellement écarquillés qu'ils lui mangeaient la moitié du visage.

— T'as jamais vu un cadavre ? demanda-t-il.

La fillette se mit à hurler.

— Père ! Père !

Il était toujours surprenant de constater à quel point les petits enfants étaient capables de crier fort.

Azoth gémit tandis que la voix enfantine lui vrillait le crâne comme une lame de couteau. Sa tête retomba sur les oreillers. *Les oreillers ?* Il n'était donc pas mort. C'était sans doute une bonne nouvelle.

Il se réveilla de nouveau. Un certain temps avait dû s'écouler depuis la fois précédente, car la chambre était lumineuse et aérée. Les grandes fenêtres avaient été ouvertes. Les meubles en cerisier et le sol en marbre brillaient sous les rayons du soleil. Azoth observa le plafond orné de moulures. Il ne lui était pas inconnu. Il était chez les Drake, dans la chambre des invités.

— De retour du royaume des morts ? demanda le comte en souriant.

Il vit l'expression d'Azoth et se dépêcha d'ajouter :

— Heu… attends… je suis désolé. Ne pense pas à cela, mon garçon. Ne pense pas du tout. Mange.

Il posa une écuelle remplie d'œufs et de lard fumants ainsi qu'un gobelet de vin coupé avec de l'eau devant Azoth. La nourriture éluda toutes les facultés cognitives supérieures du garçon pour s'adresser directement à son estomac. Il s'écoula plusieurs minutes avant qu'il s'aperçoive que l'assiette et le verre étaient vides.

— C'est bien, dit le comte. (Il s'assit sur le bord du lit et astiqua son pince-nez d'un geste inconscient.) Est-ce que tu te rappelles qui je suis et où tu es ? Parfait. Te rappelles-tu qui tu es ?

Azoth hocha la tête avec lenteur. *Kylar.*

— On m'a chargé de te dire plusieurs choses, mais si tu ne te sens pas assez bien…

— Non, s'il vous plaît.

— Maître *Tulii* te fait savoir que tu dois maintenant te préparer à ta nouvelle vie – et guérir au plus vite. Je cite : « Ne bouge pas ton cul de ton lit. Tu as intérêt à être prêt quand je viendrai te chercher. »

Kylar rit. C'était maître Blint tout craché.

— Et quand doit-il venir ?

Une expression inquiète passa sur le visage du comte.

— Pas avant un certain temps. Mais tu n'as pas à t'inquiéter à ce propos. Tu vas habiter ici. En permanence. Tu suivras toujours les leçons de ton maître, bien sûr, mais nous ferons tout notre possible pour te faire oublier tes manières de rat de guilde. Ton maître te fait dire que tu ne vas pas te remettre aussi vite que tu le crois. Et il y a quelque chose dont je veux te parler. C'est au sujet de ta petite camarade.

— Vous voulez dire…

— Elle va bien, Kylar.

— C'est vrai ?

— Sa nouvelle famille l'a rebaptisée Élène. Elle porte de bons vêtements et mange trois fois par jour. Je l'ai confiée à des personnes estimables. Elles vont l'adorer. Elle va avoir une vraie vie maintenant. Mais si tu veux être en mesure de l'aider, il faut que tu te rétablisses.

Kylar avait l'impression de flotter. Les rayons du soleil qui entraient dans la chambre semblaient plus éclatants, plus nets. Un arrangement de roses orange et de lavande brillait sur le rebord d'une fenêtre. Il ne s'était pas senti si bien depuis que le Rat était devenu le Poing du Dragon Noir.

— Ses nouveaux parents l'ont même emmenée chez un mage qui a affirmé qu'elle allait très bien, mais qu'il ne pouvait rien faire pour ses cicatrices. (On venait de tracer les limites de son bonheur avec de la poix.) Je suis désolé, mon garçon, mais tu as fait tout ce que tu pouvais et je te promets qu'elle sera bien plus heureuse que dans la rue.

Kylar l'entendit à peine. Il regarda par la fenêtre et fixa les yeux sur un point invisible, loin du comte.

— Je ne peux pas encore vous donner d'argent. Pas avant de toucher de nouveau un salaire de la part de maître… de la part de mon maître.

— Rien ne presse, mon garçon. Tu me paieras quand tu le pourras. Oh ! une dernière chose que ton maître m'a demandé de te répéter. Il a dit : « Apprends de ces gens ce qui te rendra fort et oublie le reste. Écoute tout ce qui se dit et parle le moins possible. Guéris vite et savoure ton séjour. Ce sera peut-être le seul moment heureux de ta vie. »

Kylar resta cloué au lit pendant plusieurs semaines. Il essaya de dormir autant que possible comme les Drake le lui avaient conseillé, mais il disposait de beaucoup trop de temps libre. C'était la première fois qu'il se trouvait confronté à l'oisiveté et cela lui déplut. Dans la rue, il se préoccupait sans cesse de trouver à manger, il avait toujours peur du Rat ainsi que des garçons et des filles plus âgés qui le terrorisaient. Avec maître Blint, l'entraînement l'occupait tant qu'il n'avait même plus le loisir de penser.

Mais maintenant qu'il passait ses jours et ses nuits dans son lit, il n'avait plus que du temps devant lui. Il ne pouvait pas s'entraîner. Il pouvait lire, mais l'exercice était encore rébarbatif. Pendant un moment, Azoth se consacra à devenir Kylar. À partir des conseils de maître Blint et des informations vérifiables par tous, il imagina de nouvelles anecdotes à propos de sa famille, de ses aventures et de l'endroit où il avait vécu. Les gens se plaisaient à imaginer que la vie d'un petit garçon de onze ans n'était qu'innocence, Kylar prit donc soin d'en introduire une bonne dose dans la sienne. Il maîtrisa bientôt ce passé fictif et, la plupart du temps, il devenait Kylar Stern. Il fit aussi la connaissance des filles du comte Drake. Iléna était la jolie fillette de cinq ans qu'il avait presque fait mourir de peur en se réveillant. Mags avait huit ans et une silhouette dégingandée. Sérah avait douze ans et se montrait tour à tour mal à l'aise ou distante. Elles lui procuraient un peu de distraction, mais la comtesse veillait à ce qu'elles ne viennent pas l'« ennuyer » et qu'il puisse « se reposer ».

Le comte et la comtesse étaient des personnages fascinants, mais le premier travaillait le plus clair du temps et la seconde avait des idées très arrêtées sur les garçons de onze ans – des idées qui ne correspondaient pas du tout à celles de Kylar en la matière. Il ne parvenait jamais à deviner si elle connaissait sa véritable identité – et si elle le cachait pour mieux corriger ses manières d'enfant de la rue – ou si le comte l'avait laissée dans l'ignorance.

C'était une femme élancée avec une peau claire et des yeux bleus, une version mortelle des créatures célestes auxquelles les Drake croyaient. Comme son époux, elle tenait à s'occuper de Kylar en personne, comme pour montrer qu'elle ne considérait pas cette tâche comme indigne de son rang. Pourtant, ce n'était pas de la fausse humilité : la première semaine, le garçon avait été très malade et il avait vomi tout autour du lit ; elle était entrée dans sa chambre et l'avait serré contre elle jusqu'à ce que les convulsions cessent ; puis elle avait remonté ses manches et avait nettoyé le sol. Ce ne fut que beaucoup plus tard, lorsqu'il guérit, qu'Azoth se rappela la scène avec horreur.

Il aurait été incapable de dire combien de fois elle était entrée dans la chambre pour le gaver de nourriture, vérifier qu'il allait bien ou lui lire un stupide livre pour gamins. Ces histoires étaient remplies de vaillants héros qui tuaient de méchantes sorcières ; les enfants ne rôdaient jamais autour d'une auberge pour fouiller les piles de déchets et les flaques de vomissures à la recherche de quelque chose de comestible ; ils n'étaient jamais violés par des grands ; ils n'abandonnaient jamais leurs amis ; ils sauvaient des princesses qui n'avaient jamais le visage balafré au point d'en devenir méconnaissables et, quand ils étaient blessés, ils ne gardaient qu'une petite cicatrice qu'un mage se dépêchait de faire disparaître.

Kylar détestait ces histoires, mais il savait que la comtesse les racontait avec les meilleures intentions du monde. Il hochait donc la tête, souriait et applaudissait lorsque les héros gagnaient – et ils gagnaient toujours.

Pas étonnant que tous les petits nobles rêvent de commander une armée. Si les choses se passaient comme dans les livres que leur lisait leur mère, ce serait amusant, en effet. Ce serait amusant si la mort du méchant vous remplissait de satisfaction au lieu de vous donner envie de gerber parce que vous avez vu du cartilage à nu et du sang gicler en lui tranchant l'oreille. Du sang qui se mêle à l'eau pour former un million de volutes magnifiques tandis qu'il agonise au fond du fleuve, prisonnier de la corde que vous lui avez passée autour de la cheville.

La comtesse pensait que les tremblements et les nausées qui agitaient le garçon à la fin des séances de lecture trahissaient un besoin de repos supplémentaire. Aussi, après avoir réveillé le passé pour qu'il vienne hanter la chambre de Kylar, elle prenait congé et l'abandonnait à ses démons furieux.

Chaque nuit, Kylar redevenait Azoth. Chaque nuit, Azoth tournait au coin de l'atelier de réparation et apercevait le Rat se diriger vers lui, nu, poilu, massif, les yeux brillants de désir. Chaque nuit, Azoth voyait le Rat tomber dans l'eau et lutter contre le poids accroché à sa cheville. Chaque nuit, Azoth voyait le Rat taillader le visage de Poupée.

Les cauchemars le réveillaient et il restait allongé sur le lit à se battre avec ses souvenirs. Azoth était faible, mais Azoth n'existait plus. Kylar deviendrait comme maître Blint : il n'aurait jamais peur. Il préférait sa vie telle qu'elle était maintenant. Il préférait les mauvais rêves allongé sur un lit aux sanglots de Jarl en train de se faire violer.

Un nouveau cauchemar l'attendait dès qu'il se rendormait et l'aube n'apportait qu'un maigre soulagement. Les souvenirs de la nuit s'effaçaient avec lenteur. Chaque matin, il se disait qu'il avait eu raison – raison de tuer le Rat, raison d'abandonner Poupée, raison de tourner le dos à Jarl. Les mêmes pensées revenaient sans cesse : il valait mieux ne jamais les revoir ; comment aurait-il pu deviner ce que le Rat allait faire à Poupée ? Il se répétait que la vie était vaine, qu'en prenant une vie il ne prenait rien de précieux.

Sans les visites de Logan Gyre, il serait devenu fou. L'adolescent passait le voir un jour sur deux, toujours en compagnie de Sérah Drake. Kylar pensa d'abord que les venues du jeune seigneur étaient motivées par un sentiment de culpabilité, mais cette impression ne dura guère. Les deux garçons appréciaient la compagnie de l'autre et devinrent très vite amis. Logan était un personnage étrange : il était aussi intelligent que Jarl et avait lu des centaines de livres, mais Kylar estimait qu'il serait incapable de survivre une semaine dans le Dédale. D'un autre côté, il dissertait sur la politique de cour comme si c'était le sujet le plus simple du monde. Il connaissait le nom, l'histoire, les amis et les ennemis de dizaines de courtisans ; les motivations des nobles les plus importants du royaume et les événements marquants de leur vie. Une fois sur deux, Kylar ne comprenait rien à ce qu'il racontait. Peut-être parce que Logan parlait d'un monde raffiné si différent de celui des rats de guilde, peut-être parce qu'il employait des mots compliqués. L'adolescent déclarait souvent qu'il était « féru de termes alambiqués » – quoi que cela puisse signifier.

Pourtant, ils s'entendaient bien. Sérah Drake contribua à ce rapprochement en venant rendre visite à Kylar pour passer un moment avec Logan. Elle détournait l'attention des lacunes de Kylar. Celui-ci aurait été incapable de se rappeler combien de fois il était resté assis, muet, parce qu'une référence de Logan lui échappait. Le silence s'éternisait, mais avant que l'adolescent demande à son ami pourquoi il ne comprenait pas, la jeune fille était embarrassée et relançait la conversation sur un autre sujet. Son bavardage aurait rendu Kylar fou s'il ne l'avait pas tiré de situations délicates. Enfin, c'était peut-être le comportement habituel des filles de nobles.

Un matin, Kylar s'assit sur son lit après avoir passé une nuit tapi sous les couvertures. Dans son rêve, c'était lui qui avait torturé Poupée, c'étaient ses pieds qui l'avaient frappée et c'étaient *ses* yeux qui avaient brillé d'excitation tandis que la beauté de la fillette s'estompait sous la violence de sa rage.

Le comte Drake entra dans la chambre, les doigts tachés d'encre et le visage empreint de fatigue. Il approcha une chaise du lit.

— Nous pensons que le danger est passé, dit-il.

— Pardon ? demanda Kylar.

— Je m'excuse de t'avoir maintenu dans l'ignorance, Kylar, mais nous devions nous assurer que tu ne ferais rien d'imprudent. Au cours des dernières semaines, on a essayé de tuer ton maître à plusieurs reprises. En conséquence, la cité compte désormais quatre pisse-culottes de moins. Après la troisième tentative, il a fait savoir au roi qu'il serait la prochaine victime si quelqu'un attentait à sa vie une fois de plus.

— Maître Blint a tué le roi ?

— Chut ! Ne prononce pas ce nom. Pas même ici. Un membre des Neuf, Dabin Vosha, l'homme chargé des opérations de contrebande pour le compte du Sa'kagué, a eu connaissance des menaces de ton maître contre le roi. Il a estimé que c'était le moment idéal pour déplacer ses propres pions et étendre son influence. Il a payé un pisse-culotte pour qu'il élimine ton maître. Il pensait que Durzo mourrait ou qu'il assassinerait le roi pour se venger. Mais Durzo a découvert la vérité. Il a tué le pisse-culotte et Vosha.

— Vous voulez dire qu'il s'est passé tout ça pendant que je restais allongé sur ce lit ?

— Tu n'étais pas en mesure de te rendre utile.

— Mais qu'est-ce que Dabin Vosha reprochait à maître… à mon maître ?

Kylar n'avait jamais entendu parler de cet homme.

— Je ne sais pas. Peut-être rien. C'est ainsi que fonctionne le Sa'kagué, Kylar. On y trouve des conspirations au sein des conspirations et beaucoup ne mènent nulle part. La plupart éclosent, font un pas et meurent, comme celle dont je viens de te parler. Si tu te préoccupes de ce que les autres essaient de faire, tu deviens spectateur au lieu d'être acteur.

» Quoi qu'il en soit, le roi a eu vent de cette dernière tentative d'assassinat et a pris peur. Cela aurait dû être une bonne nouvelle, mais notre roi essaie de consolider son pouvoir de manière assez maladroite. Logan va devoir passer une semaine hors de la ville.

— Nous commencions à peine à devenir amis.

— Fais-moi confiance, mon garçon. Une personne telle que Logan Gyre restera ton ami pour la vie.

Chapitre 23

Quelqu'un administra une gifle à Kylar – et sans douceur.

— Réveille-toi, fiston.

Kylar s'extirpa de son cauchemar et distingua le visage de maître Blint à quelques centimètres du sien. Le pisse-culotte se préparait à lui redonner une claque.

— Maître… (Il s'interrompit.) Maître Tulii ?

— Je suis heureux de voir que tu te souviens de moi, Kylar, déclara le pisse-culotte. (Il se leva et alla fermer la porte.) Je n'ai pas beaucoup de temps. Est-ce que tu as récupéré ? Et ne me mens pas, s'il te plaît.

— Je suis encore un peu faible, monsieur, mais je vais de mieux en mieux.

Le cœur de Kylar martelait sa poitrine. Pendant des jours et des jours, il n'avait attendu que la visite de son maître, mais, maintenant qu'il était là, une colère inexplicable envahissait le garçon.

— Je pense que tu vas encore souffrir pendant plusieurs semaines. Je n'avais pas prévu que le kinderpéril et la pâte d'avorida interagiraient ainsi. Ou bien il y a un lien avec ton Don.

— Et qu'est-ce que ça signifie ? le Don ?

Il posa la question d'un ton plus agressif qu'il l'avait voulu, mais Blint ne sembla pas y prêter attention.

— Eh bien ! c'est juste une possibilité. (Maître Blint haussa les épaules.) Parfois, le corps ne réagit pas très bien à la magie quand il y est confronté pour la première fois.

— Non ! Je voulais dire : qu'est-ce que ça signifie ? Est-ce que je vais être capable de…

— Voler ? devenir invisible ? grimper les murs comme un lézard ? lancer des boules de feu ? être un dieu parmi les mortels ? (Blint esquissa un petit sourire sardonique.) C'est peu probable.

— Je voulais juste demander si je pourrais bouger aussi vite que vous.

Il avait parlé de nouveau avec une voix mordante.

— Je ne le sais pas encore, Kylar. Tu seras capable de bouger plus vite qu'un homme qui ne possède pas le Don, mais il est plus développé chez moi que chez la plupart des gens.

— Qu'est-ce que je pourrai faire, alors ?

— Tu es encore faible, Kylar. Nous parlerons de tout ça plus tard.

— Je m'ennuie ! Je ne peux même pas quitter mon lit ! Personne ne me dit rien !

— Soit. Le Don, c'est tout et rien à la fois. À Callae ou à Alitaera, tu serais un mage et six écoles se battraient pour décider de ton cursus, de ton *alma mater* et de la couleur de la robe que tu dois porter. À Lodricar ou à Khalidor, on t'appellerait un meister ; tu ferais pousser des virs sur tes bras, comme des tatouages, et tu adorerais ton souverain comme un dieu tout en complotant pour planter une lame entre ses royales omoplates. À Ymmur, tu serais un traqueur, un homme honoré et honorable qui chasse les animaux et parfois les êtres humains. À Friaku, tu deviendrais un *gorathi*, un guerrier Furie invaincu dans son clan et, plus tard, un roi versé dans les arts de l'assujettissement et de l'esclavage. À l'ouest… eh bien ! à l'ouest, tu te retrouverais au milieu de l'océan.

Blint sourit.

Mais pas Kylar.

— Les mages pensent – ils disent qu'ils conjecturent, ça fait plus respectable – que les Dons diffèrent selon les pays, que c'est pour cette raison que les hommes à la peau pâle et aux yeux bleus deviennent des sorciers alors que ceux à la peau brune sont des guerriers *gorathis*. Ils affirment que c'est pour ça que tous les mages de Gandu sont des guérisseurs. Certains hommes au teint cuivré sont capables de soigner ? Les mages affirment aussitôt que peau jaune égale guérisseur. Ils se trompent. Notre monde est divisé, mais le Don est unique. Chaque peuple admet l'existence d'une certaine magie – à l'exception des Lae'knaughtiens qui la détestent tout en refusant d'y croire, mais nous nous éloignons du sujet. Chaque peuple en attend quelque chose de différent. Gandu a donné naissance à plusieurs archimages parmi les plus terribles que le monde a connus. Ces hommes ont commis des horreurs que tu ne peux imaginer, et, par conséquent, les habitants de ce pays ont rejeté toutes les applications militaires de leur magie. Le seul pouvoir qu'ils tiennent en estime, c'est celui de guérisseur. Au fil des siècles, ils ont beaucoup développé leurs connaissances dans ce domaine et oublié la plupart des autres disciplines. Un Gandien avec un Don du feu exceptionnel déshonore sa famille et vit dans la honte.

— On cache donc son existence et personne n'en entend jamais parler.

— Exactement. Il y a une intersection entre le savoir que tes proches peuvent t'enseigner, tes talents innés et ce que tu es capable d'apprendre. Le Don est à la fois ce qu'il est et ce qu'il doit être. Comme ton esprit. (Kylar se contenta de fixer sur lui son regard.) Présentons le problème autrement : certaines personnes sont capables d'effectuer des opérations très complexes de tête, d'accord ? D'autres parlent une dizaine de langues. Pour parvenir à ce résultat, il faut qu'elles soient intelligentes.

— D'accord.

— On peut apprendre à devenir un calculateur de génie. Il n'est pas dit que toi, tu en seras capable, mais une femme travaillant comme comptable et douée pour les chiffres réussirait peut-être. Un diplomate peut avoir un don pour les langues, mais s'il n'apprend que sa langue maternelle, il restera unilingue.

Kylar hocha la tête.

— La femme qui est douée pour les chiffres pourra sans doute apprendre une autre langue si elle s'en donne la peine, mais elle ne parviendra jamais à en maîtriser une dizaine. De son côté, le diplomate ne réussira jamais à exceller en calcul mental. Tu vois où cela nous mène ?

Kylar réfléchit et maître Blint attendit.

— Nous savons que j'ai le Don, mais nous ignorons sa nature et son étendue. Par conséquent, vous ne pouvez pas me dire ce que je serai capable de faire avec.

— Tout à fait, dit maître Blint. Avec moi comme professeur, je peux te garantir que tu apprendras certaines choses. Tu auras besoin de te cacher ? Ton Don réfléchira une partie de la lumière. Tu auras besoin de te déplacer en silence ? Il étouffera le bruit de tes pas. Mais comme tous les Dons, il a des limites. Si tu te promènes en plein soleil, on te verra. Si tu avances sur un tapis de feuilles sèches, on t'entendra. Tu possèdes le Don, mais tu n'es pas un dieu. Tu peux être le plus beau parleur du monde, ça ne t'empêchera pas de te retrouver devant le bourreau si tu insultes le roi.

» Si je connais douze langues et que tu parles une treizième, je ne comprendrai pas un mot de ce que tu me dis.

» Ça fait plaisir de voir que tu écoutes parfois ce qu'on te raconte. Je dois partir maintenant. Le comte Drake prendra soin de toi. C'est un homme bon, Kylar. Trop bon. Tu peux lui confier ta vie, mais ne t'avise pas de lui parler de ton âme. Et maintenant, pense en tant que Kylar. Azoth est mort.

—Mort ?

Le mot libéra tous les souvenirs, toute la peur et toute la colère que Kylar avait accumulés, comme un doigt qui presse la détente d'une arbalète pour décocher son carreau. Le masque tomba soudain et le garçon redevint Azoth.

Azoth saisit le bras de maître Blint.

—Je… Est-ce que je suis vraiment…

—Non ! Tu n'es pas passé par là. Est-ce que cet endroit ressemble à l'enfer ? (Blint désigna la pièce tout autour de lui.) Ha ! et il est peu probable qu'on me laisse entrer au paradis, même pour une simple visite de courtoisie.

Pourtant, Azoth se rappelait la lame émergeant de sa poitrine – la scène semblait si réelle. *Comment cela avait-il été possible ?*

—Je ne pouvais pas travailler pour eux, dit maître Blint. Je n'aurais été qu'une épée tâchée de sang à leurs yeux. Ils n'auraient pas pu me nettoyer et me rengainer. Ils auraient fini par me tuer. Il est plus facile de surveiller ses ennemis que ses amis.

—Alors, vous avez tué des pisse-culottes ? demanda Azoth en essayant de se ressaisir.

Depuis des semaines, il s'efforçait de ne pas penser à ce fameux après-midi, mais il était désormais incapable de se contenir. Il se souvint du regard du seigneur général, du terrible choc qu'il y avait lu. Il se souvint avoir suivi ce regard jusqu'à sa poitrine…

—Aucune personne qualifiée n'accepterait un contrat sur ma tête. Les types comme Caleu, Gibbet ou Tranchant gagnent trop bien leur vie en se contentant des boulots habituels. Ils ne prendraient pas le risque de se faire tuer en s'attaquant à un véritable pisse-culotte. Maintenant, rappelle-toi que tu es un Stern. Tu en es fier, même si tu es pauvre. Les Stern sont des barons et font donc partie de l'élite de la noblesse, mais à l'échelon le plus bas.

— Je sais, l'interrompit Azoth. Je sais.

Était-ce juste son imagination ou une expression coupable était-elle passée sur les traits de maître Blint ? Le pisse-culotte fouilla dans sa poche et en tira une gousse d'ail qu'il jeta dans sa bouche. S'il s'était agi de quelqu'un d'autre, Azoth aurait juré que son maître cherchait à détourner l'attention, qu'il essayait de sortir de la chambre avant que le garçon ait l'occasion de le retenir plus longtemps.

Pourquoi est-ce que je fais autant d'efforts pour satisfaire un homme qui a voulu me tuer ?

Je croyais qu'il m'aimait bien.

Au cours des semaines qu'il avait passées au lit, Kylar était resté seul. Il avait complètement abandonné son ancienne vie. Il avait eu de vrais amis, Jarl et Poupée, qui l'avaient aimé. Aujourd'hui, il faisait semblant d'être l'ami de Logan Gyre, et lui aussi était parti. Même Mamma K ne venait plus lui rendre visite.

Il ressentait une douleur presque physique lorsque le comte et la comtesse arrivaient ensemble. Leur amour mutuel était évident. Ils étaient en sécurité, ils étaient heureux et ils formaient un couple uni. Sérah et Logan échangeaient parfois des regards qui trahissaient leurs sentiments réciproques. Ces regards et cet amour suscitaient chez Kylar une envie qui lui comprimait la poitrine. Ce n'était pas une faim comme les autres : un rat de guilde connaissait la faim comme il connaissait les égouts où il se pelotonnait contre ses camarades pour avoir chaud l'hiver. La faim n'était pas une sensation agréable, mais elle était familière et il n'y avait aucune raison de la craindre. Non, c'était plutôt une soif, comme si son corps était parcheminé, desséché et sur le point de tomber en poussière. Il mourait de soif sur la berge du plus grand lac du monde.

Mais cette eau n'était pas pour Kylar. Pour lui, ce lac était un océan, une mer salée. S'il y buvait, sa soif ne ferait qu'empirer, puis il sombrerait dans la folie et mourrait. L'amour menait un pisse-culotte à la mort. La folie, la faiblesse, la vulnérabilité et la mort, voilà le sort qui attendait celui qui transgressait cette règle, le sort qui attendait tous ceux qu'il aimait. Azoth était mort. Il avait juré qu'il n'aimerait jamais, mais, à ce moment-là, il ignorait qu'il existait un sentiment comme celui que partageaient le comte et la comtesse. Il aurait pu supporter cette souffrance si quelqu'un avait tenu à lui.

Au cours du temps passé en compagnie de maître Blint, il en était arrivé à penser que le pisse-culotte s'intéressait à lui, qu'il éprouvait une certaine affection à son égard. Il avait même cru que maître Blint était parfois fier de lui. Azoth ne connaissait rien du seigneur général aux cheveux gris, mais il avait lu dans ses yeux une indignation et une incrédulité légitimes quand maître Blint avait poignardé son apprenti. Le pisse-culotte n'aurait pas dû faire cela.

Azoth éclata en sanglots.

— Comment avez-vous osé faire ça ? Qu'est-ce qui ne va pas chez vous ? Ce n'était pas juste.

Blint resta décontenancé pendant un moment. Puis la colère s'empara de lui. Il saisit le garçon par le col de sa tunique et le secoua.

— Imbécile ! Sers-toi un peu de ta tête ! Si tu n'es pas plus futé que ça, j'aurais *vraiment* dû te suriner. Est-ce que cet homme m'a cru quand je lui ai dit que je me fichais qu'il te tue ?

Azoth détourna les yeux, reconnaissant du même coup que Blint avait raison.

— Vous aviez tout prévu depuis le début.

— Bien sûr que j'avais tout prévu ! Pourquoi crois-tu que je t'ai décoloré les cheveux ? Parce que c'était la seule solution pour te sauver. Azoth devait mourir pour que Kylar puisse vivre. Sinon, ils auraient eu un moyen de pression sur moi. Dans cette vie, toutes les personnes auxquelles tu tiens seront utilisées contre toi. C'est pour cette raison que nous sommes forts. C'est pour cette raison que quatre pisse-culottes n'ont pas réussi à me tuer. Parce que je ne tiens à personne. C'est pour cette raison que tu ne peux pas tomber amoureux. Ça te rendrait vulnérable. Dès que tu trouves quelqu'un dont tu ne peux pas te passer, tu es piégé, foutu. Si quelqu'un pense que je suis prêt à échanger ta vie contre un poil de cul de rat, tu deviendras une cible. Pour tout le monde. (*Comment fait-il? Comment peut-il être si fort?*) Maintenant, regarde! Regarde mes putains de mains!

Blint les tendit. Elles étaient vides. Il serra un poing et se frappa un bras. La pointe ensanglantée d'une dague jaillit de l'autre côté de sa manche. Il dégagea alors la lame qui s'évanouit comme un nuage de fumée et se volatilisa.

— J'ai un petit Don pour les illusions, Kylar. Je me suis appliqué avec toi parce qu'il fallait absolument qu'on y croie. Mais je n'ai fait que te frapper avec une aiguille à assommer, puis j'ai maintenu l'illusion jusqu'à ce qu'elle produise l'effet voulu.

— Mais j'ai senti quelque chose! s'exclama Kylar.

Il se ressaisissait. Ses larmes avaient disparu. Il était de nouveau Kylar.

— Bien sûr que tu as senti quelque chose. Je t'ai frappé et tu as vu une lame surgir de ta poitrine. Au même moment, ton corps luttait contre une dizaine de poisons mineurs. Tu as interprété le tout de manière logique. C'était un pari. Cette illusion a nécessité la plus grande partie du pouvoir que je peux utiliser dans une journée. Si les hommes d'Agon avaient envahi l'auberge, nous étions fichus. Les poisons dont je me suis servi ont ravagé ton corps. Ils auraient pu te tuer. C'était encore un pari que je devais faire.

Maître Blint ne veut pas qu'il m'arrive du mal.

Cette pensée le frappa comme la foudre. Maître Blint avait pris le risque d'utiliser tout son pouvoir afin de sauver Azoth.

Même si cela n'allait pas au-delà de l'affection d'un maître pour un élève doué, les attentions de Durzo submergèrent Azoth – *Kylar!* – comme si le pisse-culotte l'avait serré dans ses bras.

Aucun adulte ne s'était jamais soucié de son sort. La seule personne qui avait pris des risques pour l'aider, c'était Jarl, et Jarl faisait partie d'une autre vie.

En vérité, Azoth détestait Azoth. Azoth était lâche, résigné, faible, peureux et traître. Azoth avait hésité. Maître Blint l'ignorait, mais l'aiguille empoisonnée avait bel et bien tué Azoth. Il était désormais Kylar et Kylar serait tout ce qu'Azoth n'avait jamais osé devenir.

À cet instant, Azoth devint Kylar et Kylar devint le serviteur dévoué de Blint. Il lui était arrivé d'obéir aux ordres de son maître sans enthousiasme ou par peur ; il avait parfois rêvé qu'un jour il reviendrait et le tuerait pour lui faire payer la sévérité de son apprentissage. Mais, à cet instant, toute réserve et tout ressentiment se volatilisèrent. Maître Blint était dur avec Kylar parce que la vie était dure. La vie était dure, mais Blint était plus dur, plus puissant et plus solide que tout ce que le Dédale pouvait lui opposer. Il interdisait l'amour parce que l'amour détruirait Kylar. Maître Blint savait mieux que Kylar ce qu'il convenait de faire. Il était fort et il rendrait Kylar fort. Il était féroce et il rendrait Kylar féroce. Il faisait tout cela pour Kylar, pour le protéger, pour qu'il devienne le meilleur pisse-culotte possible.

Ce n'était pas de l'amour, et alors ? Ce n'était pas négligeable pour autant. Peut-être que les nobles pouvaient vivre sur les berges de ce lac merveilleux et boire son eau à satiété. Peut-être que ce monde idyllique n'était pas fait pour un rat de guilde. Le sien serait un désert, mais il y avait de la vie dans le désert et une petite oasis portait le nom de Kylar. Il n'y avait pas de place pour Azoth. L'oasis était trop petite et Azoth avait trop soif. Mais Kylar pouvait réussir. Kylar réussirait. Maître Blint serait fier de lui.

— Bien, dit maître Blint.

Il ne lisait pas dans les pensées de son apprenti, bien sûr, mais Kylar savait qu'il avait vu sa détermination dans son regard.

— Maintenant, fiston, est-ce que tu es prêt à devenir une épée dans l'ombre ?

Chapitre 24

— Debout, fiston. C'est l'heure de tuer.

Kylar se réveilla sur-le-champ. Il avait quatorze ans et l'entraînement lui était devenu si naturel qu'il procéda aussitôt aux vérifications de survie. Une réponse laconique faisait écho à chaque question. Un bref instant d'attention suffisait à analyser chaque sensation. *Qu'est-ce qui t'a réveillé ?* Une voix. *Qu'est-ce que tu vois ?* L'obscurité, la poussière, la lumière de l'après-midi, la cabane. *Qu'est-ce que tu sens ?* Blint, les égouts, la Plith. *Qu'est-ce que ton corps perçoit ?* Une couverture chaude, de la paille fraîche, mon lit, pas de picotement d'avertissement. *Est-ce que tu peux bouger ?* Oui. *Où es-tu ?* Dans un repaire. *Y a-t-il du danger ?* Cette dernière question était, bien entendu, la plus importante. Il pouvait se déplacer, ses armes étaient dans leur fourreau, tout allait bien.

La sécurité n'était pas garantie, même ici, dans le repaire miteux qui se dressait dans l'ombre d'une des rares portions encore debout du vieil aqueduc. À plusieurs reprises, Blint avait suspendu une épée au-dessus du lit de son apprenti et une lame était presque invisible quand on la regardait la pointe en face. Durzo réveillait ensuite Kylar et si le garçon ne repérait pas l'arme en moins de trois secondes, le pisse-culotte tranchait la corde. Heureusement, il avait moucheté la pointe la première fois, puis la deuxième. Mais pas la troisième.

Un autre jour, Durzo avait demandé à Caleu le Balafré – mais lui l'appelait Ben – de réveiller Kylar. Caleu avait été jusqu'à enfiler les vêtements de Durzo et à imiter sa voix à la perfection – cela faisait partie de son Don. Cette fois, Kylar n'était pas tombé dans le piège : un homme ayant pris un repas bien aillé n'avait pas la même haleine qu'un homme qui mâche régulièrement des gousses.

Kylar termina ses vérifications en décodant les paroles de Durzo. Il était l'heure de tuer.

— Vous pensez que je suis prêt ? demanda-t-il tandis que son cœur battait la chamade.

— Tu es prêt depuis un an. J'attendais juste le contrat qui convient à un premier travail en solo.

— En quoi il consiste ?

Je suis prêt depuis un an ? Les compliments de Blint se présentaient toujours ainsi, quand il daignait en faire un. En outre, ils étaient souvent formulés à contrecœur et accompagnés d'une critique.

— Ça se passera au château et il faut que tout soit terminé aujourd'hui. Ton cadavreux a vingt-six ans. Il n'a pas reçu d'entraînement militaire et il ne devrait pas être armé. Mais c'est… une petite abeille laborieuse qui aime butiner les demoiselles. Une abeille qui prend son travail très au sérieux. Un *assassin* provoquerait des pertes collatérales. (Il avait prononcé le mot « assassin » avec mépris, ce qui était habituel de la part d'un pisse-culotte.) Mais cela n'a aucun rapport avec le contrat. Le cadavreux doit mourir. Contente-toi de terminer le travail.

Le cœur de Kylar martelait sa poitrine. C'était donc ainsi que cela allait se passer. Ce n'était pas une simple épreuve. La question n'était plus : Kylar est-il capable de tuer seul ? Non, la question était désormais : Kylar serait-il capable d'agir en pisse-culotte ? Pourrait-il concevoir un plan pour approcher la cible – et entrer au château, rien de moins ? Pourrait-il tuer seul ? Pourrait-il réussir sans faire de victimes innocentes ? Pourrait-il s'échapper une fois sa tâche accomplie ? Oh ! et pourrait-il se servir de son Don – l'élément qui différenciait vraiment un pisse-culotte d'un vulgaire assassin ?

Merde ! Comment Blint peut-il imaginer tout ça ?

Son maître était un expert quand il s'agissait de découvrir et d'exploiter les faiblesses de son apprenti. Et surtout la plus grande : Kylar n'était jamais parvenu à utiliser le Don. Pas encore. Pas une seule fois. Blint disait qu'il avait atteint un âge où son pouvoir aurait dû se manifester. Le pisse-culotte imaginait sans cesse de nouveaux moyens pour pousser son apprenti au-delà de ses limites dans l'espoir que le stress ou des impératifs extrêmes réveilleraient son Don. Pour le moment, ses efforts s'étaient révélés vains.

Durzo s'était demandé à voix haute s'il ne ferait pas mieux de tuer Kylar. Pourtant, il avait décidé de continuer à l'entraîner tant que le garçon était capable d'accomplir les tâches d'un pisse-culotte. Il lui avait cependant certifié qu'il finirait par échouer. C'était inévitable : un pisse-culotte sans le Don n'était pas un pisse-culotte.

— Qui a passé le contrat ? demanda Kylar.

— Le Shinga.

— Et vous me faites assez confiance pour m'en occuper ?

— Tu y vas cet après-midi. Si tu foires, j'irai cette nuit et je rapporterai deux têtes au Shinga.

Kylar ne demanda pas à qui appartiendrait la seconde.

— Le cadavreux a fait quoi ?

— Tu n'as pas besoin de le savoir.

— C'est important que je le sache ou pas ?

Un poignard apparut dans la main de Durzo, mais aucune lueur de violence ne s'alluma dans ses yeux. Il réfléchissait. Il fit tourner l'arme entre ses doigts : une fois, deux fois, trois fois. Stop. Une fois, deux fois, trois fois. Rotation. Un jour, Kylar avait vu un barde faire de même avec une pièce, mais Durzo, lui, se servait d'un couteau.

— Non, dit-il. Ce n'est pas important. Le cadavreux s'appelle Devon Corgi. Disons juste que, quand des gens cherchent à quitter la voie des ténèbres, la plupart le font en emportant quelques sacs d'objets précieux. Ils ne réussissent jamais, car ces petits souvenirs les ralentissent. Au cours de ma vie, je n'ai rencontré qu'un seul homme qui a accepté de payer le prix fort pour quitter le Sa'kagué.

— C'était qui ?

— Mon garçon, tu as rendez-vous avec un cadavreux dans deux heures. Tu as sûrement des questions plus judicieuses à poser.

— Devon Corgi ? (Le front du garde se plissa.) Nan, connais pas. Hé ! Brelandier ! (Il se tourna vers un de ses collègues qui franchissait l'énorme porte ouest du château.) Tu connais un certain Devon Corgi ?

C'était presque trop facile. Kylar avait dérobé depuis longtemps la tunique et le sac constituant l'uniforme des employés du service postal le plus important de la ville. Les gens qui n'avaient pas de domestiques faisaient appel à des garçons – des garçons des quartiers est, jamais des rats de guilde – pour porter leurs messages. Quand des gardes étaient sur le point de lui poser des questions, Kylar se dirigeait vers eux et leur demandait son chemin.

Comment est-ce possible ? Comment font-ils pour ne pas comprendre ce qui se passe ?

Ces hommes étaient des gardes, ils étaient censés protéger Devon Corgi et tous les autres résidants du château, mais ils allaient expliquer à l'assassin comment atteindre sa cible ? Comment pouvaient-ils être si idiots ? Kylar ressentit un sentiment trouble de puissance. Il était agréable de constater que les longues heures d'entraînement sous la tutelle de Blint n'avaient pas été vaines. Il devenait dangereux. Mais quand même ! Comment pouvaient-ils ignorer qui il était ?

— Sûr ! C'est le gars qui est venu ici toute la semaine. Il a un tic à l'œil et il sursaute pour un oui ou pour un non. Je crois qu'il est dans la tour nord. Si tu veux que je lui porte ton message, ça ne me dérange pas. Je commence mon service dans dix minutes et c'est la première halte de ma ronde.

— Merci, mais non. J'espère bien que cette course va me rapporter un gros pourboire. C'est par où ?

Tandis que le garde expliquait le chemin à Kylar, le garçon essaya d'imaginer un plan. Le meurtre en lui-même ne devrait pas poser de problème. Un enfant pouvait approcher sa cible davantage qu'un adulte sans éveiller les soupçons et, ensuite, il serait trop tard. Le plus difficile, c'était de trouver ce Devon Corgi. Il n'avait pas de bureau attitré, il se déplaçait toujours. Son comportement entraînait toutes sortes de risques, d'autant plus que Kylar devait s'acquitter de sa mission le jour même. La tour nord convenait très bien : elle était isolée. Le garde allait venir et c'était plutôt ennuyeux. Kylar s'était contenté de lui parler et de lui demander où était la personne qu'il cherchait.

Avec le maquillage que Blint lui avait appliqué, le garçon était méconnaissable et semblait beaucoup plus jeune, mais il était préférable que chaque assassinat reste enveloppé de mystère. *Un pisse-culotte ne laissait pas de preuves derrière lui, juste des cadavres.* Kylar trouverait Corgi et se cacherait en attendant le départ du garde, puis il passerait à l'action.

J'entre et je sors. Un jeu d'enfant. Même sans le Don.

Le château était impressionnant. Blint en parlait toujours avec mépris, mais Kylar n'avait jamais vu un édifice si magnifique. Il avait été construit avec le même matériau que les vieux aqueducs du Dédale, du granit noir extrait près de la frontière ceurane. L'exploitation des carrières était entièrement sous la coupe du Sa'kagué, si bien que, désormais, seuls les riches pouvaient se permettre de faire bâtir des demeures en pierre. C'était aussi pour cette raison que la plupart des piles des aqueducs avaient disparu. Les pauvres du Dédale n'appartenant pas à la pègre volaient les blocs pour réparer leurs maisons ou pour les revendre aux membres de la classe moyenne – au marché noir, car il était toujours dangereux d'empiéter sur les plates-bandes du Sa'kagué.

Le château avait été construit quatre cents ans plus tôt, quand Cénaria était un État puissant grâce aux trente années de règne d'Abinazae. Le souverain avait à peine eu le temps d'admirer le bâtiment achevé : il avait décidé d'étendre son royaume à l'est et d'envahir le Chantry. Plusieurs milliers de mages avaient mis un terme définitif à ses ambitions. Au moins un siècle plus tôt, le château avait d'abord été conçu comme une motte féodale. On avait surélevé la colline de l'île de Vos, entourée par une douve naturelle avant de bâtir la forteresse à son sommet. À l'origine, le mur d'enceinte traversait ce qui était aujourd'hui le nord du quartier pauvre de Cénaria. Le Dédale s'étendait sur un isthme étroit dont les bords plongeaient à pic dans la mer, à l'exception des huit cents derniers mètres qui s'aplanissaient avant de rejoindre la berge. L'endroit offrait une excellente position défensive, et personne ne s'était jamais emparé de la forteresse en bois ni du Dédale protégé par des remparts de troncs. Mais la cité avait grandi avec l'ambition du roi Abinazae, et Château Cénaria avait été érigé en pierre au fur et à mesure que la ville envahissait la rive est de la Plith. L'origine des aqueducs demeurait un mystère. Ils avaient été construits bien avant le règne d'Abinazae et ne semblaient servir à rien dans la mesure où le fleuve fournissait de l'eau potable à défaut d'être d'une pureté cristalline.

Kylar quitta la cour en losange du château et monta un escalier en pierre. Celui-ci avait été gravi par d'innombrables pieds au cours des siècles, et l'usure avait érodé le centre des marches sur plusieurs centimètres. Le garçon se comporta comme un domestique, et les gardes ne lui prêtèrent pas attention. Ce rôle était celui qu'il jouait le plus souvent.

Blint avait l'habitude de dire qu'un bon déguisement cachait un pisse-culotte mieux que les ombres. Une fois grimé, Kylar pouvait croiser tous les gens de son entourage sans être reconnu, à l'exception du comte Drake. Peu de choses échappaient au vieux noble.

Il franchit la cour intérieure et le grand hall qui bourdonnaient d'activité. Il croisa des rangées de personnes attendant une audience dans la salle du trône, passa devant les doubles portes menant aux jardins et se dirigea vers son objectif. Une véritable frénésie régnait dans les couloirs, et le calme retomba seulement quand il pénétra dans l'antichambre de la tour nord.

Devon Corgi n'était pas là. Pour la première fois depuis son arrivée au château, Kylar s'efforça de ne pas faire de bruit. Il ouvrit une porte et gravit un escalier austère en silence. Il n'y avait pas la moindre décoration. Pas de niches, pas de statues, pas de tentures, rien derrière quoi il aurait pu se cacher.

Il parvint au sommet de la tour qui semblait se composer d'une vaste chambre où personne ne dormait. Un jeune homme annotait un grand livre de comptes en inspectant les tiroirs d'une commode. Selon toute apparence, il faisait l'inventaire des draps – pliés avec soin – destinés au gigantesque matelas de plumes et des rideaux de rechange de la grande fenêtre aux volets clos. Kylar attendit. Devon était de côté par rapport à la porte. Si le garçon n'employait pas le Don pour dissimuler son approche, le jeune homme le verrait sans doute entrer.

L'attente était toujours la partie la plus éprouvante. Kylar n'avait nulle part où se cacher et cette situation mettait ses nerfs à rude épreuve. Il s'imagina que le garde allait monter l'escalier d'une minute à l'autre. En le trouvant là, au milieu de l'après-midi, il le fouillerait. Il s'apercevrait alors que son pantalon était muni d'une fente assez grande pour y glisser la main et découvrirait du même coup le long poignard maintenu par une sangle contre l'intérieur de sa cuisse. Mais Kylar ne pouvait rien y faire. Il attendit, hors de vue, l'oreille tendue, essayant d'entendre jusqu'aux grattements de plume sur le livre de comptes.

Il jeta enfin un coup d'œil et vit Corgi disparaître dans la penderie située à l'autre extrémité de la pièce arrondie. Il se glissa dans la chambre et chercha un endroit où se cacher. Il ne fit pas un bruit, ses chaussures en cuir ne frottèrent même pas sur les dalles. Maître Blint lui avait appris à faire bouillir la sève d'un hévéa pour fabriquer des semelles souples et silencieuses. Il fallait importer cette matière à prix d'or et le résultat était à peine meilleur que du cuir travaillé avec soin, mais le pisse-culotte ne négligeait aucun avantage. Il n'était pas le meilleur sans raison.

Kylar ne trouva pas de cachette satisfaisante. L'endroit *idéal* lui aurait permis de surveiller la pièce dans ses moindres encoignures et en toute discrétion, d'être prêt à utiliser son arme et d'atteindre sa cible ou de s'enfuir très vite. Un endroit *convenable* l'aurait dissimulé en lui laissant une vue correcte et la possibilité de frapper ou de s'échapper sans trop de difficultés. Mais la chambre était presque circulaire et n'offrait pas de recoins sombres. Il y avait des paravents en papier de riz, mais ils étaient repliés et appuyés contre le mur. Honteux, Kylar se résigna à se cacher sous le lit. S'il avait été un véritable pisse-culotte, il aurait peut-être été capable de bondir contre le mur et de se suspendre aux chaînes du chandelier, mais, pour le moment, un tel exploit n'entrait pas dans le domaine de ses compétences.

Sous le lit? Maître Blint va me tuer!

Il n'avait cependant pas le choix. Il s'aplatit sur le bout des doigts et des orteils et rampa sous le sommier. Il n'y avait pas beaucoup de place, mais, par chance, le garçon était menu. Il venait à peine de se glisser dans sa cachette inconfortable qu'il entendit quelqu'un monter dans l'escalier.

Le garde ! Enfin ! Maintenant, fais ton inspection et tire-toi vite fait !

Il s'était placé du côté avec vue sur la penderie et, par conséquent, pas sur la porte d'entrée, mais il devina au bruit de pas que ce n'était pas le garde qui arrivait. Corgi réapparut avec un petit coffre dans les mains. Une expression coupable passa sur son visage.

— Il ne faut pas venir ici, Bev, dit-il.

— Tu pars, lâcha une femme que Kylar ne voyait pas.

Elle avait prononcé ces paroles comme une accusation.

— Non !

Une paupière de Corgi fut prise de tics.

— Tu les as volés et, maintenant, tu voles le roi. Je ne sais pas pourquoi, mais je suis étonnée que tu me mentes. Pauvre minable !

Kylar entendit la femme se retourner. Corgi s'approcha du lit et y posa le coffre. Ses pieds étaient à quelques centimètres du visage de Kylar.

— Bev, je suis désolé.

Il se dirigea vers la porte, et Kylar sentit la panique l'envahir. Que se passerait-il si la femme descendait et que Corgi la suive ? Il devrait les tuer tous les deux dans l'escalier en sachant que le garde allait arriver d'un instant à l'autre.

— Bev, je t'en prie…

— Va crever ! dit la femme en claquant la porte.

Je me charge d'exaucer ton souhait !

C'était un humour des plus noirs, celui qu'affectionnait Durzo. Selon lui, il était ironique de surprendre ce genre de conversation, mais c'était aussi le meilleur moment de ce cruel métier – et Blint ajoutait que les dernières paroles des victimes étaient bien moins profondes qu'on le disait.

« Je me charge d'exaucer ton souhait ? »

Kylar se reprocha ce trait d'humour : comment pouvait-il se moquer de l'homme qu'il allait assassiner ?

Devon lâcha un juron, mais ne suivit pas la femme.

— Mais où est donc ce garde, au fait ? Il devrait être arrivé.

Voilà à quoi ressemble une opération, lui avait dit Durzo. *Tu fais ton apparition à la fin de la représentation – qu'elle vienne de commencer ou qu'elle dure depuis des années. Ton arrivée annonce le tomber de rideau et tu apprends rarement de quoi parlait la pièce.*

Quelle était la relation entre Bev et Devon ? Était-elle son amante ? sa complice ? une simple amie ? sa sœur ?

Kylar l'ignorait et il ne le saurait jamais.

Un cliquetis monta de l'escalier, étouffé par la porte. Devon attrapa le livre de comptes et le garde entra.

— Salut, Dev, dit l'homme.

— Oh ! bonjour, Brelandier, répondit Devon avec nervosité.

— Le messager t'a trouvé ?

— Le messager ?

— Ce petit merdeux a dû se paumer. Tout va bien ici ?

— Bien sûr. Aucun problème.

— À plus.

Le garde partit et Devon attendit trente secondes. Puis il approcha du lit et entreprit de fourrer quelque chose – Kylar ne vit pas de quoi il s'agissait – dans ses poches.

C'est le moment !

Le dénommé Brelandier devait être assez loin maintenant. Même si la cible avait le temps de crier, il ne l'entendrait pas. Devon se dirigea vers le bureau et Kylar rampa hors de sa cachette comme un insecte. Il se releva et tira son poignard. Devon n'était qu'à quelques pas et le cœur du garçon martelait sa poitrine. Il entendit les pulsations résonner dans ses oreilles.

Kylar ne commit pas la moindre erreur. Position initiale ramassée ; avance rapide, mais silencieuse, toujours sur la pointe des pieds pour que, au cas où la cible réagirait, Kylar puisse bondir sur-le-champ. Il leva le poignard à hauteur des yeux et se prépara à saisir Devon pour lui administrer ce que

Durzo appelait le « sourire écarlate » : un coup profond porté en travers de la jugulaire pour sectionner la trachée.

À cet instant, il revit le regard que Poupée lui avait lancé le jour où il avait gardé le plus gros morceau de pain.

Qu'est-ce que tu fais, Azoth ? Tu sais que ce n'est pas bien.

Il s'arracha à ces pensées et eut l'impression d'avoir perdu tous les fruits de son entraînement. Il était à quelques centimètres de Devon et celui-ci ne l'avait pas encore entendu. Pourtant, la proximité de la cible affola Kylar. Il visa le cou et frappa, mais il dut faire du bruit, car l'homme fit mine de se retourner. La lame lui entailla la nuque, heurta une vertèbre et partit en arrière. Kylar avait les doigts contractés autour du manche – une erreur qui lui aurait valu une solide raclée si Durzo avait été là. Le choc lui arracha l'arme de la main.

Devon acheva de se retourner et poussa un glapissement. Il fut plus surpris par la brusque apparition de Kylar que par la douleur cuisante à la nuque. Il recula en même temps que son assaillant. Il porta une main à la base de son crâne, puis regarda ses doigts ensanglantés. Les yeux de l'enfant et du jeune homme se posèrent alors sur le poignard.

Devon ne fit pas un geste pour s'en emparer. Kylar se pencha pour le ramasser et, tandis qu'il se relevait, Devon tomba à genoux.

— Je vous en prie, gémit-il. Ne me tuez pas.

La scène était incroyable. Les yeux de Devon étaient écarquillés par la peur et fixés sur le petit Kylar qui, sous son déguisement, paraissait encore plus jeune et plus menu. Il n'avait rien d'effrayant, si ? Pourtant, Devon dévisageait l'enfant comme s'il était un cavalier de l'Apocalypse. Il était pitoyable, impuissant et blême.

— Je vous en prie, répéta-t-il.

Kylar lui trancha la gorge avec rage. Pourquoi ne se protégeait-il pas ? Pourquoi n'essayait-il même pas de se protéger ? Il était plus grand que lui, il avait une chance de le vaincre. Pourquoi se comportait-il comme un mouton ? Un gros mouton humain, trop idiot pour esquisser le moindre geste. La lame glissa en travers de la trachée, mais entailla à peine une jugulaire. La blessure entraînerait sans doute la mort, mais une mort lente. Kylar saisit Devon par les cheveux et frappa de nouveau, deux fois, un peu plus haut afin que le sang gicle vers le bas. Aucune tache rouge ne vint maculer ses vêtements. Il avait suivi l'enseignement de Durzo à la lettre.

Un bruit monta de l'escalier.

— Devon, je suis désolée, dit Bev avant même de pénétrer dans la chambre. Il fallait que je revienne. Je ne voulais pas…

Elle entra et vit Kylar.

Elle vit son visage, elle vit la dague dans sa main, elle le vit tenir Devon par les cheveux tandis qu'il agonisait. C'était une jeune femme quelconque qui portait une robe blanche de domestique. Elle avait des hanches larges, des yeux espacés, une bouche qui dessinait un petit o et une magnifique chevelure noire.

Finis le travail.

L'entraînement du garçon prit le relais. Kylar traversa la chambre en un instant. Il tira la femme en avant, pivota en effectuant un balayage et la fit tomber sur le ventre. Il était devenu aussi implacable que la gravité ou que Durzo Blint. La domestique était allongée sous lui, le nez contre le tapis qui couvrait cette portion du sol. L'étape suivante consistait à glisser la lame entre ses côtes. Elle sentirait à peine le coup et il n'aurait pas à voir son visage.

Il hésita. C'était sa vie contre celle de cette domestique. Elle l'avait vu. Son déguisement n'était utile que dans la mesure où on ignorait qu'un assassin de quatorze ans était dans les environs. Elle était intervenue pendant qu'il s'occupait d'un cadavreux. Elle était un dommage collatéral. Une « victime annexe », aurait dit Blint. Un vrai pisse-culotte ferait le nécessaire. Ce n'était pas très professionnel, mais, parfois, on ne pouvait pas faire autrement. « C'est sans importance, avait dit Blint. Contente-toi de finir le travail. »

Son maître le laissait en vie uniquement parce qu'il était capable d'accomplir les tâches d'un pisse-culotte, même sans le Don.

Pourtant, elle était là, le visage contre le tapis. Kylar était à califourchon sur elle et il lui tirait les cheveux tandis que la pointe de sa dague s'appuyait contre sa nuque. Le garçon essaya de ne pas imaginer la grande tache rouge qui allait fleurir sur la robe blanche de la domestique. Elle n'avait rien fait de mal.

« La vie est vaine. La vie est dénuée de sens. En prenant une vie, on ne prend rien de précieux. »

C'est la vérité ! C'est la vérité !

Il n'y avait pas d'autre solution. Pouvait-il lui dire de s'enfuir ? de ne rien raconter à personne ? de quitter le pays sans espoir de retour ? Accepterait-elle ? Non, bien sûr que non. Elle se précipiterait vers le premier garde en vue et la carrure massive de l'homme apaiserait ses craintes : Kylar ne l'effraierait alors pas plus qu'un rat de guilde armé d'un couteau.

— Je lui ai répété cent fois que ça arriverait s'il volait l'argent du Sa'kagué, dit-elle d'une voix étrangement calme. Le salaud ! Il m'a déjà presque tout pris et il n'a même pas la décence de mourir seul. Et dire que je venais m'excuser. Vous allez me tuer, hein ?

— Oui, dit Kylar.

Mais il savait qu'il mentait. Sa main avait conduit la lame au bon endroit, dans le dos de la jeune femme, mais elle refusait désormais de bouger.

Du coin de l'œil, il aperçut une ombre bouger dans l'escalier. Il resta immobile, il ne montra pas qu'il avait remarqué quelque chose, mais un frisson le traversa. C'était le milieu de l'après-midi, il n'y avait pas de torches ou de chandelles allumées. Cette ombre ne pouvait être que celle de maître Blint. Il avait suivi Kylar. Il avait tout observé. Le contrat avait été passé par le Shinga et il était hors de question de le bâcler.

Kylar enfonça la dague entre les côtes et tira un coup sec sur le côté. Il sentit le spasme et le soupir d'agonie de sa victime allongée sous lui.

Il se leva et récupéra son arme. Son esprit s'était soudain détaché de la réalité, il était dans un état second, comme le jour où il avait tué le Rat dans l'atelier de réparation de bateaux. Il essuya la lame ensanglantée sur la robe blanche et l'attacha contre sa cuisse. Puis il s'examina dans le miroir pour vérifier que ses vêtements n'étaient pas tachés. Comme on le lui avait appris.

Il était propre et il en conçut une tristesse infinie. Il n'y avait pas de sang sur ses mains.

Il se retourna. Blint se tenait dans l'encadrement de la porte, bras croisés. Kylar se contenta de le regarder. Son esprit planait toujours au-dessus de son corps dans une torpeur apaisante.

— Pas génial, dit Durzo, mais correct. Le Shinga sera satisfait. (Il remarqua le vide dans les yeux de Kylar et fit la moue.) « La vie est dénuée de sens. (Il fit rouler une gousse d'ail entre ses doigts.) La vie est vaine. En prenant une vie, on ne prend rien de précieux. » (Kylar continua à le regarder d'un air absent.) Répète, nom de Dieu !

Sa main se déplaça et un couteau indistinct fila dans les airs pour aller se planter dans le bureau, derrière Kylar.

Le garçon ne tressaillit même pas. Il répéta les trois phrases comme un automate, des fourmillements dans les doigts, se remémorant encore et encore la sensation que lui avait procurée l'arme tandis qu'elle pénétrait la chair soumise. C'était donc si facile ? C'était donc si simple ? Il suffisait d'appuyer, et la mort survenait ? Le meurtre n'avait rien d'une expérience mystique. Il ne se passait rien. Personne n'était précipité dans l'enfer ou le paradis dont parlait le comte Drake.

La victime s'arrêtait, rien de plus. Elle s'arrêtait de parler, de respirer, de bouger et, enfin, de se convulser. Elle cessait.

Maître Blint reprit la parole d'une voix presque douce :

— La douleur que tu ressens, c'est l'abandon d'une illusion. L'illusion a un sens, Kylar. Il n'y a pas de grand dessein. Il n'y a pas de dieux, pas d'arbitre du bien et du mal. Je ne te demande pas d'aimer la réalité, je te demande simplement d'être assez fort pour l'affronter. Il n'y a rien au-delà. Juste la perfection que nous atteignons en devenant des armes, en devenant aussi forts et aussi impitoyables qu'une lame. Le bien fondamental n'existe pas dans la vie. La vie ne représente rien en elle-même. Ce n'est qu'un repère qui différencie les vainqueurs des vaincus. Et les vainqueurs, c'est nous. Nous le sommes toujours. Il n'y a rien d'autre que la victoire et même la victoire ne signifie rien. Nous gagnons parce que perdre est une insulte. La fin ne justifie pas les moyens. Les moyens ne justifient pas la fin. Il n'y a personne devant qui se justifier. Il n'y a pas de justification. Sais-tu combien de gens j'ai tués ? (Kylar secoua la tête.) Moi non plus. Je l'ai su. Il fut un temps où je me rappelais le nom de chaque personne que je n'avais pas tuée en combattant. Et puis il y en a eu trop, et je me suis juste souvenu du nombre. Et puis seulement des innocents. Et puis j'ai fini par l'oublier, ça aussi. Et sais-tu quel châtiment on m'a infligé pour mes crimes, pour mes *péchés* ? Aucun. L'abstraction la plus chère au cœur des hommes n'est qu'une absurdité, j'en suis la preuve. Un univers équitable ne tolérerait pas mon existence. (Il attrapa Kylar par le poignet.) À genoux. (Kylar s'agenouilla au bord de la flaque de sang, le sang du cadavre de la jeune femme.) Ceci est ton baptême.

Blint prit les deux mains de Kylar et les posa dans le liquide rouge et épais. Il était tiède.

— Voici ta nouvelle religion. Si tu dois vénérer un dieu, vénère celui des pisse-culottes. Vénère Daenysos, le dieu du Sang, de la Semence et du Vin. Ses attributs, au moins, sont importants. Daenysos est une supercherie, comme le reste des dieux, mais il ne te rendra pas faible. Aujourd'hui, tu es devenu un assassin. Maintenant, sors d'ici et ne te lave pas les mains. Oh ! une dernière chose : lorsque tu dois tuer un innocent, ne lui laisse pas le temps de parler.

Kylar déambula dans les rues en chancelant comme un ivrogne. Il y avait un problème. Il aurait dû éprouver quelque chose, mais il était vide. Le sang qui couvrait ses paumes semblait provenir d'une blessure à l'âme.

Le liquide écarlate séchait et devenait poisseux, son éclat rouge vif virait au brun, sauf à l'intérieur de ses poings serrés. Kylar cachait ses mains. Il cachait le sang. Il se cachait lui-même. Son esprit, moins engourdi que son cœur, savait qu'il y avait aussi un sens à tout cela. Kylar deviendrait un pisse-culotte et il devrait se cacher à jamais. Kylar était un masque, une identité qu'il adoptait par commodité. Ce masque, et tous ceux qui suivraient, lui iraient à merveille, car les traits caractéristiques de feu Azoth seraient oblitérés avant la fin de son apprentissage. Chaque masque serait à sa taille et tromperait les regards inquisiteurs parce qu'il serait plaqué sur du vide.

Kylar ne pouvait pas porter son déguisement dans le Dédale, car les messagers n'y pénétraient jamais. Il se dirigea vers un repaire des quartiers est, au milieu des habitations minuscules des artisans et des serviteurs qui n'étaient pas logés chez leur maître. Il tourna au coin d'une rue et percuta une jeune fille. Celle-ci faillit tomber à la renverse et il lui saisit les bras pour la retenir.

— Excusez-moi, dit-il.

Ses yeux identifièrent d'abord une modeste robe blanche de domestique, des cheveux tirés en arrière et un panier rempli d'herbes fraîches. Puis ils remarquèrent les marques sanglantes que ses mains avaient laissées sur les manches. Il voulut s'enfuir et disparaître au bout de la rue avant que l'inconnue comprenne la nature de ces taches, mais les cicatrices en arc de cercle et en croix s'emboîtèrent sur le visage de la jeune fille comme les pièces d'un puzzle.

Des cicatrices blanches avaient remplacé les entailles profondes et enflammées qu'il avait gravées dans sa mémoire – les tissus éclatés, l'éraflure à vif, les rigoles écarlates et les petites bulles rougeâtres qui jaillissaient du nez cassé, le gargouillis étouffé du sang avalé. Il eut juste le temps de distinguer les balafres et les grands yeux marron qui ne pouvaient appartenir qu'à une seule personne.

Poupée baissa la tête avec timidité, sans s'apercevoir que cet assassin n'était autre que son Azoth. Elle remarqua alors le sang qui maculait ses manches et leva les yeux. L'horreur s'était gravée sur les traits encore épargnés par les cicatrices.

— Mon Dieu ! s'exclama-t-elle. Vous saignez ! Est-ce que vous allez bien ?

Mais il s'enfuyait déjà. Il traversa le marché comme une flèche sans savoir où il allait. Pourtant, il fut incapable de courir assez vite pour semer l'inquiétude et l'horreur qu'il venait de lire dans ces yeux magnifiques, dans ces grands yeux bruns qui le poursuivaient. Il comprit qu'ils le poursuivraient toujours.

Chapitre 25

— Tu es prêt à devenir un champion ? demanda maître Blint.

— De quoi parlez-vous ? dit Kylar.

Ils avaient terminé l'entraînement au combat de la matinée et celui-ci s'était mieux déroulé que d'habitude. Kylar pensait même que ses muscles ne le feraient pas souffrir le lendemain. Il avait désormais seize ans et ses efforts semblaient enfin payer. Il n'avait pas encore remporté une seule victoire contre maître Blint, bien entendu, mais il commençait à espérer. Blint, de son côté, avait été d'une humeur massacrante toute la semaine.

— Le tournoi du roi, dit-il.

Kylar attrapa un chiffon pour s'essuyer le visage. Le repaire était petit et il y régnait une chaleur accablante. Le roi Aléine Gunder le Neuvième avait convaincu les maîtres-lame d'organiser un tournoi à Cénaria. Après avoir assisté aux affrontements, ceux-ci jugeraient peut-être que le vainqueur n'était pas digne de rejoindre leur caste, ou que trois ou quatre participants avaient le talent requis. Un simple maître-lame du premier rang pouvait obtenir un poste important à la cour d'un royaume de Midcyru. En général, Blint méprisait cette compétition.

— Vous avez dit que le tournoi du roi était fait pour les désespérés, les riches et les imbéciles.

— Hm, hm.

— Et vous voulez quand même que j'y participe ?

Kylar songea qu'il devait faire partie des désespérés : la plupart des enfants voyaient leur Don se développer lorsqu'ils atteignaient l'adolescence ; le sien ne s'était toujours pas manifesté, et Blint perdait patience.

— Le roi organise ce tournoi pour recruter les vainqueurs et en faire ses gardes du corps. Il veut être certain de ne pas engager de pisse-culottes, et il y aura donc un règlement spécial : les personnes possédant le Don ne sont pas autorisées à s'y inscrire. Une maja – un guérisseur qui a fait son apprentissage au Chantry – examinera tous les participants. Elle enchantera aussi les armes pour qu'il n'y ait pas de morts et soignera les blessés. Les Neuf ont décidé de faire étalage de leur force. Ils veulent qu'un membre du Sa'kagué remporte le tournoi pour rappeler à tout le monde qui mène la barque dans cette ville. C'est une situation qui te convient comme une prothèse à un mutilé. Bon ! on ne peut pas vraiment dire que ce soit une coïncidence : cette épreuve n'aurait jamais été organisée si les Neuf ne l'avaient pas suggéré. Ils savent tout de toi et de ton petit problème.

— Hein ?

Kylar eut du mal à y croire. Il n'aurait jamais imaginé que les Neuf le connaissaient. Et s'il perdait ?

— Cette semaine, Hu Gibbet a fait tout un numéro aux Neuf en leur présentant son apprenti. C'est une fille, Kylar. Je l'ai regardée se battre. Elle possède le Don, évidemment. Elle te réglerait ton compte sans problème.

Kylar sentit la honte monter en lui. Hu Gibbet était un assassin de la pire espèce. Il adorait tuer. Il adorait faire du mal pour le plaisir de faire du mal. Hu n'échouait jamais, mais il ne se contentait pas d'éliminer la cible. Blint le méprisait. À cause de Kylar, on pouvait croire que le pisse-culotte avait été détrôné par un boucher.

— Une minute, dit Kylar. Est-ce que le tournoi ne commence pas aujourd'hui ?

Il était midi quand Kylar arriva aux arènes situées dans le nord du Dédale. Depuis dix ans, on n'y organisait plus que des courses de chevaux, mais, auparavant, c'était là que se rassemblaient les fanatiques des jeux de la Mort. Tandis qu'il approchait, le garçon entendit le brouhaha des spectateurs à l'intérieur des arènes. Celles-ci pouvaient accueillir quinze mille personnes et, à en juger par le bruit, elles étaient combles.

Il avança d'un pas souple et provocant. Il devait se faire passer pour un jeune guerrier arrogant, mais aussi cacher sa démarche naturelle. Le comte Drake n'assisterait pas à un spectacle qu'il considérait comme une réminiscence des jeux de la Mort, mais il n'était pas impossible que Logan Gyre fasse partie des spectateurs – comme beaucoup de jeunes nobles que Kylar fréquentait de manière régulière. En général, le garçon n'éprouvait aucune inquiétude quand il était grimé. D'abord, parce qu'il était plutôt doué pour ce genre d'exercice maintenant qu'il ne se sentait plus trop vulnérable ; ensuite, parce que l'angoisse attirait l'attention comme un aimant la limaille de fer. Quand Kylar arriva devant les arènes, son estomac formait une boule dure comme de la pierre, car son déguisement n'en était pas un.

Maître Blint lui avait donné des habits sans faire de commentaires. Il s'agissait d'une tenue de pisse-culotte de qualité, comme tout ce que maître Blint possédait. Elle était gris marbré de noir – une combinaison de couleurs plus efficace qu'un vêtement tout noir pour se dissimuler dans l'obscurité, car les taches estompaient votre silhouette. La taille convenait parfaitement, le tissu était fin et moulait son corps sans entraver ses mouvements. Kylar songea que la coupe serrée servait sans doute un autre but : les Neuf voulaient qu'il ait l'air aussi jeune que possible.

Nous avons choisi un garçon sans le Don pour être notre champion et il vous a massacrés. Que se passerait-il si nous décidions d'envoyer un pisse-culotte ?

Sa tenue était complétée par une cape en soie – de la soie ! – et par un masque noir – en soie également – avec deux ouvertures pour les yeux et une fente à hauteur de la bouche. Ses cheveux de jais n'étaient pas cachés, mais ils avaient été enduits d'une pâte pour les assombrir et y sculpter de courtes pointes dans tous les sens. Il ne portait pas son habituel harnais noir pour transporter ses armes : Blint lui en avait donné un autre, doré, muni de fourreaux brillants pour y ranger ses dagues, ses couteaux de lancer et son épée. Les étuis ressortaient avec netteté sur les vêtements ternes de pisse-culotte. Blint avait levé les yeux au ciel en le tendant à Kylar.

— Si tu veux faire dans le mélodramatique, autant le faire bien.

Si je *veux faire dans le mélodramatique ?*

Il ne restait presque personne dans la rue, mais quand Kylar approcha à grands pas de l'entrée latérale des arènes, les spectateurs et les vendeurs ambulants le fixèrent bouche bée. Il entra et trouva la salle des combattants où attendaient deux cents hommes et une vingtaine de femmes. Ils étaient de carrures très différentes, des brutes épaisses que Kylar identifia comme étant des soldats ou des mercenaires, de jeunes nobles indolents et même des habitants du Dédale qui savaient à peine par quel bout tenir une épée. Blint avait raison : les désespérés, les riches et les imbéciles.

On le remarqua aussitôt, et le silence se répandit parmi les hommes qui plaisantaient trop fort, les soldats qui faisaient des étirements et les guerrières qui vérifiaient et revérifiaient leur épée.

Une femme à l'air pédant arriva d'une pièce contiguë en suivant un colosse. Elle faillit le percuter quand celui-ci s'arrêta sans avertissement. Kylar retint son souffle. Le nouveau venu n'était autre que Logan. Logan ne se contenterait pas d'assister au tournoi, il allait y prendre part.

— Il n'y a pas d'autres concurrents ? demanda la maja.

Elle remarqua alors Kylar et cacha sa surprise avec plus d'habileté que la plupart des autres.

— Je... vois. Eh bien ! suivez-moi, jeune homme.

Kylar passa devant les participants au tournoi – Logan y compris – en prenant soin de conserver son allure souple et effrontée. Il ressentit une curieuse satisfaction en entendant un concert de murmures monter dans son dos.

La salle d'examen avait jadis servi à soigner les blessures des guerriers esclaves. Elle ressemblait à une pièce où la Mort s'était souvent invitée. Des rigoles avaient été creusées le long des murs afin de faciliter l'écoulement du sang.

— Je suis sœur Drissa Nile, annonça la femme. Les maîtres-lame apprennent à utiliser toutes les armes tranchantes, mais vous ne pourrez vous servir que de votre épée pendant le tournoi. Je vais devoir vous demander de laisser vos dagues et vos couteaux.

Kylar lui adressa sa meilleure imitation du regard glacial de Durzo Blint.

La maja s'éclaircit la voix.

— Je suppose que je pourrais les sceller dans leur fourreau avec un sortilège. Vous ne pourrez pas les dégainer pendant six heures environ, jusqu'à ce que la trame magique se dissipe.

Kylar hocha la tête pour lui signifier son accord. Pendant que la maja marmonnait tout bas pour tisser des fils magiques autour de chaque fourreau, le garçon examina les tableaux des différentes poules affichés sur le mur. Il trouva très vite le nom de Logan, puis chercha le sien pendant un moment.

Comme si les Neuf avaient donné ma véritable identité.

— Sous quel nom suis-je inscrit ? demanda-t-il.

La maja s'interrompit et pointa le doigt.

— Je vais faire preuve de témérité et partir du principe que celui-ci est le vôtre.

Kague.

Drissa grommela quelque chose, et un accent apparut au-dessus du e.

— Kagué, l'Ombre. Si ce n'est pas le Sa'kagué qui vous envoie, jeune homme, vous aurez tout intérêt à trouver un bon cheval dans les plus brefs délais.

Kylar ne ressentait pas de pression. Il constata avec satisfaction qu'il était dans le groupe opposé à celui de Logan. Son ami avait grandi et sa maladresse avait disparu. Ses coups étaient sans doute puissants et son allonge redoutable, mais on ne pouvait pas comparer une petite leçon d'escrime de temps en temps et les longues heures d'entraînement quotidien sous la houlette de maître Blint. Logan était un bon combattant, mais il ne parviendrait jamais en tête de son groupe. En conséquence, Kylar n'aurait pas à l'affronter.

Le garçon tira son arme et sœur Nile l'ensorcela. Il passa un doigt sur le fil de la lame. Il était émoussé, mais pas simplement aplati. Les deux tranchants étaient désormais arrondis. La maja connaissait son travail : elle savait qu'une épée d'entraînement était tout à fait capable de trancher si on frappait avec assez de force. En outre, la trame magique n'augmentait pas le poids de l'arme et ne modifiait pas son maniement.

— Joli travail, dit Kylar.

Il essaya de se montrer aussi laconique que Durzo pour ne pas trahir sa voix, mais la plupart de ses imitations faisaient songer à un enfant qui s'efforce de parler comme un adulte. C'était plus embarrassant qu'autre chose.

— Les règles du tournoi sont les suivantes : le premier qui touche trois fois a gagné. J'ai lié un sort à chaque combattant afin qu'il fasse réagir l'arme de son adversaire. À la première touche, votre lame brillera d'une lueur jaune ; à la deuxième, orange ; à la troisième, rouge. Il ne me reste plus qu'à vérifier que vous n'avez pas le Don. Je vais devoir vous toucher pour cela.

— Je croyais que vous pouviez Voir.

— Je le peux, mais certaines rumeurs affirment que des gens sont capables de dissimuler leur Don. J'ai promis que le tournoi se déroulerait de manière régulière et je ne briserai pas mon serment. Pas même ici. Pas même pour le Sa'kagué.

Drissa posa la main sur celle de l'adolescent et marmonna pendant toute la durée de la vérification. Blint le lui avait expliqué : les femmes devaient parler lorsqu'elles utilisaient le Don. De toute évidence, elles n'avaient pas besoin de dire quelque chose d'intelligible.

Elle le lâcha soudain et le regarda droit dans les yeux. Elle se mordit la lèvre inférieure, puis reposa la main sur la sienne.

— Ce n'est pas une dissimulation… Je n'ai jamais vu… Est-ce qu'ils savent ? Je suppose que oui, sinon, ils ne l'auraient pas envoyé. Pourtant…

— Qu'est-ce que vous racontez ? demanda Kylar.

Sœur Nile recula à contrecœur, comme si elle n'avait aucune envie de parler à un être humain alors qu'elle avait un sujet d'étude passionnant sous la main.

— Vous êtes impuissant, dit-elle.

— Allez vous faire foutre !

Elle cligna des yeux.

— Non, excusez-moi. Je voulais dire… Les gens disent toujours qu'« on a le Don ou pas », mais c'est beaucoup plus complexe que cela. Trois éléments doivent fonctionner de conserve pour qu'un homme ou une femme devienne un mage. D'abord, il y a votre « glore vyrden », votre magie vitale en quelque sorte. Il est possible qu'elle se nourrisse de vos processus biologiques – tout comme nous tirons de l'énergie de notre alimentation – ou de votre âme. Nous ne le savons pas très bien, mais c'est un mécanisme interne. La moitié des gens ont un glore vyrden – ou peut-être que tout le monde en a un si on part du principe qu'il est parfois trop faible pour être décelé. Ensuite, certaines personnes ont un canal ou un système qui transforme ce pouvoir en magie ou en effet physique. Ce canal est en général très étroit et il arrive qu'il soit bouché. Imaginons qu'un chariot de foin écrase un homme. Dans un cas si extrême, il est possible que le frère de cette personne parvienne à puiser dans son glore vyrden afin de soulever le véhicule. Les gens qui possèdent un glore vyrden et un large canal deviennent généralement des soldats ou des athlètes. Ils accomplissent parfois des exploits hors du commun, mais ils ont aussi besoin de temps pour recouvrer leurs forces, comme tout le monde. Ils n'utilisent qu'une petite quantité de pouvoir qui s'épuise très vite. Si vous leur disiez qu'ils emploient la magie, ils ne vous croiraient pas. Pour devenir un mage, il faut un troisième élément : la capacité de puiser la magie dans les rayons du soleil ou dans le feu afin de recharger son glore vyrden. La plupart d'entre nous absorbent la lumière par les yeux, mais certains le font par la peau. Nous pensons que c'est pour cette raison que les guerriers *gorathis* de Friaku vont nus à la bataille. Ce n'est pas pour impressionner leurs adversaires, mais pour s'imprégner d'un maximum de magie.

— Quel rapport avec moi ? demanda Kylar.

— Jeune homme, vous êtes capable de récolter la magie, grâce à vos yeux, comme un magus, ou à votre peau. Celle-ci en est tellement gorgée qu'elle brille presque. Je pense que vous avez une inclination naturelle pour la magie corporelle. Quant à votre glore vyrden… Je n'en ai jamais vu un pareil. Vous pourriez puiser dedans pendant la moitié de la nuit sans arriver à le vider. C'est idéal pour un pisse-culotte, mais… (Elle grimaça.) Je suis désolée. C'est votre canal.

— Quoi ? Il est bouché ? Ça pose un problème ?

Mais il savait déjà que c'était le cas. Blint essayait de briser son blocage depuis des années. Il comprenait maintenant pourquoi son maître l'avait obligé à s'étendre au soleil ou à s'asseoir un peu trop près des flammes d'une forge. Il avait voulu provoquer une surcharge de magie afin que Kylar soit forcé de l'utiliser.

— Vous n'avez pas de canal.

— Vous pouvez y remédier ? L'argent ne pose pas de problème, dit Kylar, la gorge serrée.

— Il ne suffit pas de percer un trou. Il faudrait plutôt vous fabriquer une nouvelle paire de poumons. Aucun guérisseur du Chantry n'a jamais assisté à une opération de ce genre et encore moins essayé de la pratiquer. En outre, l'intensité de votre Don est telle que l'intervention se révélerait sans doute mortelle pour vous et pour le praticien. Connaissez-vous un magus prêt à risquer sa vie pour vous ? (Kylar secoua la tête.) Dans ce cas, je suis désolée.

— Est-ce que les Gandiens seraient en mesure de m'aider ? Ce sont les meilleurs guérisseurs du monde, n'est-ce pas ?

— Je ne m'offusquerai pas de cette remarque – contrairement à la plupart de mes sœurs. J'ai entendu des histoires incroyables à propos de l'école verte masculine. Je ne suis pas convaincue de leur véracité, mais l'une d'elles raconte qu'un magus a sauvé le fœtus d'une femme à l'article de la mort en le transférant dans la matrice de la sœur de la malheureuse. Même si c'est la vérité, c'était une opération liée à un accouchement. Nous autres, guérisseuses, sommes souvent confrontées à des grossesses difficiles, mais nous ne rencontrons jamais des cas tels que le vôtre. Les gens viennent nous voir parce qu'ils sont malades. Ils confient leurs enfants au Chantry ou à une des écoles masculines parce qu'ils ont mis le feu à une grange, guéri la blessure d'un camarade ou lancé une chaise à la tête de quelqu'un par la seule force de leur esprit. Les personnes telles que vous ne viennent pas nous consulter. Elles sont juste frustrées par la vie. Elles sentent qu'elles devraient être supérieures à ce qu'elles sont, mais elles ne parviennent jamais à le devenir.

— Je vous remercie, dit Kylar.

— Je suis désolée.

— Donc, personne ne peut rien pour moi ?

— Je suis certaine que les anciens auraient pu vous aider. Une bibliothèque gandienne peut recéler un vieux manuscrit oublié susceptible de vous guérir. Il est possible qu'une personne étudie les troubles du Don au Chantry, mais que je ne sois pas au courant. Je ne sais pas. Vous pourriez tenter votre chance, mais, à votre place, je ne gâcherais pas ma vie en cherchant quelque chose que je ne trouverai jamais. Acceptez votre sort.

Cette fois-ci, Kylar n'eut pas d'effort à faire : il imita le regard glacial de Durzo le plus naturellement du monde.

Chapitre 26

Kylar avança sur le sable de l'arène. Il était d'une humeur massacrante. Les tribunes étaient bondées et il n'avait jamais vu autant de monde. Des marchands ambulants parcouraient les travées en proposant du pain, du poisson et des outres de bière. Il faisait de plus en plus chaud et des serviteurs agitaient des éventails pour rafraîchir les nobles. Assis sur son trône, le roi buvait et riait avec les membres de sa suite. Kylar crut apercevoir le seigneur général Agon, la mine revêche, à côté du souverain. Un brouhaha monta de la foule lorsque Kagué fit son apparition.

En face de lui, une porte s'ouvrit et un homme massif – sans doute un miséreux du Dédale – pénétra à son tour dans l'arène. Quelques encouragements nonchalants s'élevèrent des tribunes. Les spectateurs ne se souciaient pas de savoir qui allait gagner, ils étaient juste contents de voir un autre combat commencer. Un coup de trompette retentit, et l'homme tira une grande épée bâtarde rouillée. Kylar dégaina à son tour et attendit. Son adversaire chargea et leva son arme au-dessus de sa tête pour frapper de taille.

Kylar bondit en avant et enfonça son épée dans le ventre de l'homme. Emporté par son élan, le malheureux continua à avancer en chancelant. Kylar en profita pour frapper à hauteur des reins, puis des tendons du jarret. Sa lame brilla jaune, orange et rouge.

La foule resta interloquée, à l'exception des maîtres-lame aux capes écarlate et gris fer qui étaient assis dans une tribune réservée. Ils firent aussitôt carillonner une cloche.

On entendit quelques acclamations et quelques huées, mais la plupart des spectateurs semblaient déconcertés. Kylar rengaina son arme et se dirigea vers la salle des combattants tandis que son adversaire époussetait ses vêtements en jurant.

L'adolescent attendit seul, assis et immobile, sans adresser la parole à personne. Juste avant son combat suivant, un énorme cogneur avec un éclair tatoué sur le front vint s'installer à côté de lui. Kylar songea que c'était sans doute Bernerd – ou Gaucher ? Non, Gaucher était le frère jumeau avec le nez cassé.

— Dehors, tu as neuf admirateurs qui aimeraient beaucoup que tu fasses quelque chose d'un peu spectaculaire la prochaine fois, dit le colosse avant de repartir.

Le deuxième adversaire de Kylar était un Ymmurien. Les seigneurs cavaliers venaient rarement dans la cité et les spectateurs étaient donc enthousiastes. C'était un petit homme enveloppé de vêtements marron en cuir de cheval qui lui couvraient jusqu'au visage. Il avait lui aussi conservé ses poignards à la ceinture, de grands gurkas à la lame incurvée vers l'avant. Il tenait un cimeterre, l'arme idéale pour un cavalier qui veut frapper de taille, mais peu pratique dans un duel à l'épée. Mais plus étonnant encore, il était ivre.

Kylar obéit aux ordres et joua avec lui. Il esquiva les lourdes frappes latérales au dernier moment, porta des coups de pied circulaires et accomplit des acrobaties. En fait, il combattit exactement comme Durzo lui avait appris à ne pas le faire. Maître Blint disait que, face à un adversaire dangereux, il ne fallait jamais donner un coup de pied plus haut que le genou. Ce genre d'attaque était trop lent. De plus, il était impératif de toujours garder les pieds au sol, car il était impossible de modifier sa trajectoire en l'air. On pouvait exécuter un coup de pied sauté, mais dans un cas de figure précis : les Ceurans avaient développé cette attaque pour qu'un fantassin essaie, en dernier recours, de désarçonner un cavalier. Cette fois-ci, la victoire de Kylar fut saluée par un tonnerre d'acclamations.

Tandis que l'adolescent rentrait dans la salle des combattants, il vit Logan qui sortait pour son prochain duel. Il allait affronter Bernerd – ou était-ce Gaucher ? Kylar espéra que le cogneur se montrerait clément envers son ami. Pourtant, Logan revint quelques minutes plus tard, écarlate, mais victorieux. Bernerd – ou Gaucher – avait sans doute péché par excès de confiance.

Le troisième combat de Kylar l'opposa à un maître épéiste de la cité qui gagnait sa vie en donnant des leçons d'escrime aux jeunes nobles. L'homme regarda l'adolescent comme s'il venait de rencontrer le serpent le plus répugnant de Midcyru. Il se montra trop zélé dans ses contre-attaques et, après avoir touché son adversaire une seule fois, il perdit et quitta l'arène dans une colère noire.

Après la troisième victoire de Logan, contre un autre maître épéiste, Kylar sentit qu'il se passait quelque chose de louche. Il remporta son quatrième match contre un soldat expérimenté – un roturier de grade inférieur, mais qui aurait dû lui donner du fil à retordre. Il était en tout cas un fort mauvais acteur : Kylar hésita à exploiter les failles de sa garde, car elles étaient si flagrantes que l'adolescent crut à un piège.

Ce fut à ce moment qu'il comprit. Le miséreux du Dédale n'avait pas joué la comédie, mais l'Ymmurien avait été drogué ; le maître d'armes, menacé ; et le soldat, acheté. Le tournoi était à élimination directe et il ne restait donc que seize concurrents. Kylar savait que quatre d'entre eux étaient des membres du Sa'kagué, ce qui signifiait qu'il y en avait sans doute quatre autres qu'il n'avait pas identifiés. Les Neuf avaient manœuvré pour placer un maximum de leurs hommes dans les différentes poules. Cette découverte le rendit furieux, mais il livra les combats suivants comme s'ils n'étaient pas réglés d'avance. Il exécuta des coups de pied circulaires sautés, des blocages à mains nues, des balayages, des enchaînements complexes pour désarmer l'adversaire et toutes les techniques ridicules qui lui passèrent par la tête.

Il avait cru que les Neuf lui faisaient confiance et qu'ils lui accordaient une vraie chance : réussir ou mourir. Il comprenait maintenant qu'il ne faisait que prendre part à une nouvelle supercherie. De redoutables guerriers participaient au tournoi, mais on les avait achetés. Les preneurs de paris devaient récolter une fortune au fur et à mesure que Kylar progressait dans une poule et Logan Gyre dans l'autre. Logan, le beau et grand Logan, le rejeton d'une illustre famille, était très populaire. Ses premiers combats avaient donc été mis en scène avec soin afin de faire baisser sa cote, puis étaient devenus plus disputés. D'excellents guerriers avaient été défaits aux moments les plus curieux, et les coffres du Sa'kagué avaient continué de se remplir.

Dans la plupart des cas, les tricheries avaient été convaincantes. Lorsqu'un combattant à peu près compétent vous frappait d'estoc, il ne fallait pas être un grand acteur pour faire semblant de rater la parade. Mais Kylar avait remarqué la supercherie et il savait que les maîtres-lame aussi. Ils étaient furieux et il s'écoulerait sans doute des années avant qu'ils se laissent convaincre d'organiser un nouveau tournoi à Cénaria. Les manigances du Sa'kagué étaient manifestes et Kylar songea que les maîtres-lame ne l'accepteraient jamais au sein de leur caste, même s'il avait deux fois le talent requis.

Il était tout aussi évident que le roi ne s'était rendu compte de rien – enfin, pas avant qu'un maître-lame s'approche pour lui parler. Aléine bondit sur ses pieds et il fallut un certain temps à ses conseillers pour le calmer et le persuader de se rasseoir. Les Neuf avaient donc fait passer leur message au souverain, mais il y avait encore de l'argent à gagner. Si Kylar avait deviné juste, les Neuf voulaient que toute la cité apprenne qui était le véritable maître de Cénaria.

L'adolescent sentit une vague de dégoût monter en lui tandis qu'il s'avançait sur l'aire sablonneuse pour affronter Logan. Il n'y avait aucune échappatoire. Il avait presque envie de jeter son arme aux pieds du jeune noble et de déclarer forfait. Mais le roi imaginerait alors que le Sa'kagué affichait son soutien au fils du duc Gyre et il ne tarderait pas à envoyer un pisse-culotte – un simple assassin si le Sa'kagué refusait le contrat – rendre visite au jeune homme. En outre, Kylar ne pouvait pas se laisser battre après un combat disputé : Aléine savait maintenant que le Sa'kagué avait noyauté le tournoi et il penserait que les Neuf cherchaient à promouvoir la popularité de Logan. Que devait faire Kylar ? Humilier son meilleur ami ?

L'enthousiasme avait complètement disparu du visage de Logan. Le jeune homme portait une belle cotte de mailles fine avec des maillons noirs qui dessinaient un gyrefaucon devant et derrière. La foule rugit alors que les deux combattants s'approchaient l'un de l'autre, mais ni l'un ni l'autre ne lui prêtèrent attention.

— Je n'étais pas assez bon pour aller si loin, dit Logan. C'est toi qui as manigancé tout ça. Je me suis demandé ce que j'allais faire. J'ai pensé à jeter mon épée et à déclarer forfait pour te frustrer de la victoire, mais tu es du Sa'kagué et je suis un Gyre. Je ne me soumettrai jamais aux ténèbres et à la corruption. Alors, comment cela va-t-il se passer ? Tu caches une lame qui n'a pas été entravée par la maja ? Tu as l'intention de me tuer devant tout le monde ? Pour rappeler à Cénaria à qui appartient la botte qui lui écrase la gorge ?

— Je ne suis qu'une épée, lâcha Kylar d'une voix aussi revêche que celle de Blint.

Logan éclata d'un rire moqueur.

— Une épée ? Tu ne peux pas excuser ce que tu es avec un argument si simpliste. Tu es un homme qui a renié tout ce qu'il y avait de meilleur en lui. Chaque fois que tu as eu un choix à faire, tu as décidé de t'enfoncer un peu plus loin dans les ténèbres. Et pour quoi ? Pour de l'argent ? (Logan cracha par terre.) Tue-moi si c'est pour cela qu'on t'a payé, Ombre, parce que je vais te dire une chose : moi, je vais faire tout mon possible pour te tuer.

Pour de l'argent ? Qu'est-ce que Logan savait de l'argent ? Il en avait eu tous les jours de sa vie. En vendant un de ses gants usés, un rat de guilde mangerait pendant un mois. Kylar sentit la rage faire bouillir son sang. Logan ne savait rien. Et pourtant, il avait tellement raison.

Kylar bondit en avant à l'instant où le coup de trompette retentit, mais ce n'était pas parce qu'il avait décidé de respecter les règles. Logan voulut tirer son épée, mais Kylar ne s'en soucia pas. Il se précipita sur son adversaire et lança un coup de pied de face en direction de la main qui tenait l'arme.

L'attaque porta avant que la moitié de la lame sorte du fourreau. La chaussure de Kylar frappa la garde, l'arracha des doigts de Logan et la projeta sur le côté. Kylar percuta le géant, passa une jambe autour des siennes et le poussa au sol en accompagnant la chute.

Il atterrit sur le dos de son adversaire et entendit les poumons de celui-ci se vider. Il saisit ses bras et les ramena brutalement en arrière avant de les immobiliser d'une seule main. De l'autre, il attrapa Logan par les cheveux et lui écrasa le visage contre le sol de toutes ses forces, encore et encore. Mais l'arène était couverte de sable et il était impossible d'assommer quelqu'un sur une surface si meuble.

Kylar se releva et tira son arme. On n'entendait plus que les halètements du garçon et les gémissements de son adversaire. Les tribunes étaient silencieuses. Il n'y avait même pas un souffle de vent. Il faisait chaud – une chaleur à crever. Kylar porta une méchante attaque à hauteur du rein gauche, puis du droit. L'épée était entravée et elle ne trancha donc pas la chair, mais elle frappa avec la force d'un coup de massue.

Logan lança un cri de douleur qui rappela combien il était jeune. Malgré sa taille et sa masse, il avait à peine dix-huit ans. Ses gémissements troublèrent Kylar. C'était une marque de faiblesse. C'était humiliant et exaspérant. Il leva les yeux et regarda les tribunes autour de lui. Les Neuf étaient là, quelque part. Ils l'observaient, vêtus comme des gens ordinaires. Ils faisaient semblant de partager l'horreur de leurs voisins ; ils faisaient semblant d'être amis avec des hommes qu'ils méprisaient, des hommes qu'ils étaient prêts à trahir pour un peu d'argent.

Kylar entendit quelque chose dans son dos. Il se retourna et vit que Logan avait réussi à se mettre à quatre pattes. Le jeune Gyre faisait des efforts surhumains pour se relever. Le sable lui avait griffé le visage et avait ouvert cent minuscules plaies sanguinolentes. Il avait les yeux hagards.

Kylar leva son épée orangée en direction de la foule, puis pivota et écrasa le plat de la lame sur la nuque de Logan. Son ami s'effondra et resta inconscient. Les spectateurs cessèrent de respirer.

Seule l'humiliation pouvait sauver son ami d'une mort certaine. En outre, elle avait été infligée de manière si peu honorable qu'on oublierait la défaite de Logan pour critiquer le Sa'kagué – des gens ignobles, révoltants et omnipotents. Et, aujourd'hui, Kylar était leur représentant. Il jeta l'épée rougeoyante et leva les poings vers la foule, le majeur dressé en guise de salut.

Allez tous au diable ! Et moi avec vous !

Puis il partit en courant.

Chapitre 27

Les fenêtres du club des fumeurs de Modaini étaient pourvues de vitres planganes biseautées ou découpées en forme de silhouettes fantasques d'animaux. En contemplant la mosaïque de verre, vous en arriviez parfois à oublier le monde extérieur – ce qui était d'ailleurs le but recherché. En fixant le regard sur les carreaux, on ne voyait plus la grille placée de l'autre côté. Kylar se tenait près d'une de ces fenêtres et regardait au-delà des barreaux. Il observait une jeune fille qui marchandait avec un commerçant du marché de la rue Sidlin.

Poupée – Élène – grandissait. Elle devait avoir quinze ans maintenant que Kylar en avait dix-huit. Elle était ravissante – c'était du moins l'impression qu'elle donnait à cette distance respectable. De son poste d'observation, Kylar apercevait les rondeurs déliées de son corps sous une simple robe de domestique, ses cheveux tirés en arrière brillant comme de l'or sous les rayons du soleil et l'éclat d'un sourire naturel. Il ne distinguait pas ses cicatrices. À travers le verre coloré, son vêtement blanc avait pris une teinte rouge sang. Les volutes zoomorphiques des vitres lui rappelaient le kaléidoscope de balafres de la jeune fille.

— Elle te détruira, dit Mamma K dans son dos. Elle appartient désormais à un monde que tu ne connaîtras jamais.

— Je sais, répondit-il à voix basse.

Il jeta à peine un coup d'œil par-dessus son épaule. Mamma K était entrée en compagnie d'une nouvelle fille – une fille des quartiers est, jeune et jolie – et peignait maintenant ses cheveux blonds. Le club des fumeurs de Modaini était très différent des autres maisons de passe de la cité. Ici, les courtisanes apprenaient l'art de la conversation et celui de la musique tout autant que celui des joutes amoureuses. Il n'y avait pas de robes indécentes, pas de nudité ni d'attouchements en public – et pas de roturiers parmi les clients.

Mamma K avait découvert les excursions secrètes de Kylar depuis longtemps, bien sûr. Rien ne lui échappait. Ils avaient eu une discussion orageuse sur le sujet et elle ne se privait pas de faire une remarque chaque fois qu'elle en avait l'occasion. Pourtant, elle avait fini par comprendre qu'elle ne l'arrêterait pas et elle lui avait fait promettre de n'observer la jeune fille que depuis les fenêtres de cet établissement. S'il devait faire l'idiot, autant qu'il le fasse en toute sécurité. S'il sortait, il se retrouverait un jour ou l'autre nez à nez avec Élène. Il lui parlerait, ils coucheraient ensemble, il tomberait amoureux et il se ferait tuer pour avoir désobéi aux ordres.

— Ne sois pas timide, dit Mamma K à la jeune fille blonde. Très bientôt, tu ne te contenteras plus de changer de vêtements en présence d'un homme.

Kylar ne se retourna pas en entendant le froissement des habits qui glissaient par terre. Il avait bien besoin de cela. Déjà qu'il se sentait déprimé…

— Je sais que, la première fois, c'est effrayant, Daydra, dit Mamma K avec douceur. C'est dur, n'est-ce pas, Kylar ?

— Il vaut mieux : on n'arrive pas à grand-chose quand c'est mou.

Daydra gloussa, mais c'était une réaction nerveuse plus qu'un hommage à l'humour du jeune homme. Celui-ci resta face à la fenêtre protégée de barreaux. Il s'imprégnait de la vue d'Élène. Qu'exprimeraient ses yeux marron clair s'ils pouvaient voir la fille se préparant pour son premier client, juste derrière lui ?

— Au départ, Daydra, tu te sentiras coupable, déclara Mamma K. Tu dois t'y attendre et tu dois chasser cette pensée. Tu n'es ni une catin ni une menteuse. Tu es une artiste. Les hommes n'achètent pas un grand vin séthi parce qu'ils ont soif. Ils le font parce que ce breuvage leur procure du plaisir, parce que le simple fait de l'acheter leur procure du plaisir. C'est pour la même raison qu'ils viennent ici. Les hommes seront toujours prêts à payer pour assouvir leur vice, qu'il consiste à boire, à soulever ta jupe...

— Ou à assassiner quelqu'un, termina Kylar.

Il toucha la bourse remplie et la dague accrochée à sa ceinture.

Il sentit presque le vent glacial traverser la pièce, mais Mamma K ignora sa remarque et poursuivit :

— Le secret, c'est de décider ce qui n'est pas à vendre. Ne vends jamais ton cœur. Il y a des filles qui refusent d'embrasser, d'être accaparées par un seul homme ou d'accomplir certaines prestations. Moi, j'ai tout accepté, mais je n'ai jamais vendu mon cœur.

— Ah bon ? vraiment ? demanda Kylar.

Il se retourna et son cœur faillit bondir hors de sa poitrine. Grâce au talent de Mamma K, Daydra ressemblait comme deux gouttes d'eau à Élène. La corpulence, les rondeurs splendides, les cheveux blonds et brillants, la modeste robe de domestique, tout était identique ; mais Daydra se trouvait dans la pièce et il n'avait qu'à tendre la main pour la toucher alors qu'Élène était dehors, de l'autre côté des barreaux. Daydra esquissa un sourire gêné. Comment osait-il s'adresser ainsi à Mamma K ?

La courtisane était furieuse. Elle s'approcha de Kylar d'un pas vif et le saisit par l'oreille comme un petit garçon impertinent. Elle sortit de la pièce en le tirant derrière elle et le traîna sur le palier du premier étage. Celui-ci était garni de nombreuses chaises rembourrées et de tapis somptueux.

Un garde était assis dans un coin et quatre portes menaient à différents salons de courtisanes. Un escalier conduisait à un boudoir sur les murs duquel s'alignaient des ouvrages aux couvertures en cuir et des tableaux suggestifs – jamais davantage. Mamma K lâcha enfin l'oreille du jeune homme et referma la porte sans bruit.

— Maudit sois-tu, Kylar ! Tu crois que Daydra n'est pas assez effrayée comme ça ? Mais qu'est-ce que tu cherches à faire, bon sang ?

— Je n'ai fait que dire la vérité dans toute son horreur. (Il haussa les épaules.) Ou bien des mensonges. Allez donc savoir.

— Si je voulais connaître la vérité, je regarderais dans ce satané miroir. Dans cette vie, la vérité est sans importance. Ce qui est important, c'est de faire de son mieux. C'est à cause de cette fille, n'est-ce pas ? À cause de cette folie. Tu lui as sauvé la vie, Kylar. Maintenant, laisse-la partir. Elle te doit tout.

— Elle me doit ses cicatrices.

— Tu n'es qu'un pauvre imbécile ! Est-ce que tu t'es intéressé au sort des autres filles de ta guilde ? Il ne s'est pas écoulé dix ans depuis la disparition du Dragon Noir et elles sont déjà devenues des alcooliques ou des fumeuses d'herbe hystérique, des tire-laine ou des infirmes, des mendiantes ou des putes bon marché. Ce sont des mères de quinze ans dont les enfants crèvent de faim, ou bien elles sont désormais stériles parce qu'elles ont abusé du thé à la tanaisie. Je te promets qu'Élène n'est pas la seule de tes anciennes camarades à s'être fait balafrer par un malade. En revanche, c'est la seule qui a de l'espoir et un avenir. Voilà ce que tu lui as donné, Kylar.

— J'aurais dû…

— La seule erreur que tu as commise, c'est de ne pas avoir tué ce garçon plus tôt – avant qu'il ait le temps de t'atteindre. Mais si tu avais été le genre d'enfant prêt à assassiner de sang-froid, tu ne te serais pas intéressé au sort d'une fillette. Je vais te dire une bonne chose : même si tu étais responsable des cicatrices d'Élène, elles seraient un petit prix à payer pour la vie que tu lui as offerte.

Kylar se détourna. Sur le palier, il y avait aussi une fenêtre qui donnait sur le marché, avec une vitre toute simple, sans motifs ni couleurs comme ceux du salon des courtisanes. Elle était également pourvue de barreaux – de vulgaires tiges en métal, mais aux bords aussi tranchants qu'un couteau de Blint. Élène était plus près, et il distinguait maintenant ses cicatrices. Elles semblèrent disparaître quand elle esquissa un sourire.

Quand arrivait-il aux filles du Dédale de sourire ainsi ? Kylar sourit à son tour en songeant à la réponse. Il se sentit le cœur plus léger que jamais. Il se tourna vers Mamma K.

— Je n'aurais jamais cru que je trouverais l'absolution en vous écoutant, dit-il avec une expression de joie sur le visage.

Celui de la courtisane demeura impassible.

— Il ne s'agit pas d'absolution, il s'agit de vérité. Et je suis la personne toute désignée pour te l'apprendre. Sans compter que tu supportes la culpabilité aussi mal que Durzo.

— Durzo ? Durzo ne se sent jamais coupable de rien.

Une grimace de dégoût effleura le visage de Mamma K et la courtisane se tourna vers la fenêtre, vers Élène.

— Arrête cette comédie, Kylar !

— De quoi parlez-vous ?

— Durzo t'a expliqué les règles : tu as le droit de baiser, mais pas de tomber amoureux. Il ne voit pas ton petit manège, mais moi, si. Tu te crois amoureux d'Élène, alors tu ne veux pas baiser. Pourquoi est-ce que tu ne te sors pas cette idée de la tête ? (Sa voix se fit douce.) Kylar, tu ne peux pas avoir cette fille. Pourquoi est-ce que tu rejettes ce qui est à ta portée ?

— De quoi parlez-vous ?

— Rejoins Daydra. Elle t'en sera reconnaissante. Je t'offre la passe. Tu n'as pas besoin de te sentir inquiet parce que tu manques d'expérience, elle est vierge, elle aussi.

« Elle aussi » ? Par tous les dieux ! faut-il vraiment que Mamma K soit au courant de tout ?

— Non, dit Kylar. Merci, mais non. Je ne suis pas intéressé.

— Kylar, qu'est-ce que tu espères ? Une communion d'âmes éblouissante avec la fille qui est dehors ? Tu peux baiser et rien de plus. C'est le marché, Kylar, et tu en connaissais les termes dès le départ. Nous passons tous des marchés. Je l'ai fait, Durzo l'a fait et tu l'as fait, toi aussi.

Mamma K abandonna. Elle fit signe à un de ses cogneurs en bas de l'escalier pour qu'il laisse entrer un client.

Un poussah aux doigts poilus monta les marches en soufflant comme un buffle. Ses vêtements étaient somptueux, mais il était aussi laid que gras. Il empestait et un large rictus dévoilait ses dents noires. Il s'arrêta sur le palier et se lécha les lèvres – une parfaite illustration de la luxure. Il adressa un signe de tête à Mamma K, un sourire de conspirateur à Kylar, puis se dirigea vers le salon où attendait la courtisane vierge.

— J'aurais peut-être mieux fait de m'abstenir, dit Kylar.

— La question est sans intérêt, répliqua Mamma K. On ne peut pas faire marche arrière.

Chapitre 28

Feir Cousat frappa à une porte, quelque part dans les derniers étages de la grande pyramide du Sho'cendi. Deux coups, pause, deux autres, pause, puis encore un. Lorsque Dorian, Solon et lui étaient étudiants à l'école du feu des magi, on ne leur avait pas attribué des appartements si luxueux. Mais si Dorian et lui bénéficiaient aujourd'hui d'un tel privilège, ce n'était pas pour récompenser les innombrables services qu'ils avaient rendus, mais pour les tenir à l'œil.

La porte s'ouvrit en grinçant et l'œil de Dorian apparut dans l'embrasure. Cette situation amusait toujours Feir : Dorian était un prophète capable de prévoir la chute d'un empire ou le gagnant d'une course hippique – un talent fort pratique quand Feir parvenait à convaincre son ami de l'utiliser dans ce dessein. Pourtant, il ne savait jamais qui frappait à sa porte. Selon lui, les prophéties concernant son propre avenir le plongeaient dans des tourbillons qui l'amenaient un peu trop près de la folie.

Dorian fit entrer son ami, ferma la porte et plaça une barre de fer en travers du battant. Feir sentit qu'il franchissait un nombre astronomique d'entraves magiques. Il les observa : l'une d'elles empêchait les oreilles indiscrètes d'écouter les conversations – il fallait s'y attendre. Mais pourquoi maintenir celle contre les intrus alors que Dorian était dans sa chambre ? Pourtant, la plus étrange était la protection qui confinait la magie à l'intérieur de la pièce. Feir palpa les fils de la trame magique et secoua la tête sous le coup de la surprise. Dorian était un magus comme on n'en voyait qu'un par génération. Après avoir étudié à Hoth'salar, à l'école des guérisseurs de Gandu – où il avait assimilé tout ce qu'on avait à lui apprendre avant l'âge de seize ans –, il avait suivi l'apprentissage de l'école du feu et avait maîtrisé ses différentes magies sans même faire semblant de s'y intéresser. Il était resté seulement parce qu'il s'était lié d'amitié avec Feir et Solon. Les talents de ce dernier se limitaient presque entièrement aux techniques du feu, mais il était le plus puissant des trois. Feir se demandait souvent pourquoi Dorian et Solon étaient devenus ses amis. Peut-être parce qu'il ne s'était jamais senti menacé par leur excellence. Il était clair que ces deux camarades avaient été effleurés par la grâce divine et Feir n'avait jamais songé à les jalouser – enfin, pas avant de nombreuses années. C'était peut-être à cause de ses origines paysannes... ou parce que l'un d'eux venait toujours lui proposer une séance d'escrime quand il éprouvait des difficultés dans ses études et ressentait alors les prémices de la rancœur.

Feir semblait gros, mais il se déplaçait vite et se rendait tous les jours au centre d'entraînement des maîtres-lame, à quelques minutes du Sho'cendi. Quand Solon ou Dorian se proposaient de croiser le fer avec lui, ils savaient qu'ils s'exposaient à une jolie collection d'hématomes. Dorian était certes capable de les guérir par la suite, mais cela ne les empêchait pas de sentir la douleur.

Sur le lit de Dorian, des sacoches de selle à moitié remplies étaient ouvertes.

Feir soupira.

— Tu sais que l'Assemblée t'a interdit de partir. Elle se fiche de Cénaria et, pour être franc, ce serait aussi mon cas si Solon n'y était pas. Nous pourrions lui envoyer un message pour lui demander de quitter la cité.

Les hauts responsables de l'école avaient employé une formulation différente, bien sûr. Leur souci majeur, c'était d'éviter que le seul prophète du continent de Midcyru – et peut-être du monde entier – tombe aux mains du Roi-dieu.

— Et tu ne sais pas encore le meilleur, dit Dorian.

Il grimaça un sourire comme s'ils étaient redevenus des enfants.

Feir sentit le sang refluer de son visage en comprenant soudain l'intérêt de l'entrave destinée à confiner la magie dans la pièce.

— Tu n'as quand même pas l'intention de voler Curoch ?

— Je pourrais te faire remarquer qu'elle nous appartient. C'est nous trois qui l'avons cherchée, trouvée et rapportée. Ce sont eux qui nous l'ont volée, Feir.

— Tu étais d'accord sur le fait qu'elle serait plus en sécurité ici. Nous les avons laissés la prendre.

— Eh bien ! j'ai décidé de la récupérer, dit Dorian en haussant les épaules.

— Tu es de nouveau prêt à te battre seul contre le monde entier.

— Je suis prêt à me battre *pour* le monde entier, Feir. Veux-tu venir avec moi ?

— Venir avec toi ? Est-ce que tu as déjà sombré dans la folie ?

Lorsque Dorian avait découvert son Don de prophétie, il avait très vite essayé de découvrir quel serait son destin. Il avait appris que, quoi qu'il fasse, il deviendrait fou un jour ou l'autre et qu'il ne ferait que précipiter l'inéluctable en explorant son avenir.

— Je croyais qu'il te restait une bonne dizaine d'années.

— Moins que cela, maintenant.

Dorian haussa de nouveau les épaules comme si le sujet était sans importance, comme si cela le laissait froid. Il avait fait de même lorsqu'il avait demandé à Solon de partir pour

Cénaria en sachant que son ami perdrait l'amour de Kaede s'il acceptait.

— Avant de répondre, Feir, laisse-moi te dire une chose : si tu décides de m'accompagner, tu le regretteras plus d'une fois et tu ne déambuleras plus jamais dans les couloirs du Sho'cendi.

— Tu as des arguments particulièrement convaincants, dit Feir en levant les yeux au ciel.

— Tu me sauveras aussi la vie, au moins à deux reprises ; tu posséderas une forge ; on te considérera comme le plus grand forgeron d'armes de notre époque ; tu apporteras une modeste contribution au salut du monde et tu mourras satisfait – bien que plus jeune que toi et moi l'avions espéré.

— De mieux en mieux, dit Feir d'un ton sarcastique.

Pourtant, il sentit une boule d'angoisse se former dans son ventre. Il était rare que Dorian raconte ce qu'il savait à propos de l'avenir, mais, lorsqu'il le faisait, il ne mentait jamais.

— Je n'apporterai qu'une modeste contribution au salut du monde ?

— Feir, le but de ta vie n'est pas d'être heureux. Nous faisons partie d'un destin plus vaste, comme chacun. Si ton rôle ne laisse pas de trace dans l'Histoire, est-il méprisable pour autant ? Le but de notre voyage n'est pas de sauver Solon, mais de rencontrer un garçon. Nous affronterons de nombreux dangers avant d'arriver à destination. La mort est une possibilité non négligeable. Et sais-tu ce que ce garçon doit obtenir de nous ? Quatre mots. Peut-être trois si on estime que le nom n'en fait qu'un. Veux-tu savoir lesquels ?

— Évidemment !

— Demande à Mamma K.

— Pardon ? Qu'est-ce que cela signifie ?

— Je n'en ai pas la moindre idée.

Les prophètes étaient parfois pénibles.

— Tu me demandes beaucoup. (Dorian hocha la tête.) Est-ce que je le regretterai si j'accepte ?

— À de nombreuses reprises, mais pas à la fin.

— La décision serait plus facile à prendre si tu ne m'en avais pas dit autant.

— Crois-moi, dit Dorian. Je déplore d'avoir une vue si nette des événements qui t'attendent après le choix que tu vas faire. Si je te cachais des choses, tu me haïrais. Si je t'en disais trop, tu n'aurais peut-être plus le courage de m'accompagner.

— Ça suffit !

Par tous les dieux ! son avenir était donc si terrible ?

Feir fixa les yeux sur ses mains. Il posséderait une forge. Il serait réputé dans le monde entier pour l'excellence de son travail. Cela avait toujours fait partie de ses rêves. Se marierait-il ? Aurait-il des fils ? Il envisagea de poser la question à Dorian, mais n'en eut pas le courage. Il soupira et se massa les tempes.

Son ami esquissa un large sourire.

— Parfait ! Maintenant, aide-moi à trouver le moyen de faire sortir Curoch d'ici.

Feir fut certain d'avoir mal compris, puis sentit de nouveau le sang refluer de son visage. Sur la porte, il y avait des entraves pour confiner la magie *à l'intérieur de la pièce.*

— Quand tu dis « ici », tu veux dire : « ici, l'école » ? Comme si j'avais encore une chance de te convaincre de ne *pas* voler l'artefact le mieux gardé de Midcyru, c'est bien ça ?

Dorian tira les couvertures du lit en arrière : une épée quelconque était posée sur le matelas. L'arme semblait très ordinaire, mais le fourreau dans lequel elle était glissée était en plomb et la recouvrait jusqu'à la poignée afin de contenir son pouvoir. Ce n'était pas une simple épée magique, c'était l'Épée Magique. Curoch, la lame de l'empereur Jorsin Alkestes, l'Épée de Puissance. Peu de magi étaient assez puissants pour s'en servir. Si Feir – comme la plupart de ses confrères – essayait de la brandir, elle le tuerait en l'espace d'une seconde. Dorian affirmait que même Solon ne pouvait pas l'utiliser sans risque. Après la mort de Jorsin Alkestes, plusieurs magi y étaient pourtant parvenus et ils en avaient profité pour anéantir plus d'une civilisation.

— Tout d'abord, j'ai pensé qu'il me faudrait prophétiser mon avenir pour m'en emparer, mais, en fin de compte, j'ai prophétisé celui des gardes. Tout s'est déroulé comme prévu, sinon qu'une sentinelle est arrivée dans le couloir alors qu'elle n'avait qu'une chance sur mille de passer par là. J'ai été obligé de l'assommer. La bonne nouvelle, c'est qu'une ravissante jeune fille va le soigner et qu'ils se marieront plus tard.

— Tu es en train de me dire qu'en ce moment même un garde gît inconscient au-dessus de nos têtes en attendant d'être découvert ? Pendant que nous bavardons ? Mais pourquoi fais-tu tout ça ?

— Parce qu'il en a besoin.

— Il ? Tu voles Curoch pour ce garçon qui doit demander je ne sais quoi à Mamma K ?

— Oh ! non ! pas tout à fait. Le garçon qui brandira Curoch parce que le monde entier attend qu'il le fasse… ce garçon-là n'est pas encore né. Mais c'est notre seule chance de nous emparer de cet artefact.

— Par tous les dieux ! tu ne plaisantes pas.

— Cesse de faire semblant de penser que cela remet tout en question. Tu as déjà pris ta décision. Nous partons pour Cénaria.

Les prophètes étaient parfois pénibles. Non, ce n'était pas vrai. Les prophètes étaient *toujours* pénibles.

Chapitre 29

— *C'est quoi, ton problème ?* hurla maître Blint.

— Je ne…, commença Kylar.

— Recommence !

Kylar bloqua le couteau en bois devant lui avec une parade en croix. Il tenta de saisir le poignet de Durzo et de le tordre, mais le pisse-culotte fit un pas de côté.

Ils se déplacèrent à travers la salle d'entraînement du nouveau repaire de Blint, sautant contre les murs, manœuvrant de manière à acculer l'adversaire contre une poutre, essayant de mettre à profit la moindre inégalité du sol. Mais aucun combattant ne prenait l'avantage.

Au cours des neuf années passées sous la tutelle de Blint, Kylar s'était développé et endurci. Il avait désormais une vingtaine d'années et ses yeux étaient du même bleu pâle que ceux du pisse-culotte. Il n'était pas aussi grand que son maître et ne le serait jamais, mais son corps était svelte et nerveux. Tandis qu'il se battait en transpirant, chaque muscle de ses bras, de son ventre et de sa poitrine se dessinait avec netteté et se contractait avec précision pour accomplir sa tâche. Pourtant, le jeune homme ne parvenait pas à se concentrer sur le combat.

Durzo Blint s'en aperçut et entra dans une colère noire. À travers une litanie de jurons très éloquents, il compara de manière peu flatteuse le comportement de son apprenti à celui d'une prostituée apathique ; son visage, à certaines parties anatomiques honteuses ; et son intelligence, à celle de différents animaux de ferme. Quand il lança une nouvelle attaque, Kylar remarqua qu'il avait augmenté le niveau de difficulté.

Un des aspects les plus inquiétants de maître Blint, c'était qu'il ne montrait jamais sa colère pendant un affrontement. Sa rage éclatait lorsque vous gisiez à terre, généralement en sang.

Sans hâte, il obligea Kylar à se déplacer à travers la pièce. Sa main libre se contractait en un poing ou se dépliait doigts tendus. Le couteau d'entraînement lançait des éclairs en décrivant de rapides arcs de cercle ou en donnant de brefs coups d'estoc. Pendant une fraction de seconde, l'arme alla un peu trop loin. Kylar l'esquiva et toucha maître Blint au poignet.

Mais le pisse-culotte ne lâcha pas le couteau. Tandis qu'il le ramenait en arrière, la lame émoussée glissa contre le pouce de Kylar.

— Ton impatience vient de te coûter un doigt, fiston.

Kylar s'arrêta, pantelant, mais ne quitta pas un instant son maître des yeux. Ils s'étaient déjà entraînés avec plusieurs sortes d'épées et des couteaux de longueurs variées. Ils s'affrontaient avec des armes parfois identiques, parfois différentes – maître Blint choisissait une grande épée à double tranchant contre une lame gandienne, ou Kylar optait pour un stylet face à un gurka.

— N'importe qui d'autre que vous aurait lâché le couteau, remarqua Kylar.

— Mais c'est contre moi que tu te bats.

— Je me demande bien pourquoi je vous attaquerais à mains nues alors que vous avez une arme.

Maître Blint ramena le couteau en arrière et le lança. Il frôla l'oreille du jeune homme, mais celui-ci ne tressaillit même pas. Il lui arrivait encore de se demander si son maître n'allait pas le tuer, mais il savait qu'il ne pourrait rien faire si Blint décidait de se débarrasser de lui.

Le pisse-culotte attaqua à toute vitesse. Kylar para le coup de pied avec un autre coup de pied, bloqua des crochets, esquiva des directs et absorba des attaques avec les bras, les jambes et les hanches. Il n'y avait pas de faux-semblants, pas de mouvements grandiloquents dans cet affrontement. Tout se résumait à une question de rapidité.

Au milieu d'un brouillard de coups portés si vite qu'on les voyait à peine, Kylar comprit – comme d'habitude – que maître Blint allait gagner. Il était meilleur que lui, c'était indéniable. En général, c'était à ce moment que le jeune homme tentait une manœuvre désespérée. Maître Blint l'attendait.

Kylar décocha une rafale de coups aussi rapides et légers qu'une brise en montagne. Aucun d'entre eux n'était capable de sonner le pisse-culotte, même s'ils touchaient leur cible, mais ils l'empêcheraient d'ajuster sa prochaine attaque. Kylar accéléra de plus en plus. Ses coups étaient déviés ou ne faisaient qu'effleurer des muscles contractés au moment de l'impact.

Le jeune homme lança une pique de main qui parvint à s'enfoncer dans l'abdomen de Blint. Celui-ci se plia malgré lui. Kylar se prépara à frapper de toutes ses forces au menton, puis s'immobilisa. Blint réagit vite et bloqua le coup attendu, mais ses mains ne rencontrèrent que le vide et ses bras se tendirent trop loin. Le pisse-culotte n'eut pas le temps de se remettre en garde. Kylar lança son poing encore contracté vers le nez de son adversaire.

Mais le coup n'arriva pas à destination : il fut dévié par une force invisible. Kylar trébucha, puis essaya de recouvrer son équilibre et de bloquer le coup de pied de Durzo. L'attaque pulvérisa sa parade avec une puissance surnaturelle et Kylar fut projeté contre le pilier qui était derrière lui. Il le percuta avec une telle violence qu'il l'entendit craquer, puis s'effondra.

— À ton tour, dit Blint. Si tu es incapable de me toucher, je vais t'administrer une punition spéciale.

Une punition spéciale ? Merveilleux !

Recroquevillé sur le sol, les bras endoloris, Kylar resta silencieux. Il se releva tant bien que mal et se retourna. Il découvrit alors que Logan se tenait à la place de Durzo Blint. Mais le sourire qui se dessinait sur le visage du jeune noble était celui du pisse-culotte. C'était une illusion, une illusion haute de deux mètres dix qui imitait à la perfection les mouvements de Blint. Kylar lança un coup de pied vicieux à hauteur des genoux. Sa chaussure traversa la jambe du géant en ne rencontrant que le vide. L'image de Logan se volatilisa. Blint se tenait soixante centimètres en arrière. Kylar perdit l'équilibre et le pisse-culotte leva une main. Un poing fantôme jaillit en sifflant au bout de son bras et frappa Kylar qui s'effondra.

Il se releva d'un bond, juste à temps pour voir Blint sauter. La hauteur sous plafond de la salle était de quatre mètres, mais le dos de Durzo se plaqua contre le plafond et y resta collé. Le pisse-culotte se retourna sur le ventre et entreprit de ramper comme un insecte. Un manteau d'ombre l'enveloppa et il disparut dans l'obscurité opaque du plafond. Dans un premier temps, Kylar l'entendit se déplacer et arriver au-dessus de lui. Puis les bruits cessèrent. Le Don de Blint étouffait jusqu'aux frottements de ses vêtements contre le bois.

Kylar resta en mouvement et scruta le plafond à la recherche d'une ombre qui n'était pas à sa place.

— Caleu le Balafré peut projeter sa voix ou des bruits, dit Blint depuis l'autre bout de la pièce. Je me demande si tu en serais capable.

Kylar vit – ou crut voir – une tache sombre avancer dans sa direction. Il lança un couteau vers elle et l'ombre se volatilisa. Il ne resta plus que l'arme qui vibrait après s'être plantée dans le bois. Une autre illusion. Kylar se tourna avec lenteur. Il s'efforça d'ignorer les martèlements de son cœur pour détecter le moindre bruit étrange.

Il entendit un léger bruissement de tissu contre le sol juste derrière lui. Il se retourna en un éclair et frappa. Il n'y avait rien d'autre que la tunique de Blint par terre. Un bruit sourd l'avertit que le pisse-culotte venait d'atterrir dans son dos. Kylar se retourna une fois de plus, mais quelque chose lui saisit le poignet gauche, puis le droit.

Maître Blint se tenait devant lui, torse nu, le regard vide, ses véritables mains le long du corps. Celles de Kylar étaient maintenues en l'air par la magie. Ses bras s'écartèrent lentement jusqu'aux limites du possible, puis au-delà. Kylar resta silencieux aussi longtemps que possible, puis hurla de douleur tandis que ses articulations menaçaient de se disloquer.

Les liens magiques disparurent, et le jeune homme s'effondra, vaincu.

Durzo secoua la tête d'un air déçu. Ce fut à ce moment que Kylar lança son attaque. Son pied fut freiné en approchant du genou de Durzo, comme s'il s'écrasait contre un ressort, puis fut projeté en arrière. L'élan fit tournoyer Kylar et l'envoya rouler par terre.

— Tu comprends ce qui vient de se passer ? demanda Blint.

— Vous m'avez botté le cul une fois de plus.

— Avant ça.

— J'ai failli vous toucher.

— Tu m'as berné et tu aurais pu me massacrer. Mais j'ai utilisé mon Don alors que tu refuses encore d'employer le tien. Pourquoi ?

Parce que je suis impuissant.

Depuis sa rencontre avec Drissa Nile, quatre ans plus tôt, Kylar avait envisagé cent fois de répéter à Durzo Blint les paroles de la maja : il était dépourvu de canal et il n'existait aucun moyen d'y remédier. Mais les règles avaient toujours été claires : Kylar devenait un pisse-culotte ou il mourait. Or Blint venait de démontrer qu'il ne deviendrait pas un pisse-culotte sans le Don. Lui raconter la vérité, c'était s'exposer à une mort rapide. Le jeune homme avait tout essayé afin de réveiller son Don ou d'apprendre quelque chose qui soit susceptible de l'aider, en vain.

Blint inspira un grand coup. Quand il reprit la parole, sa voix était calme.

— Il est temps de clarifier la situation, Kylar. Tu es un bon guerrier. Tu es encore un peu juste aux armes d'hast, au gourdin, à l'arbalète et… (Il s'apprêtait à disserter sur le sujet et s'en aperçut.) Bref, tu es un bon combattant à mains nues et avec ces épées ceuranes à une main et demie – je n'ai jamais vu quelqu'un affectionner ces armes autant que toi. Aujourd'hui, tu as failli m'avoir. Tu ne gagneras pas la prochaine fois, mais ça viendra. Ton corps sait réagir de manière adéquate et ton esprit ne tardera pas à faire de même. Au cours des années à venir, tu deviendras un peu plus rapide et un peu plus fort. Tu deviendras aussi beaucoup plus intelligent. Mais ton apprentissage au maniement des armes est terminé, Kylar. Il ne te reste plus qu'à passer à la pratique.

— Et ?

— Viens avec moi. J'ai quelque chose qui peut t'aider.

Kylar suivit Blint dans la salle de travail. Elle était plus petite que celle du premier repaire où s'était entraîné le jeune homme, mais, ici, il y avait au moins des portes pour l'isoler des enclos des animaux et il y régnait donc une odeur plus agréable. C'était maintenant un endroit familier et les livres alignés sur les étagères faisaient songer à de vieux amis. Blint et lui y avaient même ajouté des dizaines de recettes de préparations. Au cours des neuf dernières années, Kylar avait réalisé que Blint était un véritable maître dans l'art des poisons.

Tous les pisse-culottes employaient le poison, bien sûr. La ciguë, la fleur de sang, la racine de mandragore et l'ariamu étaient des plantes courantes dans la région et elles étaient très dangereuses. Mais Blint était capable de confectionner des centaines de poisons différents. Dans ses livres, on trouvait des pages entières biffées ainsi que des notes qu'il gribouillait en tenant la main presque à angle droit. « Imbécile. Il faut diluer la solution. » D'autres annotations apportaient des précisions : la durée au bout de laquelle le poison faisait effet, les meilleurs moyens de l'administrer ou des conseils pratiques pour entretenir les plantes sous d'autres climats.

Maître Blint attrapa une boîte.

— Assieds-toi.

Kylar s'installa sur un tabouret, posa un coude sur la haute table et se prit le menton. Blint retourna la boîte devant lui.

Un serpent blanc tomba sur la table avec un bruit sourd. Kylar eut à peine le temps de comprendre de quoi il s'agissait. Le reptile se détendit pour frapper au visage. Le jeune homme aperçut la gueule béante et les gigantesques crochets luisants. Il essaya de se reculer, mais trop tard.

Le serpent disparut soudain et Kylar tomba à la renverse. Il atterrit sur le dos, mais se releva d'un bond.

Blint tenait le reptile par la tête. Il l'avait saisi au moment où il frappait.

— Tu sais ce que c'est que ça, Kylar ?

— C'est un aspic blanc.

Ces serpents étaient parmi les plus venimeux du monde. Ils étaient petits et excédaient rarement la longueur d'un avant-bras, mais leur morsure entraînait la mort en quelques secondes.

— Non, Kylar. C'est le prix de l'échec. Je n'ai jamais vu un homme sans le Don se battre aussi bien que toi, mais tu n'es pas un pisse-culotte. Tu as maîtrisé l'art des poisons. Tu connais les techniques pour tuer. Ta vitesse de réaction est sans pareille. Tes instincts sont aiguisés. Tu te caches bien. Tu te déguises bien. Tu te bats bien. Mais être bon, c'est que dalle. Ça ne sert à rien. Un assassin doit être bon. C'est pour ça qu'il a des cibles. Les pisse-culottes ont des cadavreux.

Tu sais pourquoi on les appelle des cadavreux ? Parce qu'une fois le contrat accepté ils sont pour ainsi dire morts et enterrés. Tu possèdes le Don, Kylar, mais tu ne l'utilises pas. Tu ne veux pas l'utiliser. Tu as vu une petite partie de ce que j'ai à t'apprendre, mais je ne peux pas t'enseigner le reste tant que tu refoules ton pouvoir.

— Je sais. Je sais, dit Kylar en évitant de croiser le regard de son maître.

— La vérité, Kylar, c'est que je n'avais pas besoin d'apprenti quand tu es arrivé. Je n'en ai jamais eu besoin. Mais j'ai entendu dire qu'un ancien artefact était caché à Cénaria. Le ka'kari d'argent. On raconte qu'Ezra le Fou en personne l'a fabriqué. C'est une petite sphère brillante, mais quand tu fusionnes avec elle, les lames ne peuvent plus te blesser et tu cesses de vieillir. Tu peux encore être tué par des choses non métalliques, mais imagine un peu, tu deviens quasiment immortel, Kylar ! C'est à ce moment que tu es arrivé. Tu connais ton problème ? Est-ce que la maja Drissa Nile te l'a dit ?

Durzo était au courant à propos de Drissa Nile ?

— Elle a dit que j'étais impuissant.

— Les ka'karis ont été conçus pour des gens comme toi, des gens « impuissants ». On raconte qu'il y a une forte attraction entre les ka'karis et les personnes qui ont un Don très développé, mais pas de canal. Tu étais censé faire réagir le ka'kari, Kylar. Tu ne sais pas comment fusionner avec lui, alors tu le trouvais, tu me le donnais et je devenais immortel.

— Et cela ne changeait rien à mon problème, dit Kylar d'un ton amer.

— Une fois en possession du ka'kari, nous aurions pu demander à Drissa de faire des recherches. C'est une grande guérisseuse. Ça lui aurait peut-être pris quelques années, mais elle aurait trouvé une solution. Malheureusement, il ne nous reste plus beaucoup de temps. Sais-tu pourquoi je ne peux pas te laisser devenir un simple *assassin* ?

Il renifla avec mépris en prononçant ce mot, comme à son habitude.

Kylar s'était souvent posé la question et en était toujours arrivé à la même conclusion : Blint était trop fier pour laisser en vie un apprenti qui avait échoué.

— Grâce à notre Don, nous prêtons un serment magique qui nous lie au Shinga. Ça lui permet d'être tranquille et ça nous place au-dessus de tout soupçon. Ce n'est pas un lien très puissant, mais, pour le briser, un pisse-culotte devrait s'en remettre aux services d'un mage ou d'une sorcière. Or tous les mages de la cité travaillent pour le Sa'kagué et seul un imbécile irait consulter une sorcière. Tu es devenu un assassin exceptionnel, Kylar. Ça inquiète le Shinga et le Shinga n'aime pas beaucoup se sentir inquiet.

— Pourquoi est-ce que je m'opposerais au Shinga ? Ce serait signer mon arrêt de mort.

— Ce n'est pas le problème. Les Shingas qui ne sont pas paranoïaques ne font pas de vieux os.

— Comment avez-vous pu me cacher tout ça ? Toutes ces fois où vous m'avez roué de coups parce que je ne pouvais pas utiliser mon Don… C'est comme battre un aveugle parce qu'il ne peut pas lire !

— Ce qui attire le ka'kari, c'est ton envie désespérée d'employer le Don. Je n'ai fait que t'aider. Et je vais continuer. (Il montra le serpent dans sa main.) Voici ta motivation. C'est aussi le poison le plus miséricordieux que je connaisse. (Il fixa son regard droit dans les yeux de Kylar.) Trouver le ka'kari a toujours été ton ultime épreuve, fiston. Trouve-le. Sinon…

La température sembla soudain baisser de plusieurs degrés. Ainsi, on en était là. C'était le dernier avertissement.

Maître Blint remit le serpent dans la boîte et rassembla quelques-unes de ses armes. Il attrapa un sac qu'il avait déjà préparé et décrocha Châtiment qui était suspendue au mur par des chevilles. Il examina la grande lame noire, puis la glissa dans son fourreau.

— Je vais être absent pendant un moment.

— Je ne viens pas avec vous ?

— Tu ne ferais que me gêner.

Le gêner ?

Kylar savait que c'était la vérité et cela le blessa davantage que le ton désinvolte de Blint.

Chapitre 30

— Je n'aime pas cela, dit Solon.

Le regard de Régnus Gyre se perdit dans les rafales qui balayaient ses cheveux argentés en arrière, presque à l'horizontale. Les Jumeaux étaient calmes aujourd'hui et on entendait le sifflement du vent franchissant la muraille. Le duc l'écouta comme s'il avait quelque chose à lui dire.

— Une convocation, après dix ans ? dit Solon. Pourquoi le roi ferait-il une chose pareille la veille de l'accession à la majorité de votre fils ?

— Quelle meilleure raison justifie le rassemblement de tous vos ennemis en un même lieu ? demanda Régnus en élevant à peine la voix pour couvrir le bruit des rafales.

Le printemps touchait à sa fin, mais l'air était encore frais. Il ne faisait jamais chaud à Vents Hurlants. Le vent du nord transperçait les vêtements de laine et se moquait des barbes et des longs cheveux que les hommes laissaient pousser pour conserver une fraction de chaleur.

— Pour les écraser, répondit Solon.

— Il est préférable de les écraser avant qu'ils se rassemblent. Le roi sait que je ferai tout ce qui est en mon pouvoir pour rentrer chez moi et assister à l'avènement de mon fils. Cela signifie que je devrai voyager vite et, par conséquent, avec une escorte réduite.

— C'est intelligent de sa part. Il n'a pas à vous ordonner de limiter le nombre de vos soldats. Je ne le croyais pas capable d'une telle finesse.

— Il a eu dix ans pour y réfléchir, mon ami, et il peut compter sur l'aide de son crotale.

Le crotale en question se nommait Fergund Sa'fasti et ce n'était pas vraiment l'homme le plus moraliste et le plus vertueux de Sa'seuran. Il connaissait Solon de vue et n'aurait pas hésité à crier sur les toits que c'était un magus s'il avait pensé que cela pouvait nuire. C'était à cause de lui que Solon restait avec Régnus tout au long de l'année pendant que Logan jouait un rôle de plus en plus important à la cour.

Le Séthi se demanda s'il n'avait pas commis une terrible erreur.

— Vous pensez donc qu'ils attaqueront sur le chemin ? demanda-t-il. (Régnus hocha la tête dans le vent.) Je suppose que je n'ai pas la moindre chance de vous convaincre d'annuler ce voyage ?

Régnus sourit et Solon ne put s'empêcher de ressentir un profond sentiment d'affection pour cet homme. Sa nomination à Vents Hurlants avait grandement affaibli la maison de Régnus Gyre et réduit à néant ses éventuels espoirs de s'emparer du trône, mais elle l'avait aussi ressuscitée.

Une flamme fière et ardente brûlait en lui, comme celle qui animait les rois guerriers de jadis. Son autorité était bien établie et il dégageait une telle aura que ses soldats le considéraient comme un père, un roi et un frère. Il excellait et savourait le combat franc qu'il livrait contre le mal. Les Khalidoriens des hautes terres étaient de véritables guerriers et certains n'avaient jamais plié le genou devant personne. La guerre était leur raison de vivre et ils considéraient qu'il était honteux de mourir dans un lit. À leurs yeux, l'immortalité n'existait qu'à travers les hauts faits d'armes chantés par leurs ménestrels.

Ils avaient baptisé Régnus le *Rurstahk Slaagen*, le Diable dans les Murs. Au cours des dix dernières années, leurs jeunes guerriers s'étaient jetés contre ces murs, avaient essayé de les escalader, de les contourner sans bruit, de soudoyer les soldats cénariens, de franchir les Jumeaux et de prendre Vents Hurlants à revers. Chacune de leur tentative avait été brisée par Régnus Gyre qui perdait rarement un homme lors des affrontements. Vents Hurlants se composait de trois murailles érigées aux points les plus étroits de l'unique col reliant Khalidor à Cénaria. Entre ces remparts s'étendaient des terrains plats et dégagés où les ingénieurs de Régnus s'en étaient donné à cœur joie : chausse-trappes, fosses, pièges, rochers prêts à tomber des parois pour écraser l'envahisseur. Par deux fois, les clans avaient réussi à franchir la première muraille, mais les défenses avaient si bien fonctionné qu'aucun guerrier n'avait survécu pour raconter ce qu'il avait vu.

— Il est possible qu'ils n'aient aucune mauvaise intention, dit Solon. Logan affirme qu'il s'est lié d'amitié avec le prince. Peut-être que l'influence de celui-ci a prévalu.

— Je n'ai pas une très haute opinion du prince, dit Régnus.

— Mais lui a une haute opinion de Logan. Nous pouvons espérer qu'il tient de sa mère. Il est également possible qu'elle soit à l'origine de tout cela.

Régnus resta silencieux. Il refusait de prononcer le nom de Nalia, encore maintenant.

— Souhaitons le meilleur et attendons-nous au pire ? demanda Solon. Dix de nos soldats d'élite, des montures de rechange pour tout le monde et le chemin côtier plutôt que la route principale ?

— Non ! S'ils ont décidé de tendre une embuscade, ils en auront préparé deux. Je préfère autant entrer dans leur jeu sur terrain dégagé.

— Bien votre seigneurie.

Solon regretta juste de ne pas connaître l'identité des autres joueurs.

— Vous écrivez toujours des lettres à cette femme, Kaede ?

Solon hocha la tête, mais tout son corps se contracta et il eut l'impression que sa poitrine était devenue creuse. Le commandant était au courant, bien entendu. Une lettre envoyée chaque semaine et jamais de réponse.

— Eh bien ! si vous ne recevez rien après celle-ci, vous saurez au moins que ce n'est pas parce que vous êtes barbant.

Régnus lui assena une claque dans le dos.

Le Séthi ne put retenir un sourire contrit. Il ne savait pas comment Régnus s'y prenait, mais, en sa présence, il devenait aussi facile d'affronter un chagrin d'amour que sa propre mort.

Mamma K était assise sur le balcon d'un manoir qui n'avait rien à faire à cet endroit. Défiant les traditions et le bon sens, l'opulente demeure de Roth Grimson avait été bâtie au milieu du Dédale.

La courtisane n'aimait pas Roth Grimson et elle ne l'avait jamais aimé, mais, dans son métier, elle ne rencontrait pas souvent des gens à sa convenance. En vérité, elle supportait Roth parce qu'elle ne pouvait pas se permettre de l'ignorer. L'homme était une étoile montante du Sa'kagué. Il était intelligent et tout ce qu'il touchait semblait se transformer en or. Après les guerres des guildes, il s'était hissé à la tête des Cogneurs Rouges et avait très vite pris le contrôle de la moitié du Dédale.

Le Sa'kagué n'était pas étranger à cette affaire, bien entendu. Il avait ordonné l'assassinat de Corbin Fishill par Durzo, mais il avait fallu des années pour que la situation s'apaise. Les Neuf avaient été intrigués : Roth avait si bien dirigé sa guilde qu'il en était arrivé à diriger un territoire immense. Il était clair qu'il n'avait pas apprécié les questions de la courtisane, mais il y avait répondu. D'un mot, Mamma K pouvait lui interdire à jamais de faire partie des Neuf ; d'un autre, elle pouvait le rayer de la liste des vivants. Il était assez intelligent pour en être conscient.

Roth n'avait pas encore trente ans. C'était un grand jeune homme impressionnant qui se comportait comme un prince parmi une meute de chiens. Il avait des yeux bleus rapprochés, ses cheveux noirs étaient à peine huilés et une boucle tombait parfois devant ses yeux. Il avait un penchant pour les beaux habits et, ce jour-là, il portait une tunique grise ornée de motifs plangans à la mode depuis peu, un pantalon assorti et des bottes hautes incrustées d'argent.

— Si, un jour, tu en as assez de travailler pour le Maître des Pièces, je suis certaine que tu t'en tireras très bien dans une de mes maisons de passe. Tu auras un succès fou auprès des hommes.

Elle avait lancé cette pique dans le seul dessein de voir sa réaction.

Il éclata de rire.

— Je garderai votre proposition à l'esprit.

Il adressa un signe aux serviteurs afin qu'ils apportent le petit déjeuner. Ils étaient assis de part et d'autre d'une petite table disposée au bord du balcon. Selon toute apparence, Roth voulait qu'elle admire son domaine. Il espérait sans doute qu'elle demanderait pourquoi il l'avait fait ériger ici.

La courtisane refusa de lui accorder cette satisfaction. En outre, elle s'était déjà renseignée. Roth avait fait ce choix pour de bonnes raisons, elle le savait. Il avait accès à une partie des quais, ce qui lui permettait de faire un peu de contrebande – même si le débarcadère était trop petit pour faire de gros profits et attirer l'attention royale. Il avait acheté le terrain pour une bouchée de pain, mais n'avait pas profité de cette économie, car il avait dû engager une véritable armée de cogneurs pendant les travaux de construction. Lorsque les pauvres – les honnêtes gens aussi bien que les voleurs – avaient été expropriés, ils s'étaient empressés de dérober tout ce qu'ils pouvaient à l'idiot qui bâtissait un manoir de leur côté du fleuve. Les cogneurs de Roth avaient sans doute rossé des centaines d'entre eux et Mamma K savait qu'ils en avaient tué cinq ou six. Se faire surprendre sur le domaine de Grimson, c'était la mort assurée.

Les murailles étaient hautes et surmontées de verre pilé et de piques en métal qui dessinaient des ombres pointues dans la lumière de l'aube. Elles étaient surveillées par des cogneurs, des hommes efficaces qui aimaient leur travail. Les habitants des environs n'essayaient plus de pénétrer sur le domaine. Les amateurs avaient déjà tenté leur chance et échoué, ou bien ils connaissaient quelqu'un qui l'avait fait ; les professionnels savaient qu'il leur suffisait de traverser le pont Vanden pour trouver des cibles plus faciles.

Les jardins étaient magnifiques si on s'en tenait aux massifs de fleurs et aux plantes taillés près du sol afin de ne pas gêner le tir des archers. Les taches de vermillon, de vert, de jaune et d'orange contrastaient avec le gris et le brun misérables du Dédale.

Les serviteurs apportèrent le premier plat, des oranges mi-sanguines recouvertes d'une croûte de sucre caramélisé. Roth reprit la conversation avec une réflexion sur le temps. Cela manquait d'originalité, mais Mamma K ne s'attendait pas à mieux.

Il enchaîna avec des commentaires sur ses jardins tandis que les domestiques apportaient des ris de veau chauds. Il avait la propension agaçante des parvenus à souligner le prix de tout. Il aurait dû savoir que la courtisane avait estimé la somme exacte qu'il investissait dans son domaine en observant la qualité du service et des plats. Quand allait-il se décider à aborder les choses sérieuses ?

— Il va donc y avoir une place vacante au sein des Neuf, dit Roth.

Une approche brutale. Il aurait dû raconter une anecdote amusante sur son travail et, à partir de là, en arriver au vif du sujet. Mamma K commença à avoir des doutes à propos de cet homme.

— En effet, dit-elle.

Elle n'alla pas plus loin. Il était hors de question de lui faciliter la tâche. Le soleil pointait au-dessus de l'horizon et le ciel se colorait d'une vive lueur orangée. La journée allait être torride. Il était encore très tôt, mais la courtisane aurait presque pu se passer du châle qui lui couvrait les épaules.

— Je travaille avec Phineas Seratsin depuis six ans. Je connais ce métier mieux que personne.

— Tu travailles *pour* le Trématir et non pas *avec*.

Un éclair passa dans les yeux de Roth, mais il ne fit aucun commentaire. Il fallait donc se méfier de son tempérament : maître Grimson n'aimait pas qu'on le corrige.

— Apparemment, vos espions ne sont pas assez intelligents pour faire la part entre mon travail et celui du vieil homme.

— Mes espions ?

— Vous en avez partout, c'est de notoriété publique.

— Tiens donc ? de notoriété publique. C'est certainement la vérité, dans ce cas.

— Oh ! je vois. Cela fait partie des choses que tout le monde sait, mais que je ne dois pas mentionner sous peine de me montrer grossier.

— Au sein de notre organisation, il y a certaines personnes avec qui il est dangereux de se montrer grossier, mon garçon. Si tu espères obtenir mon vote, tu ferais bien de t'attirer mes bonnes grâces.

Roth adressa un signe aux serviteurs. Ceux-ci débarrassèrent les assiettes vides et apportèrent des morceaux de viande épicée ainsi qu'un plat d'œufs légèrement grillés avec du fromage.

— Je n'espère rien, dit Roth.

Mamma K mordit dans un œuf. Délicieux. Roth avait sans doute fait venir un cuisinier de Gandu. Elle mangea en contemplant le ciel de plus en plus clair et le soleil qui se levait sans hâte au-dessus des larges portes du domaine de Grimson. S'il retirait sa dernière réflexion, elle le laisserait vivre.

— Je ne sais pas pourquoi vous avez autant d'influence sur les Neuf, mais je sais que j'ai besoin de votre vote. Et je l'aurai. J'aurai votre vote ou j'aurai votre nièce. (Dans la bouche de Mamma K, la viande délicieusement épicée et fondante se transforma soudain en bouchée de sable.) Une bien jolie fille, n'est-ce pas ? Avec ses adorables petites tresses. Quelle tristesse que sa mère soit morte, mais quelle chance d'avoir une tante fortunée qui lui a trouvé un endroit pour vivre. Et au château, en plus ! Mais pourquoi une vieille catin si riche a-t-elle confié sa nièce à une simple servante ?

Mamma K resta pétrifiée.

Comment a-t-il appris cela ?

Les livres de comptes. Ses livres de comptes étaient codés, mais Phineas Seratsin était le Maître des Pièces du Sa'kagué. Il avait accès à d'innombrables documents comptables, sans doute davantage que les cinq financiers les plus importants du pays. Roth avait certainement étudié ces documents et il y avait découvert les versements à une domestique du château. Il s'agissait d'une vieille femme craintive. Une seule menace de Roth, et elle avait sûrement tout raconté.

Roth se leva. Son assiette était déjà vide.

— Non, restez assise. Terminez votre repas.

Elle le fit, comme un automate, et en profita pour réfléchir. Était-il possible de faire disparaître sa nièce pour l'envoyer dans un endroit sûr ? Elle ne pouvait pas requérir les services de Durzo pour cette mission, mais elle connaissait d'autres pisse-culottes.

— Je suis un homme cruel, Gwinvere. Prendre une vie procure du… (Roth frissonna sous le coup d'un souvenir extatique) plaisir. Un plaisir bien supérieur à ceux que vous vendez. Mais je sais maîtriser mes appétits. C'est ce qui nous différencie des esclaves, n'est-ce pas ?

Il enfila un épais gant en cuir. La herse du domaine se leva tandis qu'il parlait. À l'extérieur, Mamma K aperçut une foule de plusieurs dizaines de miséreux en loques. Il s'agissait sans nul doute d'un rituel quotidien.

Dans le jardin, quatre domestiques apportèrent une table chargée de nourriture. Ils la posèrent et rentrèrent dans le manoir.

— Ces pauvres diables sont esclaves de leurs appétits. Les esclaves ne sont pas des hommes.

Les mendiants affamés furent poussés en avant par leurs camarades et les premiers pénétrèrent dans le domaine. Ils regardèrent la herse au-dessus de leurs têtes, puis Roth et Mamma K, mais leurs yeux avaient du mal à se détacher des piles de nourriture. Ils ressemblaient à des animaux. La faim les rendait fous.

Une jeune femme s'élança et se précipita vers la table. Elle ne parcourut que quelques mètres avant que les autres lui emboîtent le pas. Il y avait des jeunes et des vieux, des hommes, des femmes et des enfants. La seule chose qu'ils avaient en commun, c'était le désespoir.

Mamma K se demanda pourquoi ils étaient si pressés. Ils atteignirent la nourriture et se jetèrent dessus. Ils remplirent leurs poches de saucisses et se gavèrent de mets si nourrissants qu'ils seraient sans doute malades un peu plus tard.

Un serviteur tendit une arbalète à Roth. Elle était déjà chargée et armée.

— Qu'est-ce que tu fais ? demanda Mamma K.

Les mendiants le virent et s'éparpillèrent.

— Je tue en respectant une règle très simple, répondit-il.

Il leva l'arme et appuya sur la détente. Un jeune homme s'effondra, un carreau planté dans la colonne vertébrale.

Roth pointa l'arbalète vers le sol et attrapa la corde de sa main gantée. Il la tendit sans employer le mécanisme. L'espace d'un instant, des marques ressemblant à des tatouages noirs semblèrent suinter de son corps pour se dessiner sur sa peau. Les étranges motifs se tortillèrent comme s'ils regorgeaient d'énergie. C'était impossible.

Il décocha un nouveau carreau, et la jeune femme qui avait été la première à se précipiter vers la nourriture s'écroula lourdement.

— Je nourris mon petit troupeau chaque jour. La première semaine du mois, je tue le premier jour. La deuxième, je tue le deuxième jour.

Il s'interrompit et réarma. Il tira une troisième fois, et une autre femme tomba à terre, le crâne transpercé.

— Et ainsi de suite. Mais jamais plus de quatre dans la journée.

La plupart des mendiants s'étaient enfuis à l'exception d'un vieillard qui s'efforçait de rejoindre l'entrée encore distante de quarante mètres. Le carreau lui traversa le genou. Il s'effondra avec un hurlement de douleur et se mit à ramper.

— Les esclaves ne comprennent jamais. Ils pensent avec leur ventre et non pas avec leur cerveau.

Roth attendit que le vieil homme atteigne la porte. Il tira, le rata, puis tira de nouveau et le tua.

— Vous avez vu celui-là ?

Mamma K aperçut un mendiant passer sous la herse et entrer. Les autres avaient disparu.

— C'est mon préféré. Il a compris le système.

L'homme approcha d'un pas assuré. Il adressa un signe de tête à Roth, puis se dirigea vers la table et commença de manger sans se presser.

— Il pourrait l'expliquer aux autres et sauver quelques vies, mais je pourrais alors changer les règles et il perdrait son avantage. C'est un homme capable de s'adapter pour survivre,

Gwinvere. (Il tendit l'arbalète et le gant à un serviteur avant de se tourner vers Mamma K.) Maintenant, la question est de savoir si vous, vous êtes de la même trempe.

— J'ai survécu à des choses que tu ne serais même pas capable d'imaginer. Tu as gagné ton vote.

Elle le tuerait plus tard. Quels que soient ses sentiments, elle ne devait surtout pas montrer de signe de faiblesse. Cet homme était un animal. Si elle cédait à la peur, il le sentirait.

— Oh ! mais je ne vais pas me contenter d'un vote. Je veux aussi Durzo Blint. Je veux le ka'kari d'argent. Je veux… bien davantage. Et je l'obtiendrai, avec votre aide. (Il sourit.) Que diriez-vous d'un peu de mendiant braisé ?

Elle secoua la tête, perdue dans ses pensées. Elle fixa sur son assiette un regard vide. Puis elle se figea. Dans le jardin, des serviteurs ramassaient les cadavres et les portaient à l'intérieur du manoir.

— Tu as bien dit « gigot », n'est-ce pas ? demanda-t-elle.

Roth se contenta de sourire.

Chapitre 31

— Eh bien ! tu ressembles à la partie sud d'un cheval qui va au nord ! s'exclama Logan en interceptant Kylar au milieu de la cour du domaine des Drake.

— Merci. (Kylar fit mine de poursuivre son chemin, mais son ami ne s'écarta pas.) Qu'est-ce que tu veux, Logan ?

— Hm ?

Le jeune Drake était l'image même de l'innocence – enfin, à condition d'imaginer l'innocence sous la forme d'un géant. En outre, le numéro de gros lourdaud ne lui convenait guère. D'abord, Logan était beaucoup trop intelligent pour jouer les idiots de manière convaincante. Ensuite, il était beaucoup trop séduisant. S'il existait un idéal masculin dans ce royaume, c'était sûrement lui. Il ressemblait à une statue de héros en chair et en os. Il passait six mois par an en compagnie de son père à Vents Hurlants. Les conditions de vie difficiles avaient couvert son grand corps de muscles et lui avaient permis d'acquérir un air dur devant lequel les jeunes filles de Cénaria n'étaient pas les seules à se pâmer. Il fallait ajouter à cela une dentition parfaite, des cheveux splendides et, bien entendu, une fortune colossale dont il hériterait à ses vingt et un ans – dans trois jours. Il attirait l'attention des jeunes filles dont le souhait ne se limitait pas à être culbutées, puis abandonnées le lendemain, et sa cote de popularité rivalisait presque avec celle du prince Aléine, son ami. Une seule chose le sauvait : il ignorait à quel point il était attirant, à quel point les gens l'admiraient et l'enviaient. C'était pour cette raison que Kylar l'avait surnommé « l'Ogre ».

— Logan, à moins que tu aies juste décidé de venir te planter dans le jardin, tu es sorti au moment où tu m'as aperçu à la porte, ce qui signifie que tu m'attendais. Maintenant, tu restes devant moi au lieu de m'accompagner, ce qui signifie que tu ne veux pas qu'on entende ce que tu as à me dire. Enfin, Sérah n'est pas à sa place habituelle, c'est-à-dire deux pas derrière toi, ce qui signifie qu'elle est partie avec sa mère acheter des robes ou je ne sais quoi.

— Des broderies, reconnut Logan.

— Alors, qu'est-ce que tu me veux ?

Logan se dandina.

— Je déteste quand tu fais ça. Tu aurais pu attendre que je sois prêt. J'allais... Hé ! et où vas-tu comme ça ?

Kylar continua son chemin.

— Tu tournes autour du pot !

— D'accord ! d'accord ! Arrête-toi. Je pensais juste que nous devrions parfois en revenir à nos bons vieux pugilats.

Des pugilats.

Et dire que les gens prenaient les géants pour des imbéciles.

— Tu me massacrerais, dit Kylar.

Ce mensonge le fit sourire. S'ils se battaient, Logan poserait des questions. Il *se* poserait des questions. Il y avait même une chance infime pour qu'il comprenne que leur dernier affrontement ne remontait pas à neuf ans.

— Tu crois que je perdrais, n'est-ce pas ? demanda Logan.

Depuis son humiliation aux arènes, il s'entraînait avec le plus grand sérieux. Chaque jour, il passait des heures en compagnie des meilleurs maîtres d'armes qui n'étaient pas à la solde du Sa'kagué.

— À chacun de nos affrontements, tu m'as écrasé. Je...

— À chacun de nos affrontements ? Nous nous sommes battus une fois ! Il y a dix ans ! s'exclama Logan.

— Neuf ans.

— Si tu veux.

— Si tu me touchais avec une des enclumes qui te servent de mains, je serais incapable de me relever.

Ce n'était pas tout à fait faux.

— Je ferai attention.

— Je ne suis pas de taille à me battre contre un ogre.

Il se passait quelque chose d'étrange. Logan lui demandait de l'affronter une fois par an, mais jamais avec une telle insistance. Son honneur lui interdisait de presser un ami qui lui avait opposé un refus catégorique, même si les raisons de ce refus lui échappaient.

— Que se passe-t-il, Logan ? Pourquoi veux-tu te battre ?

Le seigneur Gyre baissa les yeux et se gratta la tête.

— Sérah a demandé pourquoi nous ne nous entraînions pas ensemble. Elle pense que nous ferions une bonne paire. Elle n'a aucune envie que l'un de nous soit blessé, mais…

Logan, mal à l'aise, ne termina pas sa phrase.

Mais tu ne peux pas t'empêcher de vouloir l'épater un peu, songea Kylar.

— À propos de bonne paire, dit-il, quand est-ce que tu vas te décider à voir le maître de céans pour demander la main de sa fille ?

L'Ogre poussa un profond soupir. Tous ses soupirs étaient profonds, certes, mais celui-ci l'était aussi par rapport à son corps gigantesque. Il resta silencieux pendant un long moment. Il attrapa un tabouret de garçon d'écurie et s'assit sans prêter attention à sa belle cape qui traînait par terre.

— Il se trouve que j'ai abordé le sujet avec le comte Drake il y a deux jours.

— Vraiment ? Et ?

— Il est d'accord…

— Félicitations ! Et c'est pour quand, espèce de grand pendard de futur ex-célibataire ?

L'Ogre avait les yeux perdus dans le vague.

— Le comte est inquiet.

— Tu plaisantes ? (Logan secoua la tête.) Enfin, il te connaît depuis que tu es né. Vos familles sont dans les meilleurs termes et sa fille fait un bond dans l'échelle sociale en se mariant avec un duc. Un sacré bond, même. Tu es promis à un grand avenir et vous êtes pour ainsi dire fiancés depuis des années. Qu'est-ce qui peut bien l'inquiéter ?

Logan fixa ses yeux droit dans ceux de Kylar.

— Il a dit que toi, tu le saurais. Est-ce que Sérah est amoureuse de toi ?

Holà !

— Non, répondit Kylar après un trop long silence.

Un silence qui n'échappa pas à Logan.

— Elle est amoureuse de toi ?

Kylar hésita.

— Je crois qu'elle ne sait pas trop de qui elle est amoureuse.

C'était un mensonge par omission. Logan faisait erreur. Sérah n'était pas amoureuse de Kylar et lui n'éprouvait aucune attirance pour elle.

— Je l'aime depuis que je la connais, Kylar. (Celui-ci ne sut quoi répondre.) Kylar ?

L'Ogre fixa son regard sur lui avec intensité.

— Oui ?

— Est-ce que tu l'aimes ?

— Non.

Kylar sentit la nausée et la colère monter en lui, mais son visage demeura impassible. Il avait dit à Sérah qu'elle devait avouer son amour à Logan, il l'avait exigé. Elle avait promis de le faire.

Logan regarda son ami, mais, contrairement à ce que Kylar espérait, son visage ne se détendit pas.

— Seigneur, appela quelqu'un derrière Kylar.

Il n'avait même pas entendu le portier approcher.

— Oui ? dit-il au vieil homme.

— Un message vient d'arriver pour vous.

Kylar décacheta la lettre pour éviter de croiser le regard de Logan.

« Il faut qu'on se voie. Ce soir, à la dixième heure. Au *Sanglier Bleu*. Jarl. »

Un frisson parcourut Kylar. *Jarl.* Il n'avait pas eu de nouvelles de lui depuis qu'il avait quitté le Dédale. Jarl aurait dû le croire mort. Ce message pouvait être interprété de deux manières : Jarl cherchait Kylar Stern parce qu'il avait besoin des services d'un assassin ou parce qu'il savait qu'il ne faisait qu'un avec Azoth. Le jeune homme réfléchit et en arriva à la conclusion que Jarl n'avait aucune raison de vouloir rencontrer Kylar Stern.

Si Jarl connaissait sa fausse identité, qui d'autre était au courant ?

Maître Blint était parti. Il faudrait que Kylar lui parle de cette affaire, mais, en attendant, il devrait s'en occuper seul.

— Il faut que je parte.

Il fit demi-tour et se dirigea vers l'entrée du domaine à grands pas.

— Kylar ! appela Logan.

Kylar se tourna vers lui.

— Tu me fais confiance ? demanda-t-il.

Logan leva les mains dans un geste d'impuissance.

— Oui.

— Alors, où est le problème.

Le Sanglier Bleu était un des lupanars les plus raffinés de Mamma K. Il se trouvait près de la rue Sidlin, dans les quartiers est, tout près du pont Tomoi. Il avait la réputation de servir quelques-uns des meilleurs vins de la cité – une information que de nombreux marchands s'empressaient de confier à leur femme lorsque celle-ci posait des questions embarrassantes.

— Une amie m'a dit qu'elle t'avait vu au *Sanglier Bleu* aujourd'hui.

— En effet, ma chérie. Une réunion d'affaires. Ils ont un choix de vins exceptionnel dans cet établissement.

Kylar y venait pour la première fois. Le lupanar était un bâtiment à deux étages. Le rez-de-chaussée ressemblait à une auberge accueillante et on y servait à boire et à manger. Une pancarte affirmait que le premier étage était occupé par un « salon » et le deuxième par des « chambres d'hôte ».

Kylar s'arrêta à l'entrée, mal à l'aise.

— Bien le bonsoir, seigneur, souffla une voix voilée à côté de lui.

Il se tourna et sentit ses joues s'empourprer. La jeune fille se tenait très près de lui, si près que les effluves épicés de son parfum l'enveloppèrent. Elle avait parlé d'une voix basse et engageante, comme s'ils partageaient des secrets ou n'allaient pas tarder à le faire. Mais tout cela n'était rien comparé à sa tenue. Kylar se demanda si le mot « robe » convenait encore pour décrire le vêtement de la jeune fille. Il la couvrait certes des chevilles jusqu'au cou, mais était entièrement en dentelle blanche ; en outre, il était très ajouré et elle ne portait rien dessous.

— Je vous demande pardon ? dit-il.

Il leva les yeux vers les siens et rougit un peu plus.

— Puis-je vous aider ? Voudriez-vous que je vous apporte un verre de vin rouge séthi et que je vous détaille notre gamme de services ?

La gêne du jeune homme semblait l'amuser.

— Non. Je vous remercie, mademoiselle.

— Vous préféreriez peut-être vous rendre au salon et poursuivre cette conversation de manière plus… intime ? demanda-t-elle en faisant glisser un doigt le long de sa mâchoire.

— Il se trouve que… euh… je préférerais éviter. Mais je vous remercie quand même.

Elle haussa un sourcil comme s'il venait de faire une proposition particulièrement salace.

— En règle générale, j'apprécie qu'un homme me mette un peu en condition, mais si vous voulez que nous allions tout de suite dans ma chambre, je…

— Non !

Kylar s'aperçut qu'il avait parlé trop fort. Plusieurs personnes se tournèrent vers lui.

— Je veux dire, non, merci. Je suis venu pour parler à Jarl.

— Oh ! vous faites partie de ces gens-là, dit-elle d'une voix qui perdit soudain toute chaleur.

Son comportement changea du tout au tout et Kylar remarqua alors qu'elle était sans doute plus jeune que lui. Elle ne devait pas avoir dix-sept ans. Il ne put s'empêcher de songer à Mags.

— Jarl est dans le bureau. C'est par là.

Elle avait abandonné toute tentative de séduction et Kylar la vit sous un angle différent. Elle avait un air dur et cassant. Tandis qu'il s'éloignait, il l'entendit marmonner :

— Pourquoi est-ce que les gars un peu mignons labourent toujours dans le mauvais sens ?

Il ne comprit pas la signification de la remarque, mais il continua son chemin entre les tables, craignant qu'elle se moque de lui. Ce fut seulement après avoir parcouru la moitié de la distance le séparant du bureau qu'il osa jeter un regard en arrière. Elle refaisait déjà son numéro à un marchand plus âgé. Elle lui murmura quelque chose à l'oreille, et un large sourire éclaira le visage de l'homme.

Kylar frappa à la porte, et celle-ci s'ouvrit.

— Entre ! Vite ! dit Jarl.

Kylar obéit tandis que ses pensées tourbillonnaient dans sa tête. Jarl – car c'était bien son vieil ami, aucun doute n'était possible – était devenu un bel homme. Il portait une tenue impeccable à la dernière mode : une tunique en soie indigo, un pantalon serré en cuir fauve orné d'une ceinture en argent ciselé. Ses cheveux noirs étaient nattés en une multitude de tresses longues et fines, huilées et ramenées en arrière. Kylar aperçut un éclat approbateur dans son regard.

Il entendit alors un léger froissement de tissu dans un coin de la pièce. Quelqu'un approchait en dehors de son champ de vision. Il réagit d'instinct et sa jambe se détendit.

Son pied frappa le garde à la poitrine. L'homme était de carrure impressionnante, mais Kylar sentit ses côtes craquer. Le malheureux partit en arrière et percuta le mur, puis s'affaissa lentement et resta à terre, immobile.

Kylar inspecta le reste de la pièce en un instant, mais ne décela pas d'autre danger. Jarl écarta les bras pour montrer qu'il n'était pas armé.

— Il n'allait pas t'attaquer. Il voulait juste vérifier que tu n'avais pas d'armes. Je te le jure. (Il tourna la tête vers le garde qui gisait au sol.) Par les couilles du Haut Roi ! tu l'as tué.

Kylar se renfrogna et regarda l'homme inconscient étendu dans un coin du bureau. Il s'agenouilla près de lui et posa les doigts sur son cou. Rien. Il glissa les mains sur le torse pour vérifier si une côte n'avait pas transpercé le cœur en se brisant, puis abattit le poing sur sa poitrine. Une fois, deux fois.

— Mais qu'est-ce que tu fous…

Jarl s'interrompit en voyant la cage thoracique se soulever.

Le garde toussa et gémit. Kylar savait que chacune de ses respirations lui faisait souffrir le martyre, mais il était en vie.

— Appelle quelqu'un pour s'occuper de lui, dit Kylar. Il a les côtes cassées.

Jarl sortit dans la salle principale, les yeux écarquillés, et revint quelques instants plus tard en compagnie de deux autres gardes. Comme le premier, c'étaient des hommes grands et musclés qui savaient se servir de l'épée courte accrochée à leur ceinture. Ils se contentèrent de lancer un regard noir à Kylar et attrapèrent leur camarade chacun par un bras.

Ils le transportèrent hors du bureau et Jarl referma la porte derrière eux.

— On dirait que tu as appris un truc ou deux, hein ? Je ne voulais pas te mettre à l'épreuve. C'est lui qui a insisté pour être présent. Je ne croyais pas que... Oh ! c'est sans importance !

Kylar fixa les yeux sur son ami pendant un moment.

— Tu as l'air en forme, dit-il enfin.

— Tu veux dire : « Mais par les neuf enfers ! comment as-tu fait pour me retrouver, Jarl ? » (Il éclata de rire.) Je ne t'ai jamais perdu de vue. Je n'ai jamais cru que tu étais mort.

— Ah bon ?

— Tu n'as jamais réussi à me tromper, Azoth.

— Ne prononce plus jamais ce nom. Azoth est mort.

— Vraiment ? C'est dommage.

Le silence s'installa dans la pièce pendant que les deux hommes se regardaient. Kylar ne savait pas quoi faire. Jarl avait été son ami – enfin, l'ami d'Azoth –, mais était-il le sien ? Il connaissait sa fausse identité – depuis des années peut-être – et cela prouvait qu'il n'était pas un ennemi – pas encore, du moins. Une partie de Kylar voulait se convaincre que Jarl souhaitait juste le rencontrer, le saluer une dernière fois parce qu'ils n'auraient jamais cette chance dans la rue. Mais le jeune homme avait passé trop longtemps en compagnie de maître Blint pour croire à des explications si naïves. Si Jarl l'avait fait venir ce soir, c'était parce qu'il avait un service à lui demander.

— Nous avons tous les deux fait un sacré bout de chemin, non ? dit Jarl.

— C'est pour me parler de ça que tu m'as demandé de venir ici ?

— Un sacré bout de chemin, répéta Jarl d'un air déçu. J'espérais que tu n'avais pas changé autant que moi, Kylar.

Voilà des années que j'ai envie de te revoir. Depuis que tu es parti, en fait. Je voulais m'excuser.

— T'excuser ?

— Je n'avais pas l'intention de la laisser mourir, Kylar. C'est juste que je n'avais pas beaucoup de temps à moi. J'ai fait de mon mieux, mais même lorsque j'avais l'occasion de partir à sa recherche, je ne la trouvais pas toujours. Elle devait se déplacer beaucoup. Et puis, elle a disparu. Tout d'un coup. Je n'ai jamais réussi à savoir ce qui s'était passé. Je suis vraiment désolé.

Des larmes brillèrent dans ses yeux et il détourna le regard, les mâchoires contractées.

Il croit qu'Élène est morte et il pense que c'est sa faute. Il vit avec cette culpabilité depuis toutes ces années.

Kylar ouvrit la bouche pour lui annoncer que leur amie était vivante, qu'il recevait des comptes-rendus affirmant qu'elle allait bien, qu'il l'observait parfois de loin les jours où elle faisait des courses. Pourtant, aucun son ne sortit de sa gorge. Blint avait l'habitude de dire que deux personnes pouvaient garder un secret, à condition que l'une d'elles soit morte. Kylar ne connaissait pas le Jarl qui se tenait devant lui. Son ancien ami gérait un des lupanars de Mamma K et devait donc tenir la courtisane informée de ce qu'il apprenait, mais elle n'était peut-être pas la seule à profiter de ses renseignements.

C'était trop dangereux. Kylar ne pouvait pas lui dire la vérité. « *Les relations avec les autres sont des cordes qui t'entravent et l'amour est un nœud coulant.* » Une seule chose protégeait Kylar : personne ne savait qu'il existait une corde avec laquelle on pouvait l'étrangler. Lui-même ignorait où vivait Élène. Elle était en sécurité, quelque part dans les quartiers est. Elle était peut-être mariée maintenant. Après tout, elle devait avoir dix-sept ans. Peut-être était-elle heureuse. Elle semblait l'être, mais il ne l'avait jamais approchée, même en toute discrétion.

Maître Blint avait raison : Élène resterait à l'écart du danger tant que Kylar resterait à l'écart d'Élène.

Le sentiment de culpabilité de Jarl ne pesait pas assez lourd comparé à la sécurité de la jeune fille. Il n'existait rien de plus important qu'Élène.

Merde, maître Blint ! comment pouvez-vous vivre ainsi ? Comment pouvez-vous être si fort, si dur ?

— Je ne t'ai jamais reproché ce qui lui est arrivé, déclara-t-il.

C'était pathétique ! Il savait que ces paroles n'apporteraient aucun réconfort à Jarl, mais il ne pouvait pas lui offrir davantage.

Jarl cligna des paupières et croisa le regard de Kylar, ses yeux sombres où ne brillait aucune larme.

— S'il n'y avait que ça, je ne t'aurais pas demandé de venir ici. Maître Blint a des ennemis et toi aussi.

— On ne peut pas dire que l'information soit de première fraîcheur, remarqua Kylar.

Blint et lui ne parlaient jamais de leurs contrats et ceux qui avaient observé leur talent *de visu* étaient tous morts. Pourtant, la vérité finissait par se savoir. Elle finissait toujours par se savoir. Un autre pisse-culotte racontait que tel ou tel travail était leur œuvre. Un client se vantait de les avoir engagés. Ils avaient fait du tort à quelques-uns de leurs ennemis, mais presque tous en voulaient à Durzo. C'était le prix à payer lorsqu'on était le meilleur. Et puis, les familles des cadavreux n'attribuaient jamais le meurtre à un pisse-culotte de seconde zone.

— Tu te souviens de Roth ?

— Un des grands du Rat ?

— Oui. Il semblerait qu'il soit plus intelligent que nous le pensions. Après la mort du Rat… eh bien ! tout le monde a eu le sentiment que le Dragon Noir partait en lambeaux. D'autres guildes sont arrivées et ont pris possession de notre territoire. Il a fallu détaler en vitesse. Roth ne s'était fait aucun ami quand il était le bras droit du Rat. Il a failli se faire tuer cinq ou six fois. D'après ce que j'ai entendu dire, il estime que c'est ta faute.

— Ma faute ?

— Parce que tu as tué le Rat. Si tu ne l'avais pas fait, personne n'aurait eu le cran de s'en prendre à Roth. Il n'a jamais cru que tu étais mort, lui non plus, mais il n'était pas en mesure de découvrir ce que tu étais devenu. C'est en train de changer.

Kylar sentit sa poitrine se serrer.

— Il sait que je suis vivant ?

— Non, mais il fera partie des Neuf dans moins d'un an – et peut-être beaucoup plus tôt. Il y a un poste à pourvoir en ce moment et il est candidat. S'il parvient à un tel échelon de pouvoir, il te trouvera. Je ne l'ai pas encore revu, mais j'ai entendu des histoires… C'est un véritable taré ! Il est cruel et assoiffé de vengeance. Il me fait peur, Kylar. Je n'avais jamais eu si peur de quelqu'un depuis qui tu sais.

— C'est pour cette raison que tu m'as invité ici ? Pour me dire que Roth en a après moi ?

— Oui, mais je n'ai pas fini. Il va y avoir une guerre.

— Une guerre ? Attends un peu. Qu'est-ce que tu viens faire là-dedans, Jarl ? Comment se fait-il que tu saches tout ça ?

Jarl resta silencieux pendant un moment.

— Tu as passé les dix dernières années sous la tutelle de maître Blint. Moi, je les ai passées sous la tutelle de Mamma K. Tu ne t'es pas contenté d'apprendre à te battre. Moi, je ne me suis pas contenté d'apprendre à… forniquer. Les secrets de Cénaria circulent dans les chambres des lupanars.

La citation était de Mamma K, aucun doute là-dessus.

— Mais pourquoi est-ce que tu m'aides ? Beaucoup de choses ont changé depuis que nous étions des rats de guilde volant du pain.

Jarl haussa les épaules et détourna le regard une fois de plus.

— Tu es mon seul ami.

— Oui. Quand nous étions petits, nous l'é…

— Je n'ai pas dit « tu étais » ! Tu l'es toujours. Tu es le seul ami que j'aie jamais eu, Kylar.

Kylar essaya de refouler un brusque sentiment de culpabilité. Depuis combien de temps n'avait-il pas songé à Jarl ?

— Et les gens de l'établissement ? Ceux qui travaillent avec toi ?

— Ce sont des collègues, des employés ou des clients. Je fréquente même quelqu'un, mais je n'ai pas d'amis.

— Tu as une copine et ce n'est pas une amie ?

— Ma copine s'appelle Stephan. C'est un marchand de cinquante-trois ans qui a une femme et huit enfants. Il me donne sa protection et de beaux habits. En échange, je fais l'amour avec lui.

— Oh !

Kylar songea à la réflexion de la prostituée à propos des gens qui labouraient dans le mauvais sens. C'était un peu plus clair maintenant.

— Est-ce que tu es heureux ici, Jarl ?

— Heureux ? Qu'est-ce que c'est que cette foutue question ? Le bonheur n'a rien à voir dans cette histoire.

— Je suis désolé.

Jarl éclata d'un rire amer.

— Où donc es-tu allé repêcher ton innocence, Kylar ? Je croyais qu'Azoth était mort.

— De quoi tu parles ?

— Est-ce que tu vas tourner les talons maintenant que tu sais que je suis une tapette ?

— Non. Tu es mon ami.

— Et tu es le mien. Si tu n'avais pas failli assassiner ce pauvre Gerk sous mes yeux, j'aurais du mal à croire que tu es un pisse-culotte. Comment fais-tu pour tuer des gens et garder ton âme intacte, *Kylar* ?

Il insista sur le prénom.

— Comment fais-tu pour te prostituer et garder ton âme intacte, Jarl ?

— Je n'y arrive pas.

— Moi non plus.

Jarl resta silencieux et observa Kylar avec attention.

— Qu'est-ce qui s'est passé ce fameux jour ?

Kylar comprit la question. Un frisson le traversa.

— Durzo m'a dit que si je voulais devenir son apprenti, je devais tuer le Rat. Après ce qu'il avait infligé à Poupée… je l'ai fait.

— Ç'a été si facile ?

Kylar envisagea de lui mentir, mais si quelqu'un méritait de connaître la vérité, c'était bien Jarl. Le Rat l'avait fait souffrir plus que tous les autres. Kylar ne lui avait rien dit à propos de Poupée et il n'avait pas la force de se taire une fois de plus.

Il lui raconta l'histoire comme il l'avait seulement racontée à maître Blint.

Jarl resta impassible en entendant les détails horribles et en apprenant combien le Rat avait été pathétique dans ses derniers instants. Son visage était de glace.

— Il le méritait. Il méritait même bien pis, dit-il. Je regrette de ne pas avoir eu le courage de le faire moi-même. Je regrette de ne pas avoir vu ça. (Il chassa cette idée d'un geste efféminé.) Un de mes clients ne va pas tarder à arriver, alors, écoute. Khalidor va nous envahir. Différentes sections du Sa'kagué ont été mobilisées, mais c'est un écran de fumée. Il est probable que seuls les Neuf savent vraiment ce qui se passe. Peut-être même que seul le Shinga est au courant. J'ignore même de quel côté nous allons nous ranger.

» L'important, c'est que nous ne pouvons pas nous permettre de laisser Cénaria perdre cette guerre. Je ne sais pas si les Neuf en ont pris conscience. Les Ursuul revendiquent certaines parties de Cénaria depuis des siècles, mais, il y a quelques mois, leur Roi-dieu a affirmé qu'il préférait lancer ses armées sur Modai plutôt que sur nous. En échange, il a exigé un tribut : une gemme particulière et un droit de libre passage. Le roi Gunder lui a expliqué ce qu'il pouvait faire de ses plans – et ça ne consistait pas à les encadrer.

» Une de mes sources m'a dit que le Roi-dieu s'était juré de faire un exemple de Cénaria. Il dispose d'au moins cinquante sorciers – peut-être beaucoup plus – et je pense que le roi Gunder n'a pas dix mages à leur opposer.

— Mais le Sa'kagué survivra, dit Kylar.

Il se fichait royalement du Sa'kagué. Il pensait aux Drake et à Logan. Les Khalidoriens les tueraient.

— Le Sa'kagué survivra, Kylar, mais si les commerces sont rasés, il n'y aura plus d'argent à extorquer. Si tous les marchands sont ruinés, ils n'iront plus jouer ou rendre visite aux prostituées. Nous pourrions tirer profit de certaines guerres, mais celle-ci causera notre ruine.

— Pourquoi tu me racontes ça ?

— Durzo est au centre de toute l'affaire.

— Bien sûr ! Il est probable que la moitié des nobles de l'état-major essaient de se débarrasser de leurs supérieurs pour prendre leur place. Mais maître Blint n'accepterait jamais un contrat qui risquerait de mettre la cité en danger. Pas si la situation est aussi grave que tu le dis.

Jarl secoua la tête.

— Je crois qu'il travaille pour le roi.

— Maître Blint ne travaillerait jamais pour le roi !

— Il le ferait si on tenait sa fille en otage.

— Sa quoi ?

Chapitre 32

Le seigneur général Agon attendait dans le jardin des statues du château, au centre de l'esplanade couverte de gravier ratissé avec soin. Il s'efforçait de cacher une partie de son malaise.

Par tous les dieux ! c'est vraiment l'endroit rêvé pour rencontrer un assassin !

Pourtant, en d'autres circonstances, il aurait en effet pensé que c'était le lieu rêvé pour rencontrer un assassin. Blint lui avait ordonné de venir seul, mais si Agon avait envisagé de passer outre, ses soldats n'auraient pas manqué de cachettes. Le rendez-vous avait lieu dans l'enceinte du château et cela aurait dû le rassurer. Et il se serait senti rassuré si ce n'avait pas été Blint qui avait proposé cette rencontre.

Poussé par le vent nocturne, un nuage vint cacher la lune. Agon tendit l'oreille et s'efforça d'entendre un éventuel crissement de gravier qui aurait annoncé l'arrivée de Blint. Il ne doutait pas un instant que le pisse-culotte parvienne à s'introduire dans le château. La mémoire du seigneur général était aussi affûtée que les dagues qu'on avait jadis trouvées sous les oreillers des membres de la famille royale. Mais il avait des ordres.

Il observa les statues autour de lui. Elles représentaient toutes des héros, sans exception, et le vieil homme se demanda ce qu'il faisait en leur compagnie. En général, cet endroit était un havre de paix. Il avait l'habitude de se promener sur les graviers noirs et blancs et de regarder les guerriers de marbre en imaginant ce qu'ils feraient à sa place. Mais, ce soir, leurs ombres traînantes avaient quelque chose de menaçant. Ce n'était que le fruit de son imagination, bien entendu, mais il n'avait pas oublié que Blint s'était introduit dans sa chambre pour l'assassiner, dix ans plus tôt. Rien ni personne n'était en sécurité face à un tel homme.

Un infime crissement de gravier monta au pied d'une statue. Agon se retourna et saisit la poignée de son épée sans réfléchir.

— Inutile, dit la voix de Durzo Blint derrière lui.

Agon pivota brusquement. Durzo se tenait à moins de deux pas. Le vieil homme recula.

— C'est un de vos soldats qui a fait du bruit, pas moi. (Un sourire carnassier se dessina sur ses lèvres.) Mais attendez un peu. Ne vous avais-je pas demandé de venir sans escorte ?

— Je suis venu seul.

— Hm ! hm !

— Vous êtes en retard.

Agon avait recouvré son aplomb. C'était déconcertant d'avoir affaire à un homme qui n'accordait aucune valeur à la vie et le seigneur général était désormais persuadé que c'était le cas de Blint. Un certain raisonnement venait aussi étayer son trouble : pour traiter avec le pisse-culotte, Agon devait accepter l'éventualité de sa mort et reconnaître l'insignifiance d'un tel événement. Sa vie ou sa mort n'avaient rien à voir avec cette rencontre. Sa vie ou sa mort n'étaient pas essentielles à leur conversation. Pourtant, une partie de lui se demandait : comment un pisse-culotte peut-il vivre ainsi ?

— Je vérifiais juste où se cachaient tous vos soldats.

Agon réalisa avec un malaise que Blint portait sa tenue de travail : une tunique en coton marbrée de gris sombre, fine, mais coupée pour faciliter les mouvements ; un pantalon taillé dans le même tissu ; un harnais bardé d'armes de lancer – dont plusieurs que le général ne connaissait pas. Il s'aperçut aussi que la pointe de certaines ne se composait pas seulement d'acier. Du poison.

Est-ce qu'il bluffe ?

Agon n'avait pas amené de soldats. Sa vie n'était peut-être pas essentielle à leur conversation, mais il n'avait pas l'intention de la galvauder pour autant.

— Je respecte ma parole, même envers un voyou du Sa'kagué.

— Le plus drôle, c'est que je vous crois, seigneur général. Vous avez de nombreux défauts, mais je ne pense pas que vous soyez assez lâche ou assez idiot pour me trahir. Vous êtes sûr que vous n'avez pas envie de tuer le roi ? Vous avez l'armée sous vos ordres. Avec un peu d'intelligence et de chance, vous pourriez vous emparer du trône.

— Non. Je respecte mes serments.

Si seulement ces mots ne me brûlaient pas la bouche lorsque je les prononce.

— Je vous ferai une ristourne, proposa Blint en éclatant de rire.

— Êtes-vous prêt à écouter en quoi consistait votre mission ?

— J'ai l'impression que nous avons déjà eu cette conversation. Ma réponse n'a pas changé. Je suis venu seulement parce que je mourais d'envie de revoir votre visage enjoué, seigneur général. Et aussi pour vous montrer que vos pathétiques défenses – car elles sont pathétiques, convenons-en – sont toujours incapables de m'arrêter si jamais il vous venait à l'idée de me chercher des poux dans la tête.

— Je ne vous ai pas encore dit en quoi consistait votre mission. Le roi a le plus grand respect pour vos talents désormais. Il vous donnera plus d'argent qu'on vous en a jamais offert. Il souhaite que vous…

— Que je le protège ! Je sais. Hu Gibbet a accepté un contrat sur lui. (L'affolement se peignit sur les traits d'Agon, mais Blint n'y prêta aucune attention.) Désolé, mais je refuse ce boulot. J'ai toujours refusé de travailler pour cette enfoirée d'outre pleine de vent. Soyons honnête, Aléine Gunder – qui a été assez idiot pour s'affubler du titre de « Neuvième », comme s'il avait un lien avec les huit rois précédents du même nom – Aléine, donc, n'est qu'un résidu de fausse couche.

Une silhouette jaillit de derrière la grande statue du duc Gunder. Le cœur du seigneur général chavira en reconnaissant cette démarche.

Aléine Gunder rejeta son capuchon en arrière.

— Gardes ! Gardes !

Des archers et des arbalétriers jaillirent de chaque balcon, de chaque fourré et de chaque ombre en vue. D'autres arrivèrent en courant du pourtour du jardin.

— Sire ! Quelle surprise ! dit Blint en exécutant une révérence impeccable. Qui aurait pu s'attendre à vous trouver dans l'ombre de votre père ?

— Espèce de sale petite merde de… de sale petite merde de… merde ! hurla le roi. (Il s'adressa aux soldats.) Mais qu'est-ce que vous attendez ? Cernez-le !

Les gardes formèrent un cercle étroit autour de Blint et du souverain. Aléine était trop proche du pisse-culotte à leur goût. Cette situation les rendait nerveux, mais aucun n'osa s'attirer l'ire royale en éloignant les deux hommes de force.

— Votre Majesté, dit Agon en s'interposant avant qu'Aléine frappe Blint.

Frapper Blint !

— Vous travaillerez pour moi, assassin ! lança le roi.

— Non. Je l'ai déjà dit, mais vous avez peut-être besoin de l'entendre de vos propres oreilles. Je suis prêt à vous tuer, mais je ne tuerai pas pour vous.

Les gardes n'apprécièrent guère cette réflexion, mais Agon leva la main. Les soldats étaient si près les uns des autres que les archers étaient désormais inutiles.

Brillante manœuvre, Votre Majesté !

Si un bain de sang devait être répandu, le roi et lui seraient les premiers à mourir. Et Agon était prêt à parier que Blint ne les suivrait pas dans la tombe.

— Dans ce cas, parfait, dit le roi.

— Dans ce cas, parfait, dit Blint avec un sourire sans joie.

Un rictus se dessina sur les lèvres du roi.

— Nous tuerons votre fille.

— Ma quoi ?

Le rictus d'Aléine s'élargit.

— Vérifiez donc, dit-il avant d'éclater de rire.

Une effroyable seconde s'éternisa et Agon se demanda quel effet on ressentait en portant le cadavre d'un souverain dans les bras. Puis quelque chose de flou bougea. Le seigneur général fixait son regard sur Blint, mais celui-ci se déplaça si vite que les yeux du vieillard ne parvinrent pas à le suivre. Le pisse-culotte fit un saut périlleux au-dessus du cordon de soldats, attrapa une statue au passage et modifia sa trajectoire.

L'instant d'après, un bruit précipité monta près de la muraille du château, comme les grattements d'un chat qui grimpe à un arbre.

Surpris, un garde appuya sur la détente de son arbalète. Par chance, l'arme était pointée vers le ciel. Agon foudroya le coupable du regard.

— Désolé, seigneur, dit celui-ci en déglutissant avec peine.

Aléine regagna le château. Il fallut deux minutes supplémentaires à Agon pour réaliser que Blint avait failli l'amener à parler de trahison devant le roi.

Kylar sentit le mouvement d'air lorsque la porte du repaire s'ouvrit. Il leva les yeux de son livre et tendit la main vers l'épée courte posée sur la table, dégainée.

Depuis sa chaise, il avait une vue parfaite sur l'entrée, bien entendu. Maître Blint n'aurait jamais agencé son atelier d'une autre manière. Pourtant, il avait reconnu le pisse-culotte rien qu'au bruit.

« Clic-CLIC-clic. » « Clic-CLIC-clic. » « Clic-CLIC-clic. »

Maître Blint avait l'habitude de verrouiller, de déverrouiller, puis de reverrouiller chaque serrure. Encore une de ses superstitions.

Kylar ne lui posa pas de questions à propos de son travail. Blint n'aimait pas parler des contrats qu'il venait d'exécuter. Il affirmait que cela irritait les Anges de la Nuit. Kylar traduisait ces paroles par : *Laissons les souvenirs s'effacer.*

La fiole de venin d'aspic blanc était posée sur la table avec le reste de la collection de Blint. Pour se changer les idées, à lui comme à son maître, Kylar remarqua :

— Je ne crois pas que ce sera efficace. J'ai fait des recherches dans vos livres. Il n'y a rien du tout à ce sujet.

— Ils en écriront un autre, lâcha Blint.

Il entreprit de ranger ses armes empoisonnées dans des étuis spéciaux, puis d'essuyer celles enduites d'un poison qui perdait son efficacité au bout d'un certain temps.

— Je sais qu'il y a des animaux capables de manger de la viande empoisonnée sans problème, alors que cette nourriture rendrait un homme malade. Nos expériences l'ont prouvé. Mais dans ce cas, le cadavreux tombe simplement malade. Jusque-là, je suis d'accord. Mais ce truc avec le mélange de produits… Je ne comprends pas.

Blint suspendit son harnais d'armes.

— Ton cadavreux mange du porc et ne ressent rien, ou peut-être un léger étourdissement. Il mange de la caille, il est pris de vertige. Il mange des deux, il est mort. On appelle ça la potentialisation. Les poisons se combinent pour atteindre leur efficacité maximale.

— Mais il faut quand même se débrouiller pour qu'un cochon entier et une caisse de cailles passent le goûteur.

— Les gens importants emploient plusieurs goûteurs. Le temps qu'ils comprennent que quelque chose ne va pas, le cadavreux est déjà mort.

— Mais, dans ce cas, on empoisonne tout le monde. On ne peut pas calculer...

— Je calcule tout ! hurla Blint.

Il jeta son couteau à terre et sortit. Il claqua la porte si fort que toutes les armes accrochées au mur tintèrent.

Élène fixa son regard sur la page blanche et plongea la plume qui séchait dans l'encrier. Assises un peu plus loin à la table de la salle à manger des Drake, Mags et Iléna Drake jouaient aux dominos. Mags, l'aînée, était concentrée sur la partie, mais Iléna ne cessait pas de jeter des coups d'œil en direction d'Élène.

— Pourquoi est-ce que je tombe toujours amoureuse de garçons inaccessibles ? demanda Élène.

— Jaen, le gardien, n'était pas inaccessible, rétorqua Iléna en déplaçant un domino.

Mags grimaça en regardant le coup, puis en regardant sa sœur de quinze ans.

— Il m'a intéressée deux heures, dit Élène. Jusqu'à ce qu'il ouvre sa grosse bouche.

— Je suis sûre que tu as eu le béguin pour Pol à un moment ou à un autre, dit Mags.

— Pas vraiment. Il m'aimait tant, j'ai juste pensé que je devais lui rendre un peu de cet amour, répondit Élène.

— Au moins, Pol était réel, dit Iléna.

— Iléna ! s'exclama Mags. Ne commence pas à jouer les chipies !

— Tu es en colère parce que tu es encore en train de perdre.

— Absolument pas !

— Je gagne dans trois coups.

— Vraiment ? (Mags regarda les dominos.) Espèce de petite morveuse. Moi, au moins, je suis contente que tu aies rejeté Pol, Élène. Mais le problème reste entier : tu n'as personne pour t'accompagner à notre fête.

Élène avait abandonné la plume et s'était enfoui le visage dans les mains. Elle soupira.

— Est-ce que tu as une idée de ce que je lui ai écrit, l'année dernière ?

Elle fixa de nouveau le regard sur la page blanche posée devant elle.

— J'ignorais que Pol savait lire, dit Iléna.

— Je ne parle pas de Pol, je parle de mon bienfaiteur.

— Je ne sais pas ce que tu lui as écrit, mais ça ne l'a pas empêché de continuer à envoyer de l'argent, non ? demanda Iléna en ne prêtant aucune attention au regard assassin de sa sœur.

Iléna n'avait que quinze ans, mais, en règle générale, elle menait Mags – voire Sérah, l'aînée – par le bout du nez.

— Il n'a jamais arrêté. Même quand je lui ai fait savoir que ce n'était plus nécessaire. Mais ce n'est pas à propos d'argent, Léna. L'année dernière, je lui ai écrit que j'étais amoureuse de lui. (Elle ne parvint pas à avouer que ses larmes avaient maculé la lettre de pâtés.) Je lui ai dit que j'allais l'appeler Kylar parce que c'était un joli nom et que je n'ai jamais su le sien.

— Tu es maintenant amoureuse de Kylar – que tu n'as jamais rencontré non plus.

— Je suis désespérante. Pourquoi est-ce que je vous laisse m'entraîner à parler des garçons ?

— Léna ne peut pas s'empêcher de parler de Kylar, déclara Mags en jouant l'aînée qui fait valoir son ancienneté. Elle a le béguin pour lui, elle aussi.

— Pas du tout ! hurla Iléna.

— Alors, pourquoi est-ce que tu as écrit le contraire dans ton journal intime ? (Mags poursuivit avec des inflexions mélodieuses pour imiter la voix de sa sœur.) « Pourquoi est-ce que Kylar ne me parle pas davantage ? », « Aujourd'hui, Kylar m'a parlé pendant le petit déjeuner. Il a dit que j'étais mignonne. Est-ce que c'est bon signe ou est-ce que cela signifie qu'il me voit encore comme une petite fille ? » C'est répugnant, Léna. Kylar est pratiquement ton frère.

— Espèce de sorcière ! rugit Iléna.

Elle bondit par-dessus la table et se précipita sur sa sœur. Mags cria et Élène les observa, partagée entre l'angoisse et le rire.

Les deux jeunes filles hurlaient. Iléna tirait les cheveux de Mags et Mags commençait de riposter. Élène se leva en songeant qu'elle ferait bien d'intervenir avant que quelqu'un se fasse mal.

Les doubles portes s'ouvrirent à toute volée et faillirent s'arracher de leurs gonds. Kylar surgit, l'épée à la main. L'atmosphère changea en un clin d'œil. Il émanait du jeune homme une aura palpable de danger et de puissance. Il était la masculinité à l'état brut et celle-ci balaya Élène comme une vague, menaçant de la renverser et de l'emporter dans la mer. Elle eut soudain du mal à respirer.

Kylar se glissa dans la pièce en maintenant une garde basse, l'épée tenue à deux mains. Ses yeux enregistrèrent les moindres détails en un instant, examinèrent les différentes issues possibles, les fenêtres et même les coins du plafond. Allongées par terre, les deux sœurs s'interrompirent. Iléna tenait encore une poignée de cheveux de Mags dans la main. Une honte coupable se peignit sur leur visage.

Les yeux bleu pâle du garçon avaient quelque chose de familier. Les fantasmes d'Élène étaient-ils responsables de ce sentiment de déjà-vu ? Ces yeux croisèrent les siens et elle sentit un frisson lui remonter le long de la colonne vertébrale. Il la regardait. Il la regardait *elle* et non pas ses cicatrices. Les hommes regardaient toujours ses cicatrices, mais Kylar regardait Élène. Elle voulut parler, mais aucun mot ne se présenta à ses lèvres.

Il ouvrit la bouche comme si, lui aussi, était sur le point de dire quelque chose. Puis son visage devint livide. Il rengaina son épée en un éclair et fit demi-tour.

— Mesdemoiselles, je vous prie de bien vouloir m'excuser.

Il inclina la tête et sortit.

— Dieu tout-puissant ! s'exclama Mags. Vous avez vu ça ?

— C'était effrayant, dit Iléna. Effrayant et…

— Enivrant ! l'interrompit Élène.

Son visage était bouillant. Elle se détourna tandis que les deux sœurs se relevaient. Elle s'assit et reprit la plume. Comme si elle était capable d'écrire après ce qui venait d'arriver.

— Élène, qu'est-ce qui se passe ? demanda Mags.

— Quand il a vu mon visage, il ressemblait à un cadavre réchauffé.

Pourquoi ? Il avait à peine regardé ses cicatrices et c'étaient celles-ci qui terrorisaient la plupart des garçons.

— Il reviendra par ici. Tu es un ange. Accorde-lui une chance. Nous lui demanderons de venir à la fête pour toi. Nous nous occuperons de tout.

— Non ! Non ! Je te l'interdis ! C'est un baronnet, Léna.

— Un baronnet sans un sou dont les terres ont été confisquées par les Lae'knaughtiens.

— Encore un homme inaccessible. Je m'en remettrai.

— Il n'est pas forcément inaccessible. S'il accepte la foi… Aux yeux de Dieu, tous les hommes naissent égaux.

— Oh ! Léna ! Ne me fais pas miroiter ce genre d'espoir. Je suis une domestique. Une domestique au visage balafré. Ce que Dieu voit est sans importance

— Ce que Dieu voit est sans importance ? demanda Mags avec douceur.

— Tu as compris ce que je voulais dire.

— Logan va peut-être épouser Sérah. La différence sociale qui les sépare n'est pas plus grande que celle qui te sépare d'un baronnet désargenté.

— Les gens froncent déjà les sourcils quand un noble se marie avec une noble de moindre rang, alors, un noble qui se marierait avec une roturière ?

— Nous ne te demandons pas de l'épouser. Laisse-nous juste l'inviter à la fête.

— Non ! Je te l'interdis.

— Élène…

— Je ne changerai pas d'avis. (Élène toisa les deux sœurs jusqu'à ce qu'elles acquiescent à contrecœur.) En revanche, vous pourriez m'en dire un peu plus sur lui.

— Kylar ? appela le comte Drake alors que le jeune homme essayait de passer discrètement devant son bureau pour accéder à l'escalier. Aurais-tu l'obligeance de m'accorder un moment ?

Kylar n'avait d'autre choix que d'obéir. Il poussa un juron silencieux. La journée serait longue et il avait espéré dormir quelques heures avant de s'atteler aux tâches quotidiennes qu'il accomplissait pour maître Blint juste avant l'aube. Il avait une idée de ce qui l'attendait et, en pénétrant dans le bureau du comte, il fit de son mieux pour ne pas avoir l'impression d'être un garçon à qui son père s'apprêtait à expliquer les mystères de la sexualité.

Le comte avait été épargné par le passage du temps. Il aurait toujours l'air d'avoir une quarantaine d'années, même s'il vivait jusqu'à cent ans. Son bureau n'avait pas bougé de place, ses vêtements étaient de même coupe et de couleurs identiques. Quand il se préparait à une conversation délicate, il se frottait encore l'arête du nez à l'endroit où reposait habituellement son lorgnon.

— Est-ce que tu as fait l'amour avec ma fille ? demanda-t-il.

Kylar en resta bouche bée. Tant pis pour les préambules. Le comte l'observait, le visage impassible.

— Je n'ai pas posé une main sur elle, seigneur.

— Je ne te parle pas de tes mains.

Les yeux de Kylar s'écarquillèrent. Était-ce bien là l'homme qui parlait de Dieu comme les fermiers parlent du temps ?

— Non. Ne t'inquiète pas, mon garçon. Je te crois. Mais je continue de penser que s'il ne s'est rien passé entre vous, ce n'est certainement pas faute d'efforts de la part de Sérah.

L'afflux massif de sang qui monta au visage de Kylar confirma ses soupçons.

— Est-elle amoureuse de toi, Kylar ?

Le jeune homme secoua la tête. Il se sentit presque soulagé d'entendre une question à laquelle il pouvait répondre.

— Il me semble que Sérah veut obtenir ce qu'elle croit être inaccessible, seigneur.

— Est-ce que cela inclut des relations sexuelles avec différents garçons dont Logan ne fait pas partie ?

Kylar bafouilla.

— Je ne pense pas qu'il soit correct ou honorable de ma part de…

Le comte leva la main, peiné.

— Ta réponse n'est pas celle que tu aurais faite si mes accusations étaient erronées. Tu aurais répondu que je faisais erreur, puis tu aurais ajouté qu'il n'était ni correct ni honorable de ma part de poser de telles questions. Et tu aurais eu raison. (Il se frotta l'arête du nez et cligna des yeux.) Je suis désolé, Kylar. Je me suis montré injuste envers toi. Il m'arrive parfois d'employer l'intelligence que Dieu m'a offerte de manière peu respectable. J'essaie de faire ce qui est juste, que cela convienne ou non au sens de l'honneur des hommes. Il y a une énorme différence entre celui-ci et la véritable justice, sais-tu ? (Kylar haussa les épaules, mais le comte n'attendait pas de réponse de sa part.) Je n'ai pas l'intention de blâmer ma petite fille chérie, Kylar. J'ai fait bien pis qu'elle au cours de ma vie – des choses si terribles qu'elle serait incapable de les imaginer. Mais il n'y a pas que son bonheur qui soit en jeu. Est-ce que Logan est au courant de ses… indélicatesses ?

— J'ai demandé à Sérah de lui en parler, mais je ne crois pas qu'elle l'ait fait, seigneur.

— Tu sais que Logan m'a demandé la permission de l'épouser ?

— Oui, seigneur.

— Devrais-je lui donner ma bénédiction ?

— Vous ne pourriez espérer meilleur fils.

— Ce serait merveilleux pour ma famille. Est-ce que ce serait juste pour Logan ?

Kylar hésita.

— Je pense qu'il aime Sérah, dit-il enfin.

— Il veut une réponse avant deux jours. Quand il atteindra vingt et un ans, il entrera en possession du domaine des Gyre et deviendra un des hommes les plus riches et les plus puissants du royaume malgré les machinations que le roi ourdit depuis dix ans. Il sera sixième dans l'ordre d'accession au trône, le premier des prétendants n'appartenant pas à la famille royale. Les gens diront qu'il fait un mariage navrant, que Sérah n'est pas digne de lui. (Le comte détourna le regard.) En règle générale, je me fiche de ce que les gens pensent, Kylar, parce qu'ils le pensent pour de mauvaises raisons. Mais je crains que, cette fois-ci, ils n'aient pas tort. (Kylar ne trouva rien à dire à cela.) Je prie depuis des années pour que mes filles épousent un jour l'homme idéal. Et je prie pour que Logan épouse la femme idéale. Pourquoi ai-je l'impression que la situation présente ne répond pas à mes espoirs ? (Il secoua la tête et se pinça l'arête du nez.) Pardonne-moi, je te noie de questions auxquelles tu n'es pas en mesure de répondre et je ne t'ai pas encore posé celle qui est de ton ressort.

— Et quelle est-elle, seigneur ?

— Es-tu amoureux de Sérah ?

— Non, seigneur.

— Et de cette jeune fille ? Celle à qui tu envoies de l'argent depuis dix ans ?

Kylar rougit.

— J'ai juré de ne jamais tomber amoureux, seigneur.

— Mais es-tu amoureux d'elle ?

Kylar se dirigea vers la porte.

Tandis qu'il sortait dans le couloir, le comte reprit la parole :

— Tu sais, je prie aussi pour toi, Kylar.

Chapitre 33

Le bordel avait fermé depuis des heures. Dans les étages, les filles dormaient dans des draps souillés au milieu des relents d'alcool, de sueur fétide, de coïts, de fumée de bois et de parfums bon marché – les odeurs habituelles d'une maison close. Toutes les portes étaient verrouillées et seules deux lampes en cuivre toutes simples étaient restées allumées au rez-de-chaussée. Mamma K n'aimait guère qu'on gaspille l'argent dans ses établissements.

En bas, il y avait encore deux personnes et toutes deux étaient assises au bar. Les débris d'une dizaine de verres s'étalaient au pied du siège de l'une d'elles.

Durzo Blint termina sa treizième bière, leva sa chope et la jeta par terre où elle se brisa.

Mamma K le resservit sans même ciller. Elle ne prononça pas un mot. Durzo parlerait quand il serait prêt. Elle se demanda pourtant pourquoi il avait choisi ce lupanar. C'était un trou à rat. Elle envoyait ses plus jolies filles ailleurs. Elle avait acheté d'autres bordels qui avaient valu la peine d'être rénovés, mais celui-ci était tapi au plus profond du Dédale, dans le labyrinthe de cabanes et de taudis, loin des artères principales. C'était dans cet établissement qu'elle avait perdu sa virginité. On lui en avait offert dix pièces d'argent et elle s'était estimée heureuse.

Ce n'était pas un des endroits où elle avait rêvé de revenir.

—Je devrais te tuer, dit enfin Durzo.

C'étaient ses premiers mots depuis six heures. Il termina sa bière et fit glisser la chope sur le bar. Elle parcourut plusieurs mètres avant de se renverser, de tomber et de se briser.

— Oh ! tu es encore capable de parler ? demanda Mamma K.

Elle attrapa un autre verre et le glissa sous le tonneau pour le remplir.

— Est-ce que j'ai une fille, moi aussi ?

Mamma K se figea. Elle ferma le robinet trop tard, et des gouttes de bière l'éclaboussèrent.

— Vonda m'avait fait promettre de ne pas t'en parler. Elle avait trop peur de te le dire et puis, quand elle est morte... Tu peux haïr Vonda pour ce qu'elle a fait, Durzo, mais elle l'a fait par amour pour toi.

Durzo lui adressa un regard si incrédule, si dégoûté, que Gwinvere eut envie de frapper le répugnant visage du pisse-culotte.

— Qu'est-ce que tu connais de l'amour, pauvre pute ?

Elle n'aurait pas cru que ces mots puissent encore la meurtrir. Elle avait entendu toutes les insultes – et même quelques autres – réservées aux prostituées. Mais Durzo – Durzo ! – avait craché celle-ci d'une telle manière, sur un tel ton, qu'elle blessa la courtisane au plus profond de son âme. Elle en resta incapable de bouger, incapable de respirer.

Elle parvint enfin à reprendre la parole :

— Tu sais, si j'avais, comme toi, eu la chance de rencontrer l'amour, je m'y serais accrochée de toutes mes forces et j'aurais abandonné la prostitution. Moi, je suis née dans ce quartier de merde. Toi, tu l'as choisi.

— Comment s'appelle ma fille ?

— Alors, c'est ça ? Tu me traînes ici pour me rappeler combien de fois je me suis fait baiser dans ce trou immonde ? Je m'en souviens ! Je m'en souviens ! Je me prostituais pour que ma petite sœur ne soit pas obligée de le faire. Et puis tu es arrivé. Tu m'as baisée cinq fois par semaine et tu as dit à

Vonda que tu l'aimais. Et tu l'as mise enceinte. Avant de te tirer. J'aurais pu lui dire que c'était prévisible. Cette partie de l'histoire est tellement cousue de fil blanc que ce n'est pas la peine de la répéter, n'est-ce pas ? Mais tu n'étais pas un simple micheton. Non, à cause de toi, on l'a enlevée. Et après ? Est-ce que tu es parti à sa recherche ? Non, tu as démontré à quel point tu l'aimais. Tu as voulu voir s'ils mettraient leurs menaces à exécution, pas vrai ? Tu n'as jamais hésité à jouer avec la vie des autres, n'est-ce pas, Durzo ? Espèce de lâche !

Le verre de Durzo se fracassa contre le tonneau qui était derrière elle. De violents tremblements parcouraient le pisse-culotte. Il pointa le doigt vers le visage de Mamma K.

— Toi ! Tu n'as aucun droit ! Tu aurais tout abandonné au nom de l'amour ? Mon cul ! Où est l'homme de ta vie, Gwin ? Tu ne fais plus la pute, il n'y a plus de raison pour qu'un amant soit jaloux, non ? Mais il n'y a toujours personne, hein ? Tu veux savoir pourquoi tu es la putain parfaite ? Pour la même raison que tu n'as personne ! Parce que tu es incapable d'aimer. Tu n'es qu'une chatte ! Tu pompes les hommes et tu les fais payer pour le plaisir que tu leur donnes. Alors, épargne-moi le numéro de l'âme sensible, les conneries sur « je l'ai fait pour sauver ma sœur ». Tu n'as jamais été intéressée que par le pouvoir. Oh ! bien sûr, il y a des femmes qui se vendent pour de l'argent, pour la gloire ou parce qu'elles n'ont pas le choix. Et puis il y a les *putes* ! Tu as peut-être arrêté la baise, Gwin, mais tu seras toujours une pute. Et. Maintenant. Dis. Moi. Comment. Elle. S'appelle.

Il hacha les mots comme s'il mordait dans une miche de pain rassis.

— Uly, répondit Gwinvere à voix basse. Ulyssandra. Elle vit avec une bonne d'enfants au château.

La courtisane fixa son regard sur le verre de bière entre ses mains. Elle ne se souvenait plus de l'avoir rempli. *C'était donc à ça que Durzo l'avait réduite ? Une esclave soumise, une petite… Une petite quoi ?* Elle ne le savait même pas. Elle avait l'impression d'avoir été éviscérée. Si elle baissait les yeux, elle verrait ses propres intestins enroulés autour de ses pieds.

Il lui fallut toute son énergie pour cracher dans la bière et poser le verre sur le comptoir avec un soupçon de nonchalance.

— Ce n'est pas facile d'être victime des circonstances, dit Durzo.

Il avait parlé d'un ton sinistre.

— Tu ne vas pas… Tu ne tuerais quand même pas ton propre enfant ? Même Durzo ne peut pas faire une chose pareille, n'est-ce pas ?

— Je n'aurai pas à le faire. Ils s'en chargeront à ma place.

Il attrapa le verre, regarda le crachat de Gwinvere avec un sourire et but. Il avala la moitié de la bière d'une traite.

— Je pars. Ça sent la vieille pute, ici.

Il renversa le reste du verre par terre et le posa précautionneusement sur le comptoir.

Kylar se réveilla deux heures avant l'aube et se demanda pendant un bref instant si la mort était trop cher payer pour une nuit de sommeil complète. La bonne réponse était évidente et, après quelques minutes, il se traîna hors de son lit et s'habilla en silence dans l'obscurité. Il tendit la main vers le troisième tiroir où était pliée sa tenue grise de pisse-culotte, puis attrapa le pot de cendre pour se barbouiller le visage de noir.

Au cours des neuf dernières années, il avait appris à compenser l'absence du Don. Quand Blint était d'humeur optimiste – ce qui était de plus en plus rare –, il en félicitait son apprenti. Il disait que trop de pisse-culottes se reposaient entièrement sur le Don alors que lui affûtait ses talents fondamentaux pour faire face aux situations imprévisibles. Dans ce cruel métier, les situations imprévisibles étaient la norme. De plus, Blint affirmait qu'une personne se déplaçant dans un silence presque total n'avait pas besoin du Don pour étouffer le bruit de ses pas.

Il arrivait que les capacités d'adaptation de Kylar se manifestent de manière plus spectaculaire, mais, en général, c'était sous la forme de petits détails. Par exemple, il rangeait sa tenue dans le même tiroir et de la même façon après l'avoir lavée. Il espérait de tout cœur que ces habitudes relevaient d'un talent d'adaptation, mais, parfois, il craignait juste d'avoir été contaminé par la méticulosité obsessionnelle de Blint. Car enfin, qu'est-ce que c'étaient que ces manies de donner trois tours de clef chaque fois qu'il rencontrait une serrure, de jouer avec des couteaux, de mâcher de l'ail ou d'évoquer l'Ange de la Nuit pour un oui ou pour un non ?

La fenêtre s'ouvrit sans bruit et Kylar se faufila sur le toit. Des années d'entraînement lui avaient appris où il pouvait marcher et où il devait ralentir pour ne pas être entendu par les gens en dessous. Il se glissa le long du mur et se laissa tomber sur les pavés de la cour. Il bondit sur un rocher pour attraper le rebord de l'enceinte et se hissa pour regarder par-dessus. Personne. Il passa de l'autre côté et s'enfonça dans la rue sans un bruit.

Il aurait sans doute pu se contenter de marcher. De telles précautions étaient seulement nécessaires à proximité du domaine des Drake et de l'herboristerie. C'était juste une mauvaise habitude qu'il avait prise.

« Un boulot est un boulot et il n'est pas fini avant d'être terminé. »

Encore une des maximes fétiches de Blint. Encore merci, maître.

Ce soir, ce n'était pas seulement la discipline instillée par Blint qui le poussait à se glisser d'une ombre à l'autre – il lui fallut une heure pour parcourir les trois kilomètres qui le séparaient de l'herboristerie. Ce soir, les paroles de Jarl tournaient dans sa tête. *« Tu as des ennemis. Tu as des ennemis. »*

Il était peut-être temps de quitter la demeure des Drake – pour leur propre sécurité. Kylar avait vingt ans et s'il n'avait certes pas les revenus d'un noble, maître Blint se montrait plus que généreux quant à son salaire. En fait, Blint attachait peu d'importance à l'argent. Il dépensait peu pour lui-même en dehors des crises assez rares où il se consacrait entièrement à l'alcool et aux prostituées. Il achetait le meilleur équipement et les meilleurs ingrédients pour la fabrication des poisons, mais il ne jetait jamais rien. Compte tenu de ses honoraires et de la fréquence de ses contrats, c'était sans doute un homme riche – horriblement riche. Cela n'intéressait pas Kylar. Son attitude était copiée sur celle de Blint. Il donnait une partie de ses revenus au comte Drake, pour Élène, et le reliquat était encore considérable. Il en gardait un peu sous forme de pièces et de bijoux, puis confiait le reste à Mamma K et à Logan qui l'investissaient pour lui. L'argent n'avait aucune importance à ses yeux, car le jeune homme ne pouvait rien s'acheter. Il avait pris l'identité d'un noble de campagne désargenté et son véritable travail – pisse-culotte – ne lui permettait pas un train de vie voyant. Il ne pouvait pas dépenser cet argent, même s'il l'avait voulu.

Il pouvait cependant déménager, louer un petit appartement un peu plus au sud des faubourgs est, à la périphérie des secteurs moins prisés. Blint lui avait affirmé qu'en achetant la maison la moins chère du quartier – quel que soit le quartier –, on devenait invisible. Même si les voisins vous remarquaient, ils prendraient toutes les peines du monde pour vous ignorer.

Puis Kylar arriva à la boutique. Depuis des lustres, le Sa'kagué avait un accord avec les herboristes de la cité. Ces derniers s'assuraient de la disponibilité de certaines plantes dont le commerce n'était pas vraiment légal et, en échange, le Sa'kagué s'arrangeait pour que leurs échoppes ne soient jamais cambriolées. La Couronne était au courant de ce marché, mais elle était incapable d'y mettre un terme.

L'herboristerie d'Aalyep Goodman était fréquentée par de riches marchands ainsi que par les nobles et il avait donc refusé de poursuivre la vente de plantes illicites. Compte tenu de sa clientèle, il craignait qu'un manquement aux lois de la Couronne lui attire des ennuis. Il s'était opposé à la volonté du Sa'kagué, mais personne ne s'opposait à la volonté de maître Blint. Aalyep Goodman continuait donc de fournir au pisse-culotte les herbes les plus rares et maître Blint s'assurait que les membres du Sa'kagué ne s'approchent pas de sa boutique.

C'était à Kylar d'aller chercher les ingrédients nécessaires et de les payer – ce qu'il faisait ce soir. Ces missions lui apportaient beaucoup : elles lui permettaient d'apprendre les ficelles du métier, d'établir des relations avec des gens qui deviendraient ses fournisseurs, mais aussi de constituer sa propre collection de produits. Celle de maître Blint était exceptionnelle. Il avait mis des années pour la rassembler et y avait investi des milliers, voire des dizaines de milliers de gunders.

Le mauvais côté, c'était qu'il perdait des heures de sommeil. Un jeune noble ne dormait pas jusqu'à midi, sauf s'il avait fait la fête avec ses amis la veille. Kylar devrait se lever avec le soleil, même s'il regagnait sa chambre juste avant l'aube.

Le jeune homme grommela en silence en se rappelant l'époque où il trouvait amusant de rôder sans bruit, la nuit, dans les rues de Cénaria.

Comme toujours, la porte de derrière était fermée, et Aalyep Goodman avait investi dans de solides serrures. Kylar n'avait jamais rencontré l'herboriste – ils communiquaient en se laissant des notes –, mais il avait l'impression de le connaître. C'était un homme étrange. Avec la protection de Blint au sein du Sa'kagué, il aurait pu laisser ses portes grandes ouvertes : personne dans la cité n'aurait osé lui voler quoi que ce soit.

Mais comme le disait maître Blint, le plus grand trésor d'un homme était ses illusions. Le pisse-culotte affirmait qu'il détestait jouer les professeurs, mais il avait pourtant un aphorisme pour chaque occasion. Kylar choisit l'aiguille et le rossignol adaptés dans la trousse accrochée à l'intérieur de sa ceinture. Il s'agenouilla devant la porte et se mit au travail. Il lâcha un soupir. La serrure était neuve et elle venait de l'atelier de maître Procl, le meilleur serrurier de la cité. Les serrures neuves, même si elles n'étaient pas de très bonne qualité, avaient tendance à être plus difficiles. La perte d'un rossignol n'était pas la fin du monde, mais c'était toujours agaçant d'en casser un.

Kylar fit glisser son aiguille sur les clavettes. Il y en avait quatre et deux d'entre elles étaient un peu détendues. La serrure était donc l'œuvre d'un ouvrier de Procl et non pas du maître en personne. En dix secondes, Kylar fit tourner le rossignol et le tordit. Kylar lâcha un juron silencieux en ouvrant la porte. Il devrait s'en procurer un nouveau. Il rangea ses instruments. Un jour, il lui faudrait commander des outils de crochetage en mistarille comme ceux de maître Blint – enfin, un rossignol, au moins Le Mythrul ne cassait pas et ne pliait pas, mais son prix au kilo dépassait celui des diamants.

Aalyep Goodman affirmait qu'il dirigeait une herboristerie et ce n'étaient pas des paroles en l'air. La boutique se divisait en trois : la salle confortable et plutôt vaste où étaient exposés des bocaux en verre étiquetés, un bureau minuscule et l'atelier dans lequel Kylar se tenait. La petite pièce était humide, saturée d'odeurs si riches et si moites qu'elles en devenaient presque insupportables.

Kylar examina avec satisfaction l'évolution de diverses moisissures. Plusieurs fongus mortels seraient prêts avant une semaine. Aalyep Goodman pouvait cultiver ces champignons en toute impunité dans sa boutique, car seul un herboriste

– ou un pisse-culotte – expérimenté pouvait faire la différence entre les variétés dangereuses et les variétés comestibles.

Kylar se déplaça avec prudence afin de ne pas poser le pied sur une planche grinçante. Il visita le reste de l'herboristerie et examina les plantes d'un œil expert. Il souleva la troisième jardinière de la deuxième rangée et découvrit six paquets enveloppés avec soin dans des poches en peau d'agneau. Il les prit et vérifia que sa commande avait été respectée. Quatre d'entre elles étaient pour maître Blint ; deux, pour lui. Kylar rangea les herbes dans le sac plaqué contre son dos, sous sa cape. Il déposa la bourse contenant l'argent d'Aalyep dans la petite cache et remit la jardinière en place.

Il sentit alors que quelque chose n'allait pas. En un clin d'œil, il dégaina ses deux épées courtes.

Il resta immobile, mais son curieux malaise subsista. Il n'y avait rien d'anormal en soi, mais il sentait quelque chose, tout près. Il n'entendit rien et personne ne l'attaqua. Il y avait juste cette légère pression, comme un doigt qui vous caresse avec une infinie douceur.

Kylar se concentra sur cette sensation tandis que ses yeux fouillaient l'atelier et que ses oreilles se tendaient à l'affût du moindre bruit. Oui, c'était comme une caresse, mais une caresse qui ne s'attarda pas sur lui. Elle le contourna et continua son chemin.

La serrure de la porte de derrière se verrouilla. Kylar était pris au piège.

CHAPITRE 34

Le jeune homme résista à la tentation de se précipiter vers la porte et de l'ouvrir à toute volée. Il resta aussi immobile qu'une statue. Il n'y avait personne d'autre que lui dans l'atelier, il en était certain. Pourtant… Oui, il entendait une respiration dans la boutique.

Puis il comprit qu'il n'y en avait pas qu'une. La première était rapide et brève sous le coup de l'excitation. La seconde était légère et lente, détendue. Ce fut celle-ci qui effraya Kylar.

Qui pouvait tendre une embuscade à un pisse-culotte et rester parfaitement calme ?

Craignant de perdre l'initiative, Kylar se déplaça avec lenteur vers le mur qui séparait l'atelier de la boutique. S'il ne se trompait pas, un homme se tenait de l'autre côté. Il rengaina une arme en silence – une manœuvre qui fut si longue qu'elle en devint douloureuse. Puis il tira l'épée ceurane à une main et demie du fourreau accroché dans son dos. Il approcha la pointe du mur et tendit l'oreille à l'affût du moindre bruit.

Il n'y eut que le silence. Il n'entendait même plus la respiration de l'homme nerveux. C'était sans doute lui qui se tenait de l'autre côté de la cloison. L'autre, le calme, devait être plus loin.

Kylar attendit en tremblant d'impatience. L'un des inconnus était un sorcier. S'agissait-il des Khalidoriens contre lesquels Jarl l'avait mis en garde ? Le jeune homme chassa cette pensée. Il s'inquiéterait plus tard. Il ne savait pas qui étaient ces gens, mais ils étaient parvenus à le piéger. Qu'ils confondent Kylar avec maître Blint ou avec un simple cambrioleur, c'était sans importance.

Lequel des deux était le sorcier ? Le nerveux ? *A priori*, Kylar ne le pensait pas, mais l'étrange caresse qui l'avait effleuré avant d'aller verrouiller la porte était venue de cette direction.

Une planche grinça.

— Feir ! En arrière ! cria l'inconnu le plus loin.

Kylar plongea son épée à travers la cloison de pin épaisse de deux centimètres.

Il dégagea la lame et se rua vers le rideau séparant les deux pièces. Il fit irruption dans la boutique, prit appui contre un montant et bondit au-dessus du comptoir en direction de l'homme qu'il avait essayé de transpercer.

L'inconnu était à terre. Il roula de côté tandis que Kylar se préparait à frapper de taille à la tête. Il était gigantesque, plus grand que Logan, mais il était bâti comme un tronc d'arbre : sa silhouette épaisse était presque cylindrique et on ne distinguait ni cou ni hanches. Malgré sa carrure et bien qu'il ait été allongé sur le dos, il réussit à lever son épée pour parer l'attaque de Kylar.

Il aurait bloqué le coup si l'arme de Kylar avait été intacte. Mais la moitié de la lame gisait sur le plancher, à côté du colosse. La magie l'avait sectionnée au moment où le jeune homme l'enfonçait à travers le mur.

Le coup attendu ne vint donc pas, et l'inconnu élargit sa parade. Amputée d'une partie de son poids, l'épée tronquée s'abattit si vite que le géant n'eut pas le temps de réagir. Kylar visa au ventre.

À cet instant, il eut l'impression de se retrouver sous la cloche d'un temple. Une onde de choc sourde, mais intense, résonna à travers son crâne, comme si une pierre s'était détachée du deuxième étage d'un bâtiment pour s'écraser à quelques centimètres de sa tête.

La secousse le projeta sur le côté. Il percuta une étagère chargée de bocaux d'herbes, puis une seconde, et les renversa avant de s'effondrer dessus.

Il ne distingua plus qu'une lumière brillante devant lui. Son épée avait disparu. Il cligna des yeux et le monde recouvra peu à peu sa netteté. Il était allongé sur le ventre au milieu d'étagères brisées, de tessons de verre et de plantes éparpillées.

Il entendit le colosse grogner, puis des bruits de pas. Il resta immobile – il ne lui fallut pas beaucoup d'efforts pour paraître sonné. Il parvint bientôt à identifier certains végétaux qui se trouvaient à quelques centimètres de son nez. Des graines de pronwi, des bourgeons d'ubald, des racines d'achillée… Logiquement, il aurait dû y avoir des… Ah ! ici, tout près de sa main. De délicates graines de tuntun réduites en poudre. Celle-ci provoquait des hémorragies pulmonaires quand on la respirait.

Les bruits de pas se rapprochèrent et Kylar passa soudain à l'action. Il se tourna et lança une poignée de poudre de tuntun qui s'envola en un arc de cercle. Il se releva et tira ses deux épées courtes.

— Assez ! Marcheur de l'Ombre !

Autour de Kylar, l'air prit la consistance de la gelée. Il essaya de bondir en arrière, mais la gelée se transforma en pierre.

Les deux inconnus observèrent Kylar à travers le nuage de poudre de tuntun figé dans l'air.

La montagne blonde croisa des bras monstrueux en travers de sa poitrine.

— Ne me dis pas que tu t'attendais à cela, Dorian, grogna-t-il à l'intention de son camarade qui grimaça un sourire. Il n'est pas très impressionnant, tu ne trouves pas ?

L'inconnu le plus petit, Dorian, arborait une courte barbe noire sous des yeux d'un bleu intense ; il avait le nez pointu et de belles dents blanches. Il tendit la main et attrapa entre ses doigts une pincée de poudre de tuntun suspendue en l'air. Des cheveux noirs légèrement huilés, des yeux bleus, une peau pâle : aucun doute possible, cet homme était khalidorien. C'était lui le sorcier.

— Ne sois pas mauvais perdant, Feir. Tu aurais eu de gros problèmes si je n'avais pas tranché son épée.

Feir se renfrogna.

— Je pense être capable de me débrouiller tout seul.

— En fait, si je n'étais pas intervenu, ce jeune homme se demanderait maintenant comment se débarrasser d'un cadavre si volumineux. Et il ne s'est même pas servi de son Don.

Le colosse laissa échapper un grognement mécontent. Son compagnon fit un geste, et la poudre de tuntun retomba en une petite pile bien nette. Il regarda Kylar et les entraves qui immobilisaient le jeune homme bougèrent, l'obligeant à se relever et à garder les bras le long du corps. Il ne lâcha cependant pas ses épées courtes.

— Est-ce que cette position est plus confortable ? demanda Dorian sans paraître attendre de réponse.

Il posa un doigt sur la main de Kylar et plongea son regard dans le sien. Le jeune homme eut l'impression que ses yeux le disséquaient. Dorian fronça les sourcils.

— Regarde ceci, dit-il à Feir.

Le colosse accepta la main que Dorian posa sur son épaule et fixa ses yeux sur Kylar de la même manière que son compagnon. Le jeune homme resta immobile, ne sachant quoi dire ou quoi faire. Des dizaines de questions tourbillonnaient dans sa tête, mais il n'était pas certain qu'il soit prudent de les poser.

—Où est son canal ? demanda enfin Feir. Il semble presque modelé, comme s'il y avait une niche pour… (Ses poumons se vidèrent.) Par la Lumière ! ce garçon doit être…

—Terrifiant, en effet. C'est un ka'karifeur-né. Mais ce n'est pas cela qui m'inquiète. Regarde ceci.

Kylar sentit quelque chose bouger en lui. Il eut l'impression qu'on le retournait comme une chaussette.

Le visage du colosse demeura impassible, mais ce qu'il vit à l'intérieur de Kylar l'effraya. Le jeune homme sentit la soudaine contraction des muscles de Feir et l'odeur piquante de la peur flotter dans l'air.

—Il y a quelque chose qui me résiste, dit la voix de Dorian. Le courant est trop fort et le Protégé des Ténèbres ne me facilite pas la tâche.

—Abandonne, dit Feir. Reviens.

Kylar sentit la force qui disséquait son corps se retirer, mais il demeura incapable de bouger. Dorian vacilla sur les talons et les grosses mains de Feir se refermèrent sur ses épaules pour l'empêcher de tomber.

—Comment m'avez-vous appelé ? Qui êtes-vous ? demanda Kylar.

Dorian esquissa un petit sourire narquois et recouvra l'équilibre – par la seule force de sa bonne humeur, sembla-t-il.

—Tu veux savoir qui nous sommes, Porteur de Noms. Celui que tu emploies en ce moment est bien Kylar, n'est-ce pas ? Un vieux jeu de mots jaeran. Il me plaît. Est-ce le fruit de ton humour ou bien de celui de Blint ? (Il remarqua l'expression de surprise qui passa sur le visage du jeune homme.) Celui de Blint, dirait-on. (Dorian l'examina de nouveau comme s'il consultait une liste dans les yeux de Kylar.) Anonyme. Marati. Cwellar. Spex. Kylar. Et même Kagué. Le dernier n'est pas très original.

—Hein ? demanda Kylar.

C'était ridicule. Qui étaient ces hommes ?

— Sa'kagué signifie « seigneurs de l'ombre », dit Dorian. Kagué signifie donc « ombre », mais je ne pense pas que cela soit ta faute. Quoi qu'il en soit, tu devrais faire preuve d'un peu plus de curiosité. Tu ne t'es jamais demandé pourquoi tes semblables portaient des noms courants, comme Jarl ou Bim, ou des noms d'esclaves, comme Poupée ou le Rat, alors qu'on t'avait affublé du nom d'Azoth ?

Kylar sentit une vague glacée monter en lui. Il avait entendu dire que les sorciers avaient le pouvoir de lire dans les esprits, mais il n'y avait jamais cru. Ces noms... il ne s'agissait pas d'une énumération aléatoire.

— Vous êtes des sorciers ! Tous les deux !

Feir et Dorian échangèrent un regard.

— Tu as à moitié raison, dit Dorian.

— Pas tout à fait à moitié, rectifia Feir.

— Je suis en effet un sorcier, reprit Dorian. Ou, plus précisément, un meister – c'est le terme exact. On ne sait jamais, si tu avais le malheur d'en rencontrer un...

— Qui êtes-vous ?

— Des amis, répondit Dorian. Nous avons fait un long voyage pour t'apporter notre aide. Enfin, pas seulement à toi, mais aussi...

— Et ce voyage nous a coûté fort cher en termes d'argent et encore plus en termes de risques, l'interrompit Feir en lançant un regard sévère en direction de Kylar.

— Nous espérons que tu as compris que nous pourrions te tuer. Si nous avions eu l'intention de te faire du mal, ce serait déjà chose faite.

— On peut faire du mal à quelqu'un sans le tuer, dit Kylar. Un pisse-culotte le sait bien.

Dorian sourit, mais Feir était toujours sur ses gardes. Kylar sentit les liens se défaire. Cela l'agaça. Ces gens avaient vu à quel point il était rapide, mais ils le libéraient sans prendre la peine de le désarmer.

— Permets-moi de nous présenter, dit Dorian. Voici Feir Cousat qui sera un jour le forgeron d'épées le plus célèbre de Midcyru. C'est un Vy'sana et un maître-lame du deuxième rang.

Génial.

— Et vous ?

— Tu ne me croiras pas si je te le dis.

Dorian s'amusait beaucoup.

— Mettez-moi à l'épreuve.

— Je suis un Sa'seuran et un Hoth'salar – et j'ai jadis été un vürdmeister du douzième *shu'ra*.

— Impressionnant, dit Kylar.

Il n'avait pas la moindre idée de ce que cela signifiait.

— Ce qui devrait t'intéresser, c'est que je suis un prophète. Je me nomme Dorian. (Il prononça ce nom à la manière khalidorienne.) Dorian Ursuul.

— Tu avais raison, remarqua Feir. Il ne te croit pas.

En dehors de la négligence, un pisse-culotte ne pouvait être tué que par un autre pisse-culotte, un mage ou un sorcier. Blint estimait que les sorciers étaient les pires. Il n'avait pas négligé l'éducation de Kylar.

— Montrez-moi vos bras, dit le jeune homme.

— Ah ! tu as donc entendu parler des virs. Que sais-tu exactement à ce propos ?

Dorian releva ses manches jusqu'aux coudes. Ses avant-bras ne portaient aucune marque.

— Je sais que tous les sorciers en ont, qu'ils grandissent en fonction du pouvoir et que leur complexité reflète le degré de maîtrise de la magie.

— Ne fais pas ça, Dorian ! s'exclama Feir. Je ne tiens pas à te perdre pour ça. Donne-lui le message et foutons le camp d'ici.

Dorian l'ignora.

— Seuls les hommes et les femmes qui possèdent le Don peuvent utiliser les virs. Ils sont plus faciles à manipuler que le Don et beaucoup plus puissants. Ils entraînent aussi une forte dépendance et, si on ose parler en termes d'absolus moraux – ce que je fais –, ils sont foncièrement mauvais. (Ses yeux brillants étaient rivés sur Kylar.) À la différence du Don, qui peut être bon ou mauvais – comme tous les dons –, les virs sont le mal incarné et ils corrompent tous ceux qui les emploient. Ma famille a jugé utile d'apposer une marque sur les meisters, et tous ces derniers en portent une. Mes ancêtres ont cependant estimé qu'eux-mêmes pouvaient s'en passer s'ils le souhaitaient. Les Ursuul sont capables de faire disparaître leurs virs à volonté tant qu'ils ne les utilisent pas.

— Blint a dû oublier cette leçon, dit Kylar.

— C'est fort regrettable, poursuivit Dorian. Nous sommes les vürdmeisters les plus redoutables que tu puisses imaginer.

— Dorian, contente-toi de lui répéter le message et…

— Feir ! Silence ! Tu sais quoi faire. (Le colosse se tut et foudroya le jeune homme du regard.) Kylar, tu proposes à un alcoolique repenti de boire un petit verre de vin. Je vais passer des semaines terribles après cette démonstration. Feir devra sans cesse me surveiller pour s'assurer que je ne m'enfonce pas davantage dans cette folie. Mais tu vaux ce sacrifice.

Les lèvres de Feir se contractèrent, mais il ne dit pas un mot.

Dorian écarta les bras, et un éclat de lumière les balaya. Kylar les observa avec attention et eut l'impression que les veines se tortillaient comme si elles se frayaient un chemin vers la peau. Elles surgirent de conserve à la surface du derme. Les bras de Dorian virèrent au noir tandis qu'un million de tatouages se dessinaient les uns sur les autres en couches noueuses alternant noir et gris sombre. Ils étaient tous distincts et s'emboîtaient avec les motifs du dessus et du dessous. Le spectacle était magnifique et terrifiant. Débordant de puissance, les virs se déplacèrent avec les bras de Dorian, mais aussi de leur propre chef comme s'ils voulaient faire éclater le rempart de peau qui les retenait prisonniers. Leur noirceur envahit la pièce et Kylar eut l'impression que les virs buvaient la lumière de la salle.

Les yeux de Dorian se dilatèrent jusqu'à ce que les iris bleus et froids ne soient plus que deux cercles à peine visibles. Une joie féroce se dessina sur le visage du meister et il sembla rajeunir de dix ans. Les virs enflèrent avec des craquements audibles.

Feir attrapa Dorian comme la plupart des hommes ramasseraient une poupée et le secoua avec violence. Encore et encore. La scène aurait prêté à rire si Kylar n'avait pas été paralysé par la peur. Feir poursuivit ses efforts jusqu'à ce que le pouvoir cesse d'obscurcir la pièce. Il installa son compagnon sur une chaise.

Dorian gémit et recouvra son apparence de vieillard frêle. Il reprit la parole sans lever la tête :

— Je suis heureux de t'avoir convaincu, Marcheur de l'Ombre.

Il l'avait convaincu, en effet, mais comment le savait-il ?

— Ce pourrait être une simple illusion, déclara Kylar.

— Les illusions ne boivent pas la lumière, lâcha Feir. Les illusions…

— Il fait juste son têtu, Feir. Il est convaincu. (Dorian jeta un coup d'œil à Kylar et détourna aussitôt la tête avant de gémir une fois de plus.) Ah ! je ne peux même plus te regarder maintenant. Tous tes futurs…

Il ferma les yeux et ses paupières se contractèrent.

— Que voulez-vous de moi ? demanda Kylar.

— Je vois l'avenir, Anonyme, mais je ne suis qu'un être humain. J'espère me tromper. Je prie pour me tromper. D'après ce que j'ai vu, Cénaria tombera entre les mains de Khalidor si tu ne tues pas Durzo Blint avant demain. Si tu ne le tues pas avant après-demain, tous ceux que tu aimes périront. Ton comte du Sa'kagué, le Shinga, tes anciens amis comme les nouveaux. Tous. Si tu fais le nécessaire une fois, il t'en coûtera une année de remords. Si tu fais ce qui doit être fait, il t'en coûtera la vie.

—Alors, c'est ça ? dit Kylar. Ce n'est qu'une mise en scène pour me convaincre de trahir maître Blint ? Vos commanditaires ont vraiment cru que j'allais tomber dans ce piège ? Oh ! vous vous êtes bien renseignés sur mon compte. Toutes ces informations ont dû vous coûter une véritable fortune.

Dorian leva une main lasse.

—Je ne te demande pas de me croire maintenant. Cela fait trop de choses à accepter d'un coup. Je m'en excuse. Tu penses maintenant que nous sommes des Khalidoriens et que nous voulons que tu trahisses Blint afin qu'il ne contrecarre pas nos plans. Ce que je vais te dire te convaincra peut-être : ce que je te demande avant tout, c'est de tuer mon frère. Ne le laisse pas s'emparer du ka'kari.

Kylar eut l'impression d'avoir été piqué par une guêpe.

—Du quoi ?

—Feir, dit Dorian. Répète-lui le message que nous sommes venus lui apporter.

—Demande à Mamma K, dit le colosse.

Kylar secoua la tête.

—Attendez ! De quoi parlez-vous ? Qu'est-ce que je dois lui demander ? Ce que c'est qu'un ka'kari ?

—Demande à Mamma K, répéta Feir.

—Et votre frère, qui est-ce ?

—Si je te le dis maintenant, tu seras vaincu lorsque tu l'affronteras. (Dorian secoua de nouveau la tête, mais son regard continua à éviter le jeune homme.) Maudit soit ce pouvoir ! À quoi peut-il servir si je ne trouve pas les mots pour te faire comprendre ? Kylar, si le temps est un fleuve, la plupart des gens vivent au fond. Certains atteignent la surface et peuvent alors deviner l'avenir ou appréhender le passé. Je suis différent. Quand je ne me concentre pas, je me détache du courant du temps. Ma conscience flotte au-dessus de la surface et je vois mille chemins. Si tu me demandes où une feuille va se poser, je serai incapable de te répondre. Il y a trop de possibilités. Il y a tellement de bruit. C'est comme si j'essayais de suivre une goutte de pluie qui tombe dans un lac et est emportée par une cascade, puis de la récupérer dix kilomètres en aval. Si je touche quelqu'un ou si je récite des vers, j'obtiens – parfois – une vision claire. (Dorian, perdu dans ses pensées, semblait fixer les yeux sur quelque chose au-delà du mur.) Parfois, il m'arrive de transcender le fleuve et je distingue un motif. Il ne se dessine pas dans l'eau, il est fait d'une matière composée des choix insignifiants des paysans aussi bien que des décisions déterminantes des rois. Quand je commence à entrevoir l'étendue et la complexité de cet écheveau, mon esprit se disloque peu à peu.

Il cligna des yeux et les tourna vers Kylar. Ses paupières se plissèrent comme si le simple fait de le regarder était douloureux.

— Parfois, ce ne sont que des images sans lien. Je vois l'angoisse sur les traits d'un jeune homme qui assistera à ma mort, mais j'ignore qui il est, quand cela aura lieu et pourquoi il s'en soucie. Je sais que, demain, un vase carré va te donner espoir. Je vois une jeune fille qui pleure au-dessus de ton corps. Elle essaie de te tirer, mais tu es trop lourd. De quoi veut-elle te protéger ? Je l'ignore.

Un frisson traversa Kylar.

— Une jeune fille ? Quand ?

S'agissait-il d'Iléna Drake ?

— Je ne peux pas te le dire. Attends ! (Dorian cligna une nouvelle fois des paupières et son visage se ferma.) Pars, maintenant. Demande à Mamma K.

Feir ouvrit la porte d'entrée. Les yeux de Kylar passèrent du mage au colosse. Pourquoi lui donnaient-ils congé si brutalement ?

— Pars ! dit Feir. Pars !

Kylar s'enfuit dans la nuit.

Pendant un long moment, le colosse le suivit du regard, puis il cracha par terre.

— Qu'est-ce que tu lui as caché ? demanda-t-il, les yeux encore fixés sur les profondeurs de la nuit.

Dorian laissa échapper un soupir tremblant.

— Il va mourir, quoi qu'il arrive.

— Comment est-ce possible ?

— Je ne sais pas. Peut-être qu'il n'est pas celui que nous attendions.

Chapitre 35

Kylar courut aussi vite qu'il en était capable, mais les questions couraient plus vite encore. À l'est, le ciel s'éclaircissait et les premiers signes de vie agitaient la cité. Les chances de rencontrer une patrouille étaient faibles : Kylar savait qu'il fallait éviter de courir dans les rues bordées de riches boutiques, car les soldats y passaient plus souvent que dans celles bordées d'échoppes misérables. Mais s'il se heurtait à des gardes, que leur dirait-il ? Qu'il faisait une promenade matinale habillé de vêtements gris sombre, le visage barbouillé de cendre, avec un chargement de plantes illégales et un petit arsenal sur lui ? Ben voyons !

Il ralentit et se mit à marcher. De toute façon, la maison de Mamma K était toute proche maintenant. Que faisait-il ? Il obéissait à un fou accompagné d'un géant ? Il revit les virs jaillir des bras de Dorian et cette image lui retourna l'estomac. Ce n'était peut-être pas un fou. Mais qu'espéraient ces deux hommes ? Kylar ne connaissait personne qui agissait dans la seule intention de satisfaire son sens moral en dehors des Drake – et il avait compris que ces derniers étaient les exceptions confirmant la règle. Au sein du Sa'kagué, à la cour du roi, dans le véritable monde, les gens faisaient ce qui servait au mieux leurs intérêts.

Feir et Dorian n'avaient pas nié qu'ils étaient venus à Cénaria pour plusieurs motifs, mais, à en juger par leur comportement, ils considéraient que Kylar était le plus important de tous. Ils semblaient convaincus de pouvoir changer le destin du royaume ! C'était de la folie pure, mais Kylar les avait crus.

S'ils n'avaient été que de simples menteurs, ils se seraient contentés de lui expliquer que la vie serait merveilleuse s'il tuait maître Blint. Ou bien étaient-ils plus intelligents que la plupart des menteurs ? Selon Dorian, le jeune homme allait tout perdre, quoi qu'il fasse. Quel diseur de bonne aventure oserait raconter cela à ses clients ?

Pourtant, Kylar s'aperçut qu'il avait accéléré, puis qu'il courait de nouveau. Il fit sursauter une blanchisseuse qui remplissait des seaux d'eau. Il s'arrêta devant la porte de la maison de Mamma K et se sentit une fois de plus mal à l'aise. La courtisane veillait tard et se levait tôt, mais s'il y avait un moment où on était sûr de la trouver au lit, c'était celui-ci. La porte n'était jamais fermée, sauf au lever du jour.

Malédiction ! est-ce que tu vas te décider ?

Kylar frappa avec modération, se traita de lâche et décida néanmoins qu'il partirait si personne ne lui répondait.

La porte s'ouvrit un instant plus tard et la domestique de Mamma K parut aussi surprise que Kylar. C'était une vieille femme qui portait une robe droite et un châle autour des épaules.

— Euh… Bien le bonjour, seigneur. Vous êtes dans un drôle d'état. Je n'arrivais pas à dormir. Je ne cessais pas de me dire qu'on allait manquer de farine, allez donc savoir pourquoi. J'ai pourtant vérifié hier soir, mais je me disais tout le temps qu'il n'y en avait plus, allez savoir pourquoi. Je passais devant la porte pour aller vérifier une fois de plus quand vous avez frappé. Oh ! par les douze mamelons d'Arixula ! voilà que je jacasse comme une vieille baderne.

Kylar ouvrit la bouche, mais ne parvint pas à placer un mot dans le babillage de l'ancienne prostituée – et ce ne fut pas faute d'essayer.

— « C'est le moment de lui coller un bon coup sur le crâne et de la balancer dans le fleuve, maîtresse », je lui ai dit. Elle s'est juste moquée de moi. Ah ! comme je regrette l'époque où j'étais jeune. Je regrette que vous ne me regardiez pas comme on me regardait jadis. Il fut un temps où ces nichons tout flasques faisaient lever les yeux des hommes et captivaient leur attention. Vous seriez rentré dans un mur tellement ils vous auraient fasciné. Ah ! vous m'auriez vue en chemise de nuit… Bien sûr, je ne portais pas encore ces nippes de vieille, mais si je m'habillais avec les frusques de cette époque, je collerais la trouille à tous les gamins du quartier. Ah ! comme je regrette…

— Est-ce que Mamma K est réveillée ?

— Hein ? Oh ! je crois bien que oui. Elle a mal dormi, la pauvre petite. Peut-être qu'un peu de visite lui fera le plus grand bien. Quoique… je crois que c'est à cause de ce Durzo qu'elle est dans tous ses états. C'est pas facile à son âge, passer de ce qu'elle a été à ce que je suis. Elle a presque cinquante ans. Ça me rappelle…

Kylar se faufila entre le montant et la domestique avant de gravir l'escalier. Il était à peu près certain que la vieille femme n'avait pas remarqué son départ.

Il frappa à la porte de la chambre et attendit. Pas de réponse. Un peu de lumière filtrait entre le battant et le plancher, il décida donc d'ouvrir.

Mamma K était assise de dos. Deux moignons de chandelle fournissaient le seul éclairage de la pièce. La courtisane réagit à peine à l'arrivée de Kylar. Puis elle se tourna vers lui avec lenteur. Ses yeux étaient rouges et gonflés comme si elle avait pleuré toute la nuit.

Pleurer ? Mamma K ?

— Mamma K ? Mamma K, vous avez une tête de déterrée !

— Tu as toujours su parler aux femmes.

Kylar s'avança et referma derrière lui. Ce fut à ce moment qu'il remarqua quelque chose d'étrange. Le miroir qui était près du lit et à côté duquel elle rangeait ses produits de maquillage, le petit miroir à poignée et même la psyché : ils étaient tous brisés. Par terre, des éclats de verre brillaient faiblement dans la lueur des chandelles.

— Mamma K ? Qu'est-ce qui se passe ?

— Ne m'appelle pas comme ça. Ne m'appelle plus jamais comme ça.

— Qu'est-ce qui se passe ?

— Des mensonges, Kylar, dit-elle en baissant les yeux vers ses genoux, le visage à moitié caché par l'obscurité. De beaux mensonges. Des mensonges que je porte depuis si longtemps que je ne sais plus ce qu'il y a derrière.

Elle se tourna vers lui. Elle s'était démaquillée d'un seul côté. Pour la première fois, Kylar vit la partie gauche de son visage sans fard. Cette étrange composition vieillissait la courtisane et lui donnait un air hagard. De fines rides dansaient sur les traits de Gwinvere Kirena. Sa peau, jadis si délicate, était désormais sèche et plissée. Sous ses yeux, des cernes lui conféraient une vulnérabilité spectrale. La conjugaison de la partie droite du visage, maquillée avec soin, et de la gauche, à nu, avait quelque chose de ridicule, de laid et de presque comique.

Kylar se ressaisit, mais pas assez vite. D'ailleurs, il n'avait jamais été capable de cacher grand-chose à la courtisane. Pourtant, elle semblait se complaire dans sa douleur.

— Je suppose que tu n'es pas venu ici dans le seul dessein de contempler le monstre de foire. Qu'est-ce que tu veux, Kylar ?

— Vous n'êtes pas un monstre de foire…

— Réponds. Je sais reconnaître un homme qui a quelque chose à faire quand j'en vois un. Tu es venu me demander de l'aide. De quoi as-tu besoin ?

— Mamma K, par tous les dieux ! cessez de…

— Non ! Va te faire foutre !

La voix de Mamma K avait claqué comme un fouet. Puis ses yeux – celui qui était maquillé et celui qui ne l'était pas – se vidèrent de leur colère. Ils s'adoucirent et se fixèrent sur un point au-delà de Kylar.

— C'est trop tard. Je l'ai choisie. Qu'il aille au diable, mais il avait raison. J'ai choisi cette vie, Kylar. J'ai choisi chaque pas que j'ai fait. Ce n'est pas une bonne idée de changer de pute pendant qu'on baise. Tu es venu me voir à propos de Durzo, n'est-ce pas ?

Déconcerté, Kylar se frotta le front avec les phalanges. Il lisait le message sur le visage de la courtisane : « La discussion est terminée. » Il abandonna. Était-il venu à propos de Durzo ? Eh bien ! cet endroit en valait un autre pour le découvrir.

— Il a dit qu'il allait me tuer si je ne trouvais pas le ka'kari d'argent. Je ne sais même pas ce que c'est.

— Je lui demande de te l'expliquer depuis des années. Six ka'karis ont été fabriqués pour les six champions de Jorsin Alkestes. Les gens qui les ont utilisés n'étaient pas des mages, mais les ka'karis leur donnaient des pouvoirs identiques. Et je ne te parle pas des caricatures de mages d'aujourd'hui, mais des mages d'il y a sept siècles. Tu es comme ces champions. Tu es un ka'karifeur. Tu es né avec une brèche dans ton Don et seul un ka'kari peut la combler.

Mamma K et Durzo savaient tout cela et ils n'avaient pas songé à le lui dire ?

— Oh ! merci bien ! Et vous pouvez m'indiquer où se trouve la boutique d'artefacts magiques la plus proche ? Une qui fasse des réductions pour les pisse-culottes, si possible.
Si de tels objets existent, ils ont été récupérés par les mages ou ils dorment au fond de l'océan. Tout le monde a oublié ce qu'ils sont devenus.

— Tout le monde ?

— Est-ce que vous voulez dire que vous savez où est le ka'kari d'argent ?

— Imagine les choses ainsi : tu es un roi. Tu parviens à obtenir un ka'kari, mais tu es incapable de l'utiliser et tu n'as pas confiance dans les personnes qui le pourraient. Que fais-tu ? Tu le gardes en cas de besoin, ou pour tes héritiers. Peut-être que tu n'écris jamais à quoi il sert parce que tu sais que, à ta mort, des gens vont vider tes placards pour s'emparer de tes biens les plus précieux. Alors, tu décides que tu en parleras à ton fils juste avant son couronnement. Mais, comme cela arrive souvent dans ce métier, tu es assassiné avant d'avoir le temps de mettre ton projet à exécution. Que devient le ka'kari ?

— Mon fils en hérite.

— Juste. Mais il ignore ce que c'est. Il ne devine peut-être pas qu'il est important, qu'il est magique. Et comme tu l'as laissé entendre, il sait que s'il en parle à des mages, ces derniers le lui prendront, à lui ou à ses héritiers, tôt ou tard. Alors, il le garde et ne dit rien à personne. Au bout de quelques générations, le ka'kari est devenu un simple joyau du trésor royal. Au bout de sept cents ans, il a changé de propriétaire une dizaine de fois et tout le monde oublie sa véritable nature. Et puis un jour, le Roi-dieu de Khalidor exige un tribut qui inclut un certain bijou. Au même moment, un roi particulièrement idiot offre le fameux bijou à sa maîtresse.

— Vous voulez dire que…

— J'ai appris aujourd'hui que le Neuvant a offert le ka'kari d'argent, le globe des Tranchants, à Dame Jadwin. Il ressemble à une petite pierre d'aspect curieusement métallique, comme un diamant argenté. Il se trouve aussi que c'était un des bijoux préférés de la reine Nalia. Celle-ci pense qu'il a été perdu et elle est furieuse. Alors, demain, une personne en qui le roi a confiance – j'ignore qui – ira le récupérer. Les Jadwin organisent une fête demain soir et il ne sera donc pas difficile de s'emparer du ka'kari. Il n'y aura pas de gardes royaux, pas de mages, pas d'entraves magiques. Dame Jadwin le portera ou le laissera dans sa chambre. Kylar, il faut que tu comprennes ce qui est en jeu. On raconte que les ka'karis choisissent leur maître, mais les Khalidoriens pensent qu'on peut les forcer à établir un lien grâce à la magie. Si le Roi-dieu parvient à ses fins… imagine les ravages qu'un tel homme pourrait faire s'il devenait immortel.

À ces mots, Kylar sentit des picotements sur la nuque.

— Vous êtes sérieuse, n'est-ce pas ? Vous en avez parlé à Durzo ?

— Durzo et moi… Je n'ai pas très envie d'aider Durzo en ce moment. Mais il n'y a pas que cela, Kylar. Je ne suis pas la seule à avoir appris ces informations.

L'angoisse déforma ses traits et la courtisane détourna les yeux.

— Qu'est-ce que vous voulez dire ?

— Khalidor a engagé quelqu'un pour récupérer le ka'kari. C'est pour cela que mes espions ont tout découvert. Le travail consiste en principe à frapper vite et à disparaître.

— En principe ?

— Ils ont engagé Hu Gibbet.

— Personne n'engagerait Hu pour ce genre de mission. Ce type est un boucher.

— Je sais.

— Et qui est le cadavreux ?

— Fais ton choix. La moitié des nobles du royaume assisteront à cette fête. Ton ami Logan a accepté l'invitation. Peut-être même que le prince sera présent. On dirait que ces deux-là sont inséparables. Ils passent leurs journées et leurs nuits ensemble.

— Mamma, qui est votre espion ? Est-ce que vous pouvez m'obtenir une invitation ?

Un sourire énigmatique se dessina sur les lèvres de la courtisane.

— Mon espion ne peut rien pour toi, mais je connais une personne capable de t'aider. D'ailleurs, il se trouve que tu la connais aussi – malgré tous mes efforts.

Chapitre 36

Au cours de sa vie, Kylar avait approché des hommes au grand jour, presque sous le nez des gardes de la cité, pour les tuer. Il s'était tapi sous une table en compagnie d'un chat furieux alors que des soldats fouillaient une pièce à la recherche d'intrus. Il s'était introduit dans une cuve à vin et s'était caché à l'intérieur tandis que le sommelier d'un noble choisissait la cuvée appropriée au repas. Après avoir empoisonné un ragoût, il avait patienté à un mètre d'un four poussé à température maximale et écouté le monologue d'un cuisinier qui se demandait de quelle épice il avait abusé pour que le plat ait un goût si étrange.

Pourtant, il ne s'était jamais senti aussi nerveux qu'aujourd'hui. Mamma K avait refusé de lui donner le nom de la mystérieuse personne qui devait l'aider et les soupçons du jeune homme étaient trop terribles pour qu'il s'attarde sur la question.

Il observa la porte étroite, l'entrée des domestiques, avec mépris. Aujourd'hui, il était devenu un mendiant venant quémander quelques croûtons de pain. Ses cheveux étaient raides, ternes et graisseux, enduits de cendres et de suif ; sa peau était rêche et brune ; ses mains, nouées par l'arthrite. Pour parvenir à cette porte, il avait dû convaincre les gardes qui surveillaient l'entrée imposante du domaine.

— Hé ! l'vieux ! avait lancé un homme courtaud armé d'une hallebarde. Qu'est-ce qu'tu viens faire ici ?

— On m'a dit qu'une jeune fille travaillait au manoir. Mlle Cromwyll. J'espérais juste qu'elle pourrait me donner quelques croûtes de pain.

Ces paroles attirèrent l'attention du deuxième garde qui n'avait accordé à Kylar qu'un vague coup d'œil.

— Qu'est-ce que tu as dit ? Tu es parent avec Mlle Cromwyll ?

L'homme, âgé d'une quarantaine d'années, dégageait une aura paternaliste presque palpable.

— Non, non. Pas moi, dit Kylar avec un rire rauque qui fit trembler sa poitrine. Je suis juste un vieil ami.

Les deux gardes échangèrent un regard.

— Tu veux aller la chercher et lui d'mander d'venir ici à c't'heure, alors qu'y a une fêt' c'soir ? demanda Courtaud.

Son camarade secoua la tête, puis fouilla Kylar du bout des doigts en ronchonnant.

— Je suis sûr qu'un jour une des bonnes œuvres de Mlle Cromwyll finira par me refiler des puces.

— J'sais bien ! Mais elle en vaut la peine, non ? répliqua son camarade.

— Tu n'es pas si tolérant quand c'est toi qui tripotes les mendiants, Birt.

— Ah ! va t'faire foutre.

— Vas-y, l'ancien. La cuisine est par là, dit le garde le plus âgé. Birt, je suis coulant avec toi, mais si tu me dis encore une fois d'aller me faire foutre, tu feras connaissance avec la pointe de ma botte…

Kylar se dirigea vers la cuisine en faisant semblant d'avoir un genou raide. Malgré leur discours, les gardes étaient des professionnels. À la manière dont ils tenaient leurs armes, on devinait qu'ils savaient s'en servir et s'ils n'avaient pas vu à travers son déguisement, ils n'avaient pas oublié de le fouiller. Une telle discipline était de mauvais augure pour le jeune homme.

Il avança sans se presser pour mémoriser l'agencement du parc, mais il n'avait pas à aller très loin. Les Jadwin étaient des ducs depuis cinq générations et leur manoir était un des plus beaux de la cité. Leur domaine surplombait la Plith et se trouvait juste en face de Château Cénaria. Au nord, il y avait le pont royal est – il était prétendument réservé à un usage militaire, mais certaines rumeurs affirmaient qu'il servait surtout à faciliter les liaisons nocturnes du roi. Si Dame Jadwin était bel et bien la maîtresse d'Aléine Gunder, le domaine était idéalement situé pour leurs rencontres discrètes. Le roi s'arrangeait aussi pour que le duc parcoure Midcyru de long en large. Il lui confiait sans cesse des missions diplomatiques qui n'étaient que des excuses destinées à l'éloigner – tout le monde l'avait compris à l'exception du malheureux.

Le manoir était érigé sur une petite colline centrale afin qu'on aperçoive le fleuve de ses fenêtres malgré le mur d'enceinte haut de quatre mètres et hérissé de pointes.

Kylar frappa à l'entrée des domestiques d'une main tremblante – il voulait faire croire qu'il était malade.

— Oui ?

La porte s'ouvrit et une jeune fille le regarda d'un air interrogateur en s'essuyant les mains sur son tablier.

Elle devait avoir dix-sept ans et était ravissante. Les employées de Mamma K lui auraient envié sa silhouette de sablier que même les vêtements de domestique en laine ne parvenaient pas à cacher. Les cicatrices étaient toujours là : un X sur la joue, un autre en travers des lèvres et un arc de cercle reliant le coin de l'œil à celui de la bouche. Ce dernier l'affublait d'un petit sourire permanent, mais la gentillesse qui émanait de ses lèvres atténuait la cruauté de la balafre.

Kylar se rappela son œil horriblement tuméfié lorsqu'il l'avait retrouvée. Il avait craint qu'il ne voie plus jamais. Mais il constata que ses yeux bruns et brillants étaient limpides. Ils pétillaient de bonté et de joie. Le nez de Poupée avait été réduit en bouillie ; celui d'Élène n'était pas tout à fait droit, mais il était plutôt joli. La jeune fille avait toutes ses dents : bien sûr, elle était encore une enfant lorsque le Rat l'avait torturée ; elle n'avait perdu que ses dents de lait.

— Entrez, grand-père, dit-elle à voix basse. Je vais vous trouver quelque chose à manger.

Elle lui offrit son bras et ne s'offusqua pas de son regard scrutateur. Elle le conduisit dans une petite annexe garnie d'une table étroite – une pièce destinée aux domestiques qui devaient rester à portée de voix de la cuisine. Avec calme, elle expliqua à une femme de dix ans son aînée qu'elle avait besoin d'être remplacée pendant qu'elle s'occupait de son invité. Au ton de sa voix et à la réaction de la servante, Kylar comprit que tous les employés du manoir adoraient Élène et que la jeune fille avait l'habitude de prendre soin des mendiants.

— Comment allez-vous, grand-père ? Voulez-vous que j'aille chercher du baume pour vos mains ? Je sais qu'elles doivent vous faire mal par ces froides matinées.

Qu'avait-il fait pour mériter cela ? Il s'était présenté sous le déguisement du mendiant le plus répugnant possible et elle le comblait pourtant d'attention. Il n'avait rien à lui offrir, mais elle le traitait comme un être humain. Kylar songea que son arrogance, sa bêtise et sa lâcheté avaient failli causer la mort de cette jeune fille. La seule laideur d'Élène, Kylar en était responsable.

Deux ans plus tôt, Mamma K lui avait fait prendre conscience de la simple vérité : il avait sauvé Poupée d'un sort bien pire que ses balafres. Il avait alors cru qu'il en avait fini avec ce sentiment de culpabilité. Pourtant, en observant les cicatrices de si près, il se sentit sur le point de retomber en enfer.

Elle posa sur la table une assiette remplie d'une miche rassise couverte d'une sauce au jus de viande qui sortait à peine de la marmite, puis brisa le pain en petits morceaux.

— Voulez-vous vous asseoir ici ? Nous allons rendre ceci un peu plus facile à mâcher, d'accord ?

Elle parlait fort, comme apprennent à le faire les gens qui travaillent avec des personnes âgées. Elle sourit et les cicatrices tirèrent sur ses lèvres charnues.

Non !

Il l'avait installée ici, avec des personnes qui l'adoraient, dans un endroit où elle pouvait se permettre de partager du pain. Élène avait fait ses propres choix pour devenir celle qu'elle était, mais c'était lui qui avait rendu ces choix possibles. S'il avait fait une bonne action dans sa vie, c'était celle-là. Il inspira un grand coup et ferma les yeux. Il les rouvrit et observa la jeune fille sans que la culpabilité ternisse ce qu'il voyait. Elle était magnifique. Ses cheveux étaient blonds et chatoyants ; hormis les cicatrices, son visage était parfait ; elle avait de grands yeux brillants, de hautes pommettes, des lèvres pleines, des dents éclatantes, un cou gracieux et une silhouette à couper le souffle. Elle s'était penchée en avant pour couper la miche en petits morceaux. Son corsage béa et…

Kylar se força à détourner les yeux et essaya de calmer les battements de son cœur. Elle remarqua son mouvement brusque et l'observa. Il croisa son regard interrogateur et sincère. Il voulait demander à cette femme de trahir son maître ?

L'enchevêtrement chaotique d'émotions emprisonnées dans un sombre recoin de son âme se réveilla et brisa ses chaînes. Kylar étouffa un sanglot et cligna des yeux avec frénésie.

Ressaisis-toi !

Élène passa un bras autour de ses épaules sans prêter attention à ses vêtements crasseux et à son odeur repoussante. Elle ne prononça pas un mot, elle ne posa aucune question, elle se contenta de le toucher. Kylar sentit un frisson électrique le traverser et ses émotions repartirent à l'attaque.

— Savez-vous qui je suis ? demanda-t-il.

Il n'avait pas travesti sa voix.

Élène Cromwyll le regarda de manière étrange, sans comprendre. Kylar eut envie de rentrer la tête dans les épaules, d'échapper à ces yeux si doux, mais il en était incapable. Il se redressa, se leva et décontracta ses doigts.

— Kylar ? demanda-t-elle. C'est vous ! Mais que faites-vous ici ? Est-ce que c'est Mags et Iléna qui vous ont envoyé ? Oh ! mon Dieu ! qu'est-ce qu'elles vous ont raconté ?

Ses joues étaient écarlates et ses yeux pétillaient d'espoir et de gêne. Ce n'était pas juste : comment une femme pouvait-elle être si belle ? Est-ce qu'elle se rendait compte de ce qu'elle lui infligeait ?

Elle avait le visage d'une jeune fille surprise et heureuse de voir un garçon. Oh ! dieux ! elle croyait qu'il était venu pour l'inviter à la fête de Mags. Ses espoirs allaient connaître le sort d'un petit enfant qui déciderait de charger la cavalerie alitaeranne.

— Oubliez Kylar, dit-il malgré la douleur que provoquaient ces mots. Regardez-moi et dites-moi ce que vous voyez.

— Un vieil homme ? Votre déguisement est parfait, mais ce n'est pas un bal masqué.

Elle rougit de nouveau comme si elle s'était montrée impertinente.

— Regarde-moi, Poupée, dit Kylar d'une voix étranglée.

La jeune fille se figea, paralysée, le regard plongé dans le sien. Puis elle lui toucha le visage, et ses yeux s'écarquillèrent.

— Azoth, murmura-t-elle. (Elle posa une main sur la table pour ne pas chanceler.) Azoth !

Elle se jeta contre lui si vite qu'il crut un instant qu'on l'attaquait. Elle l'étreignit de toutes ses forces. Il resta aussi immobile qu'une statue de pierre et son esprit refusa de comprendre avant un long moment : elle le serrait contre elle.

Il ne parvenait plus à bouger, à réfléchir. Il se contenta de ressentir. La peau soyeuse de sa joue contre la sienne, sale et mal rasée ; les cheveux blonds qui remplissaient ses narines d'un parfum innocent de jeunesse et d'espoir. Elle l'étreignait avec violence et son ventre souple se colla contre des bras durs et musclés ; la douceur féminine de ses seins se pressa contre sa poitrine de jeune homme. Leurs corps étaient réunis en une parfaite harmonie.

Timidement, Kylar leva les mains et les posa dans le dos d'Élène. Quelque chose de salé se déposa sur ses lèvres. Une larme. La sienne. Sa poitrine était agitée de tremblements incontrôlables et il éclata soudain en pleurs. Il saisit Élène à bras-le-corps et la serra contre lui de toutes ses forces. Il sentit les sanglots de la jeune fille, la respiration saccadée qui ébranlait son corps gracieux. Pendant un instant, l'Univers tout entier se résuma à cette étreinte, à ces retrouvailles, à ce moment de bonheur et de reconnaissance.

— Azoth, j'avais entendu dire que tu étais mort, bredouilla Élène en rompant le silence, bien trop tôt.

« Tu seras seul. Pour toujours. »

Kylar se figea. Si les larmes avaient pu s'arrêter au milieu d'une joue, les siennes l'auraient fait.

Il s'obligea à lâcher Élène et recula. Elle avait les yeux rouges, mais toujours brillants tandis que son mouchoir tamponnait délicatement ses larmes. Kylar fut submergé par un désir soudain et impérieux de la prendre dans ses bras et de l'embrasser. Il cligna des yeux et se força à demeurer immobile en attendant que la réalité reprenne ses droits. Il ouvrit la bouche, mais fut incapable de prononcer un mot, de détruire ce moment. Il essaya de nouveau, décidé à proférer ses mensonges – en vain.

« Les relations avec les autres sont des cordes et l'amour est un nœud coulant »… Durzo me l'a dit. Il m'a laissé le choix.

J'aurais pu devenir un fabricant de flèches ou un herboriste. J'ai choisi ce métier.

— J'ai reçu l'ordre de ne jamais te revoir. De mon maître. (Il eut l'impression que sa langue s'était changée en plomb.) Durzo Blint.

Il comprit que même Élène avait entendu parler de Durzo Blint. Les yeux de la jeune fille se plissèrent sous le coup du désarroi. Il suivit le cheminement de ses pensées : si Durzo Blint était son maître, cela signifiait que… Kylar aperçut le petit sourire éphémère et incrédule, comme si elle s'apprêtait à dire : « mais les pisse-culottes sont des monstres et tu n'es pas un monstre ». Puis le sourire disparut. Quelle autre raison aurait empêché Azoth de la revoir ? Par quel autre moyen un rat de guilde aurait-il pu se volatiliser sans laisser de trace ?

— Quand j'étais blessée, je me rappelle t'avoir entendu parler avec quelqu'un. Tu lui demandais de me sauver. Je croyais que c'était un rêve. C'était Durzo Blint, n'est-ce pas ?

Élène avait serré les bras contre sa poitrine.

— Oui.

— Et tu… Tu es devenu ce qu'il est ?

— À peu près.

En fait, je ne suis pas encore un monstre à part entière. Je suis juste un assassin, un trancheur de gorge.

— Tu es devenu son apprenti pour qu'il accepte de me sauver ? (Sa voix était à peine un murmure.) Tu es devenu ce que tu es à cause de moi ?

— Oui. Non ! Je ne sais pas. Il m'a donné l'occasion de partir quand j'ai tué le Rat, mais je ne voulais plus avoir peur de personne et Durzo n'avait jamais peur de personne. En outre, bien que je ne sois que son apprenti, il me payait si bien que je pouvais…

— Que tu pouvais subvenir à mes besoins, l'interrompit-elle.

Elle porta les mains à sa bouche.

Il hocha la tête.

Ta vie de rêve a été construite sur l'argent des meurtres.

Mais que faisait-il ? Il aurait dû lui mentir, la vérité n'apporterait que la destruction.

— Je suis désolé, je n'aurais pas dû te dire cela. Je suis...

— Tu es désolé ? demanda Élène. Mais qu'est-ce que tu racontes ? Tu m'as tout donné ! Tu m'as donné à manger dans la rue lorsque j'étais trop petite pour trouver de la nourriture toute seule. Tu m'as sauvée du Rat. Tu m'as sauvée quand ton maître voulait me laisser mourir. Tu m'as placée dans une bonne famille qui m'a aimée.

— Mais... tu n'es pas en colère contre moi ?

La question déconcerta la jeune fille.

— Pourquoi est-ce que je serais en colère contre toi ?

— Si je m'étais montré moins arrogant, cet enfoiré t'aurait laissée tranquille. Je l'ai humilié ! J'aurais dû faire attention. J'aurais dû mieux te protéger.

— Tu avais onze ans !

— Non. Je suis responsable de chaque cicatrice de ton visage. Dieux ! regarde-toi. Tu aurais pu être la plus belle femme de la cité. Au lieu de cela, tu es ici et tu distribues des croûtons de pain aux mendiants.

— Au lieu de quoi ? demanda-t-elle à voix basse. Est-ce que tu connais des filles qui se prostituent depuis l'enfance ? Moi, oui. J'ai vu de quoi tu m'as sauvée. Et je t'en suis reconnaissante chaque jour de ma vie. À toi et à ces cicatrices !

— Mais, et ton visage ?

Kylar était de nouveau au bord des larmes.

— C'est ce qu'il y a de pire dans ma vie, Azoth. J'estime que j'ai beaucoup de chance.

Elle sourit, et, malgré les cicatrices, la pièce sembla se remplir de lumière. Elle était d'une beauté à couper le souffle.

— Tu es magnifique, dit-il.

Elle rougit, vraiment. Les sœurs Drake étaient les seules filles que Kylar avait vues rougir et Sérah avait déjà dépassé ce stade.

— Merci, dit-elle en lui touchant le bras.

À ce simple contact, Kylar fut traversé de frissons.

Il la regarda dans les yeux et rougit à son tour. Il ne s'était jamais senti mortifié à ce point. *Il avait rougi !* Sa réaction ne fit qu'aggraver la situation. Élène éclata de rire. Elle ne se moquait pas de sa gêne, c'était l'expression d'une joie si innocente que Kylar eut l'impression de recevoir un coup de couteau. Son rire, comme sa voix, était grave, mais il souffla sur lui comme un vent frais par une chaude journée.

Puis une expression de profonde tristesse se peignit sur les traits de la jeune fille.

— Je suis tellement désolée, Azoth – Kylar. Je suis désolée pour tout l'argent que tu as dû donner pour que j'arrive où je suis. Je ne sais plus quoi penser. Parfois, j'ai l'impression que la main de Dieu ne visite pas souvent le Dédale. Je suis désolée.

Elle fixa ses yeux sur lui pendant un long moment et une larme roula sur sa joue. Elle n'y prêta pas attention, elle semblait juste vouloir s'imprégner de lui.

— Est-ce que tu es quelqu'un de méchant, Kylar ?

Il hésita avant de répondre.

— Oui.

— Je ne te crois pas. Quelqu'un de méchant aurait menti.

— Je suis peut-être un méchant honnête, dit-il en se détournant.

— Je crois que tu es toujours le garçon qui partageait son pain avec ses amis alors qu'il mourait de faim.

— Je prenais toujours le plus gros morceau, murmura-t-il.

— Ce n'est pas ainsi que je me rappelle les choses. (Elle poussa un profond soupir et essuya ses larmes.) Est-ce que tu es venu… pour ton travail ?

Kylar eut l'impression de recevoir un coup de poing dans le plexus solaire.

— Un pisse-culotte va venir ce soir pour assassiner quelqu'un pendant la fête et voler quelque chose. Il me faut une invitation pour y assister.

— Qu'est-ce que tu vas faire ?

Pour être honnête, Kylar n'y avait pas franchement songé. L'idée de parler avec Élène l'avait pétrifié au point qu'il n'en avait pas eu le temps.

— Je vais le tuer.

C'était la vérité. Hu Gibbet était le genre de malade qui commençait à assassiner des mendiants quand un nouveau contrat se faisait attendre trop longtemps. Il avait besoin de sang comme un alcoolique avait besoin de vin. Si Kylar parvenait à dérober le ka'kari le premier, Hu Gibbet le pourchasserait. C'était un véritable pisse-culotte qui avait la réputation d'être un combattant aussi redoutable que Durzo Blint. La seule chance de Kylar, c'était de le surprendre au moment où il ne s'y attendait pas, ce soir.

Élène avait détourné la tête.

— Si tu es un pisse-culotte, tu as d'autres moyens d'entrer. Tu dois connaître des faussaires. Kylar Stern doit avoir des contacts. Obtenir une invitation de ma part était peut-être la solution la plus simple, mais ce n'est pas pour cette raison que tu es venu. Tu es venu reconnaître les lieux, n'est-ce pas ?

— Oui.

Élène lui tourna le dos.

— Pendant toutes ces années, j'ai cru qu'Azoth était mort. Il l'est peut-être. Il est possible que je sois en partie responsable de sa mort. Je suis désolée, Kylar. Je donnerais ma vie pour t'aider, mais je ne peux pas t'offrir ce qui ne m'appartient pas. Ma loyauté – mon honneur – appartient à Dieu. Je ne peux pas trahir la confiance que m'accorde ma Dame. (Des larmes coulaient de nouveau sur ses joues, mais elle refusait toujours de regarder Kylar.) J'ai peur qu'il me faille te demander de partir.

C'était un bannissement plus doux que celui qu'il méritait, mais un bannissement quand même. Le dos de Kylar se voûta, ses doigts se contractèrent pour devenir des griffes percluses d'arthrite et le jeune homme quitta la pièce. Il se retourna en atteignant la grille, mais Élène ne le regardait pas partir.

Chapitre 37

Comme toutes les embuscades dignes de ce nom, celle-ci avait été tendue à l'endroit et au moment où on s'y attendait le moins. Solon, Régnus et leur escorte étaient descendus des montagnes et avaient traversé les plaines centrales. Ils n'étaient plus qu'à trois kilomètres de l'extrémité tentaculaire des quartiers nord de Cénaria.

Le duc Gyre et ses compagnons chevauchaient sur une route surélevée, entre deux grandes rizières, quand ils rencontrèrent un homme menant un cheval attelé à un chariot. Des paysans travaillaient à proximité, mais ils étaient vêtus avec simplicité et leurs pantalons étaient remontés jusqu'aux genoux. Il était impossible qu'ils dissimulent des armes ou qu'ils portent une armure. Le charretier tira le vieux cheval sur le bord de la route et fixa avec intensité son regard sur les soldats.

Solon aurait dû s'en rendre compte plus tôt, bien sûr : dans les rizières, les paysans ne portaient pas de vêtements à manches longues. Mais quand il s'en aperçut, il n'était plus qu'à trente mètres du charretier. Le meister lâcha les rênes du cheval et joignit les poignets. Des flammes verdâtres surgirent en rugissant de ses virs et enveloppèrent ses mains. Il fit claquer ses paumes l'une contre l'autre, et le feu-sorcier bondit en avant.

Le projectile enflammé percuta le soldat à la gauche de Solon et le transperça de part en part. Le sortilège était composé de couches successives qui se désagrégeaient à chaque impact : la boule de feu avait la taille d'une tête en traversant la première victime, celle d'un poing en traversant la deuxième et celle d'un pouce en traversant la troisième. Les trois hommes moururent en une fraction de seconde alors que les flammes consumaient leur chair. Des gouttes de sang s'enflammèrent comme de l'huile avant de gicler sur les autres soldats.

Une seconde plus tard, le feu-sorcier frappa les hommes sur les flancs gauche et droit. Deux meisters, un de chaque côté de la route, semèrent la mort au sein de l'escorte et trois nouvelles victimes s'effondrèrent.

Il ne restait plus que Solon, le duc Gyre et deux soldats. Le Séthi rendit hommage à leur sens de la discipline quand ils passèrent à l'attaque, car il savait qu'ils étaient perdus. Le premier cavalier partit à droite, le deuxième suivit le duc Gyre à gauche. Solon se retrouva donc seul pour affronter le meister déguisé en charretier sur la route.

Solon ne bougea pas. L'ennemi avait tendu l'embuscade de manière à pouvoir lancer deux ou trois boules de feu-sorcier sans être inquiété. Douze soldats ne faisaient pas le poids contre trois sorciers.

Il n'avait pas le temps de mesurer les conséquences de ses actes, pas même le temps de transformer les rayons du soleil qui illuminaient les rizières en magie. Solon puisa directement dans son *glore vyrden* et projeta trois étincelles minuscules dans les airs. Deux d'entre elles filèrent plus vite que des flèches et parvinrent – par miracle – à éviter le duc et ses hommes. Les meisters placés de chaque côté de la route se préparaient à lancer une nouvelle décharge de feu vert quand les petits points lumineux – à peine grands comme un ongle – se posèrent sur leur peau.

Leur puissance était loin d'être mortelle. Solon ne disposait pas d'assez de magie pour affronter un seul meister et ils étaient trois. Les étincelles ébranlèrent pourtant leurs cibles. Le choc fut léger, mais assez fort pour contracter leurs muscles pendant une seconde et briser leur concentration. Les deux sorciers n'eurent pas le temps de rassembler leurs esprits : trois épées s'abattirent sur eux avec toute la force de bras aguerris lancés sur des chevaux au galop. Ils s'effondrèrent de chaque côté de la route.

Solon projeta la troisième étincelle vers son dernier adversaire, mais celui-ci la bloqua ou, plutôt, l'étouffa. Le point lumineux se précipita vers sa cible, mais s'éteignit comme une brindille enflammée qui tombe dans l'océan. La riposte se manifesta sous la forme d'un torrent de flammes qui se précipita vers Solon avec le rugissement et la fureur d'un dragon crachant le feu.

Il était impossible de bloquer une telle attaque. Solon se jeta par terre en lançant une nouvelle étincelle. Il heurta le sol et roula dans une rizière.

Le sorcier ne prit pas la peine de neutraliser la petite boule de lumière qui le rata de trois bons mètres. Il se tourna et accomplit quelques gestes. Une langue de flammes longue de vingt mètres lui obéit comme un animal bien dressé et se lança à la poursuite de Solon.

L'étincelle se posa sur le flanc du cheval attelé. L'animal était vieux et déjà terrifié par le sang, le bruit et les éclairs de feu magique. Il sursauta, heurta le chariot et se cabra en battant des jambes.

Le meister n'entendit pas le hennissement à cause du rugissement des flammes. Il guidait le serpent de feu vers la rizière, vers Solon, quand un sabot le frappa à la nuque. Il tomba à quatre pattes sans comprendre, mais devina qu'il se passait quelque chose d'anormal. Il hoqueta, se retourna et vit le cheval retomber sur ses jambes. L'animal et le véhicule bondirent en avant et écrasèrent le meister.

Solon s'extirpa de l'eau et de la boue de la rizière alors que le cheval courait comme il n'avait sans doute pas couru depuis dix ans. La monture du Séthi était morte : son crâne fumant avait explosé ; des odeurs de poil brûlé et de viande grillée se mêlaient au-dessus du corps mutilé de l'animal.

Désormais, le feu-sorcier grésillait à peine sur les cadavres des soldats. Solon vit qu'il se répandait encore aux alentours. Le feu-sorcier se propageait à une vitesse terrifiante, mais il ne subsistait qu'une dizaine de secondes.

Dix secondes ? Cela n'a donc duré que dix secondes ?

— Vous êtes un mage, dit le duc.

— En effet, seigneur, dit Solon d'une voix lourde.

La suite était désormais écrite par le silence du Séthi. Le duc n'avait plus le choix. Confronté à une telle surprise, un homme plus intelligent aurait prétendu qu'il avait toujours su que Solon était un mage. Il aurait ensuite eu le temps de décider quoi faire de lui. Le duc Gyre était trop honnête pour se conduire ainsi. C'était à la fois sa force et sa faiblesse.

— Vous m'avez espionné pour le compte d'autres mages.

— Seulement… Seulement pour des amis, seigneur.

C'était un argument pathétique qui ne fit qu'affaiblir sa position. Solon en était conscient, mais il ne parvenait pas à imaginer que tout allait disparaître d'un coup. Son amitié avec Régnus et les dix années passées à son service valaient plus que cela, n'est-ce pas ?

— Non, Solon, déclara le duc Gyre. Un vassal loyal n'espionne pas son seigneur. Vous m'avez sauvé la vie aujourd'hui, mais vous m'avez trahi pendant des années. Comment avez-vous pu faire cela ?

— Je ne…

— Pour m'avoir sauvé la vie, je vous laisse la vôtre. Partez ! Prenez un cheval et partez. Si je vous revois un jour, je vous tuerai.

« Reste avec lui, avait dit Dorian. Sa vie en dépend. Un royaume en dépend. La vie du frère d'un roi tient à tes mots – ou à ton silence. »

Mais Dorian n'avait pas précisé combien de temps Solon devrait servir le seigneur Gyre, n'est-ce pas ? Solon s'inclina humblement devant son ami et attrapa la bride que tenait Gurden. Le soldat était trop abasourdi pour exprimer une émotion. Le Séthi monta en selle et tourna le dos au seigneur Gyre.

Est-ce que je viens de sauver Cénaria ou de provoquer sa perte ?

Chapitre 38

Kylar avait passé un après-midi trépidant. Il avait dû demander à Logan de lui obtenir une invitation de quelqu'un d'autre, puis il avait essayé de trouver Durzo. Le pisse-culotte avait disparu en laissant, comme à son habitude, une note laconique : « Parti travailler. » Blint ne lui avait jamais donné beaucoup de détails sur ses contrats, mais, ces derniers temps, Kylar se sentait de plus en plus mis à l'écart. Blint voulait-il créer un vide entre lui et son apprenti afin qu'il soit plus facile de le tuer le moment venu ?

Si Durzo n'était pas là, Kylar ne pouvait pas lui avouer qu'il avait parlé à Élène, qu'il avait bâclé le travail et que, à cause de lui, la sécurité avait sans doute été renforcée sur le domaine des Jadwin. En fin de compte, l'absence du pisse-culotte n'était peut-être pas une mauvaise chose. Maintenant qu'il avait dit à Logan qu'il irait à la fête, il ne pouvait plus s'y rendre déguisé. Mais il avait aussi informé Élène qu'il s'y rendrait et celle-ci le dénoncerait dès qu'elle le verrait.

C'était pour cette raison qu'il était arrivé en chariot – même s'il était curieux qu'un jeune noble ne se déplace pas à cheval. Le véhicule s'arrêta à l'entrée du domaine et Kylar tendit son invitation à Birt. Celui-ci ne le reconnut pas, bien entendu. Il se contenta d'examiner le carton et fit signe au conducteur de passer. Kylar fut heureux de le revoir : s'il était encore à son poste, cela signifiait que les Jadwin n'avaient pas assez de gardes pour assurer une relève. Les hommes en faction ce soir avaient déjà passé la journée à surveiller le domaine. Peut-être qu'on n'avait pas cru Élène. Après tout, comment une jeune domestique aurait-elle eu vent des intentions d'un pisse-culotte ?

Kylar sortit du chariot, fit un pas et s'immobilisa. Le véhicule juste devant lui était une calèche décapotée et l'homme maigre qui en descendit n'était autre que Hu Gibbet. Il était habillé comme un seigneur : avec des vêtements en cuir chocolat et en soie ; ses longs cheveux blonds et brillants étaient peignés avec soin ; il souriait avec tout le mépris d'un homme entouré de gens indignes de sa compagnie. Kylar s'accroupit aussitôt derrière son véhicule. C'était donc vrai. Il compta jusqu'à dix puis sortit de sa cachette, craignant que son conducteur se demande ce qu'il faisait et le fasse remarquer. Hu entra dans le manoir et disparut. Kylar s'approcha à son tour de l'entrée et présenta son invitation aux gardes qui se tenaient devant l'énorme porte en chêne blanc.

— Alors, est-ce que tu as eu l'accord du vieux bouc ? demanda le prince Aléine.

Logan regarda son ami de l'autre côté de la longue table chargée de tous les mets raffinés que les Jadwin estimaient en mesure d'impressionner leurs invités. Elle avait été disposée près d'un mur du gigantesque hall en marbre et en chêne blancs. Sur cette toile de fond monochrome, les vêtements des nobles étaient une véritable débauche de couleurs. Plusieurs hécatonarques – les prêtres des cent dieux – parmi les plus influents du royaume se mêlaient à la foule dans leurs robes multicolores ; un groupe de ménestrels, tous maquillés et vêtus de capes flamboyantes, rivalisaient avec les seigneurs et les dames de haute comme de basse lignée pour se faire remarquer. Deux semaines plus tôt, Térah Graesin s'était rendue à la dernière fête importante dans une robe rouge scandaleusement courte avec un ourlet remontant en flèche. Térah était huitième dans l'ordre d'accession au trône après le prince, les filles de Gunder, Logan et le duc Graesin, père de la jeune fille. Elle adorait l'attention que lui procurait son rang. Son audace vestimentaire avait lancé une nouvelle mode et, cette semaine, toutes les robes étaient rouges ou dévoilaient davantage de jambe ou de poitrine que la plupart des prostituées osaient le faire. Cela ne dérangeait pas Térah Graesin : elle parvenait toujours à être plus sensuelle que vulgaire – la majorité des femmes n'avait pas cette chance.

— J'ai parlé au comte ce mat..., commença Logan.

Il fut soudain interrompu par une paire de seins qui passa tout près de lui. Non. Non, ce n'était pas qu'une simple paire de seins. C'était *la* paire de seins. Ils étaient irréprochables, pas trop exposés et parfaitement galbés. Ils poursuivirent leur chemin comme s'ils flottaient dans les airs, maintenus par une étreinte de tulle ravie de serrer des courbes si généreuses. Logan ne vit même pas le visage de leur propriétaire. La jeune fille s'éloigna dans un balancement délicieux de hanches ravissantes, laissant entrevoir un bref instant des mollets minces et musclés.

— Et ? demanda le prince. (Il regarda Logan d'un air interrogateur, tenant une assiette qui contenait un échantillon de tous les mets proposés sur la table.) Qu'est-ce qu'il a dit ?

Le visage de Logan vira au rouge vif. Il était resté trop longtemps loin de la civilisation. Mais était-ce vraiment la vérité ? Ses yeux étaient déconnectés de son esprit et répondaient désormais aux ordres d'une autre partie de son corps. Il avança un peu le long de la table en essayant de se souvenir de quoi il parlait avant d'être distrait. Il avait dédaigné tous les plats fricassés, flambés ou glacés et son assiette était toujours vide.

— Il a dit que... Ah ! voilà ce que je préfère !

Logan entassa une pile impressionnante de fraises dans son assiette, attrapa un bol et le remplit de fondue au chocolat.

— Pour une raison ou une autre, je suis certain que le comte Drake n'a pas dit : « Ah ! voilà ce que je préfère ! » dit le prince Aléine en haussant un sourcil. S'il a refusé, tu n'as pas besoin de te sentir gêné. Tout le monde sait que le comte est un peu bizarre. Sa famille fraie avec les roturiers.

— Il a accepté.

— C'est bien ce que je viens de dire : il est un peu bizarre. (Le prince sourit et Logan éclata de rire.) Quand vas-tu faire ta demande ?

— Demain. C'est mon anniversaire. Personne ne m'arrêtera.

— Est-ce que Sérah est au courant ?

— Elle doit se douter que je vais bientôt le faire, mais elle croit que j'ai encore besoin de temps pour consolider la position de ma maison et pour aborder le sujet avec mes parents.

— Bien.

— Qu'est-ce que tu veux dire ?

Ils avaient atteint l'extrémité de la longue table. Le prince s'approcha de son ami.

— Je voulais t'offrir ton cadeau d'anniversaire en personne. Je connais tes sentiments pour Sérah et je les respecte, mais tu es fils de duc, Logan. Demain, tu vas devenir un des hommes les plus puissants du royaume, juste après les autres ducs et les membres de ma famille. Mon père adorerait que tu épouses Sérah et nous savons tous les deux pourquoi. Si tu fais d'elle ta femme, tu placeras ta maison hors course pour la succession au trône pendant deux générations.

— Votre Altesse, dit Logan, embarrassé.

— Non, c'est la vérité. Mon père a peur de toi, Logan. Tu es admiré, respecté et même craint ici. Tu as été absent six mois par an et cela ne t'a pas isolé comme ma famille l'espérait.

Tu as transformé cet éloignement en aventure romantique, tu es devenu le héros qui se bat pour nous sur les frontières, celui qui contient l'invasion des Khalidoriens. Le roi a peur de toi, mais pas moi, Logan. Ses espions t'observent et ne parviennent pas à croire que tu sois bien ce que tu sembles être : un érudit, un guerrier et un ami loyal du prince. Ce sont des comploteurs et ils voient donc des complots partout. Moi, je ne vois qu'un ami. Certaines personnes sont prêtes à détruire ta famille par tous les moyens, Logan, et elles ne me feront pas part de leurs manigances. Mais je ne le permettrai pas. Je ferai même tout mon possible pour les arrêter. (Il baissa les yeux et attrapa un morceau de banane frite sur une assiette.) Ce soir, je suis ici pour rendre un service à mon père. En échange, il a promis de me donner tout ce que je demanderais. *Tout.*

— Ce doit être un sacré service, remarqua Logan.

Le prince fit un geste.

— Le roi Stupide a offert le bijou favori de ma mère à sa maîtresse. Je suis venu pour le récupérer. Mais c'est sans importance. Connais-tu ma sœur ?

— Bien sûr.

Jénine devait se trouver quelque part dans le grand hall. La plupart des gens la décrivaient comme « radieuse » : elle était ravissante et n'avait que quinze ans.

— Elle est folle de toi, Logan. Elle t'aime depuis deux ans. Elle parle tout le temps de toi.

— Tu te moques de moi. Nous avons à peine échangé deux mots.

— Et alors ? C'est une fille sensationnelle. Elle est belle et elle le devient un peu plus chaque jour. Elle a hérité de l'intelligence de ma mère – je sais à quel point cela compte pour toi, mon acrimonieux ami.

— Je ne suis pas acrimonieux, protesta Logan.

— Tu vois ? Moi-même je ne sais pas trop si tu l'es ou non. J'ai juste employé le mot le plus long de mon répertoire. Mais Jeni, elle, saurait ce qu'il signifie.

— Qu'est-ce que tu racontes, altesse ?

— Jénine est ton cadeau d'anniversaire. Si tu veux d'elle, épouse-la. Tu n'as qu'un mot à dire.

Logan resta abasourdi.

— C'est... C'est un sacré cadeau d'anniversaire.

— Ta famille recouvrera la puissance qui était la sienne. Nos enfants grandiront ensemble. Un de tes petits-enfants partagera peut-être le trône avec un des miens. Tu es le meilleur ami dont un homme puisse rêver, Logan, et la plupart des princes n'ont pas d'amis. Je veux être juste envers toi. Tu seras heureux, je peux te l'assurer. Jénine est en train de devenir une femme fantastique. Comme tu l'as sans doute remarqué.

Le prince fit un signe de tête.

Et Logan la vit. Elle l'observait depuis l'autre bout du hall. Il réalisa alors qu'il l'avait déjà aperçue au cours de la soirée – enfin, sa poitrine tout du moins.

Il sentit son visage s'empourprer. Il essaya de dire quelque chose, mais les mots l'abandonnèrent. Jénine se tenait avec l'élégance d'une femme beaucoup plus mûre – jusqu'à ce qu'une de ses amies lui murmure quelque chose et qu'elle se mette à glousser comme une petite fille.

Le prince éclata de rire.

— Accepte, et tu pourras faire tout ce que tu rêvais de faire il y a une minute, en toute légalité.

— Je... Je... (Logan parvint à faire bouger sa mâchoire.) Je suis amoureux de Sérah, altesse. Je te remercie de ton offre, mais...

— Logan ! Rends service à tout le monde, accepte ! Tes parents seront ravis. Ta maison sera sauvée. Jénine sera aux anges.

— Tu ne lui en as pas parlé, n'est-ce pas ?

— Bien sûr que non. Mais réfléchis-y. Sérah est très bien, mais soyons honnêtes : si elle est plutôt jolie, elle n'est pas aussi intelligente que tu le voudrais. Et tu connais les rumeurs qui courent sur ses…

— Elle est tout le contraire d'une fille dissolue, Aléine ! Elle ne *m'a* jamais accordé davantage qu'un baiser !

— Mais les rumeurs…

— On fait courir des rumeurs parce que les gens détestent son père ! Je l'aime ! Je vais l'épouser !

— Excusez-moi, dit une jeune fille blonde.

Elle se glissa entre les deux hommes et frôla le prince pour attraper un gâteau roulé. Sa robe rouge était un outrage à la décence. Le frottement de sa poitrine contre Aléine faillit libérer ses seins du vêtement dont le décolleté plongeait jusqu'au nombril. Les yeux d'Aléine s'attardèrent, ceux de Logan ne firent que passer – les deux jeunes gens réagissaient toujours ainsi.

— Je m'appelle Viridiana, dit la jeune fille en croisant le regard du prince qui remontait vers son visage. Je suis vraiment désolée. Excusez-moi.

Il ne s'agissait pas de vraies excuses, il ne s'agissait pas d'un véritable accident.

Viridiana se fondit dans la foule et son corps de danseuse emporta l'attention et les pensées du prince loin de Logan.

— Euh… oui. Réfléchis-y. Parlons-en demain, avant que tu fasses ta demande, dit Aléine.

Il observa la jeune fille se diriger vers le porche donnant sur l'arrière du manoir. Viridiana lança un coup d'œil par-dessus son épaule, aperçut le prince qui la regardait et sourit.

Aléine contempla son assiette où s'empilaient des échantillons de tous les mets proposés sur la table, puis celle de Logan, où ne s'entassaient que des fraises.

— Ceci, mon ami, c'est la différence entre nous. Si tu veux bien m'excuser, il y a un autre plat que j'aimerais goûter.

Logan soupira. Ses yeux se posèrent sur Jénine qui le regardait toujours. Selon toute apparence, ses amies la pressaient d'aller lui parler.

Malédiction ! Mais où est donc passée Sérah ?

Chapitre 39

Des gardes se tenaient dans chaque escalier. Ce n'était pas une bonne nouvelle. Kylar s'était joint à la fête en toute discrétion, essayant d'adopter un comportement aussi ordinaire que possible afin que personne ne lui accorde davantage qu'un regard. Mais la tâche n'était pas facile, surtout lorsqu'il fallait garder un œil sur Hu Gibbet qui s'efforçait sans doute d'agir de même. Si Hu le voyait, Kylar perdrait son seul avantage.

Il gagna le porche qui donnait sur l'arrière du manoir. En temps normal, il aurait évité cet endroit, car il était littéralement bondé de couples. Pour être certain de se sentir seul au monde, rien ne valait une promenade au milieu de gens s'embrassant avec passion dans un recoin au clair de lune.

Pourtant, Kylar cherchait maintenant un moyen d'accéder au premier étage. Il y avait un balcon juste au-dessus du porche et s'il repérait des points d'appui, il pourrait y grimper assez vite pour que personne ne le remarque. Une fois en haut, bien sûr, il lui faudrait encore trouver le ka'kari, mais il était prêt à parier qu'il était dans la chambre de la duchesse. Les gens aimaient garder leurs bijoux préférés à portée de main.

Le mur n'était pas treillissé. Il pourrait essayer de bondir depuis la balustrade de la terrasse et de sauter assez haut pour attraper le rebord du balcon, cinq mètres au-dessus du sol. Il était sans doute capable de le faire, mais il fallait réussir du premier coup. S'il tombait, tout le monde entendrait le bruit de sa chute au milieu des massifs de roses.

Enfin, c'est toujours mieux que de rester planté ici.

Il inspira un grand coup.

— Kylar ? appela une voix féminine. Kylar, bonsoir. Qu'est-ce que tu fais ici ?

Kylar se tourna comme un petit garçon surpris en train de voler des bonbons.

— Sérah ! Bonsoir.

La jeune fille avait dû passer la journée à se préparer. Elle portait une robe de coupe simple, mais classique et ravissante. Il ne faisait aucun doute que le comte n'avait pas les moyens de lui offrir un vêtement de ce prix.

— Dis-moi, Sérah, cette robe…

Elle sourit et rayonna, mais juste un instant.

— La mère de Logan m'en a fait cadeau.

Il se tourna et saisit la balustrade. De l'autre côté du fleuve, au-delà des hauts murs d'enceinte, les tours du château luisaient dans les reflets de la lune – si proches et pourtant inaccessibles, comme Sérah.

Elle s'approcha et s'arrêta près de lui.

— Tu sais que Logan va…

— Je sais.

Elle posa une main sur la sienne. Il se tourna vers elle et ils se regardèrent dans les yeux.

— Je ne sais plus où j'en suis, Kylar. J'ai envie de lui dire « oui ». Je crois que je l'aime, mais aussi…

Il la prit dans ses bras sans délicatesse et glissa une main dans son dos, une autre sur sa nuque. Il l'attira vers lui et l'embrassa. Elle suffoqua un moment, puis lui rendit son baiser.

Quelque part, peut-être de l'autre côté du fleuve, peut-être à l'intérieur du château, Kylar entendit une porte claquer.

Mais c'était si loin que cela ne pouvait pas avoir d'importance. Puis il sentit Sérah se raidir entre ses bras et s'écarter de lui.

Une main s'abattit sans douceur sur l'épaule de Kylar.

— Mais qu'est-ce que tu es en train de foutre ? cria Logan en le faisant pivoter vers lui.

Des têtes – dont celle du prince – surgirent des recoins sombres et un grand silence s'abattit sur la terrasse.

— Quelque chose que j'aurais dû faire il y a bien longtemps, répondit Kylar. Ça te dérange ?

— Oh ! merde ! lâcha le prince.

Il essaya de se dégager des bras de la jeune fille blonde qui l'enlaçait dans une encoignure.

Kylar se détourna de Logan comme pour embrasser Sérah une nouvelle fois, mais Logan le refit pivoter vers lui. Le poing de Kylar partit en premier et percuta la mâchoire du colosse. Logan tituba en arrière et cligna des yeux.

Sérah recula, horrifiée, mais on l'avait déjà oubliée. Logan s'avança en garde, comme un boxeur expérimenté. Kylar adopta la position de combat dite « le vent à travers les trembles ».

Logan approcha et frappa comme Kylar s'y attendait : dans les règles de l'honneur. Ses coups – des crochets et des directs académiques – portaient tous au-dessus de la ceinture. Il était rapide, beaucoup plus rapide que sa carrure le laissait supposer, mais avec un style de combat codifié, il n'avait pas plus de chances de gagner qu'un manchot. Kylar se faufila entre ses coups ou les esquiva en reculant sans hâte.

Une foule de curieux se rassembla en un clin d'œil. Quelqu'un cria qu'on se battait, et les gens affluèrent sur la terrasse.

Les gardes – il fallait leur rendre hommage – furent les premiers à arriver. Ils s'avancèrent pour séparer les deux hommes.

— Non ! ordonna le prince. Laissez-les se battre.

Les gardes s'arrêtèrent. Kylar en fut tellement surpris qu'il n'évita pas le coup suivant. Ses poumons se vidèrent sous la force de l'impact. Il recula en chancelant. Logan approcha sans poser les talons au sol et coinça Kylar contre la balustrade.

Kylar haleta quelques instants en parant tant bien que mal les coups de son ami. Il recouvra son souffle et la rage s'empara de lui. Il bloqua un direct, se glissa en dessous et administra quatre coups de poing rapides dans les côtes de Logan tout en s'éloignant de la balustrade.

Logan se retourna. Il s'avança en portant un puissant crochet qui provoqua un déplacement d'air impressionnant. Kylar se baissa et lança un coup de pied à hauteur du pelvis. Logan voulut faire un pas en avant, mais s'aperçut que sa jambe n'avait pas obéi à ses ordres. Il trébucha et le pied de Kylar le cueillit au visage. Il s'effondra.

— Ne te relève pas, dit Kylar.

Un silence abasourdi s'était abattu sur les spectateurs, puis des murmures montèrent. Personne n'avait jamais vu une telle technique. Elle était sans doute efficace, mais il n'était pas honorable de frapper un homme avec le pied lors d'un pugilat. Kylar ne prêta aucune attention aux réactions de la foule. Il devait en finir sur-le-champ.

Logan parvint à se mettre à quatre pattes, puis à genoux. Il avait l'intention de se relever. Dieux ! tout se passait comme dans l'arène ! Logan ne savait pas quand il fallait rester à terre. Kylar lui assena un coup de pied à la tempe, et le colosse s'effondra comme un sac de sable.

Sérah se précipita vers lui.

— Eh bien, lui dit Kylar, te voilà satisfaite, Serah ! Tu tenais tant à ce que nous nous entraînions ensemble. On dirait que je suis le meilleur.

Kylar adressa un sourire triomphant à la jeune fille. Les murmures reprirent aussitôt, désapprobateurs.

Sérah le gifla avec tant de violence qu'il sentit ses dents trembler sous le choc.

— Tu n'es pas la moitié de l'homme qu'est Logan.

Elle s'agenouilla près du colosse et Kylar comprit qu'il avait soudain cessé de faire partie de son monde.

Il ajusta sa tunique et sa cape, puis s'enfonça dans la foule. Les premières rangées de spectateurs s'écartèrent pour le laisser passer comme si son simple contact allait les déshonorer. Kylar se dirigea vers l'intérieur du manoir, mais les gens continuaient à sortir en masse, avides d'assister à un combat qui, ils l'ignoraient, était déjà terminé. En arrivant à quelques mètres de la porte, il était redevenu un noble anonyme au milieu de la foule. Il longea le mur jusqu'à un escalier déserté par les gardes et monta à l'étage.

Bon ! le plan n'avait pas été un franc succès. Il lui avait coûté sa réputation et avait peut-être révélé sa présence à Hu Gibbet. Il lui avait cependant permis de gagner le premier étage et, pour l'instant, c'était le plus important. Il s'inquiéterait des conséquences demain. Le reste de la mission serait un jeu d'enfant. Le plus dur était fait, n'est-ce pas ?

Hu Gibbet avait failli monter dès que les gardes s'étaient précipités dehors pour interrompre une bagarre entre deux idiots de nobles. L'escalier sans surveillance était tentant, mais le pisse-culotte avait confiance en son talent. En outre, son plan était toujours réalisable et il lui permettrait d'obtenir des informations qui lui échapperaient s'il choisissait la solution de facilité.

Dame Jadwin se tenait près des portes menant à la terrasse, affolée ou faisant semblant de l'être. Quelles raisons avaient poussé le roi à la prendre pour maîtresse ? C'était un véritable mystère. Il existait sans doute des femmes plus avenantes prêtes à coucher avec un monarque – même Aléine le Neuvième. Dame Jadwin était un témoignage vivant des méfaits de la consanguinité. Grande, avec des traits chevalins, elle était assez large et assez vieille pour avoir l'air ridicule dans la robe qu'elle portait ce soir. Elle était aussi affectée d'un appétit sexuel insatiable, tous les habitants du royaume le savaient à l'exception de son mari.

Hu Gibbet comprit que son affolement n'était qu'un numéro. Dame Jadwin était une femme passionnée, mais elle agissait généralement avec calme. L'altercation lui servirait sans doute d'excuse pour se rendre au premier.

Voilà ! Elle glissa quelques mots à un garde, puis retourna présenter ses excuses aux invités qui regagnaient le hall en masse. La plupart d'entre eux étaient déçus d'avoir manqué le spectacle.

Le garde, avec la subtilité propre aux gens de sa profession, se dirigea droit vers son camarade qui reprenait son poste dans l'escalier des domestiques. Il se pencha vers lui, murmura un ordre et reçut un hochement de tête en guise de réponse. Pendant ce temps, Dame Jadwin attendit que le prince franchisse la porte. Elle lui parla un bref instant, puis rejoua les hôtesses affolées tandis qu'Aléine se libérait d'une jeune fille accrochée à son bras.

Au bout de quelques secondes, la duchesse s'excusa et alla expliquer à son mari qu'elle ne se sentait pas bien. Elle déclina ce qui devait être une proposition de la faire accompagner à ses appartements et monta le grand escalier seule. Elle avait probablement dit qu'elle avait besoin de s'allonger un peu.

Elle avait sans doute murmuré à son mari :

— Profite de la fête, mon chéri.

Ou quelque chose de cet ordre.

Le prince se montra plus habile, mais il n'était pas difficile de le suivre. Il se dirigea vers les sucreries, bavarda poliment avec quelques dames, puis s'excusa et se rendit aux toilettes – qui se trouvaient être au pied de l'escalier des domestiques. Il ressortit de la pièce obscure une minute plus tard, lança un rapide coup d'œil pour s'assurer que personne ne le regardait et passa devant le garde qui fit semblant de ne pas le voir.

Hu le suivit pas à pas en s'enveloppant dans un manteau d'ombre. Le garde était tellement occupé à ne pas remarquer le prince que, pour un peu, le pisse-culotte aurait pu lui passer sous le nez sans utiliser son Don.

L'escalier des domestiques menait au grand couloir qui desservait les appartements du duc. Sur le sol en marbre blanc, un tapis rouge s'étendait jusqu'à l'autre aile où se trouvait la chambre de la duchesse. On avait tamisé la lumière pour faire comprendre aux invités que, contrairement à ce qui arrivait parfois, le premier étage leur était interdit ce soir.

Kylar ignorait le temps dont il disposait pour récupérer le globe des Tranchants, mais il était certain que plus vite il irait et mieux ce serait. Il songea qu'il n'avait peut-être pas été le seul à profiter de la confusion pour emprunter l'escalier sans surveillance. Il n'était pas impossible que Hu Gibbet soit déjà monté.

Son seul avantage – enfin, il espérait qu'il en avait au moins un – était que Gibbet ne soit pas venu pour frapper vite et disparaître. Il allait sans doute assassiner quelqu'un. Si Kylar avait poursuivi le même but, la tactique la plus simple aurait consisté à attendre que la duchesse remette le ka'kari à l'émissaire du roi – quel qu'il soit – et à les tuer tous les deux. En agissant ainsi, Hu Gibbet satisferait sa soif de sang et se débarrasserait des deux seuls témoins. Le roi ne saurait jamais si le bijou avait été volé ou non et il ne pourrait pas s'en inquiéter sans reconnaître publiquement que Dame Jadwin avait été sa maîtresse.

Si Kylar avait raison, il devait agir avant que Dame Jadwin regagne sa chambre pour prendre le globe des Tranchants – ce qu'elle pouvait faire dans une heure ou dans deux minutes.

Au milieu du couloir, un garde se dirigea vers l'apprenti pisse-culotte. Kylar recula dans un recoin où les ombres étaient plus denses, mais l'homme tourna pour descendre le grand escalier. Kylar devait saisir cette chance. Il avança d'un pas rapide, sans chercher à faire preuve de discrétion. Sa poitrine se comprima quand il passa devant la première marche. L'endroit était très éclairé, mais il le franchit de six pas, les yeux braqués devant lui.

Des sculptures dérangeantes et de ravissants tableaux bordaient le couloir. Si les suppositions de Kylar étaient correctes, le duc avait un certain talent artistique. Les toiles, variées et superbes, avaient été choisies par un homme à l'œil expert et à la bourse bien remplie. Les sculptures étaient tout aussi frappantes, mais elles étaient le fruit du travail d'un même artiste.

Des silhouettes affligées semblaient s'arracher à la pierre. Une femme chancelante regardait par-dessus son épaule tandis que la terreur se lisait sur chacun de ses traits. Un homme maudissait la masse de marbre noir qui enveloppait ses mains. Une femme nue, le visage extatique, était étendue sur le dos dans une pose érotique sur un nuage qui la dévorait.

Malgré sa hâte, Kylar ne put s'empêcher de s'arrêter net devant cette dernière sculpture. Elle était magnifique, accablante. Elle mêlait la sensualité à un trouble que le jeune homme ne parvint pas à définir. Et elle représentait Élène.

C'est donc ainsi, songea Kylar.

Il eut l'impression que quelque chose lui déchirait le ventre. Il se sentit vide, écorché.

Bien sûr, elle couche avec lui. C'est le seigneur et elle est une servante. Il lui est difficile de refuser, même si elle n'est pas d'accord. Mais peut-être qu'elle l'est. Ça arrive tous les jours.

Il examina la statue de plus près. Il n'accorda qu'un regard superficiel aux membres gracieux, aux hanches étroites et à la poitrine fière avant de trouver ce qu'il cherchait. Le duc avait modelé un nez parfait, à peine éraflé, mais il avait suggéré les cicatrices sur le visage de son œuvre. Il ne les considérait donc pas comme des imperfections, il s'intéressait aux mystères qu'elles cachaient.

Ce n'est pas le moment de jouer les critiques d'art. Imbécile!

Une boule dans la gorge, Kylar remonta le couloir au petit pas et sur la pointe des pieds. Il attrapa la sacoche accrochée dans son dos et sortit ses outils de crochetage avant d'avoir atteint la porte. Aucun bruit, aucune lumière ne provenait de la chambre. La serrure n'était équipée que de trois engrenages et ne résista que trois secondes. Kylar se glissa à l'intérieur de la pièce et reverrouilla derrière lui. Si Hu se présentait devant la porte, le jeune homme disposerait d'un répit de trois secondes.

Kylar tira la dague à couillettes qu'il avait bandée contre le creux de ses reins. La lame mesurait trente centimètres de long. S'il devait se battre contre Hu, il aurait préféré qu'elle soit dix fois plus longue, mais il n'aurait pas pu entrer au manoir en dissimulant une arme plus grande.

Il inspecta rapidement la pièce. La plupart des gens, sachant à quel point la vie d'un cambrioleur est difficile, avaient la gentillesse de cacher leurs objets dans des endroits reculés. Kylar chercha sous le matelas, derrière les tableaux et même sous le plancher au pied du bureau et dans le rembourrage des chaises. Rien. Il examina les tiroirs du secrétaire à la recherche d'un double-fond. Toujours rien.

En général, les propriétaires d'objets de grande valeur veulent pouvoir vérifier facilement qu'ils sont à leur place. Par conséquent, Kylar n'inspecta pas l'énorme armoire. À moins que la duchesse ait assez confiance dans un de ses domestiques pour lui confier ses trésors les plus précieux, le globe des Tranchants devait être à portée de main.

Dame Jadwin était une collectionneuse, car il y avait des babioles dans tous les coins. Cette manie n'allait pas faciliter la tâche de Kylar. Sans compter que des bouquets – sans doute apportés pour fêter le retour du duc – hérissaient toutes les surfaces planes de la chambre et limitaient le champ de vision du jeune homme.

Le duc avait donc offert des fleurs à sa femme. À en juger par les relents musqués flottant dans l'air et par les couvertures froissées du lit, son retour avait été célébré avec enthousiasme.

Soudain, un vase attira l'attention de Kylar. C'était un jade richement sculpté, mais, surtout, il avait une base carrée. Kylar le prit sur le bureau. Des roses, des lis orientalis et des crocs-de-serpent en jaillissaient dans tous les sens. Kylar ne prêta pas attention aux fleurs. Il approcha de la cheminée et écarta une boîte à bijoux en bois dur posée sur le manteau. En dessous, il y avait un creux dans la pierre. Un creux de forme carrée. Kylar sentit l'espoir revenir.

Le prophète avait raison.

Kylar emboîta le vase dans le renfoncement, le tourna et entendit un cliquètement étouffé. Il prit les bibelots qui se trouvaient au-dessus de la cheminée et les posa par terre. Tout le manteau s'ouvrit en pivotant sur des gonds invisibles.

Kylar ignora les documents et les lingots d'or pour s'emparer d'une boîte à bijoux. Elle était grande, assez grande pour contenir le globe des Tranchants. Le jeune homme l'ouvrit

Elle était vide.

Kylar grinça des dents, reposa la boîte à sa place et referma le manteau. Il y avait une leçon à tirer de la prophétie. « Un vase carré va te donner espoir », avait dit Dorian. Mais il n'avait pas précisé que ce serait un faux espoir. *Malédiction !* Kylar s'attarda assez longtemps pour installer une aiguille assommante dans un petit piège – au cas où Hu viendrait ici au lieu de suivre la duchesse.

Il remit les bibelots en place et le vase sur le bureau, puis essaya de réfléchir. Où était donc le ka'kari ? La soirée du jeune homme s'était résumée à une longue suite de catastrophes. Une seule lui avait été épargnée : il n'avait pas vu Élène.

Élène ! Une boule en plomb lui tomba sur l'estomac. Il savait où était le ka'kari.

Chapitre 40

Le prince sentit des mains l'agripper dès qu'il quitta l'escalier. L'instant suivant, Dame Jadwin pressait ses lèvres chaudes contre les siennes. Elle se colla contre lui tandis qu'il reculait et il se cogna à la porte menant aux appartements ducaux.

Il essaya de la repousser, mais elle tendit la main et souleva le loquet. Le prince faillit tomber en arrière lorsque la porte s'ouvrit. Dame Jadwin referma derrière elle et tourna la clef dans la serrure.

— Ma Dame, souffla-t-il. Je vous en prie. Arrêtez.

— Oh ! oui ! je vais arrêter. Mais quand j'en aurai envie. Ou devrais-je dire quand je n'aurai plus envie ?

— Je vous l'ai dit, nous ne pouvons plus continuer. Si mon père apprend…

— Oh ! que ton père aille se faire foutre ! Il est aussi lamentable dans un lit qu'en dehors. Il ne saura jamais rien.

— Votre époux est en bas. De toute façon, c'est sans importance, Trudana. Vous savez pourquoi je suis venu.

— Si ton père veut récupérer ce globe, il n'a qu'à venir le chercher lui-même.

Elle plaqua une main entre les jambes d'Aléine.

— Vous savez qu'il ne peut pas venir vous voir ici. Ce serait un affront à ma mère.

— Il me l'a donné. C'était un cadeau.

— C'est un objet magique. Mon père pensait qu'il s'agissait d'un simple joyau, mais les Khalidoriens exigent qu'on le leur remette. Pourquoi le feraient-ils si ce n'était pas... Oh ! non ! pas ça !

Il lui tapa sur la main avec douceur tandis qu'elle défaisait les lacets de son pantalon.

— Je sais que tu aimes ça, dit la duchesse.

— C'est vrai, mais nous ne pouvons plus continuer. C'était une erreur et cela n'arrivera plus jamais. Et puis, Logan m'attend en bas. Je lui ai dit ce que j'allais faire.

Le mensonge lui vint naturellement. Il était prêt à tout pour s'éloigner de cette femme. Le pire, c'était qu'il avait tiré un immense plaisir de leur relation. Elle était sans doute laide, mais ses compétences amoureuses surpassaient celles de la plupart des femmes avec qui il avait couché. Pourtant, il lui était devenu insupportable d'imaginer que ce visage serait la première chose qu'il verrait à son réveil.

— Logan est ton ami, susurra-t-elle. Il comprendra.

— C'est un excellent ami, mais il voit le monde en noir et blanc. Savez-vous qu'il était extrêmement mal à l'aise quand je lui ai dit de m'attendre en bas pendant que je rencontrais seul la maîtresse de mon père ? J'ai besoin que vous alliez chercher la gemme. Maintenant.

Logan avait la réputation d'être le roi des imbéciles et, parfois, le prince en remerciait les dieux.

— Parfait, grogna-t-elle d'un ton maussade.

— Où est la gemme ? Votre mari pourrait arriver d'une seconde à l'autre.

— Mon mari est rentré de voyage aujourd'hui même.

— Et ?

— Quels que soient ses défauts, cet idiot est fidèle. En conséquence, il se consume presque de passion chaque fois qu'il revient d'une mission diplomatique. Il reprend des forces en bas. Le pauvre chéri, je crois que je l'ai épuisé. (Elle éclata de rire – un rire dur et impitoyable.) J'ai imaginé que j'étais avec toi.

Elle lui lança ce qu'elle pensait sans doute être un regard aguichant. Ses épaules ondulèrent et le haut de sa robe glissa. Elle se frotta contre le jeune homme et tira de nouveau sur les lacets de son pantalon.

— Trudana ! S'il vous plaît. Gardez votre robe. Où est la pierre ?

Il ne regarda même pas son corps. Il s'aperçut que cette indifférence avait plongé la duchesse dans une rage folle.

— Comme je le disais, lâcha-t-elle enfin, je savais que tu viendrais ce soir, alors j'ai confié le globe à ma servante. Sa chambre est deux portes plus loin. Tu es satisfait ?

Elle rattacha sa robe, se dirigea vers sa coiffeuse et se regarda dans le miroir.

Le prince se retourna sans un mot. Il avait pensé que ce serait facile – une simple promenade de santé qui lui vaudrait une immense reconnaissance de la part de son père. Il comprenait maintenant que Trudana Jadwin resterait son ennemie jusqu'à la fin de ses jours.

Plus jamais, se promit-il. *Plus jamais je ne coucherai avec une femme mariée.*

Il ne fit pas attention au glissement d'un tiroir qui s'ouvrait. Il ne regarda même pas Trudana. Il n'attendrait même pas d'avoir lacé son pantalon pour quitter cette pièce. Chaque seconde de plus en présence de cette femme était une seconde de trop.

Il venait de poser la main sur le loquet quand il entendit le frottement rapide et étouffé des pas de son ancienne maîtresse. Quelque chose de chaud se planta dans son dos, comme si une guêpe l'avait piqué. Puis le corps de Trudana s'écrasa contre le sien et la piqûre se fit plus profonde. La tête du prince heurta la porte et il sentit de nouveau l'aiguillon.

Ce n'était pas un aiguillon. C'était trop long. Aléine hoqueta tandis qu'un rugissement lui emplissait les oreilles. Quelque chose n'allait pas avec un de ses poumons. Il ne respirait pas normalement. De nouvelles douleurs lancinantes lui percèrent le dos et le rugissement s'atténua. Tout devint soudain d'une clarté cristalline.

On le poignardait à mort. Une femme le poignardait à mort. C'était embarrassant, vraiment. Il était le fils du roi. Il était un des meilleurs épéistes du royaume et cette vieille peau aux fesses grasses, à la poitrine flasque et dépareillée était en train de le tuer.

Dame Jadwin respirait – haletait presque – contre son oreille comme lorsqu'ils faisaient l'amour. Elle parlait, elle pleurait comme si chaque nouveau coup la blessait. Cette salope s'apitoyait sur son propre sort.

— Je suis désolée, oh ! oh ! je suis désolée ! Tu ne peux pas comprendre. Je dois le faire ! je dois le faire je dois le faire !

Les coups de poignard continuèrent et cela agaça le prince. Il était déjà à l'agonie. Le sang s'engouffrait dans ses poumons lacérés. Il essaya de les vider en toussant, il ne réussit qu'à maculer la porte de taches rouges.

Il chancela et tomba à genoux. La duchesse cessa enfin de frapper. La vision du prince s'obscurcit et il vit le battant en bois se précipiter vers lui.

La dernière chose qu'il aperçut, ce fut un œil à travers la serrure. Un œil froid qui observait son agonie.

Il trouva la porte sans difficulté. Elle était fermée, mais il la crocheta en quelques secondes.

Pourvu qu'elle dorme. Par pitié !

Il ouvrit avec lenteur la porte de la pièce exiguë et se retrouva nez à nez avec un énorme hachoir à viande. Un hachoir à viande que tenait Élène. Elle était parfaitement réveillée.

Dans l'obscurité, la jeune fille ne le reconnut pas. Elle semblait hésiter entre pousser un hurlement et passer à l'attaque. Elle avait les yeux rivés sur l'épée de Kylar. Elle fit son choix et décida de passer à l'attaque en poussant un hurlement.

Il la frappa au poignet du plat de son wakizashi, lui arracha le hachoir des mains et le jeta hors d'atteinte. Il esquiva la main qui voulut le saisir, se glissa derrière la jeune fille en un instant et plaqua sa paume contre sa bouche.

— C'est moi. C'est moi ! dit-il en se contorsionnant dans tous les sens pour éviter ses coudes menaçants. (Il ne pouvait pas la bâillonner, lui immobiliser les bras et parer les coups de pied qui visaient son entrejambe.) Tiens-toi tranquille ou ta maîtresse mourra !

Élène sembla aussitôt recouvrer la raison, et Kylar la lâcha enfin.

— Je le savais ! dit-elle d'une voix rageuse, mais basse. Je savais que je ne pouvais pas te faire confiance. Je savais que c'était toi qui viendrais accomplir ce sale travail.

— Je voulais dire : « Ta maîtresse mourra parce que tes cris vont attirer le pisse-culotte ici. »

Silence.

— Oh !

— Ouais.

La pièce était plongée dans la pénombre du clair de lune, mais Kylar crut voir Élène rougir.

— Tu aurais pu frapper à la porte.

— Désolé. La force de l'habitude.

Soudain mal à l'aise, elle ramassa le hachoir sur le lit et le glissa sous son oreiller. Elle baissa les yeux vers sa chemise de nuit – d'une sobriété très décevante – et eut l'air gêné. Elle attrapa une robe et se tourna pour l'enfiler.

— Détends-toi, dit Kylar quand elle eut terminé. Il est un peu tard pour la pudibonderie. J'ai vu ta statue. Tu es jolie toute nue.

Pourquoi avait-il prononcé ces dernières paroles de manière à sous-entendre qu'elle était une putain ? Comment aurait-elle pu se refuser au duc ? Elle était sa domestique. Kylar était injuste, mais il se sentait trahi.

Élène se replia comme si elle venait de recevoir un coup de poing dans le ventre.

— Je l'ai suppliée de ne pas l'exposer, dit-elle. Mais elle en était si fière. Elle a dit que je devrais en être fière, moi aussi.

— Elle ?

— La duchesse.

— La duchesse ? répéta Kylar comme un idiot.

Il ne s'agissait pas du duc. Il ne s'agissait pas du duc ?

Une immense vague de soulagement le submergea, mais il était plus décontenancé que jamais. Et pourquoi était-il soulagé ?

— Tu crois que j'aurais accepté de poser nue pour le duc ? Tu me prends pour qui ? Sa maîtresse ?

Les yeux de la jeune fille s'écarquillèrent en découvrant l'expression sur le visage de Kylar.

— Eh bien…

Kylar l'avait injustement accusée. La colère l'envahit : à cause d'elle, il se sentait coupable d'avoir tiré des conclusions tout à fait logiques. La colère l'envahit aussi parce qu'il perdait son temps à parler à une jeune fille alors qu'un pisse-culotte était sans doute à l'affût dans le couloir.

C'est de la folie pure.

— Ce sont des choses qui arrivent, se défendit-il.

Pourquoi est-ce que je fais ça ?

Pour la même raison qui t'a poussé à l'observer de loin pendant des années. Parce que tu ne peux pas te passer d'elle.

— Pas à moi, dit Élène.

— Tu veux dire que tu es…

Il essaya de prendre un ton narquois, mais il ne parvint pas à terminer sa phrase. Pourquoi voulait-il prendre un ton narquois ?

— Que je suis vierge ? Oui, dit-elle sans la moindre gêne. Et toi ?

Les mâchoires de Kylar se contractèrent.

— Je… Écoute, il y a un assassin dans le manoir.

Élène sembla sur le point de remarquer que Kylar éludait sa question, puis son regard s'assombrit tandis que l'amusement disparaissait.

— Deux, dit-elle.

— Quoi ?

— Il y a deux assassins dans le manoir.

Elle ne plaisantait pas. Kylar hocha la tête. Il avait de nouveau une boule dans la gorge et il eut honte de ce qu'il était.

— En effet, deux. J'ai vu Hu entrer, Élène. Est-ce que le globe est en sécurité ?

Il surveilla ses yeux. Comme il s'y attendait, ils se posèrent aussitôt à l'endroit où elle l'avait dissimulé : au fond de son armoire.

— Oui, dit-elle. Il est… (Sa voix mourut.) Tu vas le voler, n'est-ce pas ?

— Je suis désolé.

— Et maintenant, tu sais où il est caché. Tu m'as tendu un piège.

Elle était peut-être naïve, mais pas idiote.

— Oui.

Les yeux bruns de la jeune fille se remplirent de colère.

— Il y a vraiment un assassin dans le manoir ou est-ce que c'était un mensonge ?

— Il y en a un. Je te donne ma parole, dit Kylar en détournant le regard.

— Pour ce qu'elle vaut.

Aïe !

— Je suis désolé, Élène, mais je dois le faire.

— Pourquoi ?

— C'est un peu difficile à expliquer.

— J'ai passé la journée morte de honte en songeant à tout ce que je t'avais écrit. J'ai passé la journée morte de honte en songeant à tout ce que tu m'as donné. Je n'ai même pas averti les gardes que tu allais venir, parce que je pensais… Je pensais… Je crois que je suis comme toutes les femmes trompées par un homme. Tu es un véritable maître, *Kylar*. Je crois qu'Azoth est bel et bien mort.

Oh non ! pas ça ! pas ça !

— Il faut vraiment que je le récupère.

— Je ne peux pas te laisser le prendre.

— Élène, enfuis-toi avec moi.

— Tu es fou.

— Si tu restes ici, ils penseront que tu m'as aidé. Si Hu ne te tue pas, il est bien possible que les Jadwin le fassent. Ils pourraient décider de te jeter dans la Gueule. Élène, je ne pourrai pas vivre en sachant qu'on t'a fait une chose pareille.

— Mais si. Tu n'auras qu'à prendre une autre identité et à étouffer les flammes de culpabilité sous l'argent.

— Ils vont te tuer.

— Je ne rendrai pas le mal pour le bien.

Il n'avait plus le temps de la convaincre. Il devait sortir d'ici. Kylar soupira. Tout allait de travers, ce soir.

— Dans ce cas, je suis désolé de faire ça, dit-il, mais c'est pour ton bien.

— De quoi tu parles ?

Il la frappa – deux fois. La première à hauteur de la bouche – assez fort pour faire jaillir le sang –, la seconde à hauteur de ses magnifiques yeux perçants – assez fort pour les contusionner et les tuméfier, pour qu'ils ne voient pas ce que Kylar allait faire. Élène tituba en arrière. Il la fit pivoter et l'immobilisa avec un étranglement. Elle se débattit en vain pour échapper à sa prise, pensant sans doute qu'il allait la tuer. Il se contenta de l'empêcher de bouger et lui planta une aiguille dans la nuque. Elle sombra dans l'inconscience en quelques secondes.

Elle ne me pardonnera jamais de lui avoir fait ça. Elle ne me pardonnera jamais de lui avoir fait ça.

Kylar l'allongea sur le sol et tira son couteau. Il s'entailla la main et aspergea le visage d'Élène de sang pour faire croire qu'on l'avait battue. C'était répugnant. Le contraste entre la beauté de la jeune fille et la laideur de son geste le rendit plus craintif que d'habitude. Il n'avait cependant pas le choix. Elle devait ressembler à une victime. Il regarda le corps inconscient et ressentit la cruauté de son métier. Cette cruauté était l'essence même de la profession. Il n'avait tué personne dans le manoir des Jadwin, il n'avait pas eu à se plonger dans l'odeur entêtante de la mort, mais il ferma les paupières et vit qui il était vraiment. Il avait frappé les yeux de lumière qui repoussaient les ténèbres tapies en lui. Il avait ensanglanté et aveuglé ces yeux qui le transperçaient.

Qui a dit qu'il n'y avait pas de place pour les poètes dans ce cruel métier?

Lorsqu'il en eut terminé avec ses réflexions romantiques, Kylar disposa les membres d'Élène dans une pose grotesque, ainsi qu'il convenait de le faire.

Le ka'kari d'argent avait été glissé dans une pantoufle, au fond de l'armoire. Kylar leva le globe pour l'examiner à la lumière de la lune. Il s'agissait d'une sphère métallique quelconque, sans le moindre signe particulier. C'était un peu décevant. Malgré ses reflets acier, elle était translucide – c'était original. Kylar n'avait jamais rien vu de tel, mais il s'était attendu à quelque chose de plus impressionnant.

Il rangea le globe dans une poche et se dirigea vers la porte. Jusqu'à présent, tout allait bien. Enfin, ce n'était pas tout à fait exact : pour être honnête, la soirée avait été catastrophique, mais sortir du manoir ne devrait pas poser de problèmes. S'il ne parvenait pas à se glisser derrière le garde, au pied de l'escalier des domestiques, il l'aborderait et prétendrait que, pris d'un besoin urgent, il s'était rendu aux toilettes les plus proches. L'homme le morigénerait en lui répétant que le premier étage était interdit aux invités. Kylar répliquerait que, dans ce cas, il fallait poster quelqu'un au pied des marches. Le garde esquisserait une grimace irritée et Kylar rentrerait chez lui. Le plan n'était pas infaillible, mais, ce soir, Kylar se méfiait de l'infaillibilité.

Il regarda par le trou de la serrure. Il observa le couloir et tendit l'oreille pendant trente secondes. Rien de suspect.

Au moment où il entrouvrait la porte, quelqu'un y assena un violent coup de pied. Le battant percuta Kylar en pleine figure, puis à l'épaule. Le jeune homme fut projeté en arrière.

Il réussit à conserver son équilibre dans sa course à reculons, mais trébucha sur le corps d'Élène et chuta sans douceur. Il glissa sur les dalles jusqu'à ce que sa tête heurte le mur.

À peine conscient, il distingua des taches noires exploser devant ses yeux. Il avait dû tirer ses dagues d'instinct, car une vague de douleur monta de ses mains quand les armes leur furent arrachées.

— Fiston ?

Kylar cligna plusieurs fois des yeux pour chasser le brouillard noir. Lorsque sa vision se clarifia, la première chose qu'il aperçut fut la pointe du poignard à deux centimètres de son œil. Son regard remonta le long de la lame, de la manche de tissu gris et arriva à la silhouette encapuchonnée.

Sonné, Kylar se demanda pourquoi il n'était pas mort. Pourtant, il comprit avant même que Hu tire sa capuche en arrière.

Mamma K l'avait trahi. Elle lui avait menti sur l'identité du cadavre.

— Maître Blint ?

Chapitre 41

— Qu'est-ce que tu fous ?

Maître Blint gifla Kylar d'un revers de main. Il se tenait devant le jeune homme, furieux. Les traits illusoires de Hu Gibbet fondirent comme neige au soleil.

Kylar se releva en chancelant. Sa tête tournait et ses oreilles tintaient encore.

— Je devais… Vous étiez parti…

— J'étais parti préparer cette opération ! murmura Blint d'une voix rauque. Cette opération ! C'est sans importance maintenant. Nous avons trois minutes avant la prochaine ronde. (Il tâta le corps d'Élène du bout du pied.) Celle-ci est encore vivante. Tue-la. Ensuite, cherche le ka'kari pendant que je m'occupe du cadavreux. Nous discuterons de ta punition plus tard.

Je n'ai pas été assez rapide.

— Vous avez tué la duchesse ? demanda Kylar.

Il se frotta l'épaule à l'endroit où la porte l'avait percutée quand Blint avait fait irruption dans la chambre.

— Le cadavreux était le prince. Quelqu'un s'est occupé de lui avant moi.

Un lourd bruit de bottes monta de l'escalier. Durzo dégaina Châtiment et jeta un coup d'œil dans le couloir.

Dieux ! le prince ?

Kylar regarda la jeune fille inconsciente. Son innocence n'avait désormais plus la moindre importance. Même s'il ne la tuait pas, tout le monde penserait qu'elle était mêlée au vol du ka'kari et au meurtre du prince.

— Kylar !

Kylar leva les yeux, hébété. C'était juste un cauchemar. Tout cela ne pouvait pas être vrai.

— J'ai déjà...

Il tendit quelque chose dans un geste apathique.

Durzo lui lança un regard mauvais et s'empara du petit sac avant de le retourner. Le globe des Tranchants roula dans sa paume.

— Merde ! C'est bien ce que je pensais.

— Hein ? demanda Kylar.

Mais Durzo n'était pas d'humeur à répondre à des questions.

— Est-ce que la fille a vu ton visage ? (Le silence du jeune homme fut éloquent.) Règle-lui son compte. Kylar, ce n'est pas un conseil, c'est un ordre. Tue-la.

Les larges cicatrices blanches zébraient ce visage autrefois parfait. Les yeux d'Élène enflaient et se cernaient de noir. Dans un cas comme dans l'autre, tout était la faute de Kylar.

« L'amour est un nœud coulant », lui avait dit Blint lorsqu'il avait commencé son apprentissage, dix ans plus tôt.

— Non ! lâcha Kylar.

Durzo tourna la tête vers lui.

— Qu'est-ce que tu viens de dire ?

Des gouttes de sang noir perlaient de la lame de Châtiment et formaient une flaque sur les dalles.

Il n'était pas trop tard pour faire marche arrière, pour obéir et pour ne pas mourir. Mais s'il assassinait Élène, Kylar sombrerait à jamais dans les ténèbres.

— Je ne la tuerai pas. Et je ne vous laisserai pas la tuer non plus. Je suis désolé, maître.

— Est-ce que tu comprends ce que tu es en train de faire ? aboya Durzo. Qui est donc cette fille pour que tu sois prêt à passer le reste de ta courte vie pourchassé par… (Le pisse-culotte ne termina pas sa phrase.) Poupée !

— Oui, maître. Je suis désolé.

— Par les Anges de la Nuit ! je me fous de tes excuses ! Je veux qu'on m'obéi…

Durzo leva un doigt pour exiger le silence. Les bruits de pas étaient tout proches. Le pisse-culotte ouvrit la porte et se fondit dans le couloir avec une rapidité surnaturelle. Châtiment lança un reflet argenté dans la pénombre.

Kylar entendit deux bruits sourds, et le garde s'effondra. Il s'agissait de Courtaud, la plus âgée des deux sentinelles qui surveillaient la porte du domaine le matin même lorsque le jeune homme était venu reconnaître le terrain.

Derrière Durzo, la lanterne du couloir enveloppait le fils chéri des ténèbres dans un noir manteau, projetant sa silhouette sur Kylar et masquant son visage. Sur le mur, en ombre, du sang coulait goutte à goutte de la pointe de Châtiment. « Flic ! Flac ! » La voix de Blint grinça comme une barre d'acier qui plie.

— Kylar, c'est ta dernière chance.

— Oui. (Son wakizashi glissa hors du fourreau dans un sifflement sourd tandis que Kylar se tournait vers l'homme qui l'avait élevé, celui qui représentait bien plus qu'un père à ses yeux.) En effet.

Il entendit alors un objet métallique rouler sur les dalles en marbre dans sa direction. Il tendit le bras et sentit le ka'kari buter contre sa paume.

Il tourna la main et vit le globe briller d'une lueur bleue et incandescente. Le ka'kari s'était collé à sa peau. Tandis que Kylar observait la sphère, des runes se dessinèrent à la surface. Elles se déplacèrent et se transformèrent comme si elles essayaient de lui dire quelque chose. La lumière bleutée se refléta sur les traits du jeune homme et il vit soudain à travers le ka'kari. La sphère suçait le sang de ses paumes entaillées. Kylar leva les yeux et lut la consternation sur le visage de Blint.

— Non ! Non ! c'est à moi ! hurla le pisse-culotte.

Le ka'kari se transforma soudain en une petite flaque noire et huileuse.

La lumière bleue explosa comme une supernova, puis la douleur vint. Dans la paume de Kylar, le froid se changea en pression. Le jeune homme eut l'impression que sa main se déchirait. Il fixa avec horreur ses yeux sur la petite nappe noire qui brûlait de manière uniforme et s'aperçut qu'elle rapetissait. Elle se frayait un chemin *à l'intérieur* de son corps. Il sentit qu'elle se glissait dans son sang. Chacune de ses veines se gonfla et se contorsionna avant de se figer au passage du ka'kari.

Il n'aurait pas pu dire combien de temps cela dura. Il transpirait et frissonnait tandis que des gouttes de sueur glacée roulaient sur sa peau. Petit à petit, le froid se retira de ses membres. Plus lentement encore, la chaleur revint. Au bout de quelques secondes, ou de trente minutes, il constata qu'il était étendu par terre.

De manière curieuse, il se sentait bien. Il était allongé le visage contre les dalles en marbre, mais il se sentait bien. Il avait l'impression d'être entier, comme si un pont reliait désormais les deux bords d'un précipice, comme si un gouffre venait d'être comblé.

Je suis un ka'karifeur. Je suis né pour ça.

Durzo avait encore l'air horrifié et l'étrange phénomène n'avait donc pas duré plus de quelques secondes. Kylar bondit sur ses pieds. Il ne s'était jamais senti si fort, si énergique et si plein de vie.

Il n'y avait pas de colère sur le visage de Durzo, juste de l'affliction et de la douleur.

Kylar tourna sans hâte la main et regarda sa paume. Il y avait toujours une entaille, mais elle ne saignait plus. Le ka'kari s'était infiltré à travers…

Non! C'était impossible.

Une matière noire suinta alors des pores de sa main, comme de la sueur, et se figea. L'instant d'après, le ka'kari reposait au creux de sa paume.

Une étrange jubilation envahit Kylar, bientôt suivie par la peur. Il se demanda si le sentiment d'exaltation était le sien ou s'il émanait du ka'kari, heureux d'avoir trouvé un hôte. Il regarda de nouveau Durzo. Il se sentait idiot. Ce qui venait d'arriver dépassait son imagination et il ne savait pas comment réagir.

Il réalisa alors qu'il voyait le visage de Durzo avec une netteté stupéfiante. Le pisse-culotte était encore dans le couloir, avec la lanterne derrière lui. Un moment plus tôt, avant que le ka'kari se manifeste, ses traits étaient masqués par l'obscurité. Kylar voyait toujours les ombres tombant sur le sol à l'endroit où Durzo bloquait la lumière, mais son regard allait désormais *au-delà*. C'était comme regarder à travers une fenêtre : on savait qu'il y avait une vitre, mais on ne la voyait pas. Kylar observa la petite chambre d'Élène et constata qu'il s'y produisait le même phénomène. Les ténèbres accueillaient son regard. Ses yeux étaient plus perçants, plus précis… Il voyait plus loin – il distinguait le château, de l'autre côté du fleuve, comme en plein jour.

— Je dois prendre le ka'kari, lâcha Durzo. S'il ne l'obtient pas, il tuera ma fille. Que les Anges de la Nuit aient pitié de toi, Kylar! Qu'est-ce que tu as fait?

— Je n'ai rien fait! Je n'ai rien fait! s'exclama le jeune homme. (Il tendit le globe métallique.) Prenez-le! Je vous le donne. Sauvez votre fille.

Durzo récupéra le ka'kari et fixa son regard droit dans les yeux de Kylar.

— Tu as fusionné avec lui par le sang et ce lien est éternel. Tu peux désormais te servir de ton Don, avec ou sans le ka'kari, mais plus personne ne pourra fusionner avec lui tant que tu es vivant.

Un bruit de pas précipités monta dans l'escalier. Quelqu'un avait dû entendre le cri de Durzo. Kylar devait partir. Il commençait à peine à mesurer la portée des paroles du pisse-culotte.

Kylar se tourna pour faire face à la personne qui grimpait les marches et la prophétie de Dorian résonna à ses oreilles : « Cénaria tombera entre les mains de Khalidor si tu ne tues pas Durzo Blint avant demain. Si tu ne le tues pas avant après-demain, tous ceux que tu aimes périront. Si tu fais le nécessaire une fois, il t'en coûtera une année de remords. Si tu fais ce qui doit être fait, il t'en coûtera la vie. »

Son wakizashi était sorti et le pisse-culotte lui tournait le dos. Kylar pouvait mettre un terme à la menace de la prophétie. Blint était si près que ses réflexes ne lui seraient d'aucune utilité. Kylar empêcherait une invasion et sauverait les personnes qui lui étaient chères. En ce moment même, la vie d'Élène était sans doute entre ses mains, ainsi que celles de Logan et des Drake. Peut-être que l'invasion tout entière reposait sur cet instant charnière. Peut-être que des centaines, des milliers de vies étaient suspendues au bout de la lame de son wakizashi. Un coup rapide, indolore, et Durzo aurait cessé de vivre. Ne disait-il pas que la vie était futile, vaine, misérable et dénuée de sens ? Il avait juré qu'il ne perdrait pas grand-chose en mourant.

Durzo l'avait affirmé – et avait affirmé bien d'autres choses encore –, mais, au fond de lui, Kylar ne l'avait jamais cru. Mamma K avait déjà poignardé le pisse-culotte dans le dos avec ses mensonges, Kylar se sentit incapable de le faire avec une arme.

Le moment devint d'une clarté surprenante. Il se figea sous la forme d'un diamant et se mit à tourner devant le jeune homme. Sur chacune des facettes, des futurs se détachaient et scintillaient. Le regard de Kylar passa d'Élène, dans sa main droite, à Durzo, dans sa main gauche. De Durzo à Élène et d'Élène à Durzo. Le choix était là, tout comme l'avenir de ces deux personnes. Il pouvait tuer Élène, la femme qu'il aimait, ou Durzo, l'homme qui l'avait élevé comme un fils. Sur chaque facette du joyau, cette vérité flamboyait, impitoyable : si l'un vivait, l'autre devait mourir.

— Non, dit Kylar. Maître, allez-y. Tuez-moi. (Durzo le regarda comme s'il ne parvenait pas à croire ce qu'il venait d'entendre.) Elle n'a vu que moi. Elle ne représentera plus une menace si je meurs. Vous pourrez prendre le ka'kari et sauver votre fille.

Les yeux de Blint se remplirent d'une lueur que Kylar n'avait jamais vue auparavant. Les traits durs et taillés à la serpe semblèrent s'adoucir et le transformer en un autre homme ; un homme qui n'était plus fatigué ni usé ; un homme rajeuni qui ressemblait à Kylar à un point que celui-ci n'aurait jamais soupçonné. Le pisse-culotte cligna des yeux tandis que des océans de douleur menaçaient de se déverser sous forme de larmes. Il secoua la tête.

— Tire-toi, fiston.

Kylar voulait partir. Il voulait s'enfuir. Mais il savait qu'il fallait faire un choix. Il n'y avait pas d'autre solution. Il resta sur place. Il était pétrifié, mais pas par l'hésitation : il priait pour que Durzo le tue avant qu'il perde courage.

Mais qu'est-ce que je raconte ? Je ne veux pas mourir. Je veux vivre. Je veux emmener Élène. Je veux...

La porte des appartements ducaux s'ouvrit, et la duchesse sortit en titubant.

— À l'assassin ! À l'assassin ! hurla-t-elle. Il a tué le prince !

Durzo réagit sur-le-champ : il poussa violemment son apprenti, et les deux hommes disparurent dans la chambre d'Élène. Kylar prit soin de ne pas piétiner son amie inconsciente, mais Durzo ne s'arrêta pas. Il saisit la cape de Kylar et le projeta avec la force et la rapidité inouïes que lui conférait son Don. La vitre explosa et le jeune homme plongea au cœur de la nuit.

Par la grâce de Dieu – à moins que ç'ait été le fait de Sa cruauté, de Sa bêtise ou de l'habileté surnaturelle de Durzo –, Kylar tomba au milieu d'une haie. Il passa à travers, roula par terre sans pouvoir s'arrêter et se retrouva soudain debout. C'était grotesque : il n'avait rien de cassé, pas une foulure, pas même une égratignure. Il leva les yeux vers la terrasse où, peu de temps auparavant, il avait embrassé Sérah. Il aperçut des invités tendre le cou pour voir ce qui se passait, mais les lanternes les éblouirent et ils ne le virent pas.

Le cri qui montait de l'intérieur du manoir fut repris par d'autres, des voix d'hommes et de femmes. On lança des ordres, et des soldats se précipitèrent dans le cliquetis et le tintement métalliques de leurs cottes de mailles. Kylar leva les yeux vers le premier étage. Son cœur martelait sa poitrine. Il ne savait pas s'il devait se maudire ou se réjouir. Pour le moment, la décision ne lui appartenait plus. Il était en vie et c'était une bonne chose.

Il n'y avait rien d'autre à faire. Kylar se dirigea au petit pas vers la porte du jardin des Jadwin, fractura la serrure et disparut dans la nuit.

Chapitre 42

Le Roi-dieu Garoth Ursuul était réveillé lorsque le magistrat frappa à la porte de sa chambre. Personne ne pouvait approcher de ses appartements à son insu. Cela signifiait qu'il ne dormait pas aussi longtemps qu'il l'aurait souhaité, mais c'était un vieil homme et il n'avait plus besoin de beaucoup de sommeil. En outre, cela forçait les esclaves à rester vigilants.

La plupart des gens n'imaginaient pas la chambre du Roi-dieu ainsi. La pièce était dégagée, claire et spacieuse ; elle était décorée de magnifiques vitraux plangans, de miroirs en ivoire, de fleurs fraîches sur le bureau et sur le manteau de la cheminée – un esclave sensible à l'esthétique les choisissait et composait les bouquets. Le lit était couvert de dentelles séthies et le sol de sinistres peaux d'ours de la région des Glaces. Pourtant, Garoth ne s'intéressait qu'aux tableaux – les portraits de ses femmes alignés sur les murs. Ses épouses venaient de toutes les contrées de Midcyru. Elles étaient menues ou sveltes, plantureuses ou androgynes, pâles ou basanées, mais, à de rares exceptions, elles étaient toutes ravissantes. Ces toiles ravissaient Garoth. Le Roi-dieu était un connaisseur en matière de beauté féminine et il ne regardait pas à la dépense afin de satisfaire son vice. Après tout, il rendait service à sa lignée et au monde en engendrant les meilleurs fils possible. C'était là que les laiderons intervenaient. Garoth avait fait enlever quelques filles issues de familles royales dans l'espoir qu'elles lui donneraient de meilleurs héritiers. Deux des neuf princes actuels étaient nés de telles unions et Garoth supposait donc que les nobles engendraient des successeurs convenables à un rythme plus élevé que les roturières – mais c'était si fastidieux de copuler avec une femme laide.

En partie pour le bien de ses fils, en partie pour son propre amusement, il avait manœuvré certaines d'entre elles pour qu'elles tombent amoureuses de lui. La tâche s'était révélée d'une simplicité étonnante : il n'aurait jamais pensé que si peu de mensonges suffisaient. Les femmes étaient toujours prêtes à se précipiter dans ce piège. Il avait entendu dire que l'amour enrichissait les relations sexuelles, mais il avait été déçu. Grâce à ses pouvoirs, il pouvait forcer le corps de sa partenaire à réagir comme il le souhaitait. En outre, il était amusant de voir une femme s'efforcer de contenir sa rage et sa haine alors que sa magie lui procurait un plaisir qu'elle n'avait jamais ressenti auparavant. Par malheur, ce procédé présentait quelques inconvénients. Il fallait surveiller de près celles qui avaient subi ce traitement, car deux d'entre elles s'étaient suicidées.

Le magistrat frappa à la porte et Garoth l'ouvrit d'un geste. L'homme entra à genoux, s'avança et croisa les bras sur sa poitrine.

— Mon Dieu, mon souverain majestueux…

Garoth s'assit.

— Assez. Tu as un message de la part de la truie Jadwin.

— Elle vous informe qu'elle a tué le prince, mais qu'elle a perdu le ka'kari. Je suis désolé, Votre Sainteté.

— Il s'agissait sans doute d'un faux, une fois de plus, dit Garoth en s'adressant à lui-même et non pas au magistrat. Est-ce que les navires destinés à l'invasion de Modaini sont arrivés ?

Il pouvait s'occuper de Cénaria quand bon lui semblerait, mais si ses troupes marchaient plein sud, elles seraient immobilisées pendant des semaines, voire des mois. Ce maudit duc Gyre avait transformé les défenses de Vents Hurlants en un obstacle redoutable. Garoth pouvait le franchir, bien entendu : il était sans doute capable de vaincre n'importe quelle armée de ce monde, à l'exception de celle des Alitaerans. Pourtant, un Roi-dieu ne gaspillait pas ses hommes et ses meisters en les lançant dans des assauts frontaux. Pas quand il existait une autre solution.

En outre, quel conquérant aurait voulu d'une masse grouillante comme Cénaria au sein de son royaume ? Il ferait peut-être bien d'exterminer ces insectes et d'envoyer ses propres sujets coloniser la ville.

Garoth Ursuul n'était pas intéressé par le pouvoir temporel. Ses revendications sur Cénaria n'étaient qu'un amusement. Des renseignements autrement plus sûrs affirmaient que le ka'kari rouge se trouvait à Modai. Une fois cette cité conquise, Cénaria serait cernée et il s'en emparerait probablement sans combattre. Viendrait ensuite le tour de Ceura, puis il frapperait les mages au cœur, au Sho'cendi. Il n'aurait pas à affronter les Alitaerans avant d'être sûr de la victoire.

— Deux navires traversent encore les eaux cénariennes.

— Parfait, dans ce cas...

— Votre Sainteté...

L'homme laissa échapper un couinement de souris en réalisant qu'il avait interrompu le Roi-dieu.

— Quoi ? demanda Garoth.

— Dame Jadwin affirme qu'elle a vu quelqu'un fusionner avec le ka'kari, dans le couloir, devant sa chambre. Sa description du phénomène est... exacte.

— Par le sang de Khali !

Garoth respira un grand coup.

Un ka'kari, après tout ce temps. Et quelqu'un avait fusionné avec lui. Voilà qui facilitait presque les recherches. Un ka'kari était assez petit pour être caché ou perdu n'importe où, mais si quelqu'un avait fusionné avec lui, il le garderait à portée de la main.

— Déroutez les deux navires. Et ordonnez à Roth de lancer la campagne d'assassinats. Les Gyre, le Shinga, tout le monde. Dites-lui qu'il a vingt-quatre heures. Au fait, Durth ?

— Votre Sainteté ?

— Ne m'interrompez plus jamais.

Quelque chose n'allait pas du tout, Régnus Gyre le sentit dès qu'il atteignit les portes de son domaine. Aucune sentinelle n'était postée à l'entrée. Au cours de la dernière décennie, le roi avait chassé ou éconduit bon nombre de ses serviteurs et de ses soldats, mais c'était néanmoins troublant. À l'intérieur du manoir, les lampes étaient encore allumées et c'était curieux, car il était une heure du matin.

— Dois-je appeler, seigneur ? demanda Gurden Fray, son garde.

— Non.

Régnus descendit de cheval et fouilla dans ses sacoches de selle. Il trouva enfin la clef qu'il cherchait, ouvrit la grille et tira son épée.

Un corps gisait de chaque côté de l'entrée du domaine, à l'écart de la lumière des lanternes. On leur avait tranché la gorge.

— Non ! lâcha Régnus. Non !

Il se précipita vers le manoir.

Il fit irruption par la porte principale et ne distingua que du rouge. Son esprit refusa d'abord d'interpréter ce qu'il découvrit. Il y avait des corps dans chaque pièce. Les victimes avaient été attaquées par surprise et rien n'avait été cassé. Il n'y avait aucun signe d'affrontement à l'exception des cadavres. Même les gardes n'avaient pas réagi. Presque tout le monde avait la gorge tranchée. Puis les corps avaient été retournés pour qu'ils saignent autant que possible. Là, le vieux Dunnel sur une chaise avec les pieds sur le dossier ; Marianne, qui avait été la nourrice de Logan, était allongée dans l'escalier, la tête sur la première marche. On aurait dit que la Mort en personne s'était promenée à travers la maison et que personne n'avait essayé de l'arrêter. Partout où il posait les yeux, Régnus voyait ses fidèles serviteurs, ses amis, morts.

Il se précipita à l'étage, passa devant la statue des jumeaux Grasq et courut vers la chambre de Catrinna. Dans le couloir, il aperçut les premiers signes de résistance. Un coup d'épée malencontreux avait fracassé des étagères à bibelots. Il manquait un bout du cadre d'un portrait de son grand-père. Ici, les gardes étaient morts en se battant, ils portaient des blessures au torse et au visage. Mais l'issue de la bataille ne faisait aucun doute : chaque cadavre avait la gorge tranchée et reposait les jambes contre le mur. Le sang d'une dizaine d'hommes convergeait et couvrait le sol en formant un lac écarlate.

Gurden s'agenouilla et posa la main sur le cou d'un ami.

— Ils sont encore chauds, dit-il.

Régnus donna un coup de pied dans la porte de sa chambre et le battant s'ouvrit avec fracas. Si elle avait été fermée et verrouillée un peu plus tôt, elle ne l'était plus.

Quatre hommes et deux femmes gisaient à l'intérieur, déshabillés, allongés sur le ventre et disposés en un large cercle. Au-dessus d'eux, Catrinna était suspendue par un pied au haut chandelier, nue ; son autre jambe pendait de manière ridicule. Un mot avait été taillé dans le dos de cinq cadavres : « BIEN À VOUS, HU GIBBET ». Le couteau planté entre les omoplates de son intendant, Wendel North, faisait office de virgule.

Régnus se mit à courir. Il se précipita d'une pièce à l'autre, identifiant les morts, criant leur nom, les retournant pour regarder leur visage. Il s'aperçut enfin que Gurden le secouait par les épaules

— Seigneur ! Seigneur ! Il n'est pas ici. Logan n'est pas ici. Nous devons partir. Venez avec moi.

Il laissa Gurden l'entraîner dehors. L'air ne sentait plus le sang et c'était agréable. Quelqu'un répétait sans interruption : « Oh ! mon Dieu ! Oh ! mon Dieu ! » C'était lui. Il ne savait plus ce qu'il disait. Gurden continua à le tirer sans lui prêter attention. Le duc le suivit d'un pas trébuchant.

Au moment où ils atteignaient l'entrée du domaine, six lanciers d'élite du roi arrivèrent, l'arme levée.

— Halte ! lança le lieutenant. (Ses hommes se déployèrent autour de Régnus et de Gurden.) Halte ! Êtes-vous Régnus Gyre ?

Les pointes en acier et l'écho de son nom réveillèrent le duc.

— Oui, répondit-il en regardant ses vêtements trempés de sang.

Puis il répéta d'une voix plus forte :

— Oui !

— Seigneur Gyre, j'ai reçu l'ordre de vous arrêter. Je suis désolé, seigneur.

Il était jeune, ce lieutenant. Il avait les yeux écarquillés : il ne parvenait sans doute pas à croire qu'il arrêtait le duc Gyre.

— M'arrêter ?

Régnus reprit peu à peu le contrôle de son esprit, comme un cavalier maîtrise un cheval qui lui a échappé et qui accepte de nouveau de se soumettre.

— Oui, seigneur. Pour le meurtre de Catrinna Gyre.

Une vague glacée balaya Régnus. Il avait le choix entre réagir ou s'effondrer. Il contracta les mâchoires. Les larmes qui jaillirent de ses yeux jurèrent étrangement avec le ton autoritaire de sa voix.

— Quand as-tu reçu cet ordre, fiston ?

— Il y a une heure, seigneur.

Le lieutenant eut l'air agacé : il avait répondu d'instinct à l'homme qu'il était censé arrêter.

— Il n'y a pas un quart d'heure qu'elle est morte. Alors, dis-moi un peu, comment a-t-on pu donner cet ordre il y a une heure ?

Le lieutenant blêmit. L'instant suivant, les lances vacillèrent.

— Notre capitaine a dit qu'on vous avait vu tuer… qu'on vous avait vu le faire, seigneur ! Il y a une heure de cela. (Le jeune officier se tourna vers Gurden.) C'est la vérité ?

— Allez voir par vous-même.

Le lieutenant entra dans le manoir en laissant les prisonniers sous la surveillance de ses hommes tendus. Certains d'entre eux jetèrent un rapide coup d'œil par les fenêtres et se détournèrent aussitôt. Régnus sentit l'impatience bouillonner en lui. Si on lui accordait un peu de temps, il serait de nouveau en état de réfléchir, il pourrait se détacher de son esprit. Des larmes coulèrent une fois de plus le long de ses joues, il ne comprit pas pourquoi. Il devait réfléchir. Il pouvait identifier le capitaine, mais celui-ci n'avait fait qu'obéir aux ordres – du Sa'kagué ou du roi.

Quelques minutes plus tard, le lieutenant revint. Des taches de vomissures maculaient sa barbe et il tremblait comme une feuille.

— Vous êtes libre, seigneur Gyre. Et je suis désolé… Laissez-le partir.

Les soldats s'écartèrent. Régnus enfourcha son cheval, mais resta sur place.

— Allez-vous servir ceux qui ont fait massacrer toute ma famille ? demanda-t-il. J'ai l'intention de retrouver mon fils et j'ai l'intention de découvrir qui… (Sa voix le trahit et il dut se l'éclaircir.) Venez avec moi et je vous promets que vous accomplirez une tâche honorable.

Sa voix se brisa sur le dernier mot et il comprit qu'il ne pourrait rien ajouter.

Le lieutenant hocha la tête.

— Nous sommes avec vous, seigneur. (Ses hommes acquiescèrent à leur tour – Régnus venait de recruter son premier peloton.) Seigneur, je... Je l'ai détachée. Je ne pouvais pas la laisser ainsi.

Régnus fut incapable de réagir. Il tira sur les rênes avec violence et partit au galop vers les portes du domaine.

Pourquoi est-ce que je ne l'ai pas fait ? C'était ma femme. Quel genre d'homme suis-je donc ?

Le seigneur général Agon était un des rares nobles qui n'avaient pas participé à la fête des Jadwin, la veille. Il n'avait pas été invité et cela ne l'avait pas dérangé le moins du monde.

Le soleil pointait au-dessus de l'horizon et l'affaire n'était pas plus claire à la lumière du jour. En général, la garde de la cité se chargeait des enquêtes sur les meurtres, mais, en général, les victimes n'étaient pas des héritiers du trône. Agon devait s'occuper de ce cas en personne.

— Pourquoi ne me dites-vous pas ce qui s'est vraiment passé, ma Dame ?

Quoi qu'il fasse, il n'en sortirait pas vainqueur.

Dame Jadwin sembla suffoquer. Agon songea que son affolement n'était pas feint, mais réagissait-elle ainsi parce qu'elle avait été percée à jour ou parce qu'elle était désolée du meurtre du prince ?

— Je vous l'ai dit, répondit-elle. Un pisse-culotte...

— Un quoi ? (Dame Jadwin se tut.) Comment se fait-il que vous sachiez ce qu'est un pisse-culotte, Trudana ?

Elle secoua la tête.

— Pourquoi essayez-vous de m'égarer ? Je vous ai dit qu'un assassin était ici. Il se tenait dans ce couloir. Vous croyez que j'ai tranché la tête de mon propre garde ? Vous me pensez assez forte pour cela ? Pourquoi ne voulez-vous pas écouter Élène ? Elle confirmera mes dires.

Malédiction ! Il avait songé à cet argument. Non seulement il savait que Dame Jadwin n'était pas assez forte pour décapiter un homme, mais il savait aussi qu'elle n'avait pas eu d'arme pour le faire. Si elle avait assassiné le prince sans un bruit, pourquoi avait-elle crié et attiré les gens à l'étage avant de laver le sang qui lui maculait les mains et le visage ?

— Expliquez-moi ceci, dit Agon.

Il souleva la robe rouge qu'elle portait la veille. Ses hommes l'avaient découverte roulée en boule dans une armoire. Le tissu était encore imbibé de sang à peine sec – de beaucoup de sang.

— Après… Après que l'assassin a poignardé le prince, le malheureux est tombé et je… je l'ai attrapé. Il est mort dans mes bras. J'ai essayé d'aller chercher de l'aide, mais le meurtrier était toujours dans le couloir. J'étais terrifiée, paniquée. Je ne supportais pas l'idée d'être couverte de son sang.

— Que faisiez-vous seule en compagnie du prince dans la chambre ?

La duchesse le foudroya du regard. Ses yeux étaient des charbons ardents.

— Comment osez-vous ?

— Comment osez-vous, Trudana ? Comment osez-vous tromper votre mari avec le roi, mais aussi avec le fils du roi ? Quel genre de plaisir pervers tirez-vous d'une telle situation ? Cela vous a-t-il amusé de pousser le prince à trahir son père ? (Elle voulut le gifler, mais Agon esquiva le coup.) Vous ne pouvez pas frapper tous les habitants de ce royaume, Trudana. Nous avons trouvé le couteau plein de sang dans votre chambre. Les domestiques ont juré qu'il vous appartenait. À mon avis, vous serez probablement pendue – à moins, bien entendu, que le roi décide d'en revenir aux vieilles traditions : les traîtres étaient traînés jusqu'au lieu du supplice sur un treillage en bois, attachés sur une roue, puis démembrés et décapités. Aléine se chargera peut-être de vous briser les bras et les jambes.

À ces mots, Trudana Jadwin vira au blanc, puis au vert, mais elle n'ajouta pas un mot. Agon fit un geste agacé et ses hommes l'emmenèrent.

— C'était indigne de vous, dit une femme.

Agon se tourna et vit Élène Cromwyll, la servante des Jadwin qu'on avait découverte battue et inconsciente dans sa chambre. C'était une jeune fille aux rondeurs séduisantes et au visage ravissant, à l'exception des cicatrices et des hématomes qui le constellaient. Dame Jadwin se piquait d'être une artiste et elle aimait s'entourer de jolies choses.

— Oui, dit Agon. Je suppose que vous avez raison. Mais si je prends en compte ce qu'elle a fait... Quel gâchis !

— Ma maîtresse a souvent agi de manière regrettable. Elle a blessé de nombreuses personnes et a détruit des mariages, mais ce n'est pas un assassin, seigneur général. Seigneur, je sais ce qui s'est passé la nuit dernière.

— Tiens donc ? Vous êtes bien la seule, répliqua-t-il d'un ton plus cinglant qu'il le voulait.

Il essayait encore de rassembler les différentes pièces du puzzle. Comment avait-on tué ce garde, Courtaud – un surnom qui lui allait à ravir maintenant qu'il n'avait plus de tête ? Pourquoi la duchesse aurait-elle assassiné le prince sans bruit, changé de robe, puis appelé à l'aide sans se laver les mains et le visage ?

Si elle avait eu assez de sang-froid pour commettre le crime – peut-être en proie à une rage glaciale, comme tout à l'heure – et pour cacher les preuves, elle s'y serait prise un peu mieux avant d'ameuter tout le monde.

D'un autre côté, certains invités avaient affirmé avoir entendu un homme crier au premier étage. Le garde ? Est-ce qu'il avait surpris l'assassin et hurlé avant d'être décapité ? Le seigneur général savait qu'il n'était pas facile de trancher la tête de quelqu'un. Même en faisant glisser la lame entre deux vertèbres, il fallait une force considérable. Agon avait examiné le corps de Courtaud et constaté que la lame avait *sectionné* une vertèbre.

Il regarda Élène.

— Excusez-moi, dit-il. La nuit a été longue. Le plus petit renseignement serait le bienvenu.

Elle leva la tête. Ses yeux étaient remplis de larmes.

— Je sais qui a tué le prince. C'était un pisse-culotte déguisé en noble. Il était à la fête parce que je lui avais donné une invitation. Il m'a trompée. Il s'appelle Kylar. Kylar Stern.

— Quoi ? s'exclama Agon.

— C'est la vérité. Je vous le jure !

— Écoutez, jeune fille. Votre loyauté envers Dame Jadwin est admirable, mais vous n'avez pas à aller jusque-là. Si vous persistez dans cette histoire, vous serez jetée en prison – dans le meilleur des cas. Si on vous reconnaît complice – même involontaire – du meurtre du prince, vous serez passible de pendaison. Êtes-vous certaine de vouloir prendre un tel risque, juste pour sauver Trudana Jadwin ?

— Je ne le fais pas pour elle.

Des larmes roulèrent sur ses joues.

— Vous le faites donc pour ce Kylar Stern ? Il s'agit du jeune homme qui s'est battu contre Logan Gyre ? Vous devez le détester du fond du cœur.

Elle détourna le regard. Dans la lumière de l'aube, ses larmes brillaient comme des joyaux sur ses joues.

— Seigneur général, appela un soldat à voix basse depuis l'entrée. (L'homme semblait bouleversé.) Je reviens à l'instant du domaine des Gyre, seigneur. C'est un véritable chaos, là-bas. Des centaines de gens entrent dans le manoir en pleurant, seigneur. Tout le monde est mort.

— Ressaisissez-vous ! Qu'est-ce que vous entendez par « mort » ? Qui a été tué ?

— Ils n'ont pas été tués, seigneur. Ils ont été massacrés.
— Qui a été massacré, soldat ?
— Tout le monde, seigneur.

Chapitre 43

Le roi s'agita sur son trône – un immense siège en ivoire et en corne incrustés de nervures en or sur lequel Aléine ressemblait à un petit garçon. Dans la salle, il n'y avait que Durzo Blint, les gardes habituels et plusieurs soldats cachés dans des passages. Le vide la faisait ressembler à une grotte. Des bannières et des tapisseries étaient accrochées aux murs, mais elles ne parvenaient pas à étouffer le froid constant de cette immense caverne de pierre. Sept paires de piliers supportaient le haut plafond et deux volées de sept marches conduisaient à ce trône façonné pour de véritables souverains.

Durzo attendait avec calme que le roi daigne entamer la conversation. Il avait déjà un plan de bataille en tête. C'était une seconde nature chez lui. Le meister qui se tenait près d'Aléine Gunder mourrait le premier, puis viendrait le tour des deux gardes qui encadraient le souverain, puis celui du roi en personne. Blint grimperait ensuite sur le siège royal et, avec son Don, il parviendrait sans doute à sauter assez haut pour atteindre le passage qui se trouvait au-dessus – et qui était pour le moment dissimulé par une bannière. Il tuerait l'archer qui s'y cachait, et plus personne ne pourrait l'arrêter.

Comme tous les plans de bataille, on n'en respecterait que les premières étapes, mais il était toujours utile d'avoir des idées directrices, surtout lorsqu'on ignorait ce que l'ennemi avait découvert. Durzo sentit sa main glisser vers sa poche d'ail, mais il l'obligea à rester immobile. L'effort fut plus difficile qu'il s'y attendait. Croquer une gousse d'ail le détendait, mais ce n'était pas le moment de montrer sa nervosité.

— Vous avez laissé mourir mon fils ! dit le roi en se levant. Hier soir, ils ont tué mon enfant et vous n'avez rien fait pour les en empêcher.

— Je ne suis pas un garde du corps.

Le roi arracha une pique des mains d'un soldat et la lança vers le pisse-culotte. Durzo fut surpris par la qualité du tir. S'il était resté sur place, l'arme lui aurait perforé le sternum.

Mais il ne resta pas sur place, bien entendu. Avec une désinvolture exaspérante – du moins l'espérait-il –, il se pencha sur le côté sans déplacer les pieds.

La pique rebondit sur le sol puis se mit à siffler tandis que le bois et l'acier raclaient contre les dalles. Des cliquetis d'armure et des miaulements de corde tendue montèrent dans tous les recoins de la pièce, mais aucun soldat ne passa à l'attaque.

— Vous ne valez même pas votre poids en merde tant que je n'aurai pas décidé le contraire, lança le roi.

Il descendit à grands pas le double escalier à sept marches et se planta devant Durzo Blint. D'un point de vue tactique, c'était une erreur grossière. Le roi bloquait maintenant la ligne de tir de trois archers au moins.

— Vous êtes… un tas de merde ! Un sale tas de merde tout merdeux !

— Votre Majesté, dit Durzo d'un ton grave. Un homme de votre qualité devrait posséder un vocabulaire grossier allant au-delà des excréments qui comblent le vide entre ses oreilles.

Aléine Gunder resta déconcerté pendant un instant. Les deux gardes échangèrent un regard abasourdi. Le roi le remarqua. À leur expression, il comprit que le pisse-culotte venait de l'insulter. Il frappa du revers de la main et Durzo ne bougea pas. À ce point des événements, un archer un peu trop nerveux risquait de décocher sa flèche si Blint faisait un geste un peu trop rapide.

Le roi portait des bagues à tous les doigts et deux d'entre elles éraflèrent la joue de Durzo.

Le pisse-culotte contracta les mâchoires pour étouffer la rage noire qui montait en lui. Il inspira une fois, puis une autre.

— La seule raison pour laquelle vous êtes encore vivant, c'est que je n'ai pas envie d'échanger ma vie contre la vôtre, Aléine. Je n'aimerais pas être tué par des amateurs. Mais retenez bien ceci : si vous me frappez une fois de plus, vous serez morte moins d'une seconde plus tard, Votre Majesté.

Le roi Aléine Gunder le Neuvième leva la main, envisagea très sérieusement de devenir feu le roi Aléine Gunder le Neuvième et la rabaissa. Pourtant, une lueur de joie triomphante remplit ses yeux.

— Je ne vais pas vous faire tuer tout de suite, Durzo. Je ne vais pas vous faire tuer tout de suite parce que je vous réserve un châtiment pire que la mort. Je sais des choses sur vous, Durzo Blint. Je sais des choses sur vous. Vous avez un secret et je le connais.

— Excusez-moi de trembler.

— Vous avez un apprenti. Un jeune homme qui se fait passer pour un noble. Kyle je ne sais quoi. Un jeune homme qui habite chez ces culs-bénits de Drake. Un élève fort doué dans le maniement de l'épée, n'est-ce pas, maître Tulii ?

Un frisson remonta le long de la colonne vertébrale de Durzo. *Anges de la Nuit, ayez pitié !* Ils étaient au courant. Ce n'était pas de bon augure – c'était même de très mauvais augure. S'ils avaient appris que Kylar était son apprenti, il ne faudrait pas longtemps pour qu'on lui fasse endosser le meurtre du prince – surtout après sa bagarre remarquée contre Logan Gyre. Si l'apprenti de Durzo était impliqué dans l'assassinat, le roi penserait qu'il l'avait fait avec l'assentiment du pisse-culotte, voire qu'il obéissait directement à ses ordres.

Roth n'allait pas apprécier.

La gousse d'ail croqua sous ses dents et lui donna un coup de fouet salutaire. Il inspira et se força à se détendre.

Comment avaient-ils su ?

Maître Tulii ! Malédiction ! Si quelque chose peut mal tourner, on peut être sûr que ça tournera mal.

Durzo n'avait pas été trahi. Il n'y avait pas eu de grand complot contre lui. Si le roi connaissait ce nom, cela signifiait qu'un de ses agents tenait les Drake à l'œil – sans doute une surveillance de routine, car le comte avait été une personne puissante. L'espion avait vu Durzo entrer et l'avait identifié. Il s'agissait probablement d'un garde qui était intervenu dans le jardin des statues – et dire que le roi avait espéré le terroriser avec cette pathétique démonstration de force. De toute façon, c'était sans importance.

— Oh ! comme je regrette que Brant ne soit pas là pour voir cette expression sur votre visage, Durzo Blint. D'ailleurs, où est-il ? demanda-t-il au chambellan.

— Seigneur, il est au château. Il arrive pour faire son rapport. Il s'est rendu au domaine des Gyre après avoir enquêté… sur les événements qui ont eu lieu sur le domaine des Jadwin.

Le pisse-culotte sentit sa gorge se serrer. Agon aurait rassemblé les pièces du puzzle en ce qui concernait Kylar. Si Blint était encore présent à son arrivée, il mourrait.

Le roi haussa les épaules.

— Il ne sait pas ce qu'il perd.

À ces mots, le chagrin et la rage s'emparèrent du petit roi et le transformèrent en un autre homme.

— Vous les avez laissés tuer mon garçon, espèce de tas de merde ! alors, je vais tuer le vôtre ! Il périra de la main de celui en qui il a le plus confiance et cette main va frapper… oh ! d'un instant à l'autre maintenant.

— J'ai entendu dire que tu t'es battu avec Logan, hier, déclara le comte Drake.

Les yeux chassieux de Kylar clignèrent et, malgré son épuisement, le jeune homme sortit de sa léthargie en une fraction de seconde. Il n'avait dormi que quelques heures et avait encore fait ce cauchemar. Il rêvait du Rat dès qu'il voyait un nouveau cadavre.

Ils étaient assis à la table du petit déjeuner et Kylar tenait une fourchette avec un gros morceau d'œuf devant sa bouche. Il l'enfourna pour gagner un peu de temps.

— Ch'était rien.

C'était une véritable catastrophe ! Si le comte avait eu connaissance de cette bagarre, il était peut-être au courant de la mort du prince. Kylar avait cru qu'il aurait le temps de faire ses bagages et de partir au cours de la matinée, avant que les Drake apprennent ce qui s'était passé. Il était évident qu'il ne devait pas rester au manoir, mais il n'avait pas pensé que tout irait si vite.

— Sérah était très en colère, dit le comte. Elle a conduit Logan chez sa tante, près du domaine des Jadwin, pour qu'on soigne ses blessures. Elle est rentrée il y a quelques minutes à peine.

— Oh !

Kylar continua à mâcher ses œufs comme un automate. Si Sérah était partie juste après le pugilat, ni elle ni le comte n'étaient au courant de l'assassinat du prince. Sa longue période de malchance touchait-elle à sa fin ? Il se sentit rassuré : cette conversation n'aborderait pas de sujets trop sensibles. Puis il réalisa soudain que Sérah avait dû raconter l'histoire du baiser et de la bagarre à son père dès son retour.

Les événements de la nuit allaient avoir des implications imprévues.

— J'ai accepté hier que Logan lui demande sa main. Tu le savais, n'est-ce pas ?

Il devait s'agir de la manière polie du comte de demander : *Pourquoi diable as-tu embrassé ma fille et cassé la figure à mon futur gendre – qui est aussi ton meilleur ami – alors que tu m'avais dit que tu ne ressentais rien pour Sérah ?*

— Euh…

Du coin de l'œil, Kylar aperçut quelque chose passer à toute allure devant la fenêtre. Un moment plus tard, un gardien âgé passa à son tour en trottinant, l'air inquiet.

La porte d'entrée s'ouvrit à toute volée, bientôt imitée par celle de la salle à manger qui heurta le mur avec tant de force que les plats tremblèrent sur la table.

— Seigneur ! protesta le gardien.

Logan fit irruption dans la pièce, l'œil rouge, mais avec une prestance royale. Il brandissait une claymore de la taille d'Alitaera.

Kylar bondit sur ses pieds en envoyant sa chaise buter contre le mur derrière lui. Il était acculé dans un coin de la salle à manger. Le comte se leva en criant quelque chose, mais il ne fut pas assez rapide. Rien ne pouvait plus arrêter Logan.

Le colosse brandit l'énorme épée, Logan brandit un couteau à beurre.

— Je suis fiancé ! hurla Logan.

Il rengaina son arme, prit Kylar dans ses bras et le serra contre lui avec la force d'un ours.

Quand Logan le relâcha, le cœur de Kylar avait recommencé à battre. Le comte Drake s'effondra sur sa chaise, soulagé.

— Espèce de gros ahuri ! dit Kylar. Toutes mes félicitations. Je t'avais dit que ça marcherait, non ?

— Que ça marcherait ? répéta le comte en recouvrant l'usage de la voix.

Logan s'avança sans prêter attention à son futur beau-père.

— Ouais ! Eh bien ! ce n'était pas une raison pour taper si fort.

— Il fallait la convaincre.

— La convaincre, pas la rendre veuve ! Je n'avais pas pris une telle raclée depuis ce combat aux arènes.

— Excusez-moi, dit le comte. Pourriez-vous éclairer ma lanterne quant à ce qui a « marché » pour « la convaincre » ?

Les deux jeunes gens se turent et regardèrent le comte d'un air coupable.

— Eh bien ! commença Logan. Kylar m'a dit que Sérah m'aimait vraiment, mais qu'il fallait le lui rappeler, et…

Sa voix mourut.

— Kylar, est-ce que cela signifie que votre bagarre n'était qu'une comédie ? Tu t'es ridiculisé en public, tu as trompé ma fille et tu as troqué son affection comme une babiole sans valeur ?

— Ce n'est pas exactement… (Il fut incapable de soutenir le regard du comte.) Oui, monsieur.

— Et tu as entraîné Logan dans cette histoire ? Logan, qui aurait mieux fait de s'abstenir.

— Oui, monsieur, dit Kylar.

Au moins, Logan paraissait aussi embarrassé que lui.

Le regard du comte passa d'un jeune homme à l'autre, puis un grand sourire se dessina sur ses lèvres.

— Que Dieu te bénisse ! s'écria-t-il en prenant Kylar dans ses bras.

Le comte s'écarta enfin de lui et se tourna vers Logan. Il y avait des larmes dans ses yeux quand il attrapa l'avant-bras du colosse.

— Et que Dieu te bénisse aussi, mon fils.

Flanqué par ses gardes du corps, le seigneur général Agon entra dans le château comme un ouragan. Le soleil n'était levé que depuis trois heures, mais la journée avait déjà été longue.

En voyant l'expression de son visage, les soldats de faction à l'entrée se dépêchèrent d'ouvrir pour qu'il n'ait pas à attendre. Les domestiques se volatilisèrent dans les couloirs.

En pénétrant dans la salle d'audience, Agon passa devant un homme enveloppé dans une cape. L'inconnu lui parut vaguement familier, mais un capuchon dissimulait ses traits. Il s'agissait sans doute d'un espion du roi. Agon n'avait pas le temps de s'occuper de lui.

Il n'apportait que de mauvaises nouvelles. Les Gyre étaient une des familles les plus importantes du royaume. Ils avaient été assassinés en même temps que le prince et c'était insupportable. Le seigneur général avait éprouvé une certaine affection pour le jeune Aléine, mais les Gyre avaient été ses amis. Le spectacle qu'il avait découvert dans leur domaine, il n'aurait pas souhaité le voir chez son pire ennemi. Les pièces du puzzle ne s'emboîtaient pas.

Ces événements faisaient partie d'une conspiration, une conspiration majeure, un complot visant le trône. Mais pourquoi agir ainsi ? Le meurtre du prince faisait vaciller le royaume, bien entendu, mais ceux des Gyre et de leurs serviteurs n'avaient aucune répercussion politique. N'est-ce pas ? Aujourd'hui, Logan fêtait son anniversaire et allait devenir le Gyre en l'absence de son père. Quand on voulait anéantir une famille, on commençait par les héritiers du titre, pas par les autres ; or, à moins que le seigneur général n'ait pas encore été informé des dernières nouvelles, Régnus et Logan étaient toujours vivants.

La mort du prince ne représentait pas seulement un coup terrible porté à la lignée des Gunder, c'était aussi un scandale sans précédent. On avait ignoré les liaisons du roi, mais son fils avait été tué alors qu'il venait vraisemblablement d'avoir des relations sexuelles avec la maîtresse de son père. Ce genre de détail allait donner une image déplorable de la famille Gunder. Ce meurtre – si c'en était bien un – n'était pas seulement une tragédie, c'était aussi une monstruosité et une source d'embarras.

Le seigneur général se demanda ce qui dérangeait le plus le roi : que ce soit une monstruosité ou une source d'embarras ? Et comment allait réagir la reine ?

Il approcha du trône et gravit les marches. Les personnes habituelles étaient présentes et parlaient avec le roi. Agon ne faisait confiance à aucune d'entre elles.

— Dehors ! rugit-il. Sortez tous !

— Pardonnez-moi, dit Fergund Sa'fasti, mais en tant que chef…

— Dehors ! lui cria Agon juste sous le nez.

Le mage sembla se ratatiner, puis rejoignit le flot des personnes qui quittait la salle. Le seigneur général fit signe à ses gardes du corps de les imiter.

Le roi ne prit même pas la peine de lever la tête.

— Je ne suis plus rien, Brant, finit-il par dire. Qu'est-ce que l'Histoire retiendra de moi ?

Que vous étiez faible, inefficace, égoïste et immoral !

— Sire, nous avons des affaires plus urgentes à régler.

— Tout le monde ne parle que de ça, Brant. Mon fils… Elle a assassiné mon fils.

Le roi se mit à pleurer.

Cet homme est donc capable de commisération. Si seulement il daignait le montrer plus souvent.

— Votre Majesté, la duchesse n'a pas tué votre fils.

— Quoi ?

Le roi leva ses yeux chassieux vers Agon.

— Le criminel est un pisse-culotte, Votre Majesté.

— Je me fiche de savoir qui est le vrai coupable, Brant ! C'est Trudana qui est derrière tout ça. Trudana et Logan Gyre.

— Logan Gyre ? Qu'est-ce que vous voulez dire ?

— Vous croyez que vous êtes la seule personne que j'aie chargée de cette affaire, Brant ? Mes espions m'ont tout raconté. Le fils Gyre a tout manigancé et cette salope de Trudana lui a juste prêté main-forte. J'ai déjà envoyé mes hommes arrêter Logan.

Agon chancela. C'était impossible. Il en était certain.

— Pourquoi Logan aurait-il fait une chose pareille ? C'était un des meilleurs amis de votre fils et il n'a pas une once d'ambition. Par les dieux ! il s'est fiancé à Sérah Drake ce matin même. À la fille d'un comte !

— Cela n'a rien à voir avec l'ambition ou le pouvoir, Brant. C'était de la simple jalousie. Logan a pensé que mon fils l'avait humilié à propos d'une affaire sans importance. Vous savez comment sont les garçons. Voilà qui ressemble bien aux Gyre : ils convoitent le moindre de nos succès. En outre, j'ai des témoins qui ont entendu Logan menacer mon fils.

Les pièces du puzzle tourbillonnèrent et se mirent en place dans un cliquetis métallique. Kylar Stern, le faux noble, le pisse-culotte, était un ami proche de Logan. Pendant une crise de rage, celui-ci l'avait engagé pour assassiner le prince. Tout s'emboîtait à merveille, sinon que Logan n'aurait jamais commis une telle bassesse. Agon le connaissait et il ne parvenait pas à croire cette histoire.

— Quel pisse-culotte a-t-on engagé, Brant ? demanda le roi.

— Kylar Stern.

Le roi renifla avec mépris.

— Peuh ! les dieux doivent être de mon côté pour une fois.

— Majesté ?

— Je viens d'engager l'apprentie de Hu Gibbet pour le tuer, une jeune fille pisse-culotte – vous imaginez un peu ? Kylar est l'apprenti de Blint – enfin, il l'était. Il est sans doute mort à l'heure qu'il est.

Kylar est l'apprenti de Blint ? Les pièces qui s'étaient rassemblées avec lenteur volèrent soudain en éclats. Le roi avait engagé Blint ! Son élève n'aurait jamais tué le fils de son employeur, n'est-ce pas ?

Le nom de Hu Gibbet avait été taillé dans le dos des cadavres au manoir des Gyre. Certes, il fallait être idiot pour signer un tel carnage, mais Agon avait passé des heures sur le lieu du crime et il était désormais persuadé que tous les meurtres étaient l'œuvre d'une même personne. Selon lui, seul un pisse-culotte était capable de faire autant de victimes et le style correspondait très bien à ce qu'il avait entendu dire de Hu Gibbet. Il n'imaginait pas Blint mutiler des cadavres – celui-ci considérait sans doute que c'était incompatible avec la dignité de sa profession.

Si l'apprenti de Blint avait vraiment tué le prince, pourquoi aurait-il laissé un témoin derrière lui ? Le jeune homme était probablement aussi méticuleux que son maître. Un témoin présentait un risque qu'il était facile de faire disparaître.

Ces meurtres étaient liés à une question de pouvoir.

Agon se renfrogna.

— Nos éclaireurs ont-ils envoyé de nouvelles informations ?

— Non.

— Par conséquent, l'armée de Khalidor se trouve au moins à quatre jours de marche. Qu'avez-vous l'intention de faire à propos du festival de ce soir ?

— Je ne vais pas fêter le solstice d'été le jour de la mort de mon fils.

Une sourde angoisse s'empara du seigneur général.

— Mon roi, je crois que vous devriez peut-être.

— Je ne vais pas organiser une fête pour les assassins de mon enfant.

Les yeux du monarque lancèrent des éclairs. Pour la première fois, Agon eut l'impression de se tenir devant un roi plutôt que devant un enfant colérique.

— Je dois faire quelque chose ! déclara Aléine. Tout le monde va penser que…

Il poursuivit, mais Agon ne prêta aucune attention à ses paroles.

Tout le monde va penser que… C'était la clef de l'énigme. *Qu'est-ce que tout le monde allait penser ?*

Le prince était mort, assassiné de manière honteuse par la maîtresse du roi ou par un pisse-culotte. Les membres respectés de la famille Gyre avaient été éliminés ou étaient en prison. Agon songea qu'un assassin s'était sûrement introduit à Vents Hurlants pour tuer Régnus. Il aurait été ridicule de le laisser en vie, surtout au moment où quelqu'un se donnait tant de mal pour réaliser ses plans.

Tout le monde penserait que la jalousie avait conduit le roi à assassiner son fils de manière à faire accuser sa maîtresse infidèle.

En manipulant les rumeurs avec soin, on pouvait mettre à profit l'incompréhension suscitée par le massacre de la famille Gyre. On pouvait pousser les gens à faire un lien entre les différents meurtres, mais comment ?

Les Gyre étaient les héritiers directs du trône après les Gunder. Ils ne s'étaient jamais opposés à la volonté du roi, mais il était facile de faire passer ce monarque faible et jaloux pour un paranoïaque. Les Gyre étaient bien plus respectés que les Gunder. On penserait que les bons et loyaux services de Régnus Gyre avaient été récompensés par la trahison et le meurtre.

Logan – le nouveau seigneur Gyre – avait été arrêté par les soldats de la Couronne et le roi – étant donné son ressentiment envers la maison Gyre – l'y laisserait certainement croupir. Mais il était de notoriété publique que Logan était d'une honnêteté sans faille et totalement dépourvu d'ambition. Par tous les dieux ! il s'était fiancé à une Drake indigne de son rang !

Ainsi, si le roi venait à disparaître, qui prendrait sa succession ?

Le très populaire Logan serait en prison et pourrait facilement être assassiné. Le fils du roi était déjà mort. Jénine avait quinze ans et ses sœurs étaient plus jeunes encore, elles n'étaient pas en âge de monter sur le trône. Sa femme, Nalia, pouvait y prétendre, mais le roi la craignait et l'avait isolée autant que possible. De plus, elle semblait heureuse de rester à l'écart des affaires politiques. Les Jadwin n'étaient plus en lice compte tenu de leur rôle dans le scandale. Il y avait deux autres familles ducales dans le royaume. Le duc Graesin ou le duc Wesseros – le père de la reine – pouvaient tenter leur chance. Cependant, le frère de Nalia, Havrin, était à l'étranger et il était peu probable qu'il endosse le rôle d'usurpateur. Quant au duc Wesseros, il n'avait pas d'héritiers. Une dizaine de familles moins importantes pourraient essayer de s'emparer du trône.

Mais aucune d'elles ne parviendrait à garder le pouvoir. Une guerre civile éclaterait et les quatre factions principales seraient de forces égales. Une guerre civile bien pire que celle que Régnus craignait tant, dix ans plus tôt, quand il avait abandonné la couronne à Aléine.

Mais que devenaient les autres joueurs qui avaient tant inquiété Agon ces derniers temps ? À quel moment de la partie intervenaient Khalidor et le Sa'kagué ? Si la première y mettait le prix, elle pouvait acheter l'aide du second.

Soudain, les pièces s'emboîtèrent devant ses yeux.

Le seigneur général poussa un juron à haute voix. Cela lui arrivait si rarement que le roi s'interrompit au milieu d'une phrase. Aléine regarda le visage d'Agon et il y lut quelque chose d'effrayant.

— Qu'est-ce qu'il y a ? Qu'est-ce qu'il y a, Brant ?

Pendant toutes ces années, le roi et lui avaient focalisé leur attention sur Khalidor au point qu'ils n'avaient jamais envisagé une menace intérieure. Les Khalidoriens anéantissaient toute une ligne de succession et manipulaient le roi de manière qu'il leur apporte son aide. Une fois les héritiers légitimes et puissants éliminés, ils assassineraient Aléine. Ils agiraient vite, avant qu'il puisse établir une nouvelle ligne de succession, avant qu'il puisse consolider son pouvoir ou restaurer les relations qu'il était sur le point de rompre. Ils n'auraient plus qu'à assister au chaos et à envoyer leurs armées quand bon leur semblerait.

— Votre Majesté, vous devez m'écouter. Tous ces événements sont le prélude à un coup d'État. Nous n'avons peut-être que quelques jours. S'il a lieu, tous nos préparatifs contre Khalidor seront vains et vous serez le premier à mourir.

Le visage d'Aléine se transforma en masque de peur.

— Je vous écoute.

Chapitre 44

Kylar félicita Logan à plusieurs reprises et se retira pour laisser le jeune duc s'entretenir avec son futur beau-père. Sérah se trouvait quelque part dans la maison et se changeait. Les trois hommes étaient tombés d'accord : il était préférable qu'elle ne voie pas Kylar et Logan en bons termes avant le mariage.

— Je comprendrais très bien si je n'étais pas invité, avait dit Kylar. Mais si jamais tu lui dis la vérité, je veux des excuses. Félicitations.

Il grimpa dans sa chambre, jeta sa tunique dans un coin et fixa les yeux sur le miroir.

— Et félicitations à toi. Ton maître va te tuer et toutes les femmes que tu connais te détestent.

À côté du miroir, il aperçut un paquet de lettres attachées par un ruban. Il le ramassa et vit une note griffonnée de la main de Blint : « Puisque tu as franchi la ligne rouge, je pense qu'il n'y a plus de raison de te cacher tout ça. »

Quoi ?

Kylar dénoua le ruban et lut le premier billet. Le message était décousu ; les mots, écrits avec de grosses lettres ; c'était l'œuvre d'un enfant.

« Merci beaucoup. Je me plais bien ici. Vous êtes formidable. C'est mon anniversaire aujourd'hui. Je vous aime.

Élène. »

Un adulte avait ajouté en dessous :

« Désolé, comte Drake. La petite nous a entendus parler de son seigneur bienfaiteur. Elle insiste pour lui envoyer une lettre depuis que nous avons commencé à lui apprendre à écrire. Elle s'est accrochée à cette idée depuis qu'elle lui a traversé la tête. Dites-nous si nous devons l'empêcher d'en écrire d'autres.

Humblement,
Gare Cromwyll »

Kylar était comme hypnotisé. Il y avait une lettre par an et chacune était plus longue et mieux écrite que la précédente. Il eut l'impression de voir Élène grandir devant ses yeux. Elle aussi avait changé de nom, mais elle ne reniait rien de ce qu'elle avait été. Elle ne s'était pas séparée de sa faiblesse et de sa vulnérabilité.

À quinze ans, elle avait écrit :

« Pol m'a demandé si j'étais en colère parce que mon visage avait été balafré. Il a dit que ce n'était pas juste. Je lui ai répondu que ce qui n'est pas juste, c'est que je sois sortie du Dédale alors que tant d'autres y étaient encore. Regardez tout ce que j'ai maintenant ! Et c'est grâce à vous seul… »

Kylar dut parcourir les lettres rapidement et les lire en diagonale. Le temps lui était compté. Tôt ou tard, la nouvelle de la mort du prince parviendrait jusqu'ici. Et merde ! Cette fille écrivait de véritables romans. Il arriva à la dernière lettre. Elle était datée de quelques jours.

« Vous n'imaginez pas ce que vous avez fait pour moi. Je vous ai raconté comment votre argent a sauvé ma famille de maintes façons, surtout à la mort de mon père. Mais vous avez fait davantage. Je sais que, quelque part, un jeune seigneur se préoccupe de moi – de moi ! Une fille née esclave avec un visage lacéré – et cela fait toute la différence. Grâce à vous, je me sens spéciale. Pol m'a demandée en mariage la semaine dernière. »

Kylar ressentit soudain l'envie irrésistible de trouver ce Pol et de lui botter les fesses.

« J'aurais accepté, bien que je déteste son caractère et... d'autres choses. Mais vous prenez soin de moi et cela me pousse à croire que je vaux mieux qu'un pauvre mariage avec le premier homme prêt à épouser une malheureuse balafrée. Votre sollicitude me conforte dans l'idée que Dieu me réserve un destin meilleur. »

Et en plus, elle est croyante ! De mieux en mieux !

C'était sans doute par ce biais qu'elle avait fait la connaissance des Drake.

« Merci. Et je m'excuse pour ma dernière lettre. Je suis mortifiée par ce que j'ai écrit. Je vous en prie, oubliez-la. »

Hein ? Kylar trouva la lettre précédente et ne put retenir un petit sourire. Élène avait succombé aux affres du romantisme propre à une jeune fille épanouie de seize ans.

« Je pense que je vous aime. En fait, j'en suis sûre. L'année dernière, lorsque je suis allée déposer ma lettre chez le comte Drake – mère a enfin accepté de me laisser faire certaines choses toute seule –, je crois vous avoir aperçu. C'était peut-être vous, ou pas. Il y a un garçon qui vient souvent chez le comte, un jeune seigneur, comme vous. Il est très beau et tout le monde l'adore. Enfin, on devine que tout le monde le tient en haute estime. Même le comte Drake. Je sais pourtant que ce n'est pas vous parce qu'il n'est pas très riche. Sa famille est pauvre et il loge donc au manoir des Drake… »

Kylar retint son souffle. Élène l'avait vu. Elle l'avait vu l'année dernière et elle l'avait trouvé beau. Elle le trouvait beau ?

« Mais qu'importe l'argent quand on aime ? »

Étaient-ce des… non… si, c'étaient bien des larmes qui avaient fait baver l'encre.

Kylar avait grandi au milieu de trois filles et il ne fut guère surpris. Il se demanda juste à quel moment Élène s'était mise à pleurer.

« Puisque vous êtes d'un caractère très réservé et que vous ne répondez jamais à mes lettres, j'ai décidé de vous appeler Kylar. Vous êtes peut-être laid, obèse et pourvu d'un gros nez et… Oh ! je suis désolée ! Je devrais recommencer cette lettre, mais mère a dit que j'avais déjà utilisé assez de papier comme ça. Je suis désolée. Je ne suis qu'une sale gamine. Mais pourquoi ne m'avez-vous jamais répondu, ne serait-ce qu'une fois ? Est-ce que le comte Drake me donnera un mot de vous, l'année prochaine, quand je passerai déposer ma lettre ? Pol affirme que je ne me suis pas amourachée d'un homme, mais d'une rente. »

Élène ne savait rien de lui, mais, hé ! elle avait à peine seize ans – et Kylar ressentait toujours la furieuse envie de botter les fesses de ce Pol.

« Mais ce n'est pas vrai. Et je ne me suis pas amourachée de vous. Je vous aime, Kylar. »

Un frisson le traversa de part en part quand il lut ces derniers mots. Combien il avait rêvé de les entendre ! Combien il avait rêvé de les entendre de *sa* bouche ! Et ils étaient là. Ils étaient là, emmêlés dans les innombrables nœuds de sa propre duplicité. Elle lui avait écrit ces mots sans imaginer qui il était, sans savoir que le comte Drake confiait ses lettres à Durzo ; sans savoir que Kylar était bien son jeune bienfaiteur ; sans savoir que Kylar et Azoth n'étaient qu'une seule et même personne ; sans savoir que Kylar était un assassin ; sans savoir que, si elle l'avait vu un jour à son insu, il l'avait observée des centaines de fois sans qu'elle le remarque – deux fois par semaine, chaque fois qu'il pouvait se libérer, au marché de la rue Sidlin. Il l'avait regardée grandir dans ce marché en se répétant sans cesse que, la semaine suivante, il ne viendrait pas pour essayer de l'apercevoir. Il n'en avait jamais trouvé le courage. Il l'avait contemplée de loin et avait fini par succomber à sa propre amourette, non ? Il s'était efforcé de se convaincre qu'elle était un fruit défendu et que c'était la seule raison de son attirance pour elle. Il avait voulu croire qu'il s'assurait juste qu'elle allait bien. Et quand tout cela ne fonctionnait pas, il se disait que ça lui passerait.

Il avait aujourd'hui vingt ans et il attendait encore que cela lui passe. Son soudain espoir – elle l'aimait vraiment – se télescopa à la réalité comme une tasse en porcelaine gandienne qui s'écrase par terre. Le délicat réseau de possibilités infimes se fracassa. L'affliction qu'il avait lue sur le visage de la jeune fille, la veille, prenait maintenant tout son sens. Au lieu de révélations poignantes – *je suis Kylar, Azoth, ton jeune seigneur et je t'aime aussi* –, il l'avait frappée avec un marteau de forgeron – *je suis Kylar, Azoth, ton jeune seigneur... et un assassin. Aide-moi. Accorde-moi ta confiance afin que je puisse la trahir.*

Ce n'était cependant pas le moment de s'apitoyer sur son sort et Kylar avait déjà perdu trop de temps à ce petit jeu. Il avait laissé derrière lui un témoin, un témoin qui savait qu'il était pisse-culotte, qui savait qu'il était Kylar Stern et qui le pensait coupable du vol du globe des Tranchants – voire pis. Il avait peut-être ruiné une identité qu'il avait mis dix ans à construire – et pour une petite boule qu'il n'avait même pas récupérée.

Chaque matin, une domestique laissait des seaux d'eau chaude dans sa chambre, mais, aujourd'hui, ils étaient vides. Pour une raison inconnue, ce fut la goutte qui fit déborder le vase. Les larmes lui montèrent aux yeux et le brûlèrent. C'était tellement ridicule qu'il faillit éclater de rire. Ce n'était qu'un désagrément sans importance, mais il eut l'impression que les dieux – ou le dieu des Drake – avaient décidé de le briser. Tout ce qui avait présenté le risque de mal tourner avait mal tourné.

Maître Blint allait le tuer. La femme pour laquelle il avait sacrifié sa vie le haïssait. Même Sérah qui, jusqu'à la nuit dernière, ne savait pas si elle était amoureuse de Logan ou de lui, le détestait. Pis encore : tout était sa faute. Tout ce qui avait présenté le risque de mal tourner avait mal tourné parce qu'il avait pris les mauvaises décisions.

Eh bien ! au moins, il n'y était pour rien si les seaux étaient vides. Kylar les attrapa et sortit dans le couloir. Dans l'escalier, il croisa une servante qui montait avec deux seaux d'eau fumante.

— Bonjour, dit-il.

Il ne la reconnut pas, mais elle était plus jolie que la plupart des filles qu'engageait maîtresse Bronwyn.

— Bonjour je suis désolée d'être en retard c'est mon premier jour et je ne sais pas où trouver tout ce dont j'ai besoin je suis vraiment désolée.

Elle se faufila entre Kylar et le mur. Le jeune homme ne put s'empêcher de jeter un coup d'œil aux seins imposants qui frôlèrent son torse nu. Elle entra dans sa chambre et il la suivit.

— Je peux porter ces seaux si vous…

— Vous n'êtes pas en colère, n'est-ce pas ? demanda-t-elle. Je vous en prie ne dites pas au comte Drake ou à maîtresse Bronwyn que j'étais en retard je crois qu'elle ne m'aime pas et si je ne donne pas satisfaction le premier jour elle me renverra à coup sûr et j'ai vraiment besoin de ce travail seigneur.

Elle avait posé les seaux et se tordait les mains.

— Holà ! dit Kylar. Du calme. Je ne suis pas en colère. Je m'appelle Kylar.

Il lui tendit la main et sourit.

La jeune fille se ragaillardit aussitôt. Elle sourit à son tour et lui serra la main. Ses yeux s'égarèrent un bref instant sur son torse et son ventre nus. Un coup d'œil bref, mais appréciateur.

— Bonjour. Je m'appelle Viridiana.

Le gardien fit entrer un séduisant Ladéshien dans le bureau. Logan était parti à la cuisine pour trouver quelque chose à manger et le comte était donc seul.

— Seigneur, dit le domestique. Il a insisté pour vous apporter le message en personne.

— Très bien. Merci.

L'inconnu dégageait une telle aura qu'il était étrange de le voir jouer le rôle d'un simple messager. Il ressemblait davantage à un courtisan ou à un barde. Il tenait cependant dans la main un objet qui accapara toute l'attention du comte. Il s'agissait d'une flèche. Elle avait été peinte sur toute sa longueur – le fût en bois, l'empennage et la pointe d'acier – en rouge vif, la couleur du sang.

— Bonjour, seigneur, dit l'homme dès que le gardien fut sorti. Je regrette que notre rencontre ait lieu dans de telles circonstances, mais je crains que le message soit de la plus haute importance. Je viens de la part de Durzo Blint. Il vous fait dire : « Si le garçon est encore vivant, donnez-lui ceci et dites-lui de me retrouver pour le dîner à *La Putain Pompette.* »

L'inconnu s'inclina et tendit la flèche rouge au comte.

Logan éclata de rire depuis l'embrasure de la porte.

— « Si le garçon est encore vivant ? » J'ai l'impression qu'un ami de Kylar m'a vu arriver ici ce matin, hein ?

Le comte Drake gloussa.

— Je suis certain que tu effraies *tout le monde*, et pas seulement les amis de Kylar. (Il s'adressa au messager.) Je la lui donnerai, merci.

— Seigneur, dit le Ladéshien en se tournant vers Logan. Nous pleurons tous la perte qui vous frappe.

Il s'inclina de nouveau et sortit.

Logan secoua la tête.

— C'était une plaisanterie à l'intention des futurs mariés ?

— Je ne sais pas. Je me suis rendu à Ladesh, jadis, et je ne suis jamais parvenu à comprendre leur humour. Je ferais sans doute bien de porter ceci dans la chambre de Kylar.

— Et moi qui pensais que nous allions nous lancer dans la grande discussion père-fils à propos de l'intimité du mariage.

Le comte sourit.

— Tu présentes les choses de manière bien sage.

— Sérah est une jeune fille sage.

— Crois-moi, il n'y a rien de sage dans l'intimité du mariage, Logan. (Le comte regarda la flèche dans sa main, puis la posa sur le bord de son bureau.) La première chose que tu dois savoir à propos du devoir conjugal…

Viridiana se massa l'épaule.

— C'est tellement agréable de rencontrer une personne gentille je pensais que ce serait infernal de travailler ici quand j'ai vu à quel point maîtresse Bronwyn était méchante oh j'espère que ma réflexion ne vous ennuie pas ?

— Non, pas du tout, répondit Kylar.

Il ne savait pas trop s'il était ennuyé, mais il était certain qu'il n'était pas censé l'être.

Viridiana défit les lacets de son corsage comme s'il s'agissait de la chose la plus naturelle du monde. Kylar avait déjà remarqué que le vêtement était plus serré que celui des autres domestiques.

— Ah ! c'est mieux, dit-elle en inspirant un grand coup.

Elle ferma la porte et tourna la clef. Elle se dirigea vers les seaux en ôtant son corsage, puis le laissa tomber par terre.

— Euh…, dit Kylar.

Viridiana se pencha pour ramasser les seaux.

L'échancrure de sa robe devait mesurer au moins deux mètres, car Kylar eut l'impression d'y plonger tout entier. Il ouvrit la bouche, mais aucun mot n'en sortit. Il fit un effort surhumain pour lever les yeux vers le visage de la jeune fille. Viridiana l'observait. Kylar se sentit virer à l'écarlate, mais remarqua qu'elle n'était pas en colère. Elle libéra ses cheveux tirés en arrière d'un mouvement adroit, et une avalanche de boucles brunes cascada autour de son visage.

— Vous êtes prêt à prendre votre bain, seigneur ?

— Non ! Enfin, je veux dire… Je veux dire…

— Vous préférez le prendre *après*, le coupa-t-elle en avançant vers lui. Elle glissa les mains dans son dos et entreprit de défaire les boutons de sa robe.

Après ? Kylar recula, mais sa volonté s'effritait.

Pourquoi pas ? Pourquoi est-ce que j'ai attendu tout ce temps ? Pour Élène ?

Il ne vit plus que Viridiana, ses lèvres pleines, ses cheveux magnifiques qu'il sentait déjà au bout de ses doigts, contre sa poitrine. Ces seins, ces hanches… Et elle avait envie de lui. Ils ne feraient pas l'amour, ils partageraient juste un rapport sexuel. Ce ne serait pas une glorieuse expression de sentiments et d'engagement mutuels. Juste un moment de passion. C'était moins compliqué. Mamma K envisageait les relations ainsi ; le comte Drake, différemment. Mais par tous les dieux ! le corps de Viridiana était plus convaincant qu'un collège d'érudits.

Kylar sentit ses mollets cogner contre le lit et il faillit perdre l'équilibre.

— Je… Je ne me sens pas tout à fait à l'ai…

La main de la jeune fille remonta vers la poitrine de Kylar et la frappa. Tandis qu'il tombait en arrière, l'autre main de Viridiana surgit de son dos et décrivit un arc de cercle aux reflets métalliques.

Quand il s'écrasa enfin sur le matelas, elle était à califourchon sur lui. Ses genoux immobilisaient ses bras sur les côtés, elle avait saisi ses cheveux d'une main et glissait le couteau contre sa gorge de l'autre.

— À l'aise ? dit-elle pour terminer la phrase de Kylar.

Elle ne plaisantait pas avec son arme. La lame était appuyée de manière qu'une simple pression suffise à trancher la peau – et juste au-dessus d'une artère. L'air arrivait aux poumons de Kylar par saccades et le jeune homme essaya de ne pas tourner la tête.

— Ah ! merde ! dit-il. Tu es l'apprentie de Hu Gibbet : Vi. Viridiana, Vi. Comment ai-je pu rater ça ?

Elle esquissa un sourire sans joie.

— Pour qui travailles-tu ? Le prince était mon cadavreux.

— Sérieusement, c'est embarrassant. Se faire baiser par un autre pisse-culotte. Euh… on dit peut-être *une* pisse-culotte ?

— Par malheur, je ne vais pas te baiser comme tu l'aurais souhaité.

Elle plaqua ses hanches contre lui et Kylar se sentit rougir. Elle lui pinça la joue.

— Tu n'es pas trop moche, tu sais. C'est dommage de te tuer.

— Je suis le premier à le regretter.

— Tu n'as rien à te reprocher. Une partie de mon Don s'applique à la séduction. Tu aurais dû baver sur le plancher, tout à l'heure.

— Tu veux dire que ces rotondités sont des illu…

— Tu bouges les mains, tu meurs ! Mon corps est tel que tu l'as vu, merci du compliment.

— C'est moi qui devrais te remercier, mais il se trouve que le couteau contre ma gorge tempère un peu ma gratitude.

— Si tu essaies de t'en tirer au charme, il faudra que tu t'entraînes un peu plus. Pour qui travailles-tu ?

— Tu travailles pour le roi, dit Kylar. C'est ça ?

— Tu ne manques pas de cran. J'aime ça.

— Nous nous retrouverions tous les deux dans une situation terriblement embarrassante si je perdais le contrôle de ma vessie. (Elle glousse et il lui adressa un sourire aussi charmant que possible.) Je fais des progrès ?

— Tu fais des progrès. Tes efforts méritent bien une réponse. J'exécute ce contrat pour le roi. Il était un peu en rogne contre toi après avoir appris que tu avais tué son fils. J'ai donc accepté son argent, mais je prends mes ordres de Roth. Bon ! c'est ta dernière chance.

Elle appuya un peu plus fort sur la lame. Kylar tendit la tête sur le côté pour qu'elle ne lui tranche pas la gorge.

— Tu es peut-être en mesure de comprendre mon dilemme, dit-il, le cou tendu. Si je ne réponds pas, tu me tueras dans des souffrances atroces, mais ça prendra du temps. Si je réponds, tu me tueras sans douleur, mais tout de suite.

— Et tu pourrais essayer de faire traîner les choses en espérant que quelqu'un vienne te sauver. Tu es futé. Je suppose qu'il fallait s'y attendre. Tout le monde a été surpris quand Blint a choisi un apprenti qui n'avait pas le Don. On dirait que l'intelligence est plus importante.

— Tout le monde ? Qu'est-ce qu'on raconte dans mon dos ? Attends un peu : on dit que je n'ai pas le Don ?

— Comme on dit qu'il n'y a pas de secrets dignes d'intérêt au sein du Sa'kagué. Alors, tu ne vas pas me dire pour qui tu travailles, hein ? Tu as sans doute été envoyé par Roth, toi aussi. Quand il veut qu'un travail soit fait, il prend toutes ses précautions. D'après certaines rumeurs, il aurait même convaincu Dame Jadwin de tuer le prince, mais je sais reconnaître un travail de pisse-culotte quand j'en vois un.

— Tu es du genre loquace, pas vrai ?

S'il avait eu une main libre, il se serait giflé.

Note : quand tu cherches à gagner du temps, ne pas critiquer les bavardages de la personne qui tient un couteau contre ta gorge.

Pendant une fraction de seconde, le beau visage de la jeune fille se fit hideux et Kylar aperçut Hu Gibbet dans ses traits. Puis elle sourit, mais son maître resta présent dans ses yeux.

— Dans ta prochaine vie, pense à travailler ton charme.

La sensation suivante serait le glissement de la lame, la chair de son cou qui s'ouvrait, la chaleur. L'instinct de survie et le désespoir contractèrent soudain les muscles de Kylar.

On frappa à la porte.

— Kylar ? appela la voix du comte.

Viridiana tressaillit et tourna la tête.

Kylar tendit le cou sur le côté et s'arqua pour essayer de déséquilibrer la jeune fille. Enfin, ce furent les ordres qu'il envoya à son corps. Mais au lieu de la réaction attendue, il sentit une énergie se déverser en lui comme un éclair docile. Il fut traversé par un bref moment d'euphorie tandis que la puissance l'envahissait. Il eut l'impression d'avoir été malade toute sa vie et de recouvrer soudain la santé. C'était le Don. Durzo avait toujours affirmé qu'il le possédait et il était maintenant à ses ordres.

Vi fut projetée dans les airs, mais elle ne lâcha pas les cheveux de Kylar et une de ses jambes s'enroula autour des siennes. Au lieu de voler à travers la pièce, elle se souleva à la verticale et retomba brutalement sur Kylar. Elle essaya de le frapper avec son arme, mais le jeune homme avait maintenant les mains libres. Il lui saisit les poignets et roula sur le côté.

Ils tombèrent du lit et il atterrit sur elle. Viridiana grogna et remonta soudain le genou entre les jambes de Kylar. Celui-ci eut l'impression qu'une étoile explosait dans son pantalon – et pas de la manière la plus plaisante. Il poussa un gémissement et ne put rien faire pour empêcher la jeune fille de libérer ses mains et de rouler sur lui.

— Kylar ? cria le comte de l'autre côté de la porte. Y aurait-il une dame en ta compagnie ?

— On ne peut pas vraiment appeler ça une dame, répondit Kylar. (La main de Vi le gifla avec violence.) Je veux dire… À l'aide !

— Tu es pathétique ! lâcha la jeune fille.

— Je suis surtout désarmé.

Elle s'écarta de lui d'un bond et se releva tandis que la porte s'ouvrait à toute volée. Kylar n'eut pas le temps de réagir : Viridiana lança son couteau vers le comte Drake.

Le noble se jeta sur le côté et l'arme continua son chemin dans le vide. Un poignard de lancer apparut comme par magie entre ses doigts, mais il hésita. Vi aperçut son bras levé et bondit vers la fenêtre.

Kylar arracha le couteau des mains du comte et le lança tandis que la jeune fille sautait du premier étage. Il crut voir l'arme se planter dans son épaule. Il attrapa l'épée qu'il cachait sous son lit, mais lorsqu'il regarda dehors, Vi avait disparu.

Le comte avait l'air ébranlé. Il tenait une flèche rouge dans une main.

— J'ai hésité, dit-il.

De la part de quelqu'un d'autre, ces mots auraient été l'aveu d'une défaite, mais le vieil homme les prononça sur un ton triomphant.

— Après toutes ces années, je me posais la question, mais c'est arrivé. J'ai vraiment changé. Merci, mon Dieu.

Kylar lui lança un regard étrange.

— Qu'est-ce que vous racontez ?

— Kylar, il faut que nous parlions.

Chapitre 45

— Je serai morte dans un jour ou deux, dit Mamma K. Alors, s'il te plaît, écoute-moi bien, Jarl.

Jarl hésita pendant un moment, puis but une petite gorgée d'ootai que la courtisane lui avait servi.

Ce garçon pouvait se montrer aussi froid que de la glace, mais c'était pour cette raison qu'elle avait cette conversation avec lui et personne d'autre.

— Demain, ou après-demain, Durzo ou Kylar va venir ici pour me tuer, dit-elle, parce que j'ai envoyé Kylar tuer un homme qu'il pensait être Hu Gibbet, mais qui était en fait Durzo déguisé en Hu Gibbet. Je ne sais pas lequel des deux a survécu à cette rencontre, mais il sait maintenant que j'ai menti et que je les ai trahis tous les deux. Je sais que tu as jadis été l'ami de Kylar, Jarl.

— Je le suis toujours.

— Bien. Je n'avais pas l'intention de te demander de me venger. Je suis prête à subir mon juste châtiment. De toute façon, la vie n'est qu'une longue série de déceptions.

Avait-elle aperçu une lueur de pitié dans les yeux du garçon ? Elle en eut l'impression, mais elle s'en fichait. Il comprendrait s'il atteignait un jour son âge.

— Que puis-je faire pour vous aider, Mamma K?

— Je ne veux pas que tu m'aides. Les événements s'enchaînent vite, Jarl. Trop vite, peut-être. Roth s'efforce de prendre la place du Shinga. Je crains que nous apprenions très bientôt la mort de ce pauvre Pon Dradin.

— Vous n'allez pas l'avertir ? Vous allez laisser Roth le tuer, comme ça ?

— Il y a deux raisons à cela, Jarl. Connaître l'une ou l'autre pourrait te coûter la vie. Est-ce que tu te sens prêt à monter sur scène et à participer à la pièce ?

Jarl se renfrogna, réfléchit à la proposition de la courtisane et hocha la tête.

— La première : je vais laisser Pon Dradin mourir parce que je suis compromise. Roth m'a fait chanter. Il m'a obligée à trahir Durzo et Kylar. Je ne te dirai pas pourquoi il a prise sur moi. J'ai déjà été assez humiliée. Ce qui est important, c'est que Roth fait ce qu'il veut de moi. S'il apprend ou soupçonne que je m'oppose à lui, je perdrai quelque chose que je chéris davantage que ma propre vie. Je vais donc mourir et je veux que tu me remplaces.

— Vous voulez que je prenne votre place au sein des Neuf ?

Elle sourit en buvant une gorgée d'ootai.

— Je ne suis pas seulement la Maîtresse des Plaisirs, Jarl. Je suis le Shinga depuis dix-neuf ans.

Elle constata avec satisfaction que les yeux de son imperturbable protégé s'écarquillaient comme des soucoupes. Il se laissa aller contre le dossier de sa chaise.

— Dieux ! souffla-t-il. Voilà qui explique certaines choses.

Elle rit, et, pour la première fois depuis des années, elle le fit de bon cœur. Si c'était la réaction normale quand on présentait la gorge à une lame menaçante, elle comprenait enfin pourquoi Durzo avait tant aimé le danger inhérent à son travail. Se frotter à la mort permettait de savourer la vie.

— Dites-moi comment cela fonctionne, dit Jarl.

Elle aurait demandé la même chose à sa place. Elle aurait écouté l'annonce de sa propre mort et aurait aussitôt cherché en quoi cela allait modifier son existence. À la place de Jarl, elle n'aurait pas exprimé de regrets ; elle aurait peut-être esquissé une moue désolée à l'idée que sa maîtresse allait disparaître, mais ce n'aurait été qu'un faux-semblant. Jarl ne se livrait pas à ce genre de comédie et elle devait peut-être le respecter pour cela. Il avait retenu ce qu'elle lui avait appris, mais la réaction du jeune homme la blessa quand même.

— Je suis désolé, dit-il.

Il semblait sincère et peut-être l'était-il vraiment. Ne regrettait-il pas qu'elle s'abaisse à une telle sensiblerie à l'approche de sa fin ? Elle lui avait appris à feindre la compassion et l'amour et elle aurait maintenant voulu qu'il emploie ses talents pour la plaindre ? Mamma K ne savait pas ce qu'il pensait. Jarl était tel qu'elle l'avait façonné : il était pire qu'un miroir.

— Tous les membres du Sa'kagué savent qui est leur chef et les plus intelligents connaissent le nom de leur représentant au sein des Neuf. L'identité du Shinga est un secret de polichinelle – ce qui signifie que ce n'est pas un secret du tout. Prends tout cela en compte, interroge quelques voleurs et quelques prostituées et tu pourras deviner toute la structure hiérarchique du Sa'kagué. Cela n'a pas posé de problèmes au cours des quatorze dernières années parce que la situation était très stable.

— Est-ce que cette stabilité était le résultat de votre autorité ou d'un simple coup de chance ? demanda Jarl.

— De mon autorité, répondit-elle avec franchise. J'ai fait assassiner le roi précédent et j'ai placé Aléine sur le trône. Nous n'avons donc pas subi de pressions de la part de l'État. Quant aux pressions internes, je m'en suis occupée. Mais la nature véritable du Sa'kagué, c'est le chaos, Jarl. Les voleurs, les assassins, les tire-laine et les prostituées n'ont pas vocation à rester unis. Les meurtres sont monnaie courante. Depuis ta naissance, jamais la situation n'avait été si calme.

» Enfin, bref ! Les hommes sont plus violents que les femmes et, que ce soit juste ou non, ils tuent plus facilement des personnes de leur sexe. Pendant mes cinq premières années de pouvoir, nous avons perdu huit pseudo-Shingas. Six d'entre eux ont été assassinés par des éléments extérieurs et j'ai dû me débarrasser de deux autres qui voulaient s'emparer de ma place. Seuls deux membres des Neuf sont restés en place. Depuis quatorze ans, Pon Dradin peut satisfaire à ses vices en toute liberté tant qu'il assiste aux réunions, continue de se taire et n'outrepasse pas les limites de son rôle. Je n'aurais jamais cru qu'il tiendrait si longtemps.

— Et seuls les Neuf connaissent la véritable identité du Shinga ?

— Durzo la connaît aussi, mais il ne s'en est jamais préoccupé. Le système a cependant des défauts. Pon est devenu presque aussi riche que moi à force de toucher des ristournes et des pots-de-vin. Tous les nouveaux membres des Neuf s'aperçoivent en fin de compte qu'ils ont léché les mauvaises bottes pendant des années pour gravir les échelons et certains en conçoivent une colère terrible. Pourtant, le système permet de garder à l'écart des gens qui n'ont pas leur place parmi les Neuf. Et surtout, il m'a permis de rester en vie et au pouvoir.

— Que vient faire Roth dans tout cela ?

— Roth vient de rejoindre les Neuf et il n'est pas encore au courant du secret. C'est pour cette raison que Pon va mourir aujourd'hui ou demain. Roth pense que son assassinat va lui permettre de devenir le Shinga. Mais tout cela révèle le plus grand défaut de toutes mes manigances secrètes : s'il n'y a que huit personnes qui connaissent la véritable identité de leur chef, il suffit à Roth de convaincre ces huit personnes de le reconnaître comme Shinga.

— Si le reste des Neuf le craignent autant, comment puis-je m'emparer de son pouvoir ? demanda Jarl.

Mamma K sourit.

— C'est exactement cela. Tu vas t'en emparer. Je ne vais pas te laisser sans défense, bien entendu. (Elle plongea la main sous son bureau et en tira un petit carnet.) Mes espions ! J'espère qu'il n'est pas utile de te répéter que plus tu attendras avant de brûler ces pages, moins ta vie aura de valeur.

Jarl prit le carnet.

— Je vais l'apprendre par cœur tout de suite.

Mamma K se laissa aller contre le dossier de sa chaise.

— Il est dans une position de force, Jarl. Il terrifie tout le monde.

— C'est tout ?

— Tu m'excuseras si je ne te révèle pas où j'ai caché mon trésor. Une vieille femme doit prendre des précautions pour se protéger au cas où elle survivrait à ce qui va suivre. En outre, si je meurs, tu auras tout le temps de le chercher.

— Puis-je vous demander votre avis ? (Elle hocha la tête.) J'ai suivi les hommes dont vous m'avez parlé.

Elle acquiesça. Il était inutile de presser Jarl de questions. Ils travaillaient ensemble depuis assez longtemps : elle savait qu'il lui raconterait tout.

— Il s'agissait bien de sorciers. Ils ont essayé de tendre une embuscade à Régnus Gyre et à sa petite escorte au nord de la cité. La plupart des soldats du duc ont été balayés et personne n'aurait survécu s'il n'y avait pas eu un mage avec eux. (Mamma K haussa un sourcil.) J'ai observé la scène de loin, mais, après la bataille, Régnus et le mage se sont querellés et se sont quittés. À mon avis, le seigneur ignorait qui était vraiment cet homme.

— Le mage a vaincu trois sorciers ?

— Les sorciers ont fait la plus grande part du spectacle, mais quand la fumée s'est dissipée – au sens propre –, il ne restait que lui. Il a combattu avec intelligence. Il a neutralisé deux sorciers en attendant que le seigneur Gyre et ses hommes les taillent en pièces. Puis il a effrayé un cheval pour qu'il piétine le troisième. Je ne comprends pas la magie, il est donc possible que certaines choses m'aient échappé, mais, d'après ce que j'ai vu, c'est ainsi que cela s'est passé.

— Continue.

— Il ne restait plus qu'un soldat au seigneur Gyre après sa querelle avec le mage. Ils ont emprunté un chemin détourné pour traverser la cité et sont arrivés au manoir des Gyre après minuit. Vous avez appris ce qui s'était passé là-bas ?

— Vingt-huit morts. On a laissé carte blanche à Hu Gibbet.

— Roth ? demanda Jarl.

Mamma K hocha la tête.

— Je n'avais jamais vu ou imaginé un tel massacre. Enfin, bref ! Le seigneur Gyre a persuadé les hommes venus l'arrêter de se joindre à lui et ils se cachent maintenant dans la demeure d'un cousin. Ils essaient de rassembler autant de soutien que possible. Le mage est un Séthi prénommé Solon. Je n'ai rien découvert d'autre. Il y a encore une demi-heure, il était à *La Grue Blanche*.

— Tu ne me déçois jamais, Jarl.

Le jeune homme était sur le point de poser une question lorsqu'on frappa à la porte. Une servante entra et tendit un bout de papier à Mamma K. La courtisane le donna à Jarl.

— Le code est sur la première page du livre.

Jarl déchiffra le message en une minute.

— Pon Dradin est mort. (Il leva les yeux.) Que dois-je faire maintenant ?

— Ça, cher apprenti, c'est ton problème.

— Kylar, je veux te parler de ton avenir.

Ça ne devrait pas prendre longtemps.

Le comte tira son pince-nez de la poche de sa veste, mais ne le chaussa pas. Il se contenta de l'agiter tandis qu'il parlait.

— J'ai une proposition à te faire, Kylar. J'y ai beaucoup réfléchi, mon garçon, et j'estime que tu n'es pas fait pour le métier de pisse-culotte. Non, écoute-moi. Je veux t'offrir une porte de sortie. Kylar, je veux que tu épouses Iléna.

— Seigneur ?

— Je sais que cela doit te paraître soudain, mais je veux que tu y réfléchisses.

— Seigneur, elle n'a que quinze ans.

— Oh ! je ne te demande pas de le faire tout de suite. Ce que je te suggère, eh bien ! c'est de te fiancer avec elle. Iléna est amoureuse de toi depuis des années et je propose de s'accorder deux ans pour voir comment votre relation évoluera pendant que tu… euh… pendant que tu apprendras mon métier.

— Je ne suis pas sûr de comprendre, seigneur. En fait, je suis même certain de ne rien comprendre du tout.

Le comte abattit le pince-nez sur sa main.

— Kylar, je veux que tu… Je veux t'offrir une chance de quitter la vie que tu mènes. Apprends mon métier, et tu prendras un jour ma succession. J'ai parlé à la reine et, avec son accord, je peux te transmettre mon titre. Tu deviendrais comte, Kylar. Ce n'est rien d'extraordinaire, je le sais bien, mais cela te donnerait une légitimité. Tu pourrais devenir ce que tu as fait semblant d'être pendant toutes ces années.

La bouche de Kylar béa.

— Transmettre votre titre ? Qu'est-ce que vous voulez dire par *transmettre* votre titre ?

— Oh ! Kylar ! Ce titre ne m'a jamais rien apporté de bon de toute façon. Et puis, je n'ai pas de fils à qui le léguer. Tu en as besoin, pas moi. Bref ! Voici ce que je veux faire, même si l'idée de te fiancer avec Iléna ne te transporte pas de joie. Cela te permettrait de gagner du temps, Kylar. Du temps pour réfléchir à ce que tu veux faire de ta vie. Cela te permettrait de te libérer. De te libérer de *leur* emprise.

Être libre. Ne plus faire partie du Sa'kagué. Kylar n'avait jamais assisté à un geste d'une telle noblesse. Mais après les événements de la veille, c'était trop tard.

Il fixa ses yeux sur le sol et hocha la tête.

— Cela ne marchera pas, seigneur. Je suis désolé. Je vous assure, je… Vous avez toujours été gentil avec moi – plus gentil que je le méritais. Mais je ne crois pas que… (Il fit un geste du menton vers Logan et Sérah qui pique-niquaient sur la pelouse.) Que ce genre de vie soit pour moi.

— Je sais que tu te prépares à nous quitter, Kylar.

C'était le comte tout craché. Droit au but.

— En effet.

— Bientôt ?

— Je devrais déjà être parti.

— Dans ce cas, c'est peut-être Dieu qui m'a amené à te parler maintenant. Durzo t'a averti de ne pas écouter mes sermons, je suppose ?

Le comte regardait par la fenêtre. Il parlait d'une voix peinée.

— Il a dit que, si je les croyais, ils finiraient par me tuer.

— Je dois reconnaître que l'avertissement me semble juste. (Le comte se tourna vers Kylar.) Jadis, il travaillait pour moi, tu sais ?

— Pardon ? Durzo ? (La réaction du jeune homme amena un petit sourire sur les lèvres du comte.) Il a travaillé pour vous avant de devenir pisse-culotte ?

Kylar n'imaginait pas Durzo exercer un autre métier. Cela avait pourtant dû arriver.

Rimbold Drake secoua la tête.

— Non. Il tuait des gens pour moi. C'est comme cela que nous nous sommes connus. C'est comme cela qu'il a su qu'il pouvait te confier à moi. Il ne fréquente pas beaucoup de monde en dehors de son travail, tu sais.

— Vous ? Vous avez ordonné des meurtres ?

— Pas si fort ! Ma femme est au courant, mais il est inutile de terrifier les servantes. Je me suis efforcé de ne pas te noyer de sermons et de laisser ma vie témoigner de ce que j'ai appris, Kylar. Il est possible que ce choix ait été une erreur. Un saint a jadis déclaré : « Prêchez en tout temps et utilisez des mots quand cela est nécessaire. » Peux-tu m'accorder une minute ?

Une partie de Kylar eut envie de refuser. Il est gênant d'écouter une personne que vous respectez essayer de vous vendre quelque chose que vous n'avez aucune intention d'acheter. De plus, Kylar avait déjà trop tardé. Il avait l'impression que, d'une minute à l'autre, un messager apporterait la nouvelle qui l'accusait du vol de la veille et que cette vie paisible éclaterait comme une bulle de savon. Logan apprendrait qui il était vraiment. Sérah aurait une autre raison de lui en vouloir. Le comte afficherait cette expression peinée qui vous blessait jusqu'au plus profond de l'âme. Kylar savait que le noble serait déçu. La veille, l'apprenti pisse-culotte avait fait preuve d'une commisération qui allait lui coûter cher, mais Rimbold Drake ne le saurait jamais. Le comte serait déçu quoi que fasse Kylar, mais Kylar n'était pas obligé d'assister à ce supplice.

— Bien sûr, répondit-il.

C'était la réponse qui s'imposait. Cet homme l'avait élevé et il lui avait offert une vie inaccessible à un rat de guilde. Kylar lui était redevable.

— Mon père a hérité d'une grande fortune de son père, assez grande pour fréquenter Gordin Graesin, Brand Wesseros et Davin Markell. Je suppose que tu n'as pas entendu parler des Markell : ils ont été décimés au cours de la guerre de Huit Ans. Bref ! Il s'est efforcé d'impressionner ces fils de duc en jetant son argent par les fenêtres. Il a donné des fêtes somptueuses, joué, loué des maisons de passe entières. Mon grand-père est mort alors que mon père était encore jeune et cela n'a pas aidé à refréner ses folies. Ma famille n'a pas tardé à sombrer dans la misère, bien entendu. Mon père s'est suicidé et, à l'âge de dix-neuf ans, j'ai pris la tête d'une maison au bord de la ruine. J'étais doué pour les affaires, mais je considérais qu'il s'agissait d'une activité indigne de mon rang. Comme c'est souvent le cas, je n'avais aucune raison de me sentir fier et cette lacune me rendait plus fier encore.

» Mais certaines réalités trouvent toujours la manière de se rappeler à ton bon souvenir. Les dettes en font partie. Comme de bien entendu, un des créanciers de mon père m'apprit qu'il existait un moyen « facile » de gagner de l'argent. Je commençai à travailler pour le Sa'kagué. La personne qui me recruta était le Trématir. S'il avait mieux fait son travail, ma dette envers le Sa'kagué n'aurait fait qu'augmenter. Pourtant, je m'aperçus bientôt que je comprenais les hommes, l'argent et les relations qui les unissent bien mieux que lui. Assez curieusement, je ne ressentais pas trop de scrupules.

» J'investis mon argent dans tout ce qui pouvait en rapporter. J'ouvris des maisons de passe spécialisées qui satisfaisaient tous les appétits, si dépravés soient-ils. Je montai des tripots et recrutai des experts dans le monde entier pour mieux délester mes clients de leur argent. Je finançai des importations d'épices et soudoyai les gardes pour qu'ils ferment les yeux. Quand un de mes commerces était menacé, j'engageais des cogneurs pour régler le problème. La première fois qu'ils se montrèrent trop zélés et tuèrent un homme par accident, je fus choqué. Mais je faisais tout cela pour ma famille, je n'avais pas assisté à la scène et la victime était une personne que je n'aimais pas... Ces raisons firent que le meurtre me parut parfaitement légitime. Lorsque je m'opposai au Trématir, il me sembla logique d'engager Durzo. J'étais assez naïf pour ne pas me douter qu'il se précipiterait aussitôt chez le Shinga pour obtenir la permission d'exécuter ce contrat. Il l'obtint, et je devins le Maître des Pièces du Sa'kagué.

Kylar écoutait chaque mot, mais il ne parvenait pas à croire ce qu'il entendait. On ne parlait pas du comte Drake auprès duquel il avait grandi. Rimbold Drake avait fait partie des Neuf?

— J'ai beaucoup voyagé, j'ai monté beaucoup de commerces à l'étranger avec un taux de réussite appréciable. Et puis j'eus cette idée effroyable. Bien entendu, je ne mesurai pas toute son horreur sur-le-champ. J'étais aveuglé par mon propre éclat. En quatre ans, j'avais remboursé les dettes de mon père et, tout d'un coup, je venais de trouver le moyen de gagner beaucoup d'argent. Je soumis mon projet au Sa'kagué. Il nous fallut dix ans, mais nous finîmes par placer nos hommes aux postes-clés et nous légalisâmes l'esclavage. Il fut introduit de manière restreinte, bien sûr. Il était réservé aux condamnés et aux indigents les plus pauvres, aux gens qui ne pouvaient pas subvenir à leurs besoins, affirmions-nous. Nos maisons de passe se remplirent de prostituées que nous n'avions plus à payer. Nous organisâmes les jeux de la Mort – une autre de mes brillantes idées – et ils firent sensation. Ils devinrent même une véritable drogue. Nous fîmes construire les arènes. Nous faisions payer l'entrée, nous avions le monopole sur la vente de nourriture et de vin à l'intérieur, nous contrôlions les paris et nous les influencions parfois. L'argent afflua plus vite que nous l'avions imaginé. Je louais les services de Durzo si souvent que nous devînmes amis. Même lui refusa parfois les contrats que je lui proposais. Il a toujours eu son propre code de conduite. Il acceptait de s'occuper des gens qui essayaient de s'emparer de mes commerces, mais quand je souhaitais me débarrasser d'une personne qui ne faisait que me gêner, je devais faire appel à Anders Gurka, à Caleu le Balafré ou à Hu Gibbet.

» Tu dois comprendre que malgré tout cela, je ne me considérais pas comme quelqu'un de mauvais. Je n'aimais pas les jeux de la Mort et je n'y assistais jamais. Je ne descendais jamais dans les cales des galères où les esclaves vivaient et mouraient enchaînés à leur rame. Je ne visitais jamais les fermes à bébés où on prostituait parfois les enfants. Je ne me rendais jamais sur les lieux d'un meurtre commis par Blint. Je ne faisais que dire quelques mots et l'argent coulait à flots. Le plus drôle, c'était que je n'avais aucune ambition. J'étais l'homme le plus riche du royaume à l'exception de quelques nobles de haut rang, du Shinga et du roi. Je m'en contentais. Par contre, je ne supportais pas l'incompétence – si cela n'avait pas été le cas, je suis certain que le Shinga m'aurait fait disparaître. Mais il n'eut pas à le faire parce que je n'étais pas une menace et Durzo le lui avait dit. (Le comte secoua la tête.) Excuse-moi. Je radote, mais il ne m'arrive pas souvent de raconter cette histoire aujourd'hui.

» Mon erreur fut de tomber amoureux de la femme qu'il fallait éviter. J'ignore pourquoi je fus attiré par Ulana – ce ne fut pas une simple attirance d'ailleurs, mais une véritable obsession. Il me fallut longtemps pour en deviner la raison. Il fut même un temps où je fis tout pour l'éviter, car je souffrais le martyre en sa présence. Puis je compris enfin que c'était parce qu'elle était totalement différente de moi. Elle était pure, Kylar. Et pourtant, elle semblait m'aimer, elle aussi. Elle ignorait bien sûr qui j'étais vraiment. Je ne conduisais aucune affaire sous mon véritable nom et rares étaient les nobles capables d'imaginer la fortune que j'amassais. Plus je sombrais dans les ténèbres, plus j'aimais cette femme et plus je me méprisais. Comment peut-on adorer la lumière quand on vit dans l'obscurité ? (La question transperça Kylar comme une flèche et il sentit la honte l'envahir.) Ulana commença à s'intéresser au problème des esclaves, Kylar, et elle décida de visiter les fermes à bébés, les galères et les arènes. Je ne pouvais pas la laisser y aller seule et, pour la première fois, je contemplai mon œuvre. (Les yeux du comte se perdirent dans le lointain.) Oh ! Kylar ! Tu n'imagines pas comment elle se déplaçait entre ces pauvres hères. Au milieu des relents d'urine et de matières fécales, de désespoir et de malfaisance. Elle était comme une brise fraîche, comme un souffle d'espoir. Elle illuminait les antres obscurs que j'avais créés. J'ai vu un gladiateur d'élite – un homme qui avait tué cinquante adversaires – éclater en larmes au contact de sa main.

» J'étais déchiré. Je voulus en finir avec l'esclavage, mais, comme la plupart des pleutres, je n'avais pas l'intention de payer ma décision au prix fort. Je voyageai donc jusqu'à Seth où l'esclavage était pratiqué de manière très différente. À mon retour, j'aidai en secret à faire passer une loi qui affranchirait les esclaves tous les sept ans. Le Sa'kagué ne s'opposa pas à son vote, mais fit modifier une clause qui, dans les faits, la vidait de sa substance. Un jour, Ulana, avec qui j'étais alors fiancé, arriva chez moi en larmes. Ses parents avaient été grièvement blessés dans un accident de chariot. Elle croyait sa mère à l'article de la mort et avait besoin de moi. Au même moment, les Neuf se réunissaient dans mon salon parce que le roi Davin était sur le point de proscrire l'esclavage une fois de plus – une décision qui risquait de nous coûter des millions. Sais-tu qui j'ai renvoyé, Kylar ?

— Les Neuf ?

Kylar était atterré. Une telle décision équivalait à signer son arrêt de mort.

— J'ai renvoyé Ulana.

— Merde ! Oh ! je suis désolé.

— Non. C'est aussi ce que j'ai pensé. Que je ne valais pas plus qu'une merde ! C'est à cet instant que j'ai trouvé Dieu, Kylar. Je ne pouvais plus faire ça. Tout était mort en moi. J'ai réalisé que je ne resterais pas longtemps en vie si je rompais mes liens avec le Sa'kagué – surtout quand je compris que quelqu'un reprendrait mon empire si je le laissais intact. Il fallait que j'emploie toute mon intelligence pour le confier à des personnes qui le réduiraient à néant.

» Ce fut donc ce que je fis. J'utilisai l'argent que j'avais gagné pour financer ceux qui reconstruiraient la morale que j'avais détruite et raseraient les obscénités que j'avais construites. Quand ce fut chose faite, il ne me restait plus un sou, ma famille était ruinée et je m'étais fait des dizaines d'ennemis puissants. Je rendis visite à Ulana, je lui avouai toute la vérité et je rompis nos fiançailles.

— Comment a-t-elle réagi ? demanda Kylar.

— Elle eut le cœur brisé en apprenant ce que j'avais fait, Kylar, et en s'apercevant qu'elle en savait si peu sur moi alors qu'elle croyait me connaître. Il fallut du temps, mais elle finit par me pardonner – à ma plus grande stupéfaction. Il fallut plus longtemps encore pour que je me pardonne. Pourtant, un an plus tard, après que l'esclavage eut été aboli une fois de plus – en partie grâce à mes efforts –, nous nous mariâmes. J'ai dû travailler dur au cours de ces vingt dernières années. J'ai souvent eu à pâtir de mon ancienne réputation – et parfois de la nouvelle. Tu sais ce que les nobles pensent de leurs pairs qui travaillent. Mais mon argent est propre. Dieu a été bon. Ma famille a de quoi vivre. Mes enfants sont la lumière de ma vie. Logan a demandé la main de Sérah et elle a accepté. Il va devenir mon fils. Comment imaginer que je n'ai pas été béni ? Bref! J'aurais dû te raconter cette histoire plus tôt. Peut-être que tu en avais appris une partie du fait de tes relations avec le Sa'kagué.

— Non, seigneur. J'ignorais tout.

— Mon fils, j'espère que tu réalises maintenant à quel point je te comprends. Je connais les mensonges du Sa'kagué et je sais ce qu'il peut en coûter de le quitter. Dieu a été généreux avec moi. Il a effacé une partie de ma dette, mais, pour cela, il fallut attendre que je sois prêt à la payer dans sa totalité. C'est la différence entre le regret et le repentir. J'étais horrifié de découvrir la vraie nature de l'esclavage, mais je ne voulais pas assumer la responsabilité de mes actes. Lorsque je l'ai fait, Dieu s'est glissé en moi.

— Mais, seigneur, comment se fait-il que vous soyez encore vivant ? Je veux dire… vous n'avez pas seulement quitté le Sa'kagué, vous avez aussi sabordé une affaire qui lui rapportait des millions !

Le comte sourit.

— Grâce à Dieu, Kylar. À Dieu et à Durzo. Durzo m'aime bien. Il pense que je suis un imbécile, mais il m'aime bien. Il m'a protégé et ce n'est pas un homme qu'il faut contrarier à la légère. (*Ouais ! Merci de me le rappeler !*) Pour résumer, Kylar, tu peux tourner le dos à ce que tu fais si tu le désires. Tu regretteras peut-être ton travail. J'imagine que tu l'accomplis à la perfection et la perfection est source de satisfaction. Tu ne peux pas payer pour tout ce que tu as fait, mais tu n'es pas au-delà de la rédemption. Il y a toujours une porte de sortie. Si tu es prêt à faire des sacrifices, Dieu t'offrira l'occasion de sauver quelque chose d'inestimable. Je suis ici pour en témoigner : les miracles arrivent parfois. (Il pointa le doigt vers la fenêtre et secoua la tête d'un air incrédule.) Ma fille ! Elle va devenir la femme d'un homme aussi bon que Logan ! Que Dieu les bénisse !

Kylar cligna des yeux en pleurant. Il faillit ne pas remarquer que le comte se penchait un peu plus en avant, les yeux rivés vers l'entrée du domaine. Kylar chassa ses larmes dès qu'il aperçut les soldats passer devant le vieux gardien. Il se releva d'un bond, mais les hommes d'armes ne se dirigèrent pas vers la porte du manoir. Ils s'arrêtèrent à la hauteur de Logan et de Sérah. Le comte ouvrit la fenêtre juste à temps pour entendre le capitaine qui déroulait un rouleau de parchemin.

— Duc Logan Gyre, je vous déclare par la présente en état d'arrestation pour crime de haute trahison, à savoir, le meurtre du prince Aléine Gunder.

Chapitre 46

Le comte se précipita vers la porte. Kylar hésita à l'endroit même où il avait percuté Logan, dix ans plus tôt, et noué leur amitié grâce à un pugilat. Il était préférable de ne pas sortir. Il n'avait pas le temps de se demander ce que les gardes savaient des événements de la veille. S'ils croyaient que Logan était mêlé au meurtre du prince, il était impossible d'imaginer ce qu'ils avaient en tête. Le roi devait être un paranoïaque de la pire espèce. Quoi qu'il arrive, ce n'était jamais une bonne idée de se faire remarquer par les soldats.

Pourtant, l'expression sidérée de Logan frappa Kylar. Le colosse restait debout, les yeux écarquillés, tandis que des hommes plus petits que lui le désarmaient. Il ressemblait à un chien qui a reçu un coup de pied sans raison. Kylar se maudit pour sa bêtise et suivit le comte.

— J'exige une explication ! dit le noble.

Malgré sa claudication, il se déplaçait avec une dignité imposante. Tous les yeux se tournèrent vers lui.

— Nous... Nous procédons à une arrestation, seigneur, dit le capitaine. Je crains de ne pouvoir vous en dire plus.

C'était un homme petit et massif avec une peau jaune et des yeux en amande. Il semblait avoir besoin de tout son courage pour se tenir devant le comte sans être emporté comme un fétu de paille.

— Vous voulez arrêter un duc et vous n'en avez pas le pouvoir, capitaine Arturian. D'après le troisième amendement du droit coutumier de la huitième année du règne de Hurol le Deuxième, l'arrestation d'un duc doit être légitimée par l'habeas corpus, deux témoins ou un mobile. Son incarcération requiert deux de ces trois conditions.

Le capitaine Arturian déglutit. Sa colonne vertébrale semblait le maintenir par le seul effort de sa volonté.

— Nous… euh… l'habeas corpus, c'est bien la découverte du cadavre ? Il faut donc que je trouve deux témoins ou que je vous fournisse un motif pour que vous me laissiez arrêter le duc ?

— À condition que vous ayez un cadavre.

L'homme hocha la tête.

— Nous… euh… en avons un, seigneur. Le corps du prince a été découvert la nuit dernière dans le manoir des Jadwin et le motif est… euh… de nature telle que je ne peux pas en parler, seigneur.

— Si vous voulez arrêter le duc Gyre sur mon domaine en dehors du cadre de la loi, j'ai le droit et le devoir en tant que noble du royaume de le défendre par la force des armes.

— On vous massacrerait, ricana un soldat.

— Dans ce cas, vous déclencheriez une guerre civile. Est-ce là ce que vous voulez ? (Le moqueur resta silencieux et le visage du capitaine Arturian vira au gris.) Donnez-moi un motif permettant d'envisager qu'un homme de réputation aussi irréprochable que le duc Gyre ait tué un de ses meilleurs amis ou partez !

— Seigneur, dit Vin Arturian en fixant les yeux sur ses chaussures. Pardonnez-moi. Le motif est la jalousie.

Sans qu'il puisse expliquer pourquoi, les yeux de Kylar se posèrent sur Sérah. Ces dernières paroles l'avaient foudroyée. Tandis que la gêne de l'officier grandissait, la jeune fille se recroquevilla sur elle-même comme si elle savait déjà ce qu'il allait dire.

— Le duc Gyre a appris que le prince avait... des relations sexuelles avec votre fille.

— C'est grotesque ! lança Logan. C'est la chose la plus ridicule que j'aie entendue de ma vie. Nom de Dieu ! Elle n'a même pas fait l'amour avec moi ! Et je suis son fiancé ! Aléine est un séducteur, mais il n'irait pas jusqu'à... (Logan regarda Sérah et ne termina pas sa phrase.) Sérah, tu... Tu n'as pas... Dis-moi que tu n'as pas fait ça.

On venait de dénuder son âme pour y planter toutes les flèches du monde.

Sérah laissa échapper un son plaintif, un son qui exprimait une telle tristesse qu'il vous déchirait le cœur, mais qui n'émut pourtant personne. Elle s'enfuit en courant vers le manoir, et tous les hommes restèrent immobiles, pétrifiés par la douleur de Logan.

Le colosse se tourna vers le comte.

— Vous étiez au courant ?

Rimbold Drake secoua la tête.

— Je ne savais pas de qui il s'agissait, mais elle m'avait dit qu'elle t'en avait parlé, que c'était pardonné.

Logan regarda Kylar.

— Pareil pour moi, dit le jeune homme à voix basse.

La réponse fit tressaillir Logan comme s'il venait de recevoir une autre flèche. Il s'efforça de respirer avec calme.

— Capitaine, dit-il. Je suis prêt à vous suivre.

Le soldat qui s'était moqué du comte s'avança sur un signe de son officier et entreprit de menotter le géant.

— Putain, mon garçon ! ricana-t-il à voix basse. (Il ne voulait pas que les autres l'entendent, mais un silence de mort s'était abattu sur le jardin et tout le monde profita de son sarcasme.) Tu t'es fait baiser sans même baiser.

Kylar vit son ami perdre son calme pour la deuxième fois de sa vie, mais lors de la précédente, Logan était encore un jeune adolescent dont la force était sans commune mesure avec celle d'aujourd'hui. Un pisse-culotte aurait peut-être remarqué les muscles qui se contractaient dans ses bras et dans ses épaules. Il aurait peut-être eu le réflexe d'esquiver le coup, mais le garde n'avait pas la moindre chance. Logan écarta la main de l'homme avant qu'il boucle le deuxième bracelet et le frappa au visage. Kylar songea qu'il n'avait jamais vu quelqu'un recevoir un coup si violent. Maître Blint, la puissance de ses muscles décuplée par son Don, était sans doute capable de porter une telle attaque, mais elle ne serait jamais poussée par une masse aussi importante que celle de Logan.

Le garde s'envola – au sens propre – et partit en arrière. Il percuta deux hommes derrière lui et les renversa.

La lame ceurane de Kylar jaillit dans sa main alors que les gardes n'étaient pas encore tombés, mais les doigts du comte serrèrent son bras avant qu'il se lance à l'attaque.

— Kylar ! Non ! ordonna le noble. (Les soldats s'empilèrent sur Logan qui rugit comme un lion.) Non. Il est préférable de… (Son visage exprimait une douleur aussi intense que celle de Logan, un mélange d'affliction et de conviction.) Mieux vaut subir le mal que faire le mal. Tu ne tueras pas des innocents chez moi.

Logan n'opposa pas une grande résistance. Les soldats le firent tomber, le menottèrent dans le dos, puis aux chevilles et le relevèrent enfin.

— Le comte vous a appelé Kylar ? Kylar Stern ? demanda le capitaine Arturian.

Kylar hocha la tête.

— La Couronne vous accuse de trahison, d'appartenance au Sa'kagué, d'assassinat contre rétribution et d'assassinat sur la personne du prince Aléine Gunder. Nous avons un témoin, un cadavre et un motif, comte Drake. Soldats, arrêtez cet homme.

Le capitaine était peut-être compatissant, mais ce n'était pas un imbécile. Kylar avait concentré son attention sur Logan et n'avait pas remarqué que des gardes étaient passés derrière lui. Dès que l'officier lança son ordre, il sentit deux hommes lui saisir les poignets.

Il lança les bras en avant pour déséquilibrer ses assaillants et se libérer en se jetant en arrière. Mais son Don se manifesta de nouveau comme une vipère qui se détend pour frapper : il devint soudain plus fort qu'il l'avait jamais été.

Les bras de Kylar décrivirent un arc de cercle horizontal. Les deux soldats ne lâchèrent pas prise. Ils se télescopèrent et heurtèrent le plat de l'épée que Kylar n'avait pas lâchée. Si le jeune homme avait tourné le poignet, ils se seraient écrasés sur le tranchant de la lame et auraient été blessés malgré leur gambison de cuir bouilli. Il se contenta de rengainer son arme – est-ce qu'il l'avait vraiment fait aussi vite ? Il tombait en arrière, déséquilibré par son mouvement plus puissant que prévu, mais l'épée avait déjà regagné son fourreau.

Il transforma sa chute en saut de mains et se retrouva sur ses pieds – un jeu d'enfant. Il se tourna et courut vers le mur d'enceinte haut de quatre mètres qui bordait le petit jardin du domaine. Il bondit pour en attraper le bord et s'aperçut alors que ledit bord était déjà à hauteur de ses genoux. Il perdit le contrôle de son saut et passa par-dessus la muraille en tournoyant dangereusement sur lui-même. Ce ne fut qu'en se roulant en boule et grâce à une bonne dose de chance qu'il atterrit de l'autre côté sans se tuer.

Il se leva et laissa son Don se dissiper. Des cris montèrent du domaine, mais les soldats ne l'attraperaient jamais. Kylar était désormais un véritable pisse-culotte. Il se demanda ce que Blint dirait. Le jeune homme avait accompli le rêve de sa vie et, pourtant, il ne s'était jamais senti si malheureux.

— Comment cela s'est-il passé ? demanda Agon au capitaine Arturian.

Les deux hommes descendaient les couloirs du château en direction de la Gueule.

— Ce fut… horrible. Absolument horrible, seigneur. Je dirais que ça fait partie des pires choses que j'aie faites.

— Des regrets, capitaine ? On dit qu'il a tué un de vos hommes.

— Si je peux parler franchement, seigneur, il m'a débarrassé d'un crétin dont je ne pouvais pas me défaire parce que sa sœur est baronne. Cet imbécile n'a eu que ce qu'il méritait. Ce n'est pas à moi de dire cela, seigneur général, mais vous n'avez pas vu le visage de Logan. Il n'est pas coupable. Je suis prêt à en mettre ma main à couper.

— Je sais. Je sais. Et je vais faire tout mon possible pour le sauver.

Ils passèrent devant les soldats qui gardaient la porte souterraine isolant les tunnels du château de ceux de la Gueule. Les cellules des nobles étaient au premier niveau. Elles étaient petites, mais, toutes proportions gardées, assez luxueuses. Agon avait fait enfermer Élène dans l'une d'elles bien qu'elle soit roturière. Il ne supportait pas l'idée qu'on l'incarcère aux niveaux inférieurs. Si le roi posait des questions, il répondrait qu'il la gardait à proximité pour de nouveaux interrogatoires.

Agon s'arrêta devant la cellule de Logan.

— Vin, dit-il. A-t-il appris ce qui est arrivé à sa famille ?

Le petit homme massif secoua la tête.

— J'ai déjà perdu un homme, seigneur. Je ne savais pas comment il réagirait en apprenant la nouvelle.

— C'est vrai. Merci.

Agon n'aurait pas congédié un de ses subordonnés ainsi. Même si le rang de seigneur général arrivait juste derrière celui de monarque, le capitaine de la garde royale n'était théoriquement pas sous son commandement. Les deux soldats n'étaient pas amis, mais, par chance, ils s'entendaient assez bien pour que Vin Arturian comprenne à demi-mot et se retire.

L'entretien ne serait pas une partie de plaisir. Comment annoncer à un homme incarcéré pour un meurtre qu'il n'a pas commis que sa famille a été massacrée ? C'était pourtant le devoir d'Agon et celui-ci ne se dérobait jamais à ses devoirs.

Avant de déverrouiller la porte, il frappa comme s'il rendait visite à une connaissance, comme s'il ne se trouvait pas dans la Gueule. Personne ne répondit.

Il ouvrit. Les cellules des nobles mesuraient trois mètres carrés et étaient en pierre. À l'intérieur, tous les angles avaient été polis afin d'empêcher les suicides. Un banc taillé dans la roche faisait office de lit. De la paille fraîche était apportée une fois par semaine – un luxe comparé aux conditions de vie des autres détenus de la Gueule. Pourtant, elle ne parvenait pas à atténuer les odeurs qui montaient des cellules – une puanteur d'œuf pourri mêlée aux relents âcres et fétides des prisonniers entassés dans un espace clos. Logan semblait ne pas être conscient de l'endroit où il se trouvait. Il était dans un état terrible. Des larmes coulaient le long de son visage contusionné. Il leva la tête quand Agon entra, mais il fallut un long moment pour que ses yeux le distinguent avec netteté. Il semblait ailleurs. Ses larges épaules étaient avachies ; ses énormes mains étaient posées sur ses cuisses, paumes en l'air ; ses cheveux étaient hirsutes. Il n'était pas seul. La reine était assise à côté de lui et tenait une de ses mains flasques comme elle aurait tenu celle d'un enfant.

Que cette femme soit bénie ! Elle était venue l'avertir en personne.

Le roi Aléine le Neuvième avait commis une grosse erreur avec Nalia Wesseros. Elle aurait pu devenir sa meilleure alliée. *Elle aurait fait une reine magnifique pour Régnus Gyre.* Mais elle avait accepté d'être mise à l'écart par Aléine – avec une certaine joie, d'ailleurs – et avait fait de son mieux pour élever ses quatre – désormais trois – enfants. Agon avait longtemps pensé qu'elle ne vivait plus que pour eux.

— Ma reine, seigneur, dit Agon.

— Pardonnez-moi de ne pas me lever, dit Logan.

— Tu n'as pas à t'excuser.

— On dit que mon père est mort, lui aussi, ou bien qu'il est coupable de ce massacre. Que le roi a envoyé ses soldats l'arrêter pour le meurtre de ma mère. Que s'est-il passé ?

— Pour autant que je sache, ton père est toujours vivant. Il est arrivé en ville avec seulement un homme ou deux. Il a été attaqué en dehors de la cité. Quelqu'un a essayé de faire disparaître tous les membres de la famille Gyre, à l'exception de toi. On a envoyé des hommes pour arrêter Régnus, mais pas sur un ordre du roi. Je n'ai pas découvert qui a pris cette initiative. Pas encore. Je ne sais pas si les soldats chargés de l'arrestation ont fui la ville ou s'ils se sont joints à ton père.

— Seigneur général, je n'ai pas tué Aléine, dit Logan. C'était mon ami. Même s'il a… fait ce qu'on dit qu'il a fait.

— Nous le savons. Nous – la reine et moi – ne te croyons pas coupable.

— Il m'a parlé la nuit dernière, vous savez ? Il savait que j'allais demander la main de Sérah. Il a essayé de me persuader de ne pas le faire. Il m'a rappelé certaines rumeurs à propos de la légèreté de Sérah. Il avait la folle intention de me faire épouser Jénine. J'ai trouvé cela curieux, mais généreux de sa part. Ce n'était pas de la générosité, mais de la culpabilité. Qu'il aille au diable ! (Logan regarda la reine.) Je suis désolé. Je ne devrais pas parler ainsi, mais je suis tellement, tellement en colère. Et je me sens tellement coupable d'être en colère ! Je leur aurais pardonné, Votre Majesté. Je vous assure. Dieux ! pourquoi ne me l'ont-ils pas dit, tout simplement ?

Nalia et Logan pleurèrent en silence, ensemble, et la reine serra la main du jeune homme.

Au bout d'une minute, Logan leva les yeux vers Agon.

— On dit que c'est Kylar le coupable. Chez le comte Drake, j'ai vu ce qu'il a fait. Il était rapide, trop rapide. Est-on certain de sa culpabilité ?

Dieux ! ce garçon venait d'être trahi par sa fiancée et par le prince, mais il voulait maintenant savoir si son meilleur ami ne l'avait pas trompé aussi. Agon ne savait pas s'il survivrait à pareille épreuve – et il avait besoin qu'il survive –, mais Logan méritait la vérité. Le seigneur général n'avait pas le cœur de lui accorder moins.

— Je suis certain que Kylar est monté à l'étage quand Aléine a été tué. Je suis certain que c'est un pisse-culotte. Je doute que Kylar soit son véritable prénom et qu'il fasse partie de la famille Stern, mais je n'en aurai pas confirmation avant deux semaines. Nous avons dépêché un cavalier au domaine des Stern, mais le chemin est long. À partir des éléments dont nous disposons, mes soupçons s'orientent vers lui, mon garçon. Et pourtant, je t'assure que j'ai cherché toutes les pistes imaginables.

— Votre présence à tous les deux témoigne de votre bonté, dit Logan. (Il redressa les épaules.) Je ne veux pas vous retirer ce mérite, mais je suppose que vous attendez quelque chose de moi, sinon, vous ne seriez pas venus ici. Pas maintenant. Pas si vite.

La reine et le seigneur général échangèrent un regard. Quelque chose passa entre eux et Agon reprit la parole :

— Tu as raison, Logan. En vérité, le royaume est en péril. Je regrette de ne pas compatir davantage à ta douleur. Tu sais que ton père est un de mes plus chers amis et ce qui est arrivé au manoir des Gyre est bien plus qu'une tragédie. C'est une monstruosité.

» Pourtant, nous devons te demander d'oublier ton chagrin pour un temps. Nous ne connaissons pas l'étendue de la menace, mais je pense qu'elle est grave. Lorsque le roi a décidé de se débarrasser de ton père à tout prix, il y a dix ans, c'est moi qui lui ai suggéré de nommer Régnus au poste de commandant de Vents Hurlants. Je savais qu'il transformerait la passe en un véritable bastion et j'étais persuadé que Khalidor nous attaquerait tôt ou tard. L'invasion n'a pas eu lieu, peut-être grâce à l'excellent travail de ton père. La plupart des gens veulent croire que cette invasion ne viendra plus, car ils savent que si les armées de Khalidor se mettent en marche, nous n'aurons aucune chance d'y résister.

» Je pense que le prince, ta mère et tes serviteurs ont été les premières victimes d'une guerre. Un nouveau genre de guerre où les assassins remplacent les armées pour obtenir la victoire. Nous pouvons arrêter des armées, nous nous y sommes préparés, mais les assassins, c'est une autre histoire.

— Avec tout le respect que je dois à la reine, dit Logan, que m'importe si la tête du roi roule ? Il n'est pas l'ami des Gyre.

— C'est une bonne question, dit la reine.

— D'un point de vue personnel, reprit Agon, tu devrais t'en soucier, car si le roi meurt, tu resteras en prison à jamais ou tu seras exécuté. D'un point de vue national, la mort du roi entraînerait une guerre civile. Les troupes seraient rappelées par leurs maisons respectives auxquelles elles ont prêté serment et les armées du Roi-dieu déferleraient sur nos frontières. Même uni, notre pays n'a aucune chance contre la puissance de Khalidor. Notre seule stratégie, c'est de rendre une invasion trop coûteuse en hommes pour que le jeu en vaille la chandelle. Une fois nos troupes éparpillées, nous serions sans défense.

— Vous pensez donc qu'il va y avoir une tentative d'assassinat ? demanda Logan.

— Dans les jours qui viennent. Mais les plans de Khalidor s'appuient sur certaines présomptions, Logan. Jusqu'à présent, elles se sont toutes révélées exactes. Nos ennemis savaient que tu serais arrêté. Il est certain qu'ils font déjà circuler des rumeurs pour attiser la colère des gens contre le roi, pour suggérer que ce qui est arrivé est sa faute ou qu'il a tout manigancé. Nous devons faire quelque chose que Khalidor n'a pas envisagé.

— Et de quoi s'agit-il ?

— Khalidor a loué les services de Hu Gibbet qui est peut-être le pisse-culotte le plus redoutable de la cité, dit la reine. S'il veut tuer Aléine, il y parviendra sans doute. La meilleure façon de sauver le roi, c'est d'agir pour que sa mort ne rapporte plus rien à Khalidor. C'est probablement la seule solution. Nous devons assurer sa succession. En temps de paix, Jénine monterait sur le trône si elle était plus âgée, ou je pourrais le faire à sa place. Mais maintenant… Cela serait tout simplement impossible. Certaines familles refuseraient de faire la guerre sous le commandement d'une femme.

— Alors, qu'êtes-vous censée faire ? Avoir un autre fils ?

Agon eut l'air mal à l'aise.

— C'est à peu près ça.

La reine reprit la parole :

— Nous avons besoin d'une personne assez populaire pour que le trône regagne la confiance des gens. Il faut aussi que sa légitimité soit incontestable.

Logan la regarda et comprit soudain. Un kaléidoscope d'émotions se dessina sur son visage.

— Vous ne savez pas ce que vous demandez.

— Bien sûr que si, dit la reine à voix basse. Logan, est-ce que ton père a déjà parlé de moi ?

— Toujours en des termes très élogieux, Votre Majesté.

— Ton père et moi étions promis l'un à l'autre, Logan. Pendant dix ans, nous avons cru que nous allions nous marier. Nous sommes tombés amoureux. Nous avons choisi les prénoms des enfants que nous aurions un jour. Le roi agonisait sans héritiers et notre union visait à s'assurer que le trône reviendrait à la maison Gyre. Puis mon père a trahi Régnus et a rompu la promesse qu'il avait faite à ton grand-père. Il m'a mariée en secret à Aléine Gunder. Lors de la cérémonie, il y avait juste assez de témoins pour garantir la légalité de cette union. Je n'ai même pas eu le droit d'envoyer une lettre à ton père. Ensuite, mon père et celui d'Aléine sont venus dans la chambre nuptiale pour vérifier que le mariage avait été consommé. Le roi vécut quatorze années de plus. Assez longtemps pour que je mette des enfants au monde ; assez longtemps pour que ton père se marie et te conçoive ; assez longtemps pour qu'il prenne la tête de la maison Gyre ; assez longtemps pour que la maison Gunder invente une histoire ridicule pour qu'Aléine s'arroge le droit de se faire appeler Aléine le Neuvième – comme s'il était un souverain légitime. À la mort du roi Davin, ton père aurait pu déclencher une guerre pour s'emparer du trône. Il aurait pu la gagner. Mais il ne l'a pas fait, pour moi et pour mes enfants.

» On m'a sacrifiée lors d'un mariage que j'ai méprisé à un homme que je n'ai jamais aimé et pour qui je ne parviendrai jamais à ressentir une étincelle d'amour dans mon cœur. Je sais ce qu'il en est d'être vendue au nom de la politique. Je connais même mon prix exact – les terres et les titres acquis par ma famille à la mort du roi.

Nalia parlait avec une détermination farouche, mais sa voix était calme et posée. Elle était l'image même d'une reine.

— J'aime encore ton père, Logan. Nous nous sommes à peine adressé la parole en vingt-cinq ans. Il a dû épouser une Graesin après que j'ai épousé un Gunder, pour empêcher la maison Gyre d'être isolée et anéantie comme la maison Markell. Il a accepté une union qui, d'après ce que j'ai entendu, n'a pas vraiment été bénie par l'amour, elle non plus. Ainsi, si tu crois qu'il me plaît de t'imposer ce qui m'a été imposé, tu te trompes grandement.

Le père de Logan n'avait jamais évoqué ces événements, mais sa mère – tout devint limpide – les avait rappelés à Régnus pendant des années. Ses commentaires équivoques ; ses soupçons incessants quant aux maîtresses de son mari alors que Logan savait qu'il n'en avait pas ; la remarque acerbe de Régnus, un jour, à propos de la seule femme qu'elle était en droit de jalouser.

— J'espère sincèrement que ton mariage ne ressemblera en rien au calvaire qu'a été le mien, dit la reine Nalia.

Logan se prit le visage entre les mains.

— Votre Majesté, les mots ne peuvent exprimer la... rage que j'éprouve envers Sérah. Mais j'ai promis à son père que je l'épouserais.

— Le roi a le droit de briser de tels engagements pour le bien du royaume, déclara Agon.

— Le roi ne peut pas briser mon honneur ! s'exclama Logan. J'ai juré ! Et merde ! J'aime toujours Sérah. Je l'aime *toujours*. Tout ça n'est qu'une comédie, n'est-ce pas ? Quelle est la suite du plan ? Le roi va m'adopter ? Je resterai son héritier en attendant que vous lui donniez un autre fils ?

— Cette *comédie* peut nous permettre de traverser une crise majeure, mon garçon, lâcha Agon. Et elle empêchera la destruction de ta famille. Mais tu dois rester en vie pour cela. En outre, ce plan te sauve de la disgrâce et de la prison, même si nous nous trompons à propos du complot.

— Logan, dit la reine à voix basse. Ce n'est pas une comédie, mais nous avons convaincu le roi que c'en était une. C'est un homme méprisable et, si cela ne dépend que de lui, jamais le fils de Régnus ne montera sur le trône.

— Votre Majesté, l'interrompit Agon. Logan n'a pas besoin de savoir...

— Non, Brant ! Une personne doit savoir ce qu'on lui demande de donner. (Elle regarda le seigneur général dans les yeux, puis baissa la tête et se tourna vers Logan.) J'ai placé tous mes espoirs dans mes enfants, Logan, je tiens le roi pour responsable de la mort de mon fils. Si seulement il n'avait pas fréquenté cette catin de Jadwin… (Elle cligna des yeux, refusant de laisser ses larmes couler.) J'ai donné au roi tous les fils qu'il aura de moi. Jamais plus je ne partagerai sa couche. Jamais. Il apprendra bientôt que j'ai loué les services d'un pisse-culotte et que, s'il cherche à me forcer ou à me remplacer en tant que reine, il connaîtra une fin prématurée. Le fait est, Logan, que si tu acceptes notre proposition, tu seras un jour couronné roi.

— La plupart des hommes sauteraient sur l'occasion de devenir souverain, dit Agon. Mais la plupart des hommes feraient de très mauvais rois. Nous savons que le pouvoir ne t'intéresse pas, mais tu n'es pas seulement le candidat idéal, tu es aussi le seul.

— Logan était le prénom que Régnus et moi avions choisi pour notre premier fils, dit la reine. Je sais ce que je te demande, Logan, et je te le demande quand même.

Chapitre 47

La partie se présentait mal. Les pièces éparpillées devant Dorian ressemblaient à des armées sur le pied de guerre. Elles ne faisaient d'ailleurs pas que leur ressembler : *c'étaient* bel et bien des armées. Pourtant, rares dans ce jeu étaient les soldats en uniforme et même ceux qui en étaient revêtus se déplaçaient à contrecœur. Le Roi Stupide trompait le Commandant. Le Roi Malgré Lui était agenouillé quelque part en ce moment. Le secret du Mage en Secret l'avait séparé du Roi Qui Aurait Pu Être. L'Ombre Qui Marche et la Courtisane ne parvenaient pas à choisir leur camp. L'Homme Catin agissait vite, mais il était trop lent, beaucoup trop lent. Le Prince des Rats avait mobilisé sa vermine et ils ne tarderaient pas à jaillir du Dédale comme une vague de pourriture humaine. Même le Prince Filou et le Forgeron pouvaient jouer un rôle si…

Malédiction ! C'était déjà assez difficile de visualiser les pièces à l'endroit où elles étaient. À partir de là, Dorian parvenait souvent à se concentrer sur l'une d'elles et à voir les choix auxquels elle était confrontée : Le Commandant devant un roi ivre qui lui hurlait au visage ; l'Ombre qui Marche face à l'Apprenti dans une chambre nuptiale. Mais pendant qu'il repérait les pièces dans l'espace, qu'il estimait leur position relative, il avait commencé à en entrevoir une ou plusieurs à une autre époque. Il avait découvert où serait le Forgeron dans dix-sept ans, penché au-dessus de sa forge, pressant son fils de retourner au travail. Cela n'avançait guère Dorian, car cette image ne lui apprenait pas comment garder Feir en vie jusque-là.

Il se concentra de nouveau sur sa tâche. Bien, où était l'Otage ?

Parfois, il avait l'impression de n'être qu'un souffle de vent au-dessus d'un champ de bataille. Il voyait tout, mais son pouvoir se limitait à détourner une ou deux flèches mortelles. Où était le Mage en Secret ? Ah !

— Ouvre la porte ! Vite ! lança Dorian.

Feir faisait glisser une pierre à aiguiser sur la lame de son épée. Il leva les yeux de la petite table devant laquelle il était assis. Les deux hommes se trouvaient dans une minuscule maison qu'ils avaient louée non loin de Sidlin, à un endroit où, selon Dorian, ils ne seraient pas dérangés. Feir se leva et ouvrit la porte.

Un homme passa juste devant l'entrée et poursuivit son chemin d'un pas déterminé dans la rue. Ses cheveux et sa démarche étaient familiers. Il dut apercevoir quelque chose du coin de l'œil – Feir était une montagne de muscles couronnée d'une tignasse blonde, il était difficile de ne pas le remarquer –, car il se retourna sur les talons et sa main se posa sur la poignée de son épée.

— Feir ?

Feir fut aussi surpris que Solon.

— Rentrez, tous les deux ! ordonna Dorian.

Les deux hommes obtempérèrent et Feir grommela, comme d'habitude, que Dorian ne lui disait jamais rien. Le prophète se contenta de sourire.

Il y a tant à voir et tant à apprendre.

Il était facile de manquer ce qui se trouvait juste sous votre nez.

— Dorian ! s'exclama Solon. (Il étreignit son vieil ami.) Je devrais te tordre le cou. Est-ce que tu sais tous les ennuis que m'a causés ton petit « seigneur Gyre » ?

Dorian éclata de rire. Il le savait très bien.

— Ah ! mon ami ! (Il attrapa les bras de Solon.) Tu as fait du bon travail.

— Et tu as l'air en forme, dit Feir. Quand tu es parti, tu étais obèse. Regarde-toi maintenant ! Dix ans de service militaire t'ont fait le plus grand bien.

Solon esquissa un sourire qui s'évanouit presque aussitôt.

— Dorian, je suis sérieux, il faut que je sache. Est-ce que tu voulais que je serve Logan ou Régnus ? Il me semblait que tu avais parlé du seigneur Gyre et non pas du duc Gyre, mais quand je suis arrivé, il y avait deux seigneurs Gyre. Est-ce que j'ai choisi le bon ?

— Oui, oui. Le père et le fils avaient besoin de toi et tu les as sauvés tous les deux à de nombreuses reprises. Tu l'as compris en certaines occasions, pas à d'autres.

Il songea que Solon ne se rendrait peut-être jamais compte de sa plus grande réussite : il avait favorisé l'amitié entre Logan et Kylar.

— Mais je ne te mentirai pas. Je n'avais pas prévu que tu garderais ton identité secrète. Je pensais que tu la révélerais très vite. Sur la plupart des chemins, je vois désormais Régnus Gyre perdre la vie.

— Je ne suis qu'un lâche, lâcha Solon.

— Peuh ! s'exclama Feir. Tu as de nombreux défauts, Solon, mais la lâcheté n'en fait pas partie.

Dorian resta silencieux, il laissa ses yeux exprimer sa compassion. Il savait que Feir se trompait. Le silence de Solon était un acte de lâcheté. Il avait essayé de révéler son secret des dizaines de fois, mais il n'avait jamais eu le courage de mettre en péril son amitié avec Régnus Gyre. Le pire, c'était que le duc aurait compris et qu'il se serait contenté d'éclater de rire s'il avait entendu la vérité de la bouche de Solon. Mais pour cet homme dont la fiancée avait été vendue à un autre, les mensonges d'un ami étaient une trahison.

— Tes pouvoirs ont gagné en puissance, remarqua Solon.

— Oui, dit Feir. Dorian est devenu franchement insupportable.

— Je suis surpris que les frères aient accepté de te laisser venir ici. (Dorian et Feir échangèrent un regard.) Tu es parti sans leur permission ? (Silence.) Tu es parti contre leur ordre exprès ?

— Pis encore, dit Dorian.

Feir éclata d'un rire sonore qui apprit à Solon que Dorian l'avait entraîné dans une nouvelle aventure incroyable.

— Qu'est-ce que tu as fait ? demanda Solon.

— D'abord, Curoch nous appartenait, il n'y a pas de contestation possible sur ce point. C'est nous qui l'avons retrouvée. Ils n'avaient aucun droit sur elle.

— Tu n'as pas fait ça ? (Dorian haussa les épaules.) Où est-elle ? (Il comprit au regard vide de ses deux amis.) Vous l'avez apportée ici ?

Feir se dirigea vers le petit lit et tira les couvertures en arrière. Curoch reposait sur la paillasse dans son fourreau en cuir blanc incrusté de caractères hyrilliques dorés et couronné d'or.

— Ce n'est pas le fourreau original, j'en suis sûr.

— Quand je vois un travail pareil, je n'ai plus la moindre envie de devenir forgeron, dit Feir. Il s'agit bien du fourreau original. Il est couvert de liens magiques serrés et aussi fins que de la soie gandienne – et je pense qu'ils ne servent qu'à protéger le cuir. Il ne se salit jamais, il ne garde aucune tache. Les incrustations en or sont réelles, elles aussi. En or pur. Le métal a été trempé au point de devenir aussi dur que du fer, voire de l'acier. Si je parvenais à découvrir seul le secret de ce procédé, mes descendants nageraient dans l'or pendant douze générations.

— Nous avons à peine osé la dégainer et, bien entendu, nous n'avons pas essayé de nous en servir, dit Dorian.

— J'espère bien ! s'exclama Solon. Dorian, pourquoi as-tu apporté cette épée ici ? Est-ce que tu as vu quelque chose ?

Le prophète secoua la tête.

— Des objets d'une telle puissance interfèrent avec mes visions. Ces artefacts et les désirs qu'ils suscitent dégagent tant d'énergie qu'ils brouillent mon pouvoir.

Et soudain, il fut de nouveau emporté – et ce n'était qu'un euphémisme. Sa vision se focalisa sur Solon et les images déferlèrent autour de lui. Des images impossibles. Solon dans des situations plus qu'improbables. Solon sous les traits d'un vieillard aux cheveux blancs, mais il n'était pas vieux et… Malédiction ! la vision se dissipa avant que Dorian ait le temps de la comprendre. Solon. Solon. Solon. Solon à l'agonie. Solon donnant la mort. Solon sauvant Régnus Gyre d'un pisse-culotte. Solon tuant le roi. Solon menant Cénaria à sa perte. Solon livrant Dorian à Khalidor. Une ravissante femme dans une chambre ornée de cent portraits de femmes ravissantes. Jénine. Le cœur de Dorian se serra : Garoth Ursuul.

— Dorian ? Dorian ?

La voix était lointaine, mais le prophète s'y accrocha et se fraya un chemin vers elle.

Il se secoua en haletant comme s'il venait d'émerger d'un lac glacé.

— Ça empire au fur et à mesure que tes pouvoirs augmentent, n'est-ce pas ? demanda Solon.

— Il sacrifie son esprit à ces visions, dit Feir. Il refuse de m'écouter.

— Ma santé mentale n'est pas nécessaire au travail qui m'incombe, remarqua seulement Dorian. Mes visions le sont, elles.

Les dés étaient dans sa main, des dés à douze faces. Et il n'y en avait pas que deux, mais une pleine poignée.

Combien de douze puis-je tirer ?

Il allait les lancer à l'aveuglette. Il voyait que Solon pensait déjà à partir, même s'il était heureux d'avoir retrouvé ses vieux amis. Il devait sauver Régnus Gyre. Pourtant, Dorian éprouvait un sentiment curieux. C'était le plus horripilant. Parfois, tout était aussi logique qu'une partie de sesch. Parfois, ce n'était qu'une intuition.

— Bref! Où en étions-nous ? demanda-t-il en jouant le prophète incapable de se rappeler ses visions. Feir n'a pas un Don assez puissant pour utiliser Curoch. S'il essayait, il serait réduit en cendres ou exploserait – ne te vexe pas, mon ami, ton contrôle est meilleur que le nôtre. Je pourrais m'en servir, mais seulement en tant que meister pour minimiser les risques. Mes pouvoirs de mage ne sont sans doute pas assez forts. Cependant, si je l'utilisais avec les virs, ce serait un désastre complet. Je ne sais même pas ce que je ferais. De nous trois, Solon, tu es le seul mage dans cette pièce – et dans tout le royaume d'ailleurs – à pouvoir brandir cette épée sans y laisser la vie. Mais tu passerais néanmoins tout près de la mort. Tu ne survivrais pas si tu essayais d'utiliser plus d'une fraction de son pouvoir. Hmm.

Ses yeux se perdirent dans le vide comme s'il était soudain accaparé par une nouvelle vision. Le piège était prêt.

— Tu ne l'as quand même pas apportée jusqu'ici pour rien ? dit Solon.

Prêt et tendu.

— Non. Il ne fallait pas la laisser aux mains des frères. C'était notre seule chance. Si nous avions attendu notre retour, ils auraient su qu'ils ne pouvaient pas nous faire confiance. Ils nous auraient empêchés d'en approcher.

— Dorian, tu crois encore en ton Dieu, n'est-ce pas ?

— Je crois qu'il se prend parfois pour Lui, dit Feir.

Feir n'avait pas l'habitude de faire des réflexions si amères et celle-ci blessa Dorian au plus profond de lui. Elle le blessa parce qu'il la méritait. Il la méritait en ce moment même.

— Feir a raison, dit-il. Solon, j'essayais de te manipuler pour que tu prennes l'épée. Je n'aurais pas dû te traiter ainsi. Tu ne mérites pas ça. Je suis désolé.

— Malédiction ! lâcha Solon. Tu savais que j'envisageais de la prendre ?

Dorian hocha la tête.

— Je ne sais pas si c'est la meilleure solution ou non. J'ignorais que tu passerais devant notre porte une seconde avant que tu le fasses. Avec Curoch, tout s'embrouille. Si tu l'utilises, Khalidor nous la prendra peut-être. Ce serait un désastre pire que la mort de ton ami Régnus ou même que la perte de tout ce pays.

— Un tel risque est inacceptable, dit Feir.

— À quoi peut-elle bien servir si personne ne l'utilise ? demanda Solon.

— Elle reste hors de portée des vürdmeisters ! répondit Feir. C'est déjà beaucoup. Il n'y a qu'une poignée de mages à travers le monde capables d'empoigner Curoch sans mourir et tu le sais très bien. Nous savons que des dizaines de vürdmeisters pourraient le faire. Si Curoch tombe entre leurs mains, qui pourra les arrêter ?

— Je ressens quelque chose d'étrange à ce propos. Peut-être que Dieu m'adresse un signe. Je ne pense pas me tromper. J'ai l'impression que c'est lié au Gardien de la Lumière.

— Je croyais que tu avais laissé tomber ces vieilles prophéties ? remarqua Solon.

— Si tu prends Curoch, le Gardien naîtra de notre vivant. (Dorian sut que c'était vrai au moment où il prononçait ces paroles.) J'ai longtemps vécu en proclamant que j'avais la foi, mais faire ce qu'on voit ne relève pas de la foi, n'est-ce pas ?

Je crois que le Dieu unique veut que nous prenions ce risque insensé. Je crois qu'il en tirera quelque chose de bon.

Feir leva les mains au plafond.

— Dorian, le Dieu te sert toujours de porte de sortie. Tu te heurtes à un mur en suivant un raisonnement rationnel et tu affirmes que le Dieu te parle. C'est ridicule. Si ton fameux Dieu a tout créé, ainsi que tu le dis, il nous a aussi donné la faculté de réfléchir, non ? Pourquoi nous pousserait-il à faire quelque chose de si aberrant ?

— Je ne me trompe pas.

— Dorian, dit Solon, est-ce que je peux vraiment l'utiliser ?

— Si tu le fais, tout le monde le saura dans un rayon de quatre-vingts kilomètres – y compris les personnes dépourvues de Don, peut-être. Tu cours tous les risques inhérents à une surcharge de pouvoir, mais ton degré d'endurance est plus élevé que le seuil minimal. Les choses évoluent trop vite pour que je distingue les détails, mais je vais te dire quelque chose, Solon. Les forces d'invasion se dirigeaient vers Modai. (*Jusqu'à ce que Kylar refuse de tuer Durzo Blint.*) Les Khalidoriens se préparaient donc à un autre genre de guerre. Les navires arrivent ce soir. Ils transportent soixante meisters.

— Soixante ! C'est davantage que certaines de nos écoles en comptent, dit Feir.

— Il y a au moins trois vürdmeisters capables d'invoquer des vers des profondeurs.

— Si je vois des petites chimères avec des ailes dans le dos, je m'enfuirai à toutes jambes, dit Solon.

— Tu es fou, dit Feir. Dorian, nous devons partir. Ce royaume est perdu. Les Khalidoriens risquent de mettre la main sur Curoch et de te capturer. Quels espoirs restera-t-il au monde si cela arrive ? Nous devons livrer une bataille que nous pouvons gagner.

— Si le Dieu n'est pas avec nous, nous ne gagnerons aucune bataille, Feir.

— Cesse de me bourrer le mou avec tes conneries de Dieu ! Je ne laisserai pas Solon prendre Curoch et je vais te ramener au Sho'cendi. Ta folie t'égare.

— Trop tard, dit Solon.

Il se pencha et ramassa l'épée sur le lit.

— Nous savons tous les deux que je suis capable de te la reprendre, dit Feir.

— Dans un affrontement à l'épée, je n'en doute pas. Mais si tu essaies de me la prendre, je puiserai assez d'énergie en elle pour t'arrêter. Ainsi que Dorian l'a dit, chaque meister dans un rayon de quatre-vingts kilomètres apprendra qu'il y a un artefact ici. Et ils se précipiteront pour venir le chercher.

— Tu n'oserais pas, grogna Feir.

Le visage de Solon exprimait une résolution que Dorian n'avait jamais vue depuis que son ami avait quitté Jermai en portant ses premières robes bleues. Aujourd'hui, comme à cette époque, cet homme épais ressemblait davantage à un guerrier qu'à un des mages les plus éminents de son époque.

— Je suis prêt à le faire, dit Solon. J'ai passé dix ans de ma vie dans un trou perdu et ce furent des années agréables. J'ai été sacrément content de faire quelque chose plutôt que d'observer les événements de loin et de critiquer tous ceux qui s'efforçaient d'agir. Tu devrais essayer. Tu le faisais, avant, tu ne te souviens pas ? Où est passé le Feir Cousat qui est parti en quête de cette épée ? Je ne vais pas rester les bras croisés. Ne me prive pas d'une occasion de faire quelque chose d'utile. Allez, Feir, nous avons l'occasion de nous battre contre Khalidor et tu voudrais laisser passer cette chance ?

— Une fois que tu as pris une décision, tu deviens aussi entêté que Dorian, dit Feir.

— Merci.

— Ce n'était pas un compliment.

Chapitre 48

L'homme qui avait ordonné aux soldats d'arrêter Régnus ne s'était pas révélé très utile. Il avait été capturé alors qu'il sortait d'une auberge après le déjeuner. L'interrogatoire avait été bref à défaut d'être cordial. Il avait livré le nom de son officier commandant, un certain Thaddéus Blat.

Thaddéus Blat s'ébattait pour le moment au premier étage d'une maison de passe, *La Gueuse Aguichante*. Régnus et ses hommes attendaient en bas, assis à différentes tables et s'efforçant en vain de ne pas avoir l'air louche.

La situation rendait Régnus nerveux. Il ne connaissait pas ce Thaddéus, mais les soldats visitaient les bordels au milieu de l'après-midi seulement quand ils savaient que quelque chose d'important se préparait. Quelque chose dont ils n'étaient pas sûrs de revenir vivants. De plus, Régnus n'aimait pas s'afficher en public. Des années plus tôt, il lui aurait été impossible de se rendre quelque part sans être reconnu. Après tout, il avait été pressenti pour être le prochain souverain du pays. Mais de nombreuses années s'étaient écoulées depuis. Aujourd'hui, peu de gens lui accordaient davantage qu'un simple regard. D'après les critères en vigueur dans le Dédale, c'était un homme imposant et menaçant – assez pour faire oublier qu'il était aussi un riche noble dans un quartier malfamé.

L'homme descendit enfin. Il avait la peau mate, des sourcils noirs et épais qui se rejoignaient, un visage à la mine toujours mauvaise. Régnus se leva lorsqu'il passa devant sa table et le suivit jusqu'aux écuries. Il avait payé le palefrenier pour qu'il abandonne son poste. Lorsque Régnus entra dans le bâtiment, Thaddéus avait déjà le nez et le coin de la bouche en sang. Désarmé, il était immobilisé par quatre soldats et lançait des jurons.

— Ce n'est pas ce que je veux entendre de toi, lieutenant, déclara Régnus.

Il fit un geste, et les soldats frappèrent l'homme du pied derrière les genoux. Thaddéus s'effondra devant l'abreuvoir et Régnus le saisit par les cheveux avant de lui plonger la tête sous l'eau.

— Attachez-lui les mains. L'interrogatoire risque de durer quelques minutes, ordonna Régnus.

Thaddéus se redressa en haletant et en battant des bras, mais les soldats lui ligotèrent les poignets en un rien de temps. Le prisonnier cracha en direction de Régnus, le manqua et lui lança une insulte.

— Tu ne comprends pas vite, lâcha le noble avant de lui enfoncer de nouveau la tête sous l'eau.

Cette fois-ci, Régnus attendit que le prisonnier cesse de se débattre. Il se tourna vers ses hommes.

— Quand ils renoncent, cela signifie qu'ils comprennent enfin qu'ils risquent d'y laisser la vie s'ils ne font pas un effort de concentration. Je pense qu'il va se montrer un peu plus poli maintenant.

Il sortit la tête de Thaddéus de l'eau. Les cheveux du lieutenant étaient plaqués sur son front et descendaient à la limite de la barre de ses sourcils. Pendant un long moment, Blat s'efforça de recouvrer son souffle.

— Qui êtes-vous ? demanda-t-il enfin.

— Je suis le duc Régnus Gyre et tu vas me dire tout ce que tu sais à propos de la mort de ma femme et de mes serviteurs. (L'homme jura une fois de plus.) Tournez-le un peu.

Les soldats obéirent et Régnus enfonça son poing dans le plexus solaire du prisonnier. Les poumons de Thaddéus se vidèrent et il eut à peine le temps de les remplir à moitié avant de replonger dans l'abreuvoir.

Régnus le maintint sous l'eau tandis que des bulles crevaient la surface. Il lui ressortit la tête pendant un bref instant, puis l'enfonça de nouveau. Il recommença à quatre reprises. Quand Thaddéus émergea pour la cinquième fois, le duc le lâcha.

— Je n'ai plus beaucoup de temps à te consacrer, Thaddéus Blat, et je n'ai rien à perdre en te tuant. J'ai déjà assassiné ma femme et mes serviteurs, tu te souviens ? Si je dois te replonger la tête dans l'eau une fois de plus, je l'y maintiendrai jusqu'à ce que mort s'ensuive.

Une peur non feinte se peignit sur les traits du lieutenant comme une aquarelle ruisselante.

— Ils ne me disent rien… Non ! Attendez ! Je vous le jure ! Je n'attends pas de nouveaux ordres avant ce soir, mais les prochains viendront du sommet. Du sommet de la Famille, vous comprenez ?

— Le Sa'kagué ?

— Oui.

— Ce n'est pas assez pour me satisfaire. Désolé.

Les soldats lui plongèrent la tête dans l'abreuvoir. Thaddéus se débattit comme un beau diable, mais en vain. À genoux, les mains attachées, il était impuissant.

— Vous posez une limite, puis vous ne la respectez pas, dit Régnus à ses hommes. La plupart des gens sont capables de résister si on leur fixe une limite. Ils se disent : « Je peux tenir jusque-là. » Lâchez-le.

Le prisonnier faillit s'étouffer lorsqu'il se redressa. Il cracha l'eau qu'il avait dans les poumons et s'efforça de respirer.

— Tu te rappelles autre chose ? demanda Régnus.

Mais il ne lui laissa pas le temps de répondre : il lui replongea aussitôt la tête dans l'abreuvoir.

— Seigneur, demanda un soldat avec un certain malaise, si je peux me permettre, comment se fait-il que vous en connaissiez autant sur les techniques d'interrogatoire ?

Régnus sourit.

— Dans ma jeunesse, j'ai été capturé par les Lae'knaughtiens au cours d'un raid frontalier. Par malheur, nous n'avons pas le temps de mettre en pratique tout ce qu'ils m'ont appris. On sort du bain !

— Attendez ! cria Thaddéus Blat. Je les ai entendus dire que le prochain cadavreux de Hu Gibbet était la reine. La reine et ses filles. C'est tout ce que je sais ! Par les dieux ! c'est tout ce que je sais. Il va les tuer ce soir dans la chambre de la reine, après le banquet. Je vous en prie, épargnez-moi ! Je vous jure que je ne sais rien de plus.

On avait promis à Kaldrosa Wyn un vaisseau de guerre et elle se retrouvait à bord d'un rafiot poussif. La pirate séthie avait été incapable de refuser l'argent qu'on lui proposait.

Maudite soit la garce qui m'a mise au monde ! Pourquoi est-ce que j'ai accepté ?

Elle regarda à bâbord et lança un ordre. Les marins se précipitèrent pour ajuster les voiles afin qu'elles capturent un autre souffle de vent.

Des voiles, ça ? Des draps de lit, oui !

Elles étaient trop petites. Les deux navires étaient lourds et pataudss – ils étaient incapables de distancer un canot à rames manœuvré par un babouin manchot. En clair, les navires de guerre cénariens seraient sur eux dans quelques minutes et Kaldrosa Wyn était incapable de leur échapper.

— Si vous avez l'intention de faire quelque chose, ce serait peut-être une bonne idée de le faire maintenant, dit-elle en s'adressant au cercle de sorciers assis sur le pont de la barge.

— Femme, lança leur chef, personne ne dicte sa conduite à un meister ! C'est compris ?

Les yeux de l'homme restèrent rivés sur la poitrine nue de la capitaine du début à la fin de sa remarque.

— Allez au diable ! répliqua Kaldrosa.

Elle cracha par-dessus bord sans laisser voir le malaise que le regard du sorcier faisait monter en elle. Ces fils de pute n'avaient pas quitté ses seins des yeux depuis le début du voyage. En temps normal, avec des étrangers, elle aurait enfilé un vêtement, mais l'idée d'embarrasser des Khalidoriens lui procurait une certaine satisfaction. Les sorciers étaient différents.

Kaldrosa arisa les voiles et ordonna aux marins sous le pont de commencer de ramer, mais c'était sans espoir. Du matériel khalidorien ! Le navire transportait plusieurs centaines d'hommes, mais il était impossible de mettre leur force à profit, car les rames, conçues en dépit du bon sens, étaient trop courtes. En outre, il n'y avait pas assez de place sous le pont pour ramer convenablement. Une fois de plus, Kaldrosa maudit – à voix basse – sa cupidité et l'avarice des sorciers.

Les trois bâtiments de guerre cénariens furent sur eux en quelques minutes. Une véritable honte ! La flotte de Cénaria ne devait pas compter plus d'une dizaine de navires sur cet océan et Kaldrosa avait réussi l'exploit de croiser la route des trois meilleurs. À bord de son *Faucon Moineau*, ou avec un bateau et un équipage séthis, elle ne se serait pas inquiétée.

Les sorciers se levèrent alors que le premier bâtiment ennemi n'était plus qu'à cent cinquante mètres. Les Cénariens avaient l'intention de percuter le rafiot khalidorien de manière à briser les rames. Cent vingt mètres. Cent. Soixante-quinze. Cinquante.

Les sorciers s'étaient donné la main. Ils psalmodiaient et le pont semblait désormais plus sombre que quelques instants plus tôt, mais rien ne se passait. Les marins et les soldats du bateau cénarien lançaient des cris à l'adresse de leurs camarades et en direction de Kaldrosa. Ils se préparaient au choc et à l'abordage qui s'ensuivrait.

— Putain de merde ! cria Kaldrosa aux sorciers. Faites quelque chose, nom de Dieu !

Du coin de l'œil, elle crut voir une forme gigantesque passer sous la coque. Elle se prépara à la collision, mais ne reçut qu'une gerbe d'eau en plein visage. Elle entendit un craquement assourdissant et quand sa vue se clarifia, elle distingua des débris du navire ennemi volant dans les airs. Des débris assez peu nombreux, pas de quoi reconstituer un bateau entier.

Puis elle aperçut le reste du bâtiment dans l'eau bleue et peu profonde. Pour une raison inconnue, il avait été aspiré en un instant par l'océan. Les débris n'étaient que des fragments de pont et de voiles arrachés par les flots quand ils avaient submergé le navire.

La surface de l'eau devint noire comme si un nuage épais venait de cacher le soleil, mais elle ondulait. Il fallut un moment à Kaldrosa pour comprendre que quelque chose d'énorme passait sous son navire. Une créature titanesque. Elle regarda les sorciers qui psalmodiaient toujours. Ils n'étaient plus seulement reliés par les mains : les tatouages noirs qu'ils arboraient tous semblaient s'être arrachés à leurs bras pour fusionner les uns avec les autres. Ils palpitaient d'énergie. Les sorciers transpiraient comme si cette cérémonie exigeait un effort surhumain.

Une énorme silhouette en forme de flèche frôla la surface et se dirigea vers le deuxième navire cénarien tandis que son sillage imposant faisait gonfler les flots. Elle l'atteignit et s'arrêta. Sur le pont, à soixante-dix mètres de Kaldrosa, les marins lançaient des cris, décochaient des traits dans l'eau ou brandissaient des épées tandis que leur capitaine essayait de virer de bord.

Pendant cinq secondes, rien ne se passa. Puis deux gigantesques masses grises frappèrent le pont du navire. Elles étaient si énormes – chacune mesurait un quart de la coque – que, sur le coup, Kaldrosa fut incapable de deviner de quoi il s'agissait. Le bateau fut propulsé à la verticale quinze mètres au-dessus de la surface. Kaldrosa s'aperçut que ces choses étaient les doigts d'une gigantesque main grisâtre. Celle-ci s'enfonça et le navire tout entier disparut sous les flots. Quand l'eau se referma sur lui, il se pulvérisa et envoya des gerbes d'éclats de bois dans les airs.

La forme noire se déplaça de nouveau. Elle était trop grosse pour être vraie. Les marins du dernier bâtiment cénarien se contentèrent de hurler. Kaldrosa entendit quelqu'un lancer des ordres, mais le pont était déjà la proie du chaos. Le bateau se mit à dériver. Pendant la destruction des deux premiers navires, il avait continué à avancer et était maintenant bord à bord avec le rafiot khalidorien.

Les flots se gonflèrent de nouveau, mais, cette fois-ci, il n'y eut pas de répit. Le léviathan nagea sous sa proie à une vitesse ahurissante et remonta si près de la surface que les épines qui lui hérissaient le dos se dressèrent dix mètres dans les airs.

Ces éperons fendirent le bateau en son milieu et une queue grisâtre s'abattit sur chacune des deux moitiés pour les pulvériser et les entraîner au fond de l'océan. Les soldats khalidoriens qui s'étaient rassemblés sur le pont – Kaldrosa ne les avait même pas remarqués – lancèrent des acclamations.

Elle s'apprêtait à leur ordonner de rejoindre leur place quand les cris de joie s'interrompirent soudain. Les hommes pointèrent le doigt et la pirate suivit leur regard. Le funeste sillage agitait de nouveau la surface, mais il se dirigeait maintenant droit sur eux. Les sorciers suaient à grosses gouttes, la panique se lisait sur leur visage.

— Non ! lança un jeune meister. Ça ne fonctionnera pas ! Il faut faire *ainsi* !

Une forme intangible se dégagea des sorciers et se dirigea vers le léviathan sous forme d'ondulations. Elles l'atteignirent et rien ne se passa. Les soldats hurlèrent de peur.

Puis la créature gigantesque fit demi-tour et gagna le large.

Les guerriers khalidoriens lancèrent de nouvelles acclamations et les meisters s'effondrèrent sur le pont. Mais tout n'était pas terminé. Kaldrosa s'en aperçut sur-le-champ. Elle ordonna de rentrer les rames et de lever les voiles en observant les sorciers du coin de l'œil.

Leur chef s'adressa au jeune homme qui – si Kaldrosa devinait juste – avait pris la direction des opérations et sauvé tout le monde. Celui-ci secoua la tête en fixant les yeux sur le pont.

— L'obéissance jusqu'à la mort, l'entendit-elle dire.

Le chef parla de nouveau, trop bas pour qu'elle comprenne ses paroles. Les onze autres meisters s'étaient rassemblés autour d'eux. Ils posèrent la main sur le jeune homme qui avait sauvé le navire et Kaldrosa vit ses tatouages se frayer un chemin jusqu'à la surface de sa peau. Ils enflèrent et enflèrent encore jusqu'à ce que ses bras deviennent noirs, puis explosèrent – ou, plus précisément, implosèrent. Les veines, boursouflées un instant plus tôt, déversèrent leur contenu dans les entrailles du malheureux. Les tatouages brisés se répandirent à l'intérieur de son corps et le jeune homme s'effondra sur le pont, secoué par des spasmes violents. En quelques instants, toute sa peau vira au noir. Il se débattit en suffoquant, puis mourut en quelques instants.

À bord, tout le monde avait pris le plus grand soin d'ignorer les sorciers et Kaldrosa fut la seule à observer la scène. Le chef des meisters lâcha un mot et ses subordonnés jetèrent le corps par-dessus bord. Puis il se tourna et regarda la jeune femme de ses yeux trop bleus.

Plus jamais, se promit Kaldrosa. *Plus jamais.*

— Connais-tu le secret pour rendre un chantage efficace, Durzo ? demanda Roth.

Il était assis à une table en chêne de qualité – un meuble incongru dans un taudis du Dédale. Durzo se tenait devant lui comme un messager penaud se tient devant son roi. La chaise de Roth était même surélevée. Quelle arrogance !

— Oui, répondit le pisse-culotte.

Il n'avait pas envie de jouer à ce genre de petit jeu.

— Tu peux me le rappeler ? demanda Roth en levant les yeux des rapports qu'il lisait.

Il n'était pas de bonne humeur.

Durzo se maudit et maudit le destin. Il avait tout fait pour éviter cela, il n'avait reculé devant aucun sacrifice, mais c'était pourtant arrivé.

— Il faut utiliser son emprise pour la consolider un peu plus.

— Tu m'as rendu les choses difficiles, Durzo. Tu as convaincu tout le monde que rien ni personne n'avait de prise sur toi.

— Merci.

Durzo ne sourit pas. Ce n'était pas son genre de jouer les valets mortifiés.

— Le problème, c'est que je suis plus subtil que toi.

— Subtil.

Durzo l'avait corrigé d'une voix plate et nonchalante. Les yeux de Roth se plissèrent. C'était un jeune homme svelte avec un visage anguleux assombri par une barbiche et de longs cheveux huilés aussi noirs que la nuit. Il n'aimait pas parler pour ne rien dire. Il n'aimait pas les gens. Il tendit le bras, main ouverte, et attendit.

Durzo lui lança le joli petit morceau de verre argenté.

Roth regarda le globe pendant un instant avant de le relancer au pisse-culotte. Il n'était pas de bonne humeur.

— Ne joue pas avec moi, assassin. Je sais qu'il y en avait un vrai, là-bas. Nous avons deux espions qui ont vu une personne fusionner avec lui.

— Dans ce cas, ils ont dû te dire que quelqu'un était arrivé avant moi.

— Vraiment.

Roth imitait Mamma K qui avait l'habitude de poser des questions d'un ton catégorique. Il pensait sans doute que cela renforçait son autorité. Roth ne faisait pas le poids s'il croyait qu'une imitation de la Maîtresse des Plaisirs lui permettrait de conserver le pouvoir. Durzo eut envie de lui révéler que Mamma K était le Shinga en personne. Il était clair que Roth l'ignorait et la courtisane avait trahi le pisse-culotte, mais celui-ci n'aimait pas avoir recours à des enfoirés pour accomplir un travail d'homme. S'il tuait Gwinvere, ce serait de ses propres mains.

« Si » ? Je me ramollis. J'aurais dû dire « Quand ». Elle m'a trahi. Elle doit mourir.

— Vraiment, dit-il d'une voix toujours plate.

— Je pense alors qu'il est temps que tu voies un autre de mes *atouts*.

Il ne fit pas le moindre geste, mais un vieil homme entra soudain dans la masure. Le malheureux était tout petit et son dos voûté par l'âge – un âge que nul corps humain ne devrait endurer – le rapetissait davantage. Ses yeux bleus étaient perçants et une mèche de cheveux argentés couvrait le dôme chauve de son crâne.

Son sourire révéla des gencives édentées.

— Je suis le vürdmeister Neph Dada, conseiller et prophète de Sa Majesté.

Ce n'était pas un simple sorcier. C'était un vürdmeister. Durzo se sentit soudain vieux.

— Je suis positivement ravi. Je pensais qu'on appelait vos rois crapoteux « Sa Sainteté ».

— Sa Majesté, répéta Neph Dada. Roth Ursuul, neuvième fils prétendant au trône du Roi-dieu.

Il s'inclina devant Roth.

Par les Anges de la Nuit ! il ne plaisantait pas !

La main frêle de Neph Dada attrapa le menton de Durzo et le baissa vers lui jusqu'à ce que le pisse-culotte le regarde dans les yeux.

— Il sait qui s'est emparé du globe des Tranchants, déclara le vieillard.

En présence d'un vürdmeister, il était inutile de nier. Certaines rumeurs affirmaient que ces gens-là étaient capables de lire dans les esprits. Ce n'était pas vrai, mais ce n'était pas tout à fait faux. La plupart d'entre eux ne possédaient pas ce pouvoir, Durzo le savait, et même ceux qui l'avaient ne le faisaient pas au sens propre. D'après ce que le pisse-culotte avait entendu – il y avait si longtemps qu'il préférait ne pas se rappeler quand –, les sorciers apercevaient juste des images indistinctes de ce qu'on avait vu. Les meilleurs vürdmeisters étaient capables de déduire beaucoup d'informations à partir de quelques images – tellement, qu'ils n'auraient pas appris grand-chose de plus en lisant vraiment dans les pensées.

Comment puis-je tirer profit des différences entre ce que j'ai vu et ce que je sais ?

— C'était mon apprenti, dit Durzo.

Roth Ursuul – *par les Anges de la Nuit ! Ursuul ?* – haussa un sourcil.

— Il ne sait pas ce que c'est, poursuivit le pisse-culotte. J'ignore qui était son commanditaire. Normalement, il n'accomplit aucun contrat sans m'en avoir parlé au préalable.

— Peut-être que vous ne devriez pas en être si sûr, dit Neph.

— Je vous ramènerai le ka'kari. J'ai juste besoin d'un peu de temps.

— Le ka'kari ? demanda Roth.

Le jeune homme n'avait jamais employé ce mot. Durzo avait commis une erreur stupide. Cela ne lui ressemblait pas. Il n'était plus que l'ombre de lui-même.

— Le globe des Tranchants, rectifia-t-il.

— Je t'ai offert une chance de jouer franc-jeu avec moi, Durzo. Ce que je vais faire est donc entièrement ta faute. (Roth adressa un signe à un garde se tenant à l'entrée du taudis.) La fille.

Quelques instants plus tard, une fillette fut amenée à l'intérieur. Elle était sous l'emprise d'une drogue, classique ou magique, et le garde avait du mal à porter le corps inerte. Elle devait avoir onze ans. Elle était maigre et sale, mais pas comme un rat de guilde. Sa maigreur et sa crasse étaient saines. Ses longs cheveux noirs étaient bouclés et son visage mi-ange mi-démon évoquait immanquablement celui de sa mère. Un jour, elle serait encore plus jolie que Vonda. Elle était grande – un trait de son père et, que les dieux en soient loués ! le seul qu'elle ait hérité de lui. Uly était une jolie gamine. C'était la première fois que Durzo voyait sa fille.

Cette découverte provoqua une douleur dans un endroit qui était déjà à vif.

— Tu as choisi de ne pas coopérer avec enthousiasme, Durzo, déclara Roth. En temps normal, je me serais servi de toi pour faire un exemple, mais nous savons tous les deux que je ne peux pas faire ça. J'ai trop besoin de toi, enfin, au moins pour les quelques jours à venir. Je devrais peut-être ordonner qu'on tranche les mains de cette fillette, en guise d'avertissement, et lui raconter ensuite que c'est à cause de toi. Que c'est toi qui as pris la décision de lui faire du mal. Ça aiderait peut-être à obtenir ta collaboration ?

Durzo resta figé. Il fixait son regard sur sa fille. *Sa fille ! Comment avait-il pu la laisser tomber dans les griffes de cet homme ?* Aléine s'était servi d'elle pour obtenir son concours et Roth l'avait enlevée sous le nez du monarque.

— Je te propose autre chose, poursuivit Roth. Nous lui coupons une main ou tu lui coupes un doigt.

Il y avait une solution. La situation semblait désespérée, mais il y avait une solution. Un de ses couteaux était empoisonné – du venin d'aspic, à l'intention de Kylar. Ce serait indolore, surtout pour quelqu'un de si petit. Elle mourrait en quelques secondes. Roth serait peut-être assez surpris pour que Durzo puisse s'échapper. Peut-être, mais c'était peu probable.

Il pouvait tuer sa fille et sans doute mourir. Et Kylar resterait en vie. Sinon, ce Roth Ursuul lui demanderait d'assassiner son apprenti et de récupérer le ka'kari. Il aurait été facile de monter une mise en scène s'il n'y avait pas eu ce vürdmeister…

Était-il capable de tuer sa propre fille ? Si ce n'était pas le cas, il les laissait signer l'arrêt de mort de Kylar.

— Elle n'est responsable de rien, lâcha-t-il.

— Épargne-moi ce genre de discours, dit Roth. Tu as trop de sang sur les mains pour pleurer sur la souffrance des innocents.

— Il n'est pas nécessaire de lui faire du mal.

Roth esquissa un sourire.

— Tu sais, venant de quelqu'un d'autre, ces réflexions m'auraient fait rire. Te rappelles-tu ce qui est arrivé la dernière fois que tu as décidé de voir jusqu'où un Ursuul pouvait aller ? (Durzo fut incapable de rester impassible : une vague de chagrin traversa son visage.) Qui aurait imaginé ça ? Mon père enlève la mère et moi, j'enlève la fille. Tu n'as pas retenu la leçon, Durzo Blint ? Je crois que si. Mon père sera heureux d'apprendre que je vais boucler le cercle. Il a essayé de te faire chanter pour obtenir un faux ka'kari et il a échoué. Je vais te faire chanter pour obtenir un véritable ka'kari et je réussirai.

À ces mots, un éclair passa dans les yeux de Neph. Il était clair que le vieillard n'appréciait guère l'arrogance du prince, mais Durzo était encore ébranlé. Il ne parvint pas à trouver un moyen d'exploiter le minuscule différend entre les deux hommes.

— Voici comment je vais te faire chanter, Durzo Blint : si je pense que tu cherches à m'empêcher d'atteindre mon but, je tuerai ta fille. Et je peux te garantir qu'elle subira avant bien d'autres… disons, outrages. Je te laisse le soin d'imaginer lesquels. Pour ma part, je suis sûr que les idées ne me manqueront pas. Ce ne sera qu'une enveloppe vide quand j'en aurai fini avec elle. Je passerai des mois à attiser la moindre souffrance de son corps et de son esprit avant de la tuer. J'adore ce genre de travail. Je suis un des disciples les plus enthousiastes de Khali. Tu comprends ce que je te dis, Blint ? Est-ce que je suis assez clair ?

— Parfaitement.

Les mâchoires du pisse-culotte se contractèrent. Il était incapable de la tuer. Par les Anges de la Nuit ! il en était incapable ! Il trouverait une autre solution. Il en avait toujours trouvé une jusque-là. Il y avait un moyen de s'en sortir et il le découvrirait, puis il tuerait ces deux hommes.

Roth sourit.

— Et maintenant, raconte-moi tout sur ton apprenti. J'ai bien dit *tout*.

Chapitre 49

Dans le bureau du *Sanglier Bleu*, Kylar sortit de l'ombre et saisit Jarl à la gorge.

— Mmmf, mmmpff ! protesta ce dernier en sentant des doigts se serrer autour de son cou.

— Silence ! C'est moi, lui murmura Kylar à l'oreille.

Il relâcha son ami peu à peu de peur qu'il se mette à crier. Jarl se massa la gorge.

— Merde, Kylar ! Vas-y doucement. Comment es-tu entré ici ?

— J'ai besoin de ton aide.

— Tu m'étonnes. J'allais justement partir à ta recherche.

— Hein ?

— Regarde dans le tiroir du haut. Tu auras aussi vite fait de le lire que de l'entendre de ma bouche.

Kylar ouvrit le tiroir et lut le message qui se trouvait à l'intérieur. Roth était en fait Roth Ursuul, un fils du Roi-dieu khalidorien. Il venait d'être élu au poste de Shinga. Kylar était soupçonné du meurtre du prince et les soldats du roi étaient à ses trousses. Kylar laissa tomber la feuille sur le bureau.

— J'ai besoin de ton aide, une dernière fois, Jarl.

— Tu es en train de me dire que tu étais au courant de tout ça ?

— Cela ne change rien au problème. J'ai besoin de ton aide.

— Est-ce que je vais y laisser la vie ?

— Je dois savoir où Mamma K se cache.

Jarl plissa les yeux.

— Faut-il que je demande pourquoi ?

— Je vais la tuer.

— Après tout ce qu'elle a fait pour toi ? Tu…

— Elle m'a trahi, Jarl, et tu le sais très bien. Elle m'a manipulé pour que j'essaie de tuer Durzo. Elle est très douée : j'ai même cru que l'idée venait de moi.

— Tu devrais peut-être écouter sa version des faits avant de la tuer. Le meurtre n'est pas forcément la solution idéale quand il s'agit de gens qui t'ont aidé.

— Elle m'a persuadé que, pour sauver quelqu'un de proche, je devais tuer Hu Gibbet. Mais il ne s'agissait pas de Hu Gibbet. Il s'agissait de Durzo. Elle nous a trahis. Elle m'a poussé à détruire une personne qui m'est chère et à la priver de tout ce qu'elle aimait.

— Je suis désolé, mais je refuse de t'aider.

— Je ne te demande pas ton avis, dit Kylar.

— Est-ce que tu vas me mettre une raclée ?

— Je ferai ce qui est nécessaire.

— Elle se cache, dit Jarl, nullement impressionné. Elle a eu une terrible dispute avec Durzo il y a peu. Je ne sais pas à propos de quoi. Mais elle m'a aidé et je ne la trahirai pas.

— Tu sais qu'elle te laisserait tomber sans l'ombre d'une hésitation.

— Je le sais. Je vends peut-être mon corps, Kylar, mais je fais mon possible pour que le reste ne soit qu'à moi. Je n'ai plus que quelques lambeaux de dignité, mais si tu les prends, tu ne tueras pas que Mamma K.

— Affirmer que tu conserveras le secret jusqu'à la mort, c'est une chose ; y parvenir, c'en est une autre. Je n'ai jamais torturé personne, Jarl, mais je sais comment faire.

— Si tu avais eu l'intention de me torturer, tu aurais déjà commencé, mon ami.

Les deux hommes se dévisagèrent jusqu'à ce que Kylar détourne les yeux, vaincu.

— Si tu as besoin de mon aide pour autre chose, je te l'apporterai, Kylar. J'espère que tu le sais.

— Je le sais. (Kylar soupira.) Tiens-toi prêt, Jarl. Personne ne s'attend que les choses se déroulent si vite.

On frappa à la porte.

— Oui ? demanda Jarl.

Un garde passa son crâne chauve par l'entrebâillement. Il semblait terrifié.

— D… Durzo Blint veut vous voir, monsieur.

Kylar essaya d'invoquer son Don pour s'envelopper dans un manteau d'ombre, comme il l'avait fait pour entrer au *Sanglier Bleu*.

En vain.

Oh ! merde !

Il plongea presque sous le bureau de Jarl.

— Monsieur ? demanda le garde.

Il n'avait pas vu Kylar, car il avait à peine entrouvert le battant.

— Euh… Faites-le entrer, dit Jarl.

La porte se ferma pour se rouvrir quelques instants plus tard. Kylar n'osa même pas regarder. S'il sortait suffisamment la tête pour voir Durzo, Durzo le verrait. Il entendit la voix de son maître.

— Je ne vais pas gaspiller ton temps ni le mien. (Quelqu'un traversa la pièce d'un pas rapide et feutré, puis le bureau grinça tandis qu'on s'asseyait dessus.) Je sais que tu es l'ami de Kylar, poursuivit Durzo, quelques centimètres au-dessus de son apprenti. (Jarl acquiesça d'un bruit de gorge.) Je veux que tu lui fasses passer un message aussi vite que possible. Je lui en ai déjà envoyé un, mais je dois m'assurer qu'il le recevra. Dis-lui que je dois lui parler. Je serai à *La Putain Pompette* pendant les deux prochaines heures. Dis-lui que c'est *arutayro*.

— Vous pouvez me l'épeler ? demanda Jarl en se dirigeant vers son bureau et en attrapant une plume dans l'encrier.

Durzo épela et Jarl laissa échapper un gargouillis de protestation – Durzo l'avait sans doute empoigné.

— Porte-lui ce message au plus vite, homme pute. Je te considérerai comme responsable s'il ne vient pas.

Le bureau protesta de nouveau tandis que le pisse-culotte se levait pour sortir.

Quand la porte se ferma, Kylar rampa de sous le meuble. Jarl écarquilla les yeux.

— Tu étais caché là-dessous ?

— On ne peut pas toujours faire dans la finesse.

Son ami secoua la tête.

— Tu es incroyable ! (Il lui tendit le papier sur lequel il venait d'écrire.) Que veut dire *arutayro* ?

— Sans effusion de sang. Ça signifie que personne ne tuera personne pendant la rencontre.

— Tu lui fais confiance ? Alors que tu as essayé de le tuer la nuit dernière ?

— Blint me tuera, mais il le fera comme un professionnel. Il estime que je le mérite. Ça ne te dérange pas si j'emprunte ta fenêtre ? J'ai beaucoup de choses à régler avant de le voir.

— Je t'en prie.

Kylar ouvrit le châssis, puis se tourna vers son ami.

— Je suis désolé. Il fallait que je tente ma chance. Je dois la tuer et tu étais le moyen le plus rapide pour la trouver.

— Désolé de ne pas pouvoir t'aider.

Kylar se faufila par la fenêtre, sortit du champ de vision de Jarl et essaya une fois de plus de s'envelopper d'ombres. Il y réussit sans difficulté. *Parfait.* Il aurait été incapable de dire en quoi cette dernière tentative était différente de la précédente.

Par les Anges de la Nuit ! apprendre à maîtriser son Don aurait déjà été difficile avec les conseils de Durzo, songea Kylar. Seul, ce serait une tâche presque impossible.

Il s'approcha de la fenêtre. Au bout d'une minute, Jarl regarda à l'extérieur pour vérifier que Kylar n'était plus là, puis il se dirigea vers son bureau et griffonna une note à la hâte. Il fit venir un garçon et la lui tendit.

Kylar tourna autour du *Sanglier Bleu* et suivit le messager quand il sortit par une porte latérale. Il avait su que Jarl ne lui dirait rien – et il espérait que son ami n'apprendrait jamais qu'il s'était servi de lui.

Les coursiers étaient plus ou moins efficaces. Certains se passaient le relais avec une telle rapidité et une telle discrétion que Kylar avait le plus grand mal à le remarquer. D'autres se contentaient de tendre l'enveloppe à leurs camarades.

Il fallut une demi-heure pour que la missive arrive à une petite maison du quartier est. Kylar reconnut le garde qui prit le message des mains du dernier garçon. C'était un Gandien avec des yeux en amande et des cheveux noirs et lisses. Kylar avait déjà vu cet homme dans la maison de Mamma K. Cela lui suffisait. Mamma K était là. Il s'occuperait d'elle plus tard.

Il se dirigea vers *La Putain Pompette.*

Durzo Blint était assis dos au mur et un paquet enveloppé était posé sur la table. Kylar le rejoignit. Il défit la bande de tissu qui lui ceignait la taille et y rangea ses armes : la dague et le wakizashi maintenus par cette ceinture, les couteaux de lancer et les fléchettes qui y étaient glissés, l'épée à une main et demie qu'il portait en travers du dos, deux autres dagues dissimulées dans ses manches et le tanto caché dans sa botte.

— C'est tout ? demanda Blint d'un ton sarcastique.

Kylar referma la bande de tissu pour en faire un paquet et le poussa à côté de celui du pisse-culotte qui était tout aussi impressionnant.

— On dirait que vous et moi allons avoir du pain sur la planche.

Blint hocha la tête et disposa une chope de brune ladéshienne infecte au centre d'une latte de la table, de manière que la base ne chevauche pas les bords.

— Vous vouliez me parler ? demanda Kylar.

Pourquoi Durzo buvait-il ? Il ne buvait jamais quand il avait un travail à faire.

— Ils ont ma fille. Ils m'ont menacé. Des menaces crédibles. Ce Roth est un taré de premier choix.

— Et ils la tueront si vous ne leur apportez pas le ka'kari, devina Kylar. (Blint se contenta de boire une gorgée de bière.) Il faut donc que vous me tuiez.

Le pisse-culotte fixa ses yeux droit dans ceux de Kylar. La réponse était « oui ».

— C'est juste professionnel ou ai-je commis une faute ? demanda Kylar tandis que son estomac se contractait de peur.

— Une faute ? (Blint grogna.) De nombreux pisse-culottes doivent passer par ce que nous appelons le creuset des épreuves. Parfois, il est destiné aux pisse-culottes qui rencontrent un sérieux problème – quelque chose qui empêche un apprenti talentueux de devenir un pisse-culotte talentueux, par exemple. Parfois, c'est un maître pisse-culotte qui en est victime. C'est une des raisons pour lesquelles il n'y a pas beaucoup de gens âgés dans notre profession.

» Mon creuset des épreuves, ce fut Vonda, la petite sœur de Gwinvere. Nous pensions que nous étions amoureux. Nous pensions que certains impératifs ne s'appliquaient pas à nous. En tant que pisse-culotte, mon point faible est devenu de notoriété publique et Garoth Ursuul l'a fait enlever. Il était à la recherche du ka'kari – et il l'est toujours. Tout comme moi.

— Je n'ai aucune idée des pouvoirs de cet objet. Je ne peux même pas utiliser mon Don quand j'en ai envie. Est-ce que je peux me servir du ka'kari alors qu'il n'est pas en ma possession ?

— Cesse de m'interrompre. Cette histoire a un but et tu me connais : je ne te donnerais pas une leçon le jour où je dois te tuer. Il te suffit de savoir que les pouvoirs de ce globe sont immenses. Je me suis efforcé d'en obtenir un pendant des années. Garoth Ursuul a fait de même. Il pensait qu'un tel artefact lui donnerait un ascendant sur les princes et les vürdmeisters, qu'il lui permettrait de devenir Roi-dieu. Il a donc fait enlever Vonda et m'a indiqué où il la retenait. Il m'a dit que si je m'emparais du ka'kari, il la tuerait.

— Les menaces vous ont toujours posé un problème.

— Les menaces ne m'ont *jamais* posé de problème. Le problème, c'était que j'avais un certain délai pour trouver le ka'kari. Le roi Davin était à l'agonie. D'après la rumeur, il avait fusionné avec l'artefact. Le moment idéal pour le récupérer était donc tout de suite après sa mort. Garoth retenait Vonda loin de la ville, bien entendu, et je savais que le Sa'kagué avait demandé au médecin royal d'empoisonner Davin cette nuit-là. J'ai estimé que Garoth devait être au courant, lui aussi. Je ne pouvais pas être à deux endroits en même temps et il fallait donc que je fasse un choix.

» Je connaissais Garoth Ursuul. C'est un maître des traquenards. Il est plus intelligent que moi, plus sournois. Je me suis dit que si j'allais au secours de Vonda, je ne survivrais pas à ses chausse-trappes ou à ses meisters. Je connaissais aussi un sale tour qu'il avait déjà employé : mon arrivée déclencherait un piège qui tuerait l'otage. C'était lui tout craché : s'arranger pour que ma tentative de sauvetage provoque la mort de Vonda. Il n'en aurait eu que plus de plaisir à récupérer le ka'kari. Voilà quel a été mon creuset des épreuves, Kylar. Devais-je me précipiter tête baissée dans un piège pour jouer les héros ou devais-je réfléchir, considérer Vonda comme morte et m'emparer du ka'kari ?

— Vous avez choisi le ka'kari.

— C'était un faux. (Durzo fixa les yeux sur la table et sa voix trembla.) Quand je m'en suis rendu compte, j'ai couru ventre à terre, j'ai volé un cheval et je l'ai mené à bride abattue. Je suis arrivé à la maison où Vonda était retenue une demi-heure après l'aube. Elle était morte. J'ai examiné les fenêtres, mais je n'ai pas trouvé le moindre piège. Je n'ai jamais su si quelqu'un les avait démontés, s'ils étaient de nature magique ou s'il n'y en avait jamais eu. Le fils de pute ! Il l'a fait exprès. (Blint but une longue gorgée de bière.) Je suis un pisse-culotte et l'amour est un nœud coulant. La seule manière de racheter mon choix, c'était de devenir le meilleur pisse-culotte de tous les temps. (Kylar sentit une boule se former dans sa gorge.) C'est pour ça que l'amour nous est interdit, Kylar. C'est pour ça que j'ai fait tout ce que j'ai pu pour t'en préserver. J'ai commis une erreur, j'ai cédé une fois à la faiblesse et aujourd'hui, après toutes ces années, ce cauchemar revient me hanter. Tu ne vas pas mourir parce que tu as commis une erreur, Kylar. Tu vas mourir parce que moi, j'en ai commis une. C'est comme ça que ça se passe. Ce sont toujours les autres qui paient pour mes échecs. J'ai commis une erreur parce que j'ai cru qu'on n'affrontait le creuset des épreuves qu'une seule fois, Kylar. Je me suis trompé. Tu l'affrontes tout au long de ta vie.

Kylar songea que le choix de Durzo n'avait jamais cessé de le tourmenter. Cet homme était un roc, un pisse-culotte de légende, mais il avait tout sacrifié pour en arriver là. Kylar avait toujours voulu devenir comme lui, il avait toujours ressenti une peur mêlée de respect pour ses talents. Durzo était le meilleur, mais où était l'homme derrière le mythe ?

— Mon creuset des épreuves est donc Élène. (Kylar eut l'impression d'être une coquille vide et cela le fit glousser.) Il n'y a aucun moyen de se battre ensemble, contre eux ?

— Et laisser Roth torturer et tuer ma fille ? Voilà quelle est mon alternative, fiston : tu meurs ou elle meurt. (Durzo tira un gunder d'or de sa bourse.) Couronne, Roth gagne, château, je perds.

Il lança la pièce en l'air. Elle rebondit sur la table et, chose incroyable, resta en équilibre sur la tranche.

— Il y a toujours un autre choix, dit Kylar en relâchant peu à peu son Don.

Merde ! Ça a marché !

Blint se remit à jouer avec sa chope en la plaçant au centre d'une latte, encore et encore.

— Voilà presque quinze ans que je m'efforce d'obtenir le globe des Tranchants, Kylar. Je ne savais pas où il était. Je ne savais pas si quelqu'un avait fusionné avec. Je ne savais pas quelles défenses magiques le protégeaient. Je savais que des gens tels que toi étaient censés l'attirer. Je savais que tu en avais besoin et que cela renforcerait ce lien. C'est pour cette raison que je t'ai emmené pour exécuter des contrats dans tous les coins de la ville. Comment aurais-je pu m'imaginer que c'étaient eux qui l'avaient et qu'ils le prenaient pour un simple bijou ? Personne n'en parlait parce que personne ne savait que c'était un objet magique. Personne ne s'intéressait à lui. Alors, j'ai pensé que je me trompais peut-être, que tu souffrais d'un simple blocage, que si je te poussais assez, tu finirais par pouvoir utiliser ton Don. Après quinze ans de travail, tu crois que c'est facile de faire une croix dessus ? Tu crois que c'est facile de tourner le dos à quinze ans de ta vie ?

— Mais vous étiez prêt à le faire.

Kylar était sidéré.

— Putain ! Tu plaisantes ? Une fois que je l'aurais eu en ma possession, je ne l'aurais jamais refilé à personne.

Kylar ne le crut pas. Blint avait toujours eu l'intention de le lui donner – jusqu'à l'entrée en scène de Roth.

— Maître, travaillons ensemble. Tous les deux, nous pouvons nous occuper de Roth.

— Tu sais, fiston, avant, j'étais comme toi. Et je le suis resté longtemps. Tu aurais dû me voir à cette époque. Tu m'aurais aimé. Nous serions peut-être devenus amis.

Mais je vous aime, maître. Je voudrais devenir votre ami, dit Kylar, mais seulement dans sa tête.

Pour une raison inconnue, les mots refusèrent de franchir la barrière de ses lèvres. C'était sans importance. De toute façon, Durzo ne l'aurait jamais cru.

— Roth est un prince khalidorien, garçon, et il a un vürdmeister à son service. Il disposera bientôt de davantage de sorciers que tout ce que les terres du Sud comptent de mages – et d'une armée par-dessus le marché. Il est maître du Sa'kagué. Il n'y a aucun espoir. Il est devenu impossible de s'opposer à lui. Les Anges de la Nuit eux-mêmes ne s'y risqueraient pas.

Kylar leva les bras au plafond, agacé par le fatalisme et les superstitions de Blint.

— Je croyais qu'ils étaient invincibles.

— Ils sont immortels. C'est différent. (Blint fit jaillir une gousse d'ail.) Tu peux prendre ce dont tu as besoin chez moi. Je ne voudrais pas que tu meures parce que mon équipement est meilleur que le tien.

— Je ne me battrai pas contre vous, maître.

— Tu te battras. Tu mourras. Et tu me manqueras.

— Maître Blint ? demanda Kylar en se rappelant des paroles de Dorian. Que signifie mon nom ?

— « Kylar » ? C'est un mot jaeran qui veut dire « fendre ».

— « Fendre » ? Comme un fendoir à viande ?

— Oui, mais il a un autre sens. Jadis, lors d'un mariage il désignait la fidélité que les époux se devaient.

— La fidélité des époux ? La fente ?

Blint esquissa un petit sourire, mais son humeur sombre ne disparut pas pour autant.

— C'est ça. Kylar évoque à la fois une union et une rupture. Deux sens opposés. Ton nom est pareil. Il signifie : celui qui tue et qui est tué.

— Je ne comprends pas.

— Ça viendra. Puissent les Anges de la Nuit te protéger, mon garçon. N'oublie pas : ils ont trois visages.

— Comment ?

— La vengeance, la justice et la miséricorde. Ils savent toujours lequel présenter. Et rappelle-toi la différence entre vengeance et revanche. Maintenant, fous-moi le camp.

Kylar se leva et rangea ses armes avec dextérité. Sa hanche effleura la table et la pièce en équilibre vacilla, puis tomba avant qu'il ait le temps d'utiliser son Don pour la maintenir sur la tranche. Il n'y prêta pas attention, refusant de voir là un mauvais présage.

— Maître Blint, dit-il. (Il regarda son maître dans les yeux et s'inclina.) *Kariamu lodoc*. Merci. Pour tout ce que vous avez fait.

— Merci ?

Blint grogna et ramassa la pièce. Château. *Château, je perds.*

— Merci ? Tu as toujours été un gamin bizarre.

Chapitre 50

Kylar disposait de une heure avant que Durzo se lance à sa poursuite. Il le savait parce qu'il avait vu le pisse-culotte boire une pinte entière de brune. Maître Blint ne travaillait jamais sous l'emprise de l'alcool.

Le moment était idéal pour retourner au repaire de son maître. En vérifiant les objets manquants, il aurait peut-être la chance de deviner comment Blint avait l'intention de le tuer.

Par prudence, il emprunta les ruelles misérables pour arriver à destination. Il désarma rapidement le piège de la serrure et chercha le deuxième. S'il avait été visible, il se serait senti vulnérable, mais son Don accepta de lui obéir et l'enveloppa dans l'ombre. Il ignorait toujours le degré d'efficacité de cette protection, mais, dans la rue obscure et peu fréquentée, il avait l'impression d'être en sécurité. Le deuxième piège était enchâssé dans le chambranle, en face de la serrure. Kylar secoua la tête. Et dire que Blint affirmait qu'il n'était pas doué pour ce genre de travail. Il était difficile de fixer un mécanisme de protection se déclenchant lorsque le pêne quittait son logement.

Une fois qu'il l'eut désarmé, Kylar commença à appuyer sur la poignée. Blint répétait toujours qu'installer plus de deux pièges sur une porte, c'était une perte de temps. Le premier devait suffire à neutraliser quelqu'un, mais s'il était posé assez grossièrement pour endormir la prudence des intrus, il n'était pas impossible que ces derniers se laissent abuser par un autre, soigneusement dissimulé celui-là. Ensuite, seul un imbécile déciderait de ne pas examiner la porte sous tous les angles.

Kylar n'eut pas besoin de batailler avec le rossignol : il connaissait la serrure depuis des années. Il plaça les gorges dans la position voulue en un instant et sentit que quelque chose n'allait pas. Il écarta aussitôt la main et laissa tomber son outil au moment où le ressort se déclenchait. Une fléchette noire fila entre ses doigts écartés et frôla une jointure en fendant presque la peau.

— Ouf !

Le projectile était imprégné d'une matière noire, un mélange de jusquiame et de kinderpéril. Elle n'était pas mortelle, mais rendait une personne malade pendant plusieurs jours. Il n'aurait pas eu le temps d'aller bien loin avant que le poison fasse effet. C'était un sale tour, mais cela signifiait aussi que maître Blint continuait de le tester.

« Seul un imbécile déciderait de ne pas examiner la porte sous tous les angles après le déclenchement de deux pièges. » Dieux !

Kylar entra avec prudence. Le repaire n'était pas aussi grand que celui où il avait passé les premiers mois en compagnie de maître Blint. Ici, les animaux étaient à l'intérieur. L'endroit était horriblement sale et bruyant ; il y régnait une odeur pestilentielle.

Mais aujourd'hui, les animaux avaient disparu. Kylar se renfrogna. Un bref examen des lieux lui apprit qu'ils étaient encore là le matin même.

Il avança un peu plus loin et vit une lettre posée sur le bureau de Durzo. Il l'ouvrit avec un couteau dans chaque main, sans la toucher. Il doutait que Blint ait imprégné le papier d'un poison de contact, mais il n'avait pas pensé que le pisse-culotte aurait disposé un troisième piège sur la porte.

Il commença à lire l'écriture serrée et énergique de Durzo.

« Kylar,

Détends-toi. Te tuer avec un poison de contact serait trop frustrant. Je suis heureux que tu ne te sois pas laissé avoir par le troisième piège, mais si tu avais pensé me connaître au lieu d'examiner la serrure, tu aurais mérité ton sort.

Tu vas me manquer. Tu es le parent le plus proche que j'aie jamais eu. Je suis désolé de t'avoir entraîné dans cette profession. Mamma K et moi avons tout fait pour te transformer en pisse-culotte. Je suppose que c'est tout à ton honneur si nous avons échoué. Je tiens à toi à un point dont je ne me serais jamais cru capable. »

Kylar cligna des yeux pour refouler ses larmes. Il lui était impossible de tuer l'homme qui avait écrit cela. Durzo Blint représentait davantage qu'un maître, c'était un père.

« Mais tout va finir ce soir. Si tu veux sauver la personne qui t'est chère, tu as tout intérêt à me trouver.

A Gassant »

Agaçant ? Le caractère de Blint était assez difficile pour qu'il se considère comme agaçant, mais il était rare qu'il commette une faute d'orthographe. Et qu'entendait-il par sauver la personne qui lui était chère ? Savait-il où était Élène ? Menaçait-il de s'en prendre à elle ? Faisait-il référence à Jarl ?

Kylar devint blême.

Le bétail et les volailles avaient disparu, mais toutes les affaires de Blint étaient encore là. Le pisse-culotte n'avait pas l'intention de déménager.

Un cuisinier estimerait que les animaux étaient sains et, si un goûteur vérifiait les plats, il ne ressentirait rien avant plusieurs heures – bien après qu'on les aurait servis.

Blint ne buvait qu'une fois le travail accompli.

Les animaux avaient disparu. Sans exception. Il n'y avait pas beaucoup d'endroits où écouler une telle quantité de viande.

— Putain de merde !

Blint allait empoisonner les nobles au banquet du solstice d'été. Mais Élène n'y prendrait pas part, bien sûr, pas plus que Jarl. Blint devait savoir quelque chose que Kylar ignorait. Logan participerait sûrement à cette fête.

Roth allait passer à l'attaque. Ce soir.

Kylar fut pris de vertiges. Il posa la main sur la table pour ne pas perdre l'équilibre et fit tinter les fioles et les vases à bec entre eux. Il leva les yeux vers celui qu'il observait depuis des années. Il contenait encore une petite quantité de venin d'aspic. Les menaces de Blint n'étaient pas des paroles en l'air. Pendant un moment, après l'arutayro et la lecture de sa lettre, il avait pensé que Blint ne le tuerait pas. Il s'était trompé. Ce n'était qu'un autre contrat pour lui. Il avait franchi une limite en laissant Vonda mourir, des années plus tôt, et il ne reviendrait pas en arrière.

C'était Durzo Blint tout craché. Il offrait une chance à Kylar, il lui livrait assez d'informations pour qu'il se montre et il le motivait pour qu'il se batte, mais, au cours de l'affrontement, il ferait tout pour gagner. Et il n'avait jamais perdu.

Le corps de Kylar comprit ce qu'il avait à faire bien que son esprit soit à mille lieues de ces préoccupations. Il glissa des bouts de coton dans les trous minuscules de la lame d'un petit couteau d'empoisonneur, puis les imbiba de venin d'aspic.

Logan n'aimait pas le lapin et Kylar prépara donc l'antidote aux poisons administrés aux faisans et aux étourneaux. Il espéra que son ami ne toucherait pas au porc. S'il ne mangeait rien d'autre, il ne mourrait pas, mais il n'existait pas de remède pour lutter contre les effets de la mixture qui imprégnait cette viande. Si Logan était vraiment malade, Kylar ne parviendrait jamais à le porter.

Le jeune homme se récura avec du savon pour que son odeur soit aussi discrète que possible. Il attacha des poignards sur ses avant-bras nus et un tanto au mollet, puis remonta son pantalon et sa tunique – des vêtements taillés dans du coton gandien, serrés et tachetés de noir. Il enfila son harnais d'armes, puis vérifia que les poisons et les crochets étaient à sa ceinture. Il glissa le couteau d'empoisonneur dans le fourreau conçu à son seul usage, puis accrocha ses dagues et l'épée ceurane à une main et demie à leur place.

À cet instant, il aperçut Châtiment. La grande épée noire – l'arme préférée de Blint – était suspendue au mur. Le pisse-culotte l'avait laissée là pour que Kylar la prenne. Il avait sans doute songé avec sarcasme qu'il la récupérerait sur le cadavre de son apprenti ou, si l'affrontement tournait à son désavantage, qu'il n'en aurait plus besoin.

Il ne plaisante pas. Ce sera vraiment un combat à mort.

Kylar souleva l'épée avec respect et l'accrocha dans son dos. Elle était plus lourde que celles qu'il avait l'habitude d'utiliser, mais, avec son Don, elle conviendrait à merveille.

Enfin prêt, il se dirigea vers la porte et s'arrêta. Il posa le front contre le battant en bois et respira, immobile. Comment en était-on arrivé là ? Ce soir verrait la fin de Kylar Stern ou de maître Blint. Le jeune homme ne savait pas ce qu'il ferait une fois au château, mais s'il ne faisait rien, Logan mourrait.

Chapitre 51

Enveloppé par les ombres, Durzo avança sans bruit le long des chevrons qui soutenaient le toit du grand hall de Château Cénaria. Il y avait toujours quelque chose de nouveau dans son travail. Il aimait ces changements, mais il n'avait jamais envisagé de se transformer en femme de ménage.

Il astiquait pourtant une poutre en bois à l'aide d'un chiffon humide et ramassait méticuleusement la poussière tandis qu'il avançait avec prudence, s'assurant centimètre après centimètre qu'il n'y avait pas de danger. Curieusement, les chevrons surplombant le grand hall à plus de quinze mètres du sol n'avaient pas été nettoyés depuis un certain temps. Durzo Blint ne supportait pas la saleté.

Pourtant, malgré tous ses efforts, il était impossible de ne pas soulever un peu de poussière de temps à autre. Celle-ci se répandait alors en l'air et gonflait comme un nuage chargé de neige avant de planer sans hâte vers le sol, seul indice de la progression par ailleurs invisible du pisse-culotte.

En bas, les nobles n'étaient guère enclins à scruter le plafond – que les dieux en soient remerciés ! En raison des événements de la veille, tout le monde avait tenu à participer à la fête qui battait son plein. Les voix parvenaient jusqu'aux chevrons sous la forme d'un grondement monotone. Hommes et femmes célébraient le solstice d'été en se demandant quelle mouche avait piqué le roi. La présence de Logan à la grande table était sans nul doute ce qui les intriguait le plus. Tout le monde savait qu'il avait été arrêté et personne ne le quittait des yeux. Que faisait-il là ?

De son côté, Logan était assis sur une chaise et affichait la mine d'un homme dont la fin est proche – Durzo songea d'ailleurs qu'elle l'était sans doute. Connaissant Aléine, le roi avait probablement fait amener Logan pour l'humilier devant tous les pairs du royaume. Peut-être qu'il profiterait de l'occasion pour le condamner à mort. Peut-être même qu'il le ferait exécuter à la table.

Durzo se déplaça de nouveau et souleva un gros tas de poussière qui s'était accumulé pendant des dizaines d'années. Impuissant, il regarda le nuage tournoyer et descendre vers une table d'invités. Une partie se dissipa, mais une autre se déposa sur le bras d'une noble qui gesticulait.

La femme épousseta sa manche sans même s'interrompre.

Durzo grinça des dents tandis qu'il poursuivait son chemin avec lenteur et délogeait de nouveaux tas de poussière. Il était dans un sale pétrin. Bien sûr, il n'avait pas cessé de se répéter qu'il était dans un sale pétrin pour rester vigilant. Pourtant, cette fois-ci, c'était peut-être la vérité. La situation lui échappait et il était trop impliqué à titre personnel.

Durzo atteignit un point de jonction de plusieurs poutres. Il était impossible de continuer à avancer, il allait devoir passer en dessous ou le contourner. La personne qui avait conçu ce toit n'avait pas songé à faciliter le travail des monte-en-l'air.

Durzo fixa les crochets d'escalade à ses poignets et glissa les doigts dans une fente où deux poutres se rejoignaient en biais. C'était douloureux, mais un pisse-culotte apprenait à ignorer la douleur. Ses pieds quittèrent le chevron et il se laissa tomber avant de rester suspendu dans le vide. Il se demanda comment réagirait la noble plantureuse, en dessous, si un homme enveloppé d'ombres venait soudain écraser son assiette. Accroché à la seule force des doigts, il utilisa son poids pour les enfoncer un peu plus profondément dans la funeste fente. Puis il libéra sa main droite et se balança pour attraper l'autre côté de la jointure, au-delà du nœud de poutres.

Il ne réussit que grâce à son allonge et parvint à glisser trois doigts dans la fente opposée. Tandis qu'il déplaçait le poids de son corps, la poussière accumulée dans la jointure lui fit lâcher prise.

Blint plia le poignet en avant alors que ses doigts glissaient. Il chuta d'une dizaine de centimètres avant que le crochet s'enfonce dans la fente qui avait failli causer sa perte. La pointe de métal recourbée résista au choc. Blint dégagea sa main gauche et se balança de nouveau – s'il tombait maintenant, ce ne serait plus dans l'assiette, mais sur sa propriétaire. Il tira sur le crochet qui lui comprimait le poignet et réussit à se hisser assez haut pour reprendre prise. Il se balança de nouveau, libéra le crochet et attrapa le bord de la poutre de l'autre main.

Il avait franchi l'obstacle, mais il était toujours suspendu par les doigts et une couche de deux centimètres de poussière rendait la prise hasardeuse. Avait-il vraiment dit qu'il aimait son travail ?

Avec une grâce qui témoignait d'une longue expérience, il se balança sur le côté et glissa un pied sur la poutre. Il se hissa dessus avec habileté et ne prêta pas attention aux nuages de poussière qu'il soulevait. Certains risques étaient inévitables.

Certains, mais pas tous. Et tu n'as pas vraiment choisi la solution la plus facile, hein ?

Durzo essaya de ne pas y penser, en vain. Il se promenait peut-être sur une poutre en jouant les femmes de ménage, mais cet exercice ne suffisait pas à mobiliser toute son attention. Il avait laissé à Kylar tous les indices nécessaires pour contrarier les plans de Roth. Il avait aussi veillé à le motiver pour qu'il vienne au banquet au lieu de quitter la ville.

Tu n'as vraiment pas de pot, mon vieux Blint.

Mais que pouvait la malchance contre lui, désormais ? Quoi qu'il arrive, il serait perdant.

Le roi se leva à la grande table. Il vacilla, le visage écarlate, et brandit son verre.

— Mes amis, mes sujets, c'est aujourd'hui la veille du solstice d'été. Nous avons beaucoup de choses à fêter et beaucoup de choses à pleurer. Je... Je ne trouve pas les mots pour exprimer ce qui s'est passé hier. Notre royaume a subi la perte terrible de Catrinna Gyre et de tous ses serviteurs, assassinés par son mari, ainsi que de notre prince chéri.

Le roi prononça chaque mot avec peine et son émotion était si évidente que bien des yeux larmoyèrent autant que les siens. Le prince était insouciant, certes, mais il était si jeune et si fringant. Quant à la famille Gyre, leurs membres étaient respectés depuis des décennies et leur nom depuis des générations.

— Aujourd'hui, nous sommes rassemblés pour célébrer le solstice d'été. Certains d'entre vous se demandent peut-être pourquoi nous faisons la fête alors que des événements si tragiques viennent de nous frapper. Je vais leur répondre. Nous voulons célébrer la vie des personnes qui nous sont chères, car il n'est pas encore temps de pleurer leur mort.

À la gauche du roi, le seigneur général Agon approuva ces paroles en hochant la tête d'un air sombre. Durzo songea que le vieux militaire n'était pas étranger à ce discours – il en avait sans doute écrit la plus grande partie.

Le roi but en oubliant qu'il portait un toast. Dans la salle, les nobles hésitèrent : devaient-ils imiter leur souverain ou fallait-il attendre la suite ? La moitié choisit la première solution ; l'autre, la seconde. Mais Aléine reprit la parole d'une voix plus forte :

— Je vais vous dire pourquoi nous sommes ici ! *Nous sommes ici parce que les salauds qui ont assassiné mon fils ne m'arrêteront pas!* Ils ne m'auront pas! Ils ne m'empêcheront pas de faire tout ce que j'ai envie de faire!

Une expression inquiète se peignit sur le visage du seigneur Agon. Aléine était passé du « nous » royal à la première personne du singulier. Il avait sans doute bu plus qu'il y paraissait.

—Je vais vous dire quel est notre souverain plaisir: il y a ici des intrigants, des comploteurs – des traîtres! Ce soir! Dans cette salle! Oui! Et je vous jure, bande de traîtres, que vous allez mourir! (Le roi avait viré au pourpre sous le coup de la rage.) Je sais que vous êtes ici! Je sais ce que vous faites! Et bordel de Dieu, je peux vous garantir que ça ne marchera pas! (*Eh bien! eh bien! il a enfin appris un nouveau juron.*) Non! Asseyez-vous, Brant!

Le roi avait crié tandis que le seigneur général se levait.

Les nobles, médusés, restèrent silencieux.

—Certains d'entre vous m'ont trahi au profit de Khalidor. Vous avez assassiné notre prince! Vous avez tué mon fils! Seigneur Gyre, levez-vous!

Sérah Drake était assise presque au fond de la salle, ainsi que le voulait son rang, mais malgré la distance, Durzo vit la terreur se peindre sur ses traits. Elle croyait que le roi allait faire exécuter Logan en public – et elle n'était pas la seule.

Logan Gyre se leva, ébranlé. C'était un garçon très beau. D'après les informations de Durzo, il était très populaire et aimé des nobles comme des petites gens de la cité.

—Logan! cria le roi. Tu as été accusé de l'assassinat du prince et tu te tiens pourtant parmi nous ce soir, à ce banquet. As-tu tué mon fils?

Plusieurs nobles, alarmés, se mirent à crier. Ils crièrent que Logan n'aurait jamais fait une chose pareille. L'inquiétude gagna les soldats du roi. Ils regardèrent le capitaine Arturian en quête d'instructions. L'officier hocha la tête, et deux hommes s'approchèrent pour se placer de part et d'autre de Logan.

Durzo arriva enfin au-dessus de la grande table devant laquelle se tenaient le roi et le jeune Gyre.

Eh bien! songea-t-il. *Si les menaces n'ont pas encore donné à Kylar l'envie de me tuer, la scène qui va suivre le fera sans doute changer d'avis. Les innocents sont toujours perdants.*

— Laissez-le parler! rugit le roi.

Il lâcha un chapelet de jurons et la foule se tut. Il régnait une tension insoutenable dans la salle.

Logan prit la parole d'une voix forte et claire:

— Votre Majesté, votre fils et moi étions amis. Je nie toutes les accusations dont je suis l'objet.

Le roi resta silencieux pendant un long moment.

— Je vous crois, duc Gyre, dit-il enfin. (Il se tourna vers les nobles.) Le seigneur Gyre a été reconnu innocent à nos yeux. Logan Gyre, es-tu prêt à servir ton pays quoi qu'il t'en coûte?

Durzo s'immobilisa, aussi stupéfait que le reste des invités.

— Oui.

Le jeune homme avait répondu d'une voix toujours claire, mais la tension se lisait sur son visage. Il avait les yeux rivés sur Sérah Drake.

Putain! mais qu'est-ce qui se passe?

Tout cela ressemblait à une mise en scène préparée avec soin.

— Dans ce cas, seigneur Gyre, nous vous déclarons prince héritier de Cénaria et nous annonçons que, cet après-midi, vous avez épousé notre fille, Jénine. Logan Gyre, vous serez notre successeur jusqu'à ce qu'un nouveau fils voie le jour au sein de notre famille royale. Acceptez-vous ce devoir et cet honneur?

— Je l'accepte.

Dans le grand hall, l'inquiétude se transforma en incrédulité, puis en crainte mêlée de respect.

Jénine Gunder vint se placer à côté de Logan. Elle semblait aussi mal à l'aise qu'une jeune fille de quinze ans pouvait l'être. Durzo entendit Sérah Drake lâcher un petit cri. Elle porta les mains à sa bouche et s'enfuit. Personne ne s'en aperçut à l'exception de Logan et de Durzo, car tandis qu'elle se précipitait vers une sortie, une acclamation monta et se propagea rapidement d'une gorge à l'autre.

Le roi vida son verre de vin et les nobles portèrent un toast en l'honneur de Logan.

— Prince Gyre ! Prince Gyre ! Logan Gyre !

Aléine s'assit, mais les ovations continuèrent. Tous les yeux étaient braqués vers Logan et Jénine. Le roi parut agacé. Si les nobles scandaient « Prince Gyre » au lieu du traditionnel « Prince Logan », c'était peut-être pour une simple question de facilité de prononciation, mais cela rappelait aussi que Logan n'était pas un Gunder et que tout le monde en était ravi.

Logan se prêta aux ovations de bonne grâce, quoique avec une certaine raideur. Il adressa un signe de tête à ses amis et rougit lorsque sa femme lui prit la main. Le visage de la jeune fille s'empourpra sous le coup de sa propre audace et de la vénération qu'elle portait à son mari. Cette scène ravit les nobles. Tandis que les acclamations retentissaient *crescendo*, le déplaisir du roi gagna en intensité.

Pourtant, les clameurs de joie se poursuivirent. Même les serviteurs, même les soldats s'y joignirent. Pour les nobles, un nuage sombre venait de se lever au-dessus de leur avenir. Ils étaient nombreux à dire : « Logan Gyre fera un roi splendide ! » Les cris de joie continuèrent à résonner.

Le visage d'Aléine avait de nouveau viré au pourpre, mais personne ne lui prêtait la moindre attention.

— Prince Gyre ! Prince Gyre !

— Longue vie au prince Gyre ! Hourra !

Le roi se releva d'un bond, à deux doigts de l'apoplexie.

— Va-t'en, maintenant ! hurla-t-il à Logan qui n'était qu'à deux mètres de lui. Va consommer ton mariage !

Le seigneur général Agon se leva, mais Aléine le repoussa sans ménagement. Logan fixa les yeux sur le souverain avec stupeur. Les nobles se turent.

— Est-ce que tu es sourd ? brailla le roi. Va baiser ma fille !

La princesse devint blême, tout comme Logan. Puis elle vira au cramoisi, morte de honte. Elle aurait disparu sous terre si elle en avait été capable. Au même moment, une rage à peine maîtrisée se dessina sur le visage de Logan sous la forme d'une vague pourpre. Les gardes d'honneur qui l'encadraient étaient abasourdis. Durzo se demanda si le roi avait perdu la raison.

Les nobles étaient désormais silencieux. Ils n'osaient même plus respirer.

— Va-t'en ! Dehors ! Va baiser ! VA BAISER ! hurla le roi.

Livide et tremblant, Logan détourna le regard, prit sa femme par la main et quitta la salle. Les gardes le suivirent d'un air nerveux.

— Quant au reste d'entre nous, poursuivit Aléine, nous pleurerons la mort de mon fils demain. Et je jure que je trouverai son assassin, même si je dois tous vous faire pendre !

Le roi retomba soudain sur sa chaise et se mit à sangloter comme un enfant. Durzo était resté pétrifié pendant toute la scène. Les nobles étaient décontenancés et horrifiés. Ils s'assirent avec lenteur en fixant leur regard sur leur souverain sans un mot.

Le pisse-culotte réfléchit à toute vitesse. Roth n'avait pas prévu que les événements prendraient cette tournure. Comment aurait-il pu envisager une telle situation ? Mais Durzo était certain que le jeune Ursuul se trouvait quelque part dans le château, peut-être même dans le grand hall. Un garde accompagnant un noble de moindre rang devait donner le signal. S'il ôtait son casque, le complot était annulé.

Durzo profita de ce répit pour réfléchir aux derniers événements – au mariage de Logan, pas à la crise de folie d'Aléine. C'était une manœuvre brillante. Désormais, si le roi était assassiné, les prétendants de quatre maisons ne pourraient plus revendiquer le trône sur un pied d'égalité tandis que Logan pourrirait dans une cellule de la Gueule. Le jeune Gyre serait couronné. Grâce à sa réputation et à l'appui des Gunder, il obtiendrait l'allégeance des nobles plus vite qu'Aléine en son temps.

C'était une manœuvre brillante, mais elle venait trop tard. Roth avait des hommes dans tout le château et il ne pouvait sûrement pas remettre son coup à plus tard. S'il avait décidé d'agir le lendemain, le mariage de Logan aurait peut-être tout changé, mais, dans les circonstances présentes, cela signifiait juste que Logan et Jénine venaient de rejoindre la liste des personnes promises à la mort.

Durzo attendit et comprit vite que Roth partageait son analyse de la situation. Un serviteur s'approcha du garde chargé de donner le signal et échangea quelques mots avec lui. L'homme acquiesça et ne toucha pas à son casque. Le plan demeurait inchangé.

Quelles que soient les modifications que Roth allait lui apporter, le prince Logan Gyre devait maintenant mourir – et comme on venait de le conduire à la tour nord, il ne serait pas difficile de le trouver. Roth avait sans doute l'intention de confier cette tâche à Durzo, mais le pisse-culotte n'allait pas lui en laisser l'occasion. Il ferait ce qu'il avait promis de faire, mais il ne tuerait pas l'ami de Kylar.

On avait fait passer le premier plat et les nobles avaient déjà mangé les lapins que le pisse-culotte avait empoisonnés. Il avait nourri ces animaux avec de la ciguë pendant un an. La dose par assiette était minime, et les invités ne ressentiraient rien s'ils n'avaient pas touché aux surprenantes entrées. Dans moins d'une demi-heure, ils seraient nauséeux. Un empoisonnement à la ciguë commençait en douceur. Ils devaient déjà avoir du mal à sentir leurs jambes. Au mieux, ils avaient remarqué qu'elles étaient lourdes. Cette sensation n'allait pas tarder à se répandre, puis viendraient les vomissements. Ceux qui avaient eu le malheur de prendre une deuxième portion seraient pris de convulsions.

Il fallait maintenant agir avec précision. L'empoisonnement n'était pas une science exacte et, à tout moment, quelqu'un pouvait remarquer qu'il se passait quelque chose d'étrange. Durzo devait agir avant que cela arrive.

Il attacha une corde en soie – qui valait une fortune, mais Durzo n'en possédait pas de plus fine et de plus discrète – à la poutre. Il serra le harnais qu'il avait conçu pour accomplir cette mission, passa la corde autour et se laissa glisser de la poutre.

Il maîtrisa son balancement contre la charpente et baissa la tête pour observer sa cible. Le roi était juste en dessous de lui. Le pisse-culotte rentra les genoux et leva les pieds vers le plafond. Les sangles du harnais lui scièrent les épaules et il donna du mou à la corde. Il glissa vers le sol la tête la première.

Tout n'était plus qu'une question de synchronisation. Le pisse-culotte tenait la corde d'une main et, en modifiant sa position et la tension contre le harnais, il pouvait plonger à toute allure ou interrompre sa descente d'un simple geste. Quand il passerait à l'action, il devrait le faire vite : il était enveloppé par les ombres et presque invisible, mais il ne pouvait pas dissimuler le filin en soie.

Dans une salle si vaste, on ne tarderait pas à remarquer une corde se balançant au-dessus du roi comme si un poids y était accroché. Les gardes royaux étaient des hommes d'élite, Vin Arturian y veillait.

De sa main libre, Durzo sortit deux boulettes composées de divers champignons. Le pisse-culotte était parvenu à les rendre minuscules, mais elles ne se dissolvaient pas facilement et, pour cette mission, il ne pouvait pas employer une poudre.

Les nobles étaient toujours silencieux. Le roi ne pleurait presque plus et il remarqua que les invités fixaient leurs yeux sur lui.

— Qu'est-ce que vous regardez ? hurla-t-il. (Il les injuria à la ronde.) C'est le banquet de mariage de ma fille ! Buvez, putain de merde ! Parlez !

Il vida de nouveau son verre.

Les nobles firent semblant de bavarder, mais leurs fausses conversations se transformèrent bientôt en spéculations frénétiques. Durzo imagina qu'ils se demandaient si le roi n'avait pas perdu l'esprit. Il se posait la même question.

Il se demanda ce que les nobles penseraient lorsque le roi aurait vidé sa prochaine coupe.

Un serviteur approcha et la remplit. L'échanson goûta le vin, le fit tourner en bouche et tendit le verre au roi. Celui-ci le prit et le posa sur la table d'un geste brusque.

— Votre Majesté, dit le seigneur général Agon, à gauche du souverain. Puis-je m'entretenir un instant avec vous ?

Aléine se tourna et Durzo poussa la corde en avant et tomba comme une pierre. Il la tira en arrière trois mètres au-dessus de la table et s'immobilisa d'un coup sec. Trois mètres, c'était encore beaucoup pour toucher la cible avec des boulettes si légères, mais il s'était entraîné. Par malheur, la corde s'enroula sur elle-même au moment où il la ramenait en arrière et il se mit à tourner sur lui-même – pas très vite, mais cela n'en demeurait pas moins gênant.

Tant pis. Il n'avait pas le temps de recommencer.

La première boulette tomba au centre de la coupe du roi. La seconde heurta le bord avec un léger tintement. Elle roula sur la table et s'immobilisa quelques centimètres plus loin, près de l'assiette d'Aléine.

Imperturbable, Durzo sortit une autre boulette et toucha sa cible.

Le roi attrapa sa coupe et la porta à ses lèvres.

— Majesté, dit le seigneur général Agon, vous avez peut-être assez bu.

Il tendit la main pour prendre le verre.

Durzo ne perdit pas de temps à attendre la réaction d'Aléine. Il attrapa un petit tube dans son dos et le pointa vers Fergund Sa'fasti, le mage du roi qui se trouvait derrière Agon. Il n'eut cependant pas le temps de tirer sa fléchette avant que la corde l'entraîne dans une nouvelle rotation.

Il décida de viser aux jambes en espérant que la ciguë les avait insensibilisées et que l'homme ne sentirait pas la piqûre. Mais, au tour suivant, le roi et le seigneur général gesticulaient tant qu'ils bloquèrent sa ligne de tir.

Maudites robes !

Celles du mage ne découvraient qu'une quinzaine de centimètres de mollet. Durzo accomplit une nouvelle rotation et décida de changer de cible. Fergund Sa'fasti avait bougé les pieds et le pisse-culotte ne disposait que d'une seule fléchette. Il ignorait de quoi elle était enduite : c'était un secret khalidorien, une substance censée neutraliser les pouvoirs du mage.

Durzo souffla dans la sarbacane, et le projectile se ficha dans la cuisse de Fergund.

Le pisse-culotte aperçut une brève lueur d'agacement passer sur le visage du mage. Celui-ci glissa la main vers la source de la douleur – et fut bousculé par le serviteur aux ordres du Sa'kagué.

— Désolé, monsieur. Désirez-vous un peu plus de vin ? demanda le valet en arrachant la fléchette.

Il était doué. Avec des mains pareilles, ce devait être un des meilleurs tire-laine de la cité. Bien entendu : Roth n'employait que la crème de la crème.

— Ma coupe est pleine, espèce d'idiot ! lança le mage. Vous êtes censé servir le vin, pas le boire !

Durzo bascula tête en haut et remonta à toute allure – un véritable exploit avec une corde en soie. Il se hissa sur la poutre et se reposa. Il ne savait pas si le roi avait bu son vin ou non, mais il avait accompli sa tâche. Il ne lui restait plus qu'à attendre.

Chapitre 52

— En ce cas, buvez donc jusqu'à ce que mort s'ensuive ! lança Agon.

Il se fichait que le roi l'ait entendu. Il se fichait que le roi le tue.

Au moment où je pensais pouvoir trouver un terrain d'entente avec cette ordure ! Il couvre sa fille de honte et humilie l'homme qui a sacrifié tout ce qu'il aimait pour servir le trône.

Agon était parvenu à convaincre le roi de consentir au mariage de Logan Gyre et de Jénine Gunder, mais Aléine détestait l'idée de cette union. Il était jaloux de la beauté et de l'intelligence de Logan, jaloux de l'approbation suscitée par cette alliance et hors de lui parce que sa fille l'avait acceptée avec enthousiasme et non avec résignation.

Pourtant, si Agon avait accompli quelque chose d'utile au cours des années passées au service de ce sale gamin, c'était de l'avoir convaincu de nommer Logan prince héritier.

Ce n'était pas pour cela que Logan pardonnerait les manigances du vieux militaire, mais c'était dans l'intérêt du royaume. Parfois, le devoir exigeait d'un homme qu'il fasse des choses qu'en temps normal il s'efforcerait d'éviter. C'était ce devoir qui avait poussé le seigneur général à servir Aléine le Neuvième, rien d'autre. Comme Agon, Logan n'était pas homme à fuir ses responsabilités, mais, comme Agon, cela ne signifiait pas non plus qu'il doive s'en réjouir.

Le jeune homme haïrait sans doute le seigneur général pendant le restant de ses jours, mais Cénaria serait gouvernée par un bon roi. Grâce à son intelligence, à sa popularité et à son intégrité, le royaume cesserait peut-être d'être un repaire de canailles et d'assassins. Agon était prêt à en payer le prix, mais cela lui pesait sur la conscience. Il s'était vu dans les yeux du jeune homme. Celui-ci avait compris qu'il était promis à un destin qu'il n'aurait jamais choisi. Agon avait aperçu l'expression de Sérah Drake. Logan vivrait avec ce sentiment de trahison jusqu'à la fin de sa vie. Le visage de la jeune fille avait marqué le seigneur général au fer rouge. Il avait à peine touché à son assiette.

Le roi vida sa coupe. Les nobles bavardaient toujours dans un bourdonnement sourd, mais cela ne ressemblait pas à l'agréable et habituel brouhaha de la fête du solstice d'été. Ils parlaient à voix basse et lançaient des coups d'œil furtifs autour d'eux. Chacun faisait part de son opinion quant à la conduite du roi, sur les raisons qui le poussaient à nommer un héritier et, dans le même temps, à l'insulter.

C'était de la folie.

Le roi émergea peu à peu de ses larmes et de son silence. Il parcourut le grand hall d'un regard chargé de haine. Ses lèvres bougèrent, mais Agon dut se pencher vers lui pour entendre ses paroles. Des insultes. Il n'en fut guère étonné. Aléine les proférait les unes après les autres, encore et encore, dans la seule intention d'assouvir sa rage.

Puis il éclata soudain de rire, et tous les invités se turent. Son rire gagna en puissance et il pointa un doigt vers un noble. Tout le monde suivit l'index des yeux et les fixa sur un certain Burz, un modeste comte.

L'homme se contracta et rougit, mais le roi ne prononça pas un mot. Puis Aléine pensa à autre chose et se remit à marmonner des jurons. Les nobles regardèrent le comte Burz pendant un long moment avant de tourner les yeux vers leur souverain.

À cet instant, le chancelier Stiglor, assis à la grande table, se leva en criant :

— Il y a quelque chose dans la nourriture !

Puis il chancela et retomba sur sa chaise en roulant des yeux.

À côté de lui, le seigneur Ruel – un homme que le roi avait toujours détesté – bascula en avant. Sa tête s'abattit dans son assiette et il ne bougea plus.

Le roi éclata de rire. Agon se tourna vers lui. Aléine n'avait même pas remarqué ce qui arrivait au seigneur Ruel, mais sa réaction tombait au pire moment.

— On nous a empoisonnés ! hurla quelqu'un.

— Le roi nous a empoisonnés !

Agon se tourna pour identifier la personne qui avait crié, en vain. S'agissait-il d'un serviteur ? Non, un domestique ne se serait jamais permis une telle audace.

Une autre voix reprit l'accusation.

— C'est le roi ! Le roi nous a empoisonnés !

Le roi se releva d'un bond sans cesser de rire et chancela comme un homme ivre. Il lança des obscénités et la salle plongea dans le chaos. Les seigneurs et les dames se levèrent dans des grincements de chaises. Certains flageolèrent et tombèrent. Un vieux seigneur fut secoué de haut-le-cœur au-dessus de son assiette. Une jeune noble s'effondra en vomissant.

Agon se releva d'un bond et lança des ordres à ses soldats.

À l'extrémité de la grande table, la porte s'ouvrit à toute volée et un homme vêtu de la livrée des Gyre surgit en levant les mains pour montrer qu'il n'était pas armé. Son habit était déchiré et maculé de rouge. Une entaille lui balafrait le front et son visage était couvert de sang.

La livrée des Gyre ? Aucun des serviteurs de Logan n'était présent ce soir.

— Trahison ! hurla l'homme. À l'aide ! Des soldats essaient d'assassiner le prince Logan ! Des soldats du roi essaient d'assassiner le prince Logan ! Ils sont trop nombreux ! Je vous en prie, à l'aide !

Agon se tourna vers les gardes du roi et tira son épée.

— Il doit y avoir erreur. Toi, toi et toi, venez avec moi ! (Il s'adressa à l'homme en sang.) Peux-tu nous conduire au...

— Non ! hurla le roi.

Son rire s'était soudain transformé en cri de rage.

— Mais, sire, nous devons protéger...

— Vous ne prendrez pas mes hommes ! Ils resteront ici ! Vous resterez ici ! Et vous aussi, Brant ! Vous êtes à moi ! À moi ! À moi !

Agon eut l'impression de découvrir le roi pour la première fois. Il s'était tant habitué à son comportement d'enfant méchant et abject qu'il avait oublié ce qu'un enfant méchant et abject était capable de faire lorsqu'il était coiffé d'une couronne.

Il observa les gardes. Le dégoût se lisait sur leur visage. Le vieux soldat savait qu'ils brûlaient d'envie d'aller défendre Logan, leur prince, mais le devoir leur interdisait de désobéir au roi.

Logan, leur prince.

Soudain, tout devint d'une clarté cristalline. Le devoir et le désir fusionnèrent pour la première fois depuis des années.

— Capitaine Arturian ! aboya Agon d'une voix autoritaire afin que tous les gardes royaux l'entendent. Capitaine ! Quel est votre devoir si le roi meurt ?

L'officier trapu cligna des yeux.

— Seigneur, mon devoir serait de protéger le nouveau roi. Le prince.

— Longue vie au roi ! lança Agon.

Aléine fixa son regard sur lui, déconcerté. Il écarquilla les yeux lorsque Agon leva son épée.

Il proférait une insulte quand la lame lui trancha la tête.

Le corps d'Aléine le Neuvième heurta la table, bascula par-dessus une chaise et s'effondra pour ne plus bouger.

Avant qu'un garde ait le temps de l'attaquer, Agon leva son arme au-dessus de sa tête en la tenant à deux mains.

— Je répondrai de mon acte, je le jure. Tuez-moi s'il le faut, mais votre devoir est maintenant de protéger le prince ! Sauvez-le !

Pendant une seconde, aucun soldat ne bougea. La panique qui régnait dans le grand hall semblait très loin. Les dames hurlaient d'une voix aiguë ; les hommes, d'une voix grave. Des serviteurs armés de simples couteaux à viande essayaient de défendre leurs maîtres qui vomissaient. Des cris de « trahison ! » et de « à l'assassin ! » résonnaient dans l'air.

— Le roi est mort ! lança enfin le capitaine Arturian avec force. Longue vie au roi ! au prince ! au roi Gyre !

Puis il quitta le grand hall au pas de course suivi d'Agon, des gardes royaux et d'une dizaine de nobles armés de couteaux.

Kylar ralentit et se mit à marcher avant d'arriver en vue du pont royal ouest. Il se concentra pour devenir une ombre et baissa la tête pour se regarder. Il ressemblait à une silhouette découpée à grands coups de ciseaux dans une feuille noire. C'était parfait. Durzo lui avait affirmé que les angles irréguliers dissimulaient la nature humaine des lignes de son corps et rendaient un pisse-culotte plus difficile à identifier. Il songea que son Don devait aussi étouffer le bruit de ses pas – il s'était concentré dans ce dessein, mais il ignorait si cela avait fonctionné. Il ne pouvait pas se permettre de l'apprendre à ses dépens.

Il tourna à un coin de rue et aperçut les gardes. L'accès au pont royal ouest était protégé par une grande porte rappelant celle du château. En chêne aussi épais que la main et renforcé par des barres de fer, elle mesurait plus de sept mètres de haut et son sommet était hérissé de pointes sur toute sa longueur. Une porte plus petite s'ouvrait dans un des battants. Les gardes imposants revêtus d'une cotte de mailles étaient nerveux. L'un d'eux ne tenait pas en place et tournait sans cesse la tête à gauche et à droite d'un air inquiet. Son camarade était plus calme et regardait ostensiblement dans toutes les directions, sauf en contrebas, vers le fleuve. Kylar approcha un peu plus et reconnut les hommes malgré leur casque – et pas seulement parce que les deux frères jumeaux arboraient des tatouages identiques en forme d'éclairs sur le visage. C'étaient des cogneurs et non des moindres : Gaucher, celui avec le nez tordu, et Bernerd.

Kylar tourna la tête vers l'endroit que Bernerd évitait de regarder. Dans l'obscurité, une lourde barge échouée comme un lamantin à fleur d'eau. À bord, les portes de débarquement étaient ouvertes, mais aucune lanterne n'était allumée. Ce n'était pas un problème : les ténèbres ne gênaient plus Kylar. S'il avait disposé d'un peu plus de temps, il se serait émerveillé de ce nouveau talent. La nuit tombait, mais sa vue devenait plus perçante au fur et à mesure que la cité se fondait dans les ténèbres.

À l'intérieur du navire, il aperçut des rangs et des rangs de soldats. Tous portaient la livrée de Cénaria, mais aussi un mouchoir rouge noué autour du bras – à gauche pour les hommes de troupe, à droite pour les officiers.

Ils n'étaient pourtant pas cénariens. Sous leur casque, dissimulés par les ombres nocturnes, Kylar distingua les attributs froids et austères des peuples du Nord : des cheveux aussi noirs qu'une aile de corbeau et des yeux aussi bleus que des lacs gelés. Ils étaient grands et minces, aguerris et endurcis par les intempéries et les batailles. Il ne s'agissait pas de simples Khalidoriens : tous étaient des guerriers des hautes terres, les soldats les plus féroces et les plus redoutables du Roi-dieu.

De jour, les gardes du château auraient vite remarqué que quelque chose n'allait pas, mais de nuit, il leur faudrait un certain temps avant de se rendre compte qu'ils étaient attaqués par un ennemi étranger. Ils comprendraient que les mouchoirs noués au bras servaient de signe de reconnaissance, mais ce serait long et chaque groupe rencontré par les envahisseurs khalidoriens devrait le deviner à son tour.

Kylar aperçut une deuxième barge remonter le fleuve à quelques centaines de mètres derrière la première. Les guerriers des hautes terres étaient en général plus larges d'épaules et plus épais de poitrine que la plupart de leurs compatriotes. Certaines de leurs tribus résistaient encore au Roi-dieu dans les montagnes, mais celles qui avaient été assimilées fournissaient désormais ses guerriers les plus redoutés à Khalidor.

Ils devaient être entre quatre et cinq cents. Kylar ne voyait pas les passagers de la deuxième barge, mais il supposa qu'elle transportait elle aussi des troupes d'élite. Si c'était le cas, Khalidor avait l'intention de s'emparer du château ce soir. Le reste du royaume s'effondrerait comme un homme décapité.

Plusieurs sorciers parlaient en gravissant les rampes menant au pont. Ils scrutaient le ciel au-dessus du château comme s'ils y cherchaient un signe.

L'hésitation paralysa Kylar. Devait-il aller sauver son ami ? Roth avait certainement demandé à Hu Gibbet ou à Durzo de tuer tous les ducs, et Logan faisait donc partie de la liste – surtout après tous les combats que le jeune homme avait livrés contre les Khalidoriens. Il était aussi probable que la tentative d'assassinat allait survenir bientôt – à supposer qu'elle n'ait pas déjà eu lieu. Kylar pouvait s'infiltrer dans le château pour empêcher le meurtre ou rester ici pour affronter les Khalidoriens.

Tout seul? C'est de la folie pure.

Le spectacle des barges approchant le pont suffit à le mettre hors de lui. Il savait qu'il n'avait aucune raison d'être fidèle à Cénaria, mais il n'en allait pas de même envers Logan et le comte Drake. Si cette armée investissait le château, ce serait un massacre.

Il devait donc se battre à l'intérieur comme à l'extérieur. Ben voyons!

Kylar regarda les faux soldats du Sa'kagué qui gardaient le pont. L'ouvrage était doté de systèmes de défense, mais les cogneurs l'ignoraient ou s'en fichaient. En outre, ils étaient loin de posséder la discipline nécessaire pour les neutraliser. Leur rôle s'était borné à actionner un treuil pour lever la lourde herse en fer qui bloquait le fleuve.

Au-dessus du château, dans le ciel, Kylar aperçut un long arc de flammes bleu-vert. Il se remit en marche.

Les sorciers parurent satisfaits. Ils échangèrent quelques mots avec un officier qui aboya des ordres. Un Khalidorien souleva une torche et l'agita deux fois. Gaucher et Bernerd en attrapèrent à leur tour, se dirigèrent de chaque côté du pont et répétèrent le signal.

Tout va bien. Parfait.

Kylar dégaina Châtiment. Les cogneurs se retournèrent en entendant la lame sortir de son fourreau en sifflant. Gaucher cligna des yeux et se pencha en avant. Les torches des deux hommes gênaient leur vision nocturne: ils ne distinguèrent qu'une fine bande de métal sombre danser et flotter dans les airs. La lame fondit sur eux à une vitesse terrifiante.

Un instant plus tard, les deux hommes étaient morts. Kylar reposa la torche qu'il avait prise des mains de Bernerd et observa les soldats à bord des barges. Ils s'étaient déjà mis en ligne et avançaient en file indienne sur les rampes étroites menant au pont.

Kylar s'empara des clefs sur le cadavre de Bernerd, déverrouilla la grande porte et se faufila par la petite. Le treuil et les mécanismes de contrôle de la herse se trouvaient là. Ce n'était qu'une simple grille actionnée par un contrepoids qui permettait de l'abattre en travers du cours d'eau – ou, dans le cas présent, en travers d'un navire.

Kylar libéra le treuil, et la herse s'abattit de soixante centimètres. Au lieu du fracas attendu, il n'entendit qu'un *claquement métallique*. Il regarda sur le côté du pont. La lourde grille avait heurté des cales magiques qui brillaient et étincelaient dans l'obscurité. Sur le pont de la première barge, des sorciers lancèrent des cris.

Kylar se précipita vers le poste de garde. À l'intérieur, il y avait un foyer ; un chaudron rempli de ragoût suspendu au-dessus du feu, des ustensiles de cuisine, un casque, plusieurs capes, des casiers pour que les soldats y rangent leurs affaires personnelles, un jeu d'osselets posé sur une table basse et un placard rempli de rouleaux de vieux tapis épais enfoncés dans de gros seaux.

Kylar sortit en courant. Le roi n'aurait jamais laissé le pont qui protégeait son château si peu défendu. Les piliers étaient en bois recouvert de plaques de fer et donc invulnérables au feu. Le coffrage métallique ne protégeait pas le bois de l'humidité : celui-ci ne pouvait plus respirer et évacuer l'eau qu'il absorbait. Les poutres pourrissaient en quelques années et devaient être changées régulièrement.

Pourquoi le roi craignait-il le feu à ce point ?

Kylar comprit soudain : le long de chaque côté du pont, il y avait de longs madriers montés à l'horizontale sur des pivots. Une énorme boule d'argile – d'un diamètre égal à la taille de Kylar – était fixée à une extrémité de chacun d'entre eux. Une partie de l'argile était moulée sur une base métallique, et une corde était accrochée à un anneau de fer au sommet des sphères. Il y avait aussi plusieurs poignées sur les côtés.

Kylar tira sur l'une d'elles et découvrit un panneau amovible. Il l'ouvrit, et des effluves d'huile lui montèrent au visage.

Il perdit de précieuses secondes à observer le système avant d'en comprendre le fonctionnement. En pivotant, les madriers amenaient les boules remplies d'huile au-dessus du fleuve, puis les lâchaient sur les navires passant en dessous. Avec un peu de chance, les sphères déclenchaient un incendie spectaculaire en touchant leur cible.

Kylar se précipita à la grande porte et attrapa les torches des deux cogneurs. Il ferma et verrouilla le gigantesque battant sans perdre de temps. L'avant-garde des Khalidoriens avait presque atteint le pont.

Mais qu'est-ce que je suis en train de faire ?

La première barge allait s'engager sous le tablier. Il n'y avait pas de temps à perdre. Kylar donna un coup de pied dans un loquet de sécurité qui empêchait le madrier de pivoter et poussa celui-ci – qui refusa de bouger. Le jeune homme trébucha sur des cordes tendues par terre et faillit s'affaler. Il lança un juron et se jeta une fois de plus contre la lourde poutre. Ces maudits soldats ne prenaient donc jamais la peine de graisser les rouages ?

Puis il songea enfin à se servir de son Don et sentit la puissance couler en lui – il était maintenant capable de transporter un chariot sur son dos. Il poussa le madrier et sentit que des reflets changeants parcouraient son corps : il employait son pouvoir à une nouvelle tâche et les ombres aux angles aigus ne le dissimulaient plus que par intermittence.

Si j'ai de la chance, ils ne me remarqueront pas avant qu'il soit trop tard.

À cet instant, une boule verdâtre et crépitante de feu-sorcier passa un mètre au-dessus de la sphère remplie d'huile. Des cris montèrent du fleuve. Que les sorciers aient aperçu Kylar ou seulement ses torches, le spectacle ne les avait pas mis de bonne humeur.

Le jeune homme poussa une fois de plus le madrier, mais sans point d'appui, ses pieds glissèrent sur les planches. La poutre bougea à peine.

Une deuxième boule de feu-sorcier frappa la sphère et ricocha dessus avant de filer vers le ciel. Kylar n'y prêta pas attention. Au-dessus du pont de la barge – qui était juste en dessous du jeune homme –, quelque chose de blanc grossissait. Une petite créature se dessina devant un sorcier aux cheveux roux et se mit à voleter comme un colibri. Les virs boursouflés d'énergie, le meister psalmodia pour diriger l'étrange oiseau.

Kylar poussa et se prit les pieds dans les cordes tendues par terre.

La chimère se fit plus nette tandis qu'elle se précipitait vers le jeune homme en vrombissant. Elle était petite – à peine une trentaine de centimètres – et d'une couleur pâle et terreuse. Sa ressemblance avec le sorcier aux cheveux roux provoquait une curieuse impression de décalage. Elle atterrit avec douceur sur la sphère argileuse et planta ses griffes gris acier dans les parties métalliques. Puis elle se tourna vers Kylar et siffla en montrant ses crocs.

Le jeune homme recula précipitamment et faillit passer par-dessus la rambarde du pont.

En contrebas, une secousse se fit sentir. Kylar distingua le sorcier aux cheveux roux, à travers de curieuses ondulations, comme s'il observait un reflet dans une mare où on aurait jeté un caillou. Quelque chose bougea. Une forme énorme glissa sous la surface de l'air. La réalité elle-même sembla se déformer, se distendre et se fendre.

Puis elle se déchira soudain tandis que le ver surgissait avec une puissance irrésistible. Kylar entrevit l'enfer alors que la créature jaillissait des profondeurs.

Elle venait s'occuper de lui.

À sept mètres du jeune homme, la réalité s'effilocha et vola en éclats. Kylar distingua une gigantesque bouche circulaire rappelant celle d'une lamproie – un cône épineux qui se projetait en avant dans un mouvement rotatif. Le disque de crocs le plus étroit frappa la chimère. Les dents se rabattirent en arrière et déchiquetèrent la créature terreuse. Chaque cercle arracha et lacéra la sphère autour de la chimère avec une force phénoménale tandis que le cône inversé suçait jusqu'au moindre fragment.

Le dernier disque de crocs – le plus grand – se referma d'un coup sec sur le pourtour du globe et le ver se rétracta soudain dans son trou aussi vite qu'il en était sorti. De nouvelles ondulations agitèrent l'air, puis s'évanouirent comme si rien ne s'était passé.

La chimère avait disparu avec les trois quarts de la sphère. L'argile avait été dévorée et les parties métalliques tordues aussi facilement que des barres en plomb. De l'huile tombait goutte à goutte dans le fleuve, tout près de la barge. Les soldats lancèrent des acclamations. Le premier navire avait franchi le pont et le second était sur le point de le faire.

Kylar fut submergé par une vague d'épuisement. Il se précipita en arrière et lança un juron quand il faillit trébucher une fois de plus sur les cordes. Il les suivit du regard et constata qu'elles étaient reliées à un système de poulies – raccordé aux madriers.

— Espèce de *crétin* !

Il en attrapa une et la tira à deux mains aussi vite qu'il en était capable. Le bras soutenant le deuxième globe pivota au-dessus du fleuve dans un mouvement fluide. Kylar entendit un cri et deux projectiles verdâtres fusèrent.

Il y avait une autre corde près de la poulie. Plus fine. Sans doute importante.

Kylar tira dessus d'un coup sec, et le madrier bascula dans le fleuve, emportant le globe avec lui. Pendant un moment, Kylar craignit d'avoir laissé tomber sa seule arme dans l'eau, mais la corde d'amarrage retint la sphère et celle-ci se balança comme un pendule une trentaine de centimètres au-dessus des flots. Puis elle percuta la seconde barge à hauteur de la ligne de flottaison.

Il n'y eut pas d'explosion. La partie du globe qui avait frappé le navire était faite de métal recouvert d'une patine d'argile couleur feu. Elle défonça le flanc de la barge comme si la coque était en bois de bouleau et balaya les rangs de guerriers des hautes terres.

Le reste de la sphère était en argile et il se désintégra sous le choc. L'huile qu'elle contenait se déversa sur les soldats et leur équipement, puis se répandit sur le pont.

Près de la rambarde, Kylar observa la barge. Le flanc du navire s'ornait d'un joli trou qui laissait pénétrer l'eau et les passagers hurlaient, mais le jeune homme avait espéré quelque chose de plus impressio…

« BOUM ! »

La barge avait explosé. Des flammes jaillirent de la brèche qui tripla de volume. Des langues de feu fusèrent des sabords. Les hurlements des soldats redoublèrent, mais furent noyés dans le brusque rugissement du brasier.

Les hommes qui se tenaient sur le pont du navire perdirent l'équilibre et bon nombre d'entre eux tombèrent à l'eau. Le poids de leur armure les entraîna implacablement au fond du fleuve agité de petites vagues.

Le bouillonnement de flammes disparut aussi vite qu'il s'était déclenché. Des tourbillons de fumée continuèrent à s'échapper des sabords tandis que des soldats fuyaient les cales pour se précipiter sur le pont. La barge gîtait dangereusement. Un officier avec une blessure sanguinolente à la tête hurla des ordres, mais en pure perte. Ses hommes sautaient à l'eau dans l'espoir de nager jusqu'à la rive qui semblait si proche et coulaient comme des pierres. Le fleuve n'était pas très profond, mais bien assez pour engloutir des soldats en armure.

Après une pause durant laquelle il était passé d'un régime à base d'huile à un régime à base de bois, le feu reprit sa progression comme une bête insatiable. Les flammes rugirent sur les différents ponts du navire. Celui-ci continuait à avancer, porté par le courant, mais Kylar comprit qu'il ne parviendrait jamais à atteindre la berge. Quelques soldats eurent le bon sens de se défaire de leur armure avant de sauter par-dessus bord, d'autres s'accrochèrent aux piles du pont, mais au moins deux cents guerriers des hautes terres ne combattraient jamais sur le sol cénarien.

Derrière Kylar, la grande porte trembla comme si quelque chose l'avait frappée. Le jeune homme se traita d'imbécile : il aurait dû filer au lieu de regarder l'incendie.

Aucun soldat cénarien ne s'était précipité vers le pont pendant que le jeune homme s'efforçait de stopper les barges. Le premier signal avait été donné depuis deux minutes et il n'y en avait toujours pas trace. La situation à l'extérieur du château n'était pas brillante, mais elle devait être pire à l'intérieur.

La grande porte vola en éclats et des sorciers brillant de pouvoir franchirent les débris fumants à grands pas.

Kylar courut vers le château.

Chapitre 53

Roth courait dans un couloir étroit suivi par Neph Dada et une dizaine de soldats portant une livrée aux armes de Cénaria. Il atteignit une petite pièce, tourna à droite et grimpa une volée de marches d'un pas lourd.

Ce chemin était un labyrinthe étourdissant de corridors, de couloirs et d'escaliers de service, mais il conduirait Roth et ses hommes à la tour nord deux fois plus vite. Le temps était primordial. Au cours de ces dernières années, le jeune Ursuul avait planté, arrosé et surveillé avec soin quantité de plans. Ce soir, ils allaient enfin porter leurs fruits. Comme un enfant avide, il avait envie de tout goûter et de laisser le jus sanguinolent couler sur son menton.

Il songea avec regret que la reine et ses deux benjamines agonisaient en ce moment même. Quel dommage ! Quel dommage qu'il n'ait pas pu assister au spectacle ! Il espéra que personne ne déplacerait les corps avant qu'il vienne les examiner. Il avait donné des ordres et il faisait confiance à Hu Gibbet pour les exécuter à la lettre, mais c'était la guerre. Personne ne savait ce qui allait se passer.

On ne pouvait rien y faire et il n'aurait manqué la mort du roi pour rien au monde.

Quel délice ! Si Roth n'avait pas couru dans un labyrinthe de couloirs, il aurait éclaté de rire.

Il avait eu l'intention de glisser un carreau sur son arbalète et de le pointer sur le front du roi jusqu'au matin. Il avait eu l'intention de tuer Aléine de sa main, mais le service de sécurité du capitaine Arturian n'avait laissé aucune faille. Roth avait réussi à s'introduire dans le grand hall, mais sans arme. Une petite catastrophe. Si Durzo Blint n'était pas parvenu à faire le travail à sa place, tout le complot aurait échoué. Père l'aurait tué pour cet échec.

Mais tout s'était bien passé. Durzo avait accompli la tâche qu'il lui avait confiée – et avec quelle virtuosité ! L'empoisonnement des invités avait été préparé de main de maître. Roth était dans les cuisines quand les goûteurs avaient vérifié tous les plats : aucun n'avait été malade. La manière dont le pisse-culotte avait administré le poison au roi était un tour de force. Le produit lui-même avait joué son rôle mieux que Blint l'avait promis. Roth aurait du travail à confier à cet homme. Avec Durzo comme outil, il pourrait infliger des agonies savoureuses auxquelles il n'avait encore jamais songé. Les herbes ! Il n'avait jamais imaginé leur potentiel. Durzo serait l'homme idéal pour lui enseigner leurs secrets. Qui aurait pensé que la mixture administrée au roi pousserait Agon à bout ?

Roth n'avait pas pu s'empêcher de glousser quand le seigneur général avait soulagé cet imbécile d'Aléine de sa tête. Le spectacle lui avait procuré encore plus de plaisir que s'il s'en était chargé lui-même. Il n'avait jamais eu l'occasion d'observer une personne commettre ce qu'elle considérait être une trahison. Il y avait quelque chose de très agréable à voir un homme se damner.

Roth et ses hommes s'étaient attardés dans le grand hall juste assez longtemps pour comprendre que le seigneur général et ses subalternes avaient mordu à l'hameçon. Puis ils étaient partis et ils avaient couru.

S'il n'avait pas fait d'erreur en préparant son plan – et il n'en faisait jamais –, il goûterait à des fruits encore plus savoureux que la trahison d'Agon avant la fin de la nuit. Père serait ravi.

Six cents soldats d'élite – des guerriers des hautes terres – de l'armée du Roi-dieu devaient investir le château au cours de la prochaine demi-heure. Mille de plus d'ici à l'aube. Le roi avait averti Roth : il voulait que les pertes soient inférieures à cinquante pour cent quand il entrerait dans la cité à la tête d'une armée d'occupation, le lendemain.

Le jeune homme songea qu'elles n'excéderaient sans doute pas vingt-cinq pour cent, voire moins. Il avait passé son *uurdthan* haut la main. Le Roi-dieu le nommerait roi de Cénaria et s'attribuerait le titre de grand roi. Le temps venu, Roth hériterait de tout l'Empire.

Il chassa ses succès à venir de ses pensées et s'arrêta dans le dernier couloir étroit tandis que ses hommes le rattrapaient. Devant lui, la porte pivoterait sur des gonds invisibles et le mènerait à un escalier au pied de la tour nord. Il fit signe à ses compagnons d'avancer.

Ils se précipitèrent dans le passage secret et firent irruption dans un couloir, épées brandies. Ils ne laissèrent aucune chance aux deux gardes d'honneur postés en bas de la tour. Les deux hommes eurent à peine le temps d'être surpris avant de mourir.

— Nous allons garder la porte menant à l'escalier, dit Roth. Agon ne doit pas monter. Le prince et la princesse seront les suivants.

Il vérifia le bon fonctionnement de son arbalète.

Logan attendait, assis au bord du lit. Il ferma les yeux et se massa les tempes. Il était – pour le moment – seul dans la chambre au sommet de la tour nord. Jénine Gunder – non, Jénine Gyre – l'avait laissé pour se préparer.

Pour se préparer.

Logan était mal à l'aise. Il avait fantasmé sur le sexe, bien entendu, mais il avait fait tout son possible pour circonscrire son désir à une seule femme – et ce n'était pas Jénine.

Quand Sérah avait accepté de l'épouser, il avait cru que ses fantasmes allaient se réaliser. Ce matin encore, ils préparaient leur mariage.

Et maintenant, il était ici.

Il entendit le doux bruissement de pieds nus sur le tapis. Il leva la tête. Jénine avait détaché ses cheveux qui descendaient en une cascade de boucles luxuriantes jusqu'au bas de son dos. Elle avait revêtu une chemise de nuit en soie blanche et translucide. Elle arborait un sourire inquiet. Elle était d'une beauté à couper le souffle. Les charmes que sa robe de soirée avait laissé entrevoir la veille – Dieux ! il ne s'était écoulé que vingt-quatre heures depuis la fête des Jadwin ? – tenaient leurs promesses – ils les dépassaient même. Les yeux de Logan dévorèrent ces rondeurs, ces hanches qui se transformaient en taille étroite, cette taille qui donnait naissance à une poitrine parfaite, ces courbes qui se succédaient avec l'harmonie qui inspire les artistes. Il se délecta des reflets dorés que les chandelles appliquaient sur sa peau, des cercles sombres des mamelons qu'on distinguait à travers la chemise, des palpitations des veines de son cou, de l'embarras de sa posture. Il avait envie d'elle. Il avait envie de la prendre. Le désir le submergea et fit disparaître le reste de la chambre. Il noya l'Univers tout entier à l'exception de la beauté qui se tenait devant lui, à l'exception de la perspective de ce qu'il allait faire.

Il détourna les yeux, honteux. Une boule se forma dans sa gorge et lui coupa le souffle.

— Est-ce que je suis si laide ? demanda Jénine.

Il leva la tête et vit ses bras croisés sous ses seins, les larmes qui avaient surgi dans ses yeux. Ce spectacle l'attrista et il tourna de nouveau la tête.

— Non. Non, ma dame. Je vous en prie, venez ici.

Elle ne bougea pas. Il n'avait pas été assez convaincant.

Leurs regards se croisèrent.

— Je vous en prie. Vous êtes si jolie, tellement, tellement belle que je ne sais plus quoi faire. J'en ai presque mal. Venez vous asseoir à côté de moi, s'il vous plaît.

Jénine obéit et s'installa au bord du lit, près de lui, mais sans le toucher. Logan ignorait à peu près tout d'elle avant aujourd'hui. Même Régnus Gyre estimait que son fils n'était pas digne d'elle. Il savait juste qu'elle était aimée, « radieuse », « assagie » et qu'elle n'avait pas encore seize ans. Logan devinait pourquoi on la qualifiait de « radieuse » : au cours du banquet, elle avait rayonné avant que son père prenne la parole. Le salaud ! Le jeune homme comprenait mieux ce que son père avait dû ressentir en voyant la femme qu'il aimait épouser une pareille ordure.

Le terme « assagi » avait aussi été appliqué au frère de Jénine. On avait cru qu'il avait cessé de courir le jupon de manière éhontée et qu'il commençait à assumer certaines responsabilités de chef d'État. Pour Jénine, cela devait signifier qu'elle ne jouait plus à chat dans le château.

Elle était si différente de Sérah – et c'était son épouse.

— Je suis... J'étais encore fiancé à une autre femme ce matin. Une femme que j'aimais depuis des années... et que j'aime toujours, Jénine. Est-ce que je peux vous appeler ainsi ?

— Vous pouvez m'appeler comme bon vous semble, seigneur mon mari.

Elle avait parlé d'une voix glaciale. Il lui avait fait mal. Elle était blessée et pour toutes les mauvaises raisons possibles. Ah ! elle était si jeune. Mais d'un autre côté, il n'avait pas été le seul à accumuler les surprises depuis la veille.

— Jénine, est-ce que vous avez déjà aimé quelqu'un ?

Elle réfléchit avec plus de sérieux qu'on pouvait en attendre de la part d'une jeune fille de quinze ans.

— J'ai... Je trouvais certains garçons mignons.

— Ce n'est pas pareil ! l'interrompit Logan avec sécheresse.

Il regretta aussitôt le ton qu'il avait employé.

— Est-ce que vous allez me tromper ? répliqua-t-elle sur-le-champ. Avec elle ?

La question frappa Logan comme un coup de massue entre les yeux. La situation n'était pas facile pour elle non plus. Que ressentait-elle ? Elle l'aimait, elle venait de l'épouser et elle apprenait qu'il était amoureux d'une autre femme. Logan se prit le visage dans les mains.

— J'ai prêté le serment de mariage parce que le roi me l'a demandé, parce que c'était nécessaire au pays, mais je l'ai prêté, Jénine. Je vous serai fidèle. Je remplirai mon devoir envers vous.

— Et votre devoir d'engendrer un héritier ?

Le ton était toujours aussi glacial. Il aurait dû réfléchir avant d'avoir cette conversation avec elle.

— Oui, répondit-il pourtant.

Elle se laissa tomber en arrière sur le lit, remonta sa chemise de nuit d'un geste brusque et écarta les jambes.

— Votre devoir vous attend, seigneur, dit-elle en tournant la tête sur le côté et en fixant les yeux sur le mur.

— Jénine, regardez… regarde-moi !

Il couvrit ses jambes et son ventre dénudés en ne quittant pas son visage des yeux – que les dieux en soient loués ! Le corps de la jeune fille l'attirait irrésistiblement. Il le transformait en animal.

— Jénine, je serai le meilleur mari possible, mais je ne peux pas t'offrir mon cœur. Pas encore. Quand je te vois, j'ai envie de faire l'amour et je sens que c'est mal. Et tu es pourtant ma femme ! Merde ! ce serait plus facile si tu n'étais pas si… si belle ! Si je pouvais te regarder sans avoir envie de… de faire ce que nous sommes censés faire cette nuit. Est-ce que tu comprends ?

Il était clair que non, mais elle se rassit et croisa les jambes. Elle était soudain redevenue une petite fille. Elle rougit en songeant à ce qu'elle venait de faire, mais ses yeux restèrent déterminés.

Logan leva les mains au plafond.

— Je ne peux pas t'en vouloir. Je ne comprends pas moi-même. Tout est si compliqué. Plus rien n'a de sens depuis qu'Aléine est…

— S'il vous plaît, ne parlons pas de mon frère ce soir. S'il vous plaît ?

— J'ai tout perdu. Tout est… Tout va de travers.

Comment pouvait-il se montrer si égoïste ? Il avait perdu un ami, mais elle avait perdu son frère aîné. Elle devait souffrir, elle aussi.

— Je suis désolé, dit-il.

— Non, c'est moi qui suis désolée, dit Jénine. (Ses yeux étaient remplis de larmes, mais son regard ne vacillait pas.) Je savais depuis toujours que j'épouserais un homme pour satisfaire aux impératifs du royaume. J'ai même essayé d'éviter les amourettes, car je savais que, à tout moment, mon père pouvait m'annoncer qu'il avait besoin de moi. Pendant deux ans, j'ai fait de mon mieux pour ne pas vous aimer. Je sais bien que vous me prenez pour une petite idiote, mais est-ce que vous connaissez certaines des personnes qui figuraient sur la liste de mes maris potentiels ? Un prince ceuran qui n'aime que les garçons, un autre qui a soixante ans, un Alitaeran qui en a six, un Lodricarien qui ne parle pas notre langue et qui a déjà deux épouses, des Khalidoriens qui traitent leurs femmes comme du bétail et un Modinien deux fois veuf dans des circonstances étranges.

» Et puis il y avait vous. Tout le monde vous aime. Un bon roi aurait décidé de notre union afin de mettre fin à la querelle qui divise nos familles. Mais mon père vous déteste. Alors, j'ai dû me contenter de vous regarder, d'écouter les histoires à votre propos de la bouche de mon frère et des autres filles, d'apprendre que vous étiez brave, honorable, loyal et brillant.

Mon frère m'a dit qu'il ne connaissait qu'un seul homme qui ne serait pas intimidé par mon intelligence. Est-ce que vous savez ce que c'est de devoir employer des mots simples et de faire semblant de ne pas comprendre pour ne pas avoir *mauvaise réputation* ?

Logan n'en fut pas très sûr. Depuis quand les femmes devaient-elles faire semblant d'être idiotes ?

— Quand j'ai appris que j'allais vous épouser, poursuivit Jénine, j'ai eu l'impression que mes rêves de petite fille devenaient réalité. Malgré le comportement de mon père, et celui de Sérah, et ce qui est arrivé à Aléine… (Elle inspira un grand coup.) Je suis désolée, seigneur mon mari. Vous vous êtes montré honnête avec moi. Je sais que vous ne vouliez pas de cette union. Je suis désolée que vous ayez perdu Sérah pour devenir mien. Je sais que de nombreux malheurs vous ont frappé ces derniers jours. (Elle leva le menton et poursuivit comme une princesse.) Mais je vais faire tout mon possible pour que vous soyez heureux de m'avoir épousée, seigneur. Je vais m'efforcer de devenir digne de votre amour.

Par les dieux ! quelle femme !

La veille, Logan l'avait regardée et avait entrevu une poitrine. Il l'avait vue rire avec une amie et avait pensé qu'elle était encore une enfant. *Espèce d'imbécile !* Jénine Gunder – Jénine Gyre – était une princesse née pour devenir reine. Sa grâce, son esprit de sacrifice sagement réfléchi, sa *force*, tout cela le plongeait dans un profond respect. Il avait espéré que sa femme mûrirait assez pour devenir une compagne digne de lui, il espérait maintenant qu'il mûrirait assez pour devenir un compagnon digne d'elle.

— Et je ferai tout mon possible pour que notre amour grandisse, Jénine, dit Logan. J'ai juste…

Elle posa un doigt sur ses lèvres.

— Accepteriez-vous de m'appeler Jéni ?

— Jéni ?

Logan caressa la peau soyeuse de sa joue et laissa ses yeux explorer son corps.

Je suis en droit de le faire. Je peux le faire. Je devrais le faire.

— Jéni ? Est-ce que je peux t'embrasser ?

Elle redevint aussitôt une petite fille hésitante, jusqu'à ce que leurs lèvres se rencontrent. Alors, malgré ses doutes, son incertitude et sa naïveté, elle devint pour Logan l'incarnation de la chaleur, de la douceur, de la beauté et de l'amour dans ce monde. Elle était la personnification même de la femme et elle était absolument ravissante. Il passa les bras autour d'elle et l'attira contre lui.

Quelques minutes plus tard, Logan s'écarta d'elle sur le lit et tourna la tête vers l'entrée de la chambre.

— Encore, demanda-t-elle.

Des bottes à semelle cloutée résonnèrent dans l'escalier, devant la porte. Beaucoup de bottes.

Logan ne prit pas le temps de s'habiller dans l'obscurité. Il roula sur le côté et attrapa son épée.

Chapitre 54

Régnus Gyre recula dans la salle tandis que Brant Agon passait en courant suivi d'une dizaine de gardes royaux et – très étrangement – de quelques nobles grassouillets.

— Longue vie au roi ! au prince ! lança l'un d'eux.

Le prince ? Les rumeurs étaient donc fausses ? Régnus avait entendu dire que le prince Aléine avait été assassiné la veille.

Si le seigneur général avait été seul, Régnus aurait appelé son vieil ami, mais il était hors de question de le faire en présence de Vin Arturian. Conformément à son devoir, l'officier aurait été obligé de placer Agon en état d'arrestation. Et il l'aurait fait, même à contrecœur.

Des cris montèrent au loin, vers le centre du château, mais Régnus n'en comprit pas le sens. Trop d'événements lui échappaient et cela le rendait anxieux. Il ignorait ce qui se passait là-bas, mais, de toute façon, il ne pouvait rien y faire. Il n'était accompagné que de six hommes et aucun n'avait d'armure. Ils avaient eu le plus grand mal à se faufiler dans le château – déguisés en serviteurs – avec des épées. Il espérait juste qu'il trouverait Nalia et qu'il parviendrait à ressortir avec elle.

Les appartements de la reine étaient au premier étage, dans l'aile nord-est. Jusque-là, le seigneur Gyre et ses compagnons avaient marché d'un pas nonchalant, en formant deux groupes pour ne pas attirer l'attention des serviteurs. Mais Régnus fit soudain un signe. Il attendit que ses hommes se regroupent autour de lui et repartit à petites foulées.

Ils arrivèrent aux appartements de la reine sans rencontrer de domestiques ni de gardes. C'était un coup de chance incroyable. Deux soldats royaux auraient pu venir à bout des intrus sans armure et les tuer.

Régnus frappa à la grande porte et entra. La dame d'honneur qui s'apprêtait à ouvrir recula sous le coup de la surprise.

— Vous ! s'écria-t-elle. Ma dame, fuyez ! Un assassin !

Nalia Gunder était assise sur une berceuse. Une broderie était posée sur ses genoux, mais il était clair que la reine n'y avait pas touché. Elle se leva aussitôt et fit signe à sa servante de sortir.

— Ne soyez pas idiote. Laissez-nous.

Les deux benjamines, Alayna et Élise, semblaient avoir pleuré. Elles restèrent debout, hésitantes. Elles étaient trop jeunes pour reconnaître le duc Gyre.

— Que faites-vous ici ? demanda la reine Nalia. Comment êtes-vous entré ?

— Ta vie est en danger. L'homme qui a attaqué mon domaine hier a été engagé pour t'assassiner ce soir. Je t'en prie, Nal... Je vous en prie, ma reine.

Il détourna les yeux.

— Seigneur, dit-elle.

Une reine aurait pu accueillir ainsi un vassal qu'elle appréciait, mais c'était aussi le terme qu'aurait employé une dame en recevant son mari. Régnus entendit dans ce simple mot : « Je n'ai jamais aimé que toi. »

— Seigneur, répéta-t-elle. Je vous suivrai où vous voudrez, mais je ne partirai pas sans mes enfants. Si je suis en danger, ils le sont aussi.

— Vos filles peuvent venir avec nous.

— Je parlais de Logan et de Jénine. Ils se sont mariés cet après-midi.

« Longue vie au roi ! au prince ! »

Les paroles du noble devinrent soudain plus claires. L'homme avait fait au plus court. Il voulait dire : « Le roi est mort, longue vie au roi ! » Il souhaitait une longue vie au nouveau roi. Au prince. À Logan.

Le roi Gunder était mort. Logan était le nouveau roi.

Un homme ou un mari plus vertueux aurait pensé à autre chose, mais Régnus songea aussitôt que l'époux de Nalia était mort. Le répugnant petit salaud qui lui avait infligé tant de souffrance avait disparu – pour toujours. Par miracle, Nalia et lui étaient soudain libérés d'un esclavage qui avait duré vingt-deux ans. Cette condamnation – qu'il pensait à perpétuité – venait de prendre fin.

Il s'était résigné à ne connaître que les satisfactions réservées à un commandant compétent et à un père fier de son enfant. Il avait songé qu'il ne rentrerait plus chez lui que pour y affronter les affres d'un mariage forcé. Et, soudain, le bonheur n'était plus un rêve lointain : il était à portée de main, il lui souriait et le regardait avec amour. Tout serait différent s'il regagnait son foyer pour y retrouver Nalia et partager sa vie, ses conversations, sa couche.

Si elle acceptait, il pourrait l'épouser. Il l'épouserait.

D'autres implications s'imposèrent à lui avec moins de hâte. Logan était le nouveau roi ? Les généalogistes allaient faire des cauchemars si Nalia et lui avaient des enfants. Il s'en fichait.

Il éclata de rire, le cœur plus léger qu'une plume. Puis il s'interrompit. Agon, les gardes et les nobles – armés de couteaux de table – couraient rejoindre son fils.

Logan était en danger. Ces hommes se précipitaient à son secours. Logan était en danger et Régnus l'avait abandonné.

Il n'avait pas le temps d'expliquer la situation à Nalia, de lui annoncer qu'elle était libre, qu'Aléine était mort. Il devait agir. Il ne savait pas combien de temps il lui restait.

— Ils sont en danger ! Suivez-moi ! cria-t-il en brandissant son épée. Nous...

Il sentit quelque chose dans le dos. Une brûlure lui traversa la poitrine, mais la sensation s'évanouit aussitôt.

Il se retourna et se frotta le torse, agacé. Il aperçut une forme sombre se déplacer parmi les ombres tandis qu'une gerbe de sang jaillissait soudain de la gorge d'un de ses hommes. Comme des marionnettes dont on vient de couper les fils, ses compagnons tombèrent les uns après les autres en quelques secondes, morts. La main de Régnus s'écarta de sa poitrine et il remarqua qu'elle était poisseuse.

Il baissa les yeux. Une tache de sang fleurissait sur sa tunique à hauteur du cœur. Il regarda Nalia. L'ombre était derrière elle et l'immobilisait. Une main noire lui soulevait le menton, une autre tenait la longue et fine épée qui avait frappé Régnus. Mais Nalia ne regardait que l'homme qu'elle aimait, les yeux écarquillés par l'horreur.

— Nalia, lâcha-t-il.

Il tomba à genoux et tout devint blanc. Il s'efforça d'ouvrir les yeux, mais s'aperçut qu'ils étaient *déjà* ouverts et que cela n'avait plus d'importance.

Le seigneur général Agon et sa troupe hétéroclite de nobles et de gardes royaux ne progressaient pas assez vite. Au cours des siècles, le château avait subi plusieurs agrandissements, mais aucune rationalisation. Par deux fois, le groupe se heurta à une porte fermée, débattit des mérites de la forcer et de la contourner, puis décida de prendre un autre chemin.

Agon et ses compagnons couraient maintenant dans le dernier couloir menant à la tour nord – enfin, les gardes royaux filaient comme des flèches, Agon courait et les nobles suivaient tant bien que mal, la respiration sifflante. Ces derniers avaient depuis longtemps cessé de crier avec enthousiasme « Au prince ! » et « Longue vie au roi Gyre ! » Ils économisaient désormais leur souffle.

Agon pénétra dans l'antichambre en entendant des jurons et des coups assenés contre la porte menant à l'escalier.

Un garde royal, le colonel Gher, se tenait à l'entrée de la pièce.

— Dépêchez-vous, seigneurs, lança-t-il aux derniers nobles potelés.

Le seigneur Agon examina la porte épaisse et laissa aux plus jeunes le soin de s'y attaquer. L'antichambre n'était pas grande, à peine cinquante mètres carrés ; elle contenait peu de meubles et le plafond était si haut qu'il se perdait dans l'obscurité ; deux portes seulement la desservaient : celle menant à l'escalier et celle menant au couloir. Il était impossible de la contourner.

Il se passait quelque chose d'étrange. Si la porte de l'escalier était verrouillée, cela signifiait que les gardes chargés de la surveiller avaient été tués ou soudoyés.

Le seigneur général Agon regarda par-dessus son épaule en direction du colonel Gher qui aidait les derniers nobles à entrer. Agon écarta le cousin de Logan, le gros seigneur Lo-Gyre, et voulut lancer un cri d'avertissement. Il n'en eut pas le temps : le poing gainé de cotte de mailles du colonel Gher le frappa au menton.

Agon tomba en arrière et suivit la suite des événements allongé par terre. Le colonel Gher sortit dans le couloir, referma la porte et la verrouilla.

Un garde royal se précipita pour l'enfoncer d'un coup d'épaule, mais en vain. Quelques instants plus tard, Agon entendit qu'on posait une barre en travers du battant.

— Coincés ! lâcha le seigneur Urwer au cas où personne ne l'aurait remarqué.

Pendant un moment, plus personne ne bougea dans l'antichambre. Le seigneur général se releva avec l'aide d'un soldat. Il vit que les hommes comprenaient peu à peu ce qui se passait.

S'ils avaient été trahis par un de leurs camarades, cela signifiait que la tentative de meurtre contre le prince n'était pas un acte isolé et qu'elle avait été préparée avec soin. Tout avait été orchestré au cours des derniers jours, de la mort du prince Aléine à leur arrivée dans ce cul-de-sac. Leurs chances de survie étaient minces.

— Que faisons-nous, seigneur ? demanda un garde.

— On ouvre cette porte ! répondit Agon en pointant le doigt vers celle qui menait à l'escalier.

N'était-il pas trop tard ? Arriveraient-ils enfin là-haut pour découvrir des soldats ennemis et les cadavres du couple royal ? Mais Agon avait appris depuis bien longtemps que, sur un champ de bataille, il était inutile de perdre son temps à se lamenter à propos de ce qu'on aurait dû faire et remarquer. Le temps des récriminations viendrait plus tard – à supposer qu'il y ait un « plus tard ».

Les gardes avaient repris leurs assauts contre le battant, mais un carreau d'arbalète fusa soudain dans un sifflement nasillard.

Un soldat s'effondra. Le projectile s'était planté dans sa poitrine en transperçant la cotte de mailles aussi facilement qu'un vêtement en soie. Agon poussa un juron et examina les murs à la recherche de meurtrières, mais sans succès.

Les nobles et les gardes regardèrent autour d'eux avec anxiété, essayant de se protéger d'un ennemi qui attaquait de nulle part.

« Tchac ! »

Un soldat percuta ses camarades et tomba à terre, mort.

Agon et ses compagnons levèrent les yeux vers le plafond obscur. Un chandelier suspendu à faible hauteur les empêchait de voir au-delà. Un homme éclata d'un rire grave dans les ténèbres qui le dissimulaient.

Les gardes aussi bien que les nobles cherchèrent avec frénésie un moyen de se protéger, mais il n'y avait pas grand-chose qui soit susceptible de remplir cette fonction.

Un soldat se roula en boule derrière un fauteuil à oreillettes bien rembourré. Un noble décrocha un portrait du seigneur Robin et le plaça devant lui comme un bouclier.

— La porte ! aboya Agon malgré le désespoir qui le gagnait.

Il était impossible de sortir. Celui ou ceux qui les avaient pris pour cibles ne disposaient pas seulement d'hommes et de traîtres dans la place, ils connaissaient aussi les secrets du château. Le paranoïaque roi Hurlak avait truffé les agrandissements réalisés sous son règne de passages secrets et de judas. L'assassin savait où ils se trouvaient et n'avait qu'à s'installer pour les abattre tous. Il était impossible de l'en empêcher.

« Tchac ! »

Le soldat assis derrière le fauteuil se raidit au moment où le carreau lui transperça le dos. L'assassin leur faisait comprendre qu'ils étaient perdus.

— La porte ! aboya de nouveau Agon.

Avec le courage que de nombreux commandants exigeaient de leurs hommes, mais que bien peu obtenaient, les gardes encore en vie bondirent sur leurs pieds et se remirent à frapper la porte de leurs épées. Ils savaient que certains d'entre eux y laisseraient la vie, mais ils savaient aussi que c'était leur seule chance de sortir d'ici, leur seule chance de survie.

« Tchac ! »

L'un d'eux s'effondra alors qu'il abattait son arme sur la porte. Le seigneur Ungert tenait sans conviction le portrait devant lui et gémissait comme une petite fille.

« Tchac ! »

Un soldat sembla bondir de côté tandis qu'un carreau se plantait dans son oreille et le projetait contre la porte dans une gerbe de sang.

Une fente apparut dans le battant. Un des trois soldats encore en vie laissa échapper un cri de victoire.

Une flèche fila à travers l'ouverture et se ficha dans son épaule. L'homme fit un tour sur lui-même avant qu'un carreau tiré du plafond s'enfonce dans sa colonne vertébrale.

Les deux gardes survivants cédèrent à la panique. Le premier lâcha son épée et tomba à genoux.

— Pitié, supplia-t-il. Pitié, non. Pitié, non. Pitié…

Le second était le capitaine Arturian. Il s'attaqua à la porte comme un possédé. C'était un homme puissant, et le battant trembla sous son assaut. La fente s'élargit et fut bientôt assez grande pour qu'on y glisse la main afin d'actionner le loquet.

Deux flèches furent tirées à travers la brèche, mais Arturian les évita et elles frôlèrent son crâne. Il se remit à frapper. Un troisième projectile passa tout près de lui et Agon le vit rejeter la tête en arrière. Une balafre bien nette lui fendait la joue et son oreille avait été tranchée.

Le capitaine poussa un hurlement et enfonça son épée dans la fente comme une pique. Il saisit le loquet et le tira avec force. Un spasme le secoua tandis qu'une flèche lui traversait le bras de part en part. Il n'y prêta pas attention. Il attrapa la porte, la souleva et l'arracha de ses gonds.

Cinq archers khalidoriens portant la livrée de Cénaria attendaient dans l'escalier, arcs tendus. Six guerriers et un sorcier se tenaient derrière eux. Un sixième archer gisait à terre, l'épée d'Arturian plantée dans le ventre. Les cinq premiers décochèrent leurs traits en même temps.

Criblé de flèches, le capitaine Vin Arturian tomba en arrière. Il atterrit sur le garde agenouillé qui poussa un cri de terreur.

« Tchac ! »

Le cri se transforma en gargouillis et le jeune homme s'effondra en se noyant dans son propre sang.

Il y eut alors un de ces moments surréalistes si courants dans le chaos d'une bataille. Le seigneur Agon en avait souvent été témoin, mais il n'était jamais parvenu à s'y habituer.

Un archer tendit son arc à un camarade, entra dans l'antichambre et attrapa la porte.

— Excusez-moi, dit-il au capitaine que sa flèche avait aidé à tuer.

Ce n'était pas du sarcasme, juste de la politesse. Il arracha le battant des doigts raidis par la mort et recula dans la cage d'escalier. Puis il remit la porte en place sous les yeux du seigneur Agon et des nobles.

Pendant cet instant intemporel, le seigneur Agon observa ses compagnons avant que la réalité revienne s'imposer dans toute son horreur. Les nobles le regardèrent à leur tour. C'étaient des hommes qui avaient décidé de risquer leur vie pour porter secours au prince. Des braves – même si certains étaient des imbéciles, pensa le vieux militaire en fixant les yeux sur le seigneur Ungert qui s'abritait derrière un tableau. Et il les avait conduits à la mort.

Le piège était bien préparé. Il était clair que le « serviteur des Gyre » avait agi sans nul doute pour le compte de l'usurpateur. Le complot n'avait pas seulement divisé la garde royale en entraînant la plupart de ses hommes à l'écart du grand hall, il avait aussi séparé le bon grain de l'ivraie. Les seigneurs qui l'avaient accompagné n'étaient pas franchement ceux qu'Agon s'attendait à voir défendre le prince Logan, mais ils avaient démontré leur loyauté de la seule manière qui importait : par leurs actes.

En tuant ces hommes, Khalidor éliminait ceux qui étaient les plus susceptibles de s'opposer à elle. Ce complot était un véritable chef-d'œuvre.

Agon entendit un bruit malgré les gargouillis et la respiration sifflante du garde agonisant. Il l'identifia aussitôt : on actionnait le treuil d'une arbalète.

« Clic-Clic-Clac ! Clic-Clic-Clac ! »

— Afin que vous sachiez qui maudire au moment de votre mort, dit une voix teintée d'un amusement malsain du haut de sa cachette, au plafond, je suis le prince Roth Ursuul.

— Ursuul ! cracha le seigneur Braeton.

— Oh ! je suis ravi de cet honneur, dit le seigneur Lo-Gyre.

Le carreau se ficha dans son ventre replet avec une telle force que la pointe ressortit dans le dos en emportant une bonne partie des viscères. L'homme tomba lourdement sur les fesses, le dos contre le mur.

Plusieurs seigneurs maudirent Ursuul comme il les avait invités à le faire. D'autres vinrent réconforter le seigneur Lo-Gyre qui tremblait et respirait avec peine. Le seigneur général Agon ne bougea pas. La mort le faucherait debout.

« Clic-Clic-Clac ! Clic-Clic-Clac ! »

— Je voulais vous remercier, seigneur général Agon, dit Roth. Vous m'avez bien servi. D'abord, vous avez tué le roi à ma place – un bel acte de trahison. Puis, vous êtes quand même parvenu à conduire ces hommes dans mon piège. Vous serez récompensé avec générosité.

— Quoi ? s'exclama le vieux seigneur Braeton en regardant Agon avec inquiétude. Dis-nous que ce n'est pas vrai, Brant.

Le carreau suivant lui transperça le cœur.

— C'est un mensonge, répondit Agon.

Mais c'était un peu tard : le seigneur Braeton était mort.

« Clic-Clic-Clac ! Clic-Clic-Clac ! »

Le seigneur Ungert fixa ses yeux sur Agon d'un air terrifié. Le cadre de la toile tremblait entre ses mains.

— Je vous en prie. Dites-lui d'arrêter, supplia-t-il en s'apercevant qu'il était le dernier noble debout. Je n'avais aucune intention de vous suivre. C'est ma femme qui m'y a obligé.

Un petit trou apparut dans le portrait du seigneur Robin et Ungert tituba en arrière. Pendant un long moment, il resta appuyé contre le mur, la toile dans les mains. Une expression écœurée se lisait sur son visage, comme s'il reprochait à son bouclier de fortune de ne pas avoir arrêté le carreau d'arbalète. Puis il bascula en avant et tomba sur le tableau dont le cadre vola en éclats.

« Clic-Clic-Clac ! Clic-Clic-Clac ! »

Le seigneur Lo-Gyre fixa son regard sur Agon.

— Salaud ! articula-t-il entre deux halètements rauques. Espèce de salaud !

Le carreau suivant se planta entre ses yeux.

Le seigneur Agon brandit son épée d'un air de défi.

Roth éclata de rire.

— Je ne mentais pas, seigneur général. Vous aurez votre récompense.

— Je n'ai pas peur ! déclara Agon.

« Clic-Clic-Clac ! Clic-Clic-Clac ! »

Le carreau le frappa au genou et Agon sentit les os se briser. Il trébucha vers le fauteuil et tomba. Quelques instants plus tard, un autre projectile lui perfora le coude. Le vieil homme eut l'impression qu'on lui arrachait le bras. Il eut le plus grand mal à rester assis par terre et se cramponna au pied du fauteuil comme un naufragé à un bout de bois.

— Mon pisse-culotte m'a assuré que vous vous précipiteriez tête baissée dans le piège. Après tout, vous avez été assez idiot pour lui faire confiance.

— Blint !

— En effet. Mais il ne m'avait pas dit que vous trahiriez votre roi ! Ce fut un moment exquis. Et le mariage du seigneur Gyre avec une princesse royale ? C'est un ami à vous, n'est-ce pas ? Votre manœuvre va lui coûter la vie. Je sais que vous n'avez pas peur de mourir, seigneur général. La récompense que je vous ai promise, c'est la vie. Allez donc vivre avec votre honte. Allez ! Partez en rampant, misérable insecte !

— Je passerai le reste de ma pauvre vie à vous pourchasser, lâcha Agon entre ses dents serrées.

— Oh ! que non ! Vous êtes un chien qui vient de recevoir une correction, Brant. Vous auriez pu contrecarrer mes plans, mais, au lieu de cela, vous n'avez pas cessé de me faciliter la tâche. Mes hommes et moi allons monter maintenant. Le prince et la princesse vont mourir parce que vous ne m'avez pas arrêté. Alors, pourquoi vous tuerais-je ? Je n'aurais jamais réussi sans vous.

Roth quitta l'antichambre en abandonnant le seigneur général qui haletait par terre, brisé.

Chapitre 55

Le sergent Bamran Brelandier tira la corde du grand arc alitaeran en contractant son large dos musclé. Même un hercule ne pouvait pas bander une telle arme à la seule force des bras. Elle mesurait plus de deux mètres une fois débandée et ses branches épaisses étaient en if; elle était capable de perforer une armure à soixante-dix mètres. Bamran avait entendu dire que certaines personnes pouvaient toucher une cible d'un mètre vingt à cent cinquante mètres de distance. Par bonheur, il n'avait pas besoin d'accomplir un tel exploit.

Il se tenait sur le toit du corps de garde de la cour du château. Un traître les avait enfermés à l'intérieur, mais ce lâche n'avait pas eu le cran ni la torche indispensable pour incendier le bâtiment où ils étaient prisonniers. Les hommes de Brelandier avaient pratiqué un trou dans le plafond avant de hisser leur chef sur le toit.

Une boule de feu verdâtre passa largement au-dessus de sa tête avant qu'il ait le temps d'enfiler la corde de son arc. Le sorcier était le seul meister présent dans la cour. Il avait été posté là pour s'assurer qu'il n'y avait pas de problème, bien entendu. De l'endroit où il se tenait, Brelandier vit que de nombreuses troupes franchissaient toujours le pont royal est, mais toute son attention était focalisée sur le sorcier. C'était d'ailleurs une sorcière, une femme rousse à la peau pâle. Elle haletait bruyamment, comme si sa dernière boule de feu lui avait demandé trop d'effort. Mais elle reprenait des forces et psalmodiait déjà une nouvelle incantation tandis que les virs de ses bras se contractaient.

Si Brelandier ratait sa cible, il n'aurait pas droit à un deuxième essai. La sorcière viserait bas et enflammerait le chaume du toit du corps de garde. Plus de quarante hommes du sergent périraient dans les flammes.

Le dos de Bamran se banda et la pointe de chasse glissa en arrière. Il rapprocha trois doigts de son visage et la corde en boyau lui effleura les lèvres. Il ne visa pas. Il tira d'instinct. Une boule de feu enveloppait les paumes de la sorcière. Mue par une puissance qui lui aurait permis de transpercer une armure, la flèche traversa aussi facilement la flamme éthérée que le sternum de la jeune femme. Celle-ci partit en arrière comme si on l'avait attachée à un cheval lancé au galop. Le trait la cloua contre la grande porte qui se trouvait derrière elle.

Le sergent Brelandier s'aperçut qu'il avait rebandé son arc. S'il avait réfléchi, il serait descendu du toit pour libérer ses hommes, mais la fièvre de la bataille s'empara soudain de lui. Il était soldat depuis dix-sept ans et c'était la première fois qu'il combattait.

L'empennage effleura ses lèvres avant de filer au loin. Le trait frappa une autre sorcière qui traversait le pont à la tête d'une colonne de guerriers des hautes terres. Un coup de maître, un des meilleurs de sa vie. La flèche fila entre trois rangées de soldats qui couraient et toucha la femme à l'aisselle tandis que ses bras allaient et venaient au rythme de sa course. L'impact la projeta sur le côté et elle bascula par-dessus la rambarde du pont. Le corps sans vie tournoya dans le vide et disparut dans les eaux de la Plith.

Les guerriers des hautes terres ne ralentirent pas leur allure et le sergent Brelandier comprit alors qu'ils avaient des ennuis. Deux archers et un sorcier se détachèrent du groupe et cherchèrent le tireur qui les avait pris pour cibles pendant que leurs compagnons franchissaient le pont. Les deux soldats bandèrent leur arc et le meister toucha les flèches dont la pointe s'enveloppa de flammes.

Brelandier se laissa glisser du toit et atterrit dans la cour tandis que les deux projectiles s'enfonçaient dans le chaume. L'incendie se propagea à une vitesse surnaturelle. Quand Brelandier ôta enfin la barre qui bloquait la porte, une épaisse fumée s'échappait déjà du corps de garde.

— Qu'est-ce qu'on fait, sergent ? demanda un de ses hommes tandis que ces derniers se rassemblaient autour de leur chef.

— Ils ne peuvent pas nous affronter en bloc, alors ils essaient de nous diviser. Je pense qu'ils sont deux ou trois cents. Nous devons gagner les casernes d'en bas.

Il devait y avoir deux cents soldats stationnés là-bas. Cela comblerait au moins la différence entre ses effectifs et ceux de l'ennemi. Pourtant, le sergent Brelandier savait que les chiffres ne signifiaient pas grand-chose, pas quand on affrontait des guerriers des hautes terres et des sorciers.

— Que dalle ! s'écria un jeune garde. Je ne vais pas crever pour le Neuvant. Nous tenons encore le pont royal est. Je me tire !

— Si tu fais un pas vers le pont, Jules, ce sera le dernier, lâcha le sergent. C'est pour affronter ce genre de situation qu'on nous paie. Celui qui ne remplit pas ses devoirs est un traître, au même titre que Conyer qui nous a enfermés dans le corps de garde pour qu'on y laisse notre peau.

— On touche une solde de misère.

— Nous le savions quand nous nous sommes engagés.

— Faites ce que vous voulez, sergent.

Le dénommé Jules rengaina son épée, se tourna avec assurance vers le pont et s'éloigna au petit pas.

Trente-neuf hommes braquèrent les yeux vers le sergent Brelandier.

Celui-ci banda son arc et murmura une prière pour le salut de deux âmes quand la corde caressa ses lèvres. La flèche partit et se ficha dans la nuque de Jules.

On dirait que je me transforme en véritable héros de guerre, non ? Je deviens imbattable quand il s'agit de tuer des femmes et mes propres hommes.

— Nous allons nous battre ! lança-t-il. Il y a des questions ?

Kylar traversa les quartiers des domestiques au pas de course sans être vu. Il n'avait encore croisé aucun soldat se précipitant vers le pont. La situation devait être catastrophique pour qu'ils n'aient pas organisé la moindre résistance.

Il entra alors dans une salle où une bataille faisait rage. Un détachement de guerriers des hautes terres avait dû arriver par un autre chemin, car vingt d'entre eux étaient fort occupés à massacrer des soldats cénariens deux fois plus nombreux.

Les gardes du château étaient sur le point de s'enfuir, malgré le sergent qui leur lançait des ordres. Kylar s'immobilisa en voyant le visage du sous-officier. Il connaissait cet homme. C'était Brelandier, le garde qui était passé dans la tour nord le jour où il avait tué sa première victime.

Kylar se joignit à la mêlée et entreprit de faucher les Khalidoriens aussi facilement qu'un paysan fauche un pré. C'était un travail enfantin. Il n'y avait aucune satisfaction à tuer des hommes qui ne vous voyaient pas.

Dans un premier temps, personne ne remarqua sa présence. Il n'était qu'une tache d'ombre dans les entrailles d'un château de pierres sombres éclairé par des torches aux flammes tremblantes. Deux Khalidoriens avaient acculé Brelandier. Il sauva la vie du sous-officier en décapitant le premier et en éventrant le second.

Le jeune homme ne ralentit pas le rythme. Il était un tourbillon, il était le premier visage des Anges de la Nuit, il était la vengeance. Il tuait. Il ne s'agissait plus d'une succession de gestes, mais d'un état d'esprit. Il était devenu la Mort incarnée. Si ce sang impur des Khalidoriens avait le pouvoir d'effacer le sang de ses victimes innocentes, Kylar redeviendrait avant le matin aussi pur qu'au jour de sa naissance.

La sensation des cottes de mailles et du cuir qui se fendaient, de la chair qui se déchirait tandis que Châtiment délivrait son jugement avec froideur et méthode... il n'existait rien de plus exaltant au monde. Kylar sombra dans la folie – dans une étrange méditation – alors qu'il tourbillonnait, frappait d'estoc, embrochait, coupait, perçait, martelait, écrasait, mutilait des visages et réduisait des vies à néant. Cette sensation fut de trop courte durée. En l'espace de trente secondes tout au plus, tous les Khalidoriens étaient morts. Il n'en restait même pas un à l'agonie. La rage de tuer était inutile si on ne s'y abandonnait pas corps et âme.

La tuerie sidéra les soldats cénariens. Ces moutons en armure restèrent bouche bée devant la silhouette noire aux angles déchiquetés, devant Kylar. Ils ne levèrent même pas leurs armes, ils ne se mirent même pas en position de combat. Ils admiraient, émerveillés, cet archange de la mort qui se tenait parmi eux.

— L'Ange de la Nuit combat à vos côtés, dit le jeune homme.

Il avait déjà perdu trop de temps. Logan était peut-être à l'agonie. Il partit en courant et s'enfonça plus profondément dans le château.

Toutes les portes étaient fermées et un vide inquiétant régnait dans les couloirs. Kylar songea que les serviteurs devaient être tapis dans leur chambre ou qu'ils avaient déjà pris la fuite.

Le martèlement en cadence de plusieurs paires de bottes contre le sol le rappela aussitôt à la réalité. Il se fondit dans l'ombre d'une embrasure de porte, tout près d'un coude. Il était peut-être à l'abri du regard des hommes, mais, ce soir, des êtres bien plus dangereux que de simples mortels arpentaient les couloirs du château.

— Il doit y avoir au moins deux cents de leurs soldats coincés en bas, dit un officier. (Il s'adressait à une personne portant armes et armure, mais sa carrure étroite le trahissait : c'était un sorcier.) Nous les retiendrons sans doute pendant une quinzaine de minutes, meister.

— Et les nobles dans les jardins ? demanda le sorcier.

La réponse se perdit dans le piétinement des guerriers des hautes terres tandis que le groupe passait devant Kylar et s'éloignait.

Les nobles étaient donc prisonniers dans les jardins. Kylar n'y était jamais allé – il avait toujours évité de se rendre au château –, mais il avait vu des tableaux les représentant. Si les artistes étaient restés à peu près fidèles à la réalité, Kylar estima qu'il pourrait les trouver. Il songea que c'était un endroit comme un autre pour chercher Logan et Durzo.

Tandis qu'il s'enfonçait toujours plus loin en direction des jardins, des cadavres de plus en plus nombreux jonchaient les couloirs et leur sang rendait le sol glissant. La plupart étaient des gardes au service de nobles. Kylar ne ralentit pas sa course.

Les pauvres types. Kylar n'éprouvait guère de compassion pour ceux qui choisissaient le métier des armes et qui cessaient de s'entraîner, mais ces hommes avaient été massacrés. Plus de quarante d'entre eux étaient morts ou agonisants, agités de spasmes de douleur, l'écume aux lèvres. Kylar ne compta que huit cadavres de guerriers des hautes terres.

Il suivit les corps et les taches de sang. Il arriva devant une double porte en noyer barricadée de l'extérieur par une lourde planche. Il la souleva et entrouvrit le battant.

— Qu'est-ce que c'est, putain ? grogna une voix bourrue avec un accent khalidorien.

Kylar recula pour s'arrêter près d'une des innombrables statues représentant le Neuvant dans une pose héroïque. Il vit que plusieurs guerriers des hautes terres gardaient une pièce pleine de nobles. Il aperçut des hommes, des femmes et même quelques enfants. Ils étaient ébouriffés et la terreur se lisait sur leur visage. Certains pleuraient, d'autres vomissaient.

Un bruit de pas lui apprit que quelqu'un traversait la pièce en dehors de son champ de vision. Les guerriers qu'il entrevoyait levèrent leurs armes. La pointe d'une hallebarde accrocha le coin de la porte et l'ouvrit, dévoilant un officier trapu aussi large que grand.

L'homme tira sur l'autre battant avec son arme et adressa un signe à deux guerriers qui bondirent dans le couloir, dos à dos, épées brandies. Ils regardèrent vers la statue. Kylar était juste derrière. Il s'était plaqué contre la sculpture et imitait la pose du Neuvant pour se dissimuler au mieux.

— Il n'y a rien, mon capitaine, déclara un guerrier.

Dans les jardins – qui étaient loin d'être aussi grandioses que sur les tableaux –, dix Khalidoriens surveillaient entre quarante et cinquante nobles désarmés. Par chance, aucun sorcier n'accompagnait les guerriers. Kylar songea que les meisters étaient trop précieux pour être assignés à la garde de prisonniers.

Certains nobles faisaient partie des plus importants du royaume et Kylar reconnut plusieurs ministres du roi. S'ils étaient là, cela signifiait que Roth pensait s'emparer du château très vite. Il voulait décider en personne qui il tuerait et qui il engagerait dans son nouveau gouvernement.

Les hommes et les femmes avaient l'air hébétés. Ils ne parvenaient pas à croire ce qui leur était arrivé. Ils étaient incapables de concevoir que leur petit monde puisse être bouleversé de manière si radicale et si soudaine. Il était clair que certains étaient malades. Plusieurs étaient blessés et couverts de sang, d'autres étaient impeccables. Des femmes encore coiffées à la perfection pleuraient tandis que d'autres restaient calmes et dignes malgré leurs plaies et leurs robes déchirées.

— Putain de merde, cap'taine ! s'écria un guerrier dans le dos de Kylar. Cette foutue barre n'est pas tombée toute seule !

— Nous avons pour mission de garder cette pièce et nous ne bougerons pas d'ici.

— Mais nous ne savons pas qui est dans le couloir... mon capitaine.

— Nous ne bougeons pas d'ici, dit l'officier trapu d'une voix qui ne souffrait aucune contestation.

Kylar eut presque de la peine pour le jeune guerrier. Le Khalidorien avait de l'instinct. Un jour, il aurait pu faire un excellent officier.

Malgré ces considérations, Kylar surgit de sa couverture d'ombre à un mètre de lui.

Il se dit qu'il ne se rendait pas visible dans un souci d'équité, mais parce qu'il aurait besoin de son pouvoir plus tard.

Le jeune guerrier avait à peine dégainé quand Kylar l'éventra. L'apprenti pisse-culotte contourna sa victime d'un mouvement gracieux. Le couteau qu'il tenait de la main gauche remonta soudain et fendit une armure de cuir et une cage thoracique. Il lança le bras droit en avant, et son épée s'enfonça avec fluidité dans le corps d'un autre soldat. Il assena un coup de tête à un guerrier et pivota en entraînant son adversaire avec lui. La pointe de la hallebarde du capitaine s'enfonça dans le dos de l'homme avec un crissement spongieux.

Kylar se baissa pour éviter un coup de taille et enfonça le wakizashi dans l'aine de son agresseur. Il frappa un guerrier d'un coup de pied en arrière et se servit de l'élan pour se relever.

Six hommes étaient morts ou à terre. Il en restait encore quatre. Le premier, fougueux, chargea en hurlant que Kylar avait tué son frère. Kylar para, riposta et les deux frères se retrouvèrent dans l'au-delà. Les trois guerriers encore en vie avancèrent de conserve.

Un coup de taille rapide priva le premier de son épée et de la main qui la tenait. Le deuxième croisa le fer cinq fois avant de reculer, mais pas assez loin. La lame de Kylar lui balaya le visage. L'homme s'effondra, les yeux arrachés. Kylar bondit par-dessus la hallebarde qui fendit l'air à l'horizontale et se tourna vers l'officier. Il saisit son épée à l'envers, frappa derrière lui et empala le guerrier qui n'avait plus qu'une main.

L'officier laissa tomber sa hallebarde et tira une rapière. Il se battait avec des armes radicalement différentes et ce choix fit sourire Kylar. Le jeune homme lança un coup d'œil par-dessus l'épaule de son adversaire. Celui-ci fit mine de se tourner, hésita et décida de ne pas quitter Kylar des yeux. Une jeune et jolie noble lui fracassa le crâne avec un pot de fleurs. Les plantes et la terre volèrent dans tous les sens, mais leur contenant ne se fêla même pas.

— Merci de nous avoir sauvés, haleta-t-elle. Mais pourquoi diable m'avez-vous regardée ? Vous auriez pu me faire tuer.

Elle faisait partie des femmes dont la coiffure et la toilette n'avaient pas souffert des événements violents qui les avaient conduites ici. Elle venait de briser le crâne d'un homme, mais cela ne semblait pas la perturber le moins du monde. Elle se contenta de brosser la terre sur sa robe et de vérifier qu'elle n'était pas tachée de sang. Kylar se demanda par quel miracle un tel décolleté avait pu retenir ses seins quand elle s'était précipitée sur l'officier. Il reconnut alors la jeune fille.

— Mais il n'a pas regardé derrière lui, n'est-ce pas ? demanda-t-il à Térah Graesin.

Il fut heureux que le petit loup en soie noire lui couvre le visage. Il l'avait enfilé par habitude, mais s'il ne l'avait pas fait, plusieurs nobles l'auraient reconnu.

— Eh bien ! je...

On frappa à la porte, et la jeune fille se figea, imitée par tout le monde. Trois coups secs, puis deux, puis trois, puis deux.

— J'apporte de nouveaux ordres, cap'taine, lança une voix. Sa Majesté veut qu'on les tue tous. On a besoin de vos soldats pour s'occuper de récalcitrants dans la cour.

Kylar se tourna vers les nobles

— Partez sur-le-champ ! dit-il, assez fort pour que tout le monde l'entende. Il y a au moins deux cents guerriers des hautes terres supplémentaires qui arrivent par le pont royal ouest. Ce sont probablement eux qui se battent dans la cour en ce moment. Si vous ne voulez pas mourir, rassemblez toutes les armes que vous trouverez et libérez les gardes retenus en bas. Il y en a d'autres qui se dirigent par ici. Avec eux, vous aurez une chance de vous enfuir. Vous pourrez ensuite organiser la résistance. Vous avez déjà perdu le château et la ville, si vous ne vous dépêchez pas, vous perdrez aussi la vie.

La nouvelle fit l'effet d'une douche froide aux nobles rassemblés autour de Kylar. Certains se recroquevillèrent un peu plus, mais d'autres semblèrent recouvrer leur courage au fur et à mesure qu'il parlait.

— Nous nous battrons, monsieur, déclara Térah Graesin. Mais il y a des personnes qui ont été empoisonnées parmi nous…

— Je connais les poisons qui ont été utilisés. Si vous avez survécu jusque-là, c'est que vous n'en avez pas absorbé beaucoup. Vous serez rétablis dans une demi-heure. Où est Logan Gyre ?

— Pardonnez-moi, je suis Térah Graesin, maintenant héritière du trône. Si vous…

Kylar plissa les yeux.

— Où. Est. Logan. Gyre ?

— Mort. Il est mort. Le roi est mort. La reine est morte. Les princesses sont mortes. Toutes.

Le monde bascula. Kylar eut l'impression de recevoir un coup violent dans l'estomac.

— Vous en êtes sûre ? Vous l'avez vu de vos yeux ?

— Nous étions dans le grand hall avec le roi quand celui-ci est mort. J'ai trouvé la reine et ses deux benjamines dans leurs appartements peu avant qu'on me capture. Elles étaient… C'était horrible. (Elle secoua la tête.) Je n'ai pas vu Logan ni Jénine, mais ils ont dû être les premiers assassinés. Après que le roi eut annoncé leur mariage, ils ont quitté le grand hall, moins de dix minutes avant le début de l'attaque. Le seigneur général Agon est parti avec des soldats pour essayer de les sauver, mais c'était trop tard. J'ai entendu nos gardiens se vanter de la manière dont ils avaient massacré les gardes royaux.

— Où ?

— Je ne sais pas, mais c'est trop…

— Est-ce que quelqu'un sait où Logan est allé ? cria Kylar.

Il examina leurs visages et vit que certains le savaient, mais qu'ils ne le lui diraient pas de crainte qu'il les abandonne. Les lâches ! Il entendit un gémissement un peu plus loin dans les jardins. Il se fraya un chemin à travers les nobles et aperçut un homme au teint pâle et terreux allongé sur le dos. Il transpirait et sa bouche était couverte de bave séchée formant des croûtes. Une flaque de vomissure s'étalait près de sa tête. Il était en si piteux état que Kylar faillit ne pas le reconnaître. Le comte Drake.

Le jeune homme s'agenouilla près de lui et sortit la poche dans laquelle il transportait ses herbes. Il en tira des feuilles et les fourra dans la bouche de Rimbold Drake.

— Vous avez un antidote ? demanda un homme malade, mais debout. Donnez-m'en !

— À moi aussi ! exigea un autre.

Les nobles avancèrent en se bousculant. Kylar dégaina Châtiment avant de la pointer sur la gorge de l'un d'eux.

— Je tuerai le premier qui me touche ou qui le touche. Je le jure.

— Ce n'est qu'un comte ! dit une grosse femme tremblante. Il est pauvre ! Je vous donnerai tout ce que vous voulez !

Le côté le plus dur et le plus vindicatif de Kylar fut tenté de garder l'antidote pour les punir de leur méchanceté et de leur mesquinerie. Il attrapa pourtant la poche et la lança à Térah Graesin.

— Donnez-en à ceux qui en ont le plus besoin. Il ne sauvera pas les personnes qui sont déjà inconscientes et celles qui tiennent debout s'en passeront très bien.

La jeune femme ouvrit la bouche, surprise de recevoir un ordre si direct, mais elle obéit.

Le temps glissait entre les doigts de Kylar. Il était ici. Il était dans le château, mais il n'avait pas la moindre idée quant à l'endroit où il devait aller. Il regarda le comte et se demanda s'il était trop tard pour le sauver.

Rimbold Drake bougea. Ses yeux s'ouvrirent et chassèrent lentement le brouillard qui obscurcissait sa vue.

— La tour nord, articula-t-il.

— C'est là que Logan est allé ?

Le comte hocha la tête et retomba en arrière, épuisé.

— Il est trop tard pour les sauver, dit Térah Graesin. Battez-vous avec nous. Je vous offrirai des terres, des titres, un pardon...

Sans prêter attention aux hoquets de surprise des nobles, Kylar s'enveloppa dans les ombres et partit en courant.

Les hommes de Roth grimpèrent les marches d'un pas lourd et défoncèrent la porte de la chambre à coups de pied. Roth et Neph Dada suivirent les onze guerriers qui se ruèrent à l'intérieur avec des grognements et des cris. Les doubles battants étaient grands ouverts et on pouvait entrer à trois de front, mais avec quatre rangées de soldats devant lui, Roth ne vit rien de ce qui se passa. Il comprit cependant que ce n'était rien de bon. Il entendit le bruit de la chair frappant la chair, le grincement d'une épée déchirant une cotte de mailles et le craquement d'un crâne explosant comme un melon.

À ses côtés, Neph Dada tendit ses bras couverts de virs. Il marmonna quelque chose, et un quart des tatouages se transformèrent en nid de serpents. Il y eut une explosion sinistrement silencieuse, et des hommes – y compris ceux de Roth – volèrent dans toutes les directions.

Les trois qui se trouvaient juste devant lui furent projetés en arrière. Roth se prépara au choc, mais ils rebondirent contre la barrière invisible que Neph avait érigée pour le protéger.

Le vieil homme reprit ses incantations, et la pièce s'éclaira. Roth se glissa à l'intérieur avec le vürdmeister tandis que des guerriers se relevaient.

Logan voulut bondir sur ses pieds, mais il ne parvint pas à décoller ses membres du sol. Ils étaient comme écrasés par un poids trop lourd. Le jeune homme était nu et écumait de rage. Roth rengaina son épée pendant que huit soldats récupéraient leurs armes éparpillées dans toute la chambre. Six restèrent à terre, couverts de blessures profondes qui saignaient en abondance. Trois étaient morts. Trois autres ne tarderaient pas à les rejoindre. Selon toute apparence, Logan Gyre savait se servir d'une épée.

La princesse était allongée sur le lit, vêtue d'une chemise de nuit transparente remontée sur les cuisses. Elle se débattait, terrifiée, mais ne parvenait pas à couvrir ses jambes. Neph l'avait immobilisée, elle aussi.

Roth s'assit à côté d'elle et laissa ses yeux explorer le corps nubile. Il se lécha un doigt et le fit glisser à la base du cou de la jeune fille, puis le long de son corps.

— J'espère que je ne vous interromps pas, dit-il.

Les yeux de Jénine Gunder lancèrent des éclairs. Le regard désinvolte de Roth la fit rougir, mais elle était furieuse.

Roth porta le doigt aux lèvres de la princesse et la réduisit au silence avant qu'elle ait le temps de dire quelque chose.

— Je viens seulement vous féliciter pour votre récent mariage, ma colombe. Est-ce que tout se passe bien ? Est-ce que votre mari est assez généreusement pourvu à votre goût ? (Il tourna la tête vers Logan qui était nu et fronça les sourcils.) Eh bien ! je suppose que c'est le cas. Et vous, mon cher duc Gyre… Relevez-le. Ou devrais-je dire prince Gyre ? Ne perdez pas espoir. Je viens de voir la reine nue et, avec le temps, elle…

Logan rassembla toutes ses forces et essaya de se relever d'un coup sec, mais les liens magiques ne cédèrent pas. Un soldat le frappa au visage.

Roth continua comme si rien ne s'était passé. Il fit claquer sa langue.

— Avec le temps. C'est là le problème. Avec le temps, la princesse pourrait développer les seins et les hanches admirables de sa mère.

Il sourit à la jeune fille et lui pinça la joue. Puis il se leva et la magie de Neph souleva Jénine du lit pour la déposer, debout et tremblante, près de son mari.

— Mais le temps va vous manquer. J'espère que vous avez savouré votre mariage. Quant à vous, Logan, mon ami, j'espère que vous n'avez pas trop perdu de temps en préliminaires, parce que la nuit de noces est terminée.

Le moment crucial s'éternisait. Roth n'aimait rien plus que de regarder la surprise se transformer en angoisse, puis en désespoir.

— Qui êtes-vous ? demanda Logan.

Ses yeux ne trahissaient aucune peur.

— Je suis Roth. Je suis l'homme qui a ordonné l'assassinat de votre frère, Jénine.

Il ignora Logan et observa ses paroles frapper la jeune fille comme une déferlante. Mais il ne s'interrompit pas, il ne lui laissa pas le temps de protester.

— Je suis Roth, le Shinga du Sa'kagué. Je suis l'homme qui a ordonné l'assassinat de votre père, Jénine. Il y a dix minutes à peine, j'ai vu sa tête rouler de la grande table.

» Je suis le prince Roth Ursuul de Khalidor. Je suis l'homme qui a ordonné l'assassinat de votre mère et de vos sœurs, Jénine. Si vous écoutez bien, vous entendrez peut-être leurs cris. (Il posa un doigt contre le lobe de son oreille et fit semblant de se concentrer pour se moquer d'elle.) Votre mari et vous êtes les derniers obstacles qui me séparent de la couronne de Cénaria, Jénine, et je vais m'emparer de cette couronne. Je crains de me retrouver dans l'obligation de vous tuer. Voulez-vous choisir qui sera le premier à quitter ce bas monde ?

À chacune de ses révélations, il observait les yeux de la jeune fille. Il dévorait avec avidité la mort de ses espoirs, se repaissait de sa détresse grandissante. Il tira un couteau et tourna la jeune fille pour la placer face à Logan.

Logan voulut pousser un cri, mais Neph l'avait réduit au silence. Il se débattit et lutta de toutes ses forces pour se libérer. Ses muscles se tendirent et se dilatèrent, mais il était impossible d'échapper à la magie du vürdmeister. Il aurait été plus facile de décrocher les étoiles du ciel.

— Seigneur ! appela un soldat dans le couloir. Une barge a été détruite. Les meisters ont besoin de votre aide pour étouffer la résistance.

Une lueur d'espoir réapparut dans les yeux de la jeune fille et un frisson d'excitation traversa Roth.

— De la résistance, dit-il. Peut-être qu'ils parviendront à vous sauver. Mais, attendez un peu ! Votre héros est déjà ici. Logan, est-ce que vous allez rester sans rien faire ? N'allez-vous pas secourir votre bien-aimée ?

Les muscles des bras et des jambes de Logan se gonflèrent. Les liens magiques tremblèrent et faiblirent, mais Neph marmonna quelque chose, et ils se serrèrent au point que le prince fut incapable du moindre mouvement.

— Il semblerait que non. (Roth se tourna vers Jénine.) Mais vous êtes la princesse ! Je suis certain que les gardes royaux ne vont pas tarder. En fait, je parie même que le seigneur général en personne arrive à la tête de ses hommes pour vous sauver. (Il caressa son bouc huilé.) Le problème, c'est que j'ai tué Agon et tous les gardes royaux. Il n'y a plus de héros. Il n'y a plus personne pour vous secourir, Jénine.

Roth passa derrière elle et fit glisser une main sur son ventre souple. Il tira sur la chemise de nuit, la déchira et plaqua une paume contre son sein. Tandis qu'une larme coulait sur la joue de Jénine, il se pencha et embrassa la jeune fille dans le cou comme un amant. Il regarda Logan droit dans les yeux avec un air moqueur.

Puis sa lame trancha la chair à l'endroit où il avait posé son baiser.

Roth poussa Jénine en avant, et elle s'abattit sur Logan tandis qu'une fontaine de sang jaillissait de sa blessure. Neph relâcha un peu ses liens afin que le prince la prenne dans ses bras, mais pas suffisamment pour qu'il tente de stopper l'hémorragie.

Les yeux de Logan n'étaient plus que des gouffres d'horreur et de pitié. Il laissa échapper un gémissement – une musique divine aux oreilles de Roth : la plainte d'une âme qui a presque atteint les limites de la souffrance. Le prince serra contre lui la jeune fille frêle qui respirait par à-coups. Roth se délecta de l'horreur de Logan et essaya de la graver dans sa mémoire en sachant qu'il en aurait besoin pendant les longues nuits noires à venir.

Mais Logan s'écarta légèrement de sa femme, se tourna pour que Roth ne voie plus son visage et baissa la tête vers Jénine.

— Je suis ici, Jéni, dit-il en la regardant dans les yeux. Je ne vais pas te quitter.

La tendresse de sa voix mit Roth hors de lui. Il semblait ne plus exister pour les deux amants. Avec ses mots pleins de douceur, Logan repoussait son univers de noirceur, il s'enfermait avec sa femme dans un monde auquel Roth n'avait pas accès.

Jénine fixa les yeux sur ceux de son époux et Roth vit qu'elle se détendait, non pas parce que la mort approchait, mais parce que son désespoir refluait.

— Vous auriez vraiment fini par m'aimer, n'est-ce pas ? demanda-t-elle.

Roth regretta de ne pas avoir appuyé plus fort sur la lame. Il aurait dû sectionner la trachée au lieu d'une simple artère. Il frappa Logan au visage, mais son coup eut autant d'effet qu'un bourdonnement de moustique. Les yeux du colosse ne quittèrent même pas ceux de sa femme.

— Jéni ! Jéni ! dit-il à voix basse. Je t'aime déjà. Je te rejoindrai bientôt.

— Tu vas mourir ! hurla Roth à trente centimètres de lui.

Mais son hurlement eut autant d'effet qu'une brise d'été. Les genoux de Jénine tremblèrent et Logan la serra contre lui. Il ferma les yeux et murmura à son oreille tandis que la vie de la jeune fille se répandait contre sa poitrine.

— Seigneur, on a besoin de vous tout de suite, répéta le messager d'un ton plus insistant.

Logan ne regarda même pas Roth lorsque Jénine frissonna contre lui. Il continua de la rassurer à voix basse. Elle inspira encore trois fois avec difficulté, laissa échapper un dernier soupir dans les bras de son mari et ses paupières tremblantes se fermèrent. Neph relâcha petit à petit les liens qui l'immobilisaient, et elle s'affaissa sur elle-même.

— Non ! Non ! hurla Roth.

Elle n'avait même pas eu *peur* ! Il n'avait commis aucune erreur et elle n'avait pas eu peur de mourir. Qui n'avait pas peur de mourir ? Ce n'était pas normal ! Ce n'était pas juste !

Il gifla Logan, encore et encore et encore.

— Tu ne mourras pas si facilement, Logan Gyre ! gronda-t-il.

Il se tourna vers ses hommes. Les muscles de sa mâchoire étaient agités de tics nerveux.

— Emmenez-le à la Gueule et livrez-le aux sodomites !

— Seigneur ! dit le messager en revenant une fois de plus dans la chambre. Il faut que vous…

Roth attrapa l'homme par les cheveux et lui larda le visage d'innombrables coups de couteau portés avec sauvagerie et frénésie. Puis il le projeta de côté et essaya de lui trancher la gorge, mais la lame frappa au-dessus de l'oreille. Roth la guida autour du crâne et arracha un gros morceau de cuir chevelu. Le messager hurla jusqu'à ce que le prince Ursuul l'attrape de nouveau et lui sectionne la trachée-artère.

Pendant ce temps, Neph avait ouvert la porte secrète de la chambre. Il fit flotter le cadavre de la princesse dans le passage grâce à sa magie et s'engagea derrière lui.

— Neph, qu'est-ce que vous faites ?

— Le Roi-dieu souhaite qu'on expose les têtes de tous les membres de la famille royale. Je ne sais pas ce que vous avez l'intention de faire, mais je vous suggère de vous dépêcher.

Il s'était adressé à Roth sans employer son titre. Rien ne se passait comme prévu et le Roi-dieu n'allait pas tarder à arriver. Roth se tourna, pantelant, tenant encore le morceau de cuir chevelu sanguinolent dans la main. Il tremblait de rage et les hommes qui immobilisaient Logan blêmirent.

— Apportez-moi la tête de cet homme quand tout sera fini. Mais avant de le tuer, livrez-le aux sodomites, châtrez-le et récupérez la peau de ses couilles pour que je m'en fasse une escarcelle. Je veux qu'il pisse le sang jusqu'à ce que mort s'ensuive pendant qu'ils l'enculeront !

Chapitre 56

En bas de la tour nord, l'antichambre empestait le sang et les matières fécales relâchées au moment de la mort. Des relents piquants d'urine flottaient au milieu de cette infection. Kylar eut un haut-le-cœur en soulevant la barre qui bloquait la porte.

Un rapide coup d'œil lui permit de comprendre ce qui s'était passé. Les hommes avaient été enfermés là et pris pour cibles par un arbalétrier. Kylar se renfrogna. Un arbalétrier ? Dans une pièce si petite ?

Il remarqua alors l'étroite plate-forme au plafond. Il la voyait clairement maintenant que les ombres accueillaient ses yeux. Les cadavres gisaient à différents endroits de l'antichambre : il s'agissait de l'œuvre d'un seul homme. Il avait décoché ses carreaux sur les nobles et les gardes royaux comme au tir au pigeon.

Voilà donc ce qui était arrivé à ceux qui étaient partis au secours du prince. À en juger par les filets de sang maculant la porte, un survivant était parvenu à sortir tant bien que mal.

Au bord de la nausée, Kylar remonta l'escalier en courant. Il découvrit les cadavres de six guerriers khalidoriens dans le hall d'entrée. Il était facile de déduire la suite de l'histoire. Surpris au lit en compagnie de sa femme – les vêtements de Logan étaient éparpillés dans la pièce –, son ami s'était relevé d'un bond et avait combattu. Il avait tué six hommes en armes et armure, mais les traces de brûlures sur le sol indiquaient qu'on l'avait blessé ou neutralisé grâce à la magie.

Une large flaque de sang poisseuse s'étalait par terre : Roth avait tué Logan en prenant son temps pour qu'il saigne en abondance, ou bien il l'avait tué avec sa femme. Il n'y avait pas trace du cadavre du prince ou de la princesse. Les Khalidoriens les avaient sans doute récupérés, comme tous ceux des membres de la famille royale. Ils voulaient que tout le royaume voie qu'ils étaient morts, que toute la ligne de succession avait été anéantie.

Une chemise de nuit déchirée gisait par terre. La princesse était jeune et jolie, on l'avait sans doute emmenée dans une autre pièce pour la violer jusqu'à ce que mort s'ensuive.

Kylar essaya d'interpréter les indices d'une manière différente. Il analysa la scène et fit de son mieux pour raisonner froidement malgré le désespoir qui l'envahissait. Était-il possible que la princesse ait été assassinée et que Logan soit encore vivant ?

Les soldats n'avaient aucun intérêt à l'épargner et à tuer une jeune fille dont ils pouvaient abuser. Logan était un guerrier, un escrimeur de renom et l'héritier du trône. Les assassinats des autres membres de la famille royale avaient été accomplis avec brutalité, mais aussi avec soin et précision. Si les Khalidoriens avaient eu l'intention de faire une exception et d'épargner la vie de l'un d'eux pendant un certain temps, ils n'auraient pas choisi Logan.

La tristesse frappa Kylar comme un coup de massue. Son ami était mort. Son meilleur ami était mort. Il était mort et la faute n'en revenait qu'à Kylar.

Il aurait pu empêcher cela. Il aurait pu tuer Durzo, la veille. Il s'était retrouvé dans son dos et il n'aurait jamais manqué une telle cible. Dorian l'avait mis en garde. Il l'avait averti.

Existait-il quelque chose qu'il n'avait pas infligé à Logan ? Il avait laissé son ami Aléine se faire tuer, il lui avait caché la vérité à propos de la relation entre Sérah et le prince, il l'avait envoyé en prison pour meurtre, il l'avait obligé à rompre ses fiançailles. Et après un mariage forcé avec une personne qu'il ne connaissait pas, après son assassinat, celle qui avait été sa femme pendant une heure avait été violée et tuée.

Kylar se laissa tomber par terre et pleura.

— Logan, je suis désolé. Je suis désolé. Tout est ma faute.

Il tendit un bras pour ne pas perdre l'équilibre et s'aperçut qu'il avait posé sa main dans la flaque rougeâtre. Il regarda sa paume tachée de sang, couverte de sang. Elle était ainsi lorsqu'il avait assassiné son premier cadavreux en solo, dans cette même pièce, cinq ans plus tôt. Elle était ainsi depuis qu'il avait tué son premier innocent. Voilà où son métier l'avait mené : le cercle était bouclé et il était revenu à son point de départ. L'assassinat du premier innocent avait inévitablement conduit à d'autres. Au cours des cinq dernières années, il avait fait ce qu'il avait toujours voulu faire : il était peu à peu devenu semblable à Durzo Blint. Il était devenu un tueur. Il dormait mal et donc peu, ce qui le rendait encore plus dangereux. Il était sans cesse à cran. Il n'était jamais parvenu à laver le sang qui lui avait taché les mains pour la première fois dans cette pièce – bien au contraire. Ce n'était pas un hasard si celui de Logan les couvrait maintenant. Ce n'était pas une coïncidence.

Les Drake aimaient à penser qu'il existait une économie divine : leur Dieu transformait les larmes en rire ; la tristesse, en joie. Les pisse-culottes étaient les princes marchands de l'économie infernale. Le meurtre appelait le meurtre et, ainsi que Durzo l'avait dit, c'était invariablement les autres qui en payaient le prix.

Pourquoi sont-ce toujours eux qui souffrent de mes erreurs ? Est-ce qu'il n'y a pas d'autre solution ?

Le sang sur ses mains lui affirma que non, il n'y en avait pas.

La réalité est ainsi. Elle est dure, désagréable et détestable, mais c'est la vérité.

— Je viole mes propres règles, déclara une ombre indistincte.

Kylar ne leva pas la tête. Il se fichait de mourir. Pourtant, la silhouette noire n'ajouta rien et, au bout d'un long moment, le jeune homme demanda d'un ton amer :

— Il est inutile de respecter les règles. Un meurtre est un meurtre, n'est-ce pas ?

Durzo sortit de l'ombre.

— Kylar, il me reste une dernière chose à t'enseigner.

— Et de quoi s'agit-il, maître ?

— Kylar, tu es presque un pisse-culotte. Et maintenant que tu sais comment remporter la plupart des combats, voici ton ultime leçon : ne te bats jamais quand la bataille est perdue d'avance.

— Parfait. Vous avez gagné.

Durzo resta immobile pendant un long moment.

— Allons, apprenti. Tu viens de découvrir ton creuset des épreuves.

— Il n'y a donc que ça dans votre vie ? Des épreuves et des défis ?

— Dans *ma* vie ? *La* vie n'est qu'une longue succession d'épreuves et de défis.

— Ça ne me suffit pas. Ces gens ne devraient pas mourir. Khalidor ne devrait pas remporter cette guerre. Ce n'est pas juste.

— Je n'ai jamais dit que ça l'était. Mon monde ne se divise pas en noir et en blanc, en bien et en mal, Kylar. Et le tien ne le devrait pas non plus. Notre monde ne connaît que le mieux et le pis, que les ombres légères ou profondes. Cénaria ne pouvait pas remporter la victoire face à Khalidor, quoi qu'il arrive ce soir. En se déroulant ainsi, cette invasion a coûté la vie à quelques nobles alors qu'elle aurait pu entraîner la mort de dizaines de milliers de pauvres gens. C'est mieux ainsi.

— Mieux ? Mon meilleur ami a été tué et des Khalidoriens sont sûrement en train de violer sa femme ! Comment pouvez-vous rester ici sans rien faire ? Pourquoi ne les aidez-vous pas ?

— Parce que la vie est vaine.

— Connerie ! Si vous le pensiez vraiment, vous seriez mort depuis longtemps !

— Je suis mort il y a longtemps. Les bonnes et les mauvaises choses ont une fin et on ne peut rien faire pour changer les gens ou les événements, Kylar – et nous-mêmes encore moins. Cette guerre se poursuivra et s'achèvera. Il y aura un vainqueur et les gens mourront pour rien. Mais nous, nous survivrons. Comme d'habitude. Enfin, moi, je survivrai.

— Ce n'est pas juste !

— Qu'est-ce que tu veux ? La justice ? La justice est un conte de fées. Un doux mythe qui dégage une force rassurante.

— Un mythe auquel vous avez cru, un jour.

Kylar montra le mot « justice » gravé sur la lame de Châtiment.

— J'ai cru bien des choses, elles n'existent pas pour autant.

— Qui a eu le plus de chance ? Logan ou nous ? Logan pouvait dormir paisiblement la nuit. Je me déteste ! Je rêve de meurtres et je me réveille couvert de sueur glacée. Vous buvez pour oublier et vous dilapidez votre argent chez les putains !

— Logan est mort, dit Durzo. Peut-être sera-t-il roi dans sa prochaine vie, mais cela ne le console guère en ce moment, tu ne crois pas ?

Kylar fixa les yeux sur Durzo d'une manière étrange.

— Et c'est vous qui affirmez que la vie est vaine, vide de sens ? que nous ne prenons rien de précieux en prenant une vie ? Regardez un peu à quel point vous tenez à la vôtre. Vous n'êtes qu'un putain d'hypocrite !

— Tout homme qui s'élève au-dessus de l'insignifiance est un hypocrite. (Durzo plongea la main dans sa poche pectorale et en tira un bout de papier plié.) Si tu me tues, ceci est pour toi. Ça t'expliquera certaines choses. Vois-le comme une sorte d'héritage. Si c'est moi qui te tue... Eh bien ! quand je mourrai, je ferai une pause au cours de mon interminable descente aux enfers pour discuter avec toi.

Durzo rangea le bout de papier dans sa poche et tira une gigantesque épée avec un long ruban rouge qui se balançait à la poignée. Elle était plus longue et plus lourde que Châtiment, mais grâce à son Don, Durzo pouvait la manier d'une seule main.

— Ne faites pas ça, dit Kylar. Je ne veux pas me battre contre vous.

Le pisse-culotte s'approcha. Kylar n'esquissa pas le moindre geste pour se défendre. Il resta immobile.

— Est-ce que vous lui avez déjà donné le globe des Tranchants ? demanda-t-il.

Durzo s'arrêta. Il fouilla dans un petit sac et en sortit la sphère argentée.

— Tu parles de ça ? C'est sans valeur. Ce n'est qu'un faux, une fois de plus.

Il lança le globe vers la fenêtre. La vitre éclata quand le globe la traversa pour aller se perdre dans l'obscurité.

— Qu'est-ce que vous faites ?

— Par les Anges de la Nuit ! tu as fusionné avec mon ka'kari ! Tu me l'as volé ! Tu ne comprends toujours pas ?

Kylar eut l'impression que le pisse-culotte parlait dans une langue inconnue. *Fusionné ?* Il pensait avoir fusionné avec le ka'kari – et ce devait être le cas puisque son Don s'était réveillé. Mais alors, pourquoi Durzo affirmait-il maintenant que ce n'était qu'une simple boule de verre ?

— Je n'arrive pas à y croire, dit Durzo en secouant la tête. Tire ton arme et bats-toi, mon garçon.

— Cette épée est désormais à moi, n'est-ce pas ?

— Pas pour longtemps. Tu n'es pas digne de me succéder.

Durzo leva son arme.

— Je ne veux pas me battre contre vous, répéta Kylar en refusant de dégainer. Et je ne le ferai pas.

Durzo frappa. Au dernier moment, Kylar tira Châtiment de son fourreau et para. Deux lames à la puissance décuplée par le Don s'entrechoquèrent. Elles frémirent sous la force de l'impact.

— Je savais que tu avais ça en toi, dit Durzo.

Il esquissa un sourire féroce.

Si Kylar avait espéré que le pisse-culotte ferait preuve d'une certaine retenue parce que son apprenti n'avait pas eu le temps d'apprendre à utiliser son Don, il déchanta aussitôt. Durzo se lança dans une attaque cinglante avec une rapidité inconcevable.

Kylar recula tant bien que mal, bloquant certains coups, sautant en arrière pour en éviter d'autres. Durzo utilisa toutes les techniques qu'il connaissait. Il enchaînait les mouvements si vite que sa lame n'était plus qu'un brouillard indistinct à une extrémité duquel le ruban s'agitait comme un serpent rouge et scintillant. Le bout de tissu servait à détourner l'attention de l'adversaire de la pointe mortelle. Celui qui se laissait distraire était rappelé à la réalité quand la bande d'acier lui traversait les côtes.

Pourtant, il n'y avait pas que l'épée qui déconcertait Kylar. Durzo porta un coup de taille à la tête, suivi d'un coup de pied au genou et d'une frappe au visage du revers de la main gauche. Les combinaisons se succédaient et s'enchaînaient avec grâce en un torrent furieux d'attaques mortelles.

Kylar parait ou esquivait, mais reculait sans cesse. Malgré les attaques pressantes de Durzo, le jeune homme se rappelait les dimensions de la pièce. Elle occupait tout l'étage et formait un grand cercle aplati du côté de l'entrée et de la penderie.

Kylar avait souvent affronté Durzo et il se calma peu à peu. Bien sûr, il n'avait jamais gagné contre son maître, mais ce serait différent aujourd'hui. Il n'avait pas le choix.

Un flot de puissance déferla dans ses bras avec des fourmillements qui lui donnèrent l'impression que tous les poils de son corps se hérissaient. Il para un coup d'estoc et détourna la lame de Durzo comme si elle ne pesait qu'un quart de son poids réel. Blint se remit en garde sur-le-champ, mais cessa d'avancer.

Le jeune homme se tenait à côté d'un bureau en cerisier, le dos à un mètre du mur. La lame de Blint jaillit vers ses yeux, mais ce n'était qu'une feinte. Son pied partit pour frapper le genou avant. Kylar bondit en arrière en tendant la jambe pour bloquer l'attaque. Blint assena un coup d'épée avec force en pensant que Kylar le parerait. Sa lourde lame s'enfonça profondément dans le bureau.

Kylar fut projeté dos au mur. Il recouvra son équilibre et se redressa. Durzo ne chercha pas à dégager son arme. Il passa les mains au-dessus de ses épaules et attrapa deux épées crochets. Chacune était pourvue d'une lame en croissant au-dessus de la garde et, en dehors de leur pointe recourbée pour saisir l'arme de l'adversaire, elles n'avaient rien d'extraordinaire.

— Je déteste ces trucs, remarqua Kylar.

— Je sais.

Kylar attaqua, essayant toujours de s'habituer aux effets du Don sur sa manière de combattre. Pour le moment, il avait remarqué que son pouvoir accélérait ses mouvements et leur conférait davantage de force. Pourtant, la vitesse à laquelle deux hommes pouvaient s'affronter était limitée, même avec le Don. Celui-ci ne vous aidait pas à prendre des décisions plus rapides et il ne suffisait donc pas de frapper toujours plus vite. Kylar devait être plus prudent. En outre, il ne savait pas si le Don était capable de protéger son corps. Si Blint perçait sa garde avec un coup de pied amplifié par son pouvoir, il lui briserait les côtes comme de vulgaires brindilles. Mais peut-être que le Don renforçait aussi la résistance des os ?

Kylar préférait ne pas l'apprendre à ses dépens.

Blint le laissa avancer et n'utilisa les épées crochets que pour se défendre. Il commença de se servir de leur pointe recourbée lorsqu'ils arrivèrent près du lit. Au moment où Kylar attaqua, le pisse-culotte rabattit une de ses lames et écarta Châtiment d'une torsion de poignet. Sa seconde arme frappa de revers et de taille.

Kylar bondit en arrière et dut reculer vers une grande fenêtre. Durzo avança et para un coup lent. Au lieu d'écarter Châtiment, il se servit de son autre épée pour la bloquer.

Kylar se fendit, mais Durzo détourna la lame qui passa à côté de sa tête. Le pisse-culotte l'arracha des mains de son adversaire. Châtiment tomba derrière Kylar avec un claquement métallique. Blint lui porta un coup de pied à la poitrine. L'attaque fut à peine ralentie par les bras que son apprenti avait ramenés devant lui en dégainant ses dagues.

Kylar percuta la fenêtre. Il sentit le verre et le cadre se briser, le loquet s'arracher du montant. Il eut l'impression nauséeuse d'être projeté dans le vide.

Cherchant quelque chose à quoi se raccrocher, il se tourna et se contorsionna avec la grâce désespérée d'un chat en pleine chute. Abandonnées par la gravité, ses dagues virevoltèrent au loin en brillant sous les rayons de lune.

Ses doigts s'enfoncèrent à travers un fragile carreau. Ses mains agrippèrent le montant en bois et des tessons tandis que les battants de la fenêtre s'ouvraient sous le choc.

Son visage s'écrasa contre le mur de la tour avec un craquement sourd. Le verre s'enfonça dans la chair de ses doigts avant de racler contre ses os alors que sa main glissait. Puis elle trouva une prise.

Kylar cligna des yeux. Du sang coula le long de son bras et sur son visage. Il était suspendu à la force d'une seule main soixante mètres au-dessus du large fleuve et de la couche de basalte sur laquelle le château avait été construit. Un jet de buée rendu brillant par les rayons de lune montait de l'unique cheminée volcanique de l'île de Vos et estompait une barge tirée sur la berge. Beaucoup plus bas, près du bateau, Kylar aperçut des hommes qui parlaient. Malgré la distance, il entendit aussi le tintement de l'acier et entrevit les envahisseurs khalidoriens balayer les gardes cénariens dans la cour du château.

Le sergent Brelandier sortit alors par la porte principale à la tête des nobles et de plus de deux cents soldats. Ils essayaient de fuir, comme Kylar le leur avait conseillé. Mais tandis qu'ils progressaient vers l'entrée est, les Khalidoriens reçurent le renfort d'une centaine de guerriers des hautes terres qui arrivèrent de l'autre côté du château.

En quelques secondes, la cour devint la ligne de front d'une bataille et de la guerre pour la conquête de Cénaria. Le château et la cité étaient perdus. Si les nobles étaient écrasés, le royaume le serait aussi. S'ils parvenaient à se frayer un chemin à travers la masse des guerriers des hautes terres et à traverser le pont royal est, ils pourraient organiser la résistance.

C'était un espoir fragile, mais l'espoir ne s'était jamais bien acclimaté à Cénaria.

Quelque chose craqua, et Kylar tomba de dix centimètres. Il se hissa précipitamment vers l'encadrement de la fenêtre tandis que la deuxième charnière s'arrachait du montant. La dernière grinça, puis céda.

Kylar se jeta vers le volet rabattu contre le mur. Ses doigts raclèrent les lattes en bois – dont trois se brisèrent – et trouvèrent une prise. Sa chute s'interrompit.

La fenêtre tomba en tourbillonnant lentement dans le vent sifflant. Elle heurta les rochers à quelques mètres du fleuve, à l'endroit précis où Kylar s'écraserait s'il lâchait prise. Elle explosa dans un déluge d'éclats de bois et de verre.

Kylar leva la tête. Soumises à rude épreuve, les charnières du volet sortaient petit à petit du mur en pierre.

C'est vraiment mon jour de chance !

Durzo Blint se trouvait au milieu d'un charnier, mais il ne prêta aucune attention aux cadavres qui parsemaient la chambre. Des lys fraîchement coupés resplendissaient près du lit royal – des lys opalins tachés de sang.

Une chemise de nuit vaporeuse – jadis blanche – gisait dans une grande flaque écarlate tout près de ses pieds. Une brûlure en forme de cercle noir se dessinait sur le sol en mosaïque. L'odeur piquante du feu-sorcier étouffait le parfum dans l'air.

Durzo ne voyait que la fenêtre brisée devant lui. Une expression de douleur se lisait sur son visage grêlé. Le vent qui s'engouffrait dans la pièce en hurlant faisait voltiger ses mèches grises dans ses yeux et menaçait d'emporter les rideaux.

Une dague était en équilibre sur la pointe sur son index. Le pisse-culotte la fit sauter d'un doigt à l'autre, dans un sens, puis dans l'autre. Il prit conscience de ce qu'il faisait et rangea l'arme dans son fourreau. La douleur quitta ses traits et il remonta sa cape marbrée de gris et de noir autour de ses épaules, dissimulant du même coup sa ceinture garnie de fléchettes, de dagues et d'innombrables outils et poches.

Cela n'aurait pas dû finir ainsi. Cela n'aurait pas dû finir dans une telle fadeur.

Il s'éloigna de la fenêtre, puis s'arrêta. Il tourna la tête en entendant un bruit par-dessus le hurlement du vent.

Kylar força sa main droite ensanglantée à lâcher le volet. Il tâtonna et sentit que les fourreaux de dague étaient vides, comme celui de son épée accroché dans le dos. Il grogna et se contorsionna pour tirer le tanto fixé à son mollet.

Ses doigts étaient comme morts, lacérés, sans force. L'arme faillit lui échapper.

Il trancha sans difficulté la corde attachant le volet au mur. Les charnières rouillées grincèrent avec force. Kylar se raidit, mais il ne pouvait rien faire contre le bruit. Il inspira deux fois. Il poussa contre le mur de la tour avec les pieds et se balança vers la fenêtre brisée. Il invoqua son Don et se projeta vers le haut comme s'il était sur une balançoire géante.

À ce moment, le volet céda. Kylar ne le lâcha pas. Il réussit tout juste à passer par l'ouverture de la fenêtre au lieu de s'écraser contre le mur.

Il roula par terre et percuta les pieds de Durzo. Le pisse-culotte tomba sur son apprenti et lâcha une de ses épées crochets qui virevolta à l'extérieur. Le volet se trouvait entre les deux hommes et immobilisait les mains de Durzo dans une position difficile. Kylar écrasa le panneau de bois sur le visage de son maître.

— Je ne…

Kylar recommença en mobilisant toute sa force et tout son Don. Son adversaire fut projeté loin de lui.

Mais Blint se releva en un instant. Il donna un coup de pied dans un tabouret qui fila vers Kylar. Celui-ci le bloqua de la jambe, mais perdit l'équilibre et trébucha. Il tomba en avant et s'immobilisa, le visage à quelques centimètres du tapis ornemental.

Durzo s'élança à la vitesse de l'éclair en brandissant son épée crochet. Au lieu d'essayer de se relever ou de rouler de côté, Kylar saisit le tapis et tira dessus.

Durzo poursuivit sa course plus vite qu'il l'avait prévu et son arme ne trancha que le vide lorsque ses genoux heurtèrent les épaules de Kylar. Il bascula la tête la première.

La lourde épée incurvée du pisse-culotte était toujours enchâssée dans le bureau, près de la fenêtre, mais Châtiment était plus proche. Kylar l'attrapa et se retourna.

— … veux pas… (Durzo bondit vers l'épée crochet qui gisait par terre.)… me battre contre vous !

Kylar sauta sur l'arme que le pisse-culotte voulait récupérer. Durzo tira dessus avec toute la force de son Don. Pendant un instant, on put croire que le cœur métallique de l'épée résisterait, puis la lame se brisa à deux centimètres de la garde.

— Tu ne le veux peut-être pas, mon garçon, mais quelque chose en toi refuse de mourir.

Durzo jeta l'arme brisée, mais n'en tira pas d'autre.

— Maître, ne m'obligez pas à faire ça, dit Kylar en pointant Châtiment sur la gorge du pisse-culotte.

— Tu as fait ton choix quand tu m'as désobéi.

— Pourquoi avez-vous fait ça ?

— Je n'aurais jamais pris d'apprenti, mais j'ai cru que tu avais quelque chose que tu n'avais pas. Que les Anges de la Nuit me pardonnent !

— Je ne parle pas de moi ! (Les mains de Kylar tremblèrent sur la poignée de l'épée.) Pourquoi m'avez-vous obligé à trahir mon meilleur ami ?

— Parce que tu n'as pas respecté les règles. Parce que la vie est vaine. Parce que je n'ai pas respecté les règles non plus. (Durzo haussa les épaules.) L'un dans l'autre, nous sommes à égalité.

— Ça ne me suffit pas !

Le pisse-culotte ramena les mains devant lui et fit la moue.

— Logan est mort en hurlant, tu sais. C'était pathétique.

Kylar frappa de taille. Châtiment fila vers la gorge de Durzo, mais celui-ci ne tressaillit même pas. La lame heurta sa paume et s'arrêta net, comme si elle n'avait pas eu de tranchant.

Mais Durzo avait toujours les mains devant lui. Celle qui avait bloqué Châtiment n'était que pure magie.

Le choc fut tel que Kylar lâcha son épée. D'autres mains apparurent dans les airs et attaquèrent le jeune homme.

Il bloqua les coups en reculant tant bien que mal. Durzo s'avança avec calme. Le Don bouillonnait en lui.

Kylar ne pouvait rien faire. Il bloquait les coups de plus en plus vite, mais les poings magiques accéléraient. D'autres mains, indistinctes, apparurent devant lui et arrêtèrent une partie des attaques, mais c'était insuffisant. Durzo l'obligeait à reculer, encore et encore.

Enfin, des mains saisirent les membres de Kylar et le plaquèrent contre le mur. Le jeune homme ne parvenait plus à bouger.

—Ah! mon garçon! Si j'avais pu t'apprendre à te servir de ton Don, tu serais vraiment devenu quelqu'un.

Durzo tira un couteau de lancer et le fit tourner au bout de ses doigts. Puis il le leva, s'interrompit comme s'il voulait dire quelque chose et secoua la tête.

—Je suis désolé, Kylar.

—Ne le soyez pas. La vie est vaine, n'est-ce pas?

Durzo soupira. Il fixa son regard sur Châtiment qui brillait d'un reflet sombre aux pieds de Kylar, si proche et si lointaine à la fois. Le visage du pisse-culotte exprimait un mélange d'angoisse et de regret.

Kylar suivit son regard et observa l'épée noire que Durzo avait maniée pendant tant d'années. Il se rappela alors…

Durzo lui lança un regard mauvais et s'empara du petit sac avant de le retourner. Le globe des Tranchants roula dans sa paume.

—Merde! C'est bien ce que je pensais.

À cet instant, sa voix avait résonné avec dureté dans le couloir silencieux des Jadwin. Il s'était aperçu que le ka'kari était un faux. Une fois de plus.

—Hein? demanda Kylar.

Mais Durzo n'était pas d'humeur à répondre à des questions.

—Est-ce que la fille a vu ton visage?

Le silence de Kylar fut éloquent.

— Règle-lui son compte. Kylar, ce n'est pas un conseil, c'est un ordre. Tue-la.

— Non ! lâcha Kylar.

— Qu'est-ce que tu viens de dire ? demanda Durzo d'un ton incrédule.

Des gouttes de sang noir perlaient de la lame de Châtiment avant de tomber par terre et de former une flaque.

— Je ne la tuerai pas. Et je ne vous laisserai pas la tuer non plus. Je suis désolé, maître.

— Est-ce que tu comprends ce que tu es en train de faire ? aboya Durzo. Qui est donc cette fille pour que tu sois prêt à passer le reste de ta courte vie pourchassé par… (Le pisse-culotte ne termina pas sa phrase.) Poupée !

— Oui, maître. Je suis désolé.

— Par les Anges de la Nuit ! je me fous de tes excuses ! Je veux qu'on m'obéi…

Durzo leva un doigt pour exiger le silence. Les bruits de pas étaient désormais tout proches. Le pisse-culotte ouvrit la porte et se fondit dans le couloir avec une rapidité surnaturelle. Châtiment lança un reflet argenté dans la pénombre.

Un reflet argenté ? La lame de Châtiment était noire.

Il entendit alors un objet métallique rouler sur les dalles en marbre dans sa direction. Il tendit le bras et sentit le ka'kari buter contre sa paume.

— Non ! Non ! c'est à moi ! hurla le pisse-culotte.

Le ka'kari se transforma soudain en une petite flaque noire et huileuse.

Qu'est-ce que Durzo avait dit un peu plus tôt ? Que le globe argenté était un autre faux. Tu *me* l'as volé. Il ne parlait pas du ka'kari d'argent, mais du ka'kari noir. Du ka'kari qu'il cachait depuis des années sur la lame de Châtiment. De son ka'kari.

Les ka'karis choisissaient leur maître. Pour une raison inconnue, le noir avait choisi Kylar. Peut-être l'avait-il fait depuis des années, le jour où Durzo l'avait battu pour avoir revu Poupée, ce jour où une lueur bleutée et incandescente avait enveloppé la lame couleur de jais. Quand le pisse-culotte avait crié : « Non ! Non ! c'est à moi ! », des flammes bleues s'étaient enfoncées dans les mains de Kylar. Durzo avait jeté l'arme loin de son apprenti pour que celui-ci ne puisse pas terminer de fusionner avec elle. Car si Kylar y était parvenu, il n'aurait plus fait réagir le ka'kari d'argent pour le compte du pisse-culotte. Maintenant, ils savaient tous les deux que Kylar n'avait rien ressenti parce que c'était un faux. Il n'y avait eu qu'un seul ka'kari dans la cité : le noir.

Durzo savait depuis ce jour que, s'il laissait son apprenti en vie, il perdrait le ka'kari noir à jamais. Il le lui avait donné cette nuit pour que Kylar ait une chance.

Mais il était désormais trop tard.

Durzo semblait vouloir dire autre chose et trouver un moyen d'apaiser son angoisse, mais il n'avait jamais été très doué pour exprimer ses sentiments.

Il se contenta de lancer son couteau vers la poitrine de Kylar, à quelques mètres de distance.

Le temps ne ralentit pas sa course.

Le monde ne se rassembla pas dans la pointe de la lame tournoyante.

Mais les flammes d'un espoir insensé consumèrent soudain la résignation dans le cœur du jeune homme. Il ne s'aperçut même pas que sa main s'était libérée. Il ne vit pas qu'elle se levait. Il ne savait pas comment le ka'kari avait quitté la lame de l'épée à terre pour se glisser dans son corps. Il le sentit soudain en lui, rien de plus.

Pendant cette fraction de seconde qui s'écoula à un rythme normal, une matière noire jaillit de l'extrémité de ses doigts et aspergea le couteau qui tournoyait vers sa poitrine comme un crachat vers un trottoir.

Quand Kylar regarda de nouveau, le couteau avait disparu.

« Ding ! »

Kylar baissa les yeux pour savoir ce qui avait produit le tintement. Le ka'kari roulait vers lui en tressautant sur le sol de mosaïque. Il monta le long de sa botte et se fondit dans sa chair. Kylar sentit une vague d'énergie le submerger.

D'une simple impulsion mentale, Kylar se libéra d'un coup sec des mains fantômes qui le maintenaient contre le mur. Il se redressa en douceur et tendit le bras vers son ancien maître. Puis il déchargea l'énergie qui crépitait en lui.

Durzo fut projeté en arrière comme si un ouragan venait de se déchaîner devant lui. Il roula, boula et glissa en travers de la chambre avant de heurter le mur.

Kylar se servit du Don pour récupérer Châtiment et referma ses doigts sur la poignée.

— Ne jamais se battre quand la bataille est perdue d'avance, dit-il. Et ne jamais se battre quand on n'a pas envie de gagner, hein ?

Durzo se releva avec peine, désarmé. Il se mit en garde et esquissa un sourire narquois…

— On est parfois obligé de se battre.

— Pas aujourd'hui, dit Kylar.

Il leva son épée et s'élança en avant. Durzo resta immobile. Il se contenta de fixer ses yeux dans ceux de Kylar, prêt. Au dernier moment, le jeune homme changea de direction et bondit vers la fenêtre. Il plongea à travers et fut enveloppé par le vent qui fouettait la tour nord sous les rayons de la lune.

Les hommes qu'il avait vus sur le navire… Roth était parmi eux.

Chapitre 57

Logan n'avait pas la moindre intention de laisser quiconque transformer son scrotum en escarcelle – et Roth Ursuul encore moins que les autres. En fait, il était même fermement décidé à tuer ce fils de pute. Il était dévêtu et sans arme, mais cela ne l'inquiétait pas. Roth avait sans doute pensé que sa nudité le priverait de sa dignité, mais la rage que ressentait Logan décuplait sa force. Les cruautés, les perversions et les horreurs auxquelles il avait assisté depuis vingt-quatre heures l'avaient métamorphosé. Il redeviendrait un homme, mais plus tard. Pour le moment, il n'était qu'une masse de haine cristalline, glacée et implacable. Il estima qu'il était capable de tuer les deux gardes à mains nues malgré les liens qui lui entravaient les poignets et les chevilles. La fureur bouillonnait en lui et il songea qu'il n'y avait pas grand-chose qui serait capable de l'arrêter.

À l'exception de la magie. Roth le savait, lui aussi, et il avait ordonné à son sorcier, Neph Dada, d'escorter le prisonnier jusqu'au donjon. Neph avait sans nul doute mémorisé le plan du bâtiment, car il serpenta dans les couloirs du quartier des domestiques et gagna l'escalier et les caves sans hésitation.

Il n'y avait qu'une seule prison dans la cité de Cénaria. Elle était reliée au château par un tunnel – maintenant infesté de guerriers des hautes terres – et séparée du reste de la ville par les deux bras de la Plith. On y conduisait les détenus à bord d'une barge et rares étaient ceux qui faisaient le voyage de retour. Les criminels qui arrivaient là auraient aussi bien pu être engloutis par la terre.

Logan sentit une odeur étrange. La parcelle de son esprit épargnée par la rage songea que cet endroit avait peut-être été baptisé la Gueule pour d'autres raisons. Des fumerolles montaient sans cesse de la face nord de l'île de Vos et remplissaient la prison d'émanations de soufre avant de se dissiper naturellement dans l'atmosphère.

Neph Dada s'arrêta devant une porte en fer tandis qu'un garde fouillait dans ses poches à la recherche de la clef. Le sorcier lui lança un regard courroucé et agita la main à hauteur de la serrure. Les virs noirs se déplacèrent avec un léger décalage par rapport à ses bras. On entendit un cliquetis.

Le garde sortit la bonne clef et esquissa un faible sourire.

— Je n'ai pas de temps à perdre, lâcha Neph. D'autres affaires m'attendent. Pouvez-vous vous occuper du prisonnier sans moi maintenant ?

— Oui, monsieur, répondit le garde en lançant un coup d'œil inquiet à Logan.

Le cœur du prince se remplit de joie. Combattre deux hommes armés alors qu'on était nu, ce n'était pas une partie gagnée d'avance, mais sans les liens magiques du sorcier qui lui immobilisaient les bras et lui permettaient à peine de traîner les pieds, il était capable de tous les exploits.

— Parfait. Les liens feront encore effet pendant dix minutes, déclara Neph.

— C'est plus que suffisant, monsieur, dit le garde.

Le sorcier s'éloigna avec un reniflement méprisant. Les trois hommes entrèrent et un garde au grand nez glissa la clef dans la serrure pour la verrouiller. Les yeux de Logan eurent le temps de s'habituer à l'obscurité et il distingua des portes massives avec des barreaux aux fenêtres à gauche et à droite.

— Au cas où tu te poserais des questions, dit Tarin, ce sont les plus belles suites de la maison. De vrais nids douillets.

Elles sont réservées aux nobles, mais tu ne vas pas pouvoir en profiter.

Il gloussa. Logan le regarda d'un air impassible.

— Cette rampe mène à la surface. Tu ne vas pas en profiter non plus.

Un garde au visage de fouine regarda Tarin.

— C'est une habitude, chez toi, de te payer la tête des cadavres ?

— Je veux, répondit Tarin en se fourrant un doigt dans le nez. (La Fouine le regarda.) Quoi ? Je me grattais.

— Ferme-la un peu. On doit descendre au troisième ?

— Ouais, jusqu'aux Hurleurs. Magnons-nous. (Tarin cogna à la quatrième porte en passant devant.) Je reviens te voir tout de suite, ma jolie ! (Un petit cri monta dans la cellule, mais la prisonnière ne leva même pas les yeux.) Cette salope me file la trique. Tu l'as vue ? (La Fouine secoua la tête et Tarin continua.) Elle a plus de cicatrices sur le visage qu'un guerrier des hautes terres a de puces, mais on n'est pas obligé de le regarder, hein ?

— Le prince t'arrachera la gorge si tu la touches, dit la Fouine.

— Peuh ! et comment il l'apprendrait ?

— Il va venir ce soir. Il veut libérer nos camarades du Sa'kagué et voir cette fille ainsi que d'autres mômes qu'on a enfermés ici.

— Ce soir ? Putain ! Il me faudra que cinq minutes pour lui faire son affaire.

Tarin éclata de rire.

Les trois hommes cheminèrent à travers deux niveaux de tunnels artificiels. L'odeur des prisonniers entassés devint plus forte et se mêla à des relents puissants de soufre, d'égouts ainsi qu'à d'autres effluves que Logan ne parvint pas à identifier. Il vérifia avec régularité si les liens magiques se desserraient, mais ne remarqua aucune amélioration. Il arrivait à peine à marcher. Il resta cependant à l'affût d'une occasion. Il ne pouvait pas se contenter de s'échapper, il devait aussi tuer les deux gardes, s'emparer des clefs et se rappeler le chemin vers la sortie.

Selon les dires des gardes, les Hurleurs étaient au troisième niveau. Le petit groupe arriva dans la partie de la Gueule formée de cavernes naturelles qu'on s'était contenté d'agrandir, mais Logan n'entendit aucun hurlement.

— Mieux vaut ne pas aller plus loin, dit Tarin en s'arrêtant devant une double porte bardée de fer. Les enfoirés qui sont là feront le travail à notre place. Je ne vais même pas essayer de le sortir du Trou une fois que tout sera terminé. Je n'ai pas l'intention de me frotter à ces ordures !

— Le Trou ? demanda Logan.

Tarin lui lança un regard mauvais, mais il mourait d'envie de terrifier le prisonnier.

— Le Trou du Cul de l'Enfer ! C'est là qu'on balance les violeurs, les assassins, les types qui sont si tordus qu'une cravate de chanvre serait un sort trop doux pour eux. On les lâche là-dedans et on les laisse s'entre-dévorer. Ils boivent en léchant les rochers et les gardes ne leur balancent jamais du pain en quantité suffisante – sans compter qu'ils pissent parfois dessus.

— Et qui va… tu sais ? demanda la Fouine en tirant son poignard avec inquiétude. Ces liens ne vont pas tenir éternellement.

— Qui va quoi ?

— Tu sais bien. Qui va lui trancher ses bijoux de famille ?

Logan vérifia si les entraves l'immobilisaient encore. C'était le cas. Elles lui maintenaient les bras contre le corps, l'obligeaient à se tenir aussi raide qu'un piquet et ne laissaient que quelques centimètres de marge à ses pieds. Les gardes le savaient. *Oh ! dieux !* Le temps allait lui manquer.

— Je m'en occupe, dit Tarin d'un ton hargneux.

Il attrapa une gaffe munie d'un nœud coulant qu'il fit glisser autour du cou de Logan. Puis il tendit la perche à la Fouine.

— Tiens-le. On ne peut pas se permettre de prendre des risques. Passe-moi ton surin.

La Fouine donna son couteau à Tarin. C'était une arme ordinaire, mais les yeux de Logan restèrent fixés dessus. La peur se mêla à la rage et il sentit cette dernière s'émousser, fondre. *Ils allaient le faire ! Dieux ! non !* Il se débattit, agita les bras et les jambes comme un animal pris au piège. Mais malgré les secousses, les contorsions et les déhanchements, il bougea à peine de quelques centimètres.

Tarin éclata de rire et la Fouine serra la corde autour du cou de Logan jusqu'à ce qu'il devienne violet. Mais le jeune homme se fichait de mourir étranglé.

Tuez-moi maintenant ! Oh ! dieux !

— Dommage que tu travailles avec moi depuis si peu de temps, dit Tarin.

— Pourquoi donc ? demanda la Fouine en tenant la perche à deux mains.

L'inquiétude se lisait sur son visage.

Tarin lui planta le couteau dans l'œil. L'homme se souleva sur la pointe des pieds, fut agité par un spasme violent et s'effondra.

— Parce que je t'aurais proposé de faire équipe au lieu de te faire la peau.

Tarin ricana tout bas et trancha la corde qui étranglait Logan. Le jeune homme le regarda, trop abasourdi pour parler. Sa peur et sa rage s'évanouirent peu à peu.

Tarin ne lui prêta pas attention.

— Quand tu pourras bouger, enfile ça. Désolé qu'on n'ait pas envoyé quelqu'un de plus grand, dit-il en déshabillant la Fouine.

— Mais qui diable êtes-vous ? demanda Logan.

— C'est sans importance, dit le garde en dépouillant le cadavre de son pantalon. L'important, c'est la personne pour qui je travaille. (Il baissa la voix pour que les prisonniers ne l'entendent pas.) Je travaille pour Jarl. L'ami d'un de tes amis.

— De qui ? Du seigneur général Agon ?

— Jarl m'a juste dit de te dire qu'il était l'ami d'un de tes amis. (Tarin trancha les sous-vêtements de la Fouine avec son couteau.) Je te répète juste ce qu'on m'a dit de te...

— Mais qu'est-ce que vous faites ? l'interrompit Logan.

— Je récupère la peau de ses couilles.

— Oh ! merde !

Logan ferma les yeux et se serait détourné si les liens magiques le lui avaient permis.

Tarin l'ignora et accomplit sa tâche.

— Putain ! ce n'est pas joli joli, mais ça fera l'affaire. Heureusement pour nous qu'il a les poils de la même couleur que les tiens, hein ? (Il se releva et agita un morceau de chair devant Logan.) Écoute, mon mignon, je ne fais pas ça pour mon plaisir. Si nous avons assez de chance pour qu'on croie que nous nous sommes fait tuer pendant le soulèvement et que Roth trouve cette relique, nous aurons tous les deux une chance de rester en vie. Pigé ?

— Non.

— Dommage pour toi. Nous n'avons pas de temps à perdre. Ces putains d'histoires que je racontais en descendant ici, ce ne sont pas des conneries. Il y a une femme et une petite fille dans le premier bloc de cellules, là-haut. Jarl veut que nous les libérions. Il veut savoir pourquoi Roth s'intéresse tant à elles. On dirait que les liens faiblissent. Attrape ce pauvre type par un pied.

Logan s'aperçut qu'il pouvait bouger les bras en bandant ses muscles, et ses jambes étaient presque libres. Il saisit la cheville de la Fouine – en évitant de regarder son entrejambe – et le tira avec l'aide de Tarin.

— Vous avez donc raconté tout ça dans le dessein de me mettre au courant ? demanda Logan.

Tarin lança un regard mauvais en direction des grands barreaux fixés au-dessus d'un puits sombre. Le Trou était si profond que Logan n'en distingua pas le fond à la faible lueur de la torche. Tarin prit une clef et ouvrit une petite grille sur le côté. Des bruits nasillards et des grognements montèrent du Trou. Logan songea qu'ils n'avaient rien d'humain.

— Et aussi pour vérifier si ce pauvre type savait quelque chose que j'ignorais avant de le tuer. Aide-moi à le balancer. Ne t'inquiète pas, la fosse est profonde et les parois sont à pic.

Logan avança à contrecœur pour obtempérer. Les liens étaient encore assez forts pour l'empêcher de s'accroupir et de soulever la grille. Tarin s'en chargea et le jeune homme jeta le cadavre de la Fouine dans le Trou.

Des cris de joie démoniaques vrillèrent les ténèbres et, tout au fond, des bruits de lutte éclatèrent.

Logan s'écarta de l'ouverture en frissonnant.

— Et quel est le plan, maintenant ?

— Le plan ? (Tarin baissa les yeux vers le puits d'obscurité et secoua la tête.) On se tire d'ici. Si Roth remporte la victoire ce soir, il fera tout pour te trouver. Jarl veillera à ce que plusieurs personnes affirment avoir vu ton corps. Une autre dira qu'elle a aperçu le mien et finira par avouer qu'elle a dépouillé mon cadavre. Elle montrera alors à Roth le petit bout de cuir dans lequel il a l'intention de se tailler une escarcelle.

— C'est un peu tiré par les cheveux, dit Logan. Vous ne voulez pas fermer cette maudite grille ?

— Là-haut, des hommes meurent par centaines. Il sera impossible d'apprendre ce qui est arrivé à l'un d'entre eux et Roth le sait. Enfin, bref ! On ne peut pas faire mieux et ça te permet de sauver ta tête. Jarl décidera si l'histoire de l'« escarcelle » est un peu limite.

Tarin lança un nouveau coup d'œil au fond du Trou. Les bruits qui en montaient indiquaient sans l'ombre d'un doute ce qui se passait en bas : la Fouine faisait office de repas. Le faux garde regarda Logan et esquissa un sourire narquois.

— Ça fait réfléchir, non ?

Logan secoua la tête, écœuré. Il se tourna vers Tarin juste à temps pour apercevoir un mince lasso jaillir du Trou. Le nœud coulant glissa avec fluidité autour des épaules de l'homme et se resserra.

Logan réalisa en une fraction de seconde que la cordelette était faite de tendons entrelacés et une pensée logique lui traversa l'esprit : *quel genre d'animal assez gros pour qu'on puisse tresser ses tendons vit dans ce trou ?*

Les yeux de Tarin brillèrent de terreur. Puis le lasso se tendit brusquement et le déséquilibra. Il s'abattit de tout son long sur l'ouverture de la grille et essaya de se retenir aux barreaux. Le nœud coulant glissa autour de son cou quand il écarta les bras. Un ricanement sauvage monta du Trou. Logan avança tant bien que mal pour venir en aide à Tarin. Il se déplaçait plus vite qu'au cours de la dernière demi-heure, mais cela ne suffit pas.

Les yeux du faux garde semblèrent jaillir de leurs orbites tandis que la corde se resserrait. Ils étaient tellement gonflés que cela en devenait grotesque. Cinq hommes devaient tirer dessus. Le malheureux faiblit et tourna la tête vers Logan.

Puis ses bras fléchirent et il glissa dans le Trou.

Logan voulut l'attraper, mais ses liens faiblissants le firent trébucher et il roula vers la grille ouverte.

Il empoigna les barreaux et s'immobilisa sur le ventre. Au fond du Trou, il distingua des silhouettes agglutinées, des bras qui se tendaient et s'abattaient en s'entre-déchirant dans une cacophonie de cris stridents. Il aperçut Tarin qui se débattait en hurlant.

Pendant une longue minute, Logan resta coincé là, incapable de bouger suffisamment pour s'éloigner de la grille. Tarin finit par se taire et les silhouettes noires se dispersèrent pour manger.

L'une d'elles aperçut alors le jeune homme et poussa un cri.

Logan se projeta sur le côté de toutes ses forces. Il sentit les liens magiques faiblir et se briser. Il s'immobilisa, le dos contre des pierres pointues. Puis il s'assit et referma la grille.

Tarin avait laissé tomber la clef quand le lasso l'avait déséquilibré, mais, de toute façon, Logan était incapable de la glisser dans la serrure tant il tremblait. Il se leva avec des gestes mal assurés et remonta le couloir.

Il endossa les vêtements de la Fouine qui se distendirent sur un corps trop large et trop musclé pour eux. Par chance, le garde avait porté un uniforme trop grand pour lui. Si cela n'avait pas été le cas, le jeune homme ne serait jamais parvenu à l'enfiler. Il chaussa les bottes qui lui comprimèrent les pieds et se redressa.

Il s'efforça de rassembler assez de force pour s'approcher de la grille et la verrouiller. Même s'il n'entrait plus jamais dans une prison, il savait que ce qu'il avait vu aujourd'hui hanterait ses nuits jusqu'à sa mort. Il n'avait aucune envie de retourner au Trou.

Pourtant, il ne pouvait pas laisser à ces monstres la moindre chance de s'échapper.

Il aurait dû se dépêcher, mais il redescendit le long couloir avec prudence et lenteur. Il s'immobilisa en arrivant à quelques mètres de la grille : tout paraissait normal, mais il entendit de nouveau le bruit des dents déchirant la chair. Il eut envie de vomir.

Puis il entendit des voix de plus en plus fortes au-dessus de sa tête. Les longs couloirs en pierre conduisirent les paroles jusqu'à lui.

— Hé ! toi ! lança un homme avec un accent khalidorien marqué. (Un captif dit quelque chose dans le bloc de cellules le plus proche du Trou, mais Logan ne comprit pas ce qu'il disait.) Est-ce que deux soldats sont passés avec un prisonnier ? (Le jeune homme se figea tandis que le détenu répondait.) Vous voyez ? Ils ne sont pas venus ici. Et croyez-moi, vous n'avez pas envie de descendre au Trou.

La réponse était sans doute motivée par l'habitude de mentir aux représentants de l'ordre et non pas par la compassion, mais Logan bénit son sauveur en silence.

— Et vous pensez qu'un prisonnier va vous dire la vérité ? répliqua un autre Khalidorien à la voix raffinée. Le prince veut être sûr que Logan Gyre est bien mort. Tous vos hommes coopèrent et fouillent le reste du donjon. Est-ce que vous essayez de nous empêcher d'accomplir notre tâche ?

— Absolument pas, monsieur !

Une étrange lumière rouge éclaira le long boyau de pierre.

Un sorcier ! Oh ! merde ! Où vais-je aller ?

Logan examina de nouveau le couloir à la faible lueur de la torche. C'était un cul-de-sac qui ne présentait aucun renfoncement, aucune saillie sous laquelle se glisser.

Est-ce que j'ai frôlé la mort à tant de reprises pour en arriver là ?

Logan envisagea de charger les hommes qui approchaient. Avec un couteau pour seule arme, la manœuvre était très risquée, mais s'il parvenait à tuer le sorcier en premier, il avait peut-être une chance de réussir.

— Cet endroit regorge d'énergie, déclara une troisième voix. J'en suis tout étourdi.

— En effet, acquiesça le premier sorcier. Je n'ai pas ressenti d'aura si vile en un même lieu depuis… depuis ma dernière rencontre avec notre suzerain.

Cette remarque provoqua l'hilarité de ses compagnons. Le cœur de Logan se serra en entendant le rire de six personnes, voire plus.

Six hommes – dont cinq étaient peut-être des sorciers. Il y en avait au moins deux. Même si le groupe se composait de deux meisters et de quatre soldats, Logan n'avait aucune chance. La lumière rouge se fit de plus en plus brillante. Ils n'étaient qu'à quelques mètres de lui.

Logan baissa les yeux et regarda la grille avec effroi. C'était la seule issue. Le comte Drake lui avait affirmé que la vie était précieuse et que le suicide était une solution de lâche. Notre présence ici-bas était un don de Dieu et c'était un péché de le renvoyer à sa sainte face.

Qu'est-ce que Kylar lui avait raconté, un jour ? Des prostituées du marché noir, des filles qui n'appartenaient pas au Sa'kagué et qui ne travaillaient pas sous sa protection, venaient de leur faire des avances. Aucune d'elles n'avait plus de douze ans et elles leur avaient proposé sans détours les pratiques les plus dégradantes. Des pratiques dont Logan n'avait jamais entendu parler.

— Tu serais surpris d'apprendre tout ce qu'on est prêt à faire pour rester en vie, s'était contenté de remarquer Kylar.

« Tu serais surpris d'apprendre tout ce qu'on est prêt à faire pour rester en vie. »

Logan ouvrit la grille et se glissa par l'ouverture. Il se suspendit à un barreau par une main pendant qu'il verrouillait la serrure. Puis il glissa la clef dans sa poche, tira son couteau et se laissa tomber en enfer.

Chapitre 58

Ce fut seulement pendant sa chute que Kylar songea à la distance qui le séparait du fleuve. Il n'avait pas la moindre excuse. À peine cinq minutes plus tôt, il était encore suspendu à cette fenêtre à observer les alentours. Le problème, c'était que ces alentours grossissaient maintenant à une allure inquiétante. Il allait éviter les rochers. C'était une bonne nouvelle. Il allait aussi percuter la surface de l'eau la tête la première à une vitesse terrifiante. Un adepte du plongeon aurait sans doute accompli un tel exploit sans dommage, mais Kylar ne pratiquait pas cette discipline.

Le fleuve remplit tout son champ de vision et il tendit les mains en avant. Une faible aura de Don l'enveloppa et prit la forme d'une pointe.

Lorsqu'il heurta la surface, la protection de ses bras se révéla totalement inefficace, mais le Don compensa cette faiblesse et lui permit de s'enfoncer dans le fleuve comme une flèche.

La pointe se volatilisa un instant après son immersion et l'eau gifla Kylar avec tant de force qu'il crut qu'un géant venait de claquer des mains pour l'écraser.

Il rêva de nouveau – mais était-ce un rêve quand… *quand quoi ?* Cette pensée descendit sans hâte jusqu'à la pointe de ses doigts et s'évanouit.

C'était le rêve qu'il avait fait chaque fois qu'il avait vu la Mort au cours des dix dernières années. Pendant un moment, il sut que ce n'était qu'un songe, comme d'habitude. Il savait que ce n'était qu'un songe, mais quand il réalisa lequel, il était trop tard pour s'en arracher. Le monde onirique l'enveloppa et le jeune homme eut de nouveau onze ans.

L'atelier de réparation de navires est à l'abandon, sombre et froid dans la lumière argentée de la lune. Azoth a préparé son plan, mais sa terreur a franchi les limites de l'entendement. Il se tourne et le Rat est derrière lui, nu.

Azoth marche vers le trou par lequel on soulevait jadis les embarcations des eaux infâmes de la Plith. Il se dirige vers la corde avec un rocher attaché à une extrémité, un nœud coulant à l'autre.

—Embrasse-moi encore, dit le Rat. (Il apparaît juste devant Azoth et saisit ses mains avec avidité.) Embrasse-moi encore.

Où est le nœud ? Il l'avait disposé ici, non ?

Il voit le rocher qui doit entraîner le Rat dans les eaux de la Rivière pour qu'il s'y noie. Mais où est le… Le Rat l'attire contre lui et son souffle chaud balaie le visage d'Azoth. Il sent ses mains qui le déshabillent…

Kylar toucha le fond du fleuve comme une pierre. Il ouvrit soudain les yeux et vit Châtiment à quelques centimètres de lui. Il avait heurté la surface avec tant de violence que l'arme avait été arrachée de sa main. Il avait de la chance qu'elle ne l'ait pas blessé. Il avait de la chance que la lame argentée ait coulé à la verticale, tout comme lui.

Puis il sentit brusquement la brûlure dans ses poumons. Il attrapa Châtiment et remonta vers la surface.

Depuis combien de temps est-ce que je suis sous l'eau ?

Très peu de temps ou il aurait été entraîné par le courant et se serait noyé. Quelques secondes plus tard, il constata avec surprise qu'il respirait de nouveau et qu'il n'était pas blessé – pas par la chute, du moins, car ses doigts et son nez saignaient toujours ; une brume rougeâtre colora l'eau pendant un instant. Les vagues le poussèrent contre un écueil sur lequel il se hissa.

Il avait échoué sur la berge rocailleuse de l'île de Vos, sous le pont royal est, juste en face du domaine des Jadwin. La rive où il se trouvait servait de fondation à la muraille du château. Pour remonter le fleuve, il dut alterner escalade et nage. Il lui fallut dix minutes épuisantes pour découvrir un endroit où se hisser une fois de plus hors de l'eau.

Le quai où il avait aperçu Roth se trouvait à la pointe nord de l'île. Pour y arriver, deux choix s'offraient à lui : suivre la rive entre les rochers et les vagues ou passer par le bâtiment trapu et puant qui couvrait la faille de l'île de Vos.

Le jeune homme songea qu'il aurait besoin de dix à vingt minutes de repos s'il décidait de longer la côte rocailleuse. Même si Roth daignait l'attendre, Kylar était trop épuisé pour emprunter ce passage. Son nez avait cessé de saigner, mais pas sa main. Il l'avait bandée, mais les plaies se rouvriraient s'il nageait. Ses coupures aux doigts et à la paume l'élançaient et il était déjà affaibli par l'hémorragie.

En n'importe quelle autre occasion, Kylar aurait fait demi-tour. Il n'était pas en état d'assassiner quelqu'un, mais la logique n'avait plus de sens. Cette nuit, il était hors de question d'abandonner. Pas après ce que Roth avait fait.

Le bâtiment en pierre construit au-dessus de la faille était un carré haut d'un étage et long d'une cinquantaine de mètres. On racontait que c'était une merveille technologique, mais Kylar ne savait pas grand-chose à son sujet. Il songea que les nobles ne devaient pas s'intéresser aux merveilles qui empestaient l'œuf pourri.

C'était folie que de continuer. Le jeune homme était tellement épuisé qu'il aurait le plus grand mal à employer son Don, car cela exigeait une certaine énergie. Il s'appuya contre la lourde porte pour rassembler ses forces. Il n'avait pas lâché Châtiment. Il baissa les yeux vers l'arme et les fixa sur le mot gravé sur la lame. « Justice. » Non, ce n'était plus « justice ». Il cligna des yeux.

La forme des caractères n'avait pas changé, mais les lettres noires du mot « justice » avaient été remplacées par les lettres argentées du mot « pitié ». Sur la poignée, la sombre couleur du ka'kari avait aussi cédé la place à des reflets brillants qui traçaient le mot « vengeance ».

Le ka'kari avait disparu. Kylar était tellement fatigué et hébété qu'il succomba au désespoir. Puis il se rappela où se trouvait le ka'kari.

Il a pénétré en moi ?

Il était donc épuisé à ce point ? Il avait été victime de son imagination, c'était certain. Il avait eu une hallucination.

Il tourna la main et un liquide noir et huileux suinta de sa paume comme de la sueur. Il demeura fluide pendant un instant, puis se solidifia sous la forme d'une chaude sphère métallique. Elle était maintenant aussi sombre que la nuit et parfaitement lisse. Un ka'kari noir. Logan avait raconté qu'il y en avait six : un blanc, un vert, un brun, un argenté, un rouge et un bleu. L'empereur Jorsin Alkestes et son archimage Ezra les avaient confiés à six champions. Ce faisant, ils avaient offensé un ami de Jorsin qui, pour se venger, trahirait ensuite ce dernier. Après la guerre, les six ka'karis avaient suscité bien des convoitises et leurs propriétaires n'avaient pas fait de vieux os.

Kylar essaya de se rappeler le nom du traître. Akhilleus Ghassant. Jorsin ne l'avait pas offensé en fin de compte, il avait juste fait semblant afin de laisser une échappatoire à son meilleur ami – et de s'assurer qu'un artefact ne tomberait pas aux mains de l'ennemi. Personne ne connaissait l'existence du ka'kari noir et Akhilleus n'avait donc pas été traqué. Il avait survécu.

Durzo avait signé sa lettre « A Ghassant ».

— Oh ! dieux !

Kylar inspira. Il ne devait pas songer à cela pour le moment. S'il commençait à réfléchir à tout cela, il ne se remettrait jamais en chemin.

— Aide-moi, dit-il au ka'kari. Je t'en prie. Obéis-moi.

Il serra la sphère, et celle-ci se liquéfia avant de se précipiter sur son corps, ses vêtements, son visage et ses yeux. Le jeune homme tressaillit, mais sa vue demeura parfaite – il voyait dans l'obscurité comme en plein jour. Il baissa la tête et observa ses mains et son épée noire. Elles chatoyèrent sous l'afflux de magie et disparurent. L'ombre ne s'était pas contentée de les couvrir – la méthode de dissimulation classique des pisse-culottes –, elles avaient vraiment disparu. Kylar n'était pas simplement protégé par un manteau d'obscurité, il était invisible.

Il n'avait pas le temps de s'émerveiller. Il avait du travail à accomplir. Il y avait déjà une bonne dizaine de minutes qu'il avait aperçu Roth sur le quai. Si Kylar avait l'intention de le tuer ce soir, il devait se dépêcher. Il crocheta la serrure et entra dans le bâtiment.

Une chaleur suffocante régnait à l'intérieur. Des allées couvertes de planches entouraient une énorme cheminée centrale large de plus de vingt mètres. Elle était faite de grandes plaques métalliques rivetées les unes aux autres et soutenue par une charpente en bois externe. Elle s'enfonçait au moins sur quatre niveaux dans le sol pour atteindre la fracture de la croûte terrestre.

Kylar plongea les yeux dans les profondeurs obscures de la faille et comprit pourquoi les gens considéraient que ce bâtiment était une merveille de technologie. Les personnes qui travaillaient ici domestiquaient la puissance de l'air chaud s'échappant des entrailles de la Terre, mais ils empêchaient aussi les eaux de la Plith de se déverser dans la crevasse.

Un tel événement porterait le fleuve à ébullition et provoquerait la mort des poissons. Les pêcheurs disparaîtraient et Cénaria perdrait sa principale source de nourriture.

En ce moment même, inconscients du chaos qui se déchaînait à moins de cinq cents mètres de là, des hommes travaillaient : ils vérifiaient l'état des cordes et des poulies, graissaient des engrenages ou remplaçaient des plaques métalliques.

Kylar descendit une longue allée, tourna plusieurs fois et se retrouva à une intersection. Une première porte, placée en hauteur, s'ouvrait dans le conduit de la cheminée, tout près de son extrémité ; elle servait sans doute à la maintenance et menait vers le nord, vers le quai où Roth se trouvait. La seconde conduisait sous terre.

Kylar s'approcha de cette dernière et passa devant deux larges battants qui permettaient de faire entrer des pièces de matériel volumineuses. Il en entrouvrit un.

Une jeune sorcière se tenait dehors. Ses cheveux étaient attachés en arrière et elle avait croisé ses bras couverts de virs. Elle avait levé la tête et observait une longue rampe en pierre. Une personne lui parlait, mais Kylar ne pouvait pas la voir. Un peu plus loin se tenaient une dizaine de silhouettes vêtues comme la jeune femme.

Kylar referma le battant sans bruit, retourna vers l'intersection et ouvrit la porte installée dans la partie horizontale de la cheminée.

À plat, le conduit ressemblait à un tunnel rempli de vapeur. Il était large de plus de vingt mètres, mais son diamètre se réduisait à six mètres à hauteur du dernier ventilateur. Le sol était couvert de plaques en métal renforcé pour que les ouvriers puissent travailler de manière stable sur les deux dispositifs d'aération. Le premier, gigantesque, était installé avant le coude qui plongeait le conduit à la verticale ; le second, beaucoup plus petit, se trouvait à l'autre bout, à l'endroit où l'air chaud s'échappait dans la nuit cénarienne. Ce dernier était orienté au nord et les pales tournaient assez lentement pour que Kylar vérifie si Roth était encore là.

Il entra dans le conduit avec précaution et vérifia que le sol ne grincerait pas s'il marchait dessus. Les plaques métalliques ne firent pas de bruit, mais le jeune homme ressentit un vague malaise avant d'avoir le temps de fermer la porte.

Refroidies après leur long trajet dans le tuyau de métal, des vapeurs sulfuriques traversaient le tunnel avec paresse avant de s'échapper dans l'air de la nuit. Des rouleaux et des tourbillons de fumée dense couvraient le sol sur un tiers de la hauteur du conduit. La seule lumière était celle de la lune, mais elle était tamisée par les pales du ventilateur. Entre les volutes épaisses et les ombres dansantes, Kylar ne voyait pas mieux qu'un homme normal.

Il y a quelqu'un d'autre dans le tunnel.

Chapitre 59

Durzo eut l'impression que son cœur avait sauté lui aussi par cette maudite fenêtre. Le pisse-culotte s'approcha et observa le fleuve jusqu'à ce qu'il voie Kylar remonter à la surface.

Incroyable !

Je n'ai jamais osé faire un truc si insensé de toute ma vie et ce jeune idiot sans expérience tente sa chance sans l'ombre d'une hésitation – et il réussit, en plus.

Kylar se hissa tant bien que mal sur la berge et se dirigea vers le nord. Durzo savait où il allait. Ce garçon était aussi stupide que borné. Il avait toujours été ainsi depuis qu'il avait refusé d'avouer qu'il n'avait pas eu le cran de tuer le Rat. Il avait alors tourné les talons et avait réglé le compte de ce taré au cours des trois heures suivantes.

Kylar faisait ce qu'il estimait être juste et il se fichait des conséquences, il se fichait de ce que pensaient les autres – Durzo y compris. Le pisse-culotte songea qu'il lui rappelait Jorsin Alkestes. Le garçon avait choisi d'être loyal envers son maître et s'était accroché à cette loyauté quoi que Durzo fasse. Kylar avait foi en lui, comme Jorsin jadis. Ce n'était qu'un sale gamin, mais il avait aussi décidé de faire confiance à un homme bien pire qu'Akhilleus Ghassant.

La douleur fit vibrer chaque fibre de la vie de Durzo Blint. Il avait joué mille rôles au cours de ces longues années et ceux qui avaient cru en lui à ces moments-là ne comptaient pas.

Mais Jorsin avait connu l'homme qui se cachait derrière ces déguisements, tout comme Kylar. Durzo eut mal en songeant à son existence, mais ce n'était pas la première fois, depuis sept siècles. Le monde était une mine de sel et Durzo Blint était une plaie à vif.

À quel moment me suis-je trompé ?

Il ne se lamenta pas longtemps. Comme tous les personnages qu'Akhilleus Ghassant était devenu, Durzo Blint était un homme d'action. Son Don se rassembla autour de ses mains et de ses pieds. C'était curieux que cela se passe encore ainsi maintenant qu'il avait perdu le ka'kari. Il se glissa par la fenêtre et fit un pas dans le vide. Il ne tomba pas.

La magie enveloppant ses pieds adhéra à la pierre et Durzo bascula en avant. Il tendit les mains et se retrouva la tête en bas sur le mur du château, comme un insecte. Kylar n'avait pas appris tous les petits secrets du pisse-culotte. Putain ! il ne les avait même pas tous vus.

Il savait où Kylar allait et il savait comment y arriver avant lui, il n'était donc pas pressé. Dans la cour, le choc des lames attira son attention. Il se drapa dans les ombres et descendit en rampant.

La bataille était dans l'impasse. Deux cents gardes cénariens épaulés par une quarantaine de nobles plus ou moins inutiles ne parvenaient pas à déloger les cent Khalidoriens qui bloquaient la porte du pont royal est. Ces derniers étaient appuyés par cinq ou six meisters, mais les sorciers n'apportaient guère plus qu'un soutien psychologique après un affrontement si long. Ils avaient déjà utilisé toute leur magie.

Durzo repéra les éléments déterminants de la bataille avec des yeux experts dans le domaine de la guerre et de l'assassinat. C'était quelquefois très facile. En règle générale, les officiers étaient importants. Les meisters l'étaient toujours. Mais, en première ligne, il y avait parfois de simples soldats qui galvanisaient leurs proches camarades. Si on éliminait ces individus-clés, le cours de l'affrontement pouvait changer. Du côté khalidorien, les pièces maîtresses étaient deux officiers, trois meisters et un géant des hautes terres ; du côté cénarien, il n'y en avait que deux : un sergent armé d'un arc long alitaeran et Térah Graesin.

Le sergent était un soldat de base et, malgré son âge, il participait sans doute à sa première bataille. Durzo le devina en observant son visage. L'homme s'était engagé pour découvrir ce qu'il valait et il avait trouvé la réponse au cours du combat. Il avait triomphé de son creuset des épreuves et s'en félicitait. Sa satisfaction était évidente et, autour de lui, tous ses hommes la sentaient.

On aurait remarqué Térah Graesin au sein de n'importe quelle foule, bien entendu. Tout en poitrine et en morgue, elle ressemblait à une déesse enveloppée dans une robe bleu ciel en lambeaux. Elle était persuadée que rien de fâcheux n'oserait arriver en sa présence. Elle était persuadée que tous les gens rassemblés autour d'elle lui obéiraient. Et, autour d'elle, les soldats partageaient cette impression.

— Sergent Brelandier ! appela une voix familière, en dessous de Durzo.

Le sergent décocha un autre trait et abattit un meister – mais pas un des trois qui étaient importants.

Le comte Drake apparut dans l'encadrement de la grande porte du château et attrapa le sous-officier.

— Cent autres guerriers des hautes terres sont en route, déclara le noble.

Sa voix fut presque noyée par le claquement des armes, par le flux et le reflux massifs des hommes dans la cour.

La vue du comte fut comme une nouvelle poignée de sel sur la blessure que Kylar avait ouverte. Le pisse-culotte avait pensé que Drake était chez lui, mais il était là, souffrant encore des effets de son poison, sur le point de mourir avec les autres.

— Malédiction ! lança le sergent.

Durzo se détourna. Les Cénariens allaient se faire massacrer. Il n'y pouvait rien. Il avait son propre rendez-vous avec le destin.

— Ange de la Nuit ! cria Brelandier. Si tu combats toujours de notre côté, nous avons besoin de toi maintenant ! Ange de la Nuit ! Viens à notre aide !

Durzo se figea. Il devina que Kylar était déjà intervenu à l'intérieur du château.

D'accord, Kylar. Je vais faire ça pour toi, et pour le comte, et pour Jorsin, et pour tous les imbéciles qui ont cru que même un assassin pouvait accomplir quelque chose de bon.

— Donne-moi ton arc ! ordonna Durzo d'une voix dure et menaçante.

Il utilisa le Don pour qu'elle parvienne jusqu'au sous-officier.

Le sergent tourna la tête à gauche et à droite, puis regarda l'ombre au-dessus de la porte, imité par le comte Drake. Il tendit alors son arme et un étui rempli de flèches.

Durzo attrapa l'arc d'une main et le carquois avec le Don. Il sortit un trait, puis en prépara un deuxième à l'aide de son pouvoir. Il s'accroupit sur la surface verticale du mur et repéra mentalement ses cadavreux.

Le géant fut le premier à tomber, une flèche plantée entre les deux yeux. Puis vint le tour des meisters – sans exception – et d'un groupe de guerriers des hautes terres qui se trouvaient sur le pont, juste en face de lui. Durzo vida le carquois de ses vingt flèches en moins de dix secondes. Il songea que ses tirs étaient diablement précis. Bien sûr, Gaelan Feu du Ciel avait été un maître à l'arc long.

Durzo rendit l'arme au sergent Brelandier qui – à la différence du comte Drake – ne semblait pas encore avoir réalisé ce qui s'était passé. Le vieux noble ne regarda même pas en direction de la cour lorsque la ligne de soldats cénariens se précipita dans la faille des rangs ennemis. Il ne fut pas surpris par l'hésitation qui s'empara des Khalidoriens – une hésitation qui allait les conduire à la débâcle en quelques secondes. Il fixait son regard sur Durzo.

Le sergent Brelandier proféra une malédiction empreinte de crainte et de respect, mais le comte ouvrit la bouche pour lancer une bénédiction. Durzo ne pouvait l'accepter. Il était déjà parti.

Plus de bénédictions ! Plus de pitié ! Plus de sel ! Plus de lumière dans les sombres recoins de mon esprit ! Qu'on en finisse une fois pour toutes ! S'il vous plaît !

Chapitre 60

Un frisson de peur traversa Kylar qui s'accroupit dans les volutes de fumée. Il entendit un bruit sourd et un grincement métallique au-dessus de lui. Il roula et aperçut un couteau planté dans la porte, un second dans la paroi en fer de la cheminée.

La voix de Durzo Blint retentit dans l'obscurité, tout près de l'énorme ventilateur, à l'extrémité sud du conduit.

— Tu as enfin compris que ça pouvait te rendre invisible, hein ?

— Merde, Blint ! Je vous ai dit que je ne voulais pas me battre.

Kylar s'éloigna aussitôt de l'endroit où il avait parlé et scruta les ténèbres. Même si Durzo Blint n'était pas parfaitement invisible, la fumée et les éclats de lumière intermittents se chargeaient de combler cette lacune.

— C'était un sacré plongeon, mon garçon. Tu essaies de devenir une légende, toi aussi ?

La voix du pisse-culotte était curieusement étranglée et plaintive. Kylar trébucha. Durzo était maintenant près du petit ventilateur, au nord du conduit. Il avait dû passer à moins de un mètre de son élève pour s'y rendre.

— Qui êtes-vous ? demanda Kylar. Vous êtes Akhilleus Ghassant, n'est-ce pas ?

Le jeune homme en oublia presque de se déplacer.

Un couteau siffla à une largeur de main de son ventre et frappa la paroi avec un tintement métallique.

— Akhilleus était un imbécile. Il a joué avec le feu, et j'en paie aujourd'hui le prix.

La voix de Durzo était rauque et amère. Il avait pleuré.

— Maître Blint. (Kylar employait le titre honorifique pour la première fois depuis qu'il avait pris le ka'kari.) Pourquoi ne vous joignez-vous pas à moi ? Aidez-moi à tuer Roth. Il est dehors, n'est-ce pas ?

— Dehors, avec une pleine cargaison de meisters et de vürdmeisters. C'est terminé, Kylar. Khalidor se sera emparée du château dans une heure. D'autres guerriers des hautes terres vont arriver à l'aube et une armée de soldats réguliers marche déjà vers la cité. Tous ceux qui auraient pu prendre le commandement des troupes et les combattre sont morts ou en fuite.

Un coup de gong retentit assez loin et le bruit se répercuta entre les parois à nu de la cheminée. De l'air chaud jaillit des profondeurs.

Kylar était écœuré. Tout ce qu'il avait fait n'avait servi à rien. La mort de quelques soldats, le sauvetage de quelques nobles… cela n'avait rien changé.

Il avança à pas de loup jusqu'au ventilateur nord. À travers les pales, il aperçut Roth qui parlait avec des sorciers.

Durzo avait raison. Il y avait des dizaines de meisters. Certains regagnaient le navire, mais une vingtaine d'entre eux restaient près de Roth qui était aussi protégé par dix guerriers des hautes terres.

— Roth a tué mon meilleur ami, dit Kylar. Je vais le tuer. Ce soir.

— Dans ce cas, il faudra que tu me passes sur le corps.

— Je ne veux pas me battre contre vous.

— Au fond de toi, tu t'es toujours demandé si tu réussirais un jour à me vaincre. Je le sais. Aujourd'hui, tu as ton Don et le ka'kari. Quand tu étais plus jeune, tu as juré que tu ne laisserais plus personne te battre. Plus jamais. Tu as dit que tu voulais devenir un tueur. Est-ce que je suis parvenu à en former un ou non ?

—Allez vous faire foutre ! cria Kylar. Je ne me battrai pas contre vous ! Qui est Akhilleus ?

La voix de Durzo s'éleva et récita par-dessus les sifflements des pales et de l'air chaud :

La main du méchant se lèvera sur lui,
Mais ne le vaincra pas.
Leurs lames seront dévorées
Les épées des impies le transperceront
Mais il ne tombera pas
Il bondira sur les toits du monde
Et châtiera les princes...

La voix de Blint s'estompa.

—Je n'y suis jamais parvenu, ajouta-t-il tout bas.

—De quoi parlez-vous ? Qu'est-ce que c'est que cette histoire ? Une prophétie ?

—Ça ne faisait pas référence à moi, tout comme le Gardien de la Lumière ne faisait pas référence à Jorsin. C'est toi, Kylar. Tu es l'esprit du châtiment, l'Ange de la Nuit. Tu es la vengeance que je mérite.

La vengeance naît d'un amour de la justice et de la volonté de redresser les torts. Mais la revanche conduit à la damnation. L'Ange de la Nuit, l'incarnation du châtiment, a trois visages : la vengeance, la justice et la pitié.

—Mais je n'ai aucune raison de me venger. Je vous dois la vie, dit Kylar.

Le visage de Durzo s'assombrit.

—Oui, une vie dans le sang. J'ai servi ce maudit ka'kari pendant près de sept siècles, Kylar. J'ai servi un roi mort et un peuple qui ne le méritaient pas. J'ai vécu dans l'ombre et je suis devenu comme les créatures qui y résident. J'ai sacrifié tout ce que j'étais pour une lueur d'espoir que je n'ai d'ailleurs jamais comprise. Que se passe-t-il lorsque tu enlèves tous les masques d'un homme et que tu t'aperçois qu'il n'y a rien d'autre que le vide derrière ? Une seule fois je n'ai pas satisfait aux exigences du ka'kari. *Une seule fois* en sept cents ans, et il m'a abandonné.

» Je n'ai pas vieilli d'un jour, Kylar. Pas d'un jour en sept cents ans. Et puis Gwinvere est apparue, avec Vonda. Je l'ai aimée, Kylar.

— Je le sais, répondit le jeune homme avec douceur. Je suis désolé de ce qui est arrivé à Vonda.

Durzo secoua la tête.

— Non. Je n'ai pas aimé Vonda. Je voulais juste… Je voulais que Gwinvere sache ce qu'on ressentait en voyant la personne qu'on aime partager le lit d'une autre. Je les ai baisées toutes les deux. J'ai payé Gwinvere, mais c'est Vonda que j'ai transformée en putain. C'est pour cette raison que je voulais d'abord le ka'kari d'argent… pour l'offrir à Gwinvere, pour qu'elle ne meure pas comme sont mortes toutes les personnes que j'ai aimées. Mais celui du roi Davin était un faux, alors j'ai laissé les hommes de Garoth Ursuul le trouver. Le seul moyen de sauver Vonda aurait été de leur donner mon ka'kari. J'ai comparé sa vie avec le pouvoir et l'immortalité qu'il m'offrait. Je n'aimais pas Vonda, et c'était donc trop cher payé. Je l'ai laissé mourir.

» Ce jour-là, le ka'kari a cessé de me servir, et j'ai commencé à vieillir. Ce n'était plus qu'une couche de peinture noire sur mon épée et il se moquait de moi en dessinant le mot « justice ». La justice voulait que je vieillisse, que je perde mon habileté, que je meure. Tu étais mon dernier espoir, Kylar. Gwinvere m'avait dit que tu étais un ka'karifeur. Tu avais le pouvoir de les attirer. Des rumeurs affirmaient qu'il y en avait un autre dans le royaume. Le ka'kari noir m'avait rejeté, mais celui d'argent m'accepterait peut-être. C'était un espoir bien mince, mais l'espoir d'une nouvelle chance, d'une rédemption, d'une autre vie. Mais tu n'as fait réagir que mon ka'kari. Tu as commencé à fusionner avec lui le jour où je t'ai battu, le jour où tu as risqué ta peau pour sauver cette fille. Je suis devenu fou. Tu me prenais la dernière chose qu'il me restait. Ma réputation était en lambeaux, mon honneur était terni, mon habileté s'émoussait, mes amis étaient morts, la femme que j'aimais me détestait et tu me prenais mon dernier espoir. (Il détourna le regard.) J'ai voulu te tuer, mais je n'ai pas pu. Je savais que tu étais incapable d'accomplir ce premier meurtre, même si c'était ce taré de Rat. Je savais que tu étais incapable de tuer quelqu'un pour ce qu'il allait *peut-être* faire.

— Quoi ?

La peau de Kylar se hérissa.

— La rue t'aurait dévoré. Il fallait que je te sauve. Même si je savais qu'on en arriverait là.

— Qu'est-ce que vous racontez ?

Non ! Dieu, par pitié ! Non ! Faites que ce soit impossible !

— Ce n'est pas le Rat qui a mutilé Poupée, lâcha Durzo. C'est moi.

La fumée remplissait maintenant le conduit jusqu'à mi-hauteur. L'énorme ventilateur tournait avec paresse tandis que les pales du plus petit tourbillonnaient à la vitesse des battements du cœur de Kylar. Les rayons de lune étaient hachés et répartis au hasard sur les volutes.

Kylar ne parvenait plus à bouger. Il ne parvenait plus à respirer. Il ne parvenait même pas à protester. C'était un mensonge. Il fallait que ce soit un mensonge. Il connaissait le Rat. Il avait vu ses yeux. Il avait aperçu le mal qu'il y avait derrière.

Mais il n'avait jamais senti le mal chez son maître, pas vrai ? Il l'avait regardé tuer des innocents, mais il ne s'était jamais permis d'y voir une manifestation de cruauté.

Le gros ventilateur accéléra. Son « Flap ! Flap ! Flap ! » découpait le temps en unités et soulignait son passage comme si cela avait de l'importance.

— Non !

Kylar eut à peine la force de prononcer ce mot, de lui faire franchir la forteresse de vérité qui lui étreignait la gorge. Blint était capable de faire une telle chose.

« La vie est vaine. La vie est vaine. Une fille des rues ne vaut que ce qu'elle peut gagner en se prostituant. »

— Non ! cria Kylar.

— Tout va se terminer maintenant, mon garçon.

La silhouette de Durzo miroita et disparut tandis que les ténèbres l'enveloppaient. Kylar sentit la rage – une rage pure et brûlante – le submerger.

Il entendit à peine les bruits de pas de son maître dans les gémissements plaintifs des pales et le sifflement de l'air chaud. Il pivota et plongea en avant.

La fumée tourbillonna quand la forme sombre du pisse-culotte le frôla en courant.

Kylar perçut le sifflement d'une épée sortant de son fourreau et dégaina Châtiment. Une ombre surgit, trop proche, trop rapide. Deux lames s'entrechoquèrent et l'arme du jeune homme lui fut arrachée des mains. Kylar se jeta en arrière.

Il se releva avec lenteur, sans un bruit, les sens aux aguets, et demeura accroupi dans la fumée. La rage surmonta son épuisement. Il la canalisa et s'en servit pour s'éclaircir l'esprit.

Il chercha ce qui pourrait lui fournir un avantage, mais il n'y avait pas grand-chose à trouver. S'il restait près du gros ventilateur, celui-ci protégerait ses arrières, mais Blint pourrait facilement le projeter entre les pales tourbillonnantes. Leur rebord n'était pas très tranchant et elles ne tournaient pas assez vite pour lui trancher un membre, mais elles n'auraient aucun mal à l'étourdir. Dans un combat contre Blint, c'était la mort assurée.

Des poignées étaient fixées à intervalles réguliers sur les parois et le plafond du conduit pour que les ouvriers puissent remplacer les parties endommagées. Mais à l'endroit où Kylar se tenait, la première était au moins trois mètres au-dessus de sa tête.

Son Don le parcourut comme une décharge électrique tandis qu'il bondissait. Ses doigts se refermèrent sur un anneau. Son poignet droit se plia et il faillit tomber. Il avait oublié qu'il s'était blessé sur la vitre.

Il se balança et serra les pieds autour d'une autre poignée pour se stabiliser. Sa main droite était trop faible pour soutenir le poids de son corps, il s'en servit donc pour tirer son tanto. Le bruit de gong retentit de nouveau tandis que le jeune homme regardait son arme, un couteau avec une lame droite longue d'une vingtaine de centimètres et une pointe biseautée pour transpercer les armures. Avec la main dans cet état, il était hors de question de frapper de taille.

Il rengaina le tanto, fit sauter la sécurité d'un étui spécial et tira un poignard à lame incurvée deux fois plus petit que l'arme précédente. Quatre trous minuscules et bourrés de coton longeaient la partie supérieure de la lame. Le fourreau était encore humide. Kylar se demanda si l'eau du fleuve avait emporté le venin d'aspic blanc. Il n'avait cependant pas le choix.

Le vent ralentit, puis s'arrêta tout d'un coup. Les ventilateurs continuèrent de tourner en cliquetant sur leur axe couvert de graisse.

Kylar resta accroché et attendit. Le niveau de la fumée retomba et le tunnel commença de se dégager. La prochaine fois que Durzo se déplacerait entre les volutes, Kylar verrait les remous même s'il ne voyait pas le pisse-culotte.

Le cliquetis des ventilateurs se transforma en murmure étouffé. Kylar n'entendait rien d'autre que les battements de son cœur qui résonnaient à ses oreilles. Il s'efforça de déceler la trace de Durzo et de rester accroché sans faire de bruit.

Si Durzo l'entendait, Kylar serait sans défense. Avec les pieds crochetés autour d'un anneau, il serait incapable de réagir assez vite. Sans compter qu'il faisait une cible difficile à rater.

Son seul avantage serait la surprise, mais Durzo lui avait enseigné que c'était le plus important de tous.

Une minute s'écoula.

Les ventilateurs étaient maintenant silencieux. Même le faible brouhaha des voix de l'extérieur s'était éteint. Les tourbillons se refroidissaient et regagnaient leur domaine, le sol du conduit.

Kylar tourna la tête avec une lenteur insupportable, prenant soin de ne pas faire bruisser son col. La fumée ne montait plus très haut et se déplaçait sans hâte vers l'extrémité nord du tunnel. Il devait être capable de repérer quelque chose, une volute, une ondulation qui n'avait pas lieu d'être.

La respiration du jeune homme était à l'image de ses mouvements : lente et mesurée. Son nez, qui avait heurté le mur du château un peu plus tôt, ne laissait passer l'air que par une seule narine. Son bras gauche le brûlait. Ses jambes le faisaient souffrir. Mais il restait immobile et silencieux.

La terreur s'empara de lui. Comment pouvait-il affronter Durzo ? Combien d'hommes son maître avait-il tués ? Combien de fois avait-il vaincu son élève, quelle que soit l'épreuve, quel que soit le défi ? Comment Kylar pouvait-il se battre alors qu'il était blessé et éreinté ? Durzo pouvait attendre au fond du tunnel jusqu'à la fin des temps. Il avait sans doute pris position près du petit ventilateur, au nord.

Avec la lumière dans le dos, il apercevrait Kylar dès qu'il tomberait et fondrait sur lui en une fraction de seconde.

Kylar voulait tuer une légende ? Pour qui se prenait-il ?

Il essaya de calmer les battements frénétiques de son cœur. Il avait la gorge serrée. Les émotions intenses qui l'avaient soutenu au cours de la nuit s'étaient émoussées. Il avait froid. Il se sentait vide. Durzo avait raison : la justice n'avait pas sa place dans ce monde. Logan était mort, Élène avait été mutilée et des monstres d'une cruauté inimaginable allaient remporter la victoire. C'était toujours ainsi et cela ne changerait jamais.

Il sentit qu'il allait lâcher prise. Durzo allait entendre le martèlement trépidant de son cœur dans sa poitrine. Le jeune homme se força à respirer doucement.

Patience ! Patience !

Il inspira un petit coup et bloqua sa respiration. Une infime odeur piquante flottait dans l'air.

De l'ail ! Le maître et l'élève avaient eu la même idée. Durzo s'était lui aussi accroché au plafond à quelques centimètres de son apprenti, comme le reflet d'un miroir, à l'affût de la moindre volute.

Kylar releva la tête et frappa avec le petit couteau. Il dut faire du bruit, car la tache noire – qui, une seconde plus tôt, ne trahissait que la présence d'une poignée légèrement au-dessus de lui – réagit sur-le-champ.

L'arme de Kylar fendit du tissu et le jeune homme para une attaque de l'autre main tandis que les deux adversaires tombaient du plafond.

Kylar s'étala dans le flot de fumée qui couvrait le sol. Le choc fut si violent que le jeune homme ressentit une douleur à la nuque. Il roula, bondit sur ses pieds et entendit le sifflement d'une épée jaillissant de son fourreau.

Durzo laissa son invisibilité se dissiper et Kylar l'imita. Il était trop épuisé pour la maintenir une seconde de plus. Il se sentait comme un vieux vêtement essoré. Il fixa son regard sur la lame de un mètre de Durzo, puis sur la sienne, longue de dix centimètres.

— Nous y voici, dit Durzo. Je suppose que tu n'as plus de petits tours en réserve, comme celui dont tu m'as fait profiter dans la tour ?

— Je ne sais même pas ce qui s'est passé dans la tour, dit Kylar. Je n'ai plus rien.

— Dans ce cas, heureusement que je t'ai empêché de rejoindre Roth, tu ne crois pas ? remarqua Durzo avec un petit sourire horripilant.

Kylar n'avait plus la force de se mettre en colère. Il n'était plus qu'une coquille vide.

— Quelle importance ? J'aurais quand même préféré que mon sang tache ses mains plutôt que les vôtres.

Il rengaina son couteau.

— Tu as utilisé le venin d'aspic, hein ? (Durzo éclata de rire.) Évidemment.

Il salua Kylar et fit glisser son épée dans son fourreau.

Puis il s'affaissa et attrapa un anneau fixé dans la paroi pour ne pas tomber.

— Je me suis toujours demandé ce qu'on ressentait.

Il porta la main à la déchirure de sa tunique. Kylar avait cru que sa lame avait seulement fendu le vêtement, mais une estafilade sanguinolente balafrait la poitrine du pisse-culotte.

— Maître !

Kylar se précipita vers lui et le retint au moment où le pisse-culotte s'affaissait de nouveau.

Blint ricana. Son visage était d'une pâleur cadavérique.

— Voilà bien longtemps que je n'ai plus peur de mourir. Ce n'est pas si terrible. (Il grimaça.) Bon ! ce n'est pas l'extase non plus. Kylar, promets-moi une chose.

— Tout ce que vous voulez.

— Occupe-toi de ma petite fille. Sauve-la. Mamma K pourra te dire où ils la gardent prisonnière.

— C'est impossible. Je suis tout prêt à le faire, mais c'est impossible.

Il tourna la tête et arracha la fléchette plantée dans sa nuque. Il avait d'abord cru que la douleur avait été provoquée par la chute depuis le plafond, mais il avait compris quand il s'était relevé. Le dard était empoisonné, et le jeune homme allait mourir, lui aussi.

Durzo rit.

— Un tir au hasard. Sors-moi de ce tunnel. Je respirerai du soufre bien assez tôt.

Kylar réussit à sortir avec son maître par la porte du conduit. Il aida Durzo à s'asseoir sur les planches de l'allée et s'installa en face de lui. Il était à bout de forces.

La fléchette était peut-être enduite de venin de serpent-roi mélangé avec de la ciguë.

— Tu es vraiment amoureux de cette Élène, pas vrai ?

— Oui. Je l'aime vraiment.

Curieusement, c'était son seul regret. Il aurait préféré être un autre homme, un homme meilleur.

— Je devrais être mort maintenant, remarqua le pisse-culotte.

— L'eau du fleuve s'est infiltrée dans le fourreau.

Ce vertige était-il causé par le poison ?

Durzo essaya de rire, mais ses yeux se remplirent de tristesse.

— Jorsin m'avait dit : « Six ka'karis pour six anges de lumière, mais un ka'kari doit monter la garde pendant la nuit. » Le ka'kari noir t'a choisi, Kylar. Tu es désormais l'Ange de la Nuit. Donne à ces ingrats mesquins mieux que ce qu'ils méritent. Donne-leur l'espoir. Voici la dernière volonté de ton maître : tue Roth. Pour cette cité. Pour ma fille. Pour moi. (Ses doigts s'enfoncèrent douloureusement dans le bras de Kylar.) Je suis désolé, fils. Désolé pour tout. Un jour, peut-être, tu me pardonneras…

Ses paupières devinrent lourdes et il fit un effort pour les garder ouvertes, pour ne pas sombrer dans le brouillard. Il divaguait – sans doute un effet du poison. Il savait pourtant que le jeune homme allait mourir, lui aussi.

— Je vous pardonne, dit Kylar. Puisse la mort de l'autre ne pas nous salir les mains.

Les yeux de Durzo se mirent soudain à briller et il parut rassembler ses forces pour lutter contre le venin qui coulait dans ses veines. Il sourit.

— Je n'ai pas empoisonné… la fléchette… La lettre…

Durzo mourut au milieu d'une inspiration. Un léger frisson traversa son corps tandis qu'il regardait Kylar fixement.

Le jeune homme lui ferma les yeux et il sentit un gigantesque vide s'installer dans son ventre. Un sanglot resta bloqué en lui, perdu dans le néant obscur de sa gorge. Il se releva avec raideur sans prêter attention au corps de Blint. Celui-ci glissa de ses genoux et sa tête frappa le sol métallique de la passerelle. Ses membres flasques et sans grâce prirent une pose peu naturelle. Le corps resta immobile, comme tous les cadavreux. Tant qu'il était en vie, un homme était unique. Une fois mort, ce n'était plus qu'un tas de viande. Durzo ressemblait à n'importe quel cadavreux.

Hébété, Kylar tendit la main vers la poche pectorale de son maître et en tira la lettre qui, d'après les dires de Durzo, était son héritage. Il avait blessé le pisse-culotte quelques centimètres au-dessus.

Le papier était gorgé de sang et illisible. Qu'est-ce que Blint avait voulu laisser à son apprenti en écrivant ses derniers mots ? Quelles excuses, quelles explications, quel cadeau avait-il eu l'intention de lui offrir ? L'ultime message de Durzo Blint était mort avec lui. Kylar était seul.

Il tomba à genoux, vidé de ses dernières forces. Il prit le corps du pisse-culotte dans ses bras et pleura. Longtemps.

Chapitre 61

L'aube trouva Kylar titubant dans les rues en direction d'un de ses repaires. Avant de se mettre en route, il avait enterré Durzo à la pointe nord de l'île de Vos et érigé un cairn au-dessus de sa tombe. À cette heure, il n'avait rencontré personne et avait volé un canot sur le quai. Trop fatigué pour ramer, il avait laissé le courant le conduire jusqu'au labyrinthe.

Il avait amarré le bateau à l'atelier où il avait tué le Rat. C'était le moment idéal pour passer inaperçu, car il faisait encore assez sombre. Il se demanda si le Rat était toujours prisonnier du fond boueux, si son âme tourmentée observait la petite embarcation de son meurtrier avec toute la haine et la méchanceté qui avaient jadis habité le cœur de l'adolescent.

C'était un matin propice aux méditations solitaires. Kylar désamorça les pièges protégeant le repaire avec des gestes mécaniques et entra en chancelant. Blint avait eu raison : se lancer à la poursuite de Roth aurait été un suicide la nuit dernière. Kylar était tellement épuisé qu'il s'était cru empoisonné. Il aurait sans doute été incapable de passer le premier meister.

Le sacrifice de sa vie contre celle de Roth Ursuul était peut-être un marché équitable, mais Kylar n'avait pas l'intention de mourir pour rien. Il verrouilla derrière lui et fit quelques pas avant de s'immobiliser. Il retourna près de la porte et fit tourner la clef trois fois dans chaque serrure. Verrouillé, déverrouillé, verrouillé.

Pour vous, maître.

Il attrapa la cruche, remplit la cuvette et prit le savon pour laver le sang sur ses mains. Tandis qu'il faisait disparaître les derniers vestiges de la vie de Durzo Blint, le miroir lui renvoya l'image d'un visage calme et froid. Il aperçut une trace rouge, toute petite, sur la poignée de la cruche ; une sombre et minuscule tache du sang qui lui couvrait les mains.

Kylar saisit le récipient et le jeta contre le miroir. Des éclats de porcelaine et de verre ponctués de gouttes d'eau volèrent dans toute la pièce, sur le mur, sur ses vêtements, sur son visage. Kylar tomba à genoux et pleura.

Il finit par s'endormir et, à son réveil, il se sentit mieux qu'il était en droit de l'être. Il se lava pour se rafraîchir et, en se rasant, il aperçut un sourire dans un fragment de miroir.

Blint n'avait aucune intention de me tuer, mais il n'a pas résisté à la tentation de me planter une fléchette dans le corps, juste pour montrer qu'il en était capable. Le vieux salopard.

Kylar rit. Oui, c'était vraiment un *vieux* salopard.

C'était de l'humour noir, mais il se raccrochait à tout ce qu'il trouvait.

Il s'habilla, s'arma et songea avec tristesse à l'équipement perdu au cours de la nuit. Des dagues, des poisons, des grappins, des poignards de lancer, son tanto, son couteau à poison… tous les objets auxquels il tenait le plus à l'exception de Châtiment.

Je pleure la disparition de mon matériel, mais pas celle de Logan, de Durzo et d'Élène.

C'était tellement ridicule qu'il éclata une nouvelle fois de rire.

Il songea qu'il ne savait plus trop où il en était. C'était peut-être normal. Il n'avait jamais affronté la disparition d'un être cher et, en l'espace d'une nuit, il en perdait trois d'un coup.

En fin d'après-midi, quand il se décida à sortir de son repaire, les rues étaient bondées. De nombreuses rumeurs circulaient à propos des événements de la nuit. Une armée avait surgi de nulle part. Une armée avait jailli de la faille de l'île de Vos. Une armée de mages du Sud était arrivée. Non, il s'agissait de sorciers du Nord. Des guerriers des hautes terres avaient massacré tout le monde au château. Khalidor allait raser la cité.

Pourtant, on trouvait peu de gens inquiets parmi les colporteurs d'histoires. Kylar aperçut quelques personnes entasser leurs biens sur des chariots et se diriger vers les portes de la ville, mais elles étaient peu nombreuses. Selon toute apparence, personne ne se sentait en danger.

Le repaire de Mamma K était toujours gardé par le Gandien musclé qui faisait semblant de réparer la barrière. Kylar ne se donna pas la peine de devenir invisible. Il approcha de l'homme sans précipitation, se pencha pour demander son chemin et posa la main sur l'épée courte que le cerbère dissimulait. Le Gandien essaya de dégainer, mais trop tard : son arme était bloquée par la poigne de Kylar. Un coup porté main ouverte lui brisa le sternum et lui coupa le souffle. Sa bouche s'ouvrit et se ferma comme celle d'un poisson.

Kylar s'empara des clefs accrochées à sa ceinture et ouvrit la porte. Il verrouilla derrière lui et s'enveloppa dans un manteau d'ombre.

Invisible, il découvrit Mamma K dans le bureau, étudiant les rapports de ses maisons de passe. Il les lut en silence par-dessus son épaule. Elle essayait de comprendre ce qui s'était passé au cours de la nuit.

L'aiguille s'enfonça dans la peau flasque au dos du bras. Mamma K poussa un cri et porta la main à l'endroit où elle avait été piquée. Elle arracha la petite tige d'acier, puis fit tourner sa chaise avec lenteur. Elle semblait si vieille.

— Bonjour, Kylar. Je t'attendais hier.

Il apparut sur la chaise placée en face du bureau, incarnation jeune et désinvolte de la Mort.

— Comment saviez-vous que c'était moi ?

— Avec le poison qu'aurait utilisé Durzo, je serais en train de me tordre de douleur.

— C'est de la racine d'ariamu avec une pointe de jacinthe. La douleur va venir

— Un poison lent. Tu as décidé de me laisser un peu de temps. Pourquoi ? Pour que je m'excuse ? Pour que je pleure ? Pour que je supplie ?

— Pour que vous réfléchissiez. Pour que vous vous souveniez. Pour que vous regrettiez.

— Tu veux donc me faire payer. Un jeune tueur vient d'arriver en ville pour châtier les putains comme elles le méritent.

— Oui. Et vous méritez de perdre jusqu'à la raison même qui vous a poussé à trahir Durzo.

— Et de quoi s'agit-il donc, ô grand sage ?

Un sourire reptilien se dessina sur ses lèvres.

— La soif de pouvoir. Et inutile de tirer sur le cordon de la sonnette pour appeler du secours. J'ai une arbalète à une main, mais ce n'est pas une arme très précise. Je risque de vous toucher au lieu de la corde.

— La soif de pouvoir, c'est ainsi que tu l'appelles…, dit Mamma K, raide comme un piquet. (Ce n'était pas une question.) Sais-tu que les viols ne touchent pas les femmes – prostituées y comprises – de manière égale ? Certaines sont abusées encore et encore, d'autres ne le sont jamais. Celles qui se font violer sont des victimes-nées. Les enfoirés qui les forcent le sentent. Ce n'est pas une histoire de « soif de pouvoir », Kylar, c'est une histoire de dignité. Sais-tu ce qu'il reste de dignité à une fille de quatorze ans quand son souteneur refuse de la protéger ?

» À quatorze ans, on m'a conduite chez un noble. Lui et ses dix meilleurs amis ont profité de moi pendant quinze heures. Après, j'ai dû faire un choix, Kylar, et j'ai choisi la dignité. Si tu penses qu'un poison qui me fera me chier dessus jusqu'à ce que mort s'ensuive va m'obliger à te supplier, tu te trompes lourdement.

Kylar resta impassible.

— Pourquoi nous avez-vous trahis ?

La provocation disparut peu à peu des traits de Mamma K tandis que Kylar patientait sur sa chaise avec le flegme propre aux pisse-culottes. Elle resta silencieuse pendant une minute, pendant cinq minutes. Il attendit avec la patience de la mort. Il savait maintenant qu'elle devait se sentir mal à l'aise.

— J'étais amoureuse de Durzo.

Kylar cligna des yeux.

— Pardon ?

— J'ai couché avec des centaines d'hommes mariés au cours de ma vie, Kylar, et je n'ai donc pas une image très flatteuse du mariage. Mais si Durzo Blint me l'avait proposé, je l'aurais épousé. Durzo est… enfin, était, car je suppose que tu l'as tué ? Oui, c'est bien ce que je pensais. Durzo était un homme bon à sa manière. Il était honnête et cette honnêteté me déconcertait. Il m'avait raconté trop de détails déplaisants sur mon compte, sur cette chose noire et glacée qui vit en moi et qui ne supporte pas la lumière. (Elle éclata d'un rire amer et désagréable.) Et puis, il a toujours été amoureux de Vonda qui était pourtant totalement indigne de lui.

Kylar secoua la tête.

— Alors, vous avez songé à le tuer ? Et si c'était lui qui m'avait tué le premier ?

— Il t'aimait comme un fils. Il me l'a avoué après que tu as fusionné avec le ka'kari. « Une vie contre une vie », disait-il. La loi de l'économie divine. Il savait qu'il était prêt à mourir pour toi, Kylar. Oh ! il a parfois essayé de se convaincre du contraire, mais Durzo n'a jamais manqué de scrupules au point de vouloir y croire. Et puis, il a changé quand il a tout perdu pour une salope qui avait juré qu'elle l'aimait.

— Votre sœur.

— Il t'a raconté ? (Mamma K avait posé une véritable question, ce qui était exceptionnel de sa part.) Nous n'en parlions jamais. Je l'ai mis en garde, Kylar. Vonda était une fille ravissante, mais insouciante. Le genre de femme qui naît sans cœur et qui n'imagine donc pas qu'elle peut briser celui des autres. Durzo l'excitait. Pour elle, ce n'était qu'un acte de rébellion, mais elle est morte avant qu'il ait le temps de s'en rendre compte. À ses yeux, elle est restée parfaite. Elle est devenue une sainte à jamais et je suis restée une merde insignifiante.

— Il ne l'aimait pas, lâcha Kylar.

— Oh ! je le savais. Mais Durzo l'ignorait, lui. Il était unique dans bien des domaines, mais il avait un point commun avec l'ensemble de la gent masculine : pour lui, l'excitation conjuguée à la baise ne présentait aucune différence avec l'amour.

Des douleurs au ventre la plièrent soudain en deux.

Kylar secoua la tête.

— Il m'a dit qu'il essayait seulement de vous rendre jalouse de Vonda, de vous apprendre ce qu'il ressentait quand vous étiez avec d'autres hommes. À la mort de votre sœur, il a cru que vous ne la lui pardonneriez jamais. C'était vous qu'il aimait, Gwinvere.

Elle renifla d'un air incrédule.

— Pourquoi aurait-il dit une chose pareille ? Non, Kylar. Durzo était prêt à laisser mourir sa fille.

— C'est pour cette raison que vous l'avez trahi ?

— Je ne pouvais pas rester sans rien faire, Kylar. Tu ne comprends donc pas ? Uly est la fille de Durzo, mais ce n'est pas ma nièce.

— Quoi ? Mais alors, qui est sa m… Non !

— Je ne pouvais pas garder un enfant. Je le savais. J'ai toujours détesté le thé à la tanaisie. Mais cette fois-ci, je n'ai vraiment pas bu le boire. Je suis restée assise pendant que la tasse refroidissait dans mes mains. Je me disais que nous en arriverions là où nous en sommes aujourd'hui, mais je ne parvenais pas à boire. Un Shinga avec une fille, peut-on imaginer meilleure cible ? Tout le monde apprendrait quel était mon point faible. Pis encore : tout le monde s'apercevrait que j'étais une femme comme les autres. Il m'aurait été impossible de conserver mon pouvoir dans de telles conditions. J'ai donc quitté la cité et j'ai accouché en secret avant de cacher l'enfant. Mais comment pouvait-il être prêt à sacrifier sa fille, même en pensant que la mère était Vonda ? Comment ? On l'avait menacé, mais il avait décidé de voir jusqu'où Roth était capable d'aller. Tu ne connais pas Roth. Il l'aurait fait. Je n'avais qu'une seule solution pour sauver Uly : il fallait que son père meure avant elle. Une fois Durzo mort, Roth n'aurait pas eu à mettre sa menace à exécution. Je devais choisir entre l'homme que j'aimais depuis quinze ans et ma fille, Kylar. J'ai choisi ma fille. De toute façon, Durzo voulait mourir et, maintenant, moi aussi. Tu ne peux pas me prendre ce que je suis heureuse de donner.

— Il n'avait aucune intention de voir jusqu'où Roth était capable d'aller.

Mamma K ne sembla pas comprendre.

— Euh…, dit-elle en secouant la tête.

Il vit l'échafaudage de suppositions qu'elle avait bâti s'effondrer morceau par morceau. Si Durzo s'était laissé menacer, c'était donc qu'il tenait à une fille qu'il n'avait jamais vue. Si Durzo tenait à sa fille, cela signifiait qu'il était capable d'aimer. Mamma K avait fait taire les sentiments qu'elle éprouvait pour cet homme parce qu'elle avait cru qu'il se fichait de tout cela, qu'il était incapable de ressentir quoi que ce soit.

Pendant quinze ans, elle avait caché son amour à un homme qui lui cachait le sien. Elle avait trahi celui qu'elle aimait. En dressant Kylar contre Durzo, elle l'avait tué.

— Euh… euh… Non !

— Avant de mourir, il m'a fait promettre de sauver sa fille. Il a dit que vous sauriez où elle était retenue prisonnière.

— Oh ! Dieu ! s'exclama-t-elle d'une voix étranglée, comme si les mots avaient le plus grand mal à franchir ses lèvres.

Un nouveau spasme la traversa et elle sembla accueillir la douleur avec soulagement. Elle avait envie de mourir.

— Je vais la sauver, Mamma K. Mais j'ai besoin de savoir où elle est.

— Elle est dans la Gueule. Dans une cellule du quartier des nobles, avec Élène.

— Avec Élène ? (Kylar se releva d'un bond.) Je dois y aller.

Il se dirigea vers la porte, s'arrêta, puis se tourna et tira Châtiment. Mamma K le regarda d'un air absent, toujours sous le coup de ses paroles.

— Je me suis longtemps demandé pourquoi Durzo avait appelé cette arme « Châtiment » et non pas « Justice ». (Il ordonna au ka'kari de dénuder la lame et « justice » laissa place à « pitié ».) Ou « pitié » puisque c'est ce qu'il a écrit en dessous ? Mais j'ai découvert la réponse. Grâce à vous, Mamma K. Parfois, les gens ne doivent pas recevoir ce qu'ils méritent. S'il n'existe rien de plus important que la justice dans ce bas monde, tout devient inutile. (Il plongea la main dans son petit sac et en tira la fiole d'antidote qu'il posa sur le bureau de Mamma K.) Voici ce qu'est la pitié, mais c'est à vous de voir si vous allez l'accepter. Vous avez une demi-heure. (Il ouvrit la porte.) J'espère que vous allez le boire, Mamma K. Vous me manqueriez.

— Kylar, appela-t-elle alors qu'il se préparait à sortir. Est-ce qu'il a vraiment… Est-ce qu'il a vraiment dit qu'il m'aimait ?

Ses lèvres se figèrent, son visage était tendu et ses yeux durs, mais elle pleurait. C'était la première fois que Kylar la voyait pleurer. Il hocha la tête avec douceur et partit. Mamma K resta seule, enfoncée dans ses coussins, le dos voûté, les joues trempées de larmes, les yeux rivés sur la petite bouteille de vie.

Chapitre 62

Kylar se dépêcha de retourner au château, mais même en allant aussi vite que possible, il risquait d'arriver trop tard. Les répercussions de l'invasion commençaient à se faire sentir à travers la cité. Les cogneurs du Sa'kagué découvrirent rapidement les conséquences pratiques de cette guerre : sans personne pour leur donner des ordres et pour les payer, les gardes de la ville avaient cessé le travail. Pas de gardes, pas de lois. Les soldats corrompus qui travaillaient pour le Sa'kagué depuis des années furent les premiers à se livrer au pillage. Puis le phénomène se répandit comme une traînée de poudre. Les guerriers des hautes terres et les meisters khalidoriens étaient stationnés sur le pont Vanden et sur la rive est afin que les saccages se limitent au Dédale. Selon toute apparence, leurs chefs voulaient la cité intacte – ou bien ils se réservaient les quartiers les plus riches.

Kylar tua deux hommes qui s'apprêtaient à assassiner une femme, mais, cela mis à part, il ne prêta guère attention aux pillards. Il s'enveloppa d'ombres et traversa discrètement le fleuve en prenant soin de ne pas approcher des meisters qui devaient être plus vigilants.

Il arriva dans les quartiers est et vola un cheval. Il pensa aux Anges de la Nuit. Blint en avait parlé à maintes reprises au cours des années qu'il avait passées avec lui, mais Kylar n'avait jamais écouté avec beaucoup d'intérêt. Il avait toujours estimé qu'il s'agissait d'une énième superstition, des derniers vestiges d'un panthéon ancien et disparu.

Puis il se demanda comment Élène le prendrait s'il venait la sauver. Cette pensée le plongea dans un certain malaise. Elle était en prison par sa faute. Elle croyait qu'il avait assassiné le prince. Elle le détestait. Kylar essaya alors d'imaginer comment il tuerait Roth. Celui-ci serait protégé par des meisters, par des guerriers des hautes terres et peut-être par des cogneurs du Sa'kagué. Cette hypothèse ne rassura pas Kylar, au contraire.

Il ne savait pas si les meisters étaient capables de le voir lorsqu'il était dissimulé par les ombres, mais le seul moyen de l'apprendre présentait de sérieux risques. Cependant, Kylar s'était enfin décidé à se servir de sa tête et s'était regardé dans un miroir pour vérifier si le ka'kari était aussi efficace qu'il le pensait. Il avait été sidéré. Les pisse-culottes se vantaient d'être des fantômes, d'être invisibles, mais ce n'étaient que des fanfaronnades, des *braggadocios*. Personne n'était vraiment invisible.

Kylar n'avait vu qu'un seul pisse-culotte se déplacer furtivement – une grosse masse indistincte en mouvement. Blint ressemblait à une tache d'obscurité marbrée haute d'un mètre quatre-vingt-dix. En général, c'était amplement suffisant lorsque la lumière était faible. Quand il se tenait immobile, son maître n'était plus que l'ombre d'une ombre.

Kylar, lui, était totalement invisible. On pouvait repérer un pisse-culotte lorsqu'il bougeait, mais le jeune homme ne laissait même pas un flou dans l'air derrière lui.

Et dire qu'il avait consacré tant de temps à maîtriser les déplacements furtifs pour pallier l'absence de Don. Il était presque en colère : cela n'avait servi à rien. Il songea alors qu'il allait devoir se faufiler entre les sorciers. Ses efforts n'avaient peut-être pas été inutiles, en fin de compte.

Sa monture remonta la rue Sidlin en direction de la rue Horak et contourna le domaine des Jadwin. Kylar abandonna son cheval et se dissimula avec l'aide du ka'kari. Le soleil se couchait quand il atteignit le pont royal est.

Comme il s'y attendait, les mesures de sécurité étaient impressionnantes. Une vingtaine de soldats de l'armée régulière khalidorienne montaient la garde devant l'ouvrage. Deux meisters se trouvaient parmi eux, deux autres discutaient de l'autre côté des portes. Au moins quatre bateaux patrouillaient autour de l'île de Vos en décrivant des cercles précis.

Par chance, Kylar n'avait pas l'intention de retourner au château et il transportait un petit arsenal. Se faufilant de rocher en rocher, d'arbre en arbrisseau, il approcha du pont et sortit une lourde arbalète. Kylar détestait les arbalètes. Elles étaient peu maniables, la cadence de tir était faible et un parfait idiot pouvait s'en servir, car il suffisait de la pointer sur une cible.

Il installa le carreau spécial, vérifia la bobine de soie et se cala contre le bord du pont. Qu'est-ce que Blint lui racontait, déjà ? Qu'il aurait dû s'entraîner davantage au maniement des armes qu'il n'aimait pas, non ?

Kylar se renfrogna et visa. Les piles du pont étaient cuirassées et il devait atteindre la dernière juste au-dessus de la plaque métallique la plus haute, à l'endroit où le bois était à nu : une cible minuscule de dix centimètres qu'il faudrait toucher à soixante mètres par vent léger. En outre, à une telle distance, il devrait viser une zone large de cinq centimètres seulement compte tenu de la marge d'erreur d'une arbalète.

S'il ratait la cible, il devait le faire de manière convenable. S'il tirait trop haut ou trop bas, le carreau frapperait le revêtement métallique et le bruit de l'impact réveillerait les morts. Trop à gauche, le trait filerait de l'autre côté du pont et s'écraserait sur les rochers au pied du château, puis rebondirait sans doute avant de tomber dans le fleuve.

Kylar détestait les arbalètes.

Il attendit qu'un bateau passe juste en dessous du tablier. Les marins allaient quitter la lumière du soleil couchant pour entrer dans l'ombre du château. S'il tirait – *quand* il tirerait –, il profiterait du laps de temps nécessaire à leurs yeux pour s'habituer à ce changement. Il vida ses poumons à moitié et appuya doucement sur la détente jusqu'à ce que le mécanisme libère le carreau.

Celui-ci jaillit de la rainure et la bobine se mit à tourner avec un sifflement discret. Il passa à dix centimètres à droite de la dernière pile.

Kylar attrapa la corde qui se déroulait toujours au moment où elle se tendait. Le carreau s'arrêta brutalement à moins de un mètre de la muraille du château.

Puis il amorça sa chute et Kylar tira sur la corde aussi vite que possible. Le fil en soie passait par-dessus une traverse, à droite de la pile visée. Le trait glissa vers le pont et le jeune homme redoubla d'efforts, mais le carreau heurta le revêtement métallique avec un tintement.

Les crochets du projectile trouvèrent une prise et Kylar tendit la corde contre le ventre du tablier.

Un meister approcha au bord du pont et agrippa la rambarde avec nervosité. Il regarda en contrebas et vit le navire qui passait.

— Hé ! cria-t-il. Faites un peu attention !

Un marin en armure légère leva la tête et plissa les yeux dans la pénombre.

— Qu'est-ce que tu racontes, espèce de...

Il garda la suite pour lui en constatant qu'il s'adressait à un meister.

Le sorcier disparut et le marin harangua ses rameurs. Chacun des deux hommes crut que le tintement avait été provoqué par l'autre.

Kylar ne perdit pas de temps à se féliciter de sa chance. Il attacha l'extrémité de la corde, cacha l'arbalète et enjamba le fil de soie. Le bateau suivant était encore loin. Le jeune homme s'approcha du précipice qui le séparait du fleuve et se glissa dans le vide.

Sous son poids, la corde en soie ploya et précipita Kylar vers les eaux du fleuve. Il crut pendant un long moment qu'il allait mourir.

Elle s'est détachée !

Il continua cependant à s'y accrocher et elle se stabilisa. À l'envers, les pieds croisés sur le filin en soie, il progressa à la force des bras. L'inclinaison de la corde lui apprit qu'il avait parcouru la moitié du chemin et qu'il remontait désormais de travers.

Il ne chercha pas à corriger le problème et atteignit l'avant-dernière pile. Il observa le revêtement métallique et s'aperçut qu'il était piqueté par l'âge et les intempéries. Il était aussi à la verticale, ce qui n'était pas l'idéal pour l'escalader.

Il n'y avait pas de solution satisfaisante. Kylar devait s'accrocher au pont avant l'arrivée du prochain navire. Il était peut-être invisible, mais ce n'était pas le cas de la corde qui pendait avec mollesse au-dessus du fleuve.

Il se jeta contre la pile… et commença de glisser. Il serra bras et jambes autour du pilier recouvert de métal, mais celui-ci était trop large pour que ses mains et ses pieds se rejoignent. Il était aussi trop lisse pour freiner sa descente, mais assez rugueux pour lui écorcher l'intérieur des bras et des cuisses.

Sa glissade ne fut pas très rapide et il plongea dans le fleuve sans faire trop de bruit. Il remonta à la surface sans lâcher la pile et se cacha derrière au passage du bateau.

Compte tenu de l'arsenal qu'il transportait, il était hors de question de nager. Kylar poussa contre les plaques métalliques pour s'en éloigner le plus possible. Il coula, mais atteignit rapidement le fond, car il était assez près de la berge. Il marcha sous l'eau et parvint – de justesse – à gagner la rive avant de se noyer.

Il se dirigea vers le nord en suivant la route qu'il avait empruntée la veille. Il fut heureux que Blint soit mort. Le pisse-culotte ne lui aurait jamais permis d'oublier l'exploit qu'il venait d'accomplir : entre le tir raté et les éraflures très embarrassantes qui balafraient l'intérieur de ses cuisses, il se serait payé sa tête pendant des années. Kylar pouvait l'entendre :

— Tu te souviens du jour où tu as essayé de forniquer avec un pont ?

Il se cacha à l'intérieur du hangar à bateaux et nettoya ses armes. Il devait partir du principe que l'eau du fleuve avait neutralisé ses poisons – pour la deuxième fois en deux jours. Il essora ses vêtements, mais n'osa pas attendre qu'ils sèchent. Maintenant qu'il était sur place, il avait l'intention de pénétrer dans la Gueule et d'en ressortir le plus vite possible. Il regarda autour du hangar. Il n'y avait pas de gardes. Les Khalidoriens jugeaient sans doute que les patrouilles suffisaient.

Deux hommes surveillaient la rampe menant à la Gueule. Il était clair que ce poste les rendait nerveux et inquiets. Kylar ne le leur reprocha pas. Entre l'odeur infecte, les cris à intervalles réguliers et les grondements occasionnels montant des profondeurs de la terre, il ne se serait pas senti plus rassuré à leur place.

Châtiment s'abattit à gauche, puis à droite, et les deux gardes moururent. Kylar tira les cadavres dans des buissons et s'empara des clefs.

L'entrée de la Gueule avait été conçue pour terrifier les hommes et les femmes qu'on y amenait. En ouvrant la porte, Kylar s'aperçut que la rampe qui descendait sous terre évoquait une langue sortie d'une gorge monstrueuse. Des dents crochues avaient été taillées dans le verre volcanique noir, tout autour ; deux torches installées derrière des vitres rouges ressemblaient à des yeux démoniaques et clignotants.

Jolie décoration.

Kylar concentra toute son attention sur les bruits d'origine humaine. Il descendit la langue de pierre et tourna dans un couloir qui conduisait au quartier des nobles. Il avait souvent entendu les amis de Durzo parler de cette prison. Leurs descriptions lui avaient donné une vague idée de son agencement, mais il n'avait jamais eu l'intention de la visiter.

Il trouva la cellule qu'il cherchait. Il vérifia que la porte n'était pas piégée et attendit un moment dans le couloir, l'oreille tendue. C'était de la folie. Il avait peur d'ouvrir. La perspective de se retrouver devant Élène et Uly le terrifiait davantage que l'idée de se faufiler entre les sorciers et d'affronter le Sa'kagué.

Dieux!

Il était venu sauver Élène et il hésitait maintenant parce qu'il craignait d'entendre ce qu'elle allait dire. C'était absurde. Mais peut-être qu'elle ne dirait rien, peut-être qu'elle se contenterait de fixer ses yeux sur lui. Il lui avait tout donné ! Mais elle l'ignorait. Elle savait juste qu'elle n'avait rien fait et qu'elle était en prison.

Bon ! la situation n'allait pas s'arranger s'il restait planté là !

Il crocheta la serrure, se débarrassa du manteau d'ombre du ka'kari et releva son loup noir.

La cellule de trois mètres sur trois était occupée par une paillasse. Une jolie fillette était installée sur les genoux d'Élène, mais Kylar la remarqua à peine. Son regard se riva sur son amie. Elle fixa à son tour ses yeux sur lui, abasourdie. Son visage était un masque – dans un sens plus littéral que Kylar l'aurait souhaité : il lui avait poché les deux yeux en la frappant. Elle ressemblait à un raton laveur terrorisé.

S'il n'avait pas été responsable de ces hématomes et s'il s'était trouvé ailleurs, il aurait éclaté de rire.

— Papa ! s'écria la fillette.

Elle se tortilla pour descendre des genoux d'Élène. Celle-ci regardait toujours le jeune homme et remarqua à peine que l'enfant se levait. Uly s'élança vers Kylar et le serra dans ses bras.

— Maman a dit que tu viendrais ! Elle a promis que tu viendrais nous sauver ! Est-ce qu'elle est venue avec toi ?

Dans un effort surhumain, Kylar détourna son regard d'Élène – dont les yeux s'étaient soudain plissés – et essaya de se libérer de l'étreinte de la fillette.

— Euh... tu dois être Uly.

Maman ? Parlait-elle de Mamma K ? de sa nourrice ?

Il clarifierait cette histoire de « papa » plus tard. Que devait-il dire ?

Désolé, ta mère est sans doute morte. C'est moi qui l'ai empoisonnée, mais j'ai changé d'avis au dernier moment et je lui ai donné l'antidote, alors ce n'est pas ma faute si elle est morte. Ah ! j'ai aussi tué ton père au cours de la nuit. J'étais un de ses amis. Désolé.

Il se pencha pour la regarder dans les yeux.

— Ta mère n'est pas avec moi, Uly, mais je suis venu te sauver. Est-ce que tu sais être très très silencieuse ?

— Aussi silencieuse qu'une souris.

Cette enfant était courageuse ou totalement inconsciente – ou bien Élène avait fait des merveilles pour apaiser ses peurs.

— Bonjour, Élène, dit-il en se redressant.

— Bonjour, monsieur dont j'ignore le nom.

— Il s'appelle Durzo, mais on peut l'appeler Zoey, dit Uly.

Kylar lui adressa un clin d'œil, heureux de cette diversion.

En règle générale, les enfants étaient insupportables, mais l'intervention d'Uly avait empêché une conversation que

Kylar ne souhaitait pas avoir – surtout pas ici, surtout pas maintenant.

Le regard d'Élène se posa sur Uly, puis de nouveau sur Kylar.

C'est ta fille ? questionnèrent ses yeux.

Le jeune homme secoua la tête.

— Tu viens avec nous ? lui demanda-t-il.

Élène se renfrogna, et il estima que cela signifiait « oui ».

— Suis-moi, dit-il à Uly. Aussi silencieuse qu'une souris, d'accord ?

Il valait mieux se mettre en route, et vite. Les épineux problèmes affectifs se régleraient plus tard – ou jamais.

Uly et Élène suivirent Kylar qui se dirigea vers la rampe. Il n'avait pas revêtu son manteau d'ombre et était inquiet. Élène tenait la main de la fillette et s'arrêtait quand le jeune homme partait en éclaireur. En arrivant devant les dents taillées, elle serra l'enfant contre elle et lui parla de sa voix si apaisante.

Kylar remonta la rampe et entrouvrit la porte.

Le battant trembla tandis que trois flèches se plantaient dedans.

— Merde ! lâcha Kylar.

— Merde ! répéta Uly d'un ton joyeux.

Tout avait été trop facile. Kylar aurait dû se douter qu'un problème surviendrait. Il avait cru que le chaos ambiant occuperait les gêneurs. Il referma la porte et brisa la clef dans la serrure.

Laissons à ces enfoirés le plaisir de l'enfoncer !

— On retourne au tunnel ! dit-il en entraînant Élène au petit pas. Tu ne me verras plus, mais je serai toujours là. Je te protégerai. Écoute simplement ma voix, ajouta-t-il au moment où la substance noirâtre du ka'kari suintait de sa peau en bouillonnant.

Si Élène fut surprise de le voir disparaître sous ses yeux, elle le cacha fort bien. Elle continua à trottiner en tirant Uly derrière elle.

— Est-ce que je dois courir ? demanda-t-elle dans le vide.

— Contente-toi de marcher vite.

La porte menant au château n'était pas gardée – que les dieux en soient loués ! Peut-être pourrait-il profiter de la confusion provoquée par l'invasion du pays. Peut-être que l'embuscade avait juste été tendue par une patrouille qui avait découvert les cadavres des sentinelles.

Kylar verrouilla la porte et brisa de nouveau la clef dans la serrure. Son petit groupe monta l'escalier avec prudence et arriva dans un couloir du château réservé aux domestiques.

Les trois fuyards le descendirent et arrivèrent bientôt à une intersection. À l'extrémité d'un embranchement, des Khalidoriens savouraient un moment de repos et se racontaient des plaisanteries, avachis contre un mur. Kylar arrêta Élène et se dirigea vers les soldats. Il entendit l'un d'eux s'adresser à une personne qui se trouvait dans la salle derrière lui.

Si Kylar les tuait, cette personne donnerait l'alerte. Cela n'empêcherait sans doute pas le jeune homme de s'enfuir, mais Uly et Élène ne pourraient jamais le suivre. Il retourna vers la jeune fille.

— Tu vas traverser quand je te le dirai. Maintenant !

Élène posa son châle sur sa tête et avança dans le couloir d'un pas lent, le dos voûté, le visage vers le sol, traînant un pied tourné vers l'intérieur. Elle ressemblait à une vieille femme et cachait presque Uly derrière elle.

Il lui fallut un certain temps pour traverser l'intersection, mais, lorsqu'un soldat l'aperçut, il n'en fit même pas la remarque aux autres.

Kylar la rejoignit dès qu'elle se remit à marcher rapidement.

— Bien joué, dit-il.

— Là où j'ai grandi, les idiotes ne restaient pas vierges très longtemps.

— Tu as grandi dans les quartiers est. Ce n'est pas vraiment le Dédale là-bas.

— Tu crois que c'est moins dangereux de travailler pour des nobles obsédés sexuels ?

— Où on va ? demanda Uly.

— Chut ! dit Kylar tandis qu'ils approchaient d'un nouvel embranchement.

Le couloir menait aux cuisines et, si l'on se fiait aux éclats de voix tapageurs qui en provenaient, ce n'était pas l'endroit idéal où conduire Élène et Uly. La porte de droite était fermée et, à gauche, le passage était libre.

Kylar tira ses outils de crocheteur de sa poche. Quelqu'un risquait de sortir des cuisines, mais il n'aimait pas l'idée de suivre le chemin le plus facile.

La serrure ne résista pas longtemps, mais, de l'autre côté, on avait appuyé quelque chose de lourd contre la porte. Un domestique avait sans doute fait de son mieux pour la barricader pendant l'attaque du château.

— Où on va ? demanda de nouveau Uly.

Kylar avait tout de suite senti que l'adorable fillette finirait par lui taper sur les nerfs. Il avait juste espéré tenir un peu plus longtemps. Cette fois-ci, il laissa Élène la faire taire.

Avec le Don, il pouvait enfoncer la porte et ce qui se trouvait derrière, mais le bruit attirerait les gens qui étaient dans les cuisines et Kylar sentait qu'il fallait se dépêcher. Il ne voulait pas laisser Élène et Uly seules pendant qu'il partait en reconnaissance.

— À gauche, murmura-t-il.

Ils suivirent le couloir tortueux et gravirent plusieurs escaliers. Kylar entendit un tintement de cottes de mailles et des claquements de bottes à semelle cloutée derrière eux.

— Vite ! lâcha-t-il.

Des soldats avançaient au petit pas, mais sans précipitation. Ils n'étaient donc pas à la poursuite de prisonniers échappés, ils exécutaient juste un ordre. Kylar retourna au dernier escalier et aperçut une vingtaine d'hommes au moins.

Il rattrapa Uly et Élène en courant. Ils passèrent devant des portes sans se préoccuper du bruit qu'ils pouvaient faire. Kylar essaya de les ouvrir, mais toutes étaient fermées.

— Pourquoi on va à la salle du trône ? demanda Uly.

Kylar s'arrêta. Élène fixa les yeux sur la fillette, aussi surprise que le jeune homme.

— Hein ? lâcha Kylar.

— Pourquoi on va à la salle…

— Comment sais-tu où nous allons ?

— Je vis ici. Maman est servante. Notre chambre est juste…

— Uly, est-ce que tu connais le moyen de sortir d'ici ? par un chemin qui ne passe pas par la salle du trône ? Vite !

— Je ne suis pas censée venir ici. Je vais me faire gronder.

— Merde ! s'exclama Kylar. Est-ce que tu connais le moyen de sortir d'ici, oui ou non ?

Elle secoua la tête, terrorisée.

Ç'aurait été trop facile, bien sûr.

— Tu as vraiment un don avec les enfants, je vois, dit Élène. (Elle caressa la joue d'Uly, s'accroupit pour la regarder en face et lui parla avec douceur.) Est-ce que tu es déjà venue ici, Uly ? Nous ne nous mettrons pas en colère si tu l'as fait. Je te le promets.

Mais la fillette avait trop peur pour répondre.

Le bruit de pas se rapprochait.

— Ne restons pas là ! dit Kylar.

Il saisit la main d'Élène pour l'obliger à courir en tirant la sale gamine derrière elle.

Quelque chose n'allait pas et il n'aimait pas cela. Ils ne pouvaient s'enfuir qu'en empruntant un seul chemin, c'était trop simple.

C'est ça ! Un seul chemin ! Il n'y a jamais qu'un seul chemin dans ce château.

Il examina les murs et les plafonds sans cesser de courir. Il n'essaya même plus d'ouvrir les portes devant lesquelles ils passaient. Le couloir tourna de nouveau et le jeune homme s'arrêta en dérapant.

Sa silhouette miroita tandis qu'il se rendait visible.

— Élène, est-ce que tu vois le troisième panneau ? demanda-t-il en pointant un doigt en l'air.

— Non, répondit-elle, mais qu'est-ce que je dois faire ?

— Pousse dessus. Je vais te porter. Le château est truffé de passages secrets. Trouve un chemin pour sortir. Uly pourra peut-être t'aider.

Elle hocha la tête et Kylar s'accroupit contre le mur. Élène troussa ses jupes et monta sur ses cuisses. Elle se renfrogna en songeant que Kylar allait voir ses jambes, mais elle n'hésita pas à grimper sur ses épaules, puis sur ses mains. Elle leva les bras pour garder l'équilibre et le jeune homme se redressa en la hissant aussi haut que possible.

Élène ouvrit le panneau et se glissa dans un passage étroit. Elle s'était déjà retournée quand Kylar souleva Uly.

— Tu peux l'attraper ? demanda-t-il.

— Il vaudrait mieux, répondit-elle.

Les bruits de pas étaient maintenant tout proches.

Kylar lança la fillette sans effort.

La vache ! c'est quand même pratique, le Don.

Élène attrapa l'enfant mais glissa, et le haut de son corps bascula hors du passage secret. Elle dut cependant trouver quelque chose contre quoi se caler, car elle ne tomba pas. Elle laissa échapper un grognement et hissa la fillette qui se dandina pour l'aider.

— *Oh!* je suis déjà venue ici, lâcha l'enfant.

Kylar tira une dague et la lança à Élène qui l'attrapa.

— Qu'est-ce que je suis censée faire avec cette chose ?

— En dehors de ce qui est évident ?

— Merci. Viens, maintenant. Il y a assez de place pour toi. Dépêche-toi.

Kylar ne bougea pas.

Dorian avait dit : « Si tu fais ce qu'il faut faire, il t'en coûtera ta vie. » Blint avait dit : « Certaines choses sont plus précieuses que la vie. » Le comte avait dit : « Tu ne peux pas payer pour tout ce que tu as fait, mais tu n'es pas au-delà de la rédemption. Il y a toujours une porte de sortie. Si tu es prêt à faire des sacrifices, Dieu t'offrira l'occasion de sauver quelque chose d'inestimable. »

Il regarda Élène. *Quelque chose d'inestimable, en effet.* Il lui sourit et elle le regarda comme s'il était devenu fou.

— Kylar, dépêche-toi !

— C'est un piège, Élène. S'ils perdent ma trace, ils fouilleront les passages secrets. Je ne pourrai pas te protéger dans un endroit si étroit. Échappe-toi du château et va voir Jarl au *Sanglier Bleu*. Il t'aidera.

— Ils vont te tuer, Kylar ! Si c'est un piège, tu ne peux pas…

— J'ai regardé, l'interrompit-il. (Il esquissa un petit sourire moqueur.) Tu as vraiment des jambes superbes.

Il lui lança un clin d'œil et disparut.

Chapitre 63

Le vürdmeister Neph Dada maudit Roth Ursuul pour la centième fois de la journée. Servir un fils du Roi-dieu était censé être un honneur, mais, comme tous les honneurs dispensés par le Roi-dieu, celui-ci était assorti de conditions. Si un héritier du trône de Khalidor ne parvenait pas à accomplir l'*uurdthan*, son vürdmeister était puni avec lui. De plus, une obéissance totale était requise envers le prince, sauf si ses ordres étaient de nature à déplaire au Roi-dieu.

C'était pour cette raison que Neph Dada lançait malédiction sur malédiction. Il ne désobéissait pas vraiment à Roth, mais il sabotait quelque chose que Roth avait entrepris de faire, quelque chose que Roth pensait avoir accompli, quelque chose dont le démantèlement exigeait tout le talent du vieux sorcier. Par chance, le prince était trop occupé à sécuriser le château et la cité pour se demander où était son meister. En outre, il avait désormais soixante sorciers à sa disposition, dont trois vürdmeisters presque aussi puissants que Neph. Et puis, Roth pouvait toujours envoyer des hommes le chercher : la petite chambre de domestique réquisitionnée par Neph était tellement isolée qu'on ne le trouverait jamais.

L'objet de ses efforts – de sa trahison insignifiante, de sa rébellion, de son pari en vue d'obtenir les faveurs du Roi-dieu – gisait sur le lit, devant lui. C'était une jeune fille ravissante – non pas que le Roi-dieu ait besoin d'une énième fille ravissante –, mais elle était également intelligente et fougueuse. Mieux encore, c'était une veuve toujours vierge et une princesse. Jénine Gyre était un trophée de choix. Un trophée qui deviendrait la perle du harem du Roi-dieu. Un trophée que Neph Dada avait arraché aux griffes de la Mort.

Les vürdmeisters de son âge connaissaient mille et une manières de maintenir une personne en vie. C'était un talent qui trahissait leur égotisme au contact pressant de la vieillesse.

Mais moi, je suis un génie. Un génie!

Son plan avait germé tandis que Roth délirait en proie à une diarrhée verbale, proférant des paroles absurdes, comme d'habitude. Son couteau avait frappé à l'endroit idéal: juste sur le côté du cou, de manière trop superficielle pour trancher la trachée-artère. Neph avait laissé la jeune fille saigner jusqu'à ce qu'elle perde ses forces. Il avait ensuite inséré une petite vrille de magie dans son diaphragme pour chasser l'air de ses poumons, deux autres pour qu'elles lui ferment les yeux et une quatrième pour refermer la plaie. Quelques gestes ostentatoires avaient détourné l'attention de son corps et personne n'avait remarqué qu'elle respirait encore. Puis il en avait pris possession.

Il avait tué sept servantes avant de trouver du sang qui convienne à la princesse. *Du travail de cochon.* Il aurait dû faire mieux, mais cela s'était avéré suffisant. Il avait décidé de ne pas faire disparaître la cicatrice, estimant qu'elle ajoutait au charme de Jénine Gyre. Touche ultime, il avait trouvé dans la cité une jeune fille qui ressemblait à la princesse. Il avait fait dresser sa tête sur une pique avant de la planter au-dessus de la porte est, en compagnie de celles des autres membres de la famille royale. Avec la bonne couleur de cheveux et une coiffure identique, il suffisait de marteler le visage jusqu'à le rendre méconnaissable. Il était maintenant impossible de s'apercevoir de la supercherie. Son plan n'était pas d'une grande subtilité, mais Neph estimait qu'il avait fait de l'excellent travail, même si cela avait été épuisant.

Demain matin, le Roi-dieu arriverait et féliciterait ou punirait Roth Ursuul, mais, quoi qu'il se passe, Neph Dada serait récompensé.

Un vague pressentiment l'arrêta alors qu'il s'apprêtait à sortir de la pièce. Le vürdmeister ressentit quelque chose d'étrange à l'extérieur du château. Il se dirigea vers la fenêtre, ouvrit les volets en bois – il n'y avait pas de vitres dans les chambres des domestiques – et observa discrètement l'inquiétant jardin des statues.

Les meisters y avaient établi leur campement en pensant qu'il s'agissait d'un lieu de pouvoir important. Le vürdmeister Goroel avait toujours adoré se moquer des dieux et des rois morts des pays conquis. C'était pure comédie que de ne pas s'installer dans les chambres du château, mais, lorsque les meisters partaient en guerre, Goroel aimait montrer au Roi-dieu qu'ils savaient vivre à la dure.

Un comportement de gamin !

Un homme grimpa sur une statue. Neph ne distingua pas ses traits, mais il était certain que ce n'était pas un Khalidorien. *Un Séthi ? Pourquoi un Séthi grimperait-il sur une statue, une épée à la main, au beau milieu d'une guerre ?* Au pied de la sculpture, un gigantesque forgeron aux cheveux blonds se redressa et lança des regards inquiets autour de lui. Neph secoua la tête. Le vürdmeister Goroel n'allait pas prendre un tel affront à la légère.

— Sorciers du Roi-dieu ! cria l'inconnu perché sur le monument. (Sa voix tonna, amplifiée dix fois par la magie – *un magicien ?*) Sorcier du faux Roi-dieu, écoutez-moi ! Venez à moi ! Aujourd'hui, du haut de cette statue, je vais vous briser ! Venez et recevez enfin le juste châtiment de votre arrogance !

Si l'homme n'avait pas proféré de blasphèmes, les sorciers auraient peut-être laissé le vürdmeister Goroel s'en occuper, mais il fallait punir les hérétiques à tout prix. Au moins trente meisters invoquèrent leurs virs sur-le-champ.

La magie subjugua les sens de Neph Dada et irradia tout le château comme un feu de joie, comme un second soleil. Le vieil homme eut l'impression que mille démons hurlaient en chœur à chacune de ses oreilles. Il tituba contre le mur et s'effondra. Il sentit ses virs frissonner et s'enflammer tandis que la magie le submergeait comme un raz-de-marée. Il ne les avait pas invoqués et ce fut sans doute ce qui le sauva. Il n'avait jamais imaginé qu'il puisse exister une énergie comme celle qui se déversa sur le château tout entier. Elle était si forte que le Roi-dieu en personne aurait été incapable de la maîtriser.

Des flocons de magie se précipitèrent vers elle – les meisters, comprit Neph. Ceux qui n'avaient pas encore invoqué leurs virs le firent. Autant demander à des mouches d'éteindre un incendie avec leurs battements d'ailes. Le brasier les chercha, les enveloppa et les transforma en statues de cendres. Neph sentit les vrilles d'énergie de ses condisciples se briser comme des brindilles les unes après les autres.

L'embrasement avait éclaté dans la cour, dans ce curieux jardin des statues cénarien. Neph devait-il rester ici et échapper ainsi à la mort ? Avait-il le courage d'affronter ce brasier ? Que ferait ce mage aux pouvoirs titanesques si le vürdmeister le défiait ? Quel sort le Roi-dieu réserverait-il à Neph s'il ne le faisait pas ?

Une pensée étrange et détachée traversa l'esprit de Kylar quand il ouvrit la dernière porte et se dirigea vers la salle du trône.

Voilà pourquoi les gardes postés à l'entrée de la Gueule étaient nerveux. Ils servaient d'appâts. Maintenant, c'est mon tour.

Il songea ensuite à la devise de Durzo : « La vie est vaine. » Son maître avait violé cette règle, cette règle vaine. Elle ne sauvait pas la vie et ne la rendait pas plus facile. Pour un pisse-culotte, c'était une mesure de protection parce qu'elle gommait sa conscience – enfin, elle essayait. Durzo avait fait de son mieux pour la respecter, mais s'était aperçu qu'il était trop noble pour y parvenir.

Kylar se demanda comment il en était arrivé là. Il était prêt à mourir. Était-ce par fierté, parce qu'il s'estimait capable de surmonter tous les obstacles ? Était-ce par devoir envers Durzo, parce qu'il rembourserait sa dette en sauvant Uly ? Était-ce par revanche, parce qu'il détestait Roth au point qu'il était prêt à sacrifier sa vie pour le tuer ? Était-ce par amour ?

L'amour ? Espèce d'imbécile !

Il ressentait quelque chose pour Élène, certes. Quelque chose de profond, d'enivrant et de déraisonnable. C'était peut-être de l'amour, mais de qui était-il tombé amoureux ? D'Élène ou d'une mosaïque d'images aperçues de loin et maintenues ensemble par une colle de suppositions ?

Était-ce un dernier vestige de romantisme qui l'avait conduit ici, une vague bouillie laissée par les histoires de princes et de héros qu'Éléna Drake lui avait lues ? N'était-il pas resté trop longtemps avec des gens qui croyaient en de fausses vertus comme le courage et le sens du sacrifice – des mensonges que Durzo lui avait appris à mépriser ? Il avait peut-être été contaminé.

Mais les raisons de sa présence ici importaient peu. Il avait fait ce qu'il fallait faire. Il était un être méprisable, mais si sa vie inutile sauvait celle d'Élène, il aurait accompli quelque chose de bien – le seul acte dont il pourrait être fier. En outre, il offrirait à Uly une chance de s'en sortir. Il n'en était que plus heureux.

Lui aussi aurait sa chance : sa chance de tuer Roth. Kylar avait toujours combattu avec confiance, mais cet affrontement serait différent. En pénétrant dans le petit couloir menant à la salle du trône, il se sentit apaisé.

Un gémissement aigu résonna. Les hommes qui l'attendaient de l'autre côté de la dernière porte ajustèrent leur prise sur la poignée de leur arme.

Une alarme magique pour les avertir que j'arrive.

Il s'agissait de guerriers des hautes terres, bien entendu. Ce n'était pas une surprise, mais il ne s'était pas attendu à en trouver trente. Il s'était aussi douté qu'il y aurait des sorciers, mais cinq, c'était beaucoup.

Près de l'endroit où il avait soulevé Élène, les portes s'ouvrirent à toute volée, et dix autres guerriers des hautes terres apparurent derrière lui.

Kylar fit quelques pas rapides et bondit dans la salle en plongeant à ras du sol, espérant ainsi éviter les premières attaques. La pièce était immense. Le trône en corne et en ivoire était au sommet de deux volées de sept marches séparées par un palier et dominait les sièges de l'assemblée. Roth y était assis, encadré par deux sorciers. Les autres se tenaient en bas du premier escalier. Les guerriers des hautes terres étaient éparpillés dans toute la salle.

Le bond lui permit d'éviter les lames vrombissantes. Deux soldats avaient frappé au hasard en direction de la porte dans l'espoir de toucher le pisse-culotte invisible.

Kylar tira Châtiment du fourreau accroché dans son dos et roula avant de se relever.

Les sorciers entamèrent un chant, et une nuée de petites mains apparurent dans les airs. Elles cherchèrent leur cible et commencèrent de tirer sur ses vêtements. Elles grouillaient sur le sol, bondissant et se griffant tandis qu'elles avançaient à l'aveuglette vers le jeune homme.

Kylar s'écarta d'un bond et frappa la masse grouillante, mais sa lame la traversa sans causer le moindre dommage. Elles étaient immatérielles.

Il fut submergé. Les mains devinrent plus tangibles et plus puissantes quand deux autres sorciers se mirent à psalmodier en chœur avec leurs camarades. Elles saisirent le jeune homme et l'obligèrent à se redresser. Kylar sentit alors que quelque chose l'étreignait. Il eut l'impression d'être un nourrisson dans les bras d'un géant.

La chose le lacéra, et le camouflage du ka'kari se fendit. Kylar laissa faire. À quoi bon être invisible, ou presque, quand on ne peut pas bouger ?

Eh bien ! ce fut glorieux. De tous les imbéciles qui se sont précipités de leur plein gré dans un piège tendu à leur intention, tu es sans doute celui qui a été le plus lamentable.

Il avait espéré – merde ! il s'était persuadé – qu'il réussirait à tuer quelques gardes avant de succomber. Peut-être même un sorcier. Deux aurait été un résultat fort satisfaisant. Du fond de sa tombe, Durzo devait secouer la tête d'un air dégoûté.

— Je savais que tu viendrais, Blint, triompha Roth du haut de son trône.

Il sauta sur ses pieds et fit un geste en direction des sorciers. La magie souleva Kylar dans les airs, le propulsa vers Roth et lui fit gravir le premier escalier avant de le déposer sur le palier en contrebas du trône.

Blint ? Dieux ! je me suis jeté dans un piège qui ne m'était même pas destiné.

Des doigts invisibles arrachèrent son masque.

— Kylar ? s'écria Roth, médusé.

Puis il éclata de rire.

— Soyez prudent, mon prince, dit le sorcier aux cheveux roux qui se tenait à sa droite. Il possède le ka'kari.

Roth applaudit et rit de nouveau comme s'il ne parvenait pas à croire en sa chance.

— Et juste au bon moment ! Oh ! Kylar ! Si j'étais un autre homme, je serais presque tenté de te laisser en vie.

La réplique spirituelle de Kylar mourut sur ses lèvres quand il croisa le regard de Roth. L'âme de la plupart de ses cadavreux avait contenu un filet de noirceur, mais, chez Roth, c'était un fleuve morne et sans fin de ténèbres dévorantes qui grondaient comme des coups de tonnerre. Cet homme détestait tout ce qui était joli.

— Capitaine, dit Roth, où sont l'enfant et la fille balafrée ?

— Nous les avons perdues, Votre Majesté, répondit un homme qui était entré après Kylar.

— Je suis très déçu, capitaine. (Mais la voix de Roth exprimait une jubilation intense.) Retrouvez-les !

— Bien ! Votre Majesté.

L'homme rassembla ses dix guerriers des hautes terres et s'engouffra dans le couloir.

Roth se tourna vers le prisonnier.

— Maintenant, la cerise sur le gâteau. Kylar, sais-tu depuis combien de temps je te cherche ?

Kylar cligna des yeux, s'arracha au regard du prince Ursuul et se ferma au mal qui émanait de lui. Il s'efforça d'adopter un ton nonchalant.

— Depuis que je suis devenu l'homme qui va te tuer, je suppose. Oh ! peut-être depuis que tu t'es regardé dans un miroir et que tu as découvert à quel point tu avais une sale gueule.

Roth battit des mains.

— Comme c'est amusant. Tu sais, Kylar, j'ai l'impression que tu es resté dans mon ombre pendant des années pour contrecarrer tout ce que je faisais. Le vol de mon ka'kari m'a particulièrement agacé.

— Eh bien, je veille toujours à agacer mes victimes.

Mais il réfléchissait aux dernières paroles de Roth. Contrecarrer tout ce qu'il faisait depuis des années ? Il était complètement fou. Kylar avait oublié jusqu'à son existence. Mais que ce malade délire aussi longtemps qu'il le voulait. Kylar se contracta discrètement pour détendre les liens magiques.

Ils étaient durs comme l'acier. La situation se présentait mal et Kylar n'avait pas de plan. Il n'avait pas le début d'un commencement de plan. Il ne pensait pas qu'il existe un plan susceptible de le tirer de ce mauvais pas, même s'il avait été assez intelligent pour y songer. Les soldats khalidoriens l'entouraient et les sorciers le surveillaient comme des vautours tandis que leurs virs se tortillaient vaguement et Roth semblait beaucoup trop content de lui.

— Tu y as parfaitement réussi. Il semblerait que tu surgisses aux moments les plus gênants.

— Comme cette vérole que t'ont refilée les hommes putes, hein ?

— Oh ! et il a de la personnalité, en plus. Excellent ! Depuis hier, aucun meurtre ne m'a apporté la moindre satisfaction.

— Si tu tombais sur ton épée, je suis sûr que tout le monde serait satisfait.

— Tu as eu l'occasion de me tuer, Kylar. (Roth haussa les épaules.) Tu as échoué. Mais je ne savais pas que tu étais un pisse-culotte. Je n'ai appris ton véritable nom qu'hier. Et je devais m'emparer d'un royaume pour mon père avant de te tuer.

— Je ne te le reprocherai pas.

J'ai eu l'occasion de le tuer ?

— Quelle grâce dans la défaite ! Est-ce que c'est Durzo qui t'a enseigné ça ?

Kylar ne sut quoi répondre. Au point où il en était, c'était sans doute idiot d'éprouver de l'agacement parce qu'il avait perdu un point dans cette joute verbale. Mais s'il avait été plus intelligent, il ne se serait jamais retrouvé dans un tel pétrin.

— Je dois dire que la nouvelle génération de pisse-culottes ne m'a guère impressionné. L'apprentie de Hu s'est montrée aussi décevante que toi. C'est vrai, *je t'assure*. Durzo serait au moins parvenu à tuer un de mes hommes avant d'être capturé. Tu ne crois pas ? J'ai bien peur que tu ne sois qu'une pâle copie de ton maître, Kylar. Au fait, où est-il ? Ça ne lui ressemble pas de confier une affaire le concernant à un subalterne.

— Je l'ai tué la nuit dernière. Parce qu'il travaillait pour toi.

Le prince applaudit de joie et gloussa.

— Je crois que je n'ai jamais rien entendu de si mignon de ma vie. Il me trahit pour te sauver et tu le trahis parce qu'il travaille pour moi. Oh ! Kylar. (Roth descendit le premier escalier pour s'arrêter devant son prisonnier.) Si je pouvais faire confiance à ces maudits pisse-culottes, je t'engagerais sur-le-champ. Mais tu es trop dangereux. Et puis, tu as fusionné avec mon ka'kari.

Un sorcier de Roth se dandina, mal à l'aise. Son maître était trop près du prisonnier.

Il doit savoir quelque chose que j'ignore, songea Kylar.

Il était incapable de bouger un muscle. Il était impuissant.

Une seconde ! C'est ça *! C'est pour cette raison qu'il est inquiet. Il pense que le ka'kari représente une menace. Et s'il le pense, c'est sans doute vrai.*

Roth tira une magnifique épée longue du fourreau accroché à sa hanche.

— Tu me déçois, Kylar.

— Pourquoi donc ? demanda le jeune homme en cherchant frénétiquement un moyen d'utiliser le ka'kari.

Que savait-il de cet objet ? Il lui permettait de se servir de son Don. Il lui permettait de voir dans la pénombre. Il lui permettait de devenir invisible. Il suintait de sa peau et le cachait à la perfection – aucun autre pisse-culotte n'était capable de se dissimuler aussi bien.

Mais comment ?

— J'espérais que ce serait plus amusant, lâcha Roth. J'étais prêt à te raconter à quel point tu m'as rendu la vie difficile. Mais tu es comme Blint. Tu te fiches de vivre ou de mourir.

Roth leva son arme.

— Pas du tout, dit Kylar en feignant la peur. À quel point t'ai-je rendu la vie difficile ?

— Désolé, je ne vais pas te donner la satisfaction de te le dire.

Oh ! allez !

— Je ne te le demande pas pour moi. Tu sais que les meisters et les soldats de ton père vont lui raconter tout ce qu'ils ont vu et entendu. Pourquoi ne pas les faire profiter de toute l'histoire ?

L'argument manquait de finesse, mais sa vie était en jeu. Kylar n'aurait jamais imaginé qu'il soit si dur de réfléchir si vite.

Roth fit une pause, l'air songeur.

Ça ne sert à rien. Le ka'kari fait ce qu'il fait. Dieu ! il a même dévoré un couteau au cours de la nuit dernière ! Il est impossible de savoir quelle logique régit son fonctionnement – à supposer qu'il y en ait une. C'est juste de la magie.

Il absorbe. Il dévore. Voilà *ce qu'il fait !*

Il avait ressenti une puissante décharge d'énergie quand le ka'kari avait englouti le couteau. *Le Dévoreur ! Blint l'appelait le Dévoreur.* Il n'était pas loin de la solution – peut-être.

— Désolé, répéta Roth. Je ne me donne en spectacle devant personne. Pas même devant toi. Cette affaire est juste entre nous, Azoth.

Roth tendit son épée au sorcier qui se tenait à sa gauche, puis rabattit ses longs cheveux noirs derrière ses oreilles...

Sauf qu'il n'avait plus d'oreilles. Celle de gauche semblait avoir fondu, celle de droite avait été tranchée net.

Azoth avait été poussé et il était tombé à genoux au milieu de l'atelier de réparation de bateaux. Il n'avait pas été facile de convaincre l'adolescent d'y entrer, mais il avait réussi. Le Rat avait maintenant un pied au beau milieu du nœud coulant qu'Azoth avait posé par terre, mais l'enfant était incapable de bouger, incapable de remplir ses poumons. Le Rat n'était qu'à quelques centimètres, terrifiant dans sa nudité, et lui donnait un ordre. Il empoigna Azoth et celui-ci sentit le goût du sang dans sa bouche. Sa peur ne recula pas d'un pouce, mais il s'aperçut qu'il pouvait bouger. Il tira sur la corde, et le nœud se resserra autour de la cheville de l'adolescent. Le Rat poussa un cri et assena un violent coup de genou au visage de l'enfant.

Azoth atterrit sur un rocher qui lui érafla le dos. Il glissa entre la pierre et le trou du plancher qui servait à descendre les bateaux dans les eaux infâmes du fleuve. Il se releva précipitamment et poussa le rocher de ses bras maigres. Il leva la tête, s'attendant à voir l'adolescent se précipiter sur lui.

Le Rat regarda Azoth, le trou, la pierre et la corde qui serrait sa cheville. Azoth n'oublierait jamais l'expression qui passa dans ses yeux. De la terreur. Puis le Rat s'élança vers l'enfant et Azoth poussa le rocher dans le trou.

La corde se tendit et le Rat fut projeté sur le côté alors qu'il sautait sur Azoth. Il se débattit, essaya de saisir l'enfant, en vain. Ses doigts raclèrent le plancher pourri tandis qu'il glissait, puis disparaissait dans l'ouverture. Azoth entendit quelque chose tomber dans l'eau.

Mais quelques instants plus tard, des gémissements montèrent. L'enfant approcha au bord du trou.

Le Rat était accroché par le bout des doigts et suppliait. C'était impossible. Puis Azoth vit que le rocher avait atterri sur une poutre de soutien formant le treillage qui maintenait l'atelier au-dessus de l'eau. Il était en équilibre précaire, mais il n'entraînerait pas le Rat dans les profondeurs tant que celui-ci exerçait une tension sur la corde.

Azoth se dirigea vers les vêtements en tas de l'adolescent et trouva sa dague. Le Rat implora sa pitié, des larmes coulèrent sur ses joues couvertes de boutons, mais Azoth n'entendit que le rugissement du sang à ses oreilles. Il s'accroupit sans peur, mais avec prudence. Les bras du Rat tremblaient toujours. Il lui fallait un gros effort pour rester accroché malgré son poids. Il était trop gros pour résister longtemps, trop gros pour se tenir d'une seule main et saisir l'enfant de l'autre.

Azoth lui attrapa une oreille d'un geste rapide et la trancha. Le Rat poussa un hurlement et lâcha prise.

Dans sa chute, il heurta le rocher et le fit basculer. La dernière chose que vit Azoth, ce fut le regard terrifié de l'adolescent. Et puis le visage disparut derrière les mains qui griffaient le vide, cherchant quelque chose à quoi s'accrocher, n'importe quoi... et ne trouvant rien.

Azoth attendit encore et encore, puis recula en titubant.

Les boutons avaient disparu. Sa barbe dissimulait les marques qu'ils avaient laissées. La stature était identique, mais il avait perdu du poids depuis qu'il avait quitté le Dédale. Pourtant, cette oreille aux bords déchiquetés, ces yeux...

Dieux ! comment n'ai-je pas remarqué ces yeux morts ?

Les yeux étaient les mêmes.

— Le Rat ! souffla Kylar.

Son plan vola en éclats. Son cœur cessa de battre. Il redevint un petit enfant faisant la queue pour recevoir les coups du Rat, trop effrayé pour faire autre chose que pleurer.

— Je suis mort, hein ? C'est drôle, c'est ce qu'on m'avait dit à ton sujet. (Roth secoua la tête et continua à voix basse – cette conversation ne concernait qu'eux.) Neph m'a brûlé l'autre oreille pour me punir de ce que tu m'avais fait. Tu m'as coûté trois ans de ma vie, Azoth. Trois ans avant que je redevienne le chef d'une guilde. J'ai retenu ma respiration pendant... Dieux ! j'ai l'impression que ça a duré une éternité. J'ai continué à essayer de défaire le nœud autour de ma cheville pendant que je me vidais de mon sang dans cette eau dégueulasse. Et puis Neph m'a enfin tiré de là. Il avait vu tout ce qui s'était passé. Il m'a dit qu'il s'était demandé s'il n'allait pas me laisser mourir. Il a dû tuer un de mes grands – tu te souviens de Roth, n'est-ce pas ? – et le mettre à ma place avant que ton maître arrive. J'ai été obligé de rejoindre une petite guilde pourrie de l'autre côté du Dédale et de tout recommencer de zéro. À cause de toi, j'ai failli décevoir mon père. (Il tremblait de rage et Kylar aperçut de nouveau son oreille fondue.) Ç'a été la *moindre* de mes punitions. Et puis tu es mort, comme par hasard. Je n'ai jamais cru à cette histoire, Azoth. Je savais que tu étais en vie, quelque part, que tu m'attendais. Je t'assure que, si j'en avais le temps, je te torturerais pendant des années. Je te pousserais aux extrêmes limites de la résistance humaine et au-delà. Je te guérirais pour mieux te faire mal ensuite. (Il ferma les yeux et baissa la voix une fois de plus.) Mais je n'ai pas ce luxe. Si je t'épargne, mon père décidera peut-être de t'employer. Il risque aussi de trouver un moyen de se servir du ka'kari. Je l'ai payé et j'ai bien l'intention de fusionner avec lui tout de suite. (Un sourire sinistre se dessina sur ses lèvres.) Des dernières paroles ?

Kylar s'était laissé déconcentrer et avait perdu le fil de ses pensées. L'angoisse et l'horreur l'avaient distrait du seul problème important. Durzo le lui avait répété maintes fois. La peur devait être identifiée, puis ignorée. Où en était-il resté ? Le Dévoreur ? La magie ?

— Merde !

Il réalisa qu'il avait parlé à voix haute.

Roth haussa un sourcil.

— Hmm, dit Roth. Pas très original, mais ça résume assez bien la situation.

Il avait récupéré son épée. Il ajusta sa prise sur la poignée et son épaule glissa en arrière tandis que la lame se levait. Il allait le décapiter. Chaque fibre de Kylar appela à l'aide.

Une explosion retentit en dessous du seuil d'audition de l'oreille humaine, mais Kylar la sentit secouer son ventre comme un coup de tonnerre. Le monde vira au blanc et au bleu sous le coup de la magie. Kylar distingua les courants d'énergie qui fusaient à travers la salle du trône en formant une véritable muraille de magie.

Le château trembla, et tout le monde perdit l'équilibre. Kylar lut une même expression de stupéfaction sur tous les visages. Roth gisait sur l'escalier menant au trône, l'épée à la main. Il avait la bouche grande ouverte.

Une entrave de Kylar se brisa soudain. Il observa les autres : la magie – une grêle invisible de particules blanc-bleu qui s'abattait de biais en traversant les corps et les murs – s'agglutina en crépitant et en sifflant sur les liens. Ceux-ci étaient déjà aussi noirs que les virs des sorciers. La magie bleutée siffla et chuinta lorsqu'elle entra en contact avec la noire.

Puis elle se précipita sur celle des meisters. Elle s'attaqua aux vrilles sombres avec un rugissement et se propagea comme un incendie, encerclant les sorciers dans une nasse de plus en plus étroite.

Trois meisters hurlèrent et les entraves de Kylar se volatilisèrent tandis que trois torches humaines illuminaient la pièce d'une lueur bleue. Mais Kylar regardait son propre corps. Le ka'kari l'enveloppa comme une seconde peau aussi noire que la nuit. Les particules bleues le bombardèrent. La magie crépita comme une flaque sous la pluie, puis disparut. Le ka'kari se dilata sous l'effet de cet afflux d'énergie.

Le Dévoreur se nourrissait aussi de magie.

Puis l'onde de choc surnaturelle s'évanouit.

Un silence très bref s'installa, puis Roth se mit à hurler en reprochant aux sorciers – enfin, aux deux qui étaient encore en vie – de ne pas avoir utilisé leurs virs.

— Arrêtez-le !

Le prince Ursuul releva son épée et essaya de frapper Kylar au visage.

Contre toute attente, les meisters obéirent sur-le-champ. Des entraves jaillirent autour des bras et des jambes de Kylar. Mais le ka'kari se plia à la volonté de son maître dès qu'elles le touchèrent : il se dilata et les recouvrit en les aspirant, il s'insinua en elles et les dévora.

Kylar contracta ses muscles avant même que les liens aient été dissous. Il se libéra avec la toute-puissance de son Don tandis que l'épée de Roth fendait l'air à quelques centimètres de sa gorge.

Il se dégagea des derniers vestiges des entraves et se jeta en arrière dans un mouvement maladroit. Le pied qui se libéra en dernier lui fit perdre l'équilibre. Il pivota pendant sa chute et lança un couteau de la main gauche.

Un soldat grogna et s'effondra.

Kylar atterrit sur le dos au pied du premier escalier. Le choc vida l'air de ses poumons, mais son épée ne resta pas inactive tandis qu'il glissait sur le sol. Il y avait des guerriers des hautes terres à sa gauche et à sa droite. La lame étincela deux fois, tranchant bottes et chevilles autour du jeune homme.

Trois autres soldats s'écroulèrent, mais leurs camarades se lançaient déjà à l'attaque. Kylar donna un coup de reins et se releva, le souffle court, mais prêt à combattre.

Chapitre 64

Solon essaya de descendre de la statue. Logan Verdroekan avait été un des premiers rois de Cénaria – à supposer qu'il ait vraiment existé – et le Séthi ne parvint pas à se rappeler ses exploits. Pourtant, il avait dû être héroïque puisque Régnus Gyre avait baptisé son fils en son honneur. En outre, Verdroekan avait sans doute été une personne hors du commun pour mériter une statue de cette taille brandissant son épée d'un air de défi. Solon ne l'avait pas choisie pour le symbole métaphorique, mais juste parce qu'il voulait que tous les meisters présents dans le jardin le voient. Il n'était parvenu à tenir Curoch que quelques secondes, mais, pendant ce bref laps de temps, tous les sorciers qui avaient utilisé leurs virs dans un rayon de sept cent cinquante mètres étaient morts.

Curoch était tombée sur les pierres au pied de la statue. Feir la récupéra et l'enveloppa dans une couverture. Il cria quelque chose à Solon, mais celui-ci ne comprit pas ses paroles. Le Séthi avait encore l'impression d'être en feu. Chaque veine de son corps vibrait au point qu'il avait le plus grand mal à sentir l'épée de la statue de Verdroekan sous ses doigts. Il s'était installé sur les épaules de l'ancien roi et avait agrippé l'arme de pierre pour garder l'équilibre. Il avait brandi Curoch comme le faisait Verdroekan quand il avait libéré la magie. Il changea de prise. Ses jambes flageolèrent et il bascula dans le vide. Feir ne réussit pas vraiment à le rattraper, mais, au moins, il ralentit sa chute.

— Je ne peux plus marcher, dit Solon. (Son cerveau et son crâne étaient en feu, il voyait des taches de toutes les couleurs de l'arc-en-ciel.) C'était incroyable, Feir. Et ce n'était qu'une infime partie de ce qu'elle est capable de faire…

Feir le saisit et le jeta sur son épaule comme un homme de taille normale l'aurait fait avec un enfant. Il parla, mais Solon ne comprit pas ce qu'il disait. Feir répéta.

— Oh ! j'en ai eu une cinquantaine. Il doit en rester une dizaine, dit le Séthi. Il y en a un sur le pont est.

Il essaya de se souvenir des paroles de Dorian. C'était un message important et le prophète n'avait pas voulu que Feir l'entende.

« Ne laisse pas Feir mourir. Son rôle est plus crucial que celui de l'épée. »

— Il va falloir que je te pose quelque part, dit le colosse. Ne t'inquiète pas. Je ne vais pas t'abandonner.

Des soldats khalidoriens se rassemblaient devant les portes est en une masse criarde de vert et de bleu. Solon ne se rappelait même pas être sorti du jardin. Feir utilisa Curoch comme une *épée* et cela le fit rire.

Le spectacle de son compagnon maniant une lame était à couper le souffle et c'était un privilège de contempler une telle démonstration d'escrime. Le géant avait toujours eu un talent inné à l'épée. Il était plus rapide que son apparence le laissait supposer, sa force était incroyable et ses mouvements étaient aussi précis que ceux d'un danseur. Il pulvérisait les soldats dans des nuées de vert, de bleu et de rouge. Les affrontements étaient brefs : dans le meilleur des cas, son adversaire avait le temps de frapper une fois ; il ratait sa cible ou son coup était paré, puis il mourait.

Feir lança un juron, mais quand Solon essaya de suivre son regard, la débauche de couleurs l'obligea à détourner les yeux. Le colosse le souleva et le jeta de nouveau sur son épaule avant de se mettre à courir. Le Séthi aperçut les planches du pont sous les pieds de son compagnon.

— Accroche-toi ! dit celui-ci.

Au dernier moment, Solon se cramponna à la ceinture de son ami en glissant les mains de part et d'autre de son dos impressionnant. Feir fit un mouvement de côté et ses larges épaules roulèrent. Avec les pieds pointant devant et la tête ballottant au-dessus des fesses de son compagnon, Solon n'entraperçut qu'un bref éclat de Curoch. Feir tourna sur lui-même – en prenant soin de ne pas éjecter son camarade – et Curoch apparut de nouveau. Puis la course effrénée reprit. Solon remarqua que trois cadavres gisaient sur le pont, derrière lui. Le colosse avait tué trois adversaires en portant un homme sur son épaule. C'était stupéfiant.

— Dorian m'a dit que notre seule chance était d'atteindre le fleuve, déclara Feir, mais nous ne devons pas sauter dans l'eau. Cherche une corde !

Solon leva la tête – quelle chance avait-il de repérer un objet si mince en étant brinquebalé sur le dos du colosse ? Il ne vit pas la moindre corde, mais il vit très bien le meister qui invoquait une boule de feu-sorcier derrière eux. Il essaya de lancer un avertissement, mais ne parvint pas à inspirer.

— Sois maudit, Dorian ! cria Feir. Où est cette putain de corde ?

— À terre ! lança Solon.

Feir se baissa avec les réflexes du maître-lame qu'il était. La boule de feu-sorcier passa au-dessus de la tête des deux hommes en crépitant et explosa contre une dizaine de soldats khalidoriens qui gardaient les portes de l'autre extrémité du pont. Solon roula à terre et faillit s'assommer contre une des grandes torchères qui longeaient le tablier.

Il aperçut le sorcier qui les avait attaqués. À en juger par l'épaisseur de ses virs, le vieil homme était un vürdmeister et il invoquait de nouveau son pouvoir. Feir agrippa Solon par le col de son vêtement et le lança derrière une torchère. Le colosse avait mis son compagnon à l'abri du danger, mais il se retrouvait dans une position vulnérable. Cette fois-ci, le sorcier ne se préparait pas à jeter une boule de feu-sorcier, il s'agissait de quelque chose que Solon n'avait jamais vu. Le rayon cramoisi fila vers sa cible à une vitesse ahurissante. Feir invoqua un bouclier magique et se baissa.

La protection dévia à peine l'attaque – sur un soldat qui courait prendre part à l'affrontement. La puissance de la magie fit voler le bouclier de Feir en éclats et projeta le colosse de l'autre côté du tablier comme une poupée de chiffon. La violence du choc lui arracha Curoch des mains.

Solon rassembla des forces qu'il ignorait posséder et attrapa Feir par un pied avant de le tirer vers lui dans l'ombre de la torchère.

Deux sorciers suivis de soldats couraient vers le vürdmeister. À l'autre extrémité du pont, les portes s'ouvrirent pour laisser passer un flot de Khalidoriens.

Feir s'assit et regarda Curoch qui gisait sur le sol, cinq ou six mètres plus loin, à découvert.

— Je peux m'en servir, dit-il. Je peux la récupérer.

— Non ! s'écria Solon. Tu vas mourir.

Les soldats et les meisters s'étaient arrêtés et regroupés. Ils avançaient maintenant avec prudence et discipline.

— Je m'en fiche, Solon. On ne peut pas la laisser tomber entre leurs mains.

— Tu ne survivrais pas assez longtemps pour l'utiliser, Feir. Même si tu étais prêt à sacrifier ta vie pour un instant de pouvoir.

— Elle n'est qu'à quelques mètres !

— Ça aussi, dit Solon en montrant quelque chose en contrebas du pont.

Feir tourna la tête.

— C'est une plaisanterie ?

Une corde noire avait été tendue le long de l'ouvrage sous le tablier. Elle n'était visible que depuis l'endroit où se trouvaient les deux hommes et seulement lorsque le vent l'écartait du pont. Mais ce n'était pas elle que Feir regardait, il fixait ses yeux sur le vide.

— Eh ! c'est une prophétie, non ? demanda Solon. Elle doit se réaliser.

Si seulement ces éclairs jaunes cessaient de zébrer le monde.

— Les prophéties ne se réalisent jamais comme il le dit !

— S'il t'avait raconté que tu devrais faire cela, est-ce que tu serais venu ?

— Putain ! sûrement pas ! Et cesse de hocher la tête en me regardant de cet air entendu. Dorian le fait tout le temps et ça me suffit amplement. (Feir observa les meisters et les soldats qui approchaient.) D'accord ! Tu passes en premier.

Il va tenter de récupérer Curoch. Imbécile de héros !

— Impossible, dit Solon. Je ne suis pas assez fort pour me suspendre à la corde. Je vais mourir si j'y vais seul.

Feir se leva.

— Laisse-moi juste le temps d'essayer…

Il invoqua son Don et le projeta en avant pour s'emparer de l'épée. Aussitôt, des mains en virs crépitèrent au-dessus de sa magie et remontèrent vers le colosse. Solon mobilisa son pouvoir et trancha le bras magique de Feir.

Des explosions de lumière apparurent devant les yeux du Séthi.

Oh non ! Pas ça ! Pas ça, par pitié ! Oh !

— Laisse-moi monter sur ton dos, dit Solon.

Il n'avait pas le temps de fournir des explications : les meisters arrivaient.

— Quelle équipe : un fou et un obèse ! lâcha Feir.

Mais il attrapa son compagnon et le glissa sur son dos.

— Fais de même pour la magie. J'ai un plan. Et pour ta gouverne, je ne suis pas obèse.

Feir n'hésitait pas à émettre des doutes sur le bien-fondé d'un plan lorsque la situation le permettait, mais il savait obéir pendant une bataille. Il ouvrit aussitôt son esprit et Solon puisa dans son Don. Le Séthi replet s'accrocha au dos du colosse avec des liens magiques et prépara au plus vite cinq trames très fines. L'opération était toujours douloureuse, mais beaucoup moins qu'en utilisant son propre Don.

— Maintenant, saute !

Feir bondit par-dessus le rebord du pont. La corde était à l'endroit idéal. Ce n'était pas à cause du vent ou de la précision de la prophétie, mais parce que Solon l'avait déplacée avec sa magie. Feir l'attrapa et Solon activa les autres trames.

Des trous apparurent dans les flancs des torchères. À l'intérieur, l'air se comprima soudain et fit gicler l'huile sur le tablier du pont. La dernière trame fit tomber une étincelle sur la mare de liquide inflammable.

Solon entendit un sifflement d'aspiration prometteur. Le fleuve se colora soudain de lueurs orange et blanches. Une vague de chaleur balaya les deux mages qui tombaient dans le vide.

Les événements s'enchaînèrent si vite qu'il devint impossible d'en suivre le fil. Feir attrapa la corde avec deux mains et une jambe. Il bascula aussitôt sur le dos. Ce brusque retournement fit lâcher prise à Solon et, sans les liens magiques, il serait tombé comme une pierre. La corde, accrochée de part et d'autre du pont, se tendit et ploya à hauteur du centre de l'ouvrage. Feir et Solon étaient encore à plus de vingt mètres de là. Ils glissèrent jusqu'au point le plus bas la tête la première. Puis la corde se rompit du côté château.

Solon s'aperçut que des explosions de lumière les entouraient. Il était plus ou moins conscient que la corde les précipitait vers le fleuve à une vitesse terrifiante. Le pont était la proie de flammes qui dansaient joyeusement dans la nuit. Ou peut-être n'était-ce qu'un déchaînement de douleur dans son crâne ? Puis les deux hommes s'enfoncèrent dans quelque chose de froid et de dur.

Solon inspira au mauvais moment. La matière froide et dure s'était transformée en matière froide et liquide. Feir et lui étaient sous l'eau. Il toussa tandis que le colosse émergeait. Puis une pensée confuse lui traversa l'esprit : soit son compagnon était un sacré nageur, soit quelque chose les tirait vers la berge.

Feir se mit à genoux et leva les mains. Perché sur son dos, Solon vit que le frottement contre la corde les avait transformées en charpie sanguinolente. Il aperçut un os.

— Ah ! vous vous en tirez mieux que je le pensais, dit la voix de Dorian alors que sa magie entraînait ses amis vers la terre ferme. Cessez de vous tourner les pouces, tous les deux ! Il faut se dépêcher si nous voulons arriver à Khalidor à temps.

— Se tourner les pouces ? demanda Solon, heureux de constater qu'il avait encore la force de s'indigner.

— Khalidor ? répéta Feir.

— Eh bien ! c'est là que ma promise m'attend. Je suis impatient de découvrir qui elle est. Je pense que Curoch arrivera jusque-là, elle aussi.

Feir lança un juron, mais Solon – malgré les taches pourpres qui dansaient devant ses yeux, malgré son bras cassé et malgré tout le reste – se contenta d'éclater de rire.

Chapitre 65

En arrivant à portée de son épée, de ses pieds virevoltants ou de ses poings ravageurs, les soldats étaient fauchés comme les blés par une tempête estivale. Kylar, qui avait toujours été doué pour le combat, comprit soudain le sens de cette bataille. Le chaos s'épanouissait en des structures logiques d'une complexité admirable qui s'emboîtaient les unes dans les autres.

Il lui suffisait de regarder le visage d'un homme pour anticiper ses gestes : parade à gauche, moment d'hésitation, fente, retraite. Un soldat mourut et tomba assez loin pour ne pas gêner les mouvements de Kylar. Suivant : un pas à droite, puis en avant, coup de poing dans le nez. Pivot, attaque au jarret, puis à la gorge. Parade, riposte. Coup d'estoc.

Réduite à chaque battement des cavités de son cœur, la bataille suivait un certain rythme, une certaine musique. Il n'y avait pas une seule fausse note. Les accords graves des claquements d'épée venaient se plaquer sur les sons de basse des poings et des pieds qui frappaient la chair – avec douceur, puis force, avec force, puis douceur. Les jurons aigus étaient ponctués par les percussions saccadées des cottes de mailles qui se déchiraient.

Le Don de Kylar chantait et le jeune homme jouait en virtuose. Il combattait en proie à une frénésie éblouissante, comme un danseur possédé. Le temps ne ralentit pas sa course, mais le corps du jeune homme réagissait à des détails dont il n'avait pas conscience. Il détournait et évitait des attaques que son esprit n'avait pas remarquées. Il frappait avec la vitesse surnaturelle et la grâce de cet ange de la mort, l'Ange de la Nuit.

Les guerriers des hautes terres voulurent le submerger de leur nombre. Leurs lames sifflèrent à deux centimètres de son oreille, à un centimètre de son ventre, à cinq millimètres de sa cuisse. Kylar était parfaitement en rythme et frappait toujours plus vite.

Il rengaina Châtiment et saisit la main du guerrier maigre qui le visait au ventre. L'homme partit en avant et son épée éventra un de ses camarades de l'autre côté du cercle d'ennemis qui entourait Kylar. Celui-ci para une fente portée dans son dos avec son premier couteau et planta le second dans un œil.

Deux lances jaillirent vers lui à gauche et à droite. Il se laissa tomber à terre et tira un coup sec sur les hampes. Leurs propriétaires, déséquilibrés, partirent en avant et s'empalèrent mutuellement. Kylar se releva en pivotant et fracassa un visage d'un coup de pied circulaire.

Mais la situation était désespérée. Il était impuissant, prisonnier d'un enchevêtrement d'armes et de soldats à l'agonie battant frénétiquement des bras. L'inévitable était proche.

Avec une légèreté de chat, il sauta sur le dos d'un mourant agenouillé et passa par-dessus les épaules d'un lancier empalé.

Tandis qu'il se retournait pendant son salto, une boule verdâtre de feu-sorcier fila vers lui. Le projectile gros comme le poing toucha sa cape et vola en éclats. Kylar retomba sur ses pieds et se baissa pour éviter une lame. Son vêtement se couvrit de flammes vertes et Kylar s'en débarrassa tandis qu'il plongeait entre deux lances.

Il se releva en tenant la cape par un bout et la lança sur un guerrier. Les flammes vertes se ruèrent avec avidité sur sa peau et brillèrent d'un éclat bleu vif en dévorant la chair de l'homme hurlant.

Une autre boule de feu-sorcier passa en grésillant et Kylar plongea derrière un pilier supportant le haut plafond.

Il disposait de deux temps de repos. Il avait tué ou neutralisé plus de la moitié des Khalidoriens, mais les survivants donnaient tout ce qu'ils avaient. Point, contrepoint.

— Rassemblez-vous autour du capitaine ! hurla Roth. Gardez toujours un meister en vue !

Les soldats obéirent et se dirigèrent vers leur officier. Ils formèrent une barrière entre Kylar et Roth qui était retourné près du trône pour observer l'affrontement.

Kylar mit à profit le répit que lui offrait son abri. Pour avoir une chance d'atteindre Roth, il savait qu'il devait se débarrasser des sorciers. Les deux derniers surveillaient les espaces entre les piliers où Kylar devrait s'abriter.

Le jeune homme rassembla le ka'kari dans sa paume. Il se rappela la sensation des vrilles de magie et le força à couler le long de la lame. Le ka'kari sentit son insistance et enveloppa aussitôt la bande d'acier. L'épée et la matière noire miroitèrent un instant tandis qu'elles disparaissaient à la vue du monde.

Kylar bondit de sa cachette et les vrilles magiques furent sur lui en un instant. Il porta un coup de taille rapide et les sentit se ratatiner et disparaître. Il attrapa le bord d'une des grandes tentures qui couvraient les murs de la salle du trône et courut vers un pilier. Un meister fit jaillir du feu-sorcier du bout de ses doigts.

S'il avait eu le temps de réfléchir, Kylar n'aurait pas paré avec son épée. C'était folie que de vouloir bloquer une attaque magique, mais sa réaction fut instinctive. Le plat de la lame frappa le globe de feu vert. Mais, au lieu d'exploser, le projectile fut englouti par l'acier dans un bruit de succion.

Kylar contourna un pilier avec l'extrémité de la tenture dans une main, son épée dans l'autre. Châtiment était redevenue visible, car le feu-sorcier crépitait au cœur de la lame. Le jeune homme rassembla toute la force de son Don et bondit.

Il partit comme une flèche à travers la pièce, puis la tenture se tendit contre un pilier. Elle dévia soudain la direction de Kylar et le précipita vers le sommet des marches menant au trône.

Le second sorcier avait dû lancer une boule de feu sans que Kylar le remarque, car la tenture mollit et se déchira une seconde trop tôt. Le jeune homme atterrit sur le palier séparant les deux escaliers. Il tenait encore une bande de tissu enflammé longue de trois mètres. Il la lança vers les guerriers des hautes terres et frappa le sorcier qui psalmodiait à deux pas de lui.

Le sommet de son crâne se fendit en exposant une partie du cerveau. Le meister tourna sur lui-même, mais ses lèvres achevèrent l'incantation. Les vrilles noires et épaisses qui se tortillaient dans ses bras se dilatèrent de manière grotesque comme des muscles qui se contractent. Elles traversèrent la peau et jaillirent de ses membres.

Une vague d'énergie s'échappa du meister à l'agonie dans un grondement sourd tandis que l'homme titubait en cherchant Kylar. Celui-ci sauta derrière lui et porta un coup de pied si puissant que le sorcier fut soulevé du sol et projeté sur les guerriers des hautes terres.

Les vrilles noires s'agitèrent et s'abattirent sur les soldats comme des mains avides. Elles se frayèrent un chemin à travers leur corps en dévorant la chair dans le sifflement aigu d'une scie mécanique qui débite un tronc.

Pendant que les vrilles poignardaient les guerriers, Kylar sentit plus qu'il vit une lumière blanche de plus en plus brillante derrière lui. Il se retourna et aperçut la chimère qui fondait sur lui. La créature esquiva son coup de taille désespéré et enfonça ses griffes minuscules dans sa poitrine.

Kylar bondissait déjà sur le côté lorsqu'il sentit le choc et discerna les vibrations de l'air. La réalité bouillonna le long d'une ligne pointée dans sa direction. Les ondulations invisibles virèrent pour suivre sa course, puis l'air sembla se déchirer. Kylar sauta jusqu'au mur et faillit percuter une boule de feu-sorcier avec sa tête.

Le ver des profondeurs jaillit dans la réalité et manqua Kylar d'un cheveu. Il fouetta l'air avec colère et la faille d'où il était sorti s'élargit. Ses griffes redoutables se refermèrent sur deux piliers à quelques mètres du jeune homme. Celui-ci arracha la chimère de sa poitrine et la jeta au visage d'un guerrier.

Le ver se lança à l'attaque et Kylar sauta à la verticale. La gueule de lamproie se déploya et se referma sur le soldat hurlant. Le monstre engloutit sa proie et retourna dans les profondeurs d'où il avait jailli. Lorsque les pieds de Kylar touchèrent le sol, l'homme et le ver avaient disparu.

Kylar se tourna et se prépara à bondir au sommet des deux escaliers. Il ne fut pas assez rapide. Au moment où il s'élançait, il aperçut une tache de lumière qui se précipitait vers lui. Il n'avait pas le temps de tirer un couteau de lancer. Il jeta son épée sur le dernier sorcier.

La boule de feu le frappa à l'épaule gauche. À cet instant, Kylar avait déjà quitté le sol et suivait une courbe ascendante. Le choc le fit basculer en arrière et il s'écrasa sur les dalles en marbre au pied du trône. Il sentit son genou gauche se briser.

Pendant un long moment, le monde resta plongé dans le brouillard. Kylar cligna des yeux avec acharnement et finit par chasser le sang qui obscurcissait sa vue. Il aperçut Châtiment, enfoncée jusqu'à la garde dans le corps d'un meister à quinze mètres de lui. Le ka'kari recouvrait toujours la lame d'un enduit noir.

Il remarqua alors qu'il regardait le cadavre du sorcier entre une paire de jambes. Ses yeux remontèrent jusqu'au visage de Roth.

— Debout ! dit le prince Ursuul.

Et il lui plongea son épée longue dans le bas du dos.

Kylar hoqueta lorsque Roth fit tourner la lame dans un rein. Puis le métal brûlant se retira et quelque chose releva Kylar.

La douleur était comme une nappe de brume qui lui brouillait la vue. Désorienté, le jeune homme contempla les cadavres des meisters.

Qui m'a remis debout ?

— Tous les enfants du Roi-dieu Ursuul sont des sorciers-nés, déclara Roth. Tu ne le savais pas ?

Kylar fixa ses yeux sur le prince en silence. Roth possédait le Don ? Les mains invisibles le lâchèrent, et il s'affaissa tandis que son genou brisé supportait de nouveau le poids de son corps. Il heurta le sol de marbre pour la seconde fois.

— Lève-toi ! ordonna Roth.

Il lui planta son épée dans l'aine et cracha une insulte. Le crâne de Kylar heurta les dalles. Roth poussait des cris inarticulés, mais ce n'était qu'un murmure comparé aux hurlements de l'agonie.

Roth frappa de nouveau, et la douleur explosa dans le ventre de Kylar. Le prince Ursuul dut ensuite le relever, car le jeune homme sentit sa tête basculer sur le côté. La souffrance devint intolérable.

Chaque partie de son corps était rongée par des brûlures, plongée dans l'alcool et saupoudrée de sel. Ses paupières étaient bordées de verre pilé. Ses nerfs optiques étaient dévorés par des dents minuscules. Ses yeux, ses tendons, ses muscles, ses organes et le moindre fragment de sa chair marinèrent les uns après les autres dans une agonie sans borne. Kylar hurla et hurla encore.

Puis il recouvra sa lucidité.

Il cligna des yeux. Il était debout devant Roth, parfaitement conscient. Conscient et consterné. Il avait dû atterrir sur son genou gauche en heurtant le sol de marbre, car l'articulation était en miettes. Il souffrait d'hémorragies internes ; ses intestins laissaient suinter la mort dans ses viscères ; les acides de son estomac brûlaient ses entrailles ; un sang noir s'échappait d'un rein ; son épaule gauche semblait avoir été broyée par le marteau d'un géant.

— Ta mort ne va pas être agréable, dit Roth. Je ne le permettrai pas. Pas après ce que tu as fait ! Regarde ce que tu as fait ! Mon père va être furieux !

Et voilà. Il allait mourir. Il pouvait tenir en équilibre sur sa jambe droite, mais il était désarmé. Son épée et le ka'kari gisaient à quinze mètres de lui – ils auraient aussi bien pu se trouver à l'autre bout de l'océan. Pas d'arme et Roth prenait – toujours – soin de ne pas approcher à portée de ses poings. Kylar n'avait même plus un couteau à sa ceinture.

— Tu es prêt à mourir ? demanda Roth avec des yeux brillants de méchanceté.

Kylar fixa les yeux sur sa main droite. Tout son corps avait été battu, tailladé et brisé, mais ses doigts étaient intacts, guéris. N'étaient-ce pas les doigts que la vitre avait entaillés, la nuit dernière ?

— Je suis prêt, dit-il.

Sa réponse le surprit.

— Des regrets ? demanda le prince Ursuul.

Kylar le regarda et devina ses intentions. Son âme avait toujours été assez noire pour lui permettre de comprendre le mal. Roth essayait de lui insuffler de la peur. Il voulait qu'il pense à tout ce qu'il avait fait au moment où il le tuerait. Il se nourrissait du désespoir des autres.

— Ce n'est pas difficile de mourir dignement, dit Kylar. Ça ne demande que quelques instants de courage. C'est vivre dignement dont je suis incapable. Qu'est-ce que la mort comparée à ça ?

— Tu vas bientôt avoir la réponse, cracha Roth.

Kylar esquissa un petit sourire qui s'élargit tandis que la rage envahissait le visage de Roth.

— J'ai eu davantage de plaisir à tuer Logan, dit le prince Ursuul en lui enfonçant sa lame dans la poitrine.

Logan !

Cette pensée transperça Kylar plus cruellement que la bande d'acier. Il avait vécu par l'épée, il était normal et légitime qu'il meure par l'épée. Mais Logan n'avait jamais voulu faire de mal à quiconque. Jamais il n'aurait dû périr de la main de Roth. Ce n'était pas juste. Cela n'aurait pas dû se passer ainsi.

Kylar fixa les yeux sur l'arme plantée dans sa poitrine. Il attrapa le poignet du prince Ursuul d'une main et tira pour que la lame pénètre plus profondément, pour s'empaler dessus jusqu'à la garde. Les yeux de Roth s'écarquillèrent.

— Je suis l'Ange de la Nuit, haleta Kylar. (La lame lui perforait les poumons et l'empêchait de respirer.) Voici pour la justice. Voici pour Logan.

Un tintement résonna dans la salle, suivi d'un roulement métallique sur le marbre. Le ka'kari bondit dans la main libre de Kylar…

Et Roth l'intercepta d'un geste précis. Une lueur de triomphe illumina son regard et il éclata de rire.

Kylar le saisit aux épaules et le fixa droit dans les yeux.

— Voici pour la justice. Voici pour Logan.

Il leva la main droite.

L'étonnement se peignit sur le visage de Roth. Il regarda sa paume. Le ka'kari se liquéfia et coula entre ses doigts. Roth griffa l'air comme il avait griffé le plancher de l'atelier de réparation de navires, sans rien trouver. Le ka'kari tomba dans la paume de Kylar et se transforma en une énorme dague à manche en T tandis que le jeune homme serrait le poing.

Il frappa Roth à la poitrine.

Le prince Ursuul baissa les yeux. Son incrédulité se changea en horreur quand Kylar dégagea son arme. L'horreur se changea en terreur quand son cœur envoya le sang dans ses poumons.

Roth poussa un hurlement suraigu pour renier sa mort.

Kylar le lâcha et essaya de s'éloigner, mais ses membres refusèrent de lui obéir. Ses genoux fléchirent et il s'effondra avec le prince khalidorien.

Roth et Kylar restèrent étendus l'un en face de l'autre sur les dalles en marbre, agonisant les yeux dans les yeux. Leurs bras et leurs jambes étaient agités de spasmes incontrôlables. Leurs deux respirations hachées étaient à l'unisson. Le regard de Roth brillait d'une peur, d'une panique si intense qu'elle le paralysait. Il semblait ne plus voir Kylar allongé à quelques centimètres de lui. Ses yeux devinrent vitreux et se remplirent d'une terreur indicible.

Kylar était satisfait. L'Ange de la Nuit avait distribué la mort et l'avait condamné. Ce n'était pas agréable, mais c'était juste. Le châtiment était mérité. Il observa les yeux de Roth s'éteindre après une agonie tourmentée. Il regretta que la Mort n'offre rien de plus beau que la justice. Mais il n'avait pas la force de se détourner de cette vie, de cette mort, de cette justice implacable.

À ce moment, quelqu'un le retourna sur le dos. Une femme. Les yeux du jeune homme s'efforcèrent de clarifier le monde flou qui l'entourait. C'était Élène. Elle posa la tête de Kylar sur ses genoux et lui caressa les cheveux. Elle pleurait. Il ne distinguait pas ses cicatrices. Il leva une main et fit glisser ses doigts sur son visage. Elle ressemblait à un ange.

Et puis il regarda sa main. Elle était entière, intacte et – c'était incroyable – parfaitement propre. Pour la première fois de sa vie, ses mains n'étaient plus souillées de sang. Elles n'étaient plus *souillées de sang*!

La Mort arriva. Kylar s'abandonna à elle.

Chapitre 66

Térah Graesin venait de verser une fortune à un des hommes les plus séduisants qu'elle avait rencontrés. Jarl affirmait qu'il parlait au nom du Shinga, mais il se comportait avec une telle assurance qu'elle se demanda s'il n'était pas le Shinga en personne. L'idée de donner autant d'argent au Sa'kagué lui déplaisait, mais elle n'avait pas eu le choix. L'armée du Roi-dieu arriverait à l'aube et Térah Graesin s'était déjà attardée trop longtemps dans la cité.

L'invasion ne s'était pas déroulée selon les plans du Roi-dieu. Les Khalidoriens occupaient les ponts, le château et les portes de la ville. Certains de ces points n'étaient protégés que par des effectifs squelettiques, mais cela changerait quand le reste de leur armée investirait la cité. Térah Graesin et ses nobles devaient quitter Cénaria avant que cela arrive. Si elle n'avait pas versé la moitié de sa fortune à Jarl, elle aurait dû tout abandonner derrière elle. Une reine devait prendre des décisions difficiles et, tous les autres prétendants au trône étant morts, elle était désormais la reine.

Il était minuit. Les chariots étaient chargés. Les hommes attendaient. C'était l'heure.

Térah se tenait devant le manoir des Graesin. Comme les autres demeures ducales, c'était un bâtiment vénérable, une véritable forteresse. Une forteresse pillée. Une forteresse pillée où planait une odeur étrange, car des tonneaux d'huile avaient été renversés dans toutes les pièces, sur les précieuses reliques familiales trop lourdes pour être transportées, dans les rainures qui avaient été creusées dans chaque poutre plusieurs fois centenaire. C'était l'heure. À minuit, les pisse-culottes de Jarl étaient censés massacrer les soldats khalidoriens qui tenaient la porte est. Tous les autres nobles s'étaient rassemblés devant leur manoir. Depuis le porche surélevé, Térah en apercevait certains le long de la rue Horak. Ils attendaient de voir si elle allait vraiment le faire.

Elle imagina qu'elle fermait la porte de sa demeure. Quand elle reviendrait, elle ferait rebâtir le manoir pour sa famille, deux fois plus magnifique qu'aujourd'hui.

Elle se dirigea vers la rue et prit la torche des mains du sergent Brelandier. Les archers s'approchèrent et ce fut elle qui enflamma la pointe de chaque flèche. Elle hocha la tête, et les soldats décochèrent leurs traits.

Le manoir s'embrasa et les flammes jaillirent des fenêtres pour s'élancer vers le ciel. Térah Graesin ne regarda pas. Elle monta à cheval et prit la tête de la colonne – sa pathétique armée de trois cents soldats accompagnés de six cents domestiques et marchands. Ils s'engagèrent dans la rue et prirent le chemin de la porte est.

Sur la rive est, les grandes demeures s'embrasèrent les unes après les autres, bûchers funéraires de la fortune des nobles. Ces derniers n'étaient pas les seuls à avoir tout perdu : ceux qui travaillaient pour eux avaient connu le même sort. Mais les flammes de la destruction étaient également des lueurs d'espoir. Vous avez peut-être gagné cette bataille, disait l'âme de Cénaria, mais cette victoire n'est pas un triomphe. Vous pouvez me chasser de chez moi, mais vous ne pourrez pas y vivre. Je ne laisserai derrière moi que de la terre brûlée.

Des feux plus modestes se joignirent à ces grands brasiers un peu partout à travers la ville. Des marchands incendiaient leur boutique ; des forgerons surchauffaient leur foyer jusqu'à ce qu'il se fende ; des boulangers détruisaient leurs fours ; des meuniers jetaient la pierre de leur meule dans la Plith ; des propriétaires d'entrepôts mettaient le feu à leurs bâtiments ; des vendeurs de bestiaux égorgeaient leurs troupeaux ; des capitaines bloqués sur le fleuve par la magie des sorciers sabordaient leur navire.

Des milliers de personnes se joignaient à l'exode. Le maigre ruisseau de nobles et de domestiques devint un raz-de-marée et le raz-de-marée se transforma en armée quittant la ville. Une armée vaincue, mais en marche. Ses soldats conduisaient des chariots, étaient à cheval ou avançaient pieds nus, les mains et le ventre vides. Certains juraient, d'autres priaient. Ils regardaient parfois par-dessus leur épaule avec des yeux hagards ou pleuraient. Plusieurs abandonnaient derrière eux des frères, des sœurs, un père, une mère et des enfants. Pourtant, tous ces orphelins de Cénaria transportaient une faible lueur d'espoir au fond de leur cœur.

« Nous reviendrons », leur soufflait-elle. *Nous reviendrons.*

Neph Dada s'était placé le plus loin possible, au bout de la ligne de meisters, de généraux et de soldats qui attendaient pour saluer l'arrivée du Roi-dieu Garoth Ursuul. Celui-ci traversa le pont royal ouest avec son escorte. Il portait une magnifique cape en hermine qui accentuait la pâleur nordique de sa peau. Il avait la poitrine nue à l'exception des lourdes chaînes en or, symboles de sa charge. C'était un homme robuste, corpulent, mais musclé, encore puissant pour son âge. Il arrêta son étalon devant la porte de la cour et fut accueilli par six têtes plantées sur des piques. La septième pique était vide.

— Commandant Gher.

— Oui, sire… euh… mon Dieu ! Votre Sainteté, seigneur.

L'ancien garde royal s'éclaircit la voix. La situation ne se présentait pas sous les meilleurs auspices. Les plans de Roth et de Neph s'étaient déroulés sans problème, mais les troupes du Roi-dieu avaient subi des pertes beaucoup plus importantes que prévu. Une barge remplie de guerriers des hautes terres avait brûlé. De nombreux nobles s'étaient enfuis alors qu'ils auraient dû mourir au cours de l'attaque. De larges portions de la ville étaient la proie des flammes. Le cœur de l'économie et de l'industrie cénarienne avait été réduit en cendres.

Il n'y avait pas encore de signes de résistance, mais trop de nobles avaient survécu pour que le calme perdure. Les meisters qui auraient dû former un fer de lance destructeur et s'enfoncer dans le cœur de Modai étaient morts. Plus de cinquante d'entre eux avaient péri, d'un coup, sans autre explication que de vagues rumeurs faisant état d'un magicien au Don inégalé depuis Ezra le Fou et Jorsin Alkestes. L'invasion de Ceura se terminait avant même d'avoir commencé. Le fils du Roi-dieu avait été assassiné au moment où il achevait son *uurdthan*.

Il faudrait faire rentrer le Sa'kagué dans le rang et éteindre les flammes des incendies et de la rébellion. Quelqu'un allait devoir répondre de ce désastre. Neph Dada s'efforçait de trouver un autre responsable que lui.

— Pourquoi y a-t-il une pique vide sur mon pont ? demanda le Roi-dieu. Qui peut me le dire ?

Le commandant Hurin Gher se dandina sur sa selle et regarda la pique d'un air hébété.

— Nous n'avons pas encore trouvé le corps du prince… je veux dire du prétendant… enfin de Logan Gyre, seigneur. Nous… Nous sommes certains qu'il est mort. Au moins trois témoignages l'ont confirmé. Mais au milieu de tous ces combats… Nous sommes à la recherche de son cadavre.

— Je l'espère. (Le Roi-dieu ne regarda pas Hurin Gher, il examinait les visages des membres de la famille royale accrochés au-dessus de lui.) Et cette *ombre* qui a assassiné mon fils ? Est-ce qu'elle est morte, elle aussi ?

Neph fut parcouru par un frisson glacé en entendant la menace tranquille qu'impliquait la question du Roi-dieu.

En pénétrant dans la salle du trône, les Khalidoriens avaient tout de suite pensé que leurs camarades avaient été décimés par une unité d'élite. Mais Neph était parvenu à ranimer un homme qui avait eu les pieds tranchés. Il avait juré avoir assisté à la plus grande partie de la bataille avant de sombrer dans l'inconscience. Le massacre était l'œuvre d'une seule personne. D'une ombre. Le survivant l'avait appelée l'Ange de la Nuit. L'histoire se répandait déjà parmi les soldats.

Un homme qui se déplaçait sans être vu. Un homme capable de tuer trente guerriers des hautes terres, cinq meisters et un fils du Roi-dieu. Un homme invulnérable à l'acier et à la magie. C'était ridicule, bien sûr. Avec tout le sang qu'on avait trouvé, l'inconnu devait être mort, mais sans cadavre...

— Quelqu'un a emporté son corps, seigneur. Nous avons suivi les traces de sang dans les passages secrets. Il a saigné en abondance, seigneur. Si ce n'était qu'un homme, il est mort.

— Il semblerait que nous ayons beaucoup de morts et pas assez de cadavres, commandant. Trouvez ceux qui manquent. En attendant, piquez une autre tête sur cet emplacement vide. Une tête ressemblant à celle de Logan Gyre, de préférence.

Ce n'était pas juste. Ferl Khalius avait fait partie des premiers guerriers des hautes terres à poser le pied sur le sol cénarien. Il était un des rares survivants de l'incendie de la barge qui avait coulé – il avait eu l'intelligence de se débarrasser de son armure avant de sauter à l'eau et il ne s'était donc pas noyé comme tant de ses camarades. Il avait rejoint une autre unité et s'était battu à mains nues jusqu'à ce qu'il récupère l'arme d'un guerrier qui avait succombé au cours du premier assaut, dans la cour. Il avait tué six soldats cénariens, deux nobles – six en comptant les enfants, mais il ne s'abaissait pas à une telle mesquinerie.

Et comment récompensait-on son habileté et son héroïsme ? On l'assignait à une corvée de merde ! On avait accordé à certaines unités le privilège de mettre la ville à sac. Celles qui avaient donné satisfaction écumaient la rive ouest – le quartier que les barbares cénariens appelaient le Dédale ; celles qui s'étaient particulièrement distinguées pillaient les décombres de la rive est en compagnie des officiers. Tous les hommes de l'unité de Ferl étaient morts et on l'avait chargé de nettoyer les gravats sur le pont est.

Non seulement c'était dégueulasse, mais, en plus, c'était dangereux. Les sorciers avaient éteint le feu, mais les planches du tablier n'étaient pas sûres. Certaines se fendaient ou se brisaient quand on posait le pied dessus. Les piles n'avaient pas souffert : protégées par des plaques d'acier, elles étaient invulnérables aux flammes. Mais on ne pouvait pas rester éternellement au-dessus, alors ça vous faisait une belle jambe.

Ce qu'il y avait de pire dans ce boulot, c'étaient les cadavres. Certains étaient grillés comme des tranches de viande : couverts d'une croûte noire, mais craquants et juteux à l'intérieur. Et il ne parlait pas de l'odeur de chair carbonisée et de cheveux brûlés ! Ferl avançait avec précaution, ramassant tout ce qui semblait intéressant et jetant les corps dans le fleuve. Plusieurs unités auraient été heureuses de récupérer leurs morts pour les enterrer dans les règles, mais il n'allait pas trimballer ces saloperies puantes jusqu'à la berge. Qu'elles aillent reposer dans les abysses !

Il aperçut alors l'épée. Elle avait dû se trouver sous un corps quand l'incendie s'était déclaré parce qu'elle était intacte. Il n'y avait même pas une trace de fumée sur la poignée gravée de dragons. La lame était superbe. C'était le genre d'arme qui convenait à merveille au chef d'une troupe de guerriers ou à un seigneur de la guerre. Avec une telle arme, les hommes de son clan le regarderaient avec crainte et respect. La crainte et le respect qu'il méritait. Il était censé rapporter tout objet inhabituel aux vürdmeisters.

Ben voyons ! Vu la manière dont ils m'ont traité...

Ferl observa les hommes qui travaillaient avec lui sur le pont et vit que personne ne lui prêtait attention. Il tira son épée, la posa sur le côté et glissa sa récompense dans son fourreau. Celui-ci n'avait pas tout à fait les dimensions requises, mais il ferait l'affaire pour le moment. La poignée posait un problème – à cause de ces fichus dragons –, mais il l'envelopperait de lanières en cuir dès que possible. Il était adroit de ses mains et il ne lui faudrait que quelques heures pour rendre cette arme quelconque.

Cette trouvaille améliora nettement son humeur. Elle ne suffisait pas tout à fait à récompenser son courage, mais c'était un début.

Le meister descendit le dernier couloir en direction de l'endroit que les barbares appelaient le Trou du Cul du Diable. La vague écœurante et enivrante du tourment la submergea. La sorcière rata une marche et heurta le mur. Le soldat qui l'accompagnait se tourna, inquiet.

— Ce n'est rien, dit-elle.

Elle approcha de la grille qui fermait le puits. Elle marmonna quelques mots, et une lueur rouge apparut devant elle.

Au fond du Trou, les créatures plissèrent les yeux et reculèrent dans les ténèbres. Elle lança une nouvelle incantation, et la lumière descendit au fond. Elle examina chaque prisonnier. Dix hommes, une femme et un simple d'esprit aux dents limées. Aucun d'eux ne pouvait être l'usurpateur.

Elle se tourna, un peu étourdie, et se dirigea vers la sortie en essayant de ne pas courir.

Une minute plus tard, un colosse roula de sous une saillie taillée dans la pierre.

La prisonnière l'observa et secoua la tête.

— T'es un crétin. Quoi qu'ils te fassent, ce sera du gâteau comparé à la vie ici. Regarde-toi. Tu n'as pas l'étoffe d'un dur. Le Trou va te briser, Treizième.

Logan la regarda d'un air impassible. C'était une femme crasseuse vêtue d'une robe en lambeaux. Il lui manquait plusieurs dents. Sur son visage, on lisait une expression qui, dans le Trou, devait être ce qui ressemblait le plus à de la gentillesse.

— Je sais que la lie de l'humanité passe par ici et que toutes les flammes de la perdition en émanent, mais je résisterai.

— Y parle avec des putains de mots compliqués, hein ? dit le grand qui se nommait Fin.

Son sourire dévoila des gencives sanguinolentes – un des premiers symptômes du scorbut. Il entoura la corde faite de tendons autour de sa taille.

— Y a plein de viande sur ce gros salopard. On va faire ripaille.

Le scorbut trahissait une carence alimentaire. La carence alimentaire indiquait que Fin avait survécu assez longtemps pour en souffrir. Fin était un dur. Logan tourna les yeux vers lui et tira son couteau – son seul moyen de protection contre ces bêtes féroces.

— Causons peu, mais causons bien. (Il fit un effort pour s'exprimer avec une certaine vulgarité.) Vous ne me briserez pas. Le Trou ne me brisera pas. Je résisterai. Je-ré-sis-te-rai.

— Comment tu t'appelles, mon poulet ? demanda la femme.

Logan grimaça un sourire. Une énergie sauvage et primitive montait en lui. Dans sa tête, une petite voix lui souffla qu'il réussirait là où les autres avaient échoué, là où ils avaient faibli, là où ils s'étaient effondrés alors que la ligne d'arrivée était en vue.

Je triompherai de cette épreuve. Je suis différent. Je suis d'une tout autre trempe. Je vaincrai.

— Appelez-moi « Roi », dit-il.

Malgré sa peur et sa tristesse, il esquissa un sourire qui signifiait clairement : « Je vous emmerde ! » Un sourire convaincant.

Et voilà ! Voilà ce que signifiait « survivre ». Voilà quel était le secret. Voilà la petite flamme qui se cachait dans les vestiges de son cœur dévasté, la petite flamme qu'il fallait à tout prix préserver.

Épilogue

Élène frappa à la porte de la boutique du tonnelier. Ses cheveux étaient couverts par un foulard, elle se tenait voûtée et gardait un pied tordu vers l'intérieur. L'armée khalidorienne était arrivée la veille et le roi Garoth Ursuul récompensait ses troupes pour leur courage. Un certain nombre de soldats avaient reçu le droit de prendre ce qui leur plaisait. Il ne faisait pas bon être une jolie femme dans les rues de Cénaria.

Il lui avait fallu deux jours pour découvrir cet endroit. Deux jours d'angoisse et de souffrance. Le tonnelier tira le verrou, lui fit signe d'entrer et pointa le doigt vers le fond de la boutique. Jarl était assis à une table couverte de papiers. Des sacs remplis d'argent étaient posés à ses pieds.

— J'ai trouvé le moyen de vous faire sortir, déclara-t-il. Un maître de caravane khalidorien a accepté de vous prendre. Vous devrez vous allonger dans un compartiment secret qui sert à passer du thé barush – et d'autres marchandises bien moins recommandables – en contrebande. Il faudra y rester jusqu'à ce que vous ayez franchi les portes de la ville, mais c'est assez grand pour la fillette et toi. Vous partez à la tombée de la nuit.

— Tu fais confiance à un contrebandier ? demanda Élène.

— Je ne fais confiance à personne, répondit Jarl, épuisé. C'est un Khalidorien et tu es très belle. Mais parce qu'il est khalidorien, il a les meilleures chances de franchir les portes sans être inquiété. De plus, il travaille avec nous depuis vingt ans. Je me suis arrangé pour qu'il ait tout intérêt à prendre soin de vous.

— Tu as dû lui donner une fortune.

— Seulement la moitié, dit Jarl avec l'ombre d'un sourire aux lèvres. Il aura le reste quand tu m'auras fait savoir que tu es arrivée saine et sauve.

— Merci.

— Je ne pouvais pas faire moins pour Kylar. (Jarl baissa les yeux, honteux.) Je ne peux pas faire grand-chose de plus.

Élène le serra dans ses bras.

— C'est plus qu'assez. Merci.

— La fillette est en bas. Elle refuse de s'éloigner du cada… Elle refuse de le quitter.

Il connaissait cet endroit. La chaleur blanc et doré baignait son corps et sa peau resplendissait dans la lumière. Il avança dans le tunnel d'un pas assuré et tranquille. L'envie sans précipitation.

Des doigts soyeux ferment ses yeux.

Un enfant hurle. Regrets. Tristesse. Ténèbres. Froid.

Il cligna des paupières pour chasser le cauchemar. Il respira. Il laissa la lumière blanc et doré l'envelopper de nouveau.

« Attrape-le par le bras, Uly ! Aide-moi ! »

Il glisse sur un sol de pierre glacé. Inconfort. Douleur. Désespoir.

Puis le froid et les secousses s'évanouirent, eux aussi.

Il continua à avancer dans le tunnel d'un pas hésitant. Puis il accéléra. Sa place était là. Dans ce lieu où la douleur n'existait pas.

Une larme s'écrase sur son visage. Une femme parle, mais il ne comprend pas ce qu'elle dit.

Il tituba et tomba. Il resta allongé, terrifié, mais le cauchemar ne revint pas le tourmenter. Il s'agenouilla, puis se leva. Il fit un pas et buta contre… le vide.

Il tendit les mains devant lui et sentit la barrière invisible. Elle était froide comme l'acier et lisse comme du verre. Derrière, la chaleur était plus forte, la lumière blanc et doré l'invitait. Étaient-ce des gens qu'il apercevait là-bas ?

Quelque chose le tira en arrière, à l'écart, et il eut l'impression de se déformer. Une pièce se dessina peu à peu autour de lui, mais demeura floue. Elle était remplie de personnes qui le regardaient avec curiosité, mais il ne parvenait pas à les distinguer. Il ne discernait que l'homme qui était devant lui, assis sur un trône, et deux portes. Celle de droite était en or martelé ; un peu de lumière filtrait par les bords, une lumière blanc et doré identique à celle qu'il venait de voir. Celle de gauche était en bois et munie d'un loquet métallique. Le visage de l'inconnu semblait se réduire à deux yeux de loup chatoyants. Il n'était pas grand, mais il dégageait une aura d'autorité et de puissance.

— Où sommes-nous ? demanda Kylar.

L'homme esquissa un grand sourire.

— Ce n'est ni l'enfer ni le paradis. C'est, si tu veux, l'Antichambre du Mystère. C'est mon royaume.

— Qui êtes-vous ?

— Akhilleus aimait m'appeler le Loup.

— Akhilleus ? Durzo, vous voulez dire ?

— Un choix se présente à toi. Tu peux décider d'emprunter une porte ou l'autre. Choisis celle en or, et je te renverrai où tu étais il y a quelques instants et je te présenterai mes excuses pour avoir interrompu ton voyage.

— Mon voyage ?

— Ton voyage vers le paradis, vers l'enfer, vers l'oubli, vers la réincarnation ou quel que soit le sort que réserve la Mort.

— Vous savez ce qu'il y a après la mort ?

— Nous sommes dans l'Antichambre du Mystère, Azoth. Tu ne trouveras pas de réponses ici, juste des choix. (Le Loup grimaça un sourire, un sourire sans joie, un sourire de prédateur.) Si tu empruntes la porte en bois, tu retourneras à la vie, à ton enveloppe charnelle, à ton époque – enfin, à peu près : il faudra quelques jours pour que tes blessures se referment. Tu deviendras l'Ange de la Nuit, comme Akhilleus l'a été avant toi. Comme lui, tu ne subiras plus l'outrage du temps – mais c'est peut-être un pouvoir que seul un homme trop vieux est capable d'apprécier. Tu guériras plus vite que n'importe quel mortel. Ce que tu appelles ton Don grandira en puissance. On pourra toujours te tuer, mais tu reviendras d'entre les morts. Tu deviendras une légende vivante.

La proposition était alléchante – voire trop belle pour être vraie.

Je deviendrai comme Akhilleus Ghassant. Je deviendrai comme Durzo.

Cette dernière pensée l'amena à réfléchir. Le fardeau de l'immortalité – quelle que soit la manière dont elle fonctionnait –, du pouvoir qu'elle conférait, du poids des siècles que cela représentait... Tout cela avait transformé Akhilleus Ghassant, un prince et un héros, en Durzo Blint, un assassin amer et désespéré. Kylar se rappela sa remarque narquoise au pisse-culotte.

— *Je croyais qu'ils étaient invincibles.*

— *Ils sont immortels. C'est différent.*

— Pourquoi feriez-vous tout cela pour moi ? demanda le jeune homme.

— Peut-être que je ne fais rien. Peut-être que c'est l'œuvre du ka'kari.

— Quelles sont les contreparties ?

— Ah ! je vois que Durzo a pris soin de ton éducation. (Une expression presque mélancolique passa sur les traits du Loup.) En vérité, je l'ignore. Je peux seulement te dire ce que j'ai entendu de la bouche de personnes plus savantes que moi. Elles pensent que revenir d'entre les morts – ainsi que tu es susceptible de le faire – est une violation de l'ordre naturel ; que cette résurrection se fait au prix de ta vie dans l'au-delà ; qu'Akhilleus a sacrifié l'éternité pour sept siècles dans le monde terrestre. Mais elles se trompent peut-être. Il est possible qu'il n'y ait aucune incidence sur la vie après la mort – à supposer qu'il y en ait une. Je ne suis pas... la personne... la mieux placée pour te répondre, car j'ai choisi cette voie, moi aussi.

Kylar se dirigea vers la porte en or. Tout était si beau par ici. Il ressentait une telle paix. Quel imbécile échangerait le calme et le bonheur éternels dispensés par cette lumière dorée pour retrouver la vie empreinte de sang, de massacres, de honte, de désespoir et de duplicité qu'il avait menée ?

Tandis qu'il approchait davantage, la porte en or fondit. Le métal coula par terre et se transforma en flaque brillante d'où surgirent des flammes démoniaques, enragées et avides de dévorer Kylar. Puis elles disparurent. La porte en or était de nouveau devant lui. Kylar lança un regard au Loup.

— Il est possible, dit celui-ci, que l'éternité ne soit pas un endroit très agréable pour toi.

— C'est vous qui avez fait ça ?

— Une simple illusion. Mais si tu devais juger la vie de Kylar Stern, est-ce que tu lui accorderais une place au paradis ?

— On dirait que vous vous intéressez de près au choix que je dois faire, non ?

— Tu es devenu un joueur, Ange de la Nuit. Personne n'est indifférent à ton choix.

Kylar aurait été incapable de dire combien de temps il resta là. Il savait juste que s'il prenait la mauvaise décision, il aurait peut-être une éternité pour le regretter. Les extrapolations mathématiques n'étaient d'aucun secours : elles contenaient trop d'infinis et de zéros ; en outre, il était impossible de déterminer où ils se plaçaient dans l'équation. Il n'y avait pas de pari couvert quand l'enjeu était si important. D'un côté, il pouvait perdre le paradis éternel ou éviter l'enfer à perpétuité pour vivre sur Terre jusqu'à la fin des temps avec les désagréments que cela comportait. De l'autre, il pouvait sombrer dans un oubli miséricordieux. Kylar n'avait pas la foi du comte Drake en un Dieu plein de bonté, ni celle de Durzo en l'inexistence d'un tel Dieu. Il savait qu'il avait souvent fait le mal quelle qu'en soit la définition. Il savait aussi qu'il avait parfois fait le bien. Il avait sacrifié sa vie pour sauver Élène.

Élène. L'image de la jeune femme envahit ses pensées et son cœur au point que cela en devint douloureux. S'il choisissait la vie – et même si elle voulait bien de lui –, elle vieillirait et mourrait dans un laps de temps qui ne représenterait qu'une petite fraction de sa vie. Et puis, il était probable qu'elle n'accepte jamais son amour, qu'elle en soit à jamais incapable.

Tous ces « si » et ces « peut-être » formaient de grandes tours d'hypothèses sans fondement. Mais Élène était incontournable. Kylar l'aimait. Il l'avait toujours aimée.

Élène était le risque qu'il choisirait invariablement de prendre.

Il décida et courut vers la porte en bois. Il cria…

… et se redressa d'un coup.

Élène poussa un hurlement. Uly en poussa un autre.

Kylar ouvrit sa tunique couverte de sang séché d'un geste brusque. Il respirait à grands coups et était à deux doigts de suffoquer.

Sa poitrine était lisse, la peau intacte. Il toucha son épaule brisée. Elle ne l'était plus. Elle était guérie, comme les doigts de sa main droite. Il n'y avait pas la moindre cicatrice sur son corps.

Il s'assit et cligna des yeux sans même accorder un regard à Uly ou à Élène. La jeune femme et la fillette fixaient leurs yeux sur lui, figées.

— Je suis vivant. Je suis vivant ?

— Oui, Kylar, dit Mamma K en entrant dans la pièce.

Elle affichait un flegme surréaliste.

Kylar resta assis, hébété, pendant un moment. Il n'avait pas rêvé.

— C'est incroyable, dit-il. Kylar : celui qui tue et qui est tué. Durzo le savait depuis le début.

Kylar et Mamma K affichaient un tel calme qu'Uly décida qu'il était normal que le jeune homme soit assis et parle alors qu'il était mort un instant plus tôt. Élène éprouva davantage de difficultés. Elle se leva soudain et se dirigea vers la porte.

— Élène ! Attends ! lança Kylar. Attends. Dis-moi juste une chose.

La jeune fille s'arrêta et se tourna pour le regarder, décontenancée, terrifiée, mais aussi pleine d'espoir. Ses yeux étaient remplis de larmes.

— Qui t'a fait ces cicatrices ? Ce n'était pas Durzo, n'est-ce pas ? C'était le Rat, hein ?

— Tu as ressuscité pour me demander ça ? Bien sûr que c'était le Rat !

Et elle s'enfuit en courant.

— Élène ! Attends ! Je suis désolé !

Il essaya de se lever, mais il avait utilisé toutes ses forces pour s'asseoir. Élène avait disparu.

— Une minute. Mais pourquoi est-ce que je suis désolé ?

Uly leva un regard accusateur vers lui.

— Tu ne vas pas la laisser partir, quand même ?

Kylar se cramponna au bord du lit comme un naufragé à une bouée de sauvetage. Il tourna les yeux vers Uly et leva une main impuissante – qu'il rabaissa aussitôt pour qu'elle ne tombe pas d'elle-même.

— Et comment l'arrêterais-je ?

Uly tapa du pied et sortit de la pièce comme une furie.

Mamma K éclata de rire. Kylar ne l'avait jamais entendue rire de cette manière. Son rire profond et franc exprimait une joie véritable, comme si, en choisissant de vivre, elle avait abandonné son cynisme.

— Je sais ce que tu penses, Kylar. Durzo t'a menti. Bien sûr qu'il t'a menti. Il n'avait pas d'autre solution pour te sauver. Tu devais le tuer pour lui succéder. Le ka'kari ne pouvait pas achever de fusionner avec toi tant que son ancien maître était vivant.

Ils restèrent assis en silence. Kylar s'aperçut que la mort de son maître changeait sa vie du tout au tout. C'était déconcertant de songer à quel point il s'était trompé sur Durzo. Il l'avait considéré comme un homme abject – il l'avait même cru capable de mutiler Poupée. Mais Kylar aimait le portrait de lui qui se dessinait maintenant. Akhilleus Ghassant. Le légendaire Durzo Blint avait été le valeureux Akhilleus Ghassant. Kylar se demanda derrière combien de noms héroïques s'était caché Durzo Blint. Il sentit une douleur aiguë monter en lui, un sentiment de vide dans son ventre, un besoin irrésistible d'éclater en sanglots qu'il réprima aussitôt.

— Il va me manquer, dit-il, la gorge serrée.

Les yeux de Mamma K étaient aussi humides que les siens.

— À moi aussi. Mais tout ira bien. Je ne sais pas pourquoi, mais j'en suis persuadée.

Kylar hocha la tête.

— Vous avez donc décidé de rester dans le monde des vivants, dit-il en refoulant ses larmes.

Il ne voulait pas s'effondrer devant elle.

— Il semblerait que toi aussi.

Elle fixa ses yeux sur lui en haussant un sourcil. Il y avait dans son regard de la tristesse, de la joie et de l'amusement.

— Elle t'aime, Kylar. Qu'elle le sache ou pas. Elle t'a tiré du château toute seule. Elle a refusé de t'abandonner. Ce sont les hommes de Jarl qui l'ont trouvée. C'est seulement quand ils ont rapporté ton corps ici qu'Uly a remarqué que tes blessures guérissaient.

— Elle est en colère contre moi.

— Elle est furieuse comme peut l'être une femme amoureuse. Je sais de quoi je parle.

— Avez-vous dit à Uly qui était sa mère ?

— Non. Je ne le ferai jamais. Je ne veux pas qu'elle porte le poids de cette histoire.

— Elle a besoin d'une famille.

— J'espérais qu'Élène et toi seriez intéressés par ce travail.

La nuit tomba comme une nappe de brouillard sur la rive est de la Plith. Des incendies avaient ravagé la cité tout au long de la journée et les vents nocturnes répandaient une odeur de brûlé jusque dans les moindres ruelles. Les flammes se reflétaient sur les eaux du fleuve et des nuages bas maintenaient les cendres comme un oreiller sur le visage de Cénaria.

Un chariot descendait une rue en cliquetant. Son conducteur était voûté, un bout de tissu couvrait son nez et sa bouche pour les protéger de l'air malodorant. Il dépassa une femme avec un pied tordu qui avançait le dos courbé.

— Vous voulez monter ? demanda-t-il d'une voix éraillée.

La femme se tourna vers lui d'un air de défi. Elle aussi avait plaqué une écharpe contre son visage. Elle avait les yeux d'une jeune femme, des yeux tuméfiés.

Le conducteur khalidorien était censé être un homme grassouillet avec des cheveux noirs. Celui-ci avait des cheveux blancs, il était mince comme un clou, voûté et disparaissait presque dans ses vêtements. Elle secoua la tête et se détourna.

— S'il te plaît, Élène ? demanda Kylar sans travestir sa voix.

La jeune fille tressaillit.

— Je devrais avoir peur de toi, non ?

— Je ne te ferai jamais de mal. (Deux sourcils se haussèrent avec incrédulité au-dessus de deux yeux tuméfiés.) Je veux dire que je ne te ferai jamais *vraiment* de mal.

— Qu'est-ce que tu fais ici ? demanda Élène en regardant autour d'elle.

La rue était déserte.

— Je voudrais t'emmener loin d'ici, dit Kylar. (Il lissa ses cheveux blanchis en arrière et sourit sous son maquillage.) Toi et Uly. Nous pourrions aller n'importe où. Nous irons chercher Uly dès que tu seras montée.

— Pourquoi moi, Kylar ?

La question le sidéra.

— Je n'ai jamais pensé qu'à toi. Je t'ai...

— Ne t'avise pas de me dire que tu m'aimes ! Comment pourrais-tu aimer ça ? (Elle rabattit son écharpe d'un geste brusque et montra ses cicatrices.) Comment pourrais-tu aimer un monstre ?

Il secoua la tête.

— Je n'aime pas tes balafres, Élène. Je les déteste...

— Et tu ne verras jamais au-delà !

— Laisse-moi terminer. Élène, je t'ai toujours observée depuis notre enfance. Pendant longtemps, c'est vrai, je n'ai pas vu au-delà de ces cicatrices. Je ne vais pas te raconter des conneries comme quoi elles sont ravissantes. Elles sont affreuses, mais toi, tu ne l'es pas. Lorsque je te regarde, je vois une femme merveilleuse. Elle est intelligente et n'a pas la langue dans sa poche. Elle est si généreuse que j'en arrive à penser que les gens peuvent être bons, même si tout ce que j'ai vu dans ma vie me pousse à croire le contraire.

Il vit que ces paroles faisaient leur chemin.

Oh! Mamma K, dites-moi que vos leçons d'éloquence n'ont pas été tout à fait vaines. Dites-moi que j'en ai retenu quelque chose malgré moi.

Les mains d'Élène s'agitèrent comme des colibris

— Comment peux-tu dire ça ? Tu ne sais pas qui je suis !

— Tu n'es plus Poupée ?

Les mains se baissèrent et les colibris se calmèrent.

— Si, répondit-elle. Mais je ne crois pas que tu sois encore Azoth.

— Je ne le suis plus, reconnut-il. Je ne sais pas qui je suis. En ce moment, je sais seulement que je ne suis pas mon propre maître et que je ne veux pas vivre ainsi.

L'espoir pointa dans la voix de la jeune fille.

— Kylar, dit-elle. (Il remarqua qu'elle avait délibérément employé ce nom.) Je te serai à jamais reconnaissante pour tout ce que tu as fait pour moi. Mais nous deux, ce serait un désastre. Tu me détruirais.

— De quoi parlons-nous ?

— Mamma K a dit que ton maître avait intercepté toutes mes lettres.

— C'est vrai, mais j'ai passé un long après-midi à rattraper le temps perdu.

Un sourire triste apparut sur les lèvres d'Élène.

— Et tu ne comprends toujours pas ?

Mais pourquoi les filles sont-elles si compliquées ?

Il secoua la tête.

— Lorsque nous étions enfants, c'est toi qui m'as protégée, qui t'es occupé de moi. C'est toi qui m'as donné une vraie famille. Je voulais rester avec toi pour toujours. Et puis, quand j'ai grandi, tu es devenu le bienfaiteur qui m'a rendue si spéciale. Tu es devenu le jeune seigneur mystérieux que j'aimais si désespérément et si sottement. Tu es devenu mon Kylar, mon noble miséreux, l'homme dont me parlaient les filles du comte Drake. Puis tu es venu me tirer de la prison.

Il réfléchit, puis réfléchit encore.

— À t'entendre, on dirait que c'est mal.

— Oh ! Kylar ! Qu'est-ce que devient cette pauvre idiote quand elle s'aperçoit qu'elle n'est pas digne de l'homme qu'elle a toujours aimé ?

— *Tu* n'es pas digne de *moi* ?

— Je vis un conte de fées, Kylar, et je ne le mérite pas. Il arrivera quelque chose de terrible si je viens avec toi. Tu trouveras une fille plus jolie ou tu te lasseras de moi et tu me quitteras. Je ne m'en remettrai jamais, parce que je ne sais aimer que d'une seule manière. Mon amour est stupide, aveugle et si profond, si fort que j'ai l'impression d'étouffer en le gardant en moi. Je ne peux pas me pâmer et m'effondrer sur un lit avec toi, parce que, une fois l'affaire terminée, tu te relèveras d'un bond et tu continueras ton chemin. Je serai à jamais incapable de faire ça.

— Je ne te demande pas de faire l'amour avec moi.

— Alors, je suis trop laide pour…

Elle interprétait toutes ses paroles de travers.

— Ça suffit ! Merde ! rugit-il. (Sa voix était tellement chargée d'émotion qu'elle se tut sur-le-champ, abasourdie.) Je pense que tu es la plus belle femme que j'aie vue de ma vie, Élène. La plus pure. La plus parfaite. Mais je ne te demande pas de baiser !

La consternation se peignit sur les traits de la jeune femme, mais il était clair qu'elle n'aimait pas qu'on lui hurle après. Kylar poursuivit à voix basse :

— Élène, je suis désolé d'avoir crié. Je suis désolé de t'avoir frappée – même si c'était pour te sauver. J'ai cru mourir deux fois au cours des derniers jours – et je suis peut-être mort d'ailleurs. Mais je suis certain d'une chose : quand j'ai pensé que c'était la fin, je n'ai pas eu d'autre regret que toi. Non ! Pas à cause de tes cicatrices. (Il fit glisser ses doigts sur le visage de la jeune femme.) J'ai regretté de ne pas être devenu le genre d'homme que tu aurais aimé. De ne pas *mériter* de vivre avec toi, même si tu l'avais accepté. Nous sommes nés dans le même trou à rat, Élène, mais tu es parvenue à devenir celle que tu es et moi, je suis devenu celui que je suis. Je déteste ce que j'ai fait. Je déteste l'homme que je suis. *Tu* ne mérites pas un conte de fées ? Je ne mérite pas une seconde chance, mais je te la demande quand même. Tu penses que notre amour est trop risqué ? J'ai vu ce qui arrive quand on ne prend pas de risques. Mamma K et mon maître s'aimaient, mais ils ont eu peur de l'avouer et ça les a détruits. Nous prenons toujours des risques, quoi que nous fassions !

» Je suis prêt à en prendre si c'est pour voir le monde à travers tes yeux, Élène. Je veux te connaître. Je veux être digne de toi. Je veux me regarder dans un miroir et être fier de ce que je vois. Je ne sais pas ce qui va arriver, mais je sais que je veux l'apprendre avec toi, Élène. Je ne te demande pas de baiser. Mais peut-être qu'un jour, je gagnerais le droit de te demander un engagement plus durable. (Il se tourna vers elle – une épreuve plus difficile que d'affronter trente guerriers des hautes terres – et tendit la main.) S'il te plaît, Élène, veux-tu venir avec moi ?

Elle le foudroya du regard, puis se détourna. Ses yeux brillaient de larmes, mais c'était peut-être à cause des cendres dans l'air. Elle cligna rapidement des paupières avant de fixer son regard sur lui. Elle observa son visage pendant un long moment. Il affronta ses grands yeux marron. Il les avait fuis si souvent de crainte qu'elle découvre qui il était vraiment et qu'elle ne supporte pas la vue d'un être si vil. Mais, aujourd'hui, il les affronta. Il se mit à nu devant ce regard. Il ne cacha pas les ténèbres qui étaient en lui. Il ne cacha pas son amour. Il la laissa voir jusqu'au plus profond de lui.

À sa grande surprise, les yeux de la jeune fille se remplirent d'une émotion plus douce que la justice, plus chaude que la pitié.

— J'ai si peur, Kylar.
— Moi aussi.
Elle prit sa main.

Découvrez un extrait de la suite
de *L'Ange de la Nuit* :

LE CHOIX DES OMBRES

Traduit de l'anglais (États-Unis) par Olivier Debernard

Chapitre premier

— J'ai un contrat pour toi, annonça Mamma K.

Avec sa somptueuse robe immaculée et ses cheveux grisonnants impeccablement peignés, elle ressemblait – comme toujours – à une reine. Ce matin-là, des cernes noirs se dessinaient pourtant sous ses yeux. Les maîtres du Sa'kagué encore vivants n'avaient pas dû dormir beaucoup depuis l'invasion khalidorienne, songea Kylar.

— Je suis heureux de vous revoir, moi aussi, répliqua le jeune homme en s'installant dans la bergère du bureau du Shinga.

Mamma K ne tourna pas les yeux vers lui. Elle resta assise, très droite, et continua à regarder par la fenêtre. La pluie de la veille avait éteint la plupart des incendies de la cité, mais de nombreux foyers laissaient encore échapper une épaisse fumée qui baignait Cénaria dans une aube pourpre. Les eaux de la Plith qui séparaient le Dédale des riches quartiers étaient rouge sang. Kylar n'était pas certain que ce soit à cause des reflets du soleil. Au cours de la semaine qui avait suivi l'invasion, les Khalidoriens avaient massacré des milliers de personnes.

— Il y a un petit problème, poursuivit Mamma K. Le cadavreux sait qu'on en veut à sa vie.

— Comment cela se fait-il ?

En règle générale, le Sa'kagué se montrait plus discret.

— Nous l'avons averti.

Kylar se massa les tempes. Lorsque le Sa'kagué prenait la peine de mettre la victime en garde, c'était parce que celle-ci savait déjà qu'un danger planait au-dessus de sa tête. L'avertissement permettait d'écarter les soupçons si la tentative d'assassinat échouait. Cela ne pouvait signifier qu'une chose : le cadavreux était le conquérant de Cénaria, le Roi-dieu de Khalidor, Garoth Ursuul.

— Je suis venu chercher mon argent, rien de plus, dit Kylar. Tous les repaires de Durzo – tous *mes* repaires – ont brûlé. Il me faut juste de quoi soudoyer les sentinelles aux portes de la ville.

Depuis son enfance, il versait une partie de ses revenus à Mamma K pour qu'elle les fasse fructifier. Aujourd'hui, cela devait représenter une somme amplement suffisante pour inciter quelques gardes à fermer les yeux.

Sans un mot, Mamma K examina des feuilles en papier de riz posées sur son bureau. Elle en attrapa une et la tendit au jeune homme. Kylar y découvrit des chiffres qui le stupéfièrent. Il avait des intérêts dans la filière illégale d'importation d'herbe hystérique et d'une demi-douzaine d'autres drogues végétales ; il possédait des parts dans une brasserie, dans plusieurs commerces et dans un fonds d'usurier ; il était propriétaire d'un cheval de course et copropriétaire de diverses cargaisons : soie, gemmes... des chargements tout à fait légaux, sinon que le Sa'kagué préférait verser vingt pour cent de leur valeur en pots-de-vin au lieu de cinquante en taxes. La feuille contenait une liste d'investissements incroyables. Kylar ne comprit pas la moitié de ce qui était écrit.

— Je possède une maison ? demanda-t-il.

— Tu possédais une maison, rectifia Mamma K. Cette colonne récapitule les biens perdus dans les incendies et les pillages.

Toutes les entrées étaient suivies d'une croix, à l'exception d'une cargaison de soie et d'herbe hystérique. La plus grande partie de ses investissements avait disparu.

— Les deux chargements restants sont à bord de navires qui ne reviendront pas avant des mois – à supposer qu'ils reviennent un jour. Si les Khalidoriens continuent à confisquer les bateaux civils, ils ne s'approcheront plus de Cénaria. Bien sûr, si Garoth Ursuul venait à mourir, ce serait une autre histoire…

Kylar comprit où elle voulait en venir.

— Je lis ici que ma part représente entre dix et quinze mille gunders. Je vous la laisse pour mille. Il ne me faut pas davantage.

Mamma K ignora sa proposition.

— Les commanditaires souhaitent la présence d'un troisième pisse-culotte pour s'assurer que tout ira bien. Cinquante mille gunders pour un assassinat, Kylar. Avec une somme pareille, tu pourras emmener Élène et Uly où tu voudras, tu auras rendu un fier service à tout le monde et tu n'auras plus jamais besoin de travailler. C'est juste un dernier contrat.

Kylar n'hésita que quelques instants.

— Les derniers contrats, ça n'existe pas. J'ai abandonné le métier de pisse-culotte.

— C'est à cause d'Élène, n'est-ce pas ?

— Mamma K, croyez-vous qu'un homme puisse changer ?

Elle le regarda avec une profonde tristesse.

— Non. Et il finira par détester tous ceux qui lui demandent de le faire.

Kylar se leva et se dirigea vers la porte. Il sortit et faillit percuter Jarl dans le couloir. Son ami sourit comme il souriait lorsqu'ils étaient tous deux des enfants des rues et qu'ils s'apprêtaient à commettre un mauvais coup. Il portait les vêtements à la dernière mode : une longue tunique aux épaules trop bouffantes et un pantalon mince dont les jambes étaient rentrées dans ses hautes bottes. Il ressemblait un peu à un Khalidorien. Ses cheveux étaient rassemblés en fines tresses délicates et couronnées de perles dorées qui mettaient sa peau sombre en valeur.

— J'ai un travail qui te conviendrait à merveille, dit-il à voix basse.

Il venait d'être surpris alors qu'il écoutait à la porte, mais il n'était pas gêné le moins du monde.

— Il n'y a personne à tuer ? demanda son ami.

— Pas vraiment.

Achevé d'imprimer en avril 2011 par Hérissey à Évreux (Eure)
N° d'impression : 116448 - Dépôt légal : mai 2011
Imprimé en France
81120519-1